조희대 지음

박영사

# 무언가

무언가 궁금합니다. 숨을 쉬고 생각하는 나는 무언가. 어찌 생겨서 나왔는가. 어디로 가는가. 인생길 굽이굽이 몸부림을 치며 무언가 궁리하지만, 아무래도 알 수 없는 의문 덩어리요, 도무지 풀리지 않는 무언가無言歌, 말 없는 노래입니다. 무언가 묻고 찾아도 끝내 대답 없고 보이지 않는 무언가지만 끝없이 무언가 또 묻고 찾기를 거듭하는 무언갑니다.

살면서 남을 가슴 아프게 만들지 않고 가급적 선善한 마음을 내서 무언가 이롭게 하려고 무던 애썼지만, 본의든 아니든 무수히 저질렀을 잘못을 생각하면 매우 부끄럽고 겁이 납니다. 재판할 때 사건마다 당사자의 절박한 사정을 귀담아 듣고 성의를 다해 한 점 의혹 없이 낱낱이 살펴서 억울하지 않게 공정한 판단을 내려주고 싶었고, 또 사람들이 안심하고 편안하게 살도록 법을 정의롭게 바로 펴는 데 일조一助하고자 혼신의 힘을 다했으나, 막중한 책무를 감당하기에 역부족이었음을 실토합니다.

한평생 가족 친지는 물론이고, 학교, 직장, 이웃과 사회에서 분에 넘치는 사랑을 받았습니다. 자유로운 대한민국에서 인간다운 권리와 물질적 풍요를 누리는 것도 피땀 흘려 헌신한 수많은 분들의 희생과 노고가 있었기에 가능한 일입니다. 무언가 알 수 없는 천우신조天佑神助로 갑작스럽게 닥친 아찔한 위기의 순간을 벗어났을지도 모릅니다. 만사 감사하고 미안해서 무언가 보답하며 살겠다고 다짐을 하고도 아등바등 사느라 허송세월만 하고 올바로 실천하지 못했습니다. 남은 일생 동안 세상을 아름답고 따뜻하게 만드는 데 조그만 정성이라도 보태고 이웃과 함께 나누고 기쁘게 동행하며 살아가려는 소망을 품어 봅니다.

우주 천지만물이 무한한 인연의 그물망입니다. 그 한가운데 살아서 울고 웃는 순간순간이 물실호기의 기적이요 더할 나위 없는 기쁨입니다. 들숨 날숨에 경이로운 생명의 신비가 살아 있고, 물 한 모금에 천지의 은혜가 숨어 있고, 밥 한 순갈에 만인의 노고가 깃들어 있습니다. 일체가 빛나고 아름답고 고마운 존재입니다. 가만히 과거, 현재, 미래의 숱한 인연들을 생각하면서 감사하며 절합니다. 감사할 수 있고 두두물물 감사한 것이 축복입니다. 자나 깨나 원하는 권력과 부富, 인기를 다 합쳐도 사방팔방 걸어 다니면서 듣고 보고 이야기하며 정情을 나눌 수 있는 무언가에 하등 비할 바가 아닙니다. 이름 모를 풀이 정겹고, 만나는 이마다 반갑고, 맑은 공기 밝은 햇살 가득하니 날마다 좋은 날입니다.

법관이 되어 오랜 기간 흔들림 없이 시시비비是是非非를 판가름하는 재판업무에 매진할 수 있었던 것은 사랑하는 아내와 자녀들, 부모 형제들, 그리고 법원과 사회에서 도와준 뭇 선남선녀들의 각별한 이해와 한없이 따뜻한 격려 덕분입니다. 백골난망입니다.

이 책은 주로 법원장을 마칠 때까지 남겨진 발자취와 가족의 글을 담았습니다. 인생은 수만 가지 모양이고, 아무도 인생이란 무언가 말할 수 없지만, 모두가 서로 북돋우며 다 같이 잘 사는 것이 참다운 인생길이 아닐까 하는 생각이 듭니다. 무심중에 살아온 길이지만 악惡하거나 집착하거나 치우치지 않고 바른 길을 가려고 늘 조심했습니다. 힘든 적도 없지 않았으나 즐겁고 행복한 기억만 남아 있습니다. 부질없는 흔적에 불과하지만, 곡절 없는 무언가 타령에 잠시 옛 꿈을 반추하고, 뼈아픈 회한과 응어리가 녹는 시간이 되면 더 바랄 것이 없습니다. 인생이 무언가, 바른 법이란 무언가, 상생의 길은 무언가 공감하고 새롭게 열어가는 계기가 된다면 망외의 큰 기쁨입니다.

책을 펴내기까지 조성호 이사님, 정은희 편집 담당자님을 비롯하여 여러분이 많은 애를 써 주셨습니다. 수고해 주신 여러분들께 깊은 감사를 드립니다.

세상살이에 바빠 남을 돕지는 못해도 해롭게 하지는 않고, 정의의 사도가 될 수는 없어도 불의의 방조자가 되지는 않으려고 노력했으나, 새삼 돌아보고 둘러보아도 도처에 미안한 일뿐입니다. 부디 용서를 바랍니다. 무언가 잘한 일이 있다면 인연 있는 모든 분들의 공덕으로 회향되기를 간절하게 빌어마지 않습니다.

2020년 여름

바보바하

| 차 | 례 |


• 무언가_iii

제1편 가족 ........ 1

고향_6 강동초등학교_9 가계家系_10 고희연_12 가족 소개 보고서_14
부모님 자랑_18

제2편 동심 ........ 21

우리 동생_24 무지개 가족_25 봄_26 단풍_27 낙엽_28 눈_29
나의 소개_30 우정友情_31 선생님_32 일기장 살짝 보기_34
무주리조트에서_45 부모님께_46 유정이의 화분_47 남이 본 나_48
하루의 만찬_49 흰 눈_50 5학년을 마치면서_51 천진난만_53

제3편 꿈 ........ 55

**제1장 꿈 많던 시절** 56

**제2장 글모음** 60

머리말_62

제1절 시 63

길_63 종_66 봄비_68

제 2 절 산문 70

봄에 피는 봄_70 논두렁_72

제4편 정情 73

숨바꼭질_79 모정母情_80 풀빵_82 부전자전父傳子傳_83 백년손_85
아내_86 형산兄山 제산弟山_89 님_90 후회_91 좋대요_92
보릿고개_93 한여름 교향곡_94 단풍_95 늦가을 단상_96
허수아비_97 그리움_98 겨울맞이_99 나무_100 강산江山_101
새벽_102 꿈_103 망중한忙中閑_104 감사만만복感謝萬萬福_105

제5편 재판 107

제1장 민사판결 108
1. 대구지방법원 안동지원 1993. 6. 17. 선고 92가단2707 판결 109
2. 서울고등법원 1995. 5. 17. 선고 94나41814 판결 113
3. 대구지방법원 1999. 1. 13. 선고 98나6792 판결 130
4. 대구지방법원 1999. 7. 14. 선고 98나4642 판결 132
5. 서울지방법원 2003. 11. 28. 선고 2003가합49028 판결 137
6. 서울중앙지방법원 2004. 3. 26. 선고 2003가합29017 판결 141
7. 서울중앙지방법원 2006. 1. 26. 선고 2005나441 판결 147
8. 서울고등법원 2009. 4. 10. 선고 2008나83822 판결 154
9. 서울고등법원 2010. 5. 14. 선고 2009나103150 판결 169
10. 서울고등법원 2011. 12. 16. 선고 2010나9889 판결 177
11. 서울고등법원 2012. 7. 3. 선고 2012나12209 판결 205

제2장 형사판결 214
1. 부산고등법원 2006. 3. 9. 선고 2005노723 판결 215
2. 서울고등법원 2006. 10. 26. 선고 2006노1489 판결 217
3. 서울고등법원 2007. 5. 29. 선고 2005노2371 판결 220
4. 서울고등법원 2009. 1. 22. 선고 2008노1914 판결 272

제3장 서명날인 286

제4장 판결 선고 288

제6편 논문 · 판례평석 291

상법 제811조의 해석_294

제7편 사법연수원 351

是法平等無有高下_356

離世間 入法界_366

제8편 법원장 369

제1장 프로필, 동정 372

조희대 신임 대구지방법원장은 누구? _373

“분쟁 신속 해결 … 좋은 민사판결 많이 알릴 터” … 조희대 신임 대구지법원장_375

조희대 대구시 선관위원장_377

“청소년 선도 잘 해 달라” 대구지방법원장 읍내정보통신학교 방문_378

김천고 조희대 대구지방법원장 특강 _379

조희대 대구지방법원장 … 경주중 후배들에게 강연_380

“꿈 가지면 인생이 바뀌고 세상이 바뀐다”_381

법률용어 국민 눈높이 맞게, 대구지법 21일 공개토론회 _383

시민 30% 이상 “판결서 문장 너무…”_384

제2장 인사말 386

제41대 대구지방법원장 취임사_387

제2대 대구가정법원장 취임사_390

대구지방법원 조정위원 세미나 인사말_393

가사 조정위원 세미나 인사말_395

가사 전문상담위원 위촉식 인사말_397

2012년도 하반기 대구지방법원 전체판사회의 마무리 인사말_399

2013년도 대구지방법원 시무식 인사말_401

경북대학교 법학전문대학원 졸업식 축사_402

대구지방법원 가족 한마음 체육대회 인사말_404

제51회 대구경북지방법무사회 정기총회 격려사_408
대구지방법원 등기국 개국식 축사_410
2013년도 상반기 대구지방법원 전체판사회의 마무리 인사말_412
글샘 문윤외 개인전을 축하하며_416
알기 쉬운 법률용어와 판결서 공개토론회 인사말_417

**제3장 특별 강연** 422

**제4장 기고문** 432
『바람의 고향』과 나 _433

**제5장 대법관 임명제청과 이임** 438
양승태 대법원장, 조희대 신임 대법관 임명제청_439
"대구서 받은 은혜 잊지 않겠습니다"…조희대 대구지법원장 신임 대법관 임명제청_441
이임사_442

**제9편 상생** 445
더불어_447 자리이타自利利他_448 불이不二_449 세계일화世界一花_450
대장부_451 호국정신護國精神_452 용광로_453 인생철학_456 담_457
길_458 멀구나_459 뚜벅뚜벅_460 비슬산 시산제始山祭_461
나무처럼 나비처럼_462 이 순간_463 기도_464 아프다_465
측은지심_466 합장공경合掌恭敬_467 이심전심以心傳心_471

• 바보바하_473

제1편

# 가족

福

丁丑元旦 正觀心

宮殿禮式場
新婦 박은숙
新郞 조희래

# 고향

하늘과 땅과 사람들이 어우러지는 동네 부조扶助라
형산兄山 제산弟山 마주보며 상부상조相扶相助하고
형산강 굽이굽이 강물처럼 인정人情 넘쳐 흐르는데
정든 마을 뒷산 천지 횃불 같은 진달래는 피고 지고
뻐꾸기 울어 외로운 절골 고향집 향수를 달래는구나

경상북도 경주시 강동면 유금리가 고향입니다. 아래 큰 사진은 고향집 뒷밭 중턱에서 동쪽을 향해 찍은 것입니다. 큰 사진에서 보면 정면 오른쪽(남쪽)에 형산, 왼쪽(북쪽)에 제산이 있고, 형산 제산 사이로 형산강이 흘러가며, 멀리 형산강이 끝나는 곳에 희미하게 영일만迎日灣과 포항제철소가 보입니다. 큰 사진 아파트 뒤쪽에 경주 포항 간 국도가 지나가는 것이 보이고, 아파트 왼쪽에 강동초등학교 건물이 보이며, 잘 보이지는 않지만 아파트 아래쪽에 부조역이 있고, 부조역에서 좌우로 제산 쪽을 거쳐가는 동해남부선 철도가 통과하고 있습니다. 큰 사진 아래 양쪽에 보이는 산

이 뒷산이고 그 가운데 골짜기는 절골로 불리는 곳으로 고향집 뒷밭이며, 절골 자락에 붙어 있는 집이 고향집입니다. 봄이 되면 뒷산에 뻐꾸기 울고 진달래꽃과 복사꽃이 흐드러지게 피었습니다.

위의 왼쪽 사진들은 고향집 옥상에서 형산 위로 보름달이 뜨는 광경을 찍은 것과 제산 쪽에서 바라본 마을 모습이고, 오른쪽 사진은 고향집을 정면에서 찍은 것입니다.

전설에 의하면 아주 옛날 형산과 제산은 붙어 있었는데, 어느 날 '유금'이라는 아이가 이무기를 보고 "용이다"라고 소리치자 이무기가 기뻐서 용이 되어 승천하면서 꼬리로 산을 내리쳐서 형산과 제산이 갈라져 그 사이로 형산강이 흘러가고 비옥한 들판이 형성되었다고 전해집니다.

이곳은 신라시대에는 화랑들이 심신을 수련하던 터로서 경순왕의 설화가 남아 있고, 조선시대에는 형산강 하구를 중심으로 상업이 발달하여 큰 시장의 하나인 부조장扶助場이 있었다고 합니다. 그래서 지금도 마을 이름을 부조扶助라고도 부르며 기차

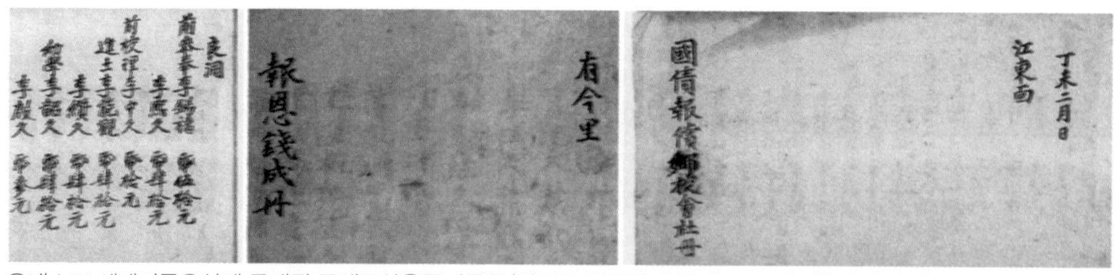
報恩錢成冊

有今里

國債報償鄉校會社冊

丁未二月日
江東面

유네스코 세계기록유산에 등재된 국채보상운동기록물(경주군 강동면 유금리 1907년 2월 수기자료)

역 이름도 부조역입니다. 구한말 국채보상운동에 적극 동참하고, 한국전쟁 시 수많은 학도의용군이 참전하여 치열한 교전 끝에 형산강 전투를 승리로 이끌어 국난 극복의 주체가 되었고, 포항제철소 건설과 가동, 사방사업과 산림녹화, 새마을운동에 전심전력을 기울여 국가발전에 이바지했다는 강한 자부심을 가지고 있는 마을입니다.

가볼만한 인근 명소로는 세계문화유산으로 등재된 양동마을이 대표적이고, 그 밖에 흥덕왕릉, 동강서원, 옥산서원, 만귀정, 위덕대학교, 기원정사, 마룡사, 안계댐, 형산강 하구둑, 중명자연생태공원 등이 있습니다.

# 강동초등학교

고향 한복판에 강동초등학교가 있습니다. 1963년 봄, 할머니 손을 잡고 입학식에 갔던 모습이 아직도 눈에 선합니다. 당시 학생 수는 한 학년에 80여명, 전교생이 500명가량 되었습니다.

가난한 시절이었지만, 훌륭한 선생님들(1학년 이숙자, 2학년 박화순, 3학년 이희경, 4학년 윤문혁, 5학년 및 6학년 오기용, 교감 박동해, 교장 서재옥)의 가르침을 받았고, 동네 친구들과 어울려 산과 들, 강, 얼음판에서 신나게 놀며 마음만은 즐겁고 넉넉했습니다.

봄, 가을 소풍은 정말 신나는 날이었고, 꿀맛 같던 김밥과 군밤은 영영 잊을 수 없습니다. 가을 햇살 먹고 들판에 벼가 여물고, 고추는 빨갛게, 호박은 누렇게 익어 갈 때쯤 가을운동회가 열렸습니다. 높고 푸른 하늘에 만국기 펄럭이고, 잠자리는 학교 울타리 코스모스를 맴돌고, 아이들은 신명나게 운동장을 누비며, 달리기, 줄다리기 하고 기마전 하며, 청군 이겨라 백군 이겨라, 목이 터지도록 뜨겁게 응원을 했습니다. 온 동네 아이 어른 둘러앉아 흥겨운 잔치를 벌이며 덩달아 깊어가는 시골 인심에 하루 종일 행복했던 추억이 엊그저께 일처럼 생생합니다.

**교가**(조홍환 작사, 작곡)

아침해 동해 바다 솟아오르면 / 형제산 형산강에 서광 빛나니
그곳에 배움의 터 우리 강동교 / 승리와 희망 속에 나아들 가세

(조홍환 선생님은 나의 당숙이시다)

# 가계家系

창녕 조曺씨 시조始祖 조계룡曺繼龍의 득성설화지得姓說話地는 경상남도 창녕군 창녕읍 옥천리 화왕산이고, 경상북도 경주시 안강읍 노당리에 시조묘와 종덕재種德齋가 있습니다.

조계룡의 6대손孫 조겸曺謙을 중시조로 하여 조겸의 19세손孫 조상曺尙의 후손들이 창녕 조씨 헌납공파獻納公派를 이루었고, 경상북도 경주시 강동면 유금리 광암廣巖 마을 인근에 창녕 조씨 헌납공파 광암문중 집성촌이 있습니다.

조겸의 34세손孫 참봉參奉 조만승曺萬承은 배수연裵守蓮과 혼인하여 아들 조병원曺秉源 등 자식 여럿을 두었습니다.

조병원은 이기현李杞顯과 혼인하여 아들 조부환曺夫煥 등 여러 자식을 두었습니다.

조부환은 이만춘李晩春과 장학련張學連의 딸 이수옥李收玉과 혼인하여 아들 조희대曺喜大, 아들 조규천曺圭川, 아들 조장욱曺壯旭, 딸 조이선曺利先, 딸 조이수曺利守를 두었습니다.

조희대는 박종철朴鍾轍과 최낙정崔洛貞의 딸 박은숙朴恩淑과 혼인하여 딸 조민정曺旼廷, 딸 조민지曺旼志, 아들 조창훈曺暢焄을 두었고, 조민정은 박한승과 신순우의 아들 박상진朴相珍과 혼인하였습니다. 조규천은 딸 조유라를 두고 윤미애尹美愛와 혼인하여 딸 조유리, 아들 조완우曺完宇를 두었고, 조장욱은 신영옥申榮玉과 혼인하여 아들 조정현曺政鉉을 두었고, 조이선은 신을식愼乙植과 혼인하여 딸 신다영, 딸 신지영, 아들 신종인을 두었습니다.

조이수는 부모님과 함께 살았으며, 남동생 부부는 부모님 가까이 살면서 자주 들렀고 바쁜 가운데도 집안 대소사를 살폈습니다. 아버님과 막내 여동생, 경주에 사는 전명숙은 어머님을 병간호했는데, 오랜 기간 한마디 불평 않고 한결같이 바친 그 지극정성은 이루 말로 다할 수 없습니다.

|  |  |  |
|---|---|---|
| 松茂 十九世 | | 謙 三十一世 |
| 二十世 | 吏曹光緒十九年五月<br>初十日奉<br>敎幼學曺萬承爲通仕郎行<br>昭寧園守奉官者<br>光緒十九年五月 日 | 三十二世 |
| 二十一世 | | 三十三世 |
| 二十二世 | 子萬承 만승<br>字文贊<br>高宗一八六六年丙寅十一月六日生<br>參奉乙丑一月一日卒墓仙化<br>配月城裵氏父都事縉奎祖華天曾祖月龍外祖月城金氏光魯丁卯一月三日生戊子四月十一日卒墓江東初等學校後麓乾坐 | 三十四世 |
| 二十三世 | 墓仙化<br>子秉源 병원<br>字致倫<br>高宗一八九六年丙申九月十五日生<br>一九三六年丙子二月九日卒墓仙化<br>配月城李氏父圭東祖錫運曾祖祥慶外祖星山都氏世洛一八九六年丙申三月十八日生<br>一九六五年乙巳十一月十一日卒<br>墓寺谷亥坐<br>子秉植 병식<br>字孝淑<br>高宗一九〇二年壬寅六月二十八日生一九四四年甲申一月十四日卒<br>墓德南共同山 | 三十五世 |
| 二十四世 | 女孫炳日 손병일<br>密陽人<br>子富煥 부환<br>一九三四年甲戌十一月十五日生<br>配月城李氏父晩雨<br>一九三四年甲戌<br>一月三〇日生<br>女都寅錫 도인석<br>星山人子命植<br>女李相道 이상도<br>月城人子坤賢<br>子日煥 일환<br>一九二五年乙丑<br>四月二十八日生<br>一九六二年壬寅<br>七月十五日卒墓<br>德南共同山<br>配金海金氏名尙祚 | 三十六世 |
| 二十五世 | 子喜大 희대 見二八〇<br>子圭川 규천 見二八一<br>子圭旭 규욱 見二八一<br>子喜日 희일 見二八二<br>子喜潤 희윤 見二八二<br>子喜鳳 희봉 見二八三 | 三十七世 |

# 고희연

오늘 저희 부모님의 고희연을 열게 되었습니다. 바쁘신 가운데도 축하하기 위해 일가친척과 외가댁, 사돈댁, 동네 어르신들, 친구 분들께서 많이 와 주셔서 감사합니다. 장남인 제가 대표해서 인사를 올립니다.

부모님은 갑술甲戌생 동갑으로 생사의 큰 고비를 넘기시고 함께 고희를 맞으셔서 저희 자식들로서도 감회가 남다릅니다. 포항 선린병원 김종원 원장님과 건천 한약방 손위호 선생님을 만나신 것은 부모님의 천운이었습니다.

여기 계신 어르신들이 그러하셨듯이 부모님도 평생 힘들게 일하셨습니다. 자식 다섯을 대학에 보내기 위해서 하루하루 '하면 된다.'가 아니라 '해야 된다.'는 절박한 심정으로 일하셨을 겁니다. 부모님의 몸은 쇠보다 단단하셨고 굳은 의지는 다이아몬드보다 강하셨습니다. 부모님이 겪으신 지나간 시절의 가난과 고난, 그리고 헌신적인 희생을 생각하면 가슴이 미어져서 먹먹합니다.

고단한 일상 가운데서도 가족들이 옹기종기 둘러앉아 저녁밥을 먹고 평상에 나란히 누워 밤하늘에 있는 무수히 많은 별을 바라보며 아름다운 꿈을 꾸고 시간 가는 줄 모른 채 도란도란 이야기를 나누던 평화롭고 행복한 시절이었습니다. 부모님은 자식들 앞에서 크게 싸우시는 일이 없었습니다. 그게 바로 산교육이었습니다. 덕분에 저희 형제들은 싸우지 않고 우애 있게 지냈습니다.

오늘 이 자리는 거저 생긴 것이 아니고, 부모자식, 형제자매, 일가친척과 외가, 사돈, 이웃, 친구로서의 인연을 맺은 모든 분들이 평소 아끼고 도와주신 덕분입니다. 이런 인연의 소중함을 깊이 명심하겠습니다.

저희들이 나름대로 정성을 다해 음식을 차리고 흥겨운 놀이를 준비했습니다만, 막상 오늘 와서 보니 미흡한 점이 많습니다. 아무쪼록 차려진 음식을 맛있게 드시고 즐거운 시간을 가져주시면 좋겠습니다. 대단히 감사합니다.

# 가족 소개 보고서

조민정, 청솔중학교 1학년

내가 14살이 될 때까지 힘든 일이 있어도 잘 견디어 내고 무럭무럭 자랄 수 있었던 것은 바로 내 곁에서 힘이 되어 주고 나를 믿어 준 가족이 있었기 때문입니다. 세상 어느 누구보다도 고맙고 사랑한다고 말하고 싶지만 가까이 있으면서도 나의 마음을 표현하지 못하는 이유도 바로 가족이기 때문입니다. 늘 내 곁에 있었기에 소중함을 느끼지 못했던 나의 가족을 지금부터 소개하려고 합니다.

### 아버지

아버지의 성함은 조 희 대입니다. 아버지께서는 1956년에 경주에서 태어나셨습니다. 우리 삼 형제가 아버지께 붙여드린 별명 때문에 가끔씩 '걸어 다니는 사전'이라고도 합니다. 그 이유는 아버지께서는 모르는 것 없이 삼 형제가 무엇이든 물으면 척척 대답해 주시기 때문입니다. 그래서 아버지의 지식은 우리 삼 형제들의 공부에 많은 도움이 됩니다. 아버지의 직업은 부장판사이시며 현재는 일산 장항동에 있는 사법연수원에서 연수생들을 가르치고 계십니다. 아버지는 이런 직업 탓인지 근엄하실 때가 많으시지만 한편으로는 세 형제들의 재미있는 친구가 되어 주시는 분이십니다. 제가 아버지를 가장 자랑스럽게 생각하는 점은 바로 누구보다도 세 형제들을 잘 이해해 주신다는 점입니다. 아버지와 함께 있으면 마음이 편합니다. 또한 요즘에 유행하는 유머도 들려주시는 등 심한 세대 차이가 나고 있는 문제점을 고치도록 노력하는 모습을 볼 때면 세상 누구보다도 아버지가 존경스럽습니다. 이처럼 아버지께서는 무척 마음이 넓으시고 자상하십니다.

### 어머니

어머니의 성함은 박 은 숙입니다. 어머니께서는 1958년에 대구에서 태어나셨습니다. 어머니께서는 약사이셨지만 지금은 일을 하지 않고 계십니다. 그래서 저와 동생들이 빨리 자라서 어머니께서 다시 약사가 되셨으면 하는 바람이 있습니다. 어머니는 세상 누구보다도 삼 형제들에 대해 가장 잘 아시고 잘 챙겨 주시는 분입니다. 저희 삼 형제가 학교에서 돌아오면 학교 생활에 대해서 많이 신경 써 주셔서 늘 감사하게 생각합니다. 그리고 어머니께서는 고민이 있을 때면 척척 고민을 해결해 주십니다. 그래서 어머니의 별명은 '고민 해결사'입니다. 또 한 가지 어머니의 별명은 '수다쟁이'입니다. 그 이유는 어머니께서는 전화기를 붙잡으시면 오래 전화를 하시고 저에게도 재미있는 이야기를 항상 들려주시기 때문입니다. 어머니 또한 아버지 못지않게 나의 공부에 대하여 많이 신경을 써 주십니다. 무엇보다도 내가 잘 하는 분야의 재능을 키워주시려고 노력하십니다. 마지막으로 어머니의 자랑거리는 늘 세 형제들의 건강을 챙겨 주신다는 것입니다. 저녁 식탁에는 건강에 좋은 나물들과 생선, 그리고 고기 등이 올려져 있어서 우리들이 쑥쑥 자라는 데에 많은 도움이 됩니다. 집안일에 바쁘시지만 늘 이렇게 신경 써주시는 어머니께 또 한 번 감사합니다. 앞으로 큰딸로서 나도 어머니를 많이 도와드려야겠다고 다짐합니다.

**나(조민정)**

저는 청솔 중학교에 재학 중인 조민정曺旼廷입니다. 1989년 4월 14일에 대구에서 태어났습니다. 그래서인지 아직도 가끔 집에서 사투리를 쓰는 경향이 있습니다. 저의 성격은 활발하고 친구를 잘 사귀는 편입니다. 저의 단점은 잠이 너무 많다는 것입니다. 저는 독서를 하는 것, 컴퓨터 게임을 하는 것, 그리고 음악을 듣는 것을 좋아합니다. 읽은 책 중에서 가장 인상깊은 책은 '폭풍의 언덕'입니다. 좋아하는 음악은 classic 음악 중에서도 사계의 봄을 좋아합니다. 저의 좌우명은 "최선을 다하는 것이 인생의 반은 성공한 것이다."이며 언제나 최선을 다하는 삶의 자세를 좋아합니다. 앞으로 계속 최선을 다하는 민정이가 될 것입니다. 저의 장래 희망은 변호사가 되는 것입니다. 어려운 사람들에게는 무료 변호도 해 줄 것이며 억울한 사람들을 위해 열심히 일할 것입니다.

**여동생(조민지)**

저에게는 여동생 한 명이 있습니다. 여동생의 이름은 조민지입니다. 지금은 청솔 초등학교에 다니고 있습니다. 민지는 5학년이며 1991년 11월 28일 뉴욕주 이타카시에서 태어났습니다. 저희 가족 중에서 유일하게 외국에서 태어났습니다. 민지와 가끔 싸우기는 하지만 평소에는 가장 저의 말에 잘 따라주고 심부름도 잘 하는 동생입니다. 민지는 특히 삼 형제 중에서도 동물을 가장 많이 좋아합니다. 그래서 민지의 장래 희망도 수의사가 되는 것입니다. 민지는 텔레비전 보는 것을 좋아합니다. 특히 요즘 들어서는 '유리 구두'라는 드라마와 동물이 나오는 프로그램을 즐겨 봅니다. 그러나 왠지 책 읽는 것만은 매우 싫어합니다. 민지는 먹는 것을 좋아하기 때문에 '돼지'라고 불립니다. 다른 것은 기억 못 하더라도 누군가가 먹는 것을 사준다고 한 것은 절대 잊어버리지 않기 때문입니다. 가끔씩 덜렁대는 단점이 있긴 하지만 얼굴이 예쁘고 어느 곳에서나 웃음을 잃지 않고 명랑한, 마음씨까지도 착한 저의 하나뿐인 여동생입니다.

남동생(조창훈)

저에게는 동생이 2명이나 있습니다. 앞에서 소개한 여동생 민지와 또 한 명의 남동생인 창훈이입니다. 창훈이는 이제 막 학교생활에 익숙해지려고 하는 2학년이며 민지와 함께 청솔 초등학교에 다니고 있습니다. 창훈이는 키가 작고 얼굴이 뽀얀 귀여운 동생입니다. 귀엽기는 하지만 학교에서는 무척이나 말썽꾸러기여서 선생님께 자주 혼이 납니다. 창훈이는 축구를 매우 좋아합니다. 요즘도 학교에서 방과 후에 축구를 배웁니다. 이번 2002년 월드컵에 대한 관심도 매우 높습니다. 막내인 귀염둥이 창훈이가 있기에 저의 집은 항상 웃음소리로 가득합니다. 아직은 어려서 철이 없지만 가족들 사이에서 많은 사랑을 듬뿍 받고 있는 창훈이는 귀엽고 말썽꾸러기이지만 똑똑한 막내입니다.

이처럼 우리 가족은 서로를 아끼고 존중하기 때문에 더욱 더 화목한 가정을 꾸려 나갈 수 있는 것 같습니다. 그리고 어느 한 사람만 집안일을 담당하는 것이 아니라 사이좋게 분담하여 자기가 맡은 일에 최선을 다 하기 때문에 싸우지 않고 행복하게 지냅니다. 제가 하루 하루를 즐겁게 보낼 수 있는 것은 모두 한 집 안에서 서로를 감싸주는 가족 때문입니다. 만약 저에게 가족이 없다면 아마도 저는 나쁜 길로 빠져들었거나 늘 외로워했을 지도 모릅니다. 이렇게 되지 않도록 하는 강한 힘이 바로 가족의 역할입니다. 이번 기술 가정 보고서를 작성함으로써 다시 한 번 가족의 소중함을 깨닫게 됩니다. 그리고 앞으로는 나를 사랑해주는 가족들의 고마움에 내가 보답해야 할 길이 어떤 길인지를 곰곰이 생각해 보고 실천할 수 있는 민정이가 되도록 노력하겠습니다.

# 부모님 자랑

청솔중학교 1학년 조민정

내가 중학교 1학년이 될 때까지 이렇게 무럭무럭 자랄 수 있었던 것은 부모님께서 13년 동안 나를 올바른 길로 가도록 정성껏 이끌어 주셨기 때문이다. 그래서 고마우신 부모님에 대한 자랑거리를 쓰려고 한다. 자랑거리를 쓰기 전에 먼저 나의 부모님 소개부터 하겠다.

아버지 성함은 조 희대이시고 어머니 성함은 박 은숙이시다.

아버지께서는 부장판사이시면서 사법연수원에서 장차 법조인들이 될 연수생들을 가르치고 계신다. 어머니께서는 본래 약사이시지만 세 형제들을 돌보고 계신다.

부모님에 대하여 자랑거리를 쓴다고 해서 무조건 좋은 것들만 쓰라는 법은 없다. 그래서 나는 이 글에서 부모님에 대하여 최대한 정직하게 쓰려고 한다.

아버지께서는 1956년 경주에서 태어나셨다. 나는 아버지께서 늘 근엄하시기 때문에 어릴 적에도 무척 얌전하고 부모님 말씀을 잘 듣는 분이셨을 것이라고 생각해 왔다. 그런데 아버지께서도 어릴 적만큼은 무척 개구쟁이이셨다. 지금부터 그 재미있는 사연을 소개하려고 한다.

아버지께서는 시골에서 태어나셨기 때문에 어릴 적 아버지의 친구들은 겨울이 되면 강물이 꽁꽁 언 얼음판 위에 가서 스케이트나 썰매를 탔다. 그런데 할아버지께서는 위험하다고 그곳에 가서 놀지 못하게 하셨다. 그런데 우리 아버지께서는 할아버지의 말씀을 잊어버리고 그만 얼음 빙판 위에 썰매를 타러 가셨다. 그런데 불행하게도 얼음판이 깨지고 말았다. 다행히 깊지 않은 곳이라서 익사하시지는 않았지만 옷을 흠뻑 젖은 채 집으로 돌아와서 할아버지께 크게 꾸중을 들었다고 한다.

아버지에 관한 또 하나의 재미있는 사연은 어머니가 아버지와 절친한 친구의 부인에게서 듣고 이야기해 주었는데, 그 일은 아버지께서 고등학교에 합격하셨을 때 일어났다. 그때 아버지의 친구께서 시골에 있는 아버지 댁에 놀러 오셨다. 시골이라서 텔레비전도 없고 마땅히 할 것이 없었다. 그래서 아버지께서는 사전 게임이라는 것을 하자고 하셨다. 그 게임은 영어사전을 가지고 아무 단어나 불러서 그 단어의 뜻을 맞추는 게임이었다. 그런데 더욱 더 놀라운 것은 아버지께서는 그 친구께서 말씀하시는 단어를 모두 맞추었던 것이다. 그래서 아버지의 별명이 그만 '걸어 다니는 사전'이 되고 말았다.

이렇듯 아버지께서는 재미있는 추억을 가지고 계신다. 아버지께서는 근엄하시다. 그렇다고 해서 항상은 아니다. 가끔씩은 재미있고 썰렁한 유머로 우리 형제들을 재미있게 해 주신다. 나는 내가 5학년 때까지는 아버지에 대해서 잘 몰랐다. 그런데 아버지께서는 의외로 요즘 어린이들이 쓰고 있는 채팅용어와 유머에 대해서도 관심을 보이셨다. 심한 세대 차이가 나고 있어서 가족 간의 관계를 더욱 더 가까이 하려고 노력하신다는 것을 알고는 아버지가 무척 자랑스러웠다. 이처럼 아버지는 유머도 뛰어나시고 우리들의 마음을 잘 이해해 주신다.

또한 아버지께서는 무척 마음이 넓으시고 자상하시다. 집에서는 물론 세 형제들에게 무서우실 때도 있지만 주말만 되면 우리들과 시간을 꼭 함께 보내신다. 이분이 바로 마음이 넓은 우리 아버지가 아닌가. 우리 형제들은 종종 아버지께 모르는 것들을 자주 질문한다. 그럴 때마다 주위에 몇몇 부모님들께서는 짜증을 내시기도 한다고 들었다. 그러나 아버지께서는 늘 자상하게 가르쳐 주신다. 그리고 특히 무슨 과목보다도 수학과 영어를 중히 여기셔서 나와 동생들이 이만큼 발전할 수 있었다.

어머니께서는 어릴 적 얌전하고 학교에서도 착실하게 공부를 하셨던 분이셨다. 그래서 할머니께서는 어머니가 특별히 말썽을 피운 적은 없었다고 하신다. 그러나 단 한번이라도 말썽을 피운 적을 고르라고 한다면 이 사건을 고르겠다고 하신다.

나도 지금까지 잘 몰랐지만 어머니께서는 어릴 적에 외삼촌을 잘 따르셨다고 하신다. 그래서 사건이 일어난 그날도 외삼촌을 귀찮게 하셨다. 저녁 식사를 할 때쯤 외삼촌께서는 식탁 의자에 앉아 계셨고 그날따라 아주 뜨거운 찌개가 올려져 있었다. 어머니께서는 외삼촌 어깨에 매달려 계시다가 그만 뜨거운 국에 팔꿈치를 데이고 마셨다. 다행히 그때 할머니께서 빨리 병원으로 데리고 가셔서 응급처치를 했으니 다행이지 운이 좋지 못했더라면 지금도 흉터가 팔꿈치에 남아 있었을 것이라고 웃으시며 말씀하신다.

어머니께서는 재미있는 이야기를 많이 해 주신다. 특히 내가 큰딸이라서 그런지 어머니께서 대학생이셨을 때 재미있었던 일 등을 많이 얘기해 주신다. 그리고 또한 교훈적인 내용들도 많이 들려주신다. 만약 어머니께서 그 얘기를 하루라도 안 해 주신다면 아마 나는 심심해서 견딜 수 없을 것이다. 어머니께서는 늘 나에게 좋은 얘기들을 들려주시기 때문에 우리 어머니 별명은 '수다쟁이 엄마'가 되어버렸다. 부모님 두 분 모두 재미있는 별명들을 가지고 계신다.

어머니께서는 나의 공부에 대하여 많이 신경을 써 주신다. 아버지께서 오후에 집에 안 계실 때에는 늘 내 공부를 챙겨주신다. 그리고 무엇보다도 내가 잘 하는 분야의 재능을 키워주시려고 노력하신다. 그래서 늘 감사하다.

마지막으로 어머니의 자랑거리는 늘 세 형제들의 건강을 챙겨 주신다는 것이다. 저녁 식탁에는 건강에 좋은 나물들과 생선, 그리고 고기 등이 올려져 있어서 우리들이 쑥쑥 자라는 데에 많은 도움이 된다. 집안일에 바쁘시지만 늘 이렇게 신경을 써주시는 엄마께 또 한 번 감사하다. 이처럼 우리 어머니는 우리들을 챙겨주시고 도와주시는 슈퍼우먼 어머니이시다.

처음 이 글을 쓰려고 할 때에는 부모님 자랑거리를 어디에서부터 어디까지 어떻게 써야 할지 눈앞이 막막했었다. 그러나 이 글의 마무리를 짓고 있는 지금, 이 글을 써 봄으로써 그동안 저마다 바쁜 생활에 깨닫지 못했던 고마우신 부모님의 은혜를 알게 되었다. 그리고 부모님이 더욱 더 자랑스럽게 느껴졌다. 앞으로도 늘 고마우신 부모님의 은혜에 보답하는 큰딸이 되리라고 다짐을 하며 자랑스러운 우리 부모님의 소개를 마치겠다.

제2편

# 동심

제 3 회
94. 12. 15

# 우리 동생

조민정, 대구범일초등학교 1학년

방글방글 웃는 우리 동생
잼잼잼, 손뼉 치는 귀여운 동생
방글방글 잼잼
예쁜 우리 동생

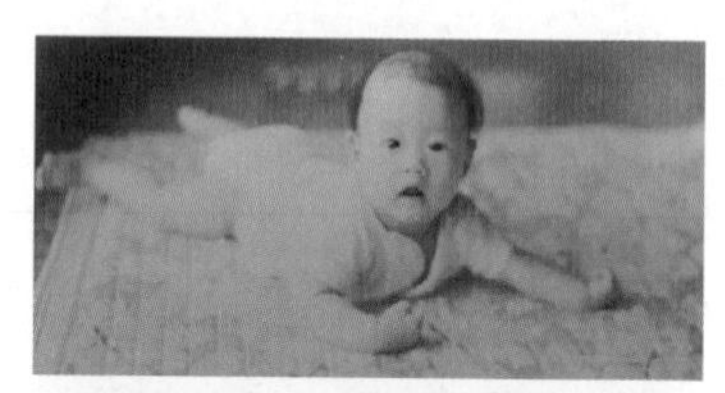

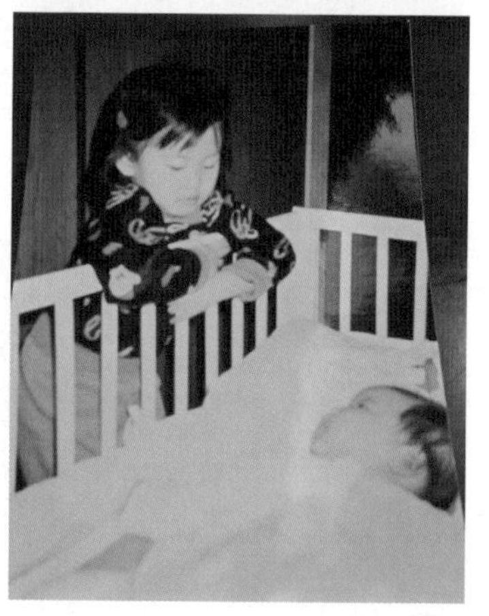

# 무지개 가족

조민정, 대구범일초등학교 1학년, 1996년 교내 예술제 글짓기 금상

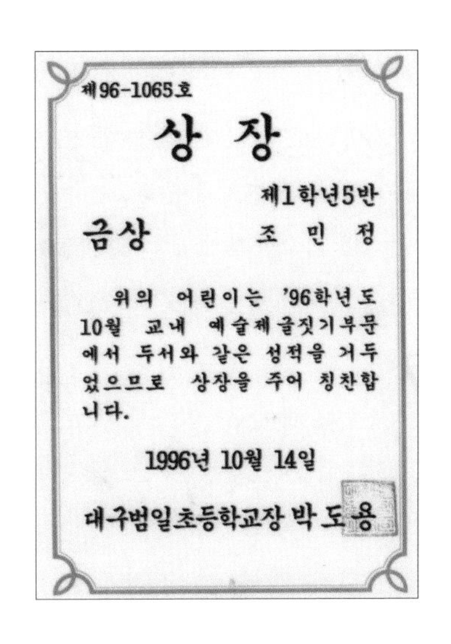
제96-1065호

상 장

제1학년5반

금상 조 민 정

위의 어린이는 '96학년도 10월 교내 예술제글짓기부문에서 두서와 같은 성적을 거두었으므로 상장을 주어 칭찬합니다.

1996년 10월 14일

대구범일초등학교장 박 도 용

오손도손 무지개 가족
빨강 무지개 아빠
주황 무지개 엄마
노랑 무지개 나
초록 무지개 여동생
파랑 무지개 남동생
남색 무지개 할아버지
보라 무지개 할머니
무지개 가족은 즐거운 가족
알록달록 여러 가지 색깔의 가족
무지개 가족은 정말 즐거워

# 봄

조민정, 청솔초등학교 3학년

봄에는 예쁜 꽃이 활짝 피어나지요.
새싹도 파릇파릇 돋아나고요.
꽃과 새싹은 친구랍니다.
안녕? 꽃이 인사를 합니다.
안녕, 새싹도 인사를 합니다.
예쁜 꽃이 활짝 웃죠.
파란 새싹도 즐겁게 웃고요.
우리 모두 환하게 웃어 봐요.

# 단풍

조민정, 청솔초등학교 3학년

알록달록
빨간 단풍
노란 단풍
단풍들이 시냇물에 떨어지네
새빨간 단풍
샛노란 단풍이
시냇물에 졸졸졸 흘러가네

# 낙엽

조민정, 청솔초등학교 3학년

아빠 나무에 주렁주렁
아기 단풍잎들
솔바람 불어
개울물로 떨어져
빨간 물고기 되어
내려가네.
엄마 나무에 대롱대롱
아기 은행잎들
실바람 불어
시냇물로 떨어져
노란 돛단배 되어
흘러가네.

# 눈

조민정, 청솔초등학교 3학년

눈이 펄펄 내립니다.

눈

눈이 내려요.

눈이 펑펑 내려 눈사람이 되고,

눈이 소복소복 쌓여 동화나라가 되어요.

# 나의 소개

조민정, 청솔초등학교 3학년

안녕하세요? 여러분.
저는 조민정이라고 합니다.
저의 취미는 수영이고, 잘 하는 것도 수영이에요.
저는 수영을 무척 좋아하거든요!
저의 가족은 5명이에요.
우리 아빠는 판사이신데 무척 자상하세요.
저의 엄마는요, 약사예요.
그런데 약국에서 일은 하지 않으세요.
저의 귀여운 두 동생도 빼놓을 수가 없군요.
막내 창훈이는 유치원생!
민지는 학생이죠.
나의 꿈은 아~주 많아요.
1. 피아노 선생님2. 탤런트3. 영어 강사
이 외에도 많아요!
그럼, 저의 소개를 마칠게요.
안녕!

# 우정友情

민정아! MERRY CHRISTMAS!
민정아 그동안 고마웠어.
내가 매일 영혜랑 싸우면
너는 그 일 다 해결해 주고……
민정아 내가 이 말만 할게.
감기조심하고 몸 건강히 지내.
1997년 12월 25일
나리가.

민정아. 안녕?
날씨도 추운데 감기 조심해.
발표라면 발표 1등, 영어라면 영어 1등,
공부라면 공부 1등 하는 네가 난 참 마음에 들어.
우리는 아무도 떼어 놓을 수도 없는 단짝이지.
너도 그렇게 생각해 줬으면 좋겠어.
넌 내가 손톱하나 긁혔는지도 알지.
민정아 사랑해.
1997년 12월 27일
찬영이가.

# 선생님

조민정, 청솔초등학교 3학년, 1998년 스승의 날 교내 글짓기 최우수상

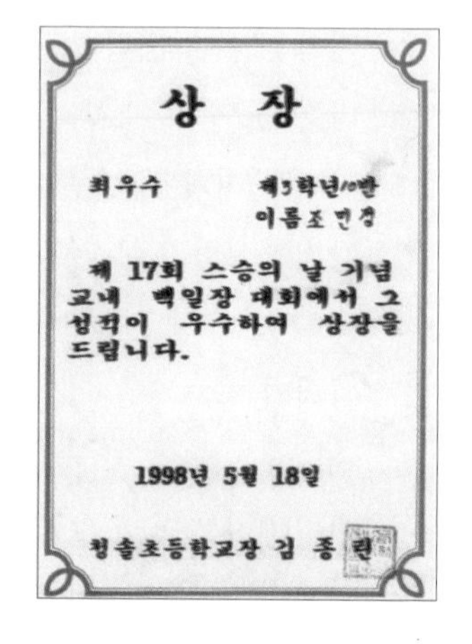

상 장

최우수 제3학년10반
이름 조민정

제 17회 스승의 날 기념 교내 백일장 대회에서 그 성적이 우수하여 상장을 드립니다.

1998년 5월 18일

청솔초등학교장 김 종 련

오늘은 스승의 날, 선생님의 얼굴에 웃음꽃이 활짝 피었다.

지금 선생님께서는 우리 반을 열심히 가르치신다. 나는 반장인데 우리 반을 일등반으로 만들어서 선생님을 기쁘게 해 드리고 싶은데, 그게 잘 되지 않는다.

우리가 장난칠 때는 호랑이 선생님이시지만, 우리가 말을 잘 들을 땐 천사 같으시다. 우리들의 친구처럼 재미있게 놀아 주시고, 또 자상하게 우리들에게 공부를 가르쳐 주시는 자상한 어머니 같다. 이처럼 우리 선생님은 우리들에게 뭐든지 되어 주신다.

선생님은 우리들을 바른 사람이 되도록 우리를 가르쳐 주시는 분이시다. 가끔씩 우리들을 혼내시지만 그것은 우리들을 사랑하시기 때문이다. 왜냐하면 우리를 사랑해서 잘못된 점을 혼내시고 그것을 고쳐 커서 훌륭한 사람이 되라고 그러시는 것이다.

어제는 우리들과 함께 줄넘기 놀이도 해 주시고, 재미있는 게임도 가르쳐 주시고, 노래도 가르쳐 주신 선생님, 오늘만이라도 선생님을 기쁘게 해 드릴 것이다.

선생님께 내가 잘못한 것이 너무 많은 것 같다. 그중에서도 가장 큰 잘못은 내가 반장 선거할 때 말한 약속을 못 지킨 것이다.

아참, 즐거웠던 일이 여럿 있다. 우리가 소풍갔던 날, 비가 와서 탄천에 갔을 때, 꼬리잡기도 하고, 수건돌리기도 한 것이 가장 기억에 남는다.

앞으로는 우리 반을 위해 봉사하고, 질서도 잘 지키고, 우리 반을 위해 최선을 다 하겠다.

# 일기장 살짝 보기

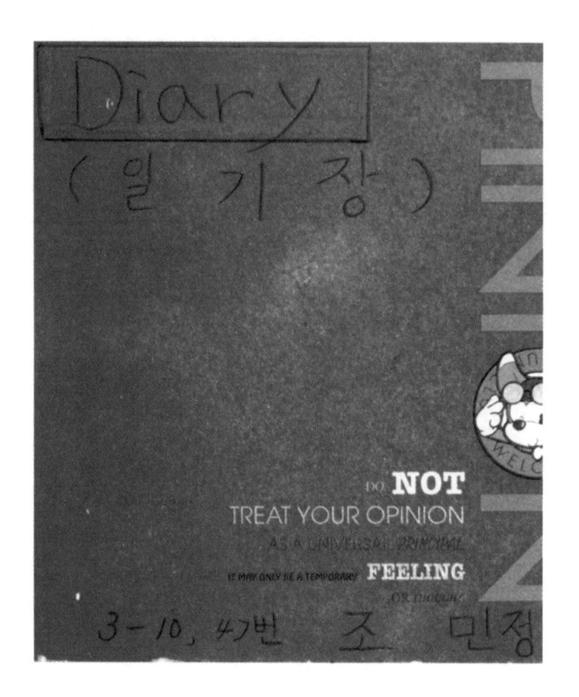


☆ 1998**년** 8**월** 5**일 수요일**

〈힘든 하루〉

오늘은 정말 힘든 날이었다. 영어학원에 갔다가 집에 돌아오니 동생들이 방을 엉망으로 해 놓았다. 책이란 책은 거의 다 팽개쳐 놓았다. 공책도 마찬가지였다. 엉망인 방을 내가 다 치웠다. 휴, 진짜 힘들었다.

얄미운 동생들. 그래도 동생들이 어지러 놓은 것을 내가 치우고 나니 방이 깨끗해졌다. 미화원 아저씨도 같은 마음일까. 방을 치우는 것도 아주 작은 봉사라고나 할까.

방을 치우다 보니 엄마 생각이 났다. 나는 일을 조금만 해도 힘든데, 엄마는 음식, 청소, 빨래와 많은 일을 하시면서 얼마나 힘드실까. 앞으로 엄마 말씀 잘 들어야겠다.

☆ 1998년 8월 11일 화요일

〈수재민들의 고통 함께 나누자〉

오늘 아침 텔레비전을 보니 온통 수해 뉴스뿐이었다. 하늘이 너무 했다는 생각이 들었다. 죄도 없는 사람들이 많이 죽고 다쳤으니 얼마나 힘들까.

나는 이렇게 편하게 있는데 집을 잃은 아이들을 보면 너무 불쌍하다. 나와 엄마는 700-0600 수재민 돕기에 전화를 했다. 액수가 점점 올라가는 걸 보니 마음이 뿌듯해졌다.

☆ 1998년 8월 20일 목요일

〈나는 선생님〉

오늘 아침 아빠께서 나에게 창훈이 공부를 가르쳐 달라고 부탁하셨다. 만약 창훈이가 그날 배운 것을 다 알게 되면 10,000원씩 준다고 하셨다. 그런데 그 돈은 내게 너무 많은 액수고 또 IMF라서 1,000원씩만 받겠다고 했다.

나는 창훈이에게 먼저 가~바까지 가르치고 해님 달님 동화를 들려주고 줄거리 말하기를 했다. 가끔 창훈이가 장난을 쳐서 화가 나기도 했다. 공부를 가르치다 보니 선생님이 된 기분이었다. 우리 선생님께서도 반 친구들 때문에 화가 가끔씩 나셨을 것이다. 앞으로 선생님께서 기쁘실 수 있도록 하고 싶다.

☆ 1998년 8월 21일 금요일

〈내가 받아본 월급〉

오늘은 창훈이에게 짧은 단어를 가르쳤다. 창훈이가 어제보다 더 잘하고 말썽을 피우지도 않았다. 그래서 가르치는 데 별로 힘들지 않았다. 창훈이가 단어를 익히는 걸 보니 기특하고 자랑스러웠다. 저녁에 아빠께서 창훈이에게 테스트를 하셨다. 창훈이는 거의 다 맞추었다. 아빠께서 1,000원을 주셨다. 내가 누구에게 공부를 가르쳐서 월급을 받다니!!! 너무 기뻤다.

☆ 1998년 9월 1일 화요일

〈2학기 임원선거〉

오늘 임원선거를 했다. 반장선거에서 동현이가 반장이 되었다. 회장은 나, 부반장은 수정이와 승환, 부회장은 희정, 은택이다. 몇몇 아이들은 잘 할 것 같은데 뽑히지 않아서 섭섭하다. 하지만 이번 임원들도 모두 잘 뽑힌 것 같다. 앞으로 우리 반 아이들을 잘 도와줘야겠다. 1학기 때보다 더욱 참된 봉사를 하고 회장 일을 책임 있게 해 낼 것이라고 다짐했다.

(선생님의 코멘트) 방학동안 일기를 꾸준히 썼구나. 민정이의 '글자체'도 많이 변한 것 같구나. 회장에 뽑힌 거 축하한다. 선생님과 친구들의 기대에 어긋나지 않을 거라 믿는단다.

☆ 1998년 9월 9일 수요일

〈고기잡이〉

오늘 우리 반은 탄천에 물고기를 잡으러 갔다. 걸어가던 중에 남형이가 들고 가던 낚시 바늘이 내 바지에 걸리고 말았다. 선생님께서 낚시 바늘을 빼 주시면서, 낚시 바늘에 걸린 물고기 심정을 알겠느냐고 물으셨다. 나는 그 심정을 알 것 같았다. 그 불안한 마음을.

드디어 탄천에 도착해서 물고기를 잡았다. 남자들은 많이 잡았지만 불쌍해서 놓아주었다. 여자들은 왜 놓아주느냐고 난리지만, 낚시 바늘에 걸려본 나는 물고기를 놓아 주길 잘 했다고 생각했다.

그 사이 태홍이, 수정이, 민혁이 등이 장난치며 물 속에 풍덩! 오늘의 더위는 다 사라진 것 같다. 탄천 물 덕분에.

(선생님의 코멘트) 한 일, 느낀 점이 참 잘 나타나 있구나. 다음에 고기를 잡더라도 자연 수업을 위한 관찰만 하고 꼭 강으로 돌려보내자꾸나.

☆ 1998년 9월 17일 목요일

〈전학 간 예린이〉

나는 오늘 5교시에 예린이가 전학을 가야 된다는 사실을 알게 되었다. 예린이와 헤어져야 한다니 섭섭했다. 예린이는 참 똑똑하고 귀엽고 착한 친구였는데 ... 내일이면 예린이를 볼 수 없다니 ...

그래서 나는 예쁜 엽서 한 장에 정성껏 편지를 썼다. 쓰고 나니 마음이 울적해 졌다. 예린이에게 쓸 또 한 가지! 예린이에게 하고 싶은 말을 간단하게 쓰는 곳에 쓰지 못 해 아쉽다.

예린이는 이매 초등학교에서도 친구도 많이 사귀고 귀엽고 인기가 많을 것이다. 예린이와의 추억도 잘 간직해야겠다. 예린이도 우리와의 추억을 오래! 오래! 간직했으면.

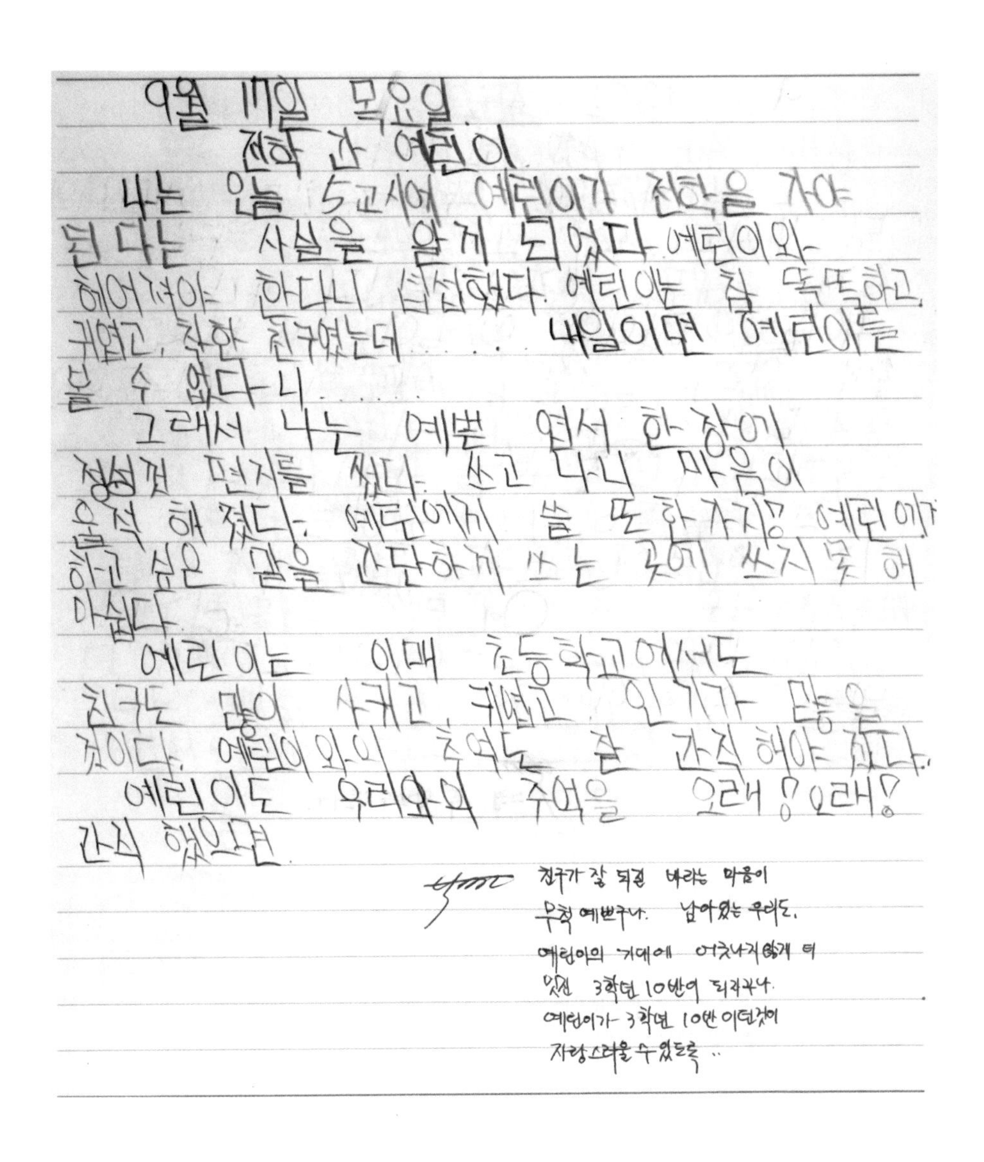

9월 17일 목요일
전학 간 예린이
나는 오늘 5교시에 예린이가 전학을 가야 된다는 사실을 알게 되었다 예린이와 헤어져야 한다니 섭섭했다. 예린이는 참 똑똑하고 귀엽고, 착한 친구였는데 ...... 내일이면 예린이를 볼 수 없다니......
그래서 나는 예쁜 엽서 한 장에 정성껏 편지를 썼다. 쓰고 나니 마음이 울적 해 졌다. 예린이에게 쓸 또 한 가지? 예린이게 하고 싶은 말을 간단하게 쓰는 곳에 쓰지 못 해 아쉽다.
예린이는 이매 초등학교에서도 친구도 많이 사귀고, 귀엽고, 인기가 많을 것이다. 예린이와의 추억도 잘 간직 해야 겠다.
예린이도 우리와의 추억을 오래! 오래! 간직 했으면.

친구가 잘 되길 바라는 마음이 무척 예쁘구나. 남아있는 우리도, 예린이의 기대에 어긋나지 않게 더 멋진 3학년 10반이 되겠구나. 예린이가 3학년 10반이었던 것이 자랑스러울 수 있도록..

(선생님의 코멘트) 친구가 잘 되길 바라는 마음이 무척 예쁘구나. 남아 있는 우리도 예린이의 기대에 어긋나지 않게 더 멋진 3학년 10반이 되자꾸나. 예린이가 3학년 10반이던 것이 자랑스러울 수 있도록.

☆ 1998**년** 10**월** 23**일 금요일**

〈은정이와의 화해〉

어제 나는 은정이와 싸웠다. 은정이가 피구 주장인데 갑자기 나를 피구부에서 뺀다고 했기 때문이다. 그런데 오늘 웬 편지가 내게로 왔다. 알고 보니 은정이의 편지였다. 나는 깜짝 놀랐다. 그렇게 쌀쌀맞던 은정이가 편지를 주다니... 나는 화장실에 가서 편지를 읽어 보았다."민정아, 나 은정이야. 어제 정말 미안했어. 너가 앞으로 주장해. 그리고 사이좋게 지내자. 그럼 이만. 은정"이런 내용이었다. 나도 은정이에게 가서 사과를 했다. 앞으로 친구들과 사이좋게 지내야겠다.

(선생님의 코멘트) 서로 이해하고 지내렴. 화내기는 쉬워도 사과하기는 어려운 법인데, 앞으로 더 친하게 지내렴. 민정, 은정, 이름도 비슷하고 더 정답게 느껴지네.

☆ 1998**년** 10**월** 29**일 목요일**

〈기특한 창훈이〉

오늘 피아노를 마치고 돌아오니 엄마와 창훈이가 한글을 공부하고 있었다. 창훈이가 도깨비, 다람쥐, 비행기, 도토리, 기차, 아기, 은행, 라디오, 산, 엄마 등등 스무 개 정도의 단어를 오늘 다 익혔다고 한다. 요즘 5살이면 이 정도는 기본일지 몰라도, 나는 창훈이가 매우 신기하고 기특한 생각이 들었다. 나도 앞으로 시간 나는 대로 창훈이가 한글을 깨치는데 힘이 되어야겠다.

(선생님의 코멘트) 누나의 힘이 컸나 보다. 지난 번 누나가 열심히 가르친 덕을 톡톡히 본 것 같은데.

☆ 1998**년** 12**월** 25**일 금요일 맑음**

〈즐거운 크리스마스〉

메리 크리스마스! 오늘은 바로 기다리던 크리스마스 날이다. 무슨 선물을 받았냐구요? 지갑 모양의 다이어리를 받았다. 빨간 색에다가 모양은 약간 직사각형이다. 지퍼로 다이어리를 열고 닫을 수 있었다. 여동생 민지는 귀여운 인형을, 남동생 창훈이는 큰 자동차를 선물로 받았다.

오후에는 백화점에 가서'피노키오'뮤지컬을 보았다. 책으로만 볼 때에는 잘 몰랐는데 뮤지컬로 보니까 사랑과 성공의 결말을 알 수 있었다. 창훈이도 재미있다고 난리였다. 나는 여러 배우들과 악수도 했다.

뮤지컬이 끝나자 엄마 아빠가 기다리고 계셨다. 점심으로 피자를 먹었더니 직원이 예쁜 장난감을 주었다. 올해는 가장 따뜻한 크리스마스이다. 메리 크리스마스!

**☆ 1999년 1월 12일 화요일 맑고 추움**

〈맛있는 짜장면〉

오늘 엄마께서 직접 짜장면을 만들어 주셨다. 먹기 전에는 '별 맛 없겠지'라고 생각했다. 먹어보니 밖에서 파는 짜장면보다 더 맛있었다. 면이 짧은 것이 탈이긴 하지만.

내 동생 민지는 국수종류를 좋아해서 그런지 씹지도 않고 그냥 넘겼다. 배탈나면 어쩌려고.

아무튼 참 맛있었다. 음식은 손맛이라는 말이 딱 맞는 것 같았다. 나는 엄마의 정성을 알 수 있었다. 이 세상 모든 것은 사람의 정성이 가장 중요하다고 생각한다.

**☆ 1999년 11월 26일 금요일 맑음**

〈건강한 나의 치아〉

"땡, 땡, 땡, 땡, ……" 밤 아홉시를 알리는 시계소리였다.

"민정아, 이빨 닦고 어서 자거라." "네." 대답은 이렇게 했지만 왠지 양치질하기가 귀찮았다. "양치질 한번 안한다고 뭐 어떻게 될까? 귀찮으니까 내일 해야지." 그리고 나는 이불을 덮고 바로 꿈나라로 갔다.

하얗고 네모난 큰 기둥들이 사방에 둘러 있었다. 악마가 나올 것 같은 으시시한 곳이었다. "히히히히" 음흉한 웃음소리가 들렸다. "누구야?"

"민정아, 너 오늘 초콜렛 먹고 이빨도 안닦고 잤지? 너의 이빨을 공격할 테다." "안 돼! 누구 좀 도와 주세요." "민정아 어서 일어나라." "안돼, 안돼."

누군가 나를 흔들었다. "아니 꿈이있잖아. 휴우 -."

나는 이런 무서운 꿈속을 여행한 후 매일 깨끗하게 이빨을 닦는다. 하루라도 거르면 다시 세균들이 꿈나라로 공격해 올지 모르기 때문이다.

우리 어린이들은 날마다 이빨을 닦아 세균의 공격을 막아야 하겠다. 그리하여 아름다운 꿈을 꾸고 건강하고 씩씩한 어린이가 되어야 하겠다.

☆ 2000년 4월 8일 토요일 맑음

〈민주의 즐거운 생일〉

오늘은 우리 반 친구인 민주의 생일이다. 민주의 생일파티는 오후 3시 30분부터 열렸다. 나는 학원에 갔다가 오후 4시쯤 민주네 집에 갔다. 다행히 막 시작하려던 참이라 나도 얼른 다른 친구들 틈에 끼여 앉아 민주를 위해 생일 축하 노래를 불러 주었다.

'펵!'생일 폭죽이 터지자 민주는 얼른 생일 선물들을 풀어보기 시작했다. 나는 민주에게 푸 필통을 선물해 주었다. 민주도 내 선물을 보고 기뻐하는 것 같았다. 점심을 다 먹고 나서 나와 여자 친구들은 방 안에서 진실게임을 했다.

오후 5시쯤 자민이가 집에 가고 남아 있던 친구들은 밖으로 나가 민주네 집 앞에서'얼음땡'도 하고'한발 뛰기'도 했다. 모두들 자기가 하고 싶은 것만 하지 않고 서로 이해하며 놀았기 때문에 아주 재미있게 놀 수 있었다.

오후 7시가 되자 민주 어머니께서"자, 이 과일들 먹고 집에들 가거라. 늦었구나."하고 말씀하셨다. 나와 수정이는 같은 방향이라 함께 집으로 돌아왔다.

오늘 민주의 생일은 참 즐거운 생일이었다. 맛있는 음식도 먹고 재미있게 놀기도 하고. 곧 있으면 다가오는 내 생일에도 이렇게 즐거웠으면 좋겠다.

☆ 2000년 4월 25일 화요일

〈소풍〉

랄랄라~ 오늘은 즐거운 소풍을 가는 날이다. 아침부터 내 기분은 매우 들떠 있었다. 날씨는 약간 흐린 것 같았지만 그래도 기뻤다. 엄마께서는 아침 일찍부터 일어나셔서 맛있는 김밥을 싸고 계셨다.

김밥과 과자, 음료수를 가방에 넣고 학교로 갔다. 우리 5학년 전체는 불곡산으로 출발 ~.

우리 5-9반이 제일 앞장을 서서 가게 되었다. 맨 앞에서 간다니까 약간 부담이 되기도 했다. 영차, 영차, 열심히 올라가는 아이들 이마에는 땀방울이 송골송골, 숨소리는 헥헥. 올라간지 얼마 되지 않았는데 다리가 아프고 힘들었다. 여러 번 미끄러질 뻔도 하고 경사가 심한 곳도 많아 힘들었지만 정상에 올라가 쉴 생각으로 빨리 올라갔다. 45분만에 드디어 정상에 도착했다. 우와!

점심 먹기엔 조금 이르지만 맛있는 김밥을 꺼내 먹었다. 야외에서 먹으니 꿀맛이었다. 점심을 다 먹고 과자도 먹고 수건돌리기도 하며 놀았다. 나는 술래를 2번이나 했다. 잡힐 듯 말 듯 하는 것이 아슬아슬했다. 그러고 나서 보물찾기도 하고 신발던지기도 했다. 다리가 아프고 어깨도 쑤셨지만 즐거운 소풍이었다.

☆ 2000년 5월 9일 수요일

〈112 신고〉

오늘 내가 영어학원에서 밤 9시쯤 돌아왔을 때 아빠께서 누군가와 통화를 하고 계셨다. 나는 동생 민지에게 물어보았더니 "경찰과 통화해."라고 대답했다. 이 소리를 듣는 순간 내 머릿속은 놀람과 궁금증으로 가득했다. 통화가 끝나고 사정을 알아보니, 엄마께서 잠깐 이마트에 가셔서 엄마 핸드폰을 꺼둔 사이에 동생 창훈이가 무섭다고 경찰에 신고를 했다는 것이다. 이제 내 동생 창훈이는 톱스타가 되었다.

☆ 2000년 5월 19일 금요일

〈칭찬〉

오늘은 특활이 들어 있는 날이다. 나는 특활이 제일 좋다. 왜냐하면 공부에서 떠나 편하게 그림을 그릴 수 있기 때문이다.

오늘 우리 미술부에서는 지난 시간에 그리던 우유팩 뎃생을 마무리

할 차례이다. 쓱싹 쓱싹, 연필을 이리 저리 굴려가며 열심히 그렸다. 선생님께서 우리들이 그리고 있는 그림을 쭉 둘러보시다가 내 그림을 보시더니 "아주 잘 그렸네. 조금만 더 손질하면 되겠어."하시면서 내 그림을 다른 아이들에게 보여주셨다. "우와!" 아이들이 감탄의 소리를 질렀다. 선생님께서 그림을 돌려주시자 아이들이 내 자리로 우르르 몰려들어 내 그림을 보고 갔다.

선생님, 이럴 때의 기분 아세요? 들떠 있고, 제 그림이 괜히 자랑스러워 보이고, 약간 쑥스럽기도 한 마음 말이에요. 정말 오늘은 재수가 좋은 날이다. 정말 많이…….

☆ 2000년 5월 21일 일요일

〈지루한 하루〉

오전에 수정이가 우리 집에 전화를 했다. 따르릉 ☎ "여보세요" "민정아 나 수정인데. 너 오늘 나랑 놀 수 있냐?" "잠깐만, 엄마한테 여쭤보고"

그러나 엄마의 냉정한 대답. 안 된다는 대답만 수정이에게 전해주어야 했다."수정아, 미안한데. 나 오늘 엄마께서 피곤한데 집에서 쉬라고 하셔서." "응, 그래. 알겠어. 그럼 월요일에 보자. 안녕." "안녕"

전화를 끊기가 무섭게 나는 엄마한테 따지기 시작했다. "엄마, 나 오늘 꼭 놀고 싶단 말이에요. 6일 동안 매일 공부하다가 겨우 하루 놀겠다는데." 그러나 엄마의 굳은 마음은 흔들리지 않으셨다.

휴, 오늘도 지겨운 하루가 시작되는구나. 아침부터 엄마께서는 "피아노 쳐라, 숙제해라, 공부해라"하시면서 나를 가만히 두질 않으셨다.

나는 일요일이 제일 싫다. 어른들은 일요일에 직장에 안 나가시고 집에서 편하게 쉬실 수 있어서 좋다고들 하시는데, 나는 일요일이 좋지가 않다.

다행히 엄마는 나와 약속을 했다. 그 약속이 무엇이냐 하면? "엄마, 다음 주 일요일에는 꼭 친구들과 놀게 해 주셔야 해요." "그래, 알았다, 어이구" "헤헤"

☆ 2000년 7월 30일 일요일

〈야호, 캠프에서 돌아왔다〉

오늘 정든 우리집에 돌아왔다. 2주간의 영어캠프를 마치고 동우대학교에서 퇴소식을 했다. 퇴소식을 하기 전, 반 별로 장기자랑을 보여주었다. 나는 단상에 나가 남과 북을 주제로 한 영어웅변을 했다. 그리고 대표로 수료증을 받고, 노력상을 받고, 답사를 했다. 그래서 총 4번이나 단상에 나갔다. 엄마 아빠께서 보러 오셨으면 더 좋았을 텐데, 아쉽다.

퇴소식 후 나는 버스에 올라탔다. Staff 선생님들이나 친구들과 헤어지기 싫은지 모두들 얼굴이 눈물로 적셔져 있었다. 그래서 친구들과 선생님들 이메일 주소를 적어왔다.

버스 안에서 멀미를 하며 힘들게 서울까지 왔다. 많은 학부모들 중 나는 손을 흔들고 계신 엄마와 아빠를 금방 찾을 수 있었다. 2주 떨어져 있었던 것이 1년이라도 된 듯 무척 반가웠다. 집에 돌아오니까 두 동생들도 반갑게 맞아주었다. 오랜만에 5가족이 모두 한 자리에 모였다. 역시 편안한 쉼터는 내 집뿐인 것 같다.

☆ 2000년 8월 5일 토요일

〈해운대에서의 하루〉

오전 10시 우리 가족은 서둘러 버스를 탔다. 해운대에 가기 위해서였다. 해운대에 도착한 것은 정확히 10시 30분.

파라솔을 빌리고 썬크림을 발랐다. 쨍쨍 내리쬐는 태양 아래 우리는 파아란 바다 속에 풍덩 빠져 물장난을 치며 놀았다. 중간에 틈틈이 오렌지도 먹고 빵도 먹었다. 12시 넘어서 파도가 거세졌다. 파도가 높게 밀려올 때에는 스릴이 있었다. 와! 모든 사람들이 소리를 지르며 즐거워했다. 한참 노는 재미에 빠져 있는데 그만 버스시간이 다가와 샤워를 하고 떠나야만 했다.

내 동생 민지는 등이 빠알갛게 타서 따갑다고 난리였다. 오늘 해운대에서의 하루는 정말 즐거웠다. 얼굴이 탔지만 나에겐 소중한 추억이 될 것이다.

# 무주리조트에서

조민지, 대구범일초등학교 2학년, 1999년 교내 문화예술 경연대회 최우수상

우리는 무주리조트에서 스키를 탔다. 아주 재미있었다. 창훈이도 넘어지지 않고 균형을 잡아 잘 탔다. 언니가 도와주려고 하면 한사코 싫어한다. 창훈이는 그동안 차를 제일 좋아했는데 스키를 타고 나서는 차보다 스키가 더 좋다며 깜깜할 때까지 탔다. 생일 때도 선물로 스키를 사달라고 했다.

스키를 타고 나서 노래방에 갔다. 언니는 리듬이 빠른 최신 곡을 불렀다. 나도 신나게 불렀다. 창훈이는 자막 글씨도 모르면서 우리가 옆에서 도와주려고 하면 못하게 하면서 혼자 웅얼웅얼 불렀다. 점수가 잘 안 나오자 그만 시무룩해졌다. 오늘은 우리 모두 즐거운 하루였다.

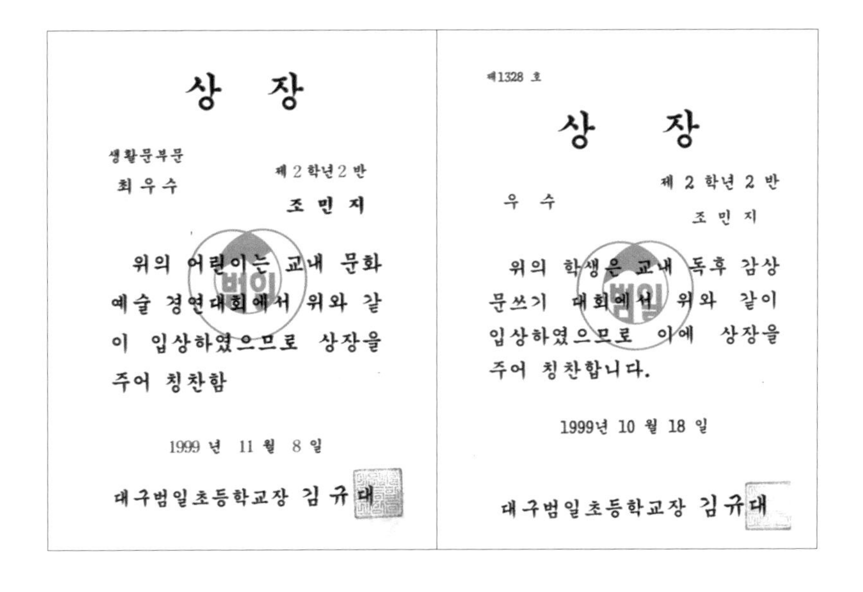

상 장

생활문부문
최우수

제2학년2반
조민지

위의 어린이는 교내 문화 예술 경연대회에서 위와 같이 입상하였으므로 상장을 주어 칭찬함

1999년 11월 8일

대구범일초등학교장 김규대

제1328호

상 장

우 수

제 2 학년 2 반
조 민 지

위의 학생은 교내 독후 감상문쓰기 대회에서 위와 같이 입상하였으므로 이에 상장을 주어 칭찬합니다.

1999년 10월 18일

대구범일초등학교장 김규대

# 부모님께

조민지, 청솔초등학교 4학년

엄마! 아빠! 저를 키우신다고 고생 많으시죠? 특히 엄마께서는 학원에 데려다 주시고 집안일을 하신다고 힘드시죠? 아빠께서도 회사에서 돈을 벌어 오시니까 힘드시겠죠?

저는 방학이라 편히 쉬지만 엄마께서는 힘드신데 제가 도와 드리지도 않아서 죄송해요. 제가 매일 도와 드려야 하는데……. 아무튼 죄송해요.

엄마 그리고 강아지 사주지 않으셔도 돼요. 나한테는 동생 창훈이도 있고 민정이 언니도 있잖아요. 그래도 사 주시면 더 고맙고요.

엄마 아빠 답장 꼬옥 보내 주세요! 엄마 아빠 오래 오래 사세요.

조민지 올림

# 유정이의 화분

조민지, 청솔초등학교 4학년

오늘 나는 급식 먹기 전에 뒤에 남자 아이 장○오와 장난을 치다가 장○오가 미는 바람에 유정이의 선인장 화분을 깨고 말았다. 다행히 다치지는 않았지만 유정이에게 너무나도 미안했다. 그때는 유정이가 아람단이라서 없었지만 내일 어떻게 말해야 할지 모르겠다. 어떻게 해야 할까? 아휴 ~~~~~--------!!!

아유, 장○오 때문에 내가 이렇게 되었다. 내일 유정이가 화를 내면 어떻게 하지? 내일 사 내라고 하면 어쩌지? 유정이가 그냥 넘어가 주었으면 좋겠는데.

아마 유정이는 착해서 화분을 깨든 뭐를 하든 화내지 않을 것이다. 그래도 너무 미안했다.

유정아 너무 미안해!♡!

# 남이 본 나

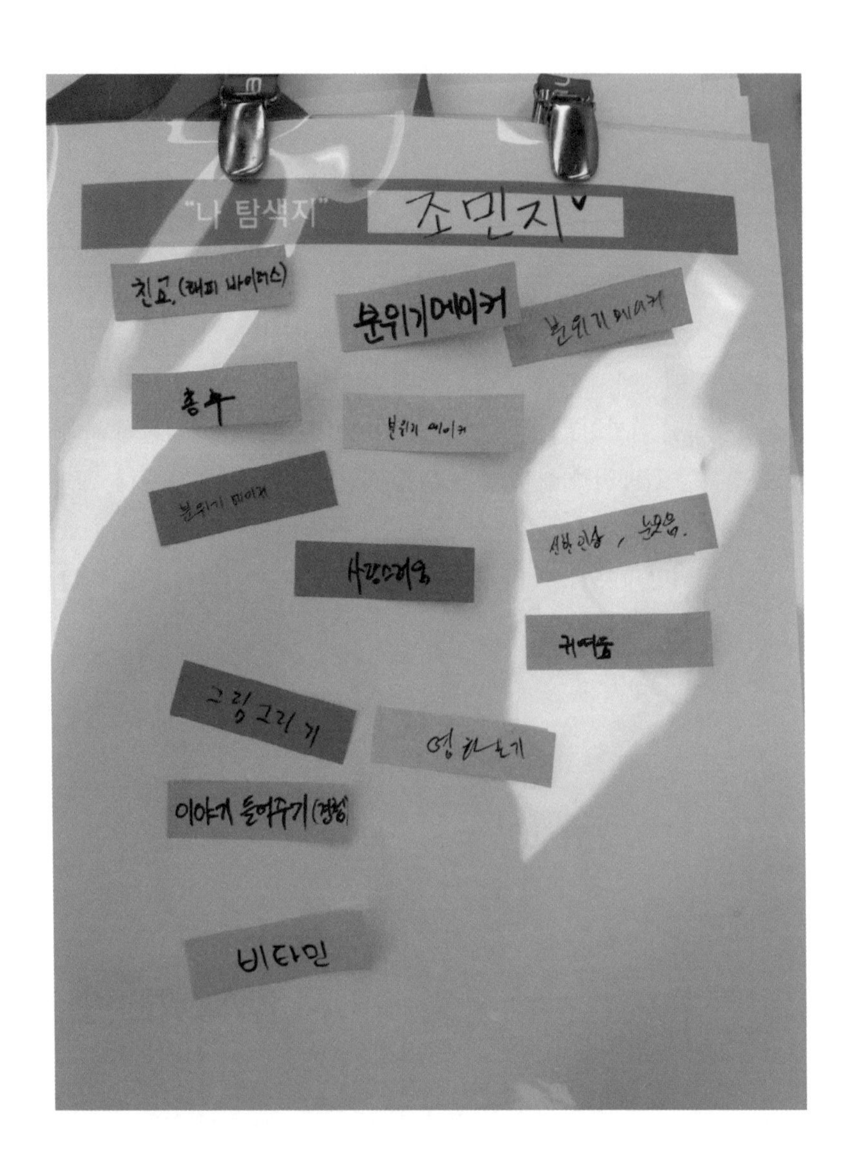
"나 탐색지"
조민지
친교(해피 바이러스)
분위기메이커
분위기 메이커
분위기 메이커
분위기 메이커
사랑스러움
선한 인상, 눈웃음.
귀여움
그림그리기
영화보기
이야기 들어주기(경청)
비타민

# 하루의 만찬

조창훈, 정자초등학교 5학년

내일이 제주에서 서울로 돌아가는 날이라서 우리는 저녁식사로 맛있는 야외 뷔페를 먹기로 하였다. 가보니 제주 흑 돼지 고기, 야채, 밥, 아이스크림, 과자, 과일, 수프 같은 것들이 있었다. 나는 초밥 팬이라서 생선초밥을 한 20개 정도 먹었다. 초밥은 왠지 모르는 맛있는 마력이 있다. 제주 흑돼지고기는 일반 돼지고기보다 부드럽고 정말로 맛있었다.

내일은 분당으로 다시 돌아간다. 돈은 제주도에서 많이 썼어도, 그만큼의 추억을 가지고 돌아가니 만족한다. 이제 제주도는 마지막이 될 것이다. 다음 여름부터는 여행을 못 온다. 누나가 지금 고1인데 공부를 해야 한다. 그렇다고 우리끼리 또 놀러 갈 수는 없는 것이다. 나는 뭐 누나를 위해서 기꺼이 희생하겠다.

# 흰 눈

조창훈, 정자초등학교 5학년

흰 눈은
하얀 마법의 가루
흰 눈이 내리면
온 세상은 마법에 걸린다
서로 미워하는 마음
다투는 마음 없어지고
흰 눈이 내리면
온 세상은 아이들의 놀이터다
두 편으로 나누어서
하얀 마법의 가루를 던지는
눈싸움을 시작한다
흰 눈은
하늘에서 주시는 선물

# 5학년을 마치면서

**☆ 이름**

조창훈입니다.

**☆ 이름으로 3행시 한 번!**

조: 조선시대 세종대왕

창: 창조하신 위대한글

훈: 훈민정음 바로쓰자

**☆ 장래 희망**

나의 장래 희망은 판사다. 이런 꿈을 가지게 된 것은 아버지 때문이다. 아버지께서는 법대를 나오셔서 판사가 되셨다. 원래 사람들은 자기 곁에 있는 부모님의 모습을 본받는다고 알고 있다. 나도 아버지의 직업인 판사의 모습을 본받고 싶어서 판사가 되기로 했다.

**☆ 내가 만약 다시 태어난다면?**

내가 만약 다시 태어난다면 지금 방영하고 있는 FC 슛돌이 코너에 나가고 싶다. 솔직히 나는 축구와 농구를 좋아한다, 아니 스포츠는 거의 다 좋아한다. 어린아이들이 축구를 하는 이 채널에 나가서 나도 같이 축구를 해서 나의 실력을 보여 주고 싶다. 하지만 걱정은 다시 태어나서도 나의 축구 실력이 여전하냐는 것이다.

**☆ 타임머신을 탈 수 있다면?**

타임머신을 탈수 있다면 내가 잘못했던 때 이전으로 돌리고 싶다. 잘못은 뉘우쳐야 하지만, 잘못을 인정한다고 해도 이미 한 나쁜 짓. 그래서 이것을 돌려서 없었던 일로 하고 싶다.

**☆ 5학년을 마치면서 남기고 싶은 말**

그 동안 친구들과 쌓지 못한 우정. 나의 소원은 우정을 만리장성처럼 쌓아 올리는 것, 그거 말고는 없다. 나의 5학년 생활은 너무 빨리 지나갔다. 한마디로 1달 같았다고나 할까. 5학년을 올라온 것이 1달 전인 것처럼 느껴진다. 나의 금쪽같은 5학년 생활을 아무 보람 없이 보낸 것이 후회스럽다.

# 천진난만

☆ 1995년 8월 14일

민정: 아빠, 저기 닭장에 왜 불이 환하게 켜져 있어?

아빠: 밤에 불을 켜 놓으면 닭이 알을 더 많이 낳는단다.

민정: 냉장고 안에 불을 켜 두면 계란이 더 많아지는 거야?

☆ 1995년 12월 30일

아빠: 아침인데도 하늘에 달이 떠 있네.

민정: 달이 늦잠 자다가 집에 못 갔는가 봐.

☆ 1997년 7월 10일

민지: 아, 개미야. 무서워.

창훈: (개미를 향해) 야, 너 왜 그래.

☆ 1997년 7월 12일

민정: (과자를 주며) 창훈아, 너 누나 좋지.

창훈: 과자 다 먹고 …… (말할게)

☆ 1998년 6월 9일

창훈: 풀들아 미안하다, 오줌이 튕겨서.

아빠: (길가의 풀에 오줌을 누고도 미안해 하는 순수한 마음을 언제까지나 가지게 하소서)

☆ 1999년 3월 1일

민정: 창훈아, 엄마가 좋으면 손가락 1개, 아빠가 좋으면 손가락 2개야. 엄마가 좋아, 아빠가 좋아, 누가 더 좋아?

창훈: (손가락 3개를 보여주자)

민정: 1개나 2개 해야지, 3개는 뭐야.
창훈: 엄마 아빠 둘 다 좋아서 3개야.

☆ 1999**년** 3**월** 7**일**

창훈: (영어학원에 등록하면서 돈을 내는 것을 보고) 아빠, 학원에 돈 많이 내서 우리 부자 못 되면 어떻게 해.

☆ 1999**년** 6**월** 24**일**

민지: 창훈아, 여기 책에 여우 봐라.
창훈: 이쁘다, 누나야. 우리도 키웠으면 좋겠다.
민지: 그러면 커서 우리 잡아 먹는데.
창훈: 크기 전에 팔아 버리면 되지.

☆ 2003**년** 1**월** 21**일**

엄마: 창훈아, 아빠 뭐하니.
창훈: 지혜의 열쇠를 찾고 있어.
창훈: 아빠, 사람은 왜 부처가 아니야?
아빠: 욕심 때문이지.
창훈: 그러면 부처님도 욕심 때문에 사람이 되었던 거야?
아빠: …….

☆ 2003**년** 7**월** 20**일**

창훈: 아빠, 우리가 이 세상에 존재하는 이유가 뭐야?
아빠: 창훈아, 너 그거 어디서 들은 말이야?
창훈: 내가 생각해서 말한 건데.

제3편

# 꿈

제 1 장

# 꿈 많던 시절

모교인 경주중학교는 오랜 역사와 훌륭한 전통을 가진 명문 학교입니다. 교훈과 큰 나의 밝힘은 어린 마음에 큰 지침이 되었고, 아름다운 교가는 언제 불러도 마음이 뭉클해집니다.

〈교가〉

(조지훈 작시, 윤이상 작곡)

꽃다운 혼 피어올라 서라벌 천년
수정 앞 남산에 옥돌이 난다
젊은 가슴 품은 뜻을 갈고 닦는 곳
이상理想이 불타는 그 이름 경주중학교
퍼져나간다 빛은 동방에서 서라벌에서
아 - 경주중학교 영원한 마음의 고향아
마음의 고향아

중학교를 다닐 때에는 기차통학을 했습니다. 부조역에서 기차를 타고 1시간쯤 가서 경주역에 내려서 다시 20분 이상을 걸어가면 분황사 못 미쳐 경주중학교가 있었습니다. 추운 겨울날 기차에서 내려 아침 일찍 학교에 가면 텅 빈 교실에 난로도 피워져 있지 않아 매우 추웠습니다. 그러다가 친구들이 하나 둘씩 오면 교실 안이 조금씩 훈훈해졌습니다. 사람들이 내뿜는 체취가 따뜻한 것을 그때 절실히 느꼈습니다. 산에 가면 시원한 것은 나무가 내뿜는 기운 때문이듯, 사람 사람마다 선善한 마음과 정을 내면 따뜻한 세상이 될 거라는 생각이 들었고, 나도 세상에 도움이 되는 선한 사람이 되어야겠다고 마음을 먹었습니다.

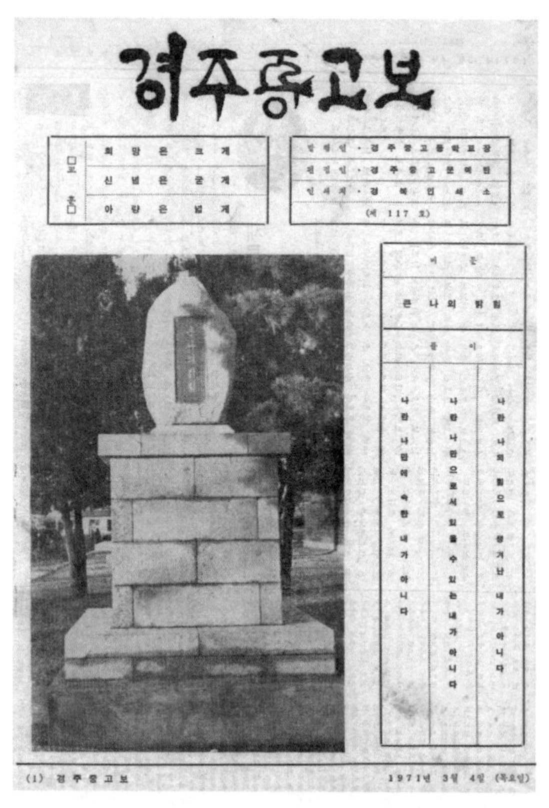

# 경주중고보

| 교훈 | |
|---|---|
| | 희망은 크게 |
| | 신념은 굳게 |
| | 아량은 넓게 |

발행인 · 경주중고등학교장
편집인 · 경주중고문예반
인쇄처 · 경북인쇄소
(제 117 호)

비문

큰 나의 밝힘

풀이

나란 나의 힘으로 생겨난 내가 아니다
나란 나만으로서 있을 수 있는 내가 아니다
나란 나만에 속한 내가 아니다

(1) 경주중고보 1971년 3월 4일 (목요일)

중학생 시절에는 꿈이 참 많았습니다. 그때는 학교 공부에 대한 부담은 적었고, 글짓기 대회, 교양도서 읽기 대회, 영어웅변대회, 과학경시대회 등 각종 행사에 학교 대표로 참가하면서 다방면에 관심을 가지고 배우며 재미있게 보냈습니다. 덕분에 선생님들(1학년 신윤원, 2학년 및 3학년 오경환, 문예부 서영수, 평화봉사단 John S. Knapp, 교감 권오찬, 교장 이식우)의 사랑도 많이 받았습니다.

1970년 1월 15일 (목요일) 경주중고보 (4)

# 최용준(금상) 조희대(은상) 획득

## 자유교양경북 선발대회서

<최용준군> <조희대군>

제二회 대통령기 쟁탈 전국 자유교양대회에 출전한 경북선수 선발대회에서 본교가 중학교 一학년부에서 금상과 은상을 획득하여 본교의 명예를 더욱 높이게 되었다。

사단법인 한국자유교양 추진회에서 주최하는 이 자유교양대회는 고전을 통한 자유교양 교육을 장려하여 국민의 예지와 덕성을 기르고 문화의 전통을 잇게 하며、민주시민으로 갖추어야 할 사고력、비판력 표현력을 길러 조국근대화에 이바지함을 목적으로 하는 것인데 그 효과적 목적 달성을 위해 전국적으로 고전읽기 운동을 전개하고 있는 것이다。

이에 고전읽기를 더욱 촉진강화하기 위해 해마다 서울에서 대통령기 쟁탈 전국자유교양대회를 열고 있는데 거기에 파견할 경북선수선발대회를 지난 一월 八일 대구여중에서 개최한바 있었는데 여기에서 본교 중학교 一학년 최용준 군이 금상、조희대 군이 은상을 각각 획득하여 경북선수로 선발되었다。

**교내경시대회를갖다**

한편 본교에서는 지난 一○월 二一일에 교내선수 선발대회를 가졌다。

여기에 응시자는 희망하는 학생으로서 一五○명이나 참가했는데 그동안 닦은 실력을 도서실에서 성실한 자세로 겨뤄 전반적으로 좋은 성적을 나타내었다。

여기에 입선한 학생들의 명단을 알아보면 다음과 같다。

▲중一학년부
一등—조희대 二등—하홍노 三등—최용준 四등—김경곤 五등—권용택

▲중二학년부
一등—김영만 二등—김한수 三등—황창호 四등—김영국 五등—김형대

▲중三학년부
一등—장춘호 二등—이진백 三등—방형린 四등—공진근 五등—양웅식

# 한글날 기념행사로

## 교내백일장및 사생대회열다

제五二三주년 한글날을 맞아 본교에서는 해마다 거행하는 한글날 기념 제一三회 교내 백일장 및 사생대회를 지난 一○월 八일 안압지에서 성대하게 베풀었다。

이번 백일장에는 종래 극히 제한되었던 참가인원을 대폭 늘려 예년에 비해 두배 이상의 인원이 三五○여명이 참가함으로써 더욱 성대한 축제를 이루었다。

이날 백일장과 사생대회는 유서깊은 안압지 일원에서 가을 국향 그윽히 풍기는 가운데 一二○분간 열리었는데 참가한 학생들은 그동안 닦은 실력을 바탕으로 저마다 젊은 문인 또는 화가가 되어 원고지와 캔버스에 사색의 결실을 담아내기에 여념이 없었다。

한편 선생님들의 놀이로서는 예년과 마찬가지로 글맞추기와 스켓치대회를 가짐으로서 이날의 행사가 더욱 다채롭게 장식되었다。

여기에 입상한 명단을 알아보면 다음과 같다。

▲한글 백일장 입상자

△중학 시부
一등 조희대(一一六)
二등 김 익(一一七) 손인락(三一四)
三등 김정훈(三一四) 조시남(一一五) 김영만(二一六)

△중학 산문부
一등 정기복(三一七)
二등 김문옥(二一五) 정석진(三一五)
三등 홍순영(二一六) 김도형(三一七) 박형린(三一七)

△고등 시부
一등 정원화(一一一)

한기운(一一三)
三등 김동욱(三一一) 정만진(二一三) 송태중(二一四)
가작 이현우(三一二)

△고등 산문부
一등 김용하(一一五)
二등 김호대(一一五)
三등 김만진(二一二) 김영근(二一三) 손병문(一一一)
가작 손병준(二一三)

▲사생대회 입상자

△중등부
一등 김영태(二一二)
二등 박태순(二一五)
三등 최한표(三一三) 김낙구(一一六)

△고등부
一등 임인규(二一三)
二등 김종운(二一三)
三등 김성영(三一三) 손동익(一一五)

제 2 장

# 글모음

중학교 2학년 겨울방학 때 원고지에 손으로 직접 써서 만든 『글』은 학창시절의 순수한 꿈을 담았습니다.

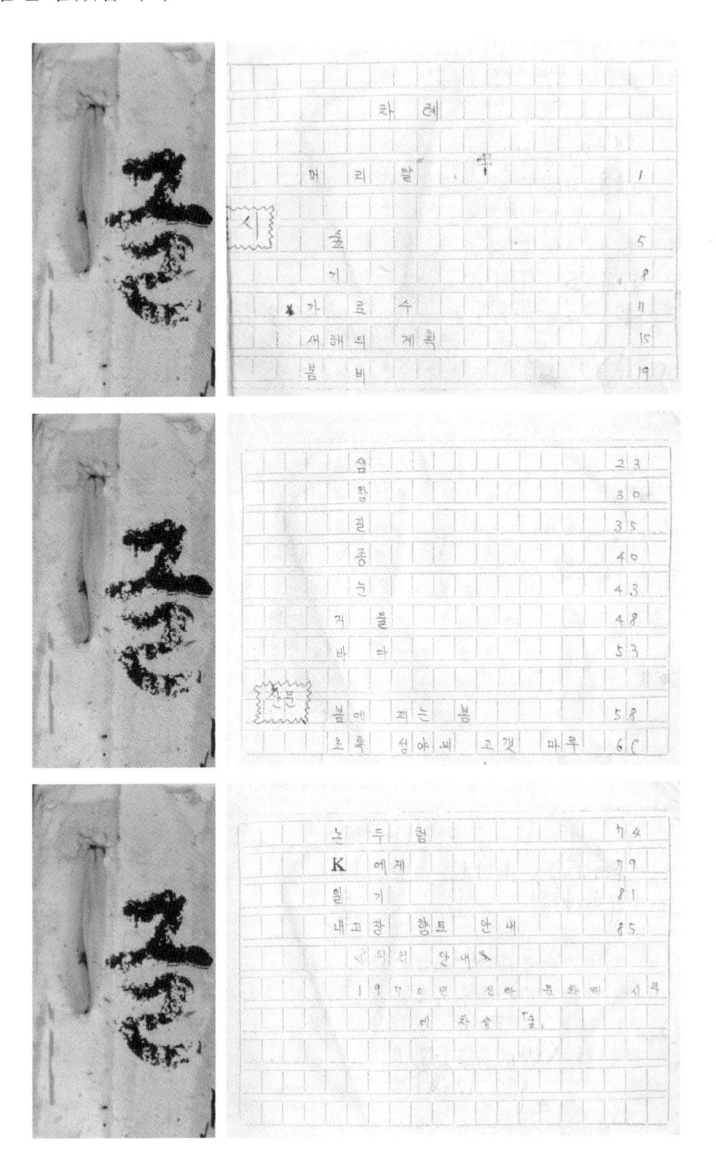

# 머리말

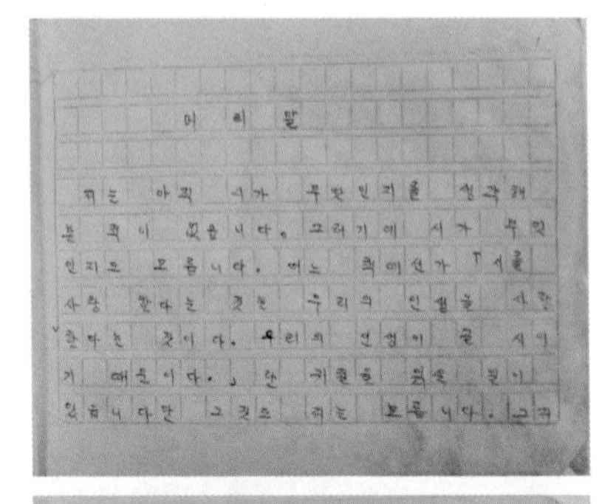

저는 아직 시가 무엇인지를 생각해 본 적이 없습니다. 그러기에 시가 무엇인지도 모릅니다. 어느 책에선가 「시를 사랑한다는 것은 우리의 인생을 사랑한다는 것이다. 우리의 인생이 곧 시이기 때문이다.」란 구절을 읽은 일이 있습니다만, 그 의미도 저는 모릅니다. 그저 넓은 바다의 품에 안긴 조개껍질을 줍듯 나의 사색이 파도치며 흘러간 머리 속에 조개껍질처럼 굴러다니는 감정을 그대로 적어 봤을 따름입니다.

저는 산문이 무엇인지도 모릅니다. 산문이 무엇인지도 모르면서 저는 산문을 써 봤습니다. 그 형태야 산문 아닌 산문이든 어떻든 간에, 저는 저의 바다 위에서 갈매기가 되어 봤습니다.

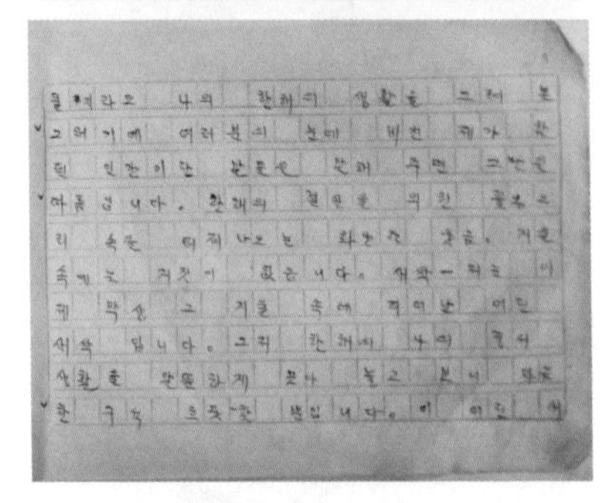

저는 작품의 수준이야 어떻든 간에 저의 한 해의 생활을 있는 그대로 그려본 것이기에, 여러분의 눈에 비친 제가 참되게 살려는 한 인간이라고 보아 주면 고마울 따름입니다. 한 해의 결실을 익힌 꽃봉오리 속을 터져 나오는 화안한 웃음, 그 속에는 거짓이 없습니다. 새싹- 저는 이제 막 피어나는 어린 새싹입니다. 그저 한 해의 저의 정서생활을 알뜰하게 모아 놓고 보니 마음 한 구석 흐뭇할 뿐입니다. 이 어린 새싹을 잘 보아 주시기 바랍니다.

# 길

중1, 1969년 한글날 기념 교내 백일장 1등

코스모스 따다 뿌려 본다.
내 정열 심은
길.

달려 본다.
뛰어 본다.
헤쳐 본다.
내 신 때 묻은 길을 ……

발 냄새
흙 냄새
바람 냄새
파아란 풀 위에 돋아난
길.

한 번 더 걸어 본다.
딩굴어 본다.
그 거칠고 억센 손으로
사랑스러이 보살펴 준 내 고향길 위를 ……

아빠라 부르겠어요.
엄마라 부르겠어요.
엄마처럼 따뜻하고 사랑스런 이 품으로
아빠처럼 굳센 이 손으로
이 세상 어버이 되어
따뜻한 사랑으로 보살피겠어요.
꼬불한 고향길 위에 한 번 더 입맞춰 본다.

봄에는 봄 따라 희망을 심고
여름은 평화를
가을은 가을 따라 색동옷 입고
겨울엔 내게 인내를 심어 주던
달빛 깊숙히 비치는 숲 속 고향길.

정들여 놓고 떠나는 이 몸
그 은혜 그 교훈 새겨
희망찬 동방의 새암을 찾아
무한히 넓은 그 길로
고향길 가르쳐 주던 희망과 인내를
사철 변하는 조국강산 위에 뿌려 놓고
그 날 다시 찾아 오리다.
내 앞길 길처럼 뻗어 나갈 때.

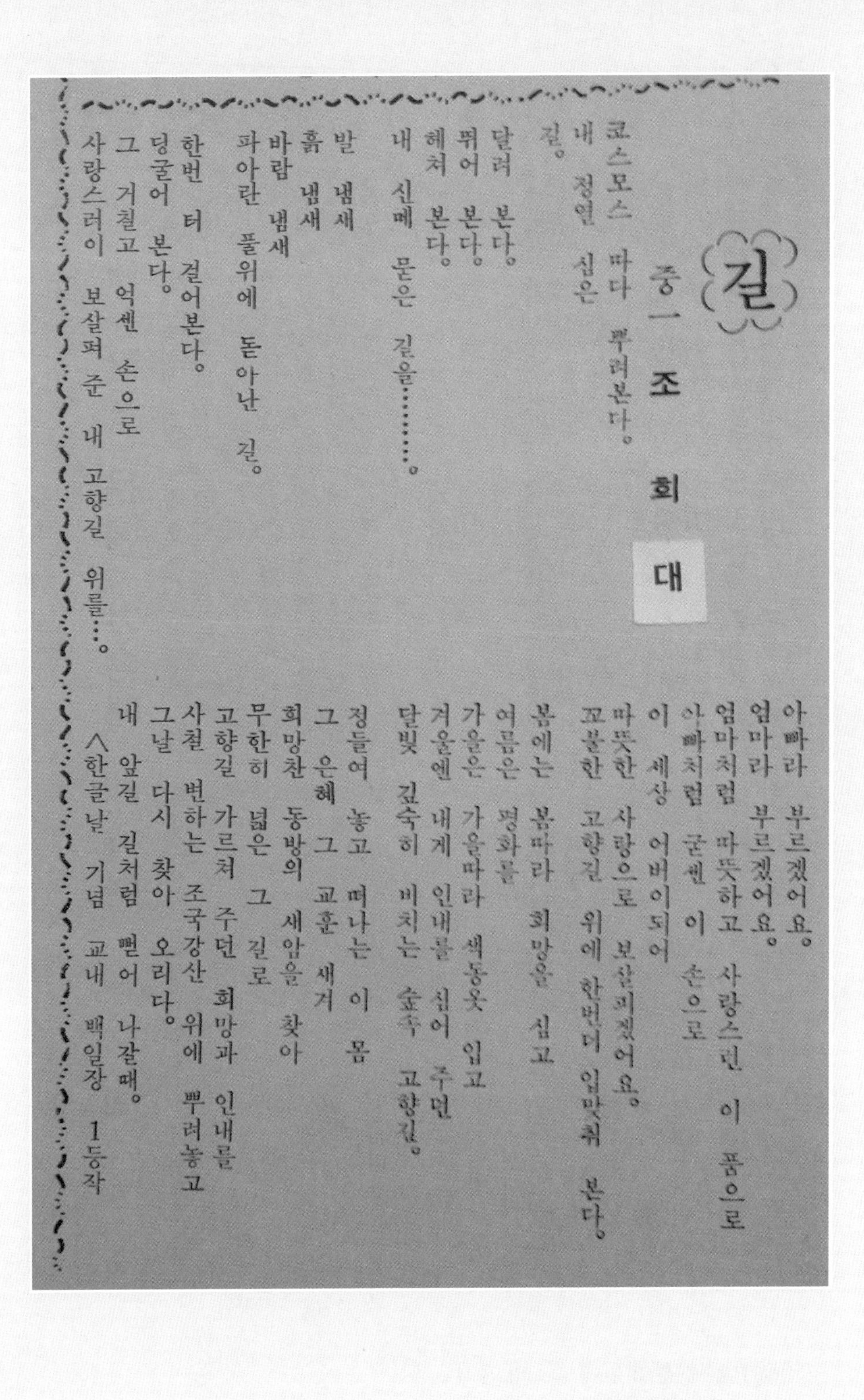

# 길

중一 조 회 대

코스모스 따다 뿌려본다。
내 정연 심은
길。

달려 본다。
뛰어 본다。
헤쳐 본다。
내 신께 묻은 길을……。

발 냄새
흙 냄새
바람 냄새
파아란 풀위에 돋아난 길。

한번 터 걸어본다。
딩굴어 본다。
그 거칠고 억센 손으로
사랑스러이 보살펴 준 내 고향길 위를…。

아빠라 부르겠어요。
엄마라 부르겠어요。
엄마처럼 따뜻하고 사랑스런 이 품으로
아빠처럼 굳센 이 손으로
이 세상 어버이되어
따뜻한 사랑으로 보살피겠어요。
꼬불한 고향길 위에 한번더 입맞춰 본다。

봄에는 봄따라 희망을 심고
여름은 평화를
가을은 가을따라 색동옷 입고
겨울엔 내게 인내를 심어 주면
달빛 깊숙히 비치는 숲속 고향길。

정들여 놓고 떠나는 이 몸
그 은혜 그 교훈 새겨
희망찬 동방의 새암을 찾아
무한히 넓은 그 길로
고향길 가르쳐 주던 희망과 인내를
사철 변하는 조국강산 위에 뿌려놓고
그날 다시 찾아 오리다。
내 앞길 길처럼 뻗어 나갈때。

<한글날 기념 교내 백일장 1등작>

# 종

중1, 제8회 신라문화제 백일장 가작

희망찬 종소리는 내 가슴을 친다.
이슬 깔린 한 길을 걸어가면
수조처럼 맑은 그 소리
싸늘한 국화 속에 스며든다.

모아본다
종소리
내 가슴에
구슬같이 맑은 그 소릴.

흘려본다
종소리
저 산 너머로
파아란 하늘처럼 깨끗한 그 소릴.

메아리 쳐 간다
종소리
빠알간 놀 빛처럼 밝은 그 소리는
파도를 타고
대기를 뚫고
아련히 먼 수평선 깊숙히.

끝없이 넓은 황야 위에 종소리 흘려

환히 밝은 햇살 위에 머무를 때면
비들기 춤춘다
금빛 가을 들판은 물결친다.

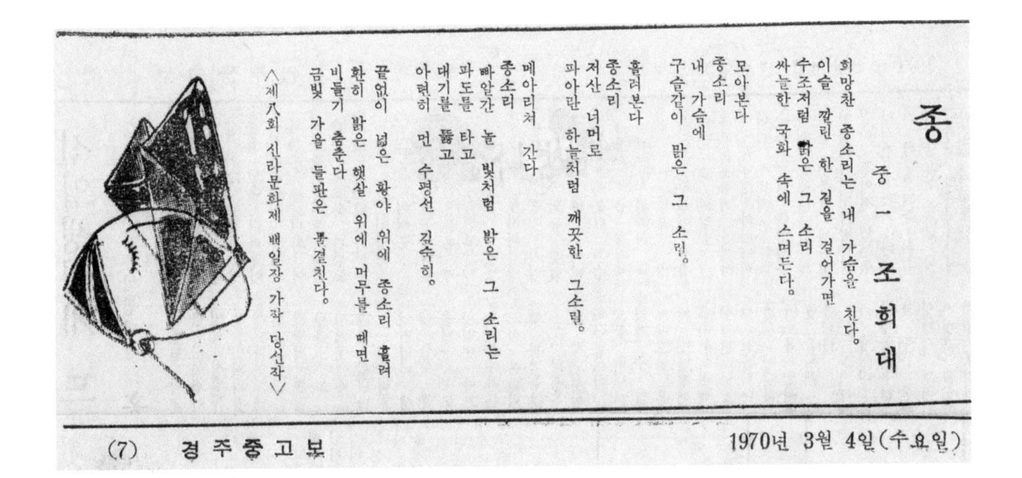

# 종

중一 조희대

희망찬 종소리는 내 가슴을 친다。
이슬 깔린 한 길을 걸어가면
수조저럼 맑은 그 소리
싸늘한 국화 속에 스며든다。

모아본다
종소리
내 가슴에
구슬같이 맑은 그 소리。

훌려본다
종소리
저산 너머로
파아란 하늘처럼 깨끗한 그소리。

메아리처 간다
종소리
빠알간 놀 빛처럼 밝은 그 소리는
파도를 타고
대기를 뚫고
아련히 먼 수평선 깊숙히。

끝없이 넓은 황야 위에 종소리 흩려
환히 밝은 햇살 위에 머무를 때면
비들기 춤춘다
금빛 가을 들판은 물결친다。

〈제八회 신라문화제 백일장 가작 당선작〉

(7) 경주중고보 1970년 3월 4일(수요일)

# 봄비

중2, 1970년 개교 기념 백일장 1등

머언산 깊은 아지랑이 위를 타고
빠알간
노오란
파아란
꽃을 피우고서
소오롯이 잠드는 나의 꿈을 연다.
희망찬 그 별을 가리우고
소리없이 앉아
가만히
나의 꿈을 두들기면
봄 수레를 싣고
즐거움과 함께 파아란 꿈을 탄다.

봄의 그윽한 향기를 피우며
소리없이
끝없이 달려
나의 소망을 파아란 하늘가에 펼쳐 본다.
가없는 그곳을 달려 본다.

자연의 노래 속에서
파름한 새싹을 피우고
나의 가슴을 두들기며 꿈을 싹틔운다.
파아란 잔디 위를

소리없이 굴러
동그란 희망을 받잡고
봄마중 오는
봄비는
나의 가슴팍에 고인다.

도
레
미
파
속삭이며
들뜨는 나의 가슴 속에
미지의 꿈을 펼치며 봄의 꽃을 피운다.
정열이 끓는 가슴 깊이.

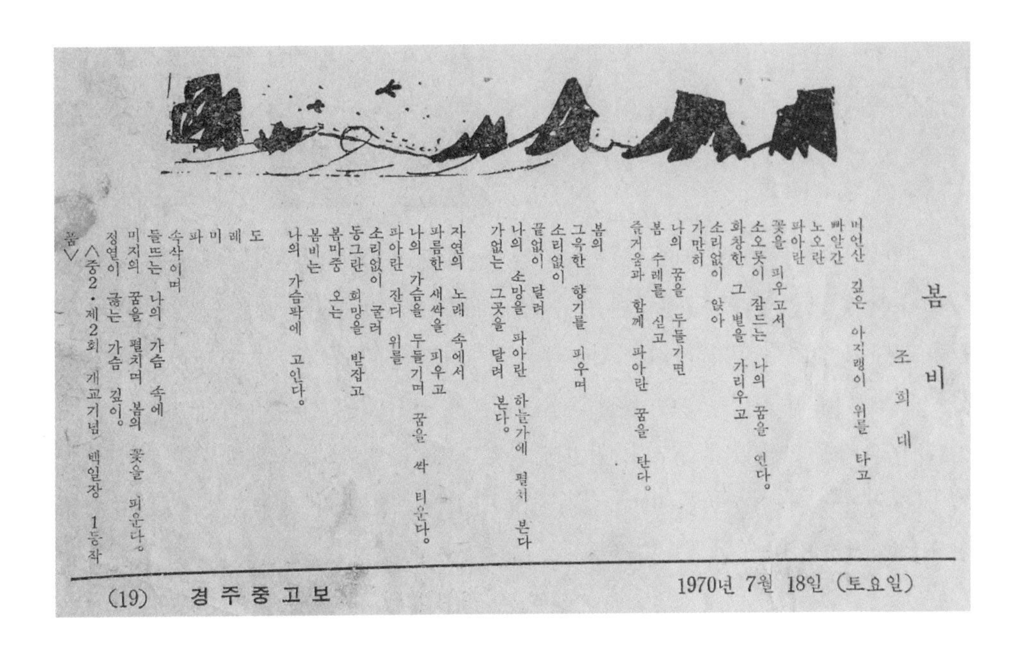

봄 비

조 희 대

머언산 깊은 아지랭이 위를 타고
빠알간
노오란
파아란
꽃을 피우고서
소오롯이 잠드는 나의 꿈을 연다。
화창한 그 별을 가리우고
소리없이 앉아
가만히
나의 꿈을 두들기면
봄 수레를 싣고
즐거움과 함께 파아란 꿈을 탄다。

봄의
그윽한 향기를 피우며
소리없이
끝없이 달려
나의 소망을 파아란 하늘가에 펼쳐 본다
가없는 그곳을 달려 본다。

자연의 노래 속에서
파릇한 새싹을 피우고
나의 가슴을 두들기며 꿈을 싹 티운다。
파아란 잔디 위를
소리없이 굴러
동그란 희망을 받잡고
봄마중 오는
봄비는
나의 가슴팍에 고인다。

도
레
미
파
속삭이며
들뜨는 나의 가슴 속에
미지의 꿈을 펼치며 봄의 꽃을 피운다。
정열이 끓는 가슴 깊이。

〈중2·제2회 개교기념 백일장 1등작
꿈〉

(19) 경 주 중 고 보 1970년 7월 18일 (토요일)

# 봄에 피는 봄

봄은 입가에 아지랑이를 물고 넓은 들길을 지나 약동하는 천지로 달린다. 머언 산 위로 훈풍이 굴러와 퍼지고 아직 못다 넘어간 겨울이 녹아 흐른다. 나뭇가지에도 물이 오르기 시작하고 봄의 따스한 기운이 안에서부터 파릇파릇 움터 나온다. 들길에 돋아난 새싹들은 아이들의 함성에 안기어 희망을 키운다. 넓은 길 위엔 차창을 싣고 달리는 가로수의 대열이 펼쳐지며 훈훈한 봄기운이 하늘로 치솟는다.

나는 남쪽 창가에서 햇살을 안고 아스라이 언덕을 넘어 펼쳐오는 봄을 바라보고 있다. 봄은 마치 어린 나의 가슴과 같이 꿈틀대고 있다. 길게 내단 처마 끝엔 벌써 제비가 부지런히 집을 짓기 시작하고 그러면서 무어라고 강남소식을 전한다. 실을 잣고 계시던 할머니께서도 제비 소리에 연방 일손을 멈추시고 파아란 하늘가로 눈길을 던지셨다. 할머니의 주름살엔 칠십 년 세월이 물결쳐져 흘러 있었다. 할머니는 우리 삼형제를 끔찍이 아끼셨다. 우리 어린 형제들을 귀하게 보듬어 주셨다. 우리 형제들은 한결같이 봄에 피어난 봄을 맞이했다. 봄처럼 싱싱해 보였고 희망이 가득 차 있었다.

나는 신을 주워 신고 대문을 뛰쳐나왔다. 멀리 언덕에서 아이들이 몰려 힘차게 봄을 즈려 밟고 있었다. 그 언덕엔 커다란 버드나무가 어젯밤의 달을 숨겨 걸어 놓고 봄을 피우고 있었다. 버들가지를 꺾어 물 오른 가지를 비틀어 부는 버들피리 소리엔 사뭇 소년들의 힘찬 아우성이 실려 봄을 따라 퍼진다. 나도 아이들 틈에서 버드나무를 꺾어 피리를 만들었다. 그리고 힘차게 불었다. 봄 언덕에서 봄의 함성을 불어댔다. 봄의 황혼이 길게 산허리를 따라 걸쳐지자 아이들은 저마다 생긋한 미소를 나누고 집으로 헤어져 갔다.

나는 버들피리를 호주머니 속에 깊숙이 간직하고 집으로 왔다. 할머니의 주름살엔 흘러간 봄의 추억이 그득 실려 있고 주름진 미소가 적혀 있었다. 나는 가슴에 봄을 심고 길게 걸친 황혼을 따라 버들피리를 불어댔다. 할머니의 주름살엔 구슬픈 피리소리가 적히고 내 가슴에선 희망의 피리소리가 터져 나왔다.

# 논두렁

자욱한 안개 속에 이른 여름 아침이 깔린다. 붉은 해가 동쪽 기슭을 기어오르고 있다. 여름의 싱싱한 녹음이 향긋한 미소를 지으며 늘어선다.

나는 아침 일찍 사립문을 빠져 나와 논으로 향했다. 길가 아카시아가 향내를 퍼뜨리고 그 둘레에 핀 나팔꽃이 아침 이슬을 뿌린다. 멀리 들길이 내려다보이고 산기슭에선 아련히 안개가 피어오른다. 이른 아침이지만 부지런한 일손들이 오가고 마을에선 밥 짓는 연기가 하늘로 펴져 간다.

들길에 이르렀다. 툭툭 풀잎에 맺힌 이슬을 떨구고 논으로 갔다. 좁은 논길을 빠져나와 논두렁으로 올라가 앉았다. 그 아래에 있는 물고를 텄다. 발바닥을 적시며 물이 논 속으로 흘러들어가 깔린다. 논바닥에 파아란 하늘이 내려와 앉는다. 그 위로 밝은 햇살이 유난히 반짝인다. 햇살에 구슬린 물이 소리를 굴리며 흘러든다.

반짝이는 물길로 눈길을 던지며 팔베개로 누웠다. 풀물이 스미어 온다. 햇살이 실려와 가슴에 쌓인다. 「산너머 언덕 넘어 먼 하늘에 행복은 있다고 사람들은 말하네.」 나는 머언 산을 바라보며 붓쎄의 시를 썼다. 머언 산을 안아 봤다. 산 위를 한 뼘이나 굴러 오른 해님이 반가운 눈길로 내려다보며 눈웃음치고 있다. 논 속엔 흘러드는 물을 따라 장구벌레가 영롱한 별을 드리운 물을 마신다. 이슬 깔린 물 위에 하늘이 떠가고 조용히 햇살이 내려와 앉았다.

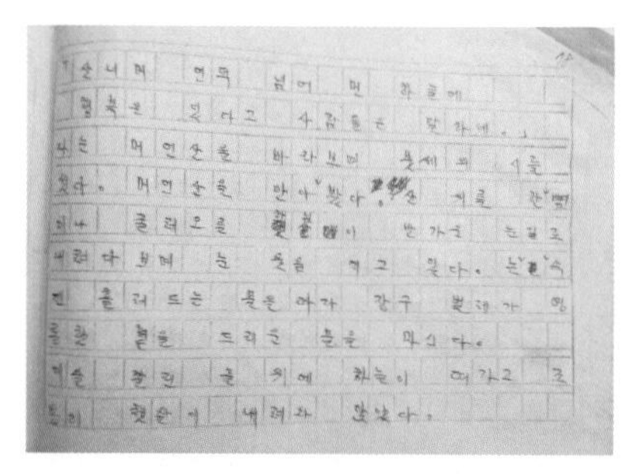

제4편

# 정情

조희대 거사님

언제나 따뜻한 마음

가꾸소서

새해 아침

팔공산 성우

주님의 은총이 원장님의

앞길을 비추어 주시기를

기도합니다.

2014. 2. 3.

조환길 타대오 대주교

INGRES TO KANDINSKY

HARVARD

Happy Winter!!
받 으 셔 야 해 요 ^^

환 변함없는 고향사랑에 늘 감사드립니다 영
2011. 11. 12(토) 16:00 재경 경주인 고향사랑 간담회

자유 평등 정의

# 숨바꼭질

까마귀 날자
해 떨어진다
속세의 흔적이 끊긴
어슬한 산마루
초승달 눈 감고
꼭꼭 숨어라 ……
붉은 해 산 너머 숨어
나 잡아봐라 ……
해와 달이 숨바꼭질한다
생사生死가 숨바꼭질한다
숨을 곳은 어딘가
찾을 것은 무언가

# 모정母情

새벽녘 별빛에 정한수 떠놓고,
천지신명께 비나이다 비나이다.
엄동설한 밤길을 단숨에 내달려가,
우리 애 아픈데 약 좀 주이소.
힘든 일 죽어라 하면서는,
죽으면 썩을 몸 아이가.
장터에서 허기져도 돈 아끼느라,
국수 반 그릇만 주이소.
구급차에 실려 서울로 가면서도,
배고픈데 휴게소에서 밥 묵고 오너라.
열 시간 넘는 대수술을 마치자,
느그들 고생했다.
이따금 안부를 여쭈면,
느그나 잘 살아라.
힘들게 살아 온 한평생,
온 가족의 수호신이다.

# 풀빵

한여름 아침
무거운 짐을 이고
이글거리는 태양보다
강렬한 기세로
집을 나서는 모습에
가슴이 먹먹하고
눈시울이 젖다가도,
한나절 지나면
옹기종기
까치발하고
목을 길게 빼고
장터에서 사들고 올
풀빵을 기다렸다.

# 부전자전父傳子傳

어려서 총명했지만
가난 탓에 학업 접고
열 여덟에 가장되고
스물 둘에 혼인해서
사라호에 집을 잃자
목수일 따로 배워
손수 새로 집을 짓고
오남매 낳아 키우며
오순도순 살았는데
농사일은 소득 없고
벽돌 사업 실패하고
건강도 위태로웠지만
참된 의사 만나
차츰 회복해서
몸 아픈 것 잊고
해 지는 줄 모른 채
일 삼매三昧에 빠져
절골 산자락을
맨몸으로 일구어
포도나무 심고
피땀 흘려 가꾸어
포도알 송이송이
땀방울 닮아 맺히고
피보다 짙게 익어
좋은 것 골라 따서

남폿불로 비추어 가며
밤늦도록 가려 담아
시장에 내다 팔제
한여름 뙤약볕에
왕복 사십리
흙먼지 나는
비포장도로를
손수레 끌고 오가고
경운기 몰며 졸다가
강물 속에 빠질세라
혹독한 시절 인연
누구라 다시 할까
자식들 공부시키는데
모든 걸 다 바쳤네
부전자전父傳子傳이니
불굴의 근면 정신을
뼈에 새겨 이어가리

학부형측

영광은노력의 결과

학부형 조부환

뜻밖의 수위합격에 반갑기보다 부끄러움이 앞섭니다. 다만 아버지로서 배우지 못한 서러움과 괴로움을 뼈저리게 느껴오던 바, 자식에게는 그런 고통을 없애주려고 남달리 가르치고 누구보다 뛰어나기를 바라는 것은 부모된 욕심이요 의무였던 것입니다.

그러나 교육면에있어서, 농촌과 도시와는 직접적인 지도를 떠나서 보고 느낌에 있어서 그 차이란너무나 컸으며 농촌실정이나 가정환경으로 보아서 가르침에 뒷받침이란 너무나 미약하였기에 항상 안타깝게 생각하여 오면바· 전에로 보아서는 나의 입장에서수위란 어찌 바랐겠읍니까。

이에 절실히 느껴것은 여러가지 환경과 필요이상의 무리나 경제적 뒷받침만으로서 합격여부가결되지 갈않았다는 것입니다。다만 정규학과와 시간만으로도담임선생님의 폭넓은지도와 빈틈없는 열성으로 충분하였으며、아동들의 그 뜻을잘알고 좇아서 무리없는 꾸준한 노력만이 어떠한 곤경에서도합격을 차지할 수있는 바탕이 이루어진 것입니다。

이번 기회로서 한가닥 희망을 얻었으며, 한편 오늘의 영광이 기초가 되어 적도 남은 그 많은 과정을 훌륭하게 닦아나갈 것을 다짐하며 아울러 앞으로더욱 많은 지도편달이 계시옵기를 바랍니다

오직 기쁨과 함께 앞으로의 기대가 더욱 큽니다。

〈조희대 군의 부친〉

〔7〕 경주중고보 1969년 3월4일 화요일

# 백년손

아내와 내가 결혼하자
백년손을 꼭 잡으시고
묵묵하신 가운데 늘상
한없는 사랑을 베푸사
세월이 한참 흘러가도
가슴에 남아 절절하다.
섭섭한 일에 속상해도
아무런 내색 않으시고
중병에 몸이 쇠약해도
자식들 걱정 먼저하고
손자들 몸소 챙기시던
지극한 정성이 생각나
감사의 눈물을 떨군다.
아내와 오순도순 살면
죄다 용서해 주실런가.

# 아내

사랑하는 아내여,
처음 만나던 날
다소곳이 앉아
환히 웃던 얼굴
기억하오.
꿈도 많고
곱게 자랐는데,
삼남매 낳고
억척 엄마 되어서
온갖 정성 쏟았지요.
수고했어요.
고마워요.
미안해요.
섭섭했던 거 잊고
기쁜 일만 생각해요.
사랑해요.

# 형산兄山 제산弟山

형산 제산 나란히 앉아서 부조마실 지키듯
형제들 늘 묵묵히 서로 응원하며 지켜준다
형산 제산 사이로 형산강 유유히 흘러가듯
형제들 간에 변함없는 우애의 정이 흐른다

# 님

못난이
집을 나와
천지간에
길을 잃고
아득한 심사
천 갈래 만 갈래
구름 안고 울다
바람 잡고 웃다
허공에 목 놓아 부른다
님……
부르고
또 불러도
대답 없는 님

# 후회

여태 가슴에 담고
왜 진즉 말 못했을까.
수고했다고.
고맙다고.
미안하다고.
자주 말하면 좋은데
쑥스러워 못했다.
사랑한다고.
이제 바로 말해야지.
자꾸 말해야지.
수고했다.
고맙다.
미안하다.
사랑한다.

# 좋대요

못나도 좋대요.
따사한 손 마주잡고
진심 어린 눈빛 보며
시린 가슴 녹아서 좋대.

못돼도 좋대요.
두런두런 말벗 되고
오가며 길동무 되니
하늘만큼 땅만큼 좋대.

못 살아도 좋대요.
청천백일靑天白日에
청풍명월淸風明月과
청산유수靑山流水라
나물 먹고 물 마셔도 좋대.

**좋대** **좋대요** 좋대 좋대요 **좋대** **좋대요** 좋대요

# 보릿고개

보리밭에 봄날 허기 달래다
까끌까끌한 잎 목에 걸렸듯
추억이 시린 가슴에 걸린다

# 한여름 교향곡

억겁의 한숨이 미어져서
숨 막히는 세상의 한여름
천둥 번개가 내리친다.

날벼락에 혼비백산
물은 무지개로 숨고
우레 소리에 경천동지
아이가 울음을 삼킨다.

번쩍

천지 만물 숨죽인다.

우르릉

천지 만물 공명共鳴한다.

천 번 만 분 놀래도
천지는 고요하고
만물은 합창合唱한다.

천지에 비가 내리고
만물이 춤을 춘다.

# 단풍

가을이 오면
떨어져야 할 시간,
두려움에 떨며
아등바등 매달려
온몸이 멍들었네.

# 늦가을 단상

굿은비 추적거리고
낙엽 어지러이 젖어
시방이 온통 적막하고
가슴은 을씨년스럽다.
차라리 만추晩秋에 취해
푸름한 달빛을 삼킨다.

# 허수아비

허수아비
허기지는

| 허 허 벌 판 |
|---|

허수아비
허공지킨다

# 그리움

소슬바람 불고 낙엽 뒹굴면
가슴 한켠 그리움이 솟는다.
강언덕 탱자 향기가 그립고
책속에 바랜 단풍잎 갈피가
세월을 불쑥 들추어 그립고
지나간 모든 것들이 그립다.
어릴적 뛰어 놀던 오솔길에
부엉이 설운 울음 아련한데
밤하늘 아득 먼 별 바라보면
그리워 아픈 눈물 흐른다.

# 겨울맞이

겨울나무는 몽땅 벗어버린다.
북풍한설을 맨몸으로 맞이한다.
힘들면 비우고 추울수록 깨어난다.

# 나무

나무는 제자리에
뿌리 깊이 발을 딛고
우주의 등대인 양
허공에 팔을 뻗고
손가락을 쥐락펴락
바람에 소식 묻고
먼 구름 한 조각
별과 눈을 맞춘다

# 강산江山

산은 산이요
물은 물이로다
山是山 水是水

산은 꿈쩍 않는데
강은 옛물 아니네
山不動 江不同

# 새벽

바람은 금세 어둠을 몰아 산 넘어 가고
햇살은 순식간에 삼라만상을 깨우나니
이 내 맘 한 찰나에 온 우주를 흔든다

# 꿈

인생은 무언가

희망을 꿈꾸지만
ㅎㅡㅣㅁㅏㅇ
허망한 꿈이네

한평생 꿈꿔도
한바탕 꿈인걸

허망한 꿈결에
ㅎㅡㅣㅁㅏㅇ
희망을 꿈꾸네

# 망중한忙中閑

바쁜일 하다말고
무심코 내다보니
남산골 푸르르고
한강물 춤을춘다
봄바람 따사롭고
복사꽃 활짝피어
온세상 별천지니
무얼더 바라리오

# 감사만만복感謝萬萬福

세상 만사 감사합니다.
천지 만물 온통 진심입니다.
사람 사람마다 선善합니다.
일체 존재가 아름답습니다.
감사한 일 셀 수 없이 많고 많습니다.
감사할 수 있어서 복 만복 만만복입니다.

제5편

# 재판

제 1 장

# 민사판결

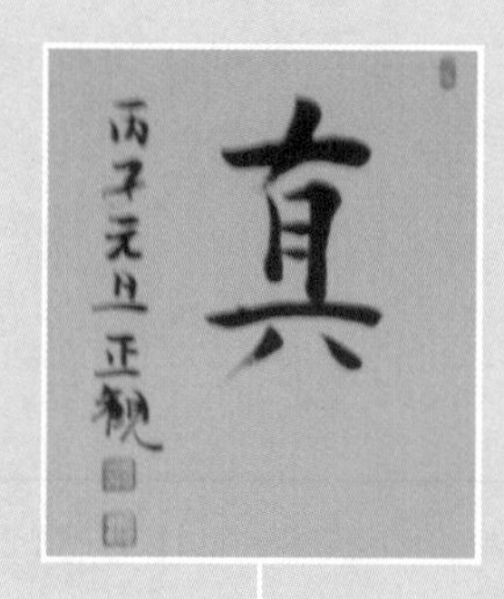

민사판결 1

# 대구지방법원 안동지원 1993. 6. 17. 선고 92가단2707 판결

【판시사항】 근로자의 집단적 의사결정 방법에 의한 동의 없이 근로자에게 불리하게 변경된 퇴직금 지급규정은 효력이 없다.

【원고】 원고

【피고】 ○○상공회의소(소송대리인 변호사 권영상)

【주문】

1. 피고는 원고에게 15,135,200원 및 이에 대한 1992. 9. 3.부터 1993. 6. 17.까지는 연 5푼, 1993. 6. 18.부터 완제일까지는 연 2할 5푼의 각 비율에 의한 돈을 지급하라.
2. 원고의 나머지 청구를 기각한다.
3. 소송비용은 피고의 부담으로 한다.
4. 위 제1항은 가집행할 수 있다.

【청구취지】

피고는 원고에게 15,135,200원 및 이에 대한 이 사건 소장 부본 송달 다음날부터 완제일까지 연 2할 5푼의 비율에 의한 돈을 지급하라.

【이유】

**1. 퇴직금 지급의무의 발생**

원고가 1978. 7. 18. 피고에 입사하여 직원으로 계속 근무해 오다가 1992. 6. 30. 퇴직한 사실 및 피고는 1년 이상 근무하다가 퇴직한 직원에 대하여 퇴직 당시의 월 급여액(수당, 상여금 포함)에 일정한 지급률을 곱한 액수의 퇴직금을 지급하기로 한 사실은 당사자 사이에 다툼이 없다.

## 2. 퇴직금 지급률

### (1) 지급률의 변경

을 제6호증의 1, 2, 3(각 급여규정)의 각 기재에 의하면, 피고는 그 퇴직금 지급률을 1980. 7. 24. 제정한 최초의 급여규정에서 별지 목록 [표1] 기재와 같이 정하였다가, 1982. 10. 28. 개정된 급여규정에서는 노동법에 준한다고만 하였고, 그 후 1983. 4. 29. 다시 개정된 급여규정에서는 별지 목록 [표2] 기재와 같이 정한 사실을 인정할 수 있으며, 달리 반증이 없다.

### (2) 개정된 급여규정의 효력

사용자는 그 의사에 따라 취업규칙을 작성 또는 변경할 수 있으나, 다만 상시 5인 이상의 근로자를 사용하는 사업장에 있어서는 근로기준법 제95조에 의하여 노동조합 또는 근로자 과반수의 의견을 들어야 하고, 특히 기존의 근로조건을 일방적으로 근로자에게 불이익하게 변경하는 경우에는 종전 취업규칙의 적용을 받고 있던 근로자들의 집단적 의사결정 방법에 의한 동의(근로자 과반수로 조직된 노동조합이 있는 경우에는 그 동의, 그와 같은 조합이 없는 경우에는 근로자들의 회의방식에 의한 과반수의 동의)를 얻어야 하며, 이러한 동의를 얻지 못한 취업규칙의 변경은 효력이 없다.

앞서 본 위 각 급여규정은 근로기준법 제95조에서 말하는 취업규칙의 일부를 이루고, 을 제5호증(근무자현황)의 기재와 증인 1의 증언(다만 위 증인의 증언 중 아래에서 믿지 않는 부분 제외)에 변론의 전취지를 종합하면, 피고는 위 각 급여규정 개정 당시 상시 5인 이상의 근로자를 사용하고 있었던 사실을 인정할 수 있고, 위 인정에 어긋나는 위 증인의 일부 증언은 믿지 아니하며, 그밖에 달리 위 인정을 뒤집을 증거가 없고, 위 각 급여규정의 변경이 최초의 급여규정에 비하여 원고를 비롯한 기득의 근로자에게 불리한 내용임은 명백하다.

그러므로 피고는 위 각 급여규정의 개정에 있어 원고를 비롯한 기득의 근로자들의 집단적 의사결정 방법에 의한 동의를 얻었어야 할 것인데, 갑 제4호증(퇴직금 청구회시)의 기재만으로는 그 개정에 있어서 위와 같은 동의를 얻었다고 인정하기에 부족하고, 그밖에 달리 이를 인정할 아무런 증거가 없으므로, 위 각 개정된 급여규정은 그 효력이 없다.

이에 대하여 피고는, 첫째, 원고가 위 각 급여규정 개정 당시 이에 동의하였고, 가사 동의하지 않았다고 하더라도 원고 스스로 그 개정안을 작성하고 피고의 상임의원회에서 사회를 담당하여 이를 통과시켰으며, 그 후 개정내용에 대하여 아무런 이의를 제기하지 아니한 채 그대로 근무함으로써 이를 동의한 것으로 보아야 할 것이므로 위 각 급여규정의 변경은 최소한 원고에 대하여는 그 효력이 있고, 둘째, 가사 그렇지 않다고 하더라도 당시 피고는 상임의원들의 회비로 근근히 운영되고 회장의 사재로 직원들의 급료를 지급하던 형편에서 부득이 상임의원회의 의결을 거쳐 위와 같이 각 개정한 것이어서 그 개정에 합리성이 있으며, 셋째, 위와 같이 원고가 위 급여규정의 변경내용을 알고도 그에 대하여 아무런 이의를 제기하지 아니하였을 뿐 아니라, 총무과장으로서 다른 퇴직자들에 대하여 위 변경된 급여규정에 따라 퇴직금 지급사무를 처리해 왔으며, 원고 스스로도 퇴직 당시 위 변경된 급여규정에 따른 퇴직금을 지급받고도 아무런 이의를 제기하지 아니하였음에도 불구하고 현재에 이르러 그 부당함을 다투는 것은 금반언의 법리에 비추어 허용될 수 없다는 취지의 항변을 한다.

그러므로 살피건대, 첫째, 사용자가 취업규칙을 근로자에게 불이익하게 변경하는 경우 근로자들의 집단적 의사결정 방법에 의한 동의를 얻지 아니한 이상 취업규칙의 변경에 대하여 개인적으로 동의한 근로자에 대하여도 변경의 효력이 발생하지 아니하는 것이므로, 위 첫째 항변사유와 같은 사실만으로 위 개정된 급여규정의 효력이 원고에게 미칠 수는 없고, 둘째, 취업규칙의 변경이 근로자들의 동의를 받지 않아도 사회통례상 합리성이 있다고 인정될 만한 것일 때에는 위와 같은 근로자들의 집단적 의사결정 방법에 의한 동의가 없어도 그 개정을 유효하다고 볼 것이지만, 위 둘째 항변사유와 같은 사실만으로 위 각 급여규정의 개정이 사회통례상 합리적이라고 보기는 어려우며, 셋째, 피고의 위 셋째 항변사유와 같은 사실만으로 원고의 이 사건 청구가 금반언의 법리에 비추어 허용될 수 없다고 보이지도 아니하므로, 피고들의 위 항변은 모두 이유 없다.

(3) 원고에게 적용할 지급률

결국 위 2회에 걸친 급여규정의 개정은 근로자 측의 동의 없이 근로자들에게 불리하게 변경된 것으로서 모두 무효이므로, 피고는 원고에게 그 각 변경이 있기 전의 최초의 급여규정에서 정한 퇴직금 지급률에 의하여 계산한 퇴직금을 지급할 의무가 있다.

### 3. 지급할 퇴직금의 액수

원고의 근속년수가 13년 348일인 사실은 앞서 인정한 바와 같고, 위 근속기간에 대한 퇴직금지급률은 최초의 지급규정에서 정한 별지 목록 [표1] 기재에 따른 30 + 4 × 348 ÷ 365이며, 위 퇴직 당시 원고의 월 급여액이 983,850원인 사실은 당사자 사이에 다툼이 없으므로, 원고의 퇴직금 총액은 33,267,607원[983,850원 × (30 + 4 × 348 ÷ 365)] 중 원고가 구하는 33,267,600원이고, 한편 원고가 퇴직 당시 피고로부터 위 퇴직금의 일부로서 18,132,400원을 수령한 사실은 원고 스스로 이를 인정하고 있으므로, 결국 피고가 원고에게 추가로 지급하여야 할 퇴직금 액수는 15,135,200원(33,267,600원 - 18,132,400원)이 된다.

### 4. 결론

이에 주문과 같이 판결한다.

판사 조희대

[별지 생략]

민사판결 2

# 서울고등법원 1995. 5. 17. 선고 94나41814 판결

【판시사항】 사립대학교 교수는 총장 선임행위를 다툴 적격이 없다.

【원고】 원고 1 외 3인(소송대리인 변호사 김병헌)

【피고】 1. 학교법인 □□대학교(소송대리인 변호사 강현중 외 3인, 법무법인 태평양 담당변호사 김인섭 외 9인) 2. ○○(소송대리인 법무법인 태평양 담당변호사 김인섭 외 9인)

【원심판결】 서울지방법원 서부지원 1994. 11. 9. 선고 93가합13278 판결

【주문】

1. 원심판결 중 피고 1에 관한 부분을 취소한다.
2. 원고들의 피고 1에 대한 주위적 청구부분의 소를 각하한다.
3. 원고들의 피고들에 대한 예비적 청구 부분의 소를 각하한다.
4. 원고들의 피고 2에 대한 항소를 기각한다.
5. 소송 총비용은 모두 원고들의 부담으로 한다.

【청구취지】

피고 1에 대한 주위적 청구취지 : 피고 1이 1992. 7. 14.자 이사회에서 ○○를 □□대학교 총장으로 선임한 결의는 무효임을 확인한다.

피고들에 대한 예비적 청구취지 : □□대학교 교수평의회가 1992. 5. 25.과 같은 해 6. 20. ○○를 총장후보자로 선출한 각 행위는 무효임을 확인한다.

피고 2에 대한 청구취지 : 피고 2는 대한민국 사립대학교 및 □□대학교의 교수자격이 없음을 확인한다. 피고 2는 원고들에게 금 1,000,000원을 지급하라.

【항소취지】

원고들의 항소취지 : 원심판결 중 피고 2에 관한 부분을 취소하고 피고 2에 대하여 위 청구취지 기재와 같은 교수자격 부존재확인 및 금원지급 판결을 구한다.

피고 1의 항소취지 : 원심판결 중 피고 1에 관한 부분을 취소한다. 원고들의 피

고 1에 대한 청구를 모두 기각한다.

【이유】

## 1. 기초사실

다음 사실은 당사자 사이에 다툼이 없거나, 갑 제1호증의 7(재직증명), 갑 제8호증의 1, 2(□□대학교 정관 및 시행세칙), 갑 제9호증(임용계약서), 갑 제10호증의 1(총장후보자선거내규, 갑 제34호증의 9와 같다), 갑 제34호증의 4, 5(학교법인 □□대학교 정관 및 시행세칙), 6(교수평의회 회칙), 갑 제38호증의 2(1988 교수평의회 회칙), 갑 제40호증(이사회 회의록, 을 제17호증과 같다), 을 제15호증의 1 내지 10(각 후보추천에 관한 일), 을 제16호증의 1, 2(각 총장후보자 추천), 을 제18호증(총장임명보고), 을 제19호증(임명), 을 제20호증(교육직원 카드), 을 제21, 22호증(각 임용계약서), 을 제23호증(총장후보추천의 건)의 각 기재와 원심증인 1의 증언에 변론의 전취지를 종합하여 이를 인정할 수 있다.

### 가. 당사자의 지위

원고들은 피고 1이 설치·경영하는 □□대학교에 재직하는 교수들이고, 피고 2는 □□대학교 교수로 재직하던 중 □□대학교 제12대 총장으로 선임·임명된 자이다.

### 나. 총장의 선임권자 및 선임절차

#### (1) 사립학교법 및 정관의 규정

사립학교법은 제53조 제1항에서 "각급 학교의 장長은 당해 학교를 설치·경영하는 학교법인 또는 사립학교 경영자가 임면한다."라고 규정한다. 이에 맞추어 피고 1 정관은 제90조 제1항에서 "대학교에 총장을 둔다."라고 하고, 제31조 제2항에서 "이사회는 다음 각 호의 사항을 심의·결정한다."라고 하면서 그 제5호에서 "총장 임면에 관한 사항"을 들고 있으며, 제43조 제1항에서 "대학교의 총장은 이사회에서 재적이사 3분의 2 이상의 출석과 출석이사 3분의 2 이상의 찬성으로 선임하여 이사장이 임명한다."라고 규정한다.

#### (2) 총장후보자추천제

그런데 피고 1은 1988년에 실시된 제11대 총장 선임 때부터 □□대학교 총장과 피고 1의 이사들, □□대학교 동문회장, 기독교단체(대한예수교 장로회, 기독교 대한감리회, 한국기독교 장로회, 대한성공회 등)의 대표자 등에게 총장 후보자의 추천을 요청하였다. 그 무렵 피고 1로부터 총장후보자 추천을 요청받은 □□대학교 총장은 교무위원회의 의결을 거쳐 □□대학교 교수들의 전체회의에서 총장후보자를 선출하여 피고 1에 추천해 줄 것을 통보하였다. 이에 □□대학교 교수들은 1988. 7. 21. 교수평의회를 구성하여 교수평의회 회칙을 만들고 그 회칙 제23조에 총장후보자선출 및 추천조항을 둠과 동시에 이에 근거하여 교수평의회총장후보자선거내규를 제정하였다. 위 내규에 의하면 제4조에서 "□□대학교의 건학 정신과 기독교를 존중하는 □□대학교 교수는 총장후보자가 될 수 있다."라고 총장후보자의 자격을 규정하고, 제6, 7, 8조에서 "재직교수 과반수가 참석한 예비선거를 통하여 5인의 입후보자를 선출한 후 본선거에서 그중 다수득표자 2인을 총장후보자로 선출한다."라는 등 그 선출절차를 규정하고 있다. 이에 따라 □□대학교 교수평의회는 1988. 7. 30. 위 내규가 정하는 선거절차를 통하여 □□대학교 교수인 소외 1 등 2인을 총장후보자로 선출하여 피고 1에 추천하였다. 한편 □□대학교 동문회장은 소외 2와 소외 3 2인을 총장후보자로 피고 1에 추천하였다. 이에 피고 1은 같은 달 31. 이사회를 열어 위 4인의 후보자를 상대로 투표한 결과 소외 1을 □□대학교 제11대 총장으로 선임하였다.

다. 피고 2의 총장 선임 · 임명 과정

(1) 피고 1은 □□대학교 제11대 총장의 임기만료를 앞두고 후임 제12대 총장을 선임하기 위하여 1992. 5. 11. □□대학교 총장 등에게 후임 총장후보자의 추천을 요청하였다. 그 추천요청을 받은 □□대학교 총장은 전과 같이 교수평의회에 이를 통보하였고, 이에 따라 교수평의회는 같은 해 5. 25. 교수평의회 예비선거를 통하여 5인의 총장후보 입후보자를 선출하고, 같은 해 6. 20. 교수평의회 본선거를 통하여 피고 2와 소외 1 2인을 총장후보자로 선출하여 피고 1에 추천하였다. 한편 □□대학교 동문회장은 피고 2를 단수 추천하였고, 이밖에 피고 1로부터 추천요청을 받지는 않았으나 □□대학교 직원노동조합에서도 피고 2를 추천하였다.

(2) 피고 1은 1992. 7. 14. 이사회를 개최하여 교수평의회와 □□대학교 동문회장이 추천한 위 2인의 후보자를 놓고 10차례의 투표를 실시한 끝에 참석이사 10명 전원의 찬성으로 피고 2를 □□대학교 제12대 총장으로 선임하였고 이어 같은 달 21. 이를 교육부에 보고하였다.

(3) 그리고 피고 1 이사장이 같은 해 8. 3. 피고 2를 □□대학교 제12대 총장으로

임명하였다.

## 2. 피고 1에 대한 주위적 청구 부분의 소를 본다.

### 가. 소의 요지

외국인(대한민국 국적을 가지지 아니한 자, 이하 같다)은 □□대학교의 교수로 임용될 자격이 없고 □□대학교의 교수가 아니면 □□대학교 총장으로 선임될 수 없는 것이며, 또 가사 □□대학교 교수가 아니라도 □□대학교의 총장으로 선임될 수 있다 하더라도 외국인은 □□대학교의 총장으로 선임될 자격이 없는 것임에도 불구하고, 외국인인 ○○는 그 국적을 숨겨 이에 속은 피고 1에 의하여 교수로 임용되고 교수평의회에서 총장후보자로 선출·추천되고 이어 피고 1의 1992. 7. 14.자 이사회에서 □□대학교 총장으로 선임되었으므로 위 총장선임결의는 무효이다. 따라서, 원고들은 피고 1에 대하여 위 총장선임결의의 무효확인을 구한다는 것이다.

### 나. 본안전 항변

피고 1 소송대리인은 피고 1이 설치·경영하는 □□대학교의 교수로서 피고 1의 피용자에 불과한 원고들에게 피고 1의 권한에 속하는 이 사건 총장 선임행위를 다툴 원고적격 내지 확인의 이익은 없으므로 위 주위적 청구 부분의 소는 부적법하다고 항변한다.

### 다. 판단

이에 피고 1 소송대리인의 위 본안전 항변과 아울러 직권으로 위 주위적 청구 부분의 소의 적법 여부를 살핀다.

#### (1) 쟁 점

□□대학교 총장은 앞서 본 바와 같이 사립학교법 및 피고 1 정관에 의하여 피고 1 이사회에서 선임하게 되어 있다. 여기서 원고들과 같은 □□대학교의 교수들이 위 주위적 청구부분 소의 요지와 같은 사유를 내세워 피고 1 이사회에서 선임한 총장선임의 효력을 다툴 수 있는지가 문제로 된다. 그러나 이에 관하여는 아무런 명문의 규정이 없으므로 결국 확인의 소에 있어서의 일반론에 따라 해결할 수밖에 없다. 나아가 이와 다른 근거에서 원고들에게 당사자 적격을 인정하여야 한다는 주장에 대하여도 살펴본다.

(2) 확인의 대상이 되는가?

확인의 소는 현재의 구체적인 권리·의무 또는 법률관계를 대상으로 하며 과거의 사실관계는 확인의 대상이 될 수 없다. 살피건대 피고 1이 그 이사회에서 ○○를 총장으로 선임한 위 결의는 앞서 본 피고 1 이사장의 임명행위의 전단계로서 현재의 구체적인 법률관계가 아닌 과거의 사실관계에 지나지 아니한다. 따라서, 위 이사회결의는 일응 확인의 대상이 될 수 없다고 판단된다. 다만 무효확인을 구하는 그 결의가 과거의 사실관계에 불과하다고 하더라도 그 결의가 현재의 각종 법률 관계를 낳는 기본이 되고 기본이 되는 과거의 그 결의 자체의 효력을 확정하는 것이 현존하는 분쟁의 발본적인 해결을 위하여 필요할 경우에 그 무효확인을 구할 이익이 있으면 확인의 소를 제기할 수 있다. 여기서 확인의 이익이 문제가 된다.

(3) 확인의 이익이 있는가?

위와 같이 피고 1 이사회의 이 사건 총장선임결의가 확인의 대상이 된다고 하더라도 원고들에게 즉시 확정을 구할 법률상의 이익이 있어야 위 결의의 무효확인을 구할 수 있다. 여기서 즉시 확정의 이익이라 함은 법률상 이익만을 가리키고 사실상 또는 경제적 이익은 포함하지 않음은 물론이다. 따라서, 이 사건 총장선임결의로 인하여 원고들의 권리 또는 법률상 지위에 현존하는 불안 또는 위험이 있고 그 불안 또는 위험을 제거함에는 위 결의의 무효확인판결을 받는 것이 가장 유효·적절한 수단일 때에 한하여 인정되는 것이다.

그렇다면 이 사건에서 원고들에게 이러한 의미의 확인의 이익이 있다고 볼 수 있는가? 원고들 소송대리인은 □□대학교 교수들로서 대학자치의 주인일 뿐 아니라 피고 1에 대하여 총장후보자를 추천함으로써 실질적으로 총장선임에 관여할 수 있는 지위가 보장되어 있는 원고들에게 □□대학교 안팎의 현존하는 법적 분쟁상태의 해소를 위하여 위 총장선임결의의 무효확인을 구할 법률상 이익이 있다는 것이다.

아래에서 차례로 그 주장의 당부를 살펴 본다.

(가) 첫째, 대학교수들에게는 헌법상 학문의 자유가 있고 이를 실현하기 위하여는 대학교수들이 대학의 조직 및 운영에 있어 주도적인 역할을 할 위치에 있어야 한다. 특히 교수의 임용·보직 등을 비롯한 대학의 인사문제가 대학의 주체인 교수들의 자주적인 판단에 의하여 이루어져야 한다. 이 점에서 □□대학교 교수들인 원고들에게 이 사건 총장선임의 무효확인을 구할 확인의 이익이 있다는 것이다.

살피건대, 헌법 제22조 제1항은 "모든 국민은 학문의 자유를 가진다."라고 규정하고, 특히 대학에 있어서의 학문의 자유를 실효성 있게 보장하기 위하여 헌법 제31조 제4항에서 "대학의 자율성은 법률이 정하는 바에 의하여 보장된다."라고 규정하고 있다. 여기서 대학의 자율성 내지 대학의 자치는 대학의 인사, 학사, 질서, 재정 등 모든 분야를 망라하지만 그중에서도 교수회에 의한 학교의 자율적 운영, 특히 대학의 인사가 교수회의 자주적인 판단에 의하여 행해지는 데 그 의미가 있다. 그리고 이러한 의미의 대학의 자치는 국립대학이나 공립대학의 경우에는 물론 사립대학의 경우에도 마찬가지로 적용된다.

그러나 학문의 자유는 대학이 학술의 중심으로서 깊은 진리를 탐구하고 전문적인 학예를 연구·교수하는 것을 본질로 하는 데 있으므로 직접적으로는 연구 및 그 결과의 발표, 연구결과의 교수의 자유에 있고, 이를 위한 대학에 있어서의 인사의 자치도 연구자 및 교수의 인사에 관하여 적용되는 것이다. 따라서, 그 나머지 대학의 인사, 학사, 재정, 질서 등의 사항에 관하여도 교수회의 발언권은 존중되어야 하지만 그 결정참여권에는 일정한 한계가 있을 수밖에 없다. 사립대학교의 총장선임문제가 연구활동 및 교수활동에 사실상의 간접적인 영향을 미치는 것은 부인할 수 없지만 교수들 각자에 대하여 법률상의 구체적이고도 직접적인 영향을 미치는 것이라고 보기는 어렵다. 따라서, 이른바 사립대학교의 총장선임 문제에까지 헌법상 학문의 자유를 원용할 수는 없는 것이다.

그리고 학문의 자유를 실효성 있게 확보하기 위하여 인정되는 대학의 자율성 내지 대학의 자치도 헌법 제31조 제4항의 문언 그대로 법률이 정하는 바에 의하여 보장되는 것이다. 따라서, 대학의 자치를 폐지하거나 그 본질적 내용을 침해, 훼손하는 것이 아닌 한 헌법상 어느 범위에서 대학의 자치를 보장할 것인가는 입법자의 형성의 자유에 속하는 사항으로서 국회가 입법정책적으로 판단하여 법률로 구체적으로 규정할 때에 비로소 헌법상의 권리로서 구체화되는 것이다. 그런데 교수들에게 사립대학교의 총장선임에 관여할 수 있도록 하는 규정은 현행 법률 어느 곳에도 없다. 오히려 사립학교법은 앞서 본 바와 같이 사립대학의 장의 선임권을 학교법인 또는 사립학교 경영자에게 부여하고 있다.(다만, 교육공무원법 제24조 제1항에서 국·공립대학의 장은 당해 대학의 추천을 받아 교육부장관의 제청으로 대통령이 임명한다고 규정하고 있다.) 그렇다면 이러한 사립학교법의 규정은 대학의 자율성 내지 대학의 자치를 보장하는 헌법규정에 위반되는 것인가? 헌법상 대학의 자율성 내지 대학의 자치의 본래 취지가 그 연혁에서 보듯이 대학이 외부 공권력의 간섭을 받지 아니하고 자율적으로 대학의 문제를 처리한다는 데 있는 것이라고 하면 위와 같은 사립학교법의 총장선임권 규정은 대학의 자율성 내지 대학의 자치와 하등 충돌의 여지가 없다. 다만 대학의 자율성 내지 대학의 자치를 단순한 제도보장이 아니라 대학에 보장된 헌법상의 기본권으로 해석하려는 새로운 추세와 현대사회에 있어서는 외부의 공권력만이 아니라 대학을 설치·경영하는 자에 의한 간섭이 이러한 헌법상 기본권으로서의 대학의 자율성 내지 대학의 자치에 대한 심각한 위협이 되고 있다고 하는 입장에서는 문제를 제기할 수도 있다. 그러나 헌법상 기본권으로서의 대학의 자율성 내지 대학의 자치도 기본권 제한의 일반적 법률유보의 원칙을 규정한 헌법 제37조 제2항에 따라 국가안전보장·질서유지 또는 공공복리를 위하여 필요한 경우 그 본질적 내용을 침해하지 않는 범위 내에서 법률로 이를 제한할 수 있는 것인바, 사립학교법이 위와 같이 그 총장선임권을 학교법인에게만 독점적으로 부여하였다 하여 그것이 위 기본권 제한의 범위를 벗어난 것이라고 볼 수는 없다. 왜냐하면 대학의 자율성 내지 대학의 자치는 앞서 본 바와 같이 어디까지나 학문의 자유를 실효성 있게 보장함으로써 학문의 자유가 맡고 있는 여러 가지 헌법적 기능을 수행케 하려는 데 그 궁극적인 목적이 있는 것이지, 대학 내의 모든 조직구성과 운영에 있어서 교수들이 반드시 참여하여야만 한다거나 아니면 이른바 학원의 민주화 내지 대학민주주의를 실현하는 데 있는 것은 아니기 때문이다. 뿐만 아니라 국·공립대학의 경우와 달리 사립대학의 경우에는 헌법상 대학의 자율성 내지 대학의 자치만을 강조한 나머지 사립대학 설치·경영의 자유를 일방적으로 희생시킬 수는 없는 것이다.

이상에서 살펴 본 바와 같이 이 사건 총장선임권은 사립학교법에 의하여 피고 1에게 부여되어 있는 것이고, 달리 법률 또는 피고 1 정관의 개정에 의하여 교수들에게 총장선임권 또는 그 참여권을 인정하지 않는 이상, 헌법상 학문의 자유나 대학의 자율성 내지 대학의 자치만을 근거로 원고들과 같은 교수들이 사립대학교의 총장선임에 관여할 수 있는 지위에 있다거나 피고 1의 이 사건 총장선임행위를 다툴 확인의 이익을 가진다고 볼 수는 없다.

(나) 둘째, 교육법은 국·공립대학에 당해 대학의 교수가 중심이 되는 대학평의원회를 두어 교원인사의 기본방침에 관한 사항 등 교육에 관한 중요사항을 심의하도록

하고 있고, 사립학교법도 대학평의원회에 관한 규정을 두고 있다. □□대학교의 경우 그 교수들은 이미 본 바와 같이 1988. 7. 21. 교수평의회를 구성한 이래 1988년 제11대 총장선임 당시 및 1992년 제12대 이 사건 총장선임 당시 □□대학교 측으로부터의 예산상 지원과 교무위원회의 행정적인 협조 아래 교수평의회를 열어 총장후보자를 선출하여 피고 1에 추천해 왔다. 그리고 피고 1은 제11대 및 제12대 모두 교수평의회가 추천한 후보자 2인 중 1인을 총장으로 선임하였다. 그리하여 피고 1이 교수평의회에 총장후보자 추천을 요청하고 이에 대하여 교수평의회가 2인의 총장후보자를 피고 1에 추천하면 피고 1은 그 2인 중 1인을 □□대학교 총장으로 선임하는 관례가 확립되었다. 이는 피고 1 스스로 그 이사회의 권한 일부를 축소하여 교수평의회에 넘겨준 것과 다름 없다. 한편 원고들은 이 사건 총장선임을 위하여 개최된 □□대학교 교수평의회의 1992. 5. 25. 예비선거 및 같은 해 6. 20. 본선거에 참여하여 투표권을 행사하였다. 위와 같이 원고들은 □□대학교 교수들이고 교수평의회의 구성원으로서 피고 1에 대하여 총장후보자를 추천함으로써 실질적으로 총장의 선임에 관여할 수 있는 지위가 보장되어 있다는 점에서 이 사건 총장선임의 무효확인을 구할 수 있다는 것이다.

살피건대, 앞에서 본 바와 같이 피고 1은 1988년 제11대 총장 및 1992년 제12대 이 사건 총장을 선임하면서 □□대학교 총장 등에게 총장후보자 추천을 요청하여 교수평의회 등으로부터의 총장후보추천을 접수하고 그 추천된 후보자를 대상으로 투표하여 다수득표자를 총장으로 선임하였는데, 위 두 번의 총장 모두 교수평의회에서 추천한 후보자 중에서 선임된 것은 사실이다.

그러나 위와 같은 총장후보자 추천제는 피고 1이 가능한 한 많은 사람들의 의견을 모아 가장 훌륭한 인물을 총장으로 선임하기 위하여 취한 사실상의 절차에 불과할 뿐 법령 또는 피고 1 정관에 근거를 둔 것이 아니다.(이 점에 관하여 원고들 스스로의 진술 및 원심증인 1의 증언에 의하더라도 총장후보자 추천제는 1988년 당시의 민주화 열기 속에서 이사회의 전단을 막고 교수들의 의견을 반영하여 학교행정의 능률·공정 및 민주화를 기하기 위하여 사실상 마련된 것일 뿐 달리 근거가 있는 것은 아니라고 한다.) 위와 같이 법령 또는 피고 1 정관에 근거를 두지 않은 이상 위 후보자선출을 위하여 학교측이 예산상 지원을 하였다거나 행정적인 협조를 하였다 하여 하등 달라질 것이 없다. 그리고 피고 1은 앞서 본 바와 같이 □□대학교 총장 뿐 아니라 피고 1의 이사, □□대학교 동문회장, 기독교단체(대한예수교 장로회, 기독교 대한감리회, 한국기독교 장로회, 대한성공회 등)의 대표자 등에게도 총장후보자의 추천을 요청하여 제11대 총장선임시에는 교수평의회가 추천한 소외 1 등 2인 외에 □□대학교 동문회장이 추천한 소외 2와 소외 3 등 2인을, 제12대 총장선임시에는 교수평의회가 추천한 소외 1과 ○○ 외에 □□대학교 동문회장이 추천한 ○○를 각 투표대상으로 하였던 것이다. 위 두 번의 총장선임 절차에서 교수평의회가 추천한 후보자 중 1인이 각 총장으로 선임된 사실은 우연한 사실에 지나지 아니한다. 피고 1로서는 누구에 대하여 후보자추천을 요청할 것인지 또 누가 추천한 후보자를 선임할 것인지 전적으로 자유이다. 따라서, 위와 같이 두 번에 걸쳐 피고 1이 총장후보자 추천제를 시행하였고 우연히 모두 교수평의회가 추천한 후보자 중에서 총장으로 선임된 사실만으로 피고 1이 그 이사회의 권한 중 일부를 축소하여 교수평의회에 총장후보자 추천권을 부여하였다거나 교수평의회가 추천한 2인의 후보자 중 1인을 반드시 총장으로 선임하는 관례가 확립되었다고 볼 수는 없다.

또 교육법 제117조는 "국·공립대학에 교육에 관한 중요사항을 심의하기 위하여 대학평의원회를 둔다. 대학평의원회의 구성 및 운영 등에 관하여 필요한 사항은 대통령령으로 정한다."라고 규정하고 있는데 반하여, 사립학교법 제26조의2는 "대학교육기관에 교육에 관한 중요사항을 심의하게 하기 위하여 대학평의원회를 둘 수 있다. 대학평의원회의 조직 및 운영에 관하여 필요한 사항은 정관으로 정한다."라고만 규정한다. 여기서 보듯이 사립대학교의 경우에는 대학평의원회가 반드시 설치되어야 하는 것이 아닐 뿐 아니라, 설치되는 경우에도 그 조직 및 운영에 관하여 필요한 사항은 정관으로 정하도록 되어 있다. 그런데 피고 1 정관에는 대학평의원회에 관하여 아무런 규정을 두지 않고 있으며, 다만 "대학교 교원(총장은 제외한다)의 인사에 관한 중요사항을 심의하게 하기 위하여 대학교에 교원인사위원회를 둔다."(제51조), "교원인사위원회는 교학부총장, 의무부총장, 원주부총장, 대학원장, 기획실장, 교무처장 그리고 총장이 지명하는 4명의 교수로 조직한다."(제53조 제1항)라고 규정할 뿐이다. 게다가 교육법에 근거하여 대학평의원회를 둔 경우라 할지라도 대학평의원회가 총장후보자 추천 또는 총장선임에 관여할 수 있는 것은 아니다.(이 점은 교육법시행령 제142조 제6호에서 대학평의원회는 교원인사의 기본방침에 관한 사항 등을 심의하도록 규정하면서 이와 별도로 교육공무원법 제24조, 같은법시행령 제12조의3에서 대학의 장의 임용추천을 하기 위하여 대학평의원회와 별도로 대학의 장 임용추천위원회를 두고 있는 점을 보아도 알 수 있다.)

이상에서 살펴 본 바와 같이 법률 또는 피고 1 정관에 근거하지 않고 두 번에 걸쳐 피고 1이 총장후보제를 사실상 채택하여 시행하였고 □□대학교 교수들이 대학교수평의회를 구성하여 거기서 대학총장후보자를 추천할 수 있도록 하였다 하여 교수평의회의 총장후보자 추천이 피고 1에 대하여 법률상 또는 사실상 관습으로서의 구속력을 가진다고 볼 수는 없는 것이다. 그리고 교수평의회가 위와 같은 총장후보자 추천권을 가진다 하더라도 총장선출권 그 자체가 아닌 총장후보자 추천권을 가지는 사실만으로는 그 구성원인 교수들이 개별적으로 나서서 피고 1의 총장선임의 효력을 다툴 수 있는 지위를 가지게 된다고 단정할 수도 없다. 결국 이 사건 총장선임은 어디까지나 피고 1의 권한에 속하는 것이고, 교수평의회의 구성원으로서 총장후보자 선출에 참여하는 사실상의 이해관계를 가질 뿐인 원고들로서는 달리 피고 1이 정관에서 교수들에게 총장선임추천권을 주고 그와 아울러 총장선임의 하자를 다툴 수 있도록 규정하지 않는 한 앞서 본 교수평의회의 사실상의 총장후보자 추천제만을 근거로 하여 피고 1 이사회의 이 사건 총장선임행위를 다툴 수는 없다.

(다) 셋째, 사립학교법에서 대학교육기관의 교원은 직명별로 10명 이내의 범위 안에서 당해 학교법인의 정관이 정하는 바에 따라 기간을 정하여 당해 학교의 장이 임명한다고 규정하고 있고, 피고 1 정관에서 □□대학교의 총장은 피고 1의 동의를 얻어 □□대학교 교수 등 교직원에 대한 임면·보직권을 가질 뿐 아니라 밖으로는 대학을 대표하고 안으로는 교무를 통할하며 학생을 지도하고 소속 교직원에 대한 지휘·감독권을 가진다고 규정하고 있다. 따라서, □□대학교 교수들인 원고들은 위 총장선임에 대하여 직접적인 이해관계를 가지고 있으므로 위 총장선임결의의 무효확인을 구할 수 있다는 것이다.

살피건대, □□대학교 총장이 교직원에 대한 임면권을 가지고 있다는 사실만으로는 원고들에 대하여 장차 어떤 사실상의 이해관계를 초래할 우려가 있음은 별론으로 하고 현재 법률상의 구체적이고 직접적인 이해관계를 초래한 것이라고 볼 수는 없다. 또 사립학교법 제53조의2는 제1항에서 "각급 학교의 교원은 당해 학교법인 또는 사립학교 경영자가 임면한다.", 제2항에서 "대학교육기관의 교원의 임면권은 당해 학교법인의 정관이 정하는 바에 의하여 총장·학장에게 위임할 수 있다."라고 규정하고, 피고 1 정관은 제31조 제2항에서 "이사회는 다음 각 호의 사항을 심의·결정한다."라고 하면서 그 제5호에서 "총장 및 교원의 임면에 관한 사항, 단 대학교의 교원임면은 총장에게 위임한다."라고 규정하고 있으나, 다른 한편으로 피고 1 정관은 제43조 제2항에서 "총장 이외의 교원은 인사위원회의 심의를 거쳐 총장이 이사회의 동의를 얻어 임명한다. 다만 교원의 임용기간은 교수 정년까지, 부교수 7년, 조교수 3년, 전임강사 2년으로 한다."라고 규정하고, 제51조에서 "대학교 교원의 인사에 관한 중요 사항을 심의하게 하기 위하여 대학교에 교원인사위원회를 둔다."라고 규정하고 있으므로 □□대학교 총장이라 하여도 교원 인사를 임의로 할 수 있는 것이 아니고 위 정관에서 정한 절차에 따라 할 수 있을 뿐이어서 총장 임의로 원고들에게 불이익한 인사를 할 우려가 있다고 보기도 어렵다. 더군다나 원고들은 □□대학교 교수들로서 그 임기가 정년인 65세까지(피고 1 정관 제43조 제2항 제1호, 같은 시행세칙 제12조)인 사실은 원고들 스스로 이를 인정하고 있으므로 이 사건 총장선임으로 인하여 원고들에게 위 주장과 같은 신분상의 불이익은 있을 수 없다.(위 갑 제9호증의 기재에 의하면 원고 3은 1993. 3. 1. ○○에 의하여 비로소 그 임기가 정년까지인 교수로 임명됨으로써 오히려 신분상 이익을 입은 사실이 인정된다.)

따라서, 위 셋째 주장과 같은 사유도 원고들이 이 사건 총장선임을 다툴 수 있는 근거가 될 수는 없다.

(라) 넷째, 이 사건 총장선임의 효력을 둘러싸고 □□대학교의 학생과 교직원, 학부모, 동창들 사이에 논란이 일고 이로 인하여 학교의 위신이 추락되고 있을 뿐 아니라 대학의 행정 및 교육이 엉망으로 치닫고 학교예산이 낭비되는 등 그 폐해가 심각하여 그 분쟁을 조속히 해결하여야 할 필요성이 있다. 그런데도 □□대학교 총장의 선임권이 피고 1의 이사회에 있다 하여 피고 1의 이사만이 총장선임의 하자를 다툴 수 있다고 한다면 피고 1이 부적격자를 총장으로 선임하고서도 이에 침묵하는 경우에는 결국 분쟁의 종국적인 해결은 불가능하게 된다. 이에 위 대학교 교수들인 원고들에게 이 사건 총장선임의 무효확인을 구할 이익이 있다. 뿐만 아니라 확인소송의 실천적인 분쟁예방·해결기능을 가능한 한 적극적으로 파악함으로써 법원에 대한 절차이용권을 보다 널리 인정하여야 할 필요성이 있다는 점에서도 원고들이 그 무효확인을 구할 수 있어야 한다는 것이다.

살피건대, □□대학교 안팎에 위 주장과 같은 분쟁으로 인한 폐해가 있고 이를 조속히 해결할 필요가 있다는 사실만으로 원고들에게 이 사건 총장선임의 무효확인을 구할 법률상의 구체적이고 직접적인 이익이 있다고 보기는 어렵다. 더군다나 갑 제11호증의 6(○○ 총장 문제를 바라보며), 갑 제16호증(이사회결의 확인서, 을 제4호증과 같다), 을 제3호증(회의록), 을 제24호증(이사회의 입장, 을 제26호증의 2와 같다), 을 제25, 26호증의 각 1(각 이사회 회의록)의 각 기재와 원심증인 1의 증언에 변론의 전취지를 종합하면, ○○가 □□대학교 총장으로 선임된 후 그의 국적 문제로 교수들과 학생들 사이에 총장자격에 관한 시비가 일게 되자, ○○는 1993. 10. 11. □□대학교 총장의 자격으로 전체 교수회의를 소집하여 국적 문제를 야기한 잘못을 사과함과 동시에 그 신임을 물을 것인지에 관하여 투표에 부친 결과 재적교수 1,026명 중 651명이 참석한 위 교수회의에서 ○○의 신임을 묻자는 의견이 162명, 그 진퇴를 ○○에게 일임하자는 의견이 240명으로 나타난 사실, 피고 1도 같은 달 27. 이사회를 열고 "○○를 총장으로 선임한 것이 정관정신과 자격규정에 어긋나지 않을 뿐 아니라 총장의 국적 문제에 하자가 없음을 인정하고 학교발전에 헌신하고 있는 총장에 대하여 신뢰를 확인한다."라는 내용의 결의를 한 사실, 그러나 원고들은 이에 승복하지 아니하고 같은 해 11. 15. 원심법원에 이 사건 총장선임무효확인 등을 구하는 소를 제기하여 원심법원에서 1994. 11. 9. 이 사건 총장선임결의의 무효를 확인하는 판결을 선고한 사실, 그러자 □□대학교 내에서는 이 문제를 둘러 싸고 다시 한 번 논란이 야기되기에 이르렀고 이에 피고 1은 이를 수습하기 위하여 1994. 11. 23. 다시 이사회를 열어 "1993. 10. 27.자 이사회결의대로 총장선임이 정관정신과 자격규정에 부합된 것임을 확인하고 총장에 대한 재신임을 만장일치로 결의한다."라고 결의하고 같은 날 피고 1 이사장의 이름으로 위와 같은 결의를 발표한 사실, 그럼에도 불구하고 원고들은 끝까지 소송을 통한 해결을 고집하여 그 분쟁이 끝나지 못한 채 지속되고 있는 사실을 인정할 수 있다. 이처럼 원고들이 분쟁의 상당 부분을 초래하거나 확대해 놓고서 이를 해결할 필요성이 있다는 사유를 내세워 이 사건 총장선임결의 무효확인의 소를 제기할 수 있어야 한다는 주장은 받아들일 수 없다. 그리고 분쟁해결을 위하여 나서야 할 사람들이 나서지 않는다면 분쟁의 종국적인 해결이 불가능하다는 사실상의 필요만으로 원고들이 나설 수 있다는 법리 또한 성립할 수 없다. 이는 교수가 나서지 않는다면 그 다음은 학생이, 학생도 나서지 않는다면 학부모가, 그리고 마지막으로는 일반 국민이 나설 수 있다는 것이 되어 받아 들이기 어렵다. 뿐만 아니라 이 사건에서 피고 1이 나서지 않았던 것도 아니다. 앞에서 본 바와 같이 피고 1이 두번이나 이사회를 열어 ○○ 총장을 신임하기로 결의하였음에도 불구하고 원고들이 이에 승복하지 않고 있을 따름이다. 또 앞서 이미 본 바와 같이 □□대학교의 총장 선임권은 어디까지나 피고 1 이사회에 있다. 그럼에도 불구하고 위 주장과 같은 필요성만으로 일부의 교수들(앞서 본 재적교수 1,026명 중 4명에 불과하다)에게 그 무효확인을 구할 수 있도록 하는 것은 결과적으로 피고 1 이사회의 권한을 침해하는 것이 되고 나아가 피고 1 자체에 대한 일종의 지배간섭의 권능을 인정하는 것이 되어 부당하다. 다만 그동안 일부 사립대학에서 학교행정이 권위주의적으로 운영되고 심한 경우 족벌체제를 구축하여 학교운영을 독주함으로써 그 구성원들이 이에 대하여 강한 거부감을 나타냈던 것이 사실이다. 여기에 갑자기 불어닥친 대학의 민주화 열기와 이상 추구를 고집하는 대학 본래의 성향이 합쳐져 학교법인 또는 사립학교 경영자에 의한 전횡을 더 이상 방관하지 않으려는 추세로 나가고 있다. 위 갑 제11호증의 6의 기재에 의하면, 현행법의 굴레에서 벗어나 학교법인 이사회의 권한을 축소시키고 교수대표들이 중심이 되어 학교의 인사, 재정, 예산과 결산, 학사 등과 같은 문제들을 다루는 방향으로 학교법인 이사회를 개편하여야 한다고까지 주장하고 나선다. 그런만큼 현재에 있어서 이사회의 무능과 위법한 결의를 시정하기 위하여는 교수들이 나설 수 있어야 하고 또 나서야만 한다는 것이다. 위와 같이 사립대학교의 교수들 사이에 이사회를 불신하고 대학의 인사 심지어 그 총장선임에까지 관여하자는 목소리가 높아지면서 그만큼 총장선임을 둘러싼 갈등과 분쟁의 소지도 커지고 있다. 그렇다면 이와 같은 대학의 사태를 법원은 어떻게 받아들일 것인가? 법원의 절차이용권을 확대한다고 하여 무작정 대학의 모든 분쟁을 법원의 소송으로 해결하여야 한다는 것은 문제가 아닐 수 없다. 모든 문제가 법원의 소송을 통하여만 해결될 수는 없다. 우리의 사회와 제도는 아직도 많은 영역에 있어서 그 문제 해결을 법원이 아니라 구성원들의 자율적인 절차에 맡겨두고 있다. 대학사회도 그 가운데 하나이다. 뿐만 아니라 이러한 대학사회와 같은 단체 내부의 분쟁은 단순한 대립 당사자 사이의 법률관계와는 달리 다수인의 이해관계가 얽혀 있는 만큼 법률상 특별한 배려가 필요하다. 누구나 함부로 단체의 법률관계를 흔들게 되면 단체 내부의 법적 안정성은 물론이고 제3자에 대한 파급효도 지대하게 된다. 또한 그 법률관계는 단체 내부의 당사자 전원에 대하여는 물론이고 제3자에 대하여도 큰 영향을 미치게 되므로 이를 획일적으로 확정하지 않으면 안 된다. 따라서, 그 당사자 적격의 테두리를 정하는 것이 불가피한 일이다. 이런 점에서 사립대학교의 교수들이 그것도 일부의 교수들이 개별적으로 나서서 그 총장선임의 효력을 다투는 것은 허용할 수 없다고 할 것이다. 이러한 결론은 실제상의 필요에 있어서도 마찬가지이다. 사립대학교의 교수들이 그 총장선임의 효력을 다툴 수 있다고 하게 되면 이번의 사건에 그치지 않고 앞으로 총장선임 때마다 그 결과에 승복하기 보다는 법원의 소송을 통하여 그 효력을 다투려 들지 모른다. 그 결과 대학사회는 안정을 잃게 되고 자칫하면 심각한 갈등과 분쟁의 수렁으로 빠지게 될지도 모를 일이다. 이러한 사태는 법원의 절차이용권을 확대하려는 당초의 취지와도 어긋날 뿐 아니라 대학의 문제는 대학의 구성원 스스로에게 맡긴다는 대학자치의 정신과도 어긋나는 것이다.

(마) 이상에서 살펴 본 바와 같이 원고들이 내세우는 사유는 결국 어느 것도 원고들이 피고 1의 총장선임에 대하여 어떤 권리 또는 법률상 이해관계를 갖고 있다거나, 피고 1의 총장선임으로 인하여 이러한 원고들의 권리 또는 법률상 지위에 현존하는 불안 또는 위험이 있어 이를 즉시 확정할 이익이 있다고 볼 만한 것이 못된다. 그리고 그 밖에 달리 원고들에게 확인의 이익이 있다고 할 만한 사유나 이를 인정할 증거도 없다.

(4) 대표소송의 허용 여부

원고들은 이 사건 총장선임결의 무효확인의 소는 대학에 있어서의 학문의 자유와 교수의 양심 그리고 사회정의를 실현하기 위한 것이므로 집단소송의 한 형태로 교수들인 원고들에게 당사자 적격을 인정하여야 한다고 주장한다. 그러나 이러한 형태의 소송은 현행법상 허용되지 아니하므로 원고들의 위 주장은 이유 없다.

따라서, 원고들의 위 주위적 청구 부분의 소는 부적법하여 각하를 면하지 못한다.

(여기서 원고들의 위 2.가. 주위적 청구 부분 주장에 대하여 본다. 우선 앞서의 교수평의회 총장후보자선거내규 제4조의 총장후보자 자격 규정은 피고 1에 대하여 그 효력이 미치지 아니하고 그 밖에 달리 □□대학교 교수만이 □□대학교 총장이 될 수 있다는 취지의 제한규정은 어디에도 없다. 그러므로 ○○에 대한 □□대학교 교수임용은 외국인에 대한 것이어서 무효이고, 따라서 교수가 아닌 자에 대하여 한 총장선임도 무효라는 원고들 주장 부분은 이유 없다. 그리고 뒤의 4.나.에서 보는 바와 같이 외국인은 사립대학교 총장이 될 수 없다고 볼 근거도 없다. 또한 ○○가 외국인인 신분을 숨긴 것이 사실이라 할지라도 이러한 사실만으로 위 총장선임결의가 무효로 되지는 아니한다. 따라서, 가사 본안에 나아가 보더라도 원고들의 위 주위적 청구는 위와 같은 이유에서 부당하여 기각을 면하지 못한다.)

### 3. 피고들에 대한 예비적 청구 부분의 소를 본다.

원고들은 예비적으로(앞서 본 주위적 부분과 반드시 예비적 관계에 있다고 보이지는 아니한다. 더군다나 피고 2에 대하여는 주관적 예비적 공동소송의 문제도 있다. 그러나 여기서는 예비적이 아니면 선택적으로 청구한 취지로 해석하여 예비적 청구의 당부는 문제삼지 아니하기로 한다), 피고 2는 총장후보선거운동기간 중 향응을 제공하고 여러 교수들에게 보직을 약속하는 등 불법선거운동을 하였을 뿐 아니라 외국인은 □□대학교 교수나 □□대학교 총장으로 선임될 수 없는 사실을 알면서도 자신은 외국인이 아닌 것처럼 행세하여, 이에 속은 □□대학교 교수평의회가 1992. 5. 25.과 같은 해 6. 20. 피고 2를 총장후보자로 선출하였으므로, 피고들에 대하여 □□대학교 교수평의회의 위 각 총장후보자 선출행위의 무효확인을 구한다는 것이다.

이에 대하여 피고들 소송대리인은 부적법하다고 항변하므로 이와 아울러 직권으로 그 적법 여부를 살피건대, 이는 현재의 권리관계 내지 법률관계가 아닌 과거의 사실관계의 확인을 구하는 것에 지나지 아니하여 확인의 소로서의 권리보호의 요건을 결여한 부적법한 것이라 할 것이다. 이러한 결론은 교수평의회의 위 각 선출행위의 무효확인을 구하는 것이 피고 1 이사회의 이 사건 총장선임의 효력을 확정하는 데 불가결한 전제조건이 된다 하여도 마찬가지이다. 또 위와 같은 확인은 그 선출 행위를 한 □□대학교 교수평의회를 상대로 구할 성질의 것이지 피고 1이나 피고 2를 상대로 구할 성질의 것도 아니다.

따라서, 원고들의 위 예비적 청구 부분의 소는 어느 모로 보나 부적법 각하를 면치 못한다.

### 4. 피고 2에 대한 청구를 본다.

가. 교수자격 부존재확인 부분

원고들은, 대한민국 사립대학교 및 □□대학교의 교수로 임용되기 위하여는 대한민국 국적을 보유할 것이 요구되는데, 피고 2는 1986. 9. 1. 당시 대한민국 국적을 가지고 있지 아니하였음에도 이를 속이고 □□대학교 교수로 임용되었던 것이므로, 피고 2에 대하여 대한민국 사립대학교 및 □□대학교의 교수자격이 없음의 확인을 구한다고 주장한다.

이에 대하여 피고 2 소송대리인은 부적법하다고 항변하므로 위 항변과 아울러 직권으로 그 적법 여부에 관하여 살피건대, 확인의 소에 있어서 확인의 대상이 되는 것은 구체적인 권리 또는 법률관계의 존부라 할 것인데, 원고들이 확인을 구하는 위 교수자격의 존부는 □□대학교를 포함한 대한민국 사립대학교의 교수로 임용되기 위한 전제조건으로서 이는 구체적인 권리 또는 법률관계의 발생을 위한 추상적인 지위 내지 사실관계에 불과한 것임이 그 주장 자체에서 명백하다. 또한 원고들에게 위와 같은 확인을 구할 아무런 확인의 이익도 없다. 뿐만 아니라 피고 2는 원고들에 대하여 위와 같은 확인을 해 줄 법률상 지위에 있지도 아니하므로 원고들이 피고 2를 상대로 이와 같은 확인을 구할 수 없는 것이고, 또 피고 2를 상대로 그러한 확인판결을 받아본들 아무런 실익도 없다.

따라서, 원고들의 위 교수자격 부존재확인의 소는 어느 모로 보나 부적법하다.

나. 위자료 청구부분

원고들은, 외국인에게는 □□대학교의 교수로 임용되거나 총장으로 선임될 자격이 없음에도 불구하고, 피고 2가 외국인인 사실을 숨기고 미국국적을 취득한 후에도 고의로 말소하지 아니한 채 방치한 호적등본과 이에 근거한 주민등록등본을 제출하고 교수임용계약상의 필수서류인 이력서 및 인사기록카드에도 국내에 거주하는 대한민국 국민인 것처럼 허위의 기재를 하여 피고 1 등을 속여 □□대학교의 교수로 임용되고 나아가 총장으로 선임되는 등의 위법행위를 저질러 위 대학의 교수들인 원고들의 명예를 실추시키고 이로 인하여 원고들에게 심한 정신적 고통을 입혔으므로, 피고 2에 대하여 그 위자료로서 우선 금 1,000,000원의 지급을 구한다고 주장한다.

살피건대, 외국인은 사립대학교의 교수나 사립대학교의 총장이 될 수 없다는 명문의 제한은 헌법이나 법령 또는 정관 그 밖에 어느 곳에서도 찾아볼 수 없다.(피고 1 정관 제25조 제1항에서는 이사 및 감사와 이 법인에 소속되는 전임의 교원 및 사무직원은 국내에 거주하는 자라야 하며, 이사 정수의 반수 이상은 대한민국 국민이어야 한다고만 규정하고 있다.) 또 그것이 국가의 존립과 관련되는 기본권이거나 국가가 특별히 대한민국 국민에게만 보장해 주는 기본권이어서 헌법상 외국인에게는 허용되지 아니하는 성질의 것이라고 보이지도 아니한다. 뿐만 아니라 사립대학교의 교수나 총장은 공권력의 행사 또는 국가의 의사형성에 참여하는 공무원도 아니다. 따라서, 외국인인 피고 2는 사립대학의 교수나 총장이 될 수 없음을 전제로 한 원고들의 위 청구는 우선 이유 없다. 또한 피고 2가 고의로 외국인인 사실을 숨겨 피고 1을 기망한 것이라고 인정할 증거도 없다. 다만 갑 제11호증의 4(이중국적에 관한 일련의 상황), 갑 제17호증의 2(국적상실증명, 을 제11호증의 1, 2와 같다), 갑 제17호증의 3(선서서, 을 제13호증의 1, 2와 같다), 갑 제17호증의 4(회신, 미합중국 확인서, 서류관리인 확인서, 을 제12, 14호증의 각 1, 각 2와 같다), 갑 제17호증의 5(미대사관확인서), 을 제1호증의 1(민원에 대한 회신 표지),

2(민원사항조사처리결과), 을 제2호증의 1(공소부제기이유고지), 2(불기소사건기록), 3(사실과 이유)의 각 기재에 변론의 전취지를 종합하면, 피고 2가 그 국적에 관하여 분명하지 않은 태도를 취함으로써 교수나 총장으로서의 도덕성에 흠을 가져오게 되고 그로 인하여 □□대학교 자체는 물론이고 그 교직원들이나 학생, 동문들 사이에 많은 논란을 불러 일으킨 사실을 인정할 수 있다. 그러나 피고 2의 위와 같은 행위가 원고들에 대하여 어떤 불법행위를 구성한다거나 이로 인하여 법률상 보호할 만한 구체적이고 직접적인 원고들의 어떤 정신적 이익을 침해하였다고 볼 수는 없다.

따라서, 원고들의 위 위자료 청구는 더 나아가 살필 필요 없이 이유 없다.

### 5. 결론

그렇다면 원고들의 피고 1에 대한 주위적 청구부분의 소 및 피고 2에 대한 교수자격 부존재확인의 소는 부적법하므로 각 이를 각하하고, 원고들의 피고 2에 대한 위자료 청구는 이유 없어 이를 기각할 것인바, 원심판결 중 원고들의 피고 1에 대한 주위적 청구를 인용한 부분은 이와 결론을 달리하여 부당하므로 위 부분을 취소하고 그 취소 부분에 해당하는 원고들의 피고 1에 대한 주위적 청구부분의 소를 각하하고, 원고들의 피고들에 대한 예비적 청구부분의 소 또한 앞서 본 바와 같은 이유에서 부적법하므로 이를 각하하며, 원심판결 중 피고 2에 대한 부분은 이와 결론을 같이하여 정당하므로 원고들의 이 부분에 대한 항소는 이를 기각하기로 하고, 소송비용의 부담에 관하여는 민사소송법 제96조, 제95조, 제89조, 제93조를 각 적용하여 주문과 같이 판결한다.

김효종(재판장)　조희대　김형진

민사판결 3

# 대구지방법원 1999. 1. 13. 선고 98나6792 판결

**【판시사항】** 수표면의 기재 자체로 보아 국내수표로 인정되는 경우 수표면 상 발행지의 기재가 없어도 이를 무효의 수표로 볼 수는 없다.

**【주문】**

1. 원심판결 중 아래에서 지급을 명하는 금원에 해당하는 원고 패소부분을 취소한다.
2. 피고는 원고에게 금 5,000,000원 및 이에 대한 1997. 12. 11.부터 같은 달 30.까지는 연 6푼의, 그 다음날부터 완제일까지는 연 2할 5푼의 각 비율에 의한 금원을 지급하라.
3. 소송비용은 1심, 2심 모두 피고의 부담으로 한다.
4. 제2항은 가집행할 수 있다.

**【이유】**

갑 제1호증의 1 내지 10의 각 기재와 당심증인 1의 증언에 변론의 전취지를 종합하면, 피고는 할인을 위하여 소외인에게 각 발행일 및 발행지 백지, 액면금 1,000,000원, 지급지 대구, 지급인 주식회사 국민은행 대구지점으로 된 가계수표 5매(수표번호 사가 34828661 내지 34828665)를 발행하였는데, 원고는 소외인으로부터 1997. 10. 9. 위 각 수표를 배서, 양도받아 이를 소지하고 있다가 발행일을 각 1997. 12. 9.로 보충하여 같은 달 11. 지급제시하였으나 지급거절되어 같은 날 위 지급인으로부터 지급거절선언을 작성받아 교부받은 사실, 원고가 위 각 수표를 지급제시함에 있어 발행지를 보충하지 아니한 채로 지급제시한 사실을 인정할 수 있고, 을 제1, 2호증만으로는 위 인정을 뒤집기 부족하고 달리 반증이 없다.

먼저 원고가 위 각 수표의 발행인인 피고에게 소구권을 행사하는 이 사건에서, 원고가 앞서 본 바와 같이 위 각 수표를 지급제시함에 있어 발행지를 보충하지 아니하고 지급제시하였는데 이를 적법한 지급제시로 볼 수 있는지의 여부에 관하여 본다. 수표의 경우 약속어음과 달리 그 유통기간이 10일로서 비교적 단기간에 발행에서 지급까지의 과정이 종료되고, 이 사건 각 수표는 국내 금융기관인 국민은행이 교부한 용지에 의하여 작성된 것으로, 지급지는 대구, 지급장소는 국민은행 대구지점으로 되어 있으며, 그 발행인은 국내의 자연인이고, 어음금액은 원화로 표시되어 있으며, 어음문구 등 어음면 상의 문자가 국한문 혼용으로 표기되어 있는 점 등에 비추어 볼 때, 이 사건 각 수표는 국내에서 발행되고 지급되는 국내수표임이 명백하여 발행지의 기재는 별다른 의미가 없는 것이고, 발행지의 기재가 없는 수표도 완전한 수표과 마찬가지로 유통·결제되고 있는 거래의 실정 등에 비추어, 그 수표면 상 발행지의 기재가 없는 경우라고 할지라도 이를 무효의 수표로 볼 수는 없다고 할 것이어서, 위 각 수표에 대한 지급제시가 비록 발행지의 기재 없이 이루어졌다고 하더라도 이는 적법하게 지급제시된 것이라고 할 것이다.

한편 피고는, 위 각 수표는 피고가 1997. 10. 7. 대구 수성구 만촌동에 있는 2군사령부 법무부 사무실에서 분실한 수표로서, 원고는 1997. 10. 9. 소외인으로부터 위 각 수표를 취득함에 있어 발행인으로 기재되어 있는 피고에게 수표가 진정하게 발행되었는지 여부를 전화 등을 통하여 쉽사리 확인할 수 있었음에도 이를 확인하지 아니한 중대한 과실이 있으므로, 원고의 이 사건 청구에 응할 수 없다고 항변하므로, 위 각 수표가 피고가 분실한 수표인지에 관하여 보건대, 앞서 부족증거로 거시한 을 제1, 2호증 외에 달리 이를 인정할 아무런 증거가 없어 위 각 수표가 피고가 분실한 것임을 전제로 한 위 항변은 이를 받아들이지 아니한다.

그렇다면 피고는 원고에게 위 각 수표의 액면 합계금 5,000,000원 및 이에 대하여 위 각 가계수표의 지급제시일인 1997. 12. 11.부터 이 사건 제소조서의 부본 송달일임이 기록상 명백한 같은 달 30.까지는 수표법에 정해진 연 6푼의, 그 다음날부터 완제일까지는 소송촉진등에관한특례법에 정해진 연 2할 5푼의 각 비율에 의한 지연손해금을 지급할 의무가 있다 할 것인바, 원심판결은 이와 결론을 달리하여 부당하므로, 원심판결을 취소하여 원고에게 위 금원의 지급을 명하고, 소송비용의 부담에 관하여는 민사소송법 제96조, 제89조를, 가집행선고에 관하여는 같은법 제199조를 각 적용하여 주문과 같이 판결한다.

조희대(재판장) 황영수 반정우

민사판결 4

# 대구지방법원 1999. 7. 14. 선고 98나4642 판결

【판시사항】 사용자가 피용자에게 주 · 야간으로 일을 시켜 과로와 수면부족 상태를 초래하고 그러한 상태에서 장거리 운전까지 하게 함으로써 졸음운전으로 교통사고를 일으켜 상해를 입게 한 경우, 사용자 책임 및 피용자에 대한 보호의무 위반에 따른 손해배상 책임을 진다.

【원고】 원고 1 외 1인(소송대리인 변호사 김성한)
【피고】 (소송대리인 변호사 서정석)
【제1심 판결】 대구지방법원 영덕지원 1998. 2. 20. 선고 97가단282 판결
【주문】

1. 제1심 판결 중 아래에서 지급을 명하는 금원에 해당하는 원고들 패소부분을 취소한다.
   피고는 원고 1에게 금 28,800,938원, 원고 2에게 금 1,000,000원 및 각 이에 대한 1995. 4. 20.부터 1999. 7. 14.까지는 연 5푼, 그 다음 날부터 완제일까지는 연 2할 5푼의 각 비율에 의한 금원을 지급하라.
2. 원고 1의 나머지 항소를 기각한다.
3. 소송총비용은 피고의 부담으로 한다.
4. 제1항의 금원 지급 부분은 가집행할 수 있다.

【청구취지 및 항소취지】

제1심 판결을 취소한다. 피고는 원고 1에게 금 29,000,000원(재산상 손해 일부 24,000,000원 + 위자료 일부 5,000,000원), 원고 2에게 금 1,000,000원(위자료 일부) 및 각 이에 대한 1995. 4. 20.부터 당심판결 선고일까지는 연 5푼, 그 다음 날부터 완제일까지는 연 2할 5푼의 각 비율에 의한 금원을 지급하라.

【이유】

## 1. 손해배상책임의 발생

### 가. 책임의 근거

(1) 피고 경영의 경북 영덕군 (생략) □□호텔의 종업원으로 근무하던 원고 1은 1995. 4. 19. 02:00경 위 호텔 상무 소외 1의 지시로 위 호텔의 업무용 차량인 경북1토2750호 스포티지 승용차에 위 소외 1을 태우고 위 승용차를 운전하여 88고속도로를 옥포 방면에서 합천 방면으로 진행하던 중, 같은 날 06:00경 경남 합천군 야로면 청계리 소재 88고속도로 옥포기점 28.6㎞ 지점에 이르러 오른쪽으로 굽은 내리막 커브길을 돌지 못하고 중앙선을 침범하여 반대편에서 진행하여 오던 소외 2 운전의 경남7누3046호 화물차를 충돌하여, 그 충격으로 약 12주 이상의 치료를 요하는 뇌좌상, 대퇴골 골절 등의 상해를 입었다.

(2) 원고 1은 1994. 11. 1. 위 호텔 직원으로 입사하였으나 피고가 호텔과 단란주점의 직원을 줄이는 바람에 부득이 주간에는 차량으로 호텔 직원들을 출퇴근시키거나 호텔 주방용 물품구입 등의 일을 해 오면서 야간에는 위 호텔 지하 폼페이 단란주점 웨이터로도 근무하였는데, 근무시간은 매일 06:00부터 다음 날 02:00까지이나 업무형편에 따라 수시로 위 호텔 차량을 운전하여야 했으므로 항상 수면이 부족하여 피곤한 상태였고, 이 사건 교통사고가 있기 두 달 전에도 회사의 업무로 차량을 운전하던 중 수면부족으로 졸음 운전을 하여 교통사고를 낸 적이 있으며, 이 사건 사고시에도 전날 06:00부터 시작하여 사고 당일 02:00까지 호텔에서 일을 하고 계속하여 위와 같이 장거리 운전을 하여 매우 피곤하고 졸리는 상태였다.

(3) 한편, 소외 1은 1994. 8.경 위 호텔에 입사하여 상무로 재직하여 왔는데, 위 호텔의 대표자인 피고가 1994. 11.경 위 호텔 지하에 '폼페이 단란주점'을 개업하면서 단란주점에서 사건이 발생할 경우 경찰서 및 유관기관에 피고 본인이 직접 출석하여야 하는 불편과 기타 세금문제 등 여러 가지 사유로 소외 1에게 명의를 빌려 줄 것을 부탁하여, 소외 1은 위 단란주점의 사업자등록을 자신의 명의로 하였으나 실제로는 피고의 지시에 의하여 위 호텔 및 단란주점을 관리하면서 피고로부터 월 2백만 원의 급여를 받았다.

(4) 위 호텔에는 자격증을 가진 주방장이 없어 전문적이지 못하고, 주방 일은 고유 기술이라는 이유로 모르는 사람에게는 잘 알려 주지 않아, 소외 1은 전에 같이 일

한 적이 있던 해인사호텔의 주방장으로부터 자문을 구하기 위하여 원고 1에게 운전을 지시하여 해인사호텔로 가던 중 위와 같이 교통사고가 발생한 것이다.

(5) 원고 2는 원고 1의 어머니이다.

[증거 및 배척증거] (생략)

(6) 위 인정사실에 의하면, 소외 1은 위 호텔의 상무인 동시에 실소유자가 피고인 위 단란주점의 관리책임자로서 피고의 피용자라고 할 것인바, 원고 1이 평소 과중한 업무로 인하여 피로가 누적된 상태에 있었고 사고 당일에도 그 전날 새벽부터 당일 새벽까지 쉬지 않고 일을 하여 극도로 피곤하고 수면이 부족한 처지임을 알고 있었으면서도 사고 당일 새벽에 계속하여 위 원고로 하여금 해인사 관광호텔까지 장거리 운전을 지시함으로써 위 원고로 하여금 졸음을 견디지 못하고 이 사건 교통사고를 일으키게 한 과실이 있고, 위 원고 및 소외 1은 호텔 경영상 출장을 가던 중이었으므로 외형상 객관적으로 사용자인 피고의 사무집행과 관련된 것으로 보여지므로, 피고는 소외 1의 사용자로서 소외 1의 불법행위로 인하여 원고들이 입은 손해를 배상할 의무가 있다.

(7) 또한, 피고는 원고 1의 사용자로서 근로자인 위 원고가 노무를 제공하는 과정에서 생명, 신체, 건강을 해치는 일이 없도록 인적, 물적 환경을 정비하는 등 필요한 조치를 강구하여야 할 보호의무를 부담한다고 할 것인데, 위 호텔을 경영하면서 필요한 인원을 확충하여 주지 않아 위 원고로 하여금 장기간 수면이 부족할 정도로 과중한 업무에 시달리게 하고 결국 야간에까지 출장을 가게 함으로써 위 보호의무를 게을리하였으므로, 이 점에서도 피고는 원고들이 입은 손해를 배상할 책임이 있다고 할 것이다.

나. 책임의 제한

(1) 한편, 원고 1로서도 이 사건 사고 당일 몹시 피곤한 상태에서 장거리 운전을 하게 되었으면, 도중에 적절한 휴식을 취하거나 운전교대를 요청하는 등 스스로 졸음을 피하여 안전운행을 하여야 할 주의의무가 없다고 할 수 없음에도, 이 사건 사고 당시 약 4시간 동안 쉬지 않고 운행을 계속하는 등 운전자로서의 위와 같은 주의의무를 스스로 게을리 한 과실이 있고, 이러한 과실은 위 사고로 인한 손해발생 및 확대의 한 원인이 되었다고 할 것이므로, 피고가 배상하여야 할 손해액의 산정에 있어 이를 참

작하기로 하되, 그 비율은 위 사실관계에 비추어 70% 정도로 봄이 상당하다.

[증거] 앞에서 채택한 증거들

(2) 나아가 피고는, 이 사건 사고는 오로지 위 원고가 졸음운전을 하여 발생한 것이므로 피고로서는 책임이 없거나 면책되어야 한다고 주장한다.

그러므로 살피건대, 운전자는 통상 운전에 필요한 심신상태를 유지하여 졸음운전을 하지 않도록 하여야 하고, 운전 중에 졸음이 올 때에는 잠시 쉬어 가는 등으로 사고를 미리 막아야 하는 것이 당연하고, 이를 위반하여 교통사고가 발생한 경우에는 운전자에게 전적인 책임이 있다고 보아야 할 것이다.

그런데 이 사건에서 위 원고는 모자라는 인원 때문에 평소 호텔과 단란주점에서 밤낮으로 각종 서비스와 잡무는 물론이고 운전업무까지 여러 가지 일을 무리하게 하여 피로가 누적되어 있었고, 사고 당일에는 전날 새벽부터 일을 시작하여 극도로 피곤하고 졸리는 상태였는바, 이런 사정을 누구보다 잘 알고 있는 상사인 소외 1이 긴급한 필요도 없이 장거리 운전을 지시하여 부득이 운전을 하게 된 경우이다. 물론 이러한 경우에도 위 원고로서는 운전을 거절하는 것이 마땅하다고 말할 수는 있을 것이다. 그러나 우리 사회, 특히 이 사건 호텔이나 단란주점과 같은 근로환경에서 부하직원인 위 원고가 그 관리책임자인 소외 1의 지시를 거절하는 것을 기대하기는 어려운 일이다. 이와 마찬가지 이유에서 위 원고가 운전 도중에 졸음을 느낀다고 하여 상사인 소외 1에게 운전을 맡기는 것도 쉽지가 않은 것이다. 이와 같이 소외 1이 위 원고에게 평소 통상의 직무를 과도하게 벗어나 일을 시키고 나아가 사고 당일에는 새벽에 계속하여 장거리 운전을 지시한 것이므로 이 사건과 같은 졸음운전의 위험을 충분히 예견할 수 있었다고 보아야 할 것이고, 그런 만큼 소외 1에게 이 사건 교통사고에 관하여 과실이 전혀 없다고 할 수는 없는 것이다. 따라서 이 사건의 경우 피고의 책임이 없거나 면책되어야 한다고는 판단되지 아니한다. 그리고 이렇게 하여 소외 1과 그 사용자인 피고에게 책임을 지우는 것이 바람직한 법해석일 뿐 아니라 우리 사회 일부에 아직 남아 있는 잘못된 근로환경을 바로잡을 수 있는 길이라고 여겨진다.

이런 이유에서 피고의 위 주장은 받아들이지 아니한다.

### 2. 손해배상의 범위

(생략)

### 3. 결론

그렇다면 피고는 원고 1에게 금 28,800,938원(재산상 손해 23,800,938원 + 위자료 5,000,000원), 원고 2에게 금 1,000,000원 및 각 이에 대하여 원고들이 구하는 이 사건 사고 발생 다음 날인 1995. 4. 20.부터 당심판결 선고일인 1999. 7. 14.까지는 민법 소정의 연 5푼, 그 다음 날부터 완제일까지는 소송촉진등에관한특례법 소정의 연 2할 5푼의 각 비율에 의한 지연손해금을 지급할 의무가 있다고 할 것이므로(원고들의 최종 손해 인정액이 원고들이 구하는 각 일부 청구금액의 범위 내이다), 원고들의 이 사건 청구는 위 각 인정범위 내에서 이유 있어 이를 인용하고, 원고 1의 나머지 청구는 이유 없어 이를 기각할 것인바, 제1심 판결 중 위에서 지급을 명하는 금원에 해당하는 원고들 패소부분은 부당하므로 이를 취소하고, 피고에 대하여 원고들에게 위 각 금원을 지급할 것을 명하며, 원고 1의 나머지 항소를 기각하고, 소송비용은 제1, 2심 모두 피고의 부담으로 하기로 하여 주문과 같이 판결한다.

조희대(재판장) 황영수 권희

민사판결 5

# 서울지방법원 2003. 11. 28. 선고 2003가합49028 판결

【판시사항】 명의신탁은 반사회질서의 법률행위이고 그에 따라 이루어진 등기는 불법원인급여에 해당하므로, 명의신탁자가 수탁자를 상대로 그 반환을 구하는 의미의 등기말소 또는 이전등기를 청구하는 것은 허용되지 아니한다.

【이유】

## 1. 요지

피고는 민사소송법 제150조에 의하여 원고들이 주장하는 사실을 자백한 것으로 본다.

그런데 부동산실명법 제4조는 명의신탁약정을 무효로 하고 그에 따라 행하여진 등기에 의한 부동산에 관한 물권변동도 무효로 하고 있는바, 이는 민법 제103조에 규정된 반사회질서의 법률행위를 구체화한 것으로 효력규정이다. 그리고 반사회질서의 법률행위인 무효의 명의신탁약정에 따라 이루어진 등기는 민법 제746조에 정한 불법원인급여에 해당한다. 따라서, 비록 명의신탁약정에 따라 행하여진 등기에 의한 부동산에 관한 물권변동이 무효라고 할지라도 이미 등기가 마쳐진 이상 그 반환을 구하는 의미의 등기말소 또는 이전등기 청구는 허용할 수 없다.

그러므로 원고들이 피고와 사이에 당초 매매계약을 체결한 바가 있고, 원고들이 한 명의신탁약정과 그에 따른 등기가 부동산실명법에 의하여 무효가 되는 경우라고 하더라도, 원고들은 앞서 한 명의신탁등기가 말소되지 않았고 위와 같은 이유로 말소할 수도 없는 상태에서 피고에게 당초의 매매계약에 따른 소유권이전등기를 청구할 수는 없다.

## 2. 명의신탁은 반사회질서의 법률행위로서 무효이다.

(1) 사회질서의 의미

민법 제103조는 "선량한 풍속 기타 사회질서에 위반한 사항을 내용으로 하는 법률행위는 무효로 한다."라고 규정하고 있다. 여기서 사회질서라 함은 국가·사회의 공공적 질서 내지 일반적 이익을 가리킨다.

(2) 사회질서의 구체적 내용

사회질서에 위반되는 법률행위의 구체적인 내용은 때와 곳에 따라서 달라지겠지만 국민 전체의 이성적이며 공정하고 타당한 관념에 따라 결정되어야 한다. 판례는 도박에 관련된 금전의 대여나 채무의 부담 또는 부동산의 매도인에게 이중매도를 적극 권유하여 이를 매수하는 행위 등을 반사회질서의 법률행위로 인정하고 있다.

(3) 명의신탁과 반사회질서

명의신탁은 대내적으로는 신탁자가 부동산에 관한 소유권 기타 물권을 보유하거나 보유하기로 하면서 그에 관한 등기는 수탁자의 명의로 하여 두는 것으로서 온갖 탈법행위 또는 위법행위의 수단으로 악용되어 왔기 때문에 무효로 하여야 한다는 견해가 비등하였다.

그리하여 1995. 3. 30. 법률 제4944호로 부동산실명법이 제정되어 1995. 7. 1.부터 시행되게 되었다. 이 법은 부동산에 관한 소유권 기타 물권을 실체적 권리관계에 부합하도록 실권리자 명의로 등기하게 함으로써 부동산등기제도를 악용한 투기·탈세·탈법행위 등 반사회질서의 법률행위를 방지하고 부동산거래의 정상화와 부동산 가격의 안정을 도모하여 국민경제의 건전한 발전에 이바지함을 목적으로 한다(제1조). 이 법은 이러한 목적을 달성하기 위하여 종중 및 배우자에 대한 특례(제8조)를 제외하고는, 누구든지 부동산에 관한 물권을 명의신탁약정에 의하여 명의수탁자의 명의로 등기하여서는 아니되고(제3조), 명의신탁약정은 무효로 하고 그에 따라 행해진 부동산에 관한 물권변동도 원칙적으로 무효로 하며(제4조), 과징금을 부과할 뿐만 아니라(제5조), 형사처벌까지 하게 되어 있다(제7조).

그러므로 부동산실명법은 부동산실명제를 하나의 사회질서로 보아 이에 위반되는 명의신탁약정이나 명의신탁등기를 반사회질서의 법률행위로서 무효로 하는 취지라고 판단된다.

### 3. 명의신탁자의 말소등기 또는 이전등기 청구는 허용할 수 없다.

명의신탁약정이나 이에 따른 명의신탁등기를 반사회질서의 법률행위로서 무효라고 보는 이상 명의수탁자 명의의 등기는 불법원인급여에 해당한다. 그러므로 명의신탁자나 매도인은 그 명의신탁을 하게 된 불법의 원인이 명의수탁자에게만 있다는 등의 특별한 사정이 없는 한, 명의신탁약정의 해지나 소유권 또는 부당이득 등의 어떤 근거로도 명의수탁자를 상대로 그 등기의 말소나 이전등기 등의 청구를 할 수 없다.

또한, 명의신탁자가 명의신탁등기의 무효를 이유로 매도인에 대하여 당초의 매매계약을 원인으로 한 소유권이전등기를 청구하는 것도 허용할 수 없다. 명의신탁자가 매도인과 사이에 한 당초의 매매계약 그 자체만으로는 반사회질서의 법률행위라고 할 수 없겠지만, 명의신탁자가 당초의 매매계약에 관하여 매도인 및 명의수탁자와의 약정에 따라 명의수탁자 명의로 등기를 하고 나서 그 명의신탁등기가 부동산실명법에 의하여 무효라는 이유로 다시 당초의 매매계약을 원인으로 한 소유권이전등기를 구하는 것은 반사회질서의 법률행위를 인정하고 그에 기초하여 청구하는 것에 다름 아닌데다가, 명의신탁자가 매도인으로 하여금 명의수탁자 앞으로 마치게 한 명의신탁등기가 말소되지 않았고 앞서와 같은 이유로 불법원인급여에 해당하여 그 말소를 청구할 수도 없는 상태에서 매도인에 대하여 다시 당초의 매매계약을 원인으로 한 이전등기를 청구할 수는 없기 때문이다.

그러므로 원고들이 피고에 대하여 당초의 매매계약을 원인으로 하여 소유권이전등기를 청구하는 것은 허용할 수 없다.

### 4. 이러한 해석은 새로운 사회질서 확립을 위해 필요하다.

앞서 본 대로 사회질서에 위반하는 법률행위의 구체적인 내용은 때와 곳에 따라서 달라지는 것이며, 국민 전체의 이성적이며 공정하고 타당한 관념에 따라 결정되어야 한다.

사적자치를 기본이념으로 하는 개인 간의 법률행위에서 타인의 명의를 빌렸다는 이유만으로 반사회질서의 법률행위로서 무효라고 하는 것은 지나치다는 거부감을 가질 수도 있다.

그러나 사적자치라고 하여 무제한의 자유방임이 허용되는 것은 아니다. 그리고 부동산실명법은 채무의 변제를 담보하기 위한 경우(제3조 제2항), 종중이나 배우자간의 명의신탁에 관한 특례를 두고 있고(제8조), 그 밖에 신탁제도가 필요한 사람은 신탁법을 이용하면 된다. 그렇게 하지 않고 부동산실명법이 금지하는 명의신탁을 감행하는 것은 온갖 탈법행위 또는 위법행위를 부추기는 것이므로 단순히 사적인 법률행위의 영역에 그치는 것이 아니다. 따라서 이러한 경우 명의신탁을 반사회질서의 법률행위로 보아 사법상의 보호를 차단하는 것은 바람직하며 사적자치의 본질을 침해하는 것도 아니다.

나아가 부동산실명법이 시행된지도 어언 8년이 넘었고, 대부분의 국민도 그 취지에 공감하고 있어, 부동산실명제는 하나의 사회질서로 자리잡은 것으로 보인다.

그렇다면 부동산실명법에 위반된 명의신탁은 반사회질서의 법률행위라고 해야 마땅하다. 명의신탁을 이처럼 반사회질서의 법률행위로 보아야 하는 이유는 판례가 인정하는 도박에 관련된 금전의 대여나 채무부담 또는 이중매도의 경우와 비교해 보아도 분명하다. 먼저, 도박에 관하여는 그 법정형이 부동산실명법위반에 관하여 정한 그것보다 가벼울 뿐만 아니라 최근 각종 복권이나 경마, 전자도박 등이 성행하면서 반사회질서의 법률행위로까지 규제해야 할 필요성이 떨어지고 있다. 다음, 명의신탁은 이중매도의 경우보다 훨씬 국가·사회의 공공적 질서 내지 일반적 이익과 직결되어 있다.

그러므로 부동산실명제는 투명한 부동산거래질서를 확보하고 선진사회로 나아가기 위하여 필요할 뿐만 아니라 갈수록 중요성이 커지는 새로운 사회질서로서 반드시 확립되어야 한다.

그렇게 하기 위하여 부동산실명법은 과징금이나 형사처벌 조항을 두고 있으나 이것만으로는 한계가 있으며 명의신탁자에게 민사상의 구제를 허용하게 되면 부동산실명제의 근간에 심각한 훼손을 초래할 우려가 있다. 따라서 법원은 명의신탁자가 부동산실명법에 위반된 명의신탁약정이나 그에 따른 등기의 무효를 원인으로 구하는 어떤 민사상의 청구에도 협력을 거부하여야 한다.

이렇게 할 경우 매도인이나 명의수탁자에게 부당이득을 주게 될 수도 있으나 이는 보다 중요한 사회질서의 확립을 위해 불가피한 결과이다.

### 5. 별도의 항변이 없어도 이러한 판단을 할 수 있다.

원고들은 그 주장 자체에서 반사회질서의 법률행위인 명의신탁의 무효를 원인으로 내세워 청구하고 있으므로, 앞서 본 바와 같은 판단을 하는 데에 별도의 항변을 필요로 하지 않는다.

### 6. 결론

따라서, 원고들의 피고에 대한 청구는 정당하지 아니하므로 이를 기각한다.

조희대(재판장)　최은주　장용범

민사판결 6

# 서울중앙지방법원 2004. 3. 26. 선고 2003가합29017 판결

【판시사항】 연대보증인에 대한 구상금 청구를 신의칙에 어긋난다는 이유로 배척한 사례

【원고】 한국□□보험공사(소송대리인 변호사 한경수 외 2인)

【피고】 피고

【주문】

1. 원고의 청구를 기각한다.
2. 소송비용은 원고가 부담한다.

【청구취지】

피고는 원고에게 금 925,732,156원 및 이 중 금 915,497,866원에 대하여 2002. 10. 30.부터 2003. 5. 31.까지는 연 17%, 2003. 6. 1.부터 완제일까지는 연 20%의 각 비율에 의한 금원을 지급하라.

【이유】

**1. 기초사실**

가. 원고는 2001. 11. 20. 소외 회사와 사이에 소외 회사가 수출거래와 관련하여 한국수출입은행으로부터 대출받게 될 금전채무에 대하여 신용보증한도 금 1,500,000,000원, 보증기간 2001. 11. 20.부터 2002. 5. 20.까지로 하는 수출신용보증약정을 체결하고 소외 회사에게 수출신용보증서를 발급하였다. 이때 소외 회사의 대표이사 소외 1, 이사 소외 2, 미등기 관리이사인 피고는 위 수출신용보증약정에 따른 소외 회사의 원고에 대한 구상채무를 연대보증하였다.

나. 소외 회사는 2002. 5월경 원고에게 위 수출신용보증약정의 보증기간 연장을 신청하였다. 원고는 소외 회사가 2001년 금 1,970,000,000원 정도의 당기 순손실을

기록하였으나 양호한 기술력을 보유한 수출보험육성대상기업이고 영업전망이 양호한 점 등을 감안하여 보증기간을 2002. 11. 20.까지로 연장하기로 하되, 보증한도를 금 1,500,000,000원에서 금 1,400,000,000원으로 금 100,000,000원을 감액하고, 소외 회사가 수출보험육성대상기업으로서 원고가 작성한 인수요강의 연대보증인 입보기준에 따르면 대표이사만이 입보대상자이지만 당시의 대표이사 소외 1 이외에 전 대표이사 소외 2를 연대보증인으로 추가입보하도록 하고 피고를 연대보증인에서 제외하기로 결정하였다.

다. 소외 회사는 2002. 5. 20. 원고의 위 결정에 따라 소외 1, 소외 2를 연대보증인으로 기재한 수출신용보증약정서를 작성하고 피고로 하여금 이를 원고에게 제출하게 하였다.

라. 피고는 2002. 5. 20. 위와 같이 작성된 수출신용보증약정서를 원고의 담당 직원인 소외 3에게 제출하였다. 소외 3은 이 무렵 새로 수출신용보증서 발급 업무를 맡아 수출신용보증서 발급에 따른 서류를 검토한 결과, 비록 수출신용보증서 발급을 위해 피고의 연대보증이 반드시 필요한 것은 아니지만, 2001. 11. 20. 작성된 기존의 수출신용보증약정서에 소외 1, 소외 2와 함께 피고도 연대보증인으로 되어 있었고, 소외 회사가 2001년 적자를 기록하여 신용도가 하락함에 따라 보증한도가 금 100,000,000원 감액된 점을 감안하여 채권보전을 확실히 하기 위해 피고에게 위 수출신용보증계약에 따른 구상금채무를 연대보증할 것을 요청하였다. 피고는 위 요청에 따라 수출신용보증약정서의 연대보증인란에 피고의 주소, 성명과 서명을 자필로 기재하였다.

마. 결국, 원고는 2002. 5. 20. 소외 회사와 사이에 소외 회사가 수출거래와 관련하여 한국수출입은행으로부터 대출받게 될 금전채무에 대하여 신용보증한도 금 1,400,000,000원, 보증기간 2002. 5. 20.부터 2002. 11. 20.까지로 하는 수출신용보증약정(이하 '이 사건 보증약정'이라고 한다)을 체결하고 소외 회사에게 수출신용보증서를 발급하였다.

바. 소외 회사는 이 사건 보증약정을 체결하면서 어음교환소로부터 거래정지처분을 받았을 때나 그 외 신용상태가 크게 악화되어 객관적으로 채권보전이 필요하다고 인정되는 때는 원고로부터의 통지나 최고 등이 없더라도 원고가 보증하고 있는 금액에 대하여 원고가 그 보증채무를 이행하기 전에 상환하고, 원고가 구상채권의 보

전을 위하여 지출하는 비용 및 원고가 한국수출입은행에 대하여 신용보증채무를 이행하는 경우 그 이행금액 및 이에 대하여 이행 다음날부터 원고가 정한 이율에 의한 손해금을 지급하기로 약정하였다.

사. 한국수출입은행은 2002. 5. 20. 위 수출신용보증서를 교부받고 소외 회사에게 변제기를 2002. 11. 20.로 정하여 금 1,400,000,000원을 대출하였다.

아. 소외 회사가 2002. 9. 4.경 부도를 내 위 대출금에 대한 기한의 이익을 상실하고 결국 위 대출금을 변제하지 못하자, 원고는 2002. 10. 29. 대출원리금 1,415,713,360원(원금 1,400,000,000원 + 이자 15,713,360원)을 한국수출입은행에 대위변제하였고, 같은 날 소외 회사로부터 금 500,215,494원을 상환받았다. 원고가 채권보전비용으로 지출한 비용은 금 10,234,290원이다.

자. 원고가 작성한 인수요강은 연대보증인 입보기준에서 법인기업의 경우 대표이사 및 대표이사를 제외한 최대 주식보유 이사를 입보대상자로 규정하고 있다. 또한, 금융감독원의 은행업감독규정은 금융기관은 금융기관 이용자의 권익을 부당하게 침해하거나 건전한 금융거래질서를 문란케 할 우려가 있는 것으로 금융감독원장이 정하는 불공정거래행위를 하여서는 아니 된다고 규정하고 있고, 이에 따라 금융감독원장이 정한 은행업감독업무시행세칙은 여신거래처 고용임원에 대하여 연대입보를 요구하는 행위를 불공정거래행위로 규정하고 있다.

차. 소외 3은 소외 회사가 부도된 직후 피고에게 원고의 수출신용보증서 심사과정 및 내부규정에 따르면 피고가 연대보증 입보대상자가 아님에도 불구하고 연대보증란에 서명하였으므로 연대보증책임을 지지 않도록 도와주겠다는 취지의 말을 하였다.

[증거] 갑 제1 내지 4, 7호증, 을나 제1 내지 4호증의 각 기재, 증인 소외 3의 증언, 변론 전체의 취지

## 2. 당사자의 주장에 대한 판단

가. 쟁점

(1) 원고의 주장

피고는 소외 회사의 연대보증인으로서 원고가 소외 회사를 위하여 한국수출입은행에 대위변제하고 상환받지 못한 915,497,866원(1,415,713,360원 - 500,215,494원)

과 채권보전비용 10,234,290원을 합한 금 925,732,156원(915,497,866원 + 10,234,290원) 및 이에 대한 지연손해금을 원고에게 지급할 의무가 있다.

(2) 피고의 주장

원고의 인수요강 및 금융감독원의 은행업감독규정에 따르면, 피고와 같은 고용임원에 대하여는 연대입보를 요구할 수 없고, 그렇기 때문에 원고도 피고를 연대보증인에서 제외하기로 결정하였다. 그런데 원고의 담당직원 소외 3이 업무상 착오로 피고에게 연대보증을 요구하였다. 또한, 피고도 연대보증의 의사 없이 형식적으로 연대보증란에 서명하였다. 그러므로 피고의 연대보증(이하 '이 사건 연대보증'이라고 한다)은 진의 아닌 의사표시로서 무효이거나 착오에 의한 의사표시이므로 이를 취소한다. 그렇지 않다고 하더라도, 원고의 피고에 대한 청구는 신의칙에 반한다.

나. 진의 아닌 의사표시인지

먼저, 원고의 경우 그 의사표시가 진의인지 아닌지는 담당직원 소외 3의 의사를 기준으로 판단할 것인데, 앞서 본 바와 같이 소외 3은 채권보전을 확실히 하기 위해 연대보증을 요구하였다. 또한, 피고의 경우에도 연대보증할 의사 없이 서명하였다고 인정할 아무런 증거가 없다. 따라서, 원고와 피고 사이에 이루어진 이 사건 연대보증을 진의 아닌 의사표시로서 무효라고 할 수는 없다.

다. 착오에 의한 의사표시인지

원고와 피고 사이에 이 사건 보증약정이 이루어진 사정에 비추어 볼 때, 원고나 피고가 착오에 빠져 이 사건 연대보증 약정을 하게 된 것이라고 할 수는 없다. 또한, 설사 그것이 착오에 의해 이루어졌다고 하더라도, 이는 일종의 동기의 착오라고 할 것인데, 이와 같은 동기가 중요한 부분에 관한 것으로서 원고와 피고 사이에 법률행위의 내용으로 되어 있다고 인정되지는 아니하므로 이를 취소할 수도 없다.

라. 신의칙에 반하는 청구인지

(1) 앞서 본 것처럼 원고는 피고를 연대보증인에서 제외하기로 결정하였다. 그런데 원고의 담당직원인 소외 3이 스스로 판단하여 피고를 연대보증인으로 세웠다. 그러므로 소외 3이 피고를 연대보증인으로 세운 행위는 무권대리행위에 속한다. 그렇다면 원고가 이러한 무권대리의 효과를 주장하기 위하여는 추인을 하여야 한다. 원고는 이 사건 보증약정에 대한 결재를 통하여 또는 이 사건 소의 제기로 이를 추인하는

것이라고 주장할지 모른다.

(2) 그런데 앞서 본 바와 같이, 원고가 작성한 인수요강은 연대보증인 입보기준에서 법인기업의 경우 대표이사 및 대표이사를 제외한 최대 주식보유 이사만을 입보대상자로 규정하고 있고, 금융감독원의 은행업감독규정에서 금융기관은 금융기관의 이용자의 권익을 부당하게 침해하거나 건전한 금융거래질서를 문란케 할 우려가 있는 것으로 금융감독원장이 정하는 불공정거래행위를 하여서는 아니 된다고 규정하고 있으며, 금융감독원장이 정한 은행업감독업무시행세칙은 여신거래처 고용임원에 대하여 연대입보를 요구하는 행위를 불공정거래행위로 규정하고 있는 사실, 원고는 위 수출신용보증약정의 보증기간 연장을 검토하면서 당시의 대표이사 소외 1과 전 대표이사 소외 2를 연대보증인으로 입보하도록 하고 피고를 연대보증인에서 제외하기로 결정하여 소외 회사에 이를 통보한 사실, 이에 따라 소외 회사는 피고를 제외한 소외 1과 소외 2를 연대보증인으로 한 수출신용보증약정서를 작성하여 제출한 사실, 그런데 원고의 수출신용보증서 발급 업무 담당직원인 소외 3은 원고의 결정에 반하여 수출신용보증약정서를 제출하러 온 피고에게 이 사건 보증약정에 따른 구상금채무를 연대보증할 것을 요청하였고, 소외 회사의 관리이사인 피고는 소외 3의 요청을 거절하지 못하고 수출신용보증약정서의 연대보증인란에 피고의 주소, 성명과 서명을 자필로 기재한 사실, 이후 소외 3은 피고에게 원고의 수출신용보증서 심사과정 및 내부규정에 따르면 피고가 연대보증 입보대상자가 아님에도 불구하고 연대보증란에 서명하였으므로 연대보증책임을 지지 않도록 도와주겠다는 취지의 말을 한 사실을 인정할 수 있다.

(3) 한편, 독점규제및공정거래에관한법률은 사업자가 공정한 거래를 저해할 우려가 있는 행위를 하지 못하게 하고(제23조 제1항), 사업자 또는 사업자단체는 부당한 고객유인을 방지하기 위하여 자율적으로 규약을 정할 수 있게 하고 있다(제23조 제3항). 이에 따라 금융감독원의 은행업감독규정과 금융감독원장이 정한 은행업감독업무시행세칙은 앞서 본 것처럼 여신거래처 고용임원에 대하여 연대입보를 요구하는 행위를 불공정거래행위로 규정하고 있다. 나아가 원고의 인수요강에서도 법인기업의 경우 대표이사나 최대 주식보유 이사만을 연대보증인 입보대상자로 규정하고 있다.

(4) 원고는 단순히 영리만을 목적으로 하는 것이 아니라 공익적인 성격을 가지고

있다. 그런데 이러한 공익적 지위에 있는 원고가 앞서와 같은 취지에서 피고를 연대보증인에서 제외하기로 결정하고 이를 통지까지 해 놓고는 그 담당직원이 이에 반하여 이 사건 보증약정을 한데 대하여 추인한다고 나서는 것은 앞서 본 공정거래의 정신에 어긋날 뿐만 아니라 신의칙에 반하여 허용되지 않는다.

(5) 원고가 무권대리의 추인이 아니라 표현대리를 주장하는 경우에도 위와 마찬가지이다.

### 3. 결론

그렇다면 원고의 피고에 대한 청구는 정당하지 않으므로 주문과 같이 판결한다.

조희대(재판장) 장용범 양민호

민사판결 7

# 서울중앙지방법원 2006. 1. 26. 선고 2005나441 판결

【판시사항】 섭외사건에 대한 국내 법원의 재판관할권과 준거법

【원고】 에스마 오토 에이에스(소송대리인 법무법인 남산 담당변호사 임동진 외 1인)
【피고】 주식회사 대우인터내셔널(소송대리인 법무법인 화우 담당변호사 신영수 외 2인)
【피고 보조참가인】 정리회사 대우자동차 주식회사의 관리인 ○○○(소송대리인 해동 법무법인 담당변호사 임대규)
【주문】

1. 원고의 항소 및 당심에서 추가한 예비적 청구를 모두 기각한다.
2. 항소비용 및 당심에서의 청구 추가로 생긴 소송비용은 원고가 부담한다.

【청구취지 및 항소취지】

제1심 판결을 취소한다. 피고는 원고에게 미화 30,000달러 및 이에 대하여 1998. 11. 27.부터 이 사건 소장부본 송달일까지는 연 6%, 그 다음날부터 다 갚는 날까지는 연 20%의 각 비율에 의한 금원을 지급하라(원고는 제1심에서 합의해제를 원인으로 한 반환청구권을 행사하였다가, 당심에서 예비적으로 채무불이행을 원인으로 한 해제에 따른 원상회복청구 및 부당이득반환청구를 각 추가하였다).

【이유】

### 1. 기초사실

가. 원고와 주식회사 대우{이하 '(주)대우'라고 한다} 간의 자동차 판매계약 협상

원고는 에스토니아국 법인으로 1998년경 (주)대우와 사이에 에스토니아에서의 대우자동차 판매 및 서비스계약을 체결하기 위하여 협상하였는데, (주)대우는 1998. 11. 3. 원고에게, 원고가 (주)대우와 거래를 하기 위하여는 (주)대우로부터 최소한 자동차 50대를 주문하여야 하고, 기술 도구 1세트(one full set of technical material)를 미화

30,000달러에 구매하여야 한다고 제안하였다.

또, (주)대우는 1998. 11. 10. 원고에게 한국으로부터 자동차 38대를 수입하도록 하고 이어서 유럽의 재고로부터 24대를 수입하도록 하되 이를 위한 신용장을 개설해 줄 것을 요구하였으며, 견적송장으로 미화 30,000달러를 송금하여 주면 원고에게 판매승인서를 보내주겠다고 제안하였다.

### 나. 원고의 (주)대우에의 송금

원고는 이에 따라 1998. 11. 27. (주)대우에 서비스 도구 및 전시 물품(Service Tools and Display Material) 명목으로 미화 30,000달러(이하 '이 사건 송금금원'이라 한다.)를 송금하였다.

### 다. (주)대우의 원고에의 한시적 판매 승인

(주)대우는 1998. 12. 2. 원고의 자회사인 모레노 트레이드에게 에스토니아에서 대우자동차의 수입, 판매 및 서비스 업무의 수행을 승인하는 서면(이하 '이 사건 승인서'라고 한다)을 보냈고, 원고가 이에 동의함으로써 원고와 (주)대우 사이에 대우자동차의 수입, 판매 및 서비스에 관한 계약(이하 '이 사건 계약'이라 한다)이 체결되었는데, 이 사건 승인서의 주요 내용은 다음과 같다.

(1) 이 사건 승인서는 1998. 12. 2.부터 1999. 3. 31.까지 그 효력이 있다. 한편, 그 기간 중에도 (주)대우는 승인을 철회할 수 있는 전권을 보유한다.

(2) 효력기간 중 모레노 트레이드의 실제 구매량과 투자금액에 대한 (주)대우의 평가에 따라 이 사건 승인서를 수정, 보완하여 보다 구체적인 내용을 포함하는 계약을 체결할 수도 있다.

(3) 효력기간 중 최소 구매량

• 한국으로부터 첫 번째 주문: 1998. 12. 20.까지 38대

• 유럽 재고분으로부터 첫 번째 주문: 1999. 1. 5.까지 24대

• 한국으로부터 두 번째 주문: 1999. 1. 15.까지 50대

• 주문량은 모레노 트레이드가 지급가능한 신용장을 개설한 때에 달성된 것으로 간주한다.

### 라. 원고와 대우자동차 주식회사 사이의 대리점 계약 협상과 결렬

(주)대우는 1999. 1. 1.부터 대우자동차의 해외판매업무를 대우자동차 주식회사로 이관하였다.

원고는 1999. 12월경 대우자동차 주식회사에게 에스토니아 내 대우자동차 판매에 관한 대리점 계약에 관하여 협상할 것을 요청하였는데, 원고가 협상 중인 2000. 1. 20. 대우자동차 주식회사에게 보낸 갑 제5호증의 1(서신)에는 원고회사에 대한 소개와 대우자동차의 판매를 위하여 새로 코리아 모터스(Korea Motors Ltd.)라는 자회사를 설립하였으며 가장 큰 리스회사의 협조를 확보하였고 대규모 매장 등을 사용할 수 있다는 사실 등에 관하여 언급되어 있으나, (주)대우와 사이에 체결되었던 이 사건 계약 또는 이 사건 송금금원이 회수되지 않고 있다는 사실 등에 관하여는 아무런 언급이 없다.

대우자동차 주식회사는 에이에스 플레이온과 사이에 에스토니아에서의 대리점 계약을 체결했고, 원고와 사이에 별도의 대리점계약을 체결할 여지는 많지가 않다는 취지를 2000. 4. 17. 원고에게 통지하였다.

### 마. (주)대우로부터 피고의 분할설립

(주)대우는 2000. 7. 22. 임시주주총회를 개최하여 (주)대우에서 피고와 주식회사 대우건설(이하 '대우건설'이라 한다)을 분할하기로 하는 분할계획서를 승인하였는바, 분할계획서에서는 별도로 정하지 않는 한 신설되는 피고와 대우건설이 분할되는 (주)대우의 채무 중에서 출자한 재산에 관한 채무만을 부담하고, 피고와 대우건설로 이전되지 아니한 (주)대우의 다른 채무에 대해 연대하여 변제할 책임을 지지 않기로 정해졌으며, 피고와 대우건설은 위 분할계획서에 따라 2000. 12. 27. 각 분할에 따른 설립등기를 마쳤다.

분할계획서의 승계대상 목록 중 '15. 승계대상계약목록'에 의하면, 제1항에서 "무역부문영업과 관련된 계약관계 내지 계약당사자의 지위는 모두 신설회사인 피고에게 승계된다."라고 규정하고 있으나, 제2항은 "제1항에도 불구하고 ① 자동차(대우자동차 주식회사, 쌍용자동차 주식회사 또는 대우중공업 주식회사가 제조한 자동차 및 그 부품을 말함, 이하 같다)수출계약, 자동차위탁판매계약, 자동차판매를 위한 대리점 또는 총판선임계약, ② 자동차의 제조 또는 판매를 위한 합작투자계약 및 설비공급계약과 동 계약과 관련된 부속계약, ③ 위 계약들과 관련된 보증계약 등 부속계약 등의 경우에는 각 계약관계 내지 계약 당사자의 지위는 신설회사인 피고에 승계되지 아니한다."라고 규정하고 있다.

한편, (주)대우는 채권자보호를 위하여 회사분할을 위한 주주총회특별결의가 있었던 2000. 7. 22. 이후 2000. 7. 24.부터 1개월 이상의 기간동안 채권자에게 분할에 이의가 있으면 이를 제출할 것을 공고하였고, 알고 있는 채권자에게는 개별적으로 최고하였으나 원고에게는 별도로 최고하지 아니하였다.

바. 대우자동차 주식회사에 대하여는 2001. 2. 26. 회사정리절차가 개시되고 관리인이 선임되었다.

사. 원고의 반환요청에 대한 거절

원고는 2002. 1. 23. 정리회사 대우자동차 주식회사의 관리인에게, 2002. 5. 9. (주)대우에게 각 이 사건 송금금원 미화 30,000달러의 반환을 요구하였으나, 각 거절당하였다.

[증거] 갑 제1, 3, 4호증, 갑 제5호증의 1, 갑 제6호증의 1, 2, 갑 제8, 9, 11 내지 13호증, 을 제1호증의 각 기재, 이 법원의 주식회사 에스씨제일은행 남산지점에 대한 사실조회결과, 변론 전체의 취지

### 2. 재판관할권의 존부

섭외사건에 관하여 국내의 재판관할을 인정할지의 여부는 국제재판관할에 관하여 조약이나 일반적으로 승인된 국제법상의 원칙이 아직 확립되어 있지 않고 이에 관한 대한민국의 성문법규도 없는 이상 결국 당사자 간의 공평, 재판의 적정, 신속을 기한다는 기본이념에 따라 조리에 의하여 이를 결정함이 상당하다 할 것이고, 이 경우 우리나라의 민사소송법의 토지관할에 관한 규정 또한 위 기본이념에 따라 제정된 것이므로 기본적으로 위 규정에 의한 재판적이 국내에 있을 때에는 섭외사건에 관한 소송에 관하여도 대한민국에 재판관할권이 있다고 인정함이 상당한바(대법원 2000. 6. 9. 선고 98다35037 판결 참조), 민사소송법 제5조는 법인의 보통재판적은 그 주된 사무소가 있는 곳에 따라서 정한다고 규정하고 있고, 피고의 주된 사무소는 대한민국에 있으므로, 대한민국 법원에 재판관할권이 있다.

### 3. 원고의 청구에 대한 판단

가. 준거법에 관한 판단

2001. 7. 1.부터 시행된 국제사법(2001. 4. 7. 법률 제6465호로 개정된 것) 부칙 제2

항은 "이 법 시행 전에 생긴 사항에 대하여는 종전의 섭외사법에 의한다."라고 규정하고 있는바, 뒤에서 보다시피 원고는 1998. 12. 2. 체결된 이 사건 계약의 합의해제 또는 (주)대우의 채무불이행에 기한 해제를 원인으로 하여, 피고에게 1998. 11. 27. 지급된 이 사건 송금금원의 반환을 구하고 있으므로, 준거법 판단은 구 섭외사법에 의하여야 한다. 구 섭외사법 제9조는 법률행위의 성립 및 효력에 관하여 당사자의 의사에 의하여 법을 정하되 당사자의 의사가 분명하지 아니한 때에는 행위지법에 의하도록 규정하고 있는바, 이 사건 계약의 당사자인 원고와 (주)대우 사이에 준거법 선택에 관한 명시적인 합의가 있었음을 인정할 증거가 없으므로, 다른 의사표시의 내용이나 소송행위를 통하여 나타난 당사자의 태도 등을 기초로 당사자의 묵시적 의사를 추정하여야 할 것인데(대법원 2004. 6. 25. 선고 2002다56130·56147 판결 참조), 이 사건에 있어서는 이 사건 송금금원을 수령한 (주)대우 및 피고가 대한민국 법인인 점, (주)대우가 일방적 승인 철회 권한을 가지고 있는 등으로 이 사건 계약에 있어 우월적 지위를 갖고 있던 점, 원고 스스로 준거법으로 대한민국법을 주장하고 있는 점 등을 고려하면, 이 사건 계약의 효력 등에 관하여 적용되어야 할 준거법은 대한민국법이다.

또, 설령 이 사건 계약에 있어 준거법이 원고 법인이 소재한 에스토니아국법이라고 하더라도, 원고 스스로 에스토니아국법에 대한 자료를 전혀 제출하고 있지 아니하여 그 내용의 확인이 불가능하므로, 이 법원은 법원法源에 관한 민사상의 대원칙에 따라 조리에 의하여 재판하여야 하는데(대법원 2000. 6. 9. 선고 98다35037 판결 참조), 이 경우 결국 대한민국법을 적용할 수밖에 없다.

### 나. 계약의 합의해제 주장에 관한 판단

원고는 "(주)대우가 이 사건 계약 체결 직후 대우자동차의 판매 및 서비스와 관련한 정책이 변경되어 원고와의 거래에 있어 각종 중대한 어려움이 발생하게 된다는 이유로 원고에게 이 사건 계약의 해제를 요청하였고, 원고가 이에 동의하여 이 사건 계약은 합의해제 되었으므로, (주)대우는 원고에게 이 사건 송금금원 미화 30,000달러를 반환할 채무를 지고, 피고 역시 (주)대우의 승계인으로서 (주)대우와 연대하여 이 사건 송금금원 미화 30,000달러를 지급할 의무가 있다."라고 주장한다.

그러나 원고와 (주)대우 사이에 이 사건 송금금원을 반환하고 이 사건 계약을 해제하기로 하는 합의가 있었는지에 관하여 살피건대, 이에 일부 부합하는 갑 제2호증, 갑 제5호증의 2, 3, 갑 제7호증의 1, 2, 갑 제10호증의 각 기재는 믿지 아니하고, 달리 이를 인정할 증거가 없다.

그러므로 원고의 위 주장은 더 나아가 살펴볼 필요 없이 옳지 않다.

### 다. 채무불이행을 원인으로 한 해제 주장에 관한 판단

원고는 "(주)대우가 이 사건 계약에 따른 채무를 이행하지 아니함에 따라, 원고는 2003. 3. 25.자 내용증명 등을 통하여 이 사건 계약을 해제하였으므로, (주)대우와 그 승계인인 피고는 원고에게 해제에 따른 원상회복으로 이 사건 송금금원 미화 30,000달러 및 이에 대한 지연손해금을 지급하여야 한다."라고 주장한다.

살피건대, 채무불이행에 있어 채무자에게 채무가 있고 이를 이행하지 아니한 사실은 채무불이행에 따른 해제권의 행사를 주장하는 채권자가 이를 주장하고 증명하여야 함에도, 원고는 (주)대우가 이 사건 계약에 따른 채무 중 어떠한 부분을 이행하지 않고 있는지, 또 그것이 (주)대우의 채무불이행이 되는지 등에 대해 구체적으로 밝혀 주장하거나 증명하지 못하고 있다.

또, 원고가 주장하는 취지를 (주)대우가 이 사건 계약에 따른 최소구매약정에 따른 자동차공급을 하지 않았다거나, 서비스 도구 및 전시 물품(혹은 기술 도구 1세트)을 공급하지 아니하였다는 것으로 본다 하여도, 이에 부합하는 갑 제2호증, 갑 제5호증의 2, 3, 갑 제7호증의 1, 2, 갑 제10호증의 각 기재는 앞서 본 바와 같이 원고가 2000. 1. 20. 대우자동차 주식회사에 보낸 서면에서 이 사건 계약에 관한 (주)대우의 채무불이행에 대해 일체 언급하지 않은 점, 원고가 2000. 4. 17. 대우자동차 주식회사로부터 대리점 계약 체결이 어렵다는 통보를 받은 후로부터 약 1년 6개월이 지난 2002. 1. 23.에야 비로소 대우자동차 주식회사와 (주)대우 등에 이 사건 송금금원의 반환을 요구하고 있는 점 등에 비추어 믿지 아니하고, 갑 제12호증의 기재만으로는 이를 인정하기에 부족하며, 달리 이를 인정할 증거가 없다.

나아가, 원고가 주장하는 취지를, 원고가 (주)대우에 이 사건 송금금원 미화 30,000달러를 지급한 것은 (주)대우가 원고에게 대우자동차의 에스토니아국 내 판매에 있어 계속적인 포괄판매권을 부여하는 것을 전제로 한 것임에도 불구하고, 이 사건 계약 이후에 원고와 (주)대우 등과 사이에 추가적 판매계약이 체결되지 아니하였으므로, 이 사건 송금금원의 반환을 구하는 것으로 본다 하여도, 갑 제2호증, 갑 제5호증의 2, 3, 갑 제7호증의 1, 2, 갑 제10호증의 각 기재만으로는 원고와 (주)사이에 이 사건 계약 이후에 계속적 판매권한 부여에 관한 약정이 있었다고 보기 어렵고, 달리 이를 인정할 증거가 없으며, 오히려 앞서 본 바와 같이, 이 사건 승인서에서는 (주)대우가 원고에게 부여한 판매, 서비스에 관한 권한은 1998. 12. 2.부터 1999. 3. 31.까지를 그 효력기간으로 할 뿐만 아니라, (주)대우는 효력기간 중에도 그 승인을 철회할 권한을 가지고 있고, 효력기간 중 모레노 트레이드의 구매실적, 투자금액에 대한 평가를 거쳐 보다 구체적 내용의 계약을 체결할 수도 있게만 명시하고 있는 사실이 인정된다.

그러므로 원고의 위 주장은 어느 모로 보나 옳지 않다.

### 라. 부당이득반환 주장에 관한 판단

원고는 "(주)대우와 사이에 이 사건 계약이 체결되지 아니하였다면, (주)대우와 피고는 연대하여 원고에게 부당이득반환으로서 이 사건 송금금원 미화 30,000달러 및 이에 대한 지연손해금을 지급할 의무가 있다."라고 주장한다.

그러나 이 사건 송금금원은 기술 도구 1세트 또는 서비스 도구 및 전시 물품 공급에 대한 대가로서 지급된 것인데, 앞서 본 바와 같이 (주)대우가 서비스 도구 및 전시물품 등을 공급하지 아니하였다고 인정할 증거가 없는 이상, 이 사건 송금금원이 법률상 원인 없이 지급되었다고 볼 수는 없고, 달리 원고와 (주)대우 사이에 이 사건 계약이 체결되지 아니하였다는 사유만으로 부당이득이 된다고 인정할 만한 증거가 없다.

그러므로 원고의 위 주장은 옳지 않다.

## 4. 결론

그렇다면 원고의 청구(당심에서 추가한 예비적 청구 포함)는 이를 모두 기각할 것인바, 제1심 판결은 이와 결론을 같이 하여 정당하므로 원고의 항소를 기각하고, 당심에서 추가한 원고의 각 예비적 청구도 기각하기로 하여 주문과 같이 판결한다.

조희대(재판장) 강경표 류연중

# 서울고등법원 2009. 4. 10. 선고 2008나83822 판결

【판시사항】 주식회사 감사가 법에 정한 절차에 따른 감사의 업무를 수행하지 아니하거나, 이사로 하여금 어떠한 감독도 받지 않고 재무제표 등에 허위의 사실을 기재한 다음 분식된 재무제표 등을 이용하여 대출받아 은행에 손해를 입히도록 묵인, 방치함으로써 임무를 게을리 한 경우 감사의 손해배상 책임이 인정된다.

【주문】

1. 제1심 판결 중 다음에서 지급을 명하는 금원에 해당하는 원고 패소부분을 취소한다.
   피고는 원고에게 1,026,104,380원 및 이에 대하여 2002. 12. 17.부터 2009. 4. 10.까지는 연 5%, 그 다음날부터 다 갚는 날까지는 연 20%의 각 비율로 계산한 돈을 지급하라.
2. 원고의 나머지 항소를 기각한다.
3. 소송총비용은 이를 5등분하여 그 3은 원고가, 나머지는 피고가 각 부담한다.
4. 제1항의 금원 지급 부분은 가집행할 수 있다.

【청구취지 및 항소취지】

제1심 판결을 취소한다. 피고는 원고에게 2,573,545,719원 및 이에 대하여 이 사건 소장 부분 송달일 다음날부터 다 갚는 날까지 연 20%의 비율로 계산한 돈을 지급하라.(제1심에서는 손해배상청구원인별로 구분하지 아니하고 통합하여 전체 손해액 중 일부로 29억 원을 청구하였다가, 환송 후 이 법원에서 손해배상채권별로 각 구분하여 일부 청구하는 것으로 소를 변경하면서 청구를 감축하였다.)

【이유】

## 1. 기초사실

### 가. 당사자들의 지위

(1) 원고는 그 상호를 1999. 1. 4. 주식회사 ○○○○은행에서 주식회사 □□은행으로, 2002. 5. 20. 주식회사 □□은행에서 주식회사 △△은행으로 각 변경하였고, 1999. 1. 6. 주식회사 ◇◇은행을 합병하였다(이하 합병 전후 및 상호변경 전후를 구분하지 아니하고 '원고'라고 한다).

(2) 소외 1 회사에 대한 2000. 1. 20. 기업개선(이른바 워크아웃, workout) 약정에 따라 소외 1 회사에서 2000. 10. 23. 조선사업부분을 영위할 소외 2 회사와 기계사업부분을 영위할 소외 3 회사가 분할되었고, 소외 1 회사는 위와 같은 회사분할 후 남게 되는 잔존부분을 영위하는 존속회사로 남게 되었다.

(3) 소외 4는 1995. 3. 25.부터 2000. 10. 23.까지, 소외 5는 1996. 3. 29.부터 2000. 1. 31.까지 각 소외 1 회사의 대표이사로, 소외 6은 소외 1 회사 종합기계부문의 경리담당상무로서 1995. 12월경부터 2000. 1. 30.까지 소외 1 회사 종합기계부문의 비등기이사로, 소외 7은 소외 1 회사 조선해양부문의 경리담당상무 또는 전무이사로서 1996. 7월경부터 1998. 2. 27.까지 소외 1 회사 조선해양부문 비등기이사로, 피고는 1994. 10. 4.부터 1998. 2. 28.까지 소외 1 회사의 감사로 각 근무하였다.

### 나. 소외 1 회사의 분식회계

(1) 1997 회계연도에 대한 허위 재무제표 작성

1998. 1월 말경 소외 1 회사가 1997 회계연도 가결산 마감 결과 자산이 9조 4,761억 9,800만 원, 부채가 9조 5,458억 9,800만 원으로 자기자본 697억 원이 잠식됨과 아울러 당기순이익(손실)에서 2조 8,023억 4,600만 원의 대규모 적자가 발생한 것으로 나타나자, 소외 4, 소외 5는 경리담당임원인 소외 6, 소외 7에게 사업부문별 추정손익 등 가결산 결과와 분식 가능금액 등을 산출하라고 지시하고, 소외 6, 소외 7은 소외 1 회사 5개 사업부문 경리부장을 소집하여 가결산 결과를 취합하여 소외 4, 소외 5에게 보고하고, 소외 4, 소외 5는 이를 소외 8에게 보고하여 그로부터 소외 1 회사가 당기에 공표할 순이익 규모를 940억 원 상당으로 하라는 지시를 받고, 사업부문별 공표 순이익 규모를 조선해양부문에는 5,374억 원으로, 종합기계부문에는 3,685

억 원으로, 버스부문에는 389억 원으로, 상용차부문에는 339억 원으로, 국민차부문에는 1,098억 원으로 하고, 총괄 본사부문만 9,939억 원의 적자로 각 배정한 후 소외 6, 소외 7을 통하여 사업부문별 경리부장들에게 결산을 조작하도록 하였다.

소외 6, 소외 7은 별지 1 분식일람표 기재와 같이 부채를 줄이고 가공자산 등 2조 8,970억 7,800만 원 상당을 과대 계상함으로써 자기자본이 2조 8,273억 7,800만 원에 이르게 하는 한편 당기순이익이 947억 3,200만 원으로 흑자가 난 것처럼 대차대조표·손익계산서 등 허위의 재무제표를 작성하였다.

소외 4, 소외 5는 1998. 2월 말경 외부감사 및 주주총회 결의를 거쳐 1998. 3. 1. 조선일보 등 일간지에 위 대차대조표를 공시함으로써 증권관리위원회가 정한 회계처리기준에 위반하여 허위의 재무제표를 작성·공시하였다.

#### (2) 1997 회계연도에 대한 감사

소외 1 회사는 1997 회계연도 결산승인을 위한 이사회를 개최하지 못하고, 담당부서에서 결산보고 후 형식적인 요건을 위해 소외 1 회사의 등기이사와 감사들의 인장을 관행상 보관하고 있음을 이용하여 정기주주총회일 6주 전으로 소급하여 이사회 의사록을 작성·보관하였다. 피고는 1998. 2. 19. 소외 1 회사의 1997 회계연도 재무제표에 대하여 회계장부의 기재, 대차대조표 및 손익계산서의 표시, 영업보고서, 이익잉여금 처분계산서 등이 법령과 정관에 따라 정확하게 표시되어 있다는 취지의 감사의견을 제시하였다.

### 다. 일반대출 경위 및 그 결과

소외 1 회사는 1995. 12. 30.경 주식회사 한국외환은행 등과의 사이에 체결된 '최종정산 합의에 따른 채무인수 및 상환에 관한 약정'에 의하여 경남기업 주식회사의 원고에 대한 대출금 채무를 인수하기로 하였고, 1998. 12. 31. 원고에 대하여 여신과목을 일반자금대출로 하고, 대출금액을 4,416,632,990원, 만기일을 1999. 12. 31.로 하여 위 경남기업의 원고에 대한 대출금 채무를 인수(이하 '제1대출'이라고 한다)하였다.

제1대출로 인한 최종 미변제금은 2000. 12. 14. 그중 981,594,974원이 소외 2 회사에, 1,557,077,620원이 소외 3 회사에 각 인수되었고, 2002. 2. 28. 나머지 1,877,960,396원이 ▽▽▽▽▽▽▽▽▽▽▽▽▽유한회사(이하'▽▽▽▽▽▽▽'라 한다)에 위 금액의 0.52%인 9,765,394원에 매각되었다.

라. 당좌계정거래 및 당좌대출 조건, 경위 및 그 결과

(1) 약 1년간으로 되어 있는 당좌대출 약정기일에도 불구하고 당좌거래 계약기간의 범위 내에서 1회전기간을 설정하여 두고 그 회전기간 만료 시에 대출금을 일시에 상환하며 1회전기간을 3개월로 하는 회전대출조건, 소외 1 회사의 신용상태에 현저한 변동이 발생한 경우에는 당좌대출한도의 강제감액권, 당좌대출의 일시정지권, 당좌대출계약의 강제해지권이 원고에게 인정되는 조건으로 소외 1 회사는 원고와 당좌대출약정을 하고 기업운전자금을 마련하였으며, 당좌대출 상태에서 당좌계정으로 입금된 금액은 곧바로 당좌대출의 변제에 충당되었다.

(2) 원고는 1995. 4월경 소외 1 회사와 사이에 당좌계정 계좌번호 521-019912-03-003(변경 전 계좌번호 121-01-090119), 당좌대출한도를 100억 원으로 하는 당좌계정거래 및 당좌대출약정을 체결하였고, 그 후 매년 동일한 내용의 당좌대출약정을 체결하였는데, 1999. 2. 22. 소외 1 회사와 사이에 1997 회계연도 재무제표 등을 기초로 한 신용평가를 거쳐 만기를 2000. 2. 21.로 하는 같은 내용의 당좌계정거래 및 당좌대출약정(이하 '제2대출'이라고 한다)을 체결하였다.

(3) 원고는 1995. 4월경 소외 1 회사와 사이에 당좌계정 계좌번호 009-038100-03-001, 당좌대출한도를 50억 원으로 하는 당좌계정거래 및 당좌대출약정을 체결하였고, 그 후 매년 동일한 내용의 당좌대출약정을 체결하였는데, 1999. 4. 1. 소외 1 회사와 사이에 1998 회계연도 재무제표 등을 기초로 한 신용평가를 거쳐 만기를 2000. 2. 21.로 하는 같은 내용의 당좌계정거래 및 당좌대출약정(이하 '제3대출'이라고 한다)을 체결하였고, 다만 당좌계정 계좌번호는 제2대출의 계좌번호로 통합하여 운용하였다.

(4) 원고는 소외 1 회사와 사이에 1996. 1월경 당좌대출한도를 100억 원으로 하는 당좌대출약정을, 1997. 4월경에 당좌대출한도를 50억 원으로 하는 당좌대출약정을 각 체결하였고, 그 후 1998년에도 동일한 내용의 당좌대출약정을 체결하였는데, 1999. 1. 18. 소외 1 회사와 사이에 1997 회계연도 재무제표 등을 기초로 한 신용평가를 거쳐 위 2개의 당좌대출을 당좌계정 계좌번호 052-283479-03-004(변경 전 계좌번호 121-01-302498)로 단일화하여 만기를 2000. 1. 18.로 하고 당좌대출한도를 150억 원으로 하는 당좌계정거래 및 당좌대출약정(이하 '제4대출'이라고 한다)을 체결하였다.

(5) 원고는 1997. 2월경 소외 1 회사에 당좌계정 계좌번호 521-067865-03-004, 당좌대출한도를 100억 원으로 하는 당좌계정거래 및 당좌대출약정을 체결하였고, 그 후 1998년에도 동일한 내용의 당좌대출약정을 체결히였는데, 1999. 2. 26. 소외 1 회사와 사이에 1997 회계연도 재무제표 등을 기초로 한 신용평가를 거쳐 만기를 2000. 2. 28.로 하는 같은 내용의 당좌계정거래 및 당좌대출약정(이하 '제5대출'이라고 한다)을 체결하였다.

(6) 제4대출의 만기일인 2000. 1. 18. 당시 대출금액은 14,290,574,290원, 제5대출의 만기일인 2000. 2. 28. 당시 대출금액은 9,906,076,281원이었다. 원고는 2000. 3. 18. 소외 1 회사와 사이에 소외 1 회사 제4차 채권금융기관협의회 의결에 따라 제4, 5 대출 약정에 기한 위 2개의 당좌대출을 당좌계정 계좌번호 521-067865-03-004로 단일화하고 당좌대출한도를 1999. 8. 25. 잔액을 기준으로 하여 201억 9천만 원으로, 만기를 2001. 2. 26.로 하는 당좌계정거래 및 당좌대출약정(이하 '제6대출'이라고 한다)을 체결하였다. 제4, 5, 6대출로 인한 최종 미변제금 20,189,761,422원 중 9.9%에 해당하는 20억 원은 2000. 12. 26. 소외 2 회사에 인수되었고, 나머지 미변제금(원고가 자체 상각처리한 238,578원 제외)은 2002. 2. 28. ▽▽▽▽▽▽▽에 위 금액의 0.52%인 94,586,759원에 매각되었다.

(7) 제2, 3대출의 대출잔액은 1999. 12. 10. 대우증권 주식회사의 담보 수익증권 7,067,194,292원이 대등액에서 상계됨에 따라 만기일인 2000. 2. 21. 당시 13,514,921,279원이 되었다. 원고는 2000. 3. 28. 소외 1 회사와 사이에 소외 1 회사 제4차 채권금융기관협의회 의결에 따라 제2, 3대출에 기한 위 2개의 당좌대출을 계좌번호 521-019912-03-003인 당좌계정으로 단일화하고, 당좌대출한도를 1999. 8. 25. 잔액에서 그 이후 담보 수익증권 금액이 상계되고 남은 금액을 기준으로 하여 137억 2천만 원으로, 만기를 2001. 2. 21.로 하는 당좌계정거래 및 당좌대출약정(이하 '제7대출'이라고 한다)을 체결하였다. 제2, 3, 7대출로 인한 최종 미변제금 13,719,065,503원 중 1,810,858,587원은 2000. 12. 14. 출자전환으로 상환되고, 7,724,069,312원은 2000. 12. 26. 소외 3 회사에 인수되었으며, 나머지 미변제금(원고가 자체 상각처리한 934,497원 제외)은 2002. 2. 28. ▽▽▽▽▽▽▽에 위 금액의 0.52%인 21,757,515원에 매각되었다.

(8) 제2 내지 7대출 내역은 별지 2 연장내역과 같고, 연장을 위한 재약정 당시에

는 각 당좌계정의 일시 잔액이 모두 (+)인 상태, 즉, 대출금이 전액 회수된 상태에 있었다.

(9) 기업구조조정협약에 가입한 금융기관은 1999. 8. 26. 소외 1 회사를 기업개선대상에 포함시켰고, 원고도 위 협약의 적용을 받는 금융기관이었다. 1999. 8. 25.을 기준으로 한 제2, 3대출의 대출잔액은 20,792,423,613원, 제4대출의 대출잔액은 11,901,945,911원, 제5대출의 대출잔액은 8,291,299,448원이었다.

(10) 소외 1 회사에 대한 기업개선을 위한 약정이 2000. 1. 20. 체결되었고, 약정의 주요 내용은 조선, 기계사업부분의 분할, 금융조건의 완화, 신설회사에 대한 채권의 출자전환 등, 신규자금 및 이행성보증 지원, 채권행사유예기간연장 등이며, 이 사건 제2 내지 5대출은 원리금의 상환유예대상이 되었고, 이에 따라 제6, 7대출이 위와 같이 성립되었다.

### 마. 소외 1 회사에 대한 기업개선 경과와 분식회계 사실의 공표

(1) ☆☆그룹은 1997년 말부터 자금조달에 어려움을 겪고 있었는데, 금융감독위원회가 1998. 7. 22. 기업어음의 발행 한도를 규제하고, 1998. 10. 28. 대기업 발행의 회사채에 대한 금융기관의 보유한도를 설정함으로써 대기업의 회사채 발행을 제한하여 ☆☆그룹의 자금난이 더욱 악화되었으며, 1998. 10. 29.에는 노무라증권 서울지점의 "☆☆그룹에 비상벨이 울리고 있다(Alarm Bells Ringing for the ☆☆ Group, No Funding Source Left)"라는 보고서가 공개됨에 따라 ☆☆그룹의 자금난과 위기설이 널리 알려지게 되었다.

(2) 이에 1998. 12. 19. ☆☆그룹 주요 채권단 협의회에 가입한 금융기관들은 ☆☆그룹 계열사의 재무구조 개선을 위한 협약을 체결하였으나, 일부 금융기관은 ☆☆그룹 계열사에 대한 여신을 회수하기 시작하였으며, 1999. 7월경 ☆☆그룹의 유동성 부족이 심각한 상태에 이르자, ☆☆그룹은 1999. 7. 19. 회장인 소외 8 소유의 주식과 부동산을 채권단에 담보로 제공하고 ☆☆그룹을 자동차 부문의 전문 그룹으로 재편하며, 계열사들은 독립 법인화하겠다는 내용의 '☆☆그룹 구조조정 가속화 및 구체적 실천방안'을 발표하였다. 정부와 채권금융기관들은 1999. 7. 22. 기업어음매입 및 회사채 인수의 형태로 ☆☆그룹에 4조 원을 지원하는 한편, 그날 이후 만기가 되는 기업어음은 6개월간 만기를 연장하여 주기로 하였으며, 정부는 1999. 8. 12. ☆☆그룹

의 회사채에 대한 환매금지조치를 내렸으나, 결국 1999. 8. 26. 소외 1 회사를 포함한 ☆☆그룹 계열사에 대한 기업개선 작업이 개시되었다.

(3) 금융감독위원회와 금융감독원은 ☆☆그룹 계열사에 대한 기업개선 작업을 위한 회계법인들의 실사 작업 결과를 토대로 1999. 11. 4. '☆☆그룹 워크아웃 추진현황 및 향후계획'을 발표하였는데, 위 문서에는 ☆☆그룹에 대한 실사결과와 회계장부의 차이에 따라 발생한 순자산 감소규모가 39조 7,000억 원으로 자본잠식이 25조 6,000억 원에 이르고, 소외 1 회사 등 4개사를 제외한 나머지 계열사가 모두 자본잠식상태에 있다는 내용이 포함되어 있었다. 한편, 1999. 7월 말 기준 소외 1 회사의 자산은 12조 283억 원, 부채는 11조 93억 원, 자본은 1조 190억 원으로 실사되었으나, 소외 1 회사의 위 부채에는 기업개선 작업이 진행중인 관계회사에 대한 채권, 채무 등이 반영되어 있지 아니하였다.

[인정근거] 생략

## 2. 당사자의 주장에 대한 판단

### 가. 원고의 청구원인 요지

원고는 허위로 작성된 소외 1 회사의 1997, 1998 각 회계연도의 재무제표를 진실한 것으로 믿고 제1 내지 5대출을 하여, 제1대출에서 1,868,195,002원(대출금 4,416,632,990원 - 소외 2 회사가 인수하여 회수한 981,594,974원 - 소외 3 회사가 인수하여 회수한 1,557,077,620원 - ▽▽▽▽▽▽▽에 매각하여 회수한 9,765,394원), 제2, 3대출에서 4,162,380,089원(대출금 13,720,000,000원 - 소외 3 회사가 인수하여 회수한 9,534,927,899원 - ▽▽▽▽▽▽▽에 매각하여 회수한 21,757,515원 - 원고가 상각처리한 934,497원), 제4, 5대출에서 18,095,174,663원(대출금 20,190,000,000원 - 소외 2 회사가 인수하여 회수한 2,000,000,000원 - ▽▽▽▽▽▽▽에 매각하여 회수한 94,586,759원 - 원고가 상각처리한 238,578원) 합계 24,125,749,754원(1,868,195,002원 + 4,162,380,089원 + 18,095,174,663원)의 각 손해를 입게 되었다.

피고는 1994. 10월경부터 1998. 2. 28.까지 소외 1 회사의 상임감사로서 누구보다도 다른 이사들의 불법적인 분식회계를 쉽게 파악할 위치에 있었고, 분식회계의 위험을 감독하고 방지하여야 함에도, 1997 회계연도 재무제표에 대한 회계감사를 함에 있어 소외 4, 소외 5 등의 분식회계를 알고 있었거나 조그만 주의를 기울였다면 알 수 있었음에도 부실감사를 하여 주주총회에 허위의 재무제표를 진실한 것처럼 보고하여 악의 또는 중대한 과실로 그 임무를 해태하였다.

따라서, 피고는 1997 회계연도 재무제표와 관련한 제1, 2, 4, 5대출(원고는 환송 후 이 법원에서 제3대출은 1997 회계연도 재무제표와 관련이 없다는 이유로 그로 인한 청구를 0원으로 감축하였다)로 인한 위 손해액 중 일부로서 원고가 구하는 제1대출에 대하여는 288,365,750원, 제2대출에 대하여는 652,908,563원, 제4대출에 대하여는 979,362,844원, 제5대출에 대하여는 652,908,563원 합계 2,573,545,719원 및 이에 대한 지연손해금을 지급할 의무가 있다.

나. 손해배상책임의 발생

(1) 회사의 정관이 정하는 바에 따라 감사위원회를 둔 경우를 제외하고 감사는 주식회사의 필요적 상설기관으로서 이사의 직무집행을 감사하고 업무감사를 위하여 언제든지 이사에 대하여 영업에 관한 보고를 요구하거나 회사의 재산상태를 조사할 수 있는 권한이 있을 뿐만 아니라(상법 제412조), 특히 결산 업무와 관련하여서는 이사로부터 매 결산기의 재무제표와 영업보고서를 제출받아 법정기한 내에 이에 대한 감사보고서를 작성할 의무가 있다(상법 제447조의3, 제447조의4). 따라서, 만약 실질적으로 감사로서의 직무를 수행할 의사가 전혀 없으면서도 자신의 도장을 이사에게 맡기는 등의 방식으로 그 명의만을 빌려줌으로써 회사의 이사로 하여금 어떠한 간섭이나 감독도 받지 않고 재무제표 등에 허위의 사실을 기재한 다음 그와 같이 분식된 재무제표 등을 이용하여 거래 상대방인 제3자에게 손해를 입히도록 묵인하거나 방치한 경우 감사는 악의 또는 중대한 과실로 인하여 임무를 해태한 때에 해당하여 그로 말미암아 제3자가 입은 손해를 배상할 책임이 있다(대법원 2008. 2. 14. 선고 2006다82601 판결 참조).

(2) 앞서 인정한 사실에다 앞서 든 증거에 의해 인정되는 사실을 종합하면, 피고는 경제부처 관료 출신으로서 ☆☆그룹에 고문으로 영입되어 1994. 10. 4. 소외 1 회사의 감사로 등재되었으나 회사로부터 감사로서의 업무수행을 위한 인력 및 예산 등을 전혀 지원받지 못하였고, 회사나 이사 등으로부터 회사의 주요 업무와 관련된 사항을 사전이나 사후에 통지 또는 보고받은 사실 역시 없으며 이사회에도 참석하지 아니한 사실, 소외 1 회사는 1997 회계연도 결산승인을 위한 이사회를 개최하지 아니한 채 담당부서에서 결산보고 후 형식적인 요건을 위해 소외 1 회사의 등기이사와 감사들의 인장을 관행상 보관하고 있음을 이용하여 정기주주총회일 6주 전으로 소급

하여 이사회 의사록을 작성한 사실, 재무제표는 상법 제447조의3의 규정에 따라 감사에게 정기총회일로부터 6주간 전에 제출되어야 함에도 그 기간이 제대로 지켜지지 아니한 사실, 이러한 경우 피고는 감사로서 결산서류에 관하여 이사회의 승인이 없었고 법정 감사기간도 지켜지지 아니한 사실을 상법 제447조의4 제2항 각 호가 정한 방식에 따라 감사보고서에 기재해 넣거나, 상법 제413조의 규정에 따라 주주총회에 의견진술 또는 보고를 하여야 할 의무가 있는데도 이러한 조치를 전혀 취하지 아니한 채 소외 1 회사의 1997 회계연도 재무제표에 대하여, 회계장부의 기재, 대차대조표 및 손익계산서의 표시, 영업보고서, 이익잉여금 처분계산서 등이 법령과 정관에 따라 정확하게 표시되어 있다는 취지의 감사보고서를 작성한 사실을 인정할 수 있다.

(3) 앞서 본 법리에 위와 같은 사실을 비추어 보면, 피고가 법에 정한 절차에 따른 감사의 업무를 수행하지 아니하였거나, 자신의 도장을 이사에게 맡기는 등의 방식으로 회사의 이사로 하여금 어떠한 간섭이나 감독도 받지 않고 재무제표 등에 허위의 사실을 기재한 다음 그와 같이 분식된 재무제표 등을 이용하여 거래 상대방인 제3자에게 손해를 입히도록 묵인하거나 방치함으로써 악의 또는 중대한 과실로 그 임무를 해태하였다고 판단된다.

(4) 따라서, 피고의 위와 같은 임무해태로 인하여 원고는 소외 1 회사에 대한 제2, 4, 5대출 후 그 원금 중 일부를 회수하지 못한 손해를 입게 되었으므로, 피고는 상법 제414조 제2항에 따라 원고에게 위 손해를 배상할 책임이 있다.

다. 원고의 제1대출에 기한 청구에 대한 판단

제1대출은 소외 1 회사가 경남기업 주식회사의 원고에 대한 일반대출금 채무를 인수함으로써 발생한 사실은 앞서 본 바와 같고, 원고가 제1대출이 1997 회계연도 재무제표 분식회계와 상당인과관계가 없음을 자인하고 있으므로, 제1대출이 피고의 위 임무해태행위와 상당인과관계가 있음을 전제로 하는 원고의 청구는 더 나아가 살펴볼 필요 없이 이유 없다.

라. 피고의 주장에 대한 판단

(1) 대출과정에 비추어 인과관계가 없다는 주장에 대하여

피고는 "제2, 4, 5대출은 소외 1 회사의 원고에 대한 기여도와 소외 1 회사가 ☆☆그룹의 주력인 점 등 다른 요소들이 고려되어 이루어진 것이고, 1997 회계연도 재

무제표를 신뢰하여 이루어진 것이 아니며, 당시 이미 ☆☆그룹의 위기상황이 널리 퍼져 있었고, 외국계 ING증권이 ☆☆그룹 계열사 회사채를 정크본드 수준으로 평가하는 등 우발채무의 존재가 알려져서 재무제표가 여신제공의 기초자료로서의 의미를 상실한 이후에 위 대출이 이루어진 것이므로, 이 사건 분식회계와 원고의 손해는 인과관계가 없다."라고 주장한다.

갑 제5호증의 2 내지 8, 갑 제9호증의 1, 2, 갑 제12호증의 1 내지 3, 갑 제20호증의 1 내지 3, 갑 제33호증의 2, 갑 제35호증의 2의 각 기재에 변론 전체의 취지를 종합하면, 제2, 4, 5대출 당시 소외 1 회사에 대한 원고의 신용조사나 신용평가기관의 신용평가에 있어서 그 재무구조가 상당한 비중을 차지하고 있었고, 이로 인하여 이 사건 1997 회계연도 재무제표상의 분식회계는 원고와 신용평가기관의 대출 등을 위한 평가에 큰 영향을 미쳤으며, 이러한 원고와 신용평가기관의 각 평가에 기초하여 위 각 대출이 이루어진 사실을 인정할 수 있으므로, 원고가 재무제표에 나타난 소외 1 회사의 재무상태 이외에 다른 여러 가지 요소들을 고려하여 대출을 결정하였다 하더라도 그러한 대출의 결정이 분식회계의 사실을 제대로 모르는 상태에서 이루어진 것인 이상 분식회계와 대출 사이의 인과관계는 인정된다.

따라서, 피고의 이 사건 임무해태행위와 위 각 대출 사이에 인과관계가 없다는 주장은 옳지 않다.

(2) 당좌대출의 법률적 성격상 인과관계가 없고 변제되었다는 주장에 대하여

피고는 "제2, 4, 5대출은 분식회계 전에 있었던 당좌대출이 계속 연장되어 온 것이고, 기존의 당좌대출의 기한 연장은 피고의 임무해태행위와 인과관계가 없으며, 또한, 제2, 3대출로 인한 채무가 변제된 후 제7대출 약정이, 제4, 5대출로 인한 채무가 변제된 후 제6대출 약정이 각 있었으므로, 제2, 4, 5대출은 모두 변제되었고, 제6, 7대출은 소외 1 회사에 대한 기업개선 약정의 결과이고 피고의 재직기간이 아닌 1999 회계연도의 재무제표를 기초로 하여 평가되었을 것이므로, 피고의 위 임무해태행위와 상당인과관계가 있는 손해가 없다."라는 취지의 주장을 한다.

앞서 인정한 사실에 의하면, 제2, 4, 5대출은 모두 기존 당좌대출이 상환된 후 재약정된 것이어서, 이를 단순한 변제기의 연장이라고 볼 수는 없고, 더구나 이 사건 분식회계에 의한 1997 회계연도 재무제표가 위 각 대출 당시 원고의 소외 1 회사에 대한 새로운 신용평가를 하는 데 크게 영향을 미친 이상, 피고의 이 사건 임무해태행위

와 제2, 4, 5대출 사이의 인과관계는 인정된다.

한편, 앞서 본 바와 같이 기업개선 약정은 채권금융기관들이 자금부족으로 위기에 직면한 소외 1 회사에 대한 원금상환청구의 일시 유예를 포함한 채무조건의 완화, 신규자금지원, 출자전환, 전환사채의 인수 및 지급보증채무의 면제 등의 방법으로 소외 1 회사의 경영정상화를 도모하기 위한 것으로서 제2 내지 5대출의 상환기간을 제6, 7대출의 상환기간까지로 유예한 것에 불과하고, 제2 내지 5대출의 연장을 위해 형식적으로 잔액을 (+)의 상태로 둔 것은 당좌대출의 연장 또는 재약정에 수반되는 절차이고 이를 변제로 볼 수는 없으므로, 원고와 소외 1 회사 사이에 제2, 4, 5대출에 따른 채무가 2000. 1. 25. 기업개선 약정에 의해 대출로 전환됨으로써 소멸되었다거나 위 각 대출을 새로운 대출로 변경하는 경개계약이 성립되었다고 보기 어렵다.

따라서, 피고의 이 사건 임무해태행위와 제2, 4, 5대출 사이에 인과관계가 없다거나 변제되었다는 피고의 주장은 옳지 않다.

⑶ 변제자력이 있었다는 주장에 대하여

피고는 "소외 1 회사는 1999년 당시 순자산이 1조 원 이상이어서 제2, 4, 5대출의 대출금을 변제할 여력이 충분하였으므로, 이 사건 분식회계와 원고의 손해는 인과관계가 없다."라고 주장하나, 앞서 본 바와 같이 채권금융기관들이 1999. 8. 26. 유동성 부족으로 위기에 직면한 소외 1 회사를 포함한 ☆☆그룹 계열사를 기업개선대상에 포함시킨 사실에 비추어 보면, 단지 1999. 7. 31. 기준 소외 1 회사의 순자산이 1조 원 이상이었던 사실만으로는 소외 1 회사가 제2, 4, 5대출의 대출금을 변제할 자력이 있었다고 할 수 없으므로, 피고의 이 부분 주장은 옳지 않다.

⑷ 인과관계 단절 주장에 대하여

피고는 "기업개선작업을 위한 채권금융기관 사이의 약정에 의하여 분할 신설된 소외 2 회사, 소외 3 회사에 각 인수되는 대출금을 제외한 나머지 제2, 4, 5대출의 대출금 잔액은 그 변제기가 2004. 12. 31.까지 유예되었음에도, 원고가 변제기가 도래하기 전에 헐값에 ▽▽▽▽▽▽▽에 매각함으로써 원고의 손해가 발생한 것이므로, 이 사건 분식회계와 원고의 손해 사이의 인과관계는 단절되었다."라고 주장한다.

그러나 갑 제15호증, 갑 제16호증, 갑 제17호증, 갑 제21호증의 각 기재에 변론 전체의 취지를 종합하면, 채권금융기관협의회는 소외 1 회사에 대한 기업개선작업으로 소외 1 회사의 우량사업부문인 조선, 기계사업부문을 신설회사로 분할하여 일부 대출금 채무를 인수하고, 잔존하는 소외 1 회사는 잔여재산을 효율적으로 관리 정리하여 청산하기로 한 사실, 원고가 대출채권을 양도한 시점인 2002. 2월경은 소외 1 회사가 소외 2 회사와 소외 3 회사가 신설 분할된 이후 기업개선작업의 계획에 따라 우량 자산이 모두 처분된 상태로서 더 이상 소외 1 회사에 대한 채권 회수가능성이 희박하였던 사실, 당시 제2, 4, 5대출의 대출잔액에 대하여 회수가능성 등을 고려한 합리적인 방법에 의한 평가를 한 후 매각대금이 결정된 사실이 인정된다.

따라서, 원고가 변제기 도래 전에 헐값에 제2, 4, 5대출의 대출잔액을 매각함으로써 손해가 발생하였다는 피고의 주장은 옳지 않다.

마. 손해배상책임의 범위

(1) 손해액

이 사건 제2, 4, 5대출에 대한 지급불능 및 만기 시점의 각 대출잔액, 최종 미변제 대출잔액 중 최소금액을 기준 손해액으로 하여 그 이후 회수 금액을 차감함으로써 손해액을 계산함이 상당하다.

(가) 기준 손해액

① 소외 1 회사가 실질적으로 지급불능의 상태에 있었다고 인정되는 1999. 8. 25. 당시 대출잔액을 보면, 이 사건 제2대출의 대출액은 13,861,615,742원(20,792,423,613원 × 2/3)이고, 이 사건 제4대출의 대출액은 11,901,945,911원이며, 이 사건 제5대출의 대출액은 8,291,299,448원이다.

② 제2, 4, 5대출의 각 만기 시점의 대출잔액을 보면, 제2대출의 만기일인 2000. 2. 21. 당시 대출액은 9,009,947,519원(13,514,921,279원 × 2/3)이고, 제4대출의 만기일인 2000. 1. 18. 당시 대출액은 14,290,574,290원이며, 제5대출의 만기일인 2000. 2. 28. 당시 대출액은 9,906,076,281원이다.

③ 제2, 4, 5대출의 최종 미변제 대출잔액을 보면, 제7대출의 최종 미변제 대출잔액은 계산상 상각처리한 934,497원을 뺀 13,719,065,503원인데 이 중 제2대출 상당액은 9,146,043,668원(13,719,065,503원 × 2/3)이고, 제6대출의 최종 미변제 대출잔액은 계산상 상각처리한 238,578원을 뺀 20,189,761,422원인데 이 중 제4대출 상당액은 12,113,856,853원(20,189,761,422원 × 3/5)이며, 제5대출 상당액은 8,075,904,569원(20,189,761,422원 × 2/5)이다.

④ 따라서, 위 ①, ②, ③항의 각 대출잔액 중 최소 금액인 제2대출은 위 ②항

의 9,009,947,519원, 제4대출은 위 ①항의 11,901,945,911원, 제5대출은 위 ③항의 8,075,904,569원이 각 기준 손해액이 된다.

(나) 회수된 금액

제7대출의 최종 미변제 대출잔액 중 9,534,927,899원(1,810,858,587원 + 7,724,069,312원)이 출자전환상환 및 소외 3 회사의 인수에 의해 회수되었고, 나머지는 ▽▽▽▽▽▽▽▽에 매각되어 21,757,515원이 회수되었다. 제6대출의 최종 미변제 대출잔액 중 2,000,000,000원이 소외 2 회사의 인수에 의해 회수되었고, 나머지는 ▽▽▽▽▽▽▽▽에 매각되어 94,586,759원이 회수되었다.

피고는 "▽▽▽▽▽▽▽▽에 대출잔액을 0.52% 상당하는 대금만을 받고 매각한 것은 부당하다."라는 취지로 주장하나, 앞서 본 바와 같이 원고가 대출채권을 양도한 시점인 2002. 2월경은 소외 1 회사가 소외 2 회사와 소외 3 회사가 신설 분할된 이후 기업개선작업의 계획에 따라 우량 자산이 모두 처분된 상태로서 더 이상 소외 1 회사에 대한 채권 회수가능성이 희박하였던 사실, 당시 제2, 4, 5대출의 대출잔액에 대하여 회수가능성 등을 고려한 합리적인 방법에 의한 평가를 한 후 매각대금이 결정된 사실이 인정되고, 달리 부당한 가격으로 매각하였다고 볼 증거가 없으므로, 피고의 이 부분 주장은 받아들이지 아니한다.

(다) 남은 손해액

따라서, 제2대출에 의한 손해액은 2,638,823,910원{9,009,947,519원 - (9,534,927,899원 + 21,757,515원) × 2/3}이고, 제4대출에 의한 손해액은 10,645,193,856원{11,901,945,911원 - (2,000,000,000원 + 94,586,759원) × 3/5}이고, 제5대출에 의한 손해액은 7,238,069,865원{8,075,904,569원 - (2,000,000,000원 + 94,586,759원) × 2/5}이다.

(2) 책임 제한

손해배상청구소송에서 피해자에게 과실이 인정되면 법원은 손해배상의 책임 및 그 금액을 정함에 있어서 이를 참작하여야 하며, 그 판단에 있어서는 가해자, 피해자의 고의 내지 악의, 과실의 정도 및 이러한 피해자측의 사유가 위법행위의 발생 및 손해의 확대에 대하여 어느 정도의 원인이 되었는가에 관한 여러 사정을 고려하여 공평 내지 신의칙의 견지에서 결정하여야 하는 것이고, 이 사건과 같이 피해자의 과실 등이 손해의 발생 내지 확대의 원인이 되었음이 분명한 경우로서 달리 과실상계를 부인할 만한 특별한 사정이 없는 경우에는 법원이 여러 사정에 비추어 공평 내지 신의칙의 견지에서 손해배상의 범위를 제한함이 공평한 손해의 분담이라는 과실상계의 취지에 부합한다 할 것이다.

이 사건의 경우 앞서 인정한 사실 및 변론 과정에 나타난 다음과 같은 원고의 과실과 여러 사정, 즉, ① 약 1년간으로 되어 있는 당좌대출 약정기일에도 불구하고 당좌거래 계약기간의 범위 내에서 1회전기간을 설정하여 두고 그 회전기간 만료 시에 대출금을 일시에 상환하며 1회전기간을 3개월로 하는 회전대출조건, 소외 1 회사의 신용상태에 현저한 변동이 발생한 경우에는 당좌대출한도의 강제감액권, 당좌대출의 일시정지권, 당좌대출계약의 강제해지권이 원고에게 인정되고, 소외 1 회사는 ☆☆ 계열사에 대한 보증 등과 같은 우발채무를 제외하고는 자산이 부채를 초과하고 있었음에도 불구하고 원고는 이러한 권리를 행사하지 아니한 점, ② 원고는 제2, 4, 5대출 당시 소외 1 회사의 재무상태에 관하여 심사하는 과정에서 재무제표 외에도 채무자의 사업수완, 사업전망, 자금용도의 적합 여부, 담보물건 및 기타 채권보전방법의 적합 여부, 금융기관 거래상황, 은행과의 거래상황 및 기여도, 향후 거래전망 및 예상기여도, 생산 및 판매 현황, 차입금 상환 능력, 동업계 현황 및 전망 등을 종합적으로 고려하여야 하고 향후 금융비용 부담으로 수익성 하락과 자금흐름 둔화가 예상될 수 있었음에도 불구하고 원고와의 기여도를 중점적으로 고려하여 소외 1 회사에게 제2, 4, 5대출을 한 점, ③ 원고로서도 우리나라 재벌의 경우 분식회계가 만연해 있는 데다가 제2, 4, 5대출 당시 소외 1 회사에 대한 자금사정이나 재무상태에 문제가 있다는 사정, 특히, 금융감독위원회의 기업어음 발행한도 규제조치에 따라 소외 1 회사가 기업어음을 발행하기 어려운 상태에 직면해 있다는 점을 어느 정도 인식하고 있었음에도 불구하고 충분한 담보를 확보하지 않고 막연히 소외 1 회사의 재무구조가 개선되리라고 전망하고서 그 정상화를 위해 이 사건 각 대출을 한 점, ④ 피고는 소외 1 회사의 감사로 등재되었으나 회사로부터 감사로서의 업무수행을 위한 인력 및 예산 등을 전혀 지원받지 못하였고, 회사나 이사 등으로부터 회사의 주요 업무와 관련된 사항을 사전이나 사후에 통지받거나 보고받지 못하였던 점 등도 이 사건 손해발생 및 확대의 한 원인이 되었다고 할 것이므로, 그 손해액을 산정함에 있어 이를 참작하여 피고의 책임을 5%로 제한하는 것이 손해분담의 공평이라는 손해배상제도의 이념에 비추어 상당하다고 판단된다.

### 3. 결론

그렇다면 피고는 원고에게 제2대출 손해액 131,941,195원(2,638,823,910원 × 5%), 제4대출 손해액 532,259,692원(10,645,193,856원 × 5%), 제5대출 손해액 361,903,493원(7,238,069,865원 × 5%)을 합한 1,026,104,380원 및 이에 대하여 피고에게 소장 부본이 송달된 다음날인 2002. 12. 17.부터 피고가 그 이행의무의 존부 및 범위에 관하여 항쟁함이 상당하다고 인정되는 환송 후 이 법원의 판결선고일인 2009. 4. 10.까지는 민법이 정한 연 5%, 그 다음 날부터 갚는 날까지는 소송촉진 등에 관한 특례법이 정한 연 20%의 각 비율로 계산한 지연손해금을 지급할 의무가 있으므로, 원고의 청구는 위 인정범위 내에서 정당하여 위 금원의 지급을 명하고, 나머지 청구는 부당하여 이를 기각할 것인바, 제1심 판결은 이와 결론이 일부 달라 그 범위에서 부당하므로, 원고의 항소를 일부 받아들여 제1심 판결 중 위에서 지급을 명하는 금원에 해당하는 원고 패소부분을 취소하여 피고가 이를 원고에게 지급할 것을 명하고, 원고의 나머지 항소를 기각하기로 하여 주문과 같이 판결한다.

조희대(재판장) 박성규 김명섭

[별지 생략]

# 서울고등법원 2010. 5. 14. 선고 2009나103150 판결

【판시사항】 경찰관이 응급조치를 취하지 않고 뒤늦게 병원에 후송함으로써 사망에 이르게 한 경우 국가배상책임이 인정되는지 여부

【주문】

1. 원고들의 항소와 피고들의 항소를 모두 기각한다.
2. 항소비용은 각자 부담한다.

【청구취지 및 항소취지】

**1. 청구취지**

피고들은 연대하여 원고 1에게 30,000,100원, 원고 2, 원고 3에게 각 35,000,000원 및 각 이에 대하여 2006. 12. 9.부터 이 사건 소장 부본 송달일까지는 연 5%의, 그 다음날부터 다 갚는 날까지는 연 20%의 각 비율에 의한 금원을 지급하라.

**2. 항소취지**

원고들: 제1심 판결 중 아래에서 지급을 명하는 부분에 해당하는 원고들의 패소부분을 취소한다. 피고들은 연대하여 원고 1에게 30,000,100원, 원고 2, 원고 3에게 각 30,000,000원 및 각 이에 대하여 2006. 12. 9.부터 2009. 9. 25.까지는 연 5%의, 그 다음날부터 다 갚는 날까지는 연 20%의 각 비율에 의한 금원을 지급하라.

피고들: 제1심 판결 중 피고들 패소부분을 취소하고, 위 취소부분에 해당하는 원고 2, 원고 3의 청구를 모두 기각한다.

【이유】

**1. 인정사실**

다음의 각 사실은 당사자 사이에 다툼이 없거나, 갑 제1호증의 1, 2, 갑 제2호증

의 1, 2, 갑 제4호증의 1, 2, 갑 제9, 19, 20, 21, 24호증의 각 기재, 제1심 수명법관의 검증 결과에 변론 전체의 취지를 종합하여 인정할 수 있다.

가. 원고 1은 망 소외 1과 1974. 7. 25. 혼인한 후 1989. 4. 13. 이혼한 사람이고, 원고 2, 원고 3은 소외 1의 자녀이다. 피고 1 이외의 피고들은 피고 1 소속 경찰공무원으로서, 피고 2는 소외 1 사망 당시 그 사망 장소인 포항북부경찰서 학산지구대의 지구대장, 피고 3, 피고 4는 소외 1 사망 당시 위 학산지구대 소속 경찰관인 사람들이다.

나. 피고 3, 피고 4는 2006. 12. 9. 10:00경 포항시 북구 항구동 소재 항구 우체국 부근에 소외 1이 술에 취한 채 비를 맞고 쓰러져 있다는 신고를 받고 출동하여 소외 1을 피고 2가 근무 중이던 학산지구대 사무실로 이송하였다.

다. 소외 1이 학산지구대 사무실로 이송된 이후 지구대 사무실에서 위 피고들과 소외 1에게 일어난 시간대별 주요 상황은 다음과 같다.

⑴ 10:10경: 소외 1이 학산지구대 사무실로 이송되었다. 당시 학산지구대에는 성명불상의 선행주취자가 지구대 사무실 바닥에 누워 있었다. 피고 3은 소외 1을 위 선행주취자의 옆에 눕히고 소외 1의 윗도리를 바로 입힌 후 소외 1과 선행주취자의 왼쪽 허벅지 부위를 발로 찼다. 이에 선행주취자는 전혀 미동이 없는 반면, 소외 1은 움직임을 보였다.

⑵ 10:14경: 피고 2가 지켜보는 가운데 피고 3은 선행주취자 의식 확인을 위해 선행주취자를 발로 7회 내지 8회 찼다.

⑶ 10:20경 내지 10:24경: 소외 1이 선행주취자 옆으로 굴러가 자신의 몸 일부를 선행주취자의 몸 위로 올리자, 피고 3은 선행주취자로부터 소외 1을 떼어 놓기 위해 오른발을 사용하여 소외 1을 밀었으나 소외 1이 떨어지지 않았고, 선행주취자에게 다가가 상태 확인을 위해 발로 밀어보았다. 이어 피고 3은 소외 1에게 다가가 발로 소외 1을 옆으로 밀어 소외 1과 선행주취자를 분리시켰다. 이에 소외 1은 엎어져 바닥을 보고 있는 상태가 되었고 숨쉬기가 불편한 듯 오른손으로 바닥을 받친 자세를 취하였다.

⑷ 10:31경: 피고 3은 다시 소외 1을 발로 1회 찼다.

⑸ 11:48경: 소외 1이 몸을 계속 뒤척이며 자신의 팔을 머리 부위에 올려놓자 피고 4가 발을 사용하여 소외 1의 팔 부위를 위로 걷어 올려 머리 부위에서 떼어 놓았다.

(6) 11:57경 내지 12:00경: 선행주취자가 의식이 깨어 비틀거리며 일어나 소외 1에게 다가가 소외 1을 깨우려고 하였으나, 소외 1은 깨어나지 않았다. 그 후 선행주취자는 걸어서 지구대를 떠났다.

(7) 12:00경 내지 12:26경: 소외 1이 괴로움을 호소하듯 몸을 계속 뒤척거렸으며, 시간이 지날수록 그 동작이 심해졌다. 당시 소외 1은 "아"하는 짧은 신음 소리를 2회 내었고, 이어 지구대 사무실 전체를 울릴 정도로 "아야야야" 하는 고함을 계속 지르기도 하였다. 이러한 신음과 고함소리는 시간이 지날수록 더욱 커졌고, 15:35경까지 계속되었다. 한편 피고 2는 학산지구대 소속 경찰관 소외 2에게 소외 1의 가족을 찾아 연락할 것을 지시하였고, 이에 소외 2는 12:15경 소외 1의 동생 소외 3에게 전화하여 소외 1을 데려갈 것을 고지하였으며, 소외 3은 원고 1에게 전화하여 같은 취지를 고지하였으나, 소외 1의 가족 중 아무도 소외 1을 데려가지 아니하였다.

(8) 13:00경 내지 13:06경: 소외 1이 누운 자세에서 윗몸을 반쯤 일으켰다가 다시 누웠다. 또한 그는 답답한 듯 상의를 반쯤 벗었다.

(9) 13:20경: 피고 2는 의경 소외 4를 소외 1이 있는 곳으로 배치하였고, 소외 4에게 소외 1의 상태를 관찰하라는 지시를 하였다.

(10) 13:50경: 소외 1은 종전보다 더 괴로운 듯 심하게 몸부림을 치면서 사무실의 빈 공간 전체를 굴러다녔으나, 소외 4는 소외 1의 위와 같은 동작에 관심을 두지 않았다.

(11) 14:54경: 소외 1의 움직임이 조금 둔해진 듯하였으나, 여전히 계속 뒤척이며 반쯤 몸을 일으키며 무언가 호소하는 동작을 취하였다.

(12) 15:15경: 소외 1의 동작이 현저히 줄어들었고, 소외 1의 복부 부위가 다소 볼록한 모양이 되었다.

(13) 15:20경: 소외 1의 움직임이 더욱 현저히 둔해졌다. 소외 1의 상태를 관찰하기 위해 배치된 소외 4는 소외 1의 움직임 등에 대하여 거의 관심을 보이지 않은 채 자리에 앉아 졸거나 다른 곳을 바라보았다.

(14) 15:35경: 소외 1이 정면으로 누워 호흡이 불편한 듯 배를 불룩불룩하는 행동을 취하다가 곧 천정을 향한 채 양 다리와 팔을 약간 벌린 상태로 그 동작을 멈추었고 이후 전혀 미동치 않았다. 당시 소외 4는 자리에 앉아 졸고 있었다.

(15) 15:42경: 피고 3이 소외 1에게 다가가 그의 상태를 관찰하려는 듯 소외 1을 지켜보다가 발로 소외 1의 발을 3회, 어깨 부위를 2회, 팔 부위를 5회 차보았다. 이후

당일 지구대 상황근무자 소외 5가 소외 1에게 다가와 소외 1의 상태를 확인하였다.

(16) 15:43경 내지 15:49경: 피고 3이 어딘가로 전화 통화를 시도하였고, 당시 지구대 근무자 4명이 소외 1에 다가와 그 상태를 관찰다가 소외 1의 팔, 다리 부위를 주무르고 소외 1의 목 부위(기도)를 확장하고 가슴을 누르는 등 심폐소생술을 시도하였다.

(17) 15:49경: 119 구급대원이 도착하였고, 위 구급대원은 소외 1의 동공 상태 등을 확인한 후 다시 밖으로 나가 후송장비를 가져와 소외 1을 지구대 밖으로 후송하였다. (한편, 포항북부소방서장의 구조·구급 증명서상에는 학산지구대의 119 신고시간이 2006. 12. 9. 15:33경으로, 현장도착시간이 같은 날 15:36경으로, 병원 도착시간이 같은 날 15:50경으로 기재되어 있다.)

라. 소외 1은 위 119구급대에 의하여 포항시 북구 대신동 소재 한동대학교 선린병원에 이송되었으나 2006. 12. 9. 17:20경 사망하였고, 부검결과 왼쪽 갈비뼈 4, 5번이 골절되어 있었고, 일부 피하지방층 및 근육층, 흉골 아래쪽의 출혈이 있기는 하였으나, 사인은 혈중알콜농도 0.15퍼센트의 상태에서 관상동맥경화증에 의한 허혈성 심장질환으로 판단되었다.

### 2. 원고 1의 청구에 관한 판단

원고 1은 "소외 1이 피고 2, 피고 3, 피고 4의 폭행 또는 긴급구호권 불행사로 인하여 사망하였는바, 원고 1은 소외 1과 사실혼 관계에 있는 사람으로서 피고들에게 소외 1의 사망으로 인한 위자료의 지급을 구한다."라고 주장한다.

그런데 사실혼이 성립하기 위하여는 그 당사자 사이에 주관적으로 혼인의사의 합치가 있고, 객관적으로 부부공동생활이라고 인정할 만한 혼인생활의 실체가 존재하여야 할 것인바(대법원 2001. 1. 30. 선고 2000도4942 판결 참조), 갑 제3호증의 1, 2, 갑 제4호증의 1, 2, 갑 제 5호증의 1, 2, 갑 제25호증의 1, 2, 갑 제27호증의 1, 2, 갑 제28호증, 갑 제29호증의 1 내지 4, 을 제2호증의 각 기재만으로는 소외 1과 원고 1 사이에 혼인의사의 합치가 있고, 부부공동생활이라고 인정할 만한 혼인생활의 실체가 존재하였다는 점을 인정하기 부족하고, 달리 이를 인정할 증거가 없다.

따라서, 원고 1이 소외 1과 사실혼 관계에 있음을 전제로 하는 원고 1의 청구는 더 나아가 살필 필요 없이 부당하다.

### 3. 원고 2, 원고 3의 청구에 관한 판단

가. 당사자들 주장

(1) 원고 2, 원고 3의 주장

소외 1은 피고 2, 피고 3, 피고 4의 폭행에 의하여 사망하였고, 설령 소외 1이 위 피고들의 직접적인 폭행의 결과에 의해 사망한 것이 아니라고 하더라도 경찰관인 위 피고들이 지구대 사무실 바닥을 뒹굴며 고통을 호소하는 소외 1을 방치하여 소외 1로 하여금 사망에 이르게 하였으므로, 위 피고들은 공동불법행위자로서 소외 1의 사망으로 인하여 소외 1과 그 유족인 위 원고들에게 손해를 배상할 책임이 있고, 피고 1은 피고 2, 피고 3, 피고 4와 국가배상법 제2조에 의해 연대하여 위 원고들에게 위와 같은 불법행위로 인한 손해를 배상할 책임이 있다. 이에 원고 2, 원고 3은 피고들에게 소외 1의 사망으로 인한 소외 1의 위자료의 상속인으로서 소외 1의 위자료 및 소외 1의 유족으로 자신들이 입은 정신적 고통에 따른 위자료의 지급을 구한다.

(2) 피고들의 주장

피고 2, 피고 3, 피고 4가 술에 취한 소외 1을 학산지구대로 이송한 후 그 상태를 확인하기 위해 발로 소외 1을 건드린 적은 있으나, 소외 1을 사망에 이르게 할 정도의 폭행을 가한 적이 없고, 또한 전문적인 의학 지식이 없는 경찰공무원인 위 피고들로서는 위 지구대에서의 소외 1의 행동을 주취자의 행동으로 판단할 수밖에 없었으므로, 경찰관의 긴급구호권 행사 의무를 다하지 않은 것이 아니다.

나. 손해배상책임의 발생

(1) 피고 2, 피고 3, 피고 4의 폭행으로 인한 손해배상책임

앞에서 인정한 사실에 의하면, 피고 1 소속 포항경찰서 학산지구대 경찰관인 피고 3, 피고 4가 2006. 12. 9. 술에 취한 소외 1을 피고 2가 지구대장으로 근무하는 위 지구대 사무실로 이송한 이후, 같은 날 10:10경 피고 3이 소외 1의 왼쪽 허벅지 부위를 발로 찬 사실, 같은 날 10:20경 내지 10:31경 피고 3이 소외 1을 발을 사용하여 밀어보거나 찬 사실, 같은 날 11:00경 피고 4가 발로 소외 1의 팔을 걷어올린 사실, 소외 1에 대한 부검결과 소외 1은 왼쪽 갈비뼈 4, 5번이 골절되어 있었고, 일부 피하지방층 및 근육층, 흉골 아래쪽에 출혈이 있었던 사실을 인정할 수 있으나, 한편, 위 인정사실에서 나타난 혹은 앞서의 증거 및 변론 전체의 취지를 종합하여 인정되는 다음과 같은 사정들, 즉, 피고 3이 발을 사용하여 소외 1을 차거나 밀은 것은 소외 1의 상태를

확인하거나 소외 1이 학산지구대로 이송되기 전에 위 지구대 사무실에 누워있던 선행주취자로부터 소외 1을 분리하기 위한 것으로 그 폭행 정도가 갈비뼈를 골절시키고 나아가 소외 1을 사망에 이르게 할 정도로 보이지 아니하는 점, 주취 후 상태를 확인한다는 이유로 피고 3은 선행주취자를 수회 발로 차기도 하였음에도 선행주취자는 아무런 상해를 입지 않은 것으로 보이는 점, 소외 1의 사인은 혈중알콜농도 0.15퍼센트의 상태에서 관상동맥경화증에 의한 허혈성 심장질환인 점 등에 비추어 보면, 피고 3의 소외 1에 대한 폭행이 소외 1의 사망과 사이에 인과관계가 있다고 보기 어렵고, 달리 이를 인정할 만한 증거가 없다.

다만, 피고 3, 피고 4가 소외 1을 폭행하였고, 피고 2는 책임자임에도 이와 같은 여러 차례의 폭행을 제지하지 않은 채 방치한 점은 뒤에서 보는 위자료의 산정에 고려한다.

(2) 경찰관인 피고 2, 피고 3, 피고 4의 긴급구호권 불행사로 인한 손해배상책임

경찰은 범죄의 예방, 진압 및 수사와 함께 국민의 생명, 신체 및 재산의 보호 등과 기타 공공의 안녕과 질서유지를 직무로 하고 있고, 그 직무의 원활한 수행을 위하여 경찰관직무집행법, 형사소송법 등 관계 법령에 의하여 여러 가지 권한이 부여되어 있으므로, 구체적인 직무를 수행하는 경찰관으로서는 여러 상황에 대응하여 자신에게 부여된 여러 가지 권한을 적절하게 행사하여 필요한 조치를 취할 수 있는 것이고, 그러한 권한의 하나로 경찰관직무집행법 제4조 제1항은 경찰관은 수상한 거동 기타 주위의 사정을 합리적으로 판단하여 술 취한 상태로 인하여 자기 또는 타인의 생명·신체와 재산에 위해를 미칠 우려가 있는 자로서 응급의 구호를 요한다고 믿을 만한 상당한 이유가 있는 자를 발견한 때에는 보건의료기관 또는 공공구호기관에 긴급구호를 요청하거나 경찰관서에 보호하는 등 적당한 조치를 할 수 있다는 내용으로 경찰관의 긴급구호 내지 보호조치의 권한을 규정하고 있다. 이러한 긴급구호권한과 같은 경찰관의 조치권한은 일반적으로 경찰관의 전문적 판단에 기한 합리적인 재량에 위임되어 있는 것이나, 경찰관에게 권한을 부여한 취지와 목적에 비추어 볼 때 구체적인 사정에 따라 경찰관이 그 권한을 행사하여 필요한 조치를 취하지 아니하는 것이 현저하게 불합리하다고 인정되는 경우에는 그러한 권한의 불행사는 직무상의 의무를 위반한 것이 되어 위법하게 된다(대법원 1996. 10. 25. 선고 95다45927 판결, 대법원 2004. 9. 23. 선고 2003다49009 판결 등 참조).

앞에서 인정한 사실에 의하면, 소외 1은 2006. 12. 9. 10:10경 112신고를 접하고 현장에 출동한 경찰관에게 발견되어 학산지구대 사무실로 이송된 이후 같은 날 12:00경부터 5시간 가량이나 괴로움을 호소하듯 몸을 계속 뒤척이거나 사무실내 빈 공간을 굴러다니면서 사무실 전체를 울릴 정도로 아플 때 내는 "아야야야" 하는 신음소리와 고함을 질렀고, 같은 날 15:15경 그 동작이 현저히 줄어들고 복부 부위가 불러오고 호흡을 불편해 하는 등 정상인이 술에 취하여 하는 행동이나 반응으로만 볼 수 없는 상태를 보였음에도, 학산지구대 소속 경찰관인 피고 2, 피고 3, 피고 4는 만연히 소외 1이 술에 취하여 하는 행동이나 반응으로만 치부한 채 응급조치를 취하지 아니하고 있다가 소외 1이 학산지구대로 이송된 후 5시간 이상, 소외 1이 고통을 호소하듯 몸부림치며 신음소리와 고함을 지르기 시작한 때로부터 3시간 이상, 소외 1의 복부에 이상 반응이 발생한 때로부터 20분 이상 경과한 다음에야 비로소 119구급대에 신고하여 소외 1을 병원에 후송함으로써 응급조치를 늦어지게 하여 결국 소외 1을 사망에 이르게 한 위법이 있다.

그러므로 피고 2, 피고 3, 피고 4는 공동불법행위자로서, 피고 1은 국가배상법 제2조에 따라 소외 1과 그 유족인 원고 2, 원고 3이 입은 손해를 배상할 책임이 있다.

다. 손해배상액

(1) 지급할 위자료의 액수

피고들이 원고 2, 원고 3에게 지급할 위자료의 액수를 보건대, 앞서 인정한 사실에서 나타난 피고 2, 피고 3, 피고 4가 소외 1을 사망에 이르게 한 과실의 정도, 피고 3, 피고 4가 소외 1을 폭행하였고, 피고 2는 책임자임에도 이와 같은 여러 차례의 폭행을 전혀 제지하지 않고 방치하였던 점, 한편 앞서의 증거 및 변론 전체의 취지를 종합하여 인정되는 바와 같이 소외 1은 이 사건 당일 혈중 알코올 농도 0.15퍼센트의 만취상태였던 점, 소외 1은 알코올 의존증으로 치료를 받는 등 건강상태가 좋지 않았던 점, 소외 1은 이 사건 이전에도 술에 취한 상태에서 학산지구대에 와서 지낸 적이 여러 번 있었던 점, 경찰관의 연락을 받은 소외 1의 동생 소외 3 및 원고 1 등 소외 1의 가족이나 지인들 역시 소외 1의 신병을 인도받거나 보호하기 위한 별다른 조치를 취하지 않았던 점, 기타 소외 1의 나이, 가족관계, 재산 및 교육 정도, 소외 1의 병력, 이 사건 당시 경찰관들의 소외 1에 대한 조치 과정 등 변론에 나타난 여러 사정을 참작하여 다음과 같이 정한다.

㈎ 소외 1: 6,000,000원

㈏ 원고 2, 원고 3: 각 2,000,000원

(2) 상속관계

㈎ 소외 1의 상속인 및 상속지분: 원고 2, 원고 3 각 1/2

㈏ 상속대상 금액: 6,000,000원

㈐ 상속분: 원고 2, 원고 3 각 3,000,000원(6,000,000원 × 1/2)

(3) 원고 2, 원고 3에 대한 인정금액

원고 2, 원고 3 각 5,000,000원(각 상속분 3,000,000원 + 각 위자료 2,000,000원)

(4) 그렇다면 피고들은 연대하여 원고 2, 원고 3에게 각 5,000,000원 및 위 각 금원에 대하여 소외 1이 사망한 날인 2006. 12. 9.부터 피고들이 이행의무의 존부와 범위에 관하여 항쟁함이 상당하다고 인정되는 제1심 판결 선고일인 2009. 9. 25.까지는 민법이 정한 연 5%의, 그 다음날부터 다 갚는 날까지는 소송촉진 등에 관한 특례법이 정한 연 20%의 각 비율로 계산한 지연손해금을 지급할 의무가 있다.

4. 결론

따라서, 원고 2, 원고 3의 청구는 위 인정범위 내에서 정당하여 이를 받아들이고, 원고 2, 원고 3의 나머지 청구 및 원고 1의 청구는 부당하여 이를 기각할 것이다. 그런데 제1심 판결은 이와 결론이 같아 정당하므로, 원고들의 항소와 피고들의 항소를 모두 기각하기로 하여 주문과 같이 판결한다.

조희대(재판장) 박양준 이성용

민사판결 10

# 서울고등법원 2011. 12. 16. 선고 2010나9889 판결

**【판시사항】** 펀드 판매를 위탁하거나 직접 판매하는 회사들이 투자자 보호의무를 위반하여 투자 상황을 허위, 과장하여 적극 권유하고, 원금 보장 상품으로 오인하도록 하여 손해를 입게 하였으므로 손해를 배상할 책임이 있다.

**【주문】**

1. 당심에서 확장 또는 감축된 청구를 포함하여 제1심 판결 중 예비적 청구에 관한 부분을 다음과 같이 변경한다.

가. 피고 1, 피고 3은 각자 합쳐서 별지 1.항 목록 '원고'란 기재 각 원고에게 같은 목록 '최종 손해액'란 기재의 각 금원 및 각 이에 대하여 같은 목록 '환매금 수령일'란 기재 각 일자부터 원고 1의 손해액 4,018,233원 중 2,733,576원에 대하여는 2009. 11. 27.까지, 1,284,657원에 대하여는 2011. 12. 16.까지, 원고 1의 손해액 14,775,942원에 대하여는 2011. 12. 16.까지, 원고 2의 손해액 26,097,611원 중 17,631,858원에 대하여는 2009. 11. 27.까지, 8,465,753원에 대하여는 2011. 12. 16.까지, 원고 3의 손해액 5,365,876원 중 3,639,849원에 대하여는 2009. 11. 27.까지, 1,726,027원에 대하여는 2011. 12. 16.까지 각 연 5%, 각 그 다음날부터 다 갚는 날까지 연 20%의 각 비율로 계산한 금원을 지급하라.

나. 피고 3은 별지 2.항 목록 '원고'란 기재 각 원고에게 같은 목록 '최종 손해액'란 기재의 각 금원 및 각 이에 대하여 같은 목록 '환매금 수령일'란 기재 각 일자부터 2011. 12. 16.까지 연 5%, 그 다음날부터 다 갚는 날까지 연 20%의 각 비율로 계산한 금원을 지급하라.

다. 피고 2, 피고 3은 각자 합쳐서 별지 3.항 목록 '원고'란 기재 각 원고에게 같은 목록 '최종 손해액'란 기재의 각 금원 및 각 이에 대하여 같은 목록 '환매금 수령일'란 기재 각 일자부터 2011. 12. 16.까지 연 5%, 그 다음날부터 다 갚는 날까지 연 20%의 각 비율로 계산한 금원을 지급하라.

라. 원고들의 나머지 청구를 기각한다.

2. 소송총비용 중 원고 1와 피고 1, 피고 3 사이에 생긴 부분은 이를 3등분하여 그 1은 위 원고가, 나머지는 위 피고들이 각 부담하고, 원고 2, 원고 3, 원고 4와 피고 1, 피고 3 사이에 생긴 부분은 이를 각 2등분하여 각 1은 위 원고들이, 각 나머지는 위 피고들이 각 부담하고, 원고 5와 피고 3 사이에 생긴 부분은 이를 5등분하여 그 4는 위 원고가, 나머지는 위 피고가 각 부담하고, 원고 6과 피고 3 사이에 생긴 부분은 이를 20등분하여 그 19는 위 원고가, 나머지는 위 피고가 각 부담하고, 원고 7, 원고 8, 원고 9와 피고 2, 피고 3 사이에 생긴 부분은 이를 각 5등분하여 각 3은 위 원고들이, 각 나머지는 위 피고들이 각 부담한다.

3. 제1의 가., 나., 다.항은 가집행할 수 있다.

【청구취지 및 항소취지】

### 1. 청구취지

피고 1(이하 '피고 1'이라 한다), 피고 3(이하 '피고 3'이라 한다)는 각자 원고 1에게 43,845,251원 및 이에 대한 2005. 12. 28.부터, 원고 2에게 60,875,249원 및 이에 대한 2005. 11. 11.부터, 원고 3에게 12,516,544원 및 이에 대한 2005. 11. 11.부터, 원고 4에게 19,709,574원 및 이에 대한 2005. 12. 28.부터, 피고 3은 원고 5에게 8,671,270원 및 이에 대한 2005. 12. 28.부터, 원고 6에게 8,838,121원 및 이에 대한 2005. 12. 28.부터, 피고 2(이하 '피고 2'이라 한다), 피고 3은 각자 원고 7에게 17,285,360원 및 이에 대한 2005. 11. 11.부터, 원고 8에게 66,890,569원 및 이에 대한 2005. 12. 28.부터, 원고 9에게 66,890,569원 및 이에 대한 2005. 12. 28.부터 각 2009. 3. 17.까지는 연 5%, 그 다음날부터 다 갚는 날까지는 연 20%의 각 비율로 계산한 돈을 지급하라.(원고들은 당심에 이르러 주위적 청구 부분을 취하하고, 예비적 청구 부분을 위 각 금원으로 변경하였는데, 원고 2, 원고 3은 청구금액을 확장하였고, 나머지 원고들은 청구금액을 감축하였다.)

### 2. 항소취지

가. 원고들

제1심 판결 중 다음에서 지급을 명하는 금원에 해당하는 원고들 패소부분을 취소한다. 피고 1, 피고 3은 각자 원고 1에게 41,170,124원 및 이에 대한 2005. 12. 28.부터, 원고 2에게 23,509,144원 및 이에 대한 2005. 11. 11.부터, 원고 3에게 4,853,133원 및 이에 대한 2005. 11. 11.부터, 원고 4에게 15,639,932원 및 이에 대한 2005. 12. 28.부터, 피고 3은 원고 5에게 8,671,270원 및 이에 대한 2005. 12. 28.부터, 원고 6에게 8,838,121원 및 이에 대한 2005. 12. 28.부터, 피고 2, 피고 3은 각자 원고 7에게 15,644,286원 및 이에 대한 2005. 11. 11.부터, 원고 8에게 65,898,603원 및 이에 대한 2005. 12. 28.부터, 원고 9에게 65,898,603원 및 이에 대한 2005. 12. 28.부터 각 2009. 8. 27.자 청구취지변경신청서부본 송달일까지는 연 5%, 그 다음날부터 다 갚는 날까지는 연 20%의 각 비율로 계산한 돈을 지급하라.

나. 피고 1, 피고 3

제1심 판결 중 위 피고들 패소부분을 취소하고, 그 취소부분에 해당하는 원고 1, 원고 2, 원고 3의 각 청구를 기각한다.

【이유】

## 1. 기초사실

가. 당사자들의 지위

(1) 피고 3은 간접투자기구의 자산운용업무 등을 목적으로 설립된 구 간접투자자산 운용업법(2007. 8. 3. 법률 제8635호 자본시장과 금융투자업에 관한 법률 부칙 제2조에 의하여 2009. 2. 4. 폐지되기 이전의 것, 이하 '구 간접투자법'이라고 한다)상의 위탁회사로서, 우리파워인컴 파생상품 투자신탁 제1호(이하 '이 사건 제1호 펀드'라고 한다) 및 우리파워인컴 파생상품 투자신탁 제2호(이하 '이 사건 제2호 펀드'라고 한다)를 설정하여 그 수익증권을 발행한 회사이다. 피고 1, 피고 2는 피고 3과 위탁판매계약을 맺고 위 각 펀드의 판매 업무를 담당한 회사이다.

(2) 원고들은 판매회사인 피고 1, 피고 2를 통하여 피고 3이 발행한 위 각 펀드에 가입한 투자자들이다.

나. 이 사건 각 펀드의 수익구조

(1) 구 간접투자법 제2조 제9호는 "장외파생상품이라 함은 유가증권 시장 등의 밖에서 통화·투자증권·금리·간접투자증권·부동산·실물자산 또는 통화·투자증권·금리·간접투자증권·부동산·실물자산의 가격이나 이를 기초로 하는 지수를 대상으로

하는 거래로서 대통령령이 정하는 거래를 말한다."라고 규정하고 있고, 구 간접투자법 시행령 제10조는 "대통령령이 정하는 거래라 함은 제9조 각 호에 해당하는 거래 중 거래의 결과가 기초자산의 신용위험과 관련된 거래(기초자산과 관련된 채무불이행, 신용등급 하락 등 거래당사자 간에 약정한 사유에 따른 신용사건 발생 시 거래당사자 간에 계약이행의 권리 또는 의무가 발생하는 거래를 말한다) 중 신용사건 발생 시 계약에 따라 기초자산의 원리금을 지급할 의무를 지는 경우를 제외한 거래를 말한다."라고 규정하고 있다.

(2) 이 사건 제1호 펀드는 펀드 설정금액의 97%를 복수의 해외 특정 주권의 가격에 연계된 CEDOCollateralized Equity and Debt Obligations라는 장외파생상품을 주된 투자 대상으로 하고, '5년 만기의 국고채 금리 + 연 1.2%'를 예상수익률로 하며, 6년 2주(2011. 11. 22.)를 만기로 하는 단위형, 공모형 파생상품투자신탁이다. 단위형 투자신탁은 신탁기간(만기)이 미리 정해져 있는 투자신탁으로, 구입 시기는 모집(또는 특별히 정해져 있는 판매기간)에 한정하고 운용도중에 자금을 추가하지 아니한다. CEDO라는 장외파생상품은 유럽, 일본, 미국, 캐나다, 호주에서 거래되는 110여 개의 주식을 기초자산으로 포트폴리오portfolio를 구성하고{포트폴리오란 둘 이상의 증권의 결합 또는 결합방식, 즉 여러 증권의 집합으로 이루어지는 증권의 군을 말하는데, 분산투자를 통하여 위험을 줄이기 위한 목적으로 위험risk 포트폴리오와 보험insurance 포트폴리오 2개의 군이 서로 다른 주식으로 구성되어 있다}, 주가가 정해진 가격(최초 기준주가, 즉 장외파생상품 발행일인 2005. 11. 18.을 기준으로 개별 주권들의 3영업일인 11. 18., 11. 21., 11. 22. 종가를 평균한 가격) 이하로 내려가는 위험의 횟수(최초 기준주가보다 65%를 초과하여 주가가 하락하면 이를 1개의 '이벤트'가 발생하였다고 한다)에 의해 원금 보존 여부가 결정되는 일종의 구조화된 채권Structured Note이다. 이 사건 제1호 펀드의 수익구조는 위 장외파생상품의 수익구조와 연계되어 만기시 '펀드 이벤트'(위험 포트폴리오의 이벤트 개수의 합 - 보험 포트폴리오의 이벤트 개수의 합. 결국 위험 포트폴리오에 속한 주식들의 주가가 65%를 초과하여 하락하더라도 보험 포트폴리오에 속한 주식들이 같은 비율로 동일한 개수 또는 더 많이 하락한다면 펀드 이벤트는 발생하지 않게 된다)의 발생횟수가 58 미만일 경우에는 원금 전액을 지급하고, 58 이상일 경우에는 원금 × $\left(1-\frac{\text{펀드보존이벤트 수}-\text{원금보존이벤트 수}}{\text{최대손실이벤트 수}-\text{원금보존이벤트 수}}\right)$의 계산식에 의하여 산정된 금원을 지급하도록 설정되었다.(최대손실이벤트 수는 원금 전액 손실이 발생하는 이벤트 수이고, 원

금보존이벤트 수는 원금보존이 가능하도록 하는 최대 허용 이벤트 수로 각 투자신탁 설정일에 결정된다.)

(3) 이 사건 제2호 펀드도 만기가 6년 10일(2011. 12. 26.)이고, 원금 보존이벤트 수가 56인 점, 장외파생상품 발행일로부터 3년 후 매 분기마다 조기상환을 요구할 수 있고, 조기상환이 이루어지는 경우 보너스 쿠폰 4%가 추가 지급된다는 점을 제외하고는 그 기본적인 구조는 이 사건 제1호 펀드와 동일하다.

(4) 한편, 이 사건 펀드들이 투자한 장외파생상품은 무디스Moody's로부터 A3의 신용등급을 받았는데, 일반채권과는 달리 위 각 펀드와 같은 구조화채권의 신용평가는 발행회사의 원리금 지급 능력에 대한 평가가 아니라 채권의 수익구조, 발행 참여기관의 신용도, 주가변동의 시나리오에 따른 현금흐름 등을 종합하여 원리금 지급 가능성을 통계적 기법으로 평가한 것으로서 신용 위험, 즉 원리금이 얼마가 되었든 그 지급의 안전성을 평가한 것일 뿐 시장가치의 변동성 위험을 평가한 것이 아니어서, 일반채권債券과는 그 등급평가방법이 다르고, 이러한 신용등급은 언제라도 변경, 철회, 보류될 수 있다.(실제로 위 각 장외파생상품에 대한 무디스의 신용등급은 2007. 12. 24. B3으로, 2009. 1. 21. Caa3으로 각 하향 조정되었다.)

### 다. 이 사건 각 펀드의 약관, 투자설명서, 상품설명서, 광고지 등 기재내용

(1) 피고 3은 이 사건 제1호 펀드에 관하여 2005. 11월경 신탁약관을 제정하여 금융위원회에 보고하고 이를 피고 1, 피고 2에 제공하였는데, 위 약관에는 다음과 같이 '수익자위험부담의 원칙'이 기재되어 있다.

> **제1조(목적 등)** ② 이 투자신탁은 최초설정일 이후 1개월이 경과한 날로부터 신탁재산의 100분의 10을 초과하여 위험회피 외의 목적으로 장내파생상품 또는 장외파생상품에 투자하는 파생상품 투자신탁으로서 수익자는 장내파생상품 또는 장외파생상품에 직접 투자하는 위험과 유사한 위험을 부담한다.
>
> **제5조(손익의 귀속 등)** 투자신탁재산의 운용과 관련하여 자산운용회사의 지시에 따라 발생한 이익 및 손실은 모두 투자신탁에 계상되고 수익자에게 귀속된다.

(2) 피고 3은 2005. 12월경 이 사건 제2호 펀드에 관하여도 위 약관과 동일하게

수익자위험부담의 원칙이 기재된 신탁약관을 제정하여 금융위원회에 보고하고 이를 피고 1, 피고 2에 제공하였다.

(3) 피고 3은 이 사건 제1호 펀드에 관하여 투자설명서를 작성하여 이를 피고 1에 제공하였는데, 그 주요 내용은 다음과 같다.

제1부 당해 투자신탁에 관한 사항

Ⅰ. 투자신탁의 개요, 투자목적 및 전략

2. 투자목적

이 투자신탁은 복수의 해외 특정 주권[유럽경제지역EEA, 일본, 미국, 캐나다, 호주에서 발행한 주권에 한함]의 가격에 연계된 장외파생상품에 신탁재산의 대부분을 투자하여 수익을 추구합니다. 그러나 상기의 투자목적이 반드시 달성된다는 보장은 없으며, 자산운용회사, 수탁회사, 판매회사 등 이 투자신탁과 관련된 어떠한 당사자도 투자원금의 보장 또는 투자목적의 달성을 보장하지 아니합니다.

4. 주요 투자대상 및 투자계획

2) 투자전략

① 투자 예정인 장외파생상품은 기초자산인 유럽경제지역EEA, 일본, 미국, 캐나다, 호주에서 발행된 주권의 주가수준과 상관없이 장외파생상품 발행일로부터 매 분기마다 [최초 투자신탁 설정일의 5년 만기 국고채금리 + 연 1.2%] 수준의 수익을 지급하며, 만기시 펀드의 이벤트 개수가 투자신탁 최초 설정일에 결정되는 원금보존 추구 이벤트 수 이하인 경우에 원금을 지급하고, 반면 만기시 펀드의 이벤트 개수가 투자신탁 최초 설정일에 결정되는 원금보존 추구 이벤트 수 초과인 경우에는 원금의 손실이 발생하는 상품입니다. 특히, 장외파생상품의 계약기간을 포함하여 6년 2주 수준까지 투자를 해야 하므로 최장 6년 2주 동안 투자가 가능한 자금의 운용에 적합한 상품입니다.

② 장외파생상품의 주요 내용

가. 기초자산

나. 만기 : 6년

다. 최초 기준 가격

라. 쿠폰지급 : 주가수준과 상관없이 장외파생상품 발행일로부터 매 분기마다 [투자신탁 설정일의 5년 만기 국고채금리 + 연 1.2%] 수준 수익 지급

마. 이벤트 결정 요건

- 최초 기준주가 대비 35%(수익률 기준 -65%) 미만 하락하는 경우
- 장외파생상품 발행일로부터 3년 경과 이후부터 매주 목요일에 관찰
- 한 종목 당 최대 이벤트 개수는 10회로 제한

바. 원금보존 추구 및 원금 손실 발생 조건

B. 원금 보존 추구 가능 조건

: 만기까지 '펀드 이벤트 수' ≤ '원금보존 추구 이벤트 수'

C. 원금 손실 발생 조건

: 만기까지 '펀드 이벤트 수' > '원금보존 추구 이벤트 수'

*만기 손실 발생시 회수 금액

$$= \text{원금} \times \left\{1 - \frac{\text{펀트이벤트 수} - \text{원금보존이벤트 수}}{\text{최대손실이벤트 수} - \text{원금보존이벤트 수}}\right\}$$

꼭 알아두셔야 할 사항

- 장외파생상품 발행일 이후 매분기마다 지급하는 [최초 투자신탁 설정일의 5년 만기 국고채 수익률 + 연 1.2%] 수준의 수익률은 장외파생상품 발행일로부터 매 분기별 사전에 지정된 날짜에 모두 투자자에게 지급됩니다. 그러나 이 투자신탁에서 수익자에게 분배하는 금액은 반드시 확정적인 수익을 의미하는 것이 아니라 해당 수익률 수준입니다.
- 중도환매는 바람직하지 않습니다.
- 장외파생상품은 발행사와의 계약에 의해 수익구조가 사전에 결정되는 구조화된 상품으로서 투자자가 만기 이전에

중도환매를 하게 되면 장외파생상품의 평가가격과 중도환매로 인한 실제 매매가격 간에 차이가 발생할 수 있으며 이 경우 평가가격이 매매가격보다 클 경우 잔존수익자의 이익이 침해될 가능성이 있습니다. 이러한 잔존수익자의 이익 침해 가능성을 최소화하기 위해 일반 투자신탁과 달리 높은 환매수수료를 부과하고 있습니다.

**제2부 수익증권의 매입 · 환매 및 투자수익의 분배에 관한 사항**

Ⅰ. 주된 투자권유 대상 및 투자위험

1. 주된 투자 권유대상

① 투자예정인 장외파생상품은 기초자산인 유럽경제지역EEA, 일본, 미국, 캐나다, 호주에서 발행된 주권의 주가수준과 상관없이 장외파생상품 발행일로부터 매 분기마다 [최초 투자신탁 설정일의 5년 만기 국고채금리 + 연 1.2%] 수준의 수익을 지급하며, 만기시 펀드의 이벤트 개수가 투자신탁 최초 설정일에 결정되는 원금보존 추구 이벤트 수 이하인 경우에 원금을 지급하고, 반면 만기시 펀드의 이벤트 개수가 원금보존 추구 이벤트 수 초과인 경우에는 원금의 손실이 발생되는 상품입니다. 특히, 장외파생상품의 계약기간을 포함하여 6년 2주 수준까지 투자를 해야 하므로 최장 6년 2주 동안 투자가 가능한 자금의 운용에 적합한 상품입니다.

② 또한, 투자 예정인 장외파생상품은 구조적으로 설계된 상품으로서 일정 조건을 충족하게 되면 고수익을 기대할 수 있지만, 반면에 일정 조건을 충족하게 되면 사전에 정해진 바에 따라 원금손실의 위험도 가지고 있는 등 구조적으로 설계된 위험을 부담하면서 일반적인 채권형 상품이상의 고수익을 추구하는 투자자에게 적합한 상품입니다.

2. 투자위험

① 파생상품 투자위험: 파생상품은 작은 증거금으로 거액의 결제가 가능한 지렛대 효과(레버리지 효과)로 인하여 기초자산에 직접 투자하는 경우에 비하여 훨씬 높은 위험에 노출될 수 있습니다. 일

반적으로 장외파생상품은 장외파생상품을 발행한 회사와의 직접적인 거래이므로 그 회사의 영업환경, 재무상황 및 신용상태의 악화에 따라 장외파생상품의 원리금의 지급이 지연되거나 원리금을 회수하지 못할 수도 있습니다.

③ 투자원본에 대한 손실위험: 이 투자신탁은 실적배당상품으로 투자 원리금 전액이 보장 또는 보호되지 않으며, 은행예금과 달리 예금보험공사 등의 보호를 받지 않습니다. 따라서, 투자원본의 전부 또는 일부에 대한 손실의 위험이 존재하며 투자금액의 손실 또는 감소의 위험은 전적으로 투자자가 부담하게 되고, 자산운용회사나 판매회사 등 어떤 당사자도 투자손실에 대하여 책임을 지지 아니합니다. 또한, 환매수수료가 부과되는 기간 중에 환매한 경우에는 환매수수료의 부과로 인해 투자손실이 발생하거나 손실의 폭이 더욱 확대될 수도 있습니다.

④ 시장위험 및 개별위험: 투자신탁재산을 채권 및 파생상품 등에 투자함으로써 유가증권의 가격변동, 이자율 등 기타 거시경제지표의 변화에 따른 위험에 노출됩니다. 또한, 투자신탁재산의 가치는 투자대상종목, 발행회사의 영업환경, 재무상황 및 신용상태의 악화에 따라 급격히 변동될 수 있습니다.

⑤ 유동성 위험: 증권시장규모 등을 감안할 때 투자신탁재산에서 거래량이 풍부하지 못한 종목에 투자하는 경우 투자대상 종목의 유동성 부족에 따른 환매에 제약이 발생할 수 있으며, 이는 투자신탁재산의 가치하락을 초래할 수 있습니다. 일반적으로 장외파생상품은 다른 유가증권 또는 장내파생상품과 달리 장외파생상품을 발행한 회사와 직접 거래를 하여야 하므로 유동성이 낮습니다. 따라서, 수익자의 환매에 대응하여 환매금을 마련하는 등의 사유로 장외파생상품을 만기 이전에 중도매각 하고자 할 때에는 중도매각이 원활하지 못할 수도 있으며, 중도매각에 따른 가격손실의 가능성도 있습니다.

(4) 피고 3은 이 사건 제2호 펀드에 관하여도 이 사건 제1호 펀드와 거의 동일한

내용의 투자설명서를 작성하여 이를 피고 1, 피고 2에 제공하였다. 이 사건 각 장외파생상품이 무디스로부터 A3의 신용등급을 받았다는 점에 대하여는 이 사건 각 투자설명서에는 특별한 언급이 없다.

(5) 피고 3은 이 사건 제1호 펀드에 관하여 A4 용지 1장 분량의 상품요약서를 작성하였는데, 여기에는 '6년간 매 분기마다 고정금리 지급', '본 펀드에 편입되는 장외파생상품은 세계적인 신용평가회사인 무디스가 A3 신용등급(대한민국 국가 신용등급과 동일한 등급)을 부여해 원금상환의 가능성이 국채 수준의 안전성을 가진 것으로 평가함'이라는 문구를 강조하였고, 위 장외파생상품의 주요내용으로서 '매 분기마다 [투자신탁 설정일의 5년 만기 국고채금리 + 연 1.2%] 수준 수익 지급'이라는 문구를 기재한 외에, 투자설명서에 기재되어 있는 이벤트 결정 요건 및 원금손실발생조건이 기재되어 있는 한편, 하단에 '펀드 가입을 결정하기 전에 투자대상, 환매방법 및 보수 등에 관하여 투자설명서를 읽어 보시기 바라고, 본 상품은 간접투자자산운용법에 의하여 수탁회사에 안전하게 보관, 관리되고 있으며 운용실적에 따라 이익 또는 손실이 발생될 수 있고, 그 결과는 투자자에게 귀속된다'는 문구가 기재되어 있다.

(6) 피고 3은 이 사건 제2호 펀드에 관하여도 위와 같은 A4 용지 2장 분량의 상품요약서를 작성하였는데, 여기에는 '대한민국 국가 신용등급인 A3 등급 획득한 장외파생상품에 투자', '6년동안 [5년 만기 국고채 금리 + 1.2%]로 매 분기 확정 수익 지급', '만기 이전에 조기 상환시 보너스 쿠폰 4% 추가 지급'이라는 문구를 강조하였고, 펀드의 수익구조로 '국고채 금리 5.5%일 때: 6.2%의 수익률, 조기상환시 투자원금 + 1.65% + 보너스 4.0%, 만기시 투자원금 + 1.65%를 지급한다'는 내용의 그래프 및 시중 고금리 상품과의 수익률 비교표 등을 기재하는 한편, 제1호 펀드 상품요약서와 같이 하단에 투자설명서 숙독을 권유하는 내용과 손실 발생의 가능성을 환기시키는 내용의 문구가 기재되어 있다.

(7) 피고 3은 이 사건 제1호 펀드에 관하여 A4 용지 20여장 분량의 상품제안서를 작성하였는데, 첫 장 하단에는 '본 상품은 실적배당상품으로 원금이 보장되지 아니하며, 손익은 투자자에게 귀속된다'는 경고 문구가 기재되어 있고, 이 사건 제1호 펀드 소개 부분에서는 '대한민국 국가 신용등급인 A3 등급 획득한 장외파생상품에 투자', '6년동안 [5년 만기 국고채금리 + 연 1.2%(예상)]로 매 분기 확정 수익 지급'이라는 문구를 강조하고, 동일 만기의 시중 고금리 상품과의 비교표를 작성한 후 '최근 성황리에 판매

된 은행 후순위채 대비 더 높은 신용등급에 더 높은 금리 제안'이라는 문구를 강조한 후 장외파생상품의 수익구조 및 무디스의 신용등급 등의 내용을 기재하였다.

(8) 피고 3은 이 사건 제2호 펀드에 관하여도 위 상품제안서와 유사한 내용의 상품제안서를 작성하였는데, 그중 수익구조에 관하여 '조기 상환시: 원금 + 분기 이자 + 보너스 쿠폰 4% 지급'이라는 기재를 추가하고, '만기시: 원금 + 분기 이자 지급,원금은 펀드에 투자된 장외파생상품인 구조화채권의 내부 구조에 따라 손실 가능성이 있으나, 세계적 신용평가기관인 무디스로부터 대한민국 국가 신용등급과 같은 A3 등급을 부여받아 구조화채권의 부도가능성은 동일한 신용등급인 외화표시 국채의 부도 확률과 유사한 수준의 안전성을 갖고 있는 것으로 평가됨'이라고 기재한 것이 주된 차이점이다.

(9) 피고 3은 'Most Innovative Product!! 우리 Power Income 파생상품 투자신탁 제1호'라는 제목의 광고지(이하 '광고지 원안'이라고 한다)를 만들어 2005. 10. 26.경 자산운용등록협회의 사전심의를 마쳤는데, 광고지 원안의 앞면 하단에 '신용평가기관인 무디스(Moody's)로부터 A3 등급(대한민국 국가 신용등급)을 부여받은 장외파생상품에 투자하여 국채 수준의 안정성으로 6년 동안 매 분기 고정금리 [5년 만기 국고채 금리 + 1.2%(예상)]로 수익을 추구하고 만기에 사전에 결정된 방식으로 손익을 확정하는 파생상품 간접투자신탁'이라는 문구가 기재되어 있고, 뒷면 중간 부분에는 펀드의 수익구조에 관하여 '원금은 펀드에 투자된 장외파생상품의 수익구조에 따라 손실가능성이 있으나, 세계적인 신용평가기관인 무디스(Moody's)가 대한민국 국가 신용등급과 같은 A3 등급을 부여해 원금손실 가능성은 대한민국 국채의 부도확률과 유사한 수준의 안정성을 갖고 있는 것으로 평가함'이라는 문구가 기재되어 있으며, 이 사건 펀드의 연수익률(6.2%)을 시중은행 후순위채권(5.43%) 및 국민주택채권(5.10%)의 각 수익률과 비교하는 내용의 표가 그려져 있고, 하단에는 '간접투자상품은 운용결과에 따라 이익 또는 손실이 발생될 수 있으며, 그 결과는 투자자에게 귀속됩니다. 가입하시기 전에 투자대상, 환매방법, 보수 등에 관하여 투자설명서를 반드시 읽어보시기 바랍니다. 펀드 수익은 상황에 따라(주가지수연계증권, 장외파생상품 발행사의 파산 등) 원금손실이 발생할 수도 있습니다. 본 상품은 운용실적과 환율변동에 따라 이익 또는 손실이 발생할 수 있으며 그 결과는 투자자에게 귀속됩니다'라는 문구가 기재되어 있다.

(10) 피고 3은 광고지 원안의 앞면 하단 내용을 요약, 강조하는 내용{'대한민국 국가 신용등급(무디스 A3)으로 국고채 금리 + 1.2% 수익추구, 6년간 매 분기 고정금리로 지급'}을 앞면 상단에 배치하고, 원인에 없는, 달러의 바다를 뚫고 올라오는 화살표와 화살표 상단에 'A3'라는 문구를 배치한 도안을 새로 그려 넣는 한편, 뒷면 하단에 있는 경고문구 부분의 글씨크기를 7포인트에서 6포인트로 축소하여 자산운용협회의 심사를 마치지 않은 광고지(이하 아래의 이 사건 제2호 펀드의 광고와 통틀어 '이 사건 광고지'라고 한다)를 다시 만들어 피고 1, 피고 2 등을 통하여 이를 투자자들에게 배부하였다. 또, 피고 3은 이 사건 제2호 펀드에 관한 광고지도 작성하여 피고 1, 피고 2 등을 통하여 투자자들에게 배포하였는데, 1면에 '조기상환시 보너스 쿠폰 4% 추가지급' 문구를 강조한 이외에는 제1호 펀드의 위 광고와 거의 동일하다.

(11) 피고 3은 피고 1에게 이 사건 제1호 펀드와 관련하여 '우리 Power Income 펀드 Q&A'라는 제목의 문건을 제공하였고, 그 주요내용은 아래와 같다.

Q1. 이 사건 펀드의 특징은?

① 대한민국 국가 신용등급(무디스 A3)으로, ② '5년 만기 국고채금리(설정일 금리 기준)+1.2%' 수준의 매력적인 금리를, ③ 6년 동안 매 분기마다 확정적으로 지급하는 새로운 개념의 파생상품 펀드입니다.

Q3. 원금보존은 되나요?

채권의 경우 발행회사가 부도나는 경우 원금손실이 발생하는 것과 마찬가지로 이 사건 펀드도 펀드에 투자된 장외파생상품의 수익구조에 따라 극단적인 경우 손실이 발생할 수도 있습니다. 그러나 세계적인 신용평가기관인 무디스(Moody's)가 본 펀드에 대한민국 국가신용등급과 같은 'A3' 등급을 부여했다는 것은 펀드의 원금손실 가능성이 대한민국 국채의 부도확률과 유사한 수준으로 본 펀드는 매우 높은 안전성을 가지고 있다고 할 수 있습니다. 일반적으로 시중의 원금보존형 펀드들이 대부분 은행채 정도의 채권을 편입해 원금 보존을 추구하는 구조로 되어 있는데 이 사건 펀드는 시중은행채(대부분 무디스 신용등급 Baa1 ~ Baa2)보다 높은 신용등급(무디스 신용등급 A3)으로 안전성이 훨씬 높습니다.

Q6. 펀드의 Marketing Point를 간략히 말씀해 주세요!

국채 수준의 안정성으로 국채금리보다 높은 금리를 확정적으로 6년 동안 이나 지급한다는 게 본 펀드의 Sales 포인트입니다.

Q9. 어떤 고객에게 가장 적합한 상품인가요?

① 퇴직금이나 기타 여유자금을 안정적으로 운용하고자 하시는 고객

② 후순위채에 투자하고 싶었으나 발행규모의 제한으로 투자하지 못하시고, 다른 투자 대안을 찾고 계신 고객

③ 연금식으로 '분기 단위 생활자금'을 사용하고 싶으신 고객

④ 이자 분산지급을 통해 금융소득종합과세를 대비하고자 하는 거액 자산가들에게 매력적인 상품입니다.

결론적으로 6년 뒤 사용할 여유자금을 안정적으로 운용하면서 매 분기 안정적인 이자를 받고자 하시는 분들에게 적합한 상품이라고 하겠습니다.

(12) 피고 3은 피고 1, 피고 2에게 이 사건 제2호 펀드와 관련하여서도 위와 유사한 내용의 '우리 Power Income 펀드 Q&A'라는 제목의 참고자료를 제공하였다.

(13) 피고 1은 이 사건 각 펀드에 관하여 "과거 원금보존펀드에 주로 편입되던 시중은행채(후순위채)에 비해 높은 신용등급"이라는 표현을 사용하면서 아래와 같은 내용의 게시물을 작성하여 자사 홈페이지에 등록하고, 언론기관에 보도자료를 배부하기도 하였다. 피고 2도 유사한 내용을 자사 홈페이지에 등록하고 언론기관에 제공하였다.

이 상품은 우리자산운용이 세계적인 금융그룹인 'Credit Swiss 그룹'과의 제휴를 통해 국내 최초로 시장에 판매하는 새로운 개념의 상품으로 대한민국 신용등급인 A3 등급(Moody's의 국제신용등급)을 획득한 장외 파생상품에 투자합니다.

이 장외파생상품은 구조화된 채권으로서 A3 등급 채권을 담보로 발행되며 원리금지급 가능성에 대해 세계적인 신용평가기관인 Moody's사로부터 대한민국 국채수준의 신용등급을 부여받아 안정성이 뛰어난 상품입니다.

6년 동안 고정금리로 매분기마다 확정 수익을 지급하므로 노후생활자금 등 정기적으로 고정적인 수입이 필요한 고객에게 적합한 상품입니다.

이 펀드는 500만 원 이상 가입이 가능하며 이자수준은 펀드설정일(2005. 11. 11.)의 5년 만기 국고채 수익률에 1.2%의 가산금리를 더하여 결정되며 원금은 만기일

(2011. 11. 22.)에 지급합니다.

라. 원고들의 펀드가입 경위

(1) 피고 1, 피고 2, ◇◇은행은 이 사건 제1호 펀드의 경우 2005. 11. 1.부터 2005. 11. 10.까지, 이 사건 제2호 펀드의 경우 2005. 12. 15.부터 2005. 12. 27.까지 각 판매하였는데, 원고들은 피고 1, 피고 2, ◇◇은행의 각 펀드판매 담당직원들의 안내를 받아 이 사건 각 펀드에 가입하였고, 원고별 각 펀드가입내역은 아래 표 기재와 같다.

| 원고 | 펀드설정일 | 펀드 종류 | 판매사 및 권유직원 | 가입원금 (원) |
|---|---|---|---|---|
| 1 | 2005. 11. 11. | 이 사건 제1호 펀드 | 피고 1 남동공단지점, 소외 1 | 30,000,000 |
| | 2005. 12. 28. | 이 사건 제2호 펀드 | 상동 | 51,649,070 |
| 2 | 2005. 11. 11. | 이 사건 제1호 펀드 | 피고 1 교보타워지점, 권태숙 | 200,000,000 |
| 3 | 2005. 11. 11. | 상동 | 피고 1 석촌동지점, 소외 4 | 40,000,000 |
| 4 | 2005. 12. 28. | 이 사건 제2호 펀드 | 피고 1 시설관리공단출장소, 성명불상자 | 30,000,000 |
| 5 | 2005. 12. 28. | 상동 | ◇◇은행 남마산지점, 성명불상자 | 20,000,000 |
| 6 | 2005. 12. 28. | 상동 | ◇◇은행 남마산지점, 성명불상자 | 23,000,000 |
| 7 | 2005. 11. 11. | 이 사건 제1호 펀드 | 피고 2 대전둔산지점, 성명불상자 | 30,000,000 |
| 8 | 2005. 12. 28. | 이 사건 제2호 펀드 | 피고 2 범일동지점, 소외 5 | 100,000,000 |
| 9 | 2005. 12. 28. | 상동 | 피고 2 범일동지점, 소외 5 | 100,000,000 |

(2) 원고들은 이 사건 각 펀드에 가입하면서 각 거래신청서를 작성하고, '투자설명서 교부 및 주요내용 설명확인서', '투자신탁상품 가입고객 확인서'에 서명 또는 날인을 하여 이를 피고 1, 피고 2, ◇◇은행에 교부하였는데, 위 투자신탁상품 가입고객 확인서에는 부동문자로 '이 상품은 은행예금이 아니며, 운용실적에 따라 수익이 배분되는 실적배당상품으로서 투자원금의 손실이 발생할 수 있습니다', '가입하신 투자신탁상품은 예금자보호법에 의한 예금보호대상이 아닙니다'라는 내용이 기재되어 있다. 그러나 피고 1, 피고 2, ◇◇은행의 담당직원들(소외 1, 소외 2, 소외 3, 소외 4, 소외 5, 성명불상자 등)은 원고들에게 투자설명서나 약관을 교부하지 아니하였고, 위 각 펀드의 특성이나 위험성을 제대로 인식하지 못한 채 광고지 또는 상품제안서 일부만 교

부하면서, "6년간 매 분기마다 고정적인 수익을 지급하고, 국채 수준의 안정성을 가지고 있어서 나라가 망하지 아니하는 한 원금이 손실되지 아니할 정도의 상품이니 가입하라"거나, "무디스가 A3 등급을 부여한 국가 신용 등급의 안전성을 갖추어서 대한민국이 부도나지 않는 한 원금이 손실되지 아니하는 상품이니 가입하라"거나, "분기별로 확정 이자가 지급되고, 노후자금을 관리하기에 적합하며, 중도환매는 불가능하다"라고 설명하며 펀드 가입을 권유하였다. 원고들이 교부받은 이 사건 각 펀드의 수익증권저축통장 잔고 좌수란에 원고들의 최초 투자금액이 기재되었는데, 그 후 만기까지 매분기 수익금 지급 내역이 통장에 기재되면서 잔고 좌수란에 최초 투자금액이 그대로 유지되는 것처럼 동일한 금액이 기재되어 왔다.

(3) 한편, 원고들은 이 사건 각 펀드 가입 이전에 펀드상품에 가입한 경험이 있는데, 원고 1는 2004. 11. 18. 삼성국공채신종 MMF1 상품에 136,530,924원을 투자하는 등 2개의 펀드상품에, 원고 2는 2004. 10. 7. 미래국공채 신총 MMF1 상품에 1,505,677,778원을 투자하는 등 6개의 상품에, 원고 3은 2005. 11. 8. 삼성인덱스플러스 파생종류형 1호 상품에 3,100,000원을 투자하는 등 3개의 상품에, 원고 7은 2003. 10. 23. LG카드 1064 상품에 20,714,000원을 투자하는 등 26개의 상품에 각 가입하였다. 원고 8, 원고 9는 부친 소외 6이 위 원고들을 대리하여 위 원고들 명의로 이 사건 펀드에 가입하였는데, 소외 6은 피고 2를 통하여 2005. 6월 이후 10여 개의 상품에 가입하였고, 대우증권, 삼성증권을 통하여서도 2000년 이후 다수의 상품에 투자한 경험이 있다. 원고 9는 2005. 7. 21. 에스앤에스일차유동화1-1 상품(투자금 99,520,000원)에 가입하기도 하였다.

마. 이 사건 각 펀드의 운용경과 및 원고들의 중도환매

(1) 이 사건 제1호 펀드는 설정 직후인 2005. 11. 11.부터 2006. 2. 10. 사이의 수익률이 1.15%였으나, 2006. 2. 11.부터 2006. 5. 10. 사이의 수익률이 -1.5%가 되면서 지속적으로 마이너스의 수익률을 기록하다가 2008. 1월경부터는 미국에서 시작된 서브프라임 모기지의 부실화로 인한 금융위기로 수익률이 급격히 감소하여 2008. 8월경 연평균 수익률이 -37.06%를 기록하였고, 2009. 6. 4.경 수익률은 약 -75%까지 이르게 되었으며, 이 사건 제2호 펀드 역시 2008. 1월경부터 마찬가지 이유로 수익률이 급격히 감소하여 2008. 6월경 연평균 수익률이 -73.51%를 기록하였고, 2009. 6. 4.경 수익률은 약 -91%까지 이르게 되었다.

(2) 피고 1, 피고 2는 이 사건 펀드의 수익률이 우려할 만큼 저조한 수준으로 떨어지자 2008. 8. 25. 펀드 가입자 전원에게 우편으로 "이 사건 각 펀드의 평가금액이 급락하여 2011년 펀드 만기시 원금손실의 가능성이 상당이 높을 것으로 예상되며 현재 시점에서 중도해지를 한다면 -40% 내외 수준의 원금손실을 입게 되므로, 본 펀드의 만기시까지 가입을 유지하면서 그 결과를 지켜보실 것인지, 아니면 펀드의 중도환매를 하실 것인지 여부를 신중히 생각해 보기 바란다. 펀드의 이벤트 평가가 시작되는 2008년 11월 이전에 미국 주택관련 건설 및 금융 부문 기업들의 주가가 큰 폭으로 반등하지 못할 경우 만기시 원금손실 가능성이 상당히 높아지게 된다."라는 내용의 안내문을 일괄 발송하였다.

(3) 이에 원고들은 별지2 표 '환매신청일'란 기재 각 일자에 이 사건 각 펀드의 중도환매를 청구하여 각 환매대금을 수령하였는바, 원고별 중도환매금 수령일 및 환매수령금, 그리고 원고들이 이 사건 각 펀드를 중도환매 하기 전까지 수령한 분기별 펀드수익금의 합계는 아래 표 기재와 같다.

| 원고 | 환매금수령일 | 가입원금(원) | 환매수령금(원) | 분기별수익금 합계(원) |
|---|---|---|---|---|
| 1 | 2008. 9. 17. | 30,000,000 | 16,211,748 | 4,676,330 |
|  | 2010. 4. 21. | 51,649,070 | 1,531,137 | 12,015,328 |
| 2 | 2008. 9. 5. | 200,000,000 | 110,052,040 | 31,175,100 |
| 3 | 2008. 9. 25. | 40,000,000 | 21,632,128 | 6,235,040 |
| 4 | 2010. 3. 10. | 30,000,000 | 1,116,906 | 7,026,560 |
| 5 | 2009. 4. 17. | 20,000,000 | 1,724,042 | 3,558,100 |
| 6 | 2009. 4. 17. | 23,000,000 | 1,982,647 | 4,091,685 |
| 7 | 2010. 4. 27. | 30,000,000 | 4,770,000 | 7,227,040 |
| 8 | 2010. 5. 10. | 100,000,000 | 3,014,502 | 23,263,158 |
| 9 | 2010. 5. 10. | 100,000,000 | 3,014,502 | 23,263,158 |

### 바. 금융감독원의 기관경고

금융감독원은 2009. 6. 9. ① 피고 3이 이 사건 각 펀드의 판매광고에 관계법령상 비교 대상이 될 수 없는 시중은행 후순위채, 국민주택채권 등과 간접투자상품을 비교하는 내용을 포함시켜 판매회사에 제공하였고, 이 사건 제1호 펀드에 관한 투자설명서를 금융감독위원회에 제출하기 이전에 판매회사에 제공하였으며, 투자설명서를 판매회사에 제공하기 전 수탁회사의 사전 확인을 받지 아니하였다는 이유로 피고 3에 대하여 기관경고를 하였고, ② 피고 1이 이 사건 펀드의 안정성을 지나치게 강조하여 투자자의 오해를 유발할 수 있는 표시가 있는 광고물 또는 관계법령상 비교 대상이 될 수 없는 시중은행 후순위채, 국민주택채권 등과 간접투자상품을 비교하는 내용의 광고물을 판매에 사용하였다는 이유로 피고 1에 대하여 기관경고를 하였다.

[인정근거] (생략)

## 2. 원고들의 청구에 대한 판단

### 가. 원고들의 주장

피고들은 위 각 펀드의 판매를 위탁하거나 직접 판매하는 회사들로서 투자자인 원고들을 보호할 의무가 있고(투자자보호 의무), 이에 기하여 거래의 위험성에 관하여 설명할 의무(설명의무), 고객의 의향과 실정에 적합하도록 권유할 의무(적합성의 원칙)가 있다. 그런데 피고 1, 피고 2는 이러한 투자자 보호의무를 위반하여 경험이 부족한 일반 투자자인 원고들에게 거래행위에 필연적으로 수반되는 위험성에 관한 올바른 인식형성을 방해하고, 고객인 원고들의 투자 상황에 비추어 과대한 위험을 수반하는 거래를 마치 아무런 위험이 없는 것처럼 허위·과장하여 적극적으로 권유하였다. 피고 3도 판매를 위탁한 회사로서 위와 같은 고객 보호의무를 다하기 위하여서는 정확한 정보를 제공하여야 할 것인데도, 위 각 펀드에 관하여 대한민국 국채와 유사하여 원금손실위험이 없다는 내용의 자료를 만들어 판매회사인 피고 1, 피고 2를 통해 투자자인 원고들에게 제공되게 함으로써 원고들로 하여금 위 각 펀드를 원금이 보장되는 상품으로 오인하도록 하여 투자자 보호의무를 위반하였다. 그러므로 피고들은 위와 같은 불법행위로 인하여 원고들이 입은 손해 즉, 투자원리금(투자금 및 그에 3년 만기 정기예금의 이율인 연 5%를 적용한 이자를 합산한 금액)에서 환매수령금, 분기별 수익금, 보상합의금을 공제한 금액을 배상할 의무가 있다.

### 나. 손해배상책임의 발생

#### (1) 피고 1, 피고 2의 경우

구 간접투자법에서 규정하는 판매회사는 수익증권의 판매에 있어서 단순히 자산운용회사의 대리인에 불과한 것이 아니라 투자자의 거래상대방의 지위에서 판매회사 본인의 이름으로 투자자에게 투자를 권유하고 수익증권을 판매하는 지위에 있다. 이러한 판매회사가 경험이 부족한 일반 투자사에게 거래행위에 필연적으로 수반되는 위험성에 관한 올바른 인식형성을 방해하거나 또는 고객의 투자 상황에 비추어 과대한 위험성을 수반하는 거래를 적극적으로 권유함으로써 투자자에 대한 보호의무를 위반한 위법행위를 하여 투자자에게 손해를 가하는 경우, 판매회사는 불법행위로 인한 손해를 배상할 책임을 진다. 판매회사는 수익증권 판매를 위하여 투자자에게 수익증권의 취득을 권유함에 있어 자산운용회사로부터 제공받은 투자설명서를 투자자에게 제공하고 그 주요내용을 설명하여야 하고, 투자자에게 중요한 사항에 대하여 오해를 유발할 수 있는 표시행위, 투자자에게 실적배당 및 원본의 손실가능성 등 간접투자의 특성과 투자위험에 관한 신탁약관 및 투자설명서의 주요내용을 충분하고 정확하게 알리지 아니하는 행위 등을 하지 말아야 할 의무 등 판매행위준칙을 준수할 의무를 부담한다(구 간접투자법 제56조 제2항, 제57조 제1항). 따라서 판매회사는 자산운용회사가 제공한 투자설명서의 내용을 숙지하고, 그 의미가 명확하지 않은 부분은 자산운용회사로부터 정확한 설명을 들어 그 내용을 스스로 명확하게 이해한 다음, 투자자에게 그 투자신탁의 운용방법이나 투자계획 및 그로 인한 수익과 위험을 투자자가 정확하고 균형 있게 이해할 수 있도록 설명하여야 하고, 단지 자산운용회사로부터 제공받은 판매보조자료의 내용이 정확하고 충분하다고 믿고 그것에 의존하여 투자신탁에 관하여 설명하였다는 점만으로는 투자자 보호의무를 다하였다고 볼 수 없다(대법원 2011. 7. 28. 선고 2010다76368 판결 참조).

앞서 인정한 사실에다가 위 각 증거에 변론 전체의 취지를 종합하면, ① 위 각 펀드는 신탁재산의 대부분을 해외 특정 주권의 가격변동에 연계된 장외파생상품에 투자하여 운용하고, 수익자들에게 만기에 이르기까지 분기별로 확정수익을 지급하되, 투자기간 동안 발생한 소정의 이벤트 수에 따라 만기시 원금의 전부 또는 일부가 지급되는 수익구조를 갖는 파생상품 투자신탁으로서, 위 각 펀드의 투자대상인 장외파생상품은 주식디폴트스왑(EDS)이라는 금융기법에 근거하여 발행된 구조화된 채권으로서 유가증권시장의 수익률, 발행회사의 신용상태, 환시세의 변동 등에 의한 원금손실의 위험이 항상 존재하는 등 투자원금의 손실가능성의 결정요인이 일반 채권이나 은행예금과는 다르고, 주식디폴트스왑 프리미엄을 주요 재원으로 한 분기별 확정수익금도 통상의 금리와는 그 성격이 다른 사실, ② 위 각 펀드의 구조가 매우 생소하고 복잡하여 투자 경험이 없는 일반인이 이해하기 힘들 뿐 아니라 파생상품에 관한 기본적인 지식이 있는 사람도 이를 완전히 이해하기 어려운 사실, ③ 피고 1, 피고 2 담당직원들은 투자설명서, 상품요약서, 상품제안서 등을 꼼꼼하게 읽어보지 아니하고 위 각 펀드의 구조에 관한 교육조차 제대로 받지 아니하여 그 특성이나 위험성을 제대로 이해하지도 못한 채 주로 광고지, 상품요약서, Q&A 자료집을 활용하여 원고들에게 펀드 가입을 권유하면서, 위 각 펀드가 대한민국 신용등급(무디스 A3)으로 '고정금리 5년 만기 국고채금리 + 1.2%' 수준의 수익금을 6년 동안 매 분기마다 확정적으로 지급하는 안전한 파생상품이라는 등의 고수익 상품으로서의 안전성만을 주로 강조한 사실, ④ 피고 1 홈페이지나 신문 광고 등에 만기 시 원금이 지급된다는 문구가 사용되어 일반에 공표된 상태에서, 피고 1 담당직원들은 위 각 펀드가 만기에 원금 손실이 발생할 수 있음을 염두에 두고 '만기시 원금 지급'의 의미를 원고들에게 정확히 설명하였어야 함에도 이를 하지 아니하였고, 특히 만기에 원금 손실이 발생하는 상황이라 할지라도 이와는 별개로 매 분기마다 '5년 만기 국고채금리 + 1.2%' 수준의 수익금이 지급되는 이유가 무엇인지 파악하지도 아니하고, 이를 원고들에게 설명하지도 아니한 사실, ⑤ 더욱이 위 각 펀드의 수익증권저축통장에는 원금손실 여부와 관계없이 만기까지는 잔고 좌수란에 최초의 투자금액이 그대로 기재되도록 하여 투자자들에게 원금손실이 발생하지 않고 있는 것으로 오인시킬 수 있게 되어 있는 사실을 인정할 수 있다.

앞서 인정한 위 각 펀드의 구조, 거래경위와 거래방법, 거래의 위험도 및 이에 관한 설명의 정도 등을 종합적으로 고려해 볼 때, 비록 원고들이 '투자설명서 교부 및 주요내용 설명확인서' 및 원금 손실 가능성이 언급되어 있는 '투자신탁상품 가입고객 확인서'에 서명 또는 날인을 하여 피고 1, 피고 2에 교부한 사실이 있다 하더라도, 피고 1 및 피고 2 담당직원들의 위와 같은 펀드 가입권유행위는 원고들로 하여금 투자원금에서 수익이 발생하여 매 분기마다 확정 수익금이 지급되는 것으로 오인하게 하거나, 투자한 원금의 손실 가능성을 좌우할 장외파생상품의 수익구조에 관하여 진지하게 고려하지 아니하고 펀드의 안전성만 강조하는 등으로 원고들의 거래행위에 필연적으로 수반되는 위험성에 관한 올바른 인식 형성을 방해한 것이 되어 고객인 원고들에 대한 보호의무를 저버린 것으로 불법행위에 해당하고, 피고 1, 피고 2는 담당직원들이 위와 같은 방법으로 위 각 펀드를 판매하고 있는데도 그에 관한 감독을 제대로 하지 아니한 잘못이 있다.(피고 1, 피고 2가 피고 3이 제공한 자료에 따라 원고들에게 설명한 것이라고 하더라도 원고들에 대한 관계에서 보호의무 위반의 책임을 면할 수는 없다.)

따라서, 피고 1, 피고 2는 담당직원들의 사용자로서 위와 같은 불법행위로 인하여 원고들이 이 사건 각 펀드의 위험성을 정확하게 인식하지 못한 채 위 각 펀드에 가입함으로써 입은 손해를 배상할 책임이 있다.

(2) 피고 3의 경우

구 간접투자법에서 규정하는 자산운용회사는 수익증권의 판매업무를 직접 담당하지 않는 경우에도 수익증권의 판매에 직접적인 이해관계가 있을 뿐 아니라 투자신탁의 설정자 및 운용자로서 투자신탁에 대하여 제1차적으로 정보를 생산하고 유통시켜야 할 지위에 있으므로, 이러한 자산운용회사로서는 판매회사나 투자자에게 투자신탁의 수익구조와 위험요인에 관한 올바른 정보를 제공함으로써 투자자가 그 정보를 바탕으로 합리적인 투자판단을 할 수 있도록 투자자를 보호하여야 할 주의의무와 이에 따른 불법행위책임을 부담한다. 자산운용회사가 수익증권의 판매과정에서 제공하는 정보는 기본적으로 투자설명서의 내용일 것이나, 자산운용회사가 투자설명서 이외에 투자설명서의 내용을 숙지하는 데 도움이 되는 판매보조자료나 그 투자신탁의 특성을 알리는 광고의 내용을 직접 작성하여 판매회사와 투자자에게 제공·전달하는 경우에 그 판매보조자료나 광고가 투자자에게 중요한 사항에 대하여 오해를 유발할 수 있는 표시나 투자신탁의 수익과 위험에 관하여 균형성을 상실한 정보를 담고 있었고, 그것이 판매회사의 수익증권 판매과정에서 결과적으로 투자자의 투자판단에 영향을 주었다면, 단지 자산운용회사가 판매회사에 제공한 투자설명서에 충실한 정보를 담고 있었다는 점만으로 자산운용회사가 투자자 보호의무를 다하였다고 볼 수는 없다(대법원 2011. 7. 28. 선고 2010다76368 판결 참조).

앞서 인정한 사실에다가 위 각 증거에 변론 전체의 취지를 종합하면, ① 피고 3이 작성한 광고지, 상품요약서, 상품제안서, Q&A 자료 등에 이 사건 각 펀드의 원금손실 가능성에 관하여 기재되어 있기는 하나 그 글자 크기가 작거나 상대적으로 강조가 되지 아니하여 쉽게 알아 볼 수 없는 한편, 이 사건 각 펀드가 매 분기 확정수익을 지급하고, 그 이율이 국고채나 후순위채와 비교하여 높다거나 위 장외파생상품이 무디스로부터 A3 신용등급을 받았다는 내용은 상대적으로 강조되어 있는 점, ② 이 사건 각 펀드와 국고채 혹은 후순위채는 그 성질을 달리하는 것임에도 위 각 자료에서 국고채 및 후순위채의 이율과 이 사건 각 펀드의 분기별 확정수익을 이율을 기준으로 단순비교한

표를 제시함으로써 이 사건 각 펀드가 국고채 혹은 후순위채와 동종의 것으로 오인할 여지를 만든 점, ③ 무디스가 위 장외파생상품에 부여한 신용등급이 우리나라 국채의 신용등급과 같다고 하더라도 구조화 채권과 일반 채권은 그 등급판정방법이 달라 단순히 비교할 수 있는 것이 아님에도 만연히 우리나라 국채의 신용등급과 같다는 것을 강조하여, 마치 우리나라 국채가 부도가 나지 않는 한 이 사건 펀드도 원금 손실이 발생하지 않는 것이라고 오인할 수 있는 표현을 사용한 점, ④ 이 사건 각 펀드의 구조가 매우 복잡하여 이에 관하여 자세한 설명을 기재할 수는 없다고 하더라도 적어도 이 사건 각 펀드가 만기에 투자 원금의 손실이 발생할 수 있는 상황에서도 이와는 전혀 별개로 매 분기마다 확정된 수익금을 지급하게 된다는 사실 및 그 개략적인 이유, 만기에 이르러서야 원금정산이 이루어지는 구조여서 그 이전까지는 원금손실이 있더라도 투자자들의 수익증권저축통장에는 최초의 투자원금이 그대로 기재된다는 점 등에 대한 설명을 통하여 매 분기마다 확정수익금이 지급되는 것이 투자원금이 보장되고 그로부터 이익이 발생하기 때문이라고 오인하지 않도록 하여야 할 것임에도 불구하고, 위 상품요약서, 상품제안서는 물론 투자설명서에도 그러한 설명은 명확히 기재되어 있지 아니한 점, ⑤ 위 장외파생상품의 운용사인 CSFBi가 피고 3에 송부한 파생상품거래확인서의 추가정보부록에도 '투자시 고려사항'이라는 제목으로 투자의 위험 및 장단점을 평가하는 데에 필요한 금융 및 경영문제에 대한 지식 및 경험을 보유한 투자자들에게만 적합하다는 취지의 기재가 되어 있으므로, 비록 전문가인 피고 3이 스스로 사후검증Back-Testing 절차를 거쳐 이 사건 각 펀드의 위험성을 판단하였다고 하더라도 실제로 위험을 부담하는 투자자들도 이 사건 각 펀드가 구조적으로 가지고 있는 위험성을 이해할 수 있을 만한 능력이 있어야 함에도, 피고 3은 판매 회사에 배포한 이 사건 Q&A 자료를 통해 판매 회사로 하여금 주로 여유 자금을 장기간 안정적으로 운용하려는 투자자들을 대상으로 이 사건 각 펀드의 판매활동을 하도록 한 점(당심 증인 소외 2는 이 사건 Q&A 자료를 보지 못하였다고 하면서도 "피고 3로부터 받은 자료를 통하여 이 사건 각 펀드가 퇴직금을 가지고 노후준비를 하는 투자자들에게 적합하고 전문가들이 아닌 일반투자자들에게도 적합한 것으로 알고 있다"라고 증언하고 있다), ⑥ 구 간접투자법 제59조 제4항, 구 간접투자법 시행령 제57조, 구 간접투자법 시행규칙 제17조에서 투자신탁 광고의 방법 및 절차, 내용에 대하여 규정하고 있는바, 피고 3이 이 사건 각 펀드와 비교대상이 될 수 없는 후순위채 등의 상품과의 비교 광고를 하였다는 이유로 기관경고를 받기도 하였던 점, ⑦ 무디스가 장외파생상품에 A3의 신용등급을 부여한 것을 Q&A 자료집에는 이 사건 펀드가

A3 등급을 받은 것으로 기재하여, 실질적으로 그 내용이 같은지 여부는 차치하고, 피고 1, 피고 2 입장에서 펀드의 투자대상인 장외파생상품에 대하여 살펴보거나 이를 고객에게 설명하기보다는 펀드의 안전성을 주로 설명하게 만드는 결과를 유발한 것으로 보이는 점, ⑧ 비록 상품설명서 외의 자료들은 펀드 판매 과정에서 펀드를 고객에게 설명하는 데에 보충적인 역할을 할 것으로 예정되어 있었다 하더라도, 다수의 금융상품을 다루는 피고 1, 피고 2 입장에서는 효율적으로 펀드를 판매하기 위하여 좀 더 간편한 자료들을 우선 숙지하려고 할 것이고, 특히 투자설명서의 주요 내용이 요약되어 있다고 믿을 만한 자료라면 그 자료에 나와 있는 내용, 그중에서도 판매에 유리한 내용을 중점적으로 홍보할 것임은 쉽게 예상할 수 있으므로, 피고 3로서는 보충적인 자료라고 해도 정보의 정확성 및 균형성을 잃지 않도록 주의할 의무가 있는데도 이를 게을리 한 점 등의 사정이 인정된다.

이러한 사정을 종합하여 보면, 피고 3은 투자자가 당해 거래에 수반하는 위험성이나 투자내용에 관하여 올바른 인식을 형성하는 데에 장애를 초래할 정도의 잘못된 정보를 피고 1, 피고 2에 제공하였고, 그 결과 피고 1, 피고 2가 원고들에게 앞서 본 불법행위를 저질렀다고 인정되므로, 피고 3은 위와 같은 불법행위로 인하여 원고들이 입은 손해를 배상할 책임이 있다.

(3) 따라서, 피고들은 투자자 보호의무를 위반한 공동불법행위로 인하여 원고들이 입은 손해를 각자(원고 1, 원고 2, 원고 3, 원고 4에 대하여는 피고 1과 피고 3이, 원고 5, 원고 6에 대하여는 피고 3과 ◇◇은행이, 원고 7, 원고 8, 원고 9에 대하여는 피고 2와 피고 3이 각자) 합쳐서 배상할 책임이 있다.

다. 손해배상의 범위

(1) 손해액

피고들의 투자자보호의무 위반으로 인하여 원고들이 입은 손해는 이 사건 각 펀드에 가입함으로써 회수하지 못하게 되는 투자금액과 장차 얻을 수 있을 이익을 얻지 못한 일실수익의 합계액이라 할 것인데, 앞서 본 바와 같이 이 사건 각 펀드의 만기가 6년으로 장기인 점, 피고들은 이 사건 각 펀드와 국고채, 시중은행 후순위채, 은행예금 등 위험성이 적은 금융상품과 비교하여 이 사건 각 펀드의 판매활동을 전개한 점에 비추어 보면, 위 원고들은 다른 특별한 사정이 없는 한 피고들의 위법행위가 없었더라면 이 사건 각 펀드에 투자한 원금을 최소한 정기예금이자 상당의 이율이 보장되는 안정적인 금융상품에 투자하였을 것이므로, 위 원고들은 피고들의 위법행위로 인하여 적어도 투자원금에 대한 정기예금 이자 상당의 기대수익을 상실하는 특별손해를 입게 되었고 앞서 본 사정들에 비추어 피고들로서도 이러한 사정을 알았거나 알 수 있었을 것으로 보인다(대법원 2011. 7. 28. 선고 2010다76382, 2010다101752 판결 참조).

따라서, 원고들이 위 각 펀드의 가입으로 입은 손해액은 원고들의 가입원금 및 이에 대한 펀드 가입일로부터 환매금 수령일까지 이 사건 펀드 가입 당시 피고들이 제시한 3년 만기 정기예금 이자율인 연 5%의 비율에 의한 이자 상당액의 합계액에서 원고들이 수령한 중도해지환급금(환매수령금)과 분기별 확정수익금을 공제한 금원인바, 아래 표 '손해액'란 기재와 같다.

(단위 : 원)

| 원고 | 펀드 설정일 | 환매금 수령일 | 기간 | 가입원금 | 5% 이율에 의한 이자 | 가입 원리금 | 환매 수령금 | 분기별 수익금 합계 | 손해액 |
|---|---|---|---|---|---|---|---|---|---|
| 1 | 05. 11. 11. | 08. 9. 17. | 1,042일 | 30,000,000 | 4,282,191<br>30,000,000×0.05×1,042/365 | 34,282,191 | 16,211,748 | 4,676,330 | 13,394,113 |
| | 05. 12. 28. | 10. 4. 21. | 1,576일 | 51,649,070 | 11,150,538<br>51,649,070×0.05×1,576/365 | 62,799,608 | 1,531,137 | 12,015,328 | 49,253,143 |
| 2 | 05. 11. 11. | 08. 9. 5. | 1,030일 | 200,000,000 | 28,219,178<br>200,000,000×0.05×1,030/365 | 228,219,178 | 110,052,040 | 31,175,100 | 86,992,038 |
| 3 | 05. 11. 11. | 08. 9. 25. | 1,050일 | 40,000,000 | 5,753,424<br>40,000,000×0.05×1,050/365 | 45,753,424 | 21,632,128 | 6,235,040 | 17,886,256 |
| 4 | 05. 12. 28. | 10. 3. 10. | 1,534일 | 30,000,000 | 6,304,109<br>30,000,000×0.05×1,534/365 | 36,304,109 | 1,116,906 | 7,026,560 | 28,160,643 |
| 5 | 05. 12. 28. | 09. 4. 17. | 1,207일 | 20,000,000 | 3,306,849<br>20,000,000×0.05×1,207/365 | 23,306,849 | 1,724,042 | 3,558,100 | 18,024,707 |
| 6 | 05. 12. 28. | 09. 4. 17. | 1,207일 | 23,000,000 | 3,802,876<br>23,000,000×0.05×1,207/365 | 26,802,876 | 1,982,647 | 4,091,685 | 20,728,544 |
| 7 | 05. 11. 11. | 10. 4. 27. | 1,629일 | 30,000,000 | 6,694,520<br>30,000,000×0.05×1,629/365 | 36,694,520 | 4,770,000 | 7,227,040 | 24,697,480 |
| 8 | 05. 12. 28. | 10. 5. 10. | 1,595일 | 100,000,000 | 21,849,315<br>100,000,000×0.05×1,595/365 | 121,849,315 | 3,014,502 | 23,263,158 | 95,571,655 |
| 9 | 05. 12. 28. | 10. 5. 10. | 1,595일 | 100,000,000 | 21,849,315<br>100,000,000×0.05×1,595/365 | 121,849,315 | 3,014,502 | 23,263,158 | 95,571,655 |

피고 1은 "소득세 등 원천징수되는 세금을 공제하기 전 금액이 원고들의 분기별 수익금이 되어야 한다."라고 주장하나, 위 원천징수되는 세금은 원고들에게 실질적

이익이 되는 것이 아니어서 이를 원고들이 입은 손해액을 산정함에 있어 감안할 수 없으므로(대법원 1969. 4. 29. 선고 68다1897 판결 참조), 위 피고의 위 주장은 옳지 않다.

피고 3은 "원고들의 이 사건 각 펀드 투자원금에 정기예금 이자 상당액을 가산하여 손해액을 산정한다면 그 이자 상당액에서 15.4%의 세율에 의한 이자소득세액을 공제하여야 한다."라고 주장한다. 그러나 위 5%의 이율에 의한 이자 상당액은 원고들이 얻었을 최소한의 이익을 실질적으로 보장하기 위한 것으로, 을다 제18호증의 기재만으로 원고들이 이 사건 펀드의 만기 범위 내에서 더 고율의 원금 보장 상품에 가입할 기회가 전혀 없었다고 단정하기 어려운 점, 정기예금에 들었을 경우 이 사건 각 펀드에서의 운용보수, 판매보수 등과 같은 지출이 없기 때문에 그만큼 원고들의 수익이 증가할 수 있음을 감안하여야 하는 점 등에 비추어 앞서 인정한 이자 상당액에 이자소득세 상당액을 공제하지 아니한다고 하여 원고들이 실질적인 이익을 초과하여 수익을 얻게 된다고 단정하기 어렵다. 따라서, 위 피고의 위 주장은 옳지 않다.

피고들은 "원고들이 수령한 분기별 확정수익금은 손익공제의 대상이 되므로 원고들의 펀드 가입원금에서 해지환급금을 공제한 금원에다가 과실상계를 하고 난 다음에 손익공제로서 분기별 확정수익금을 공제하여야 한다."라고 주장한다.

그러나 불법행위로 인한 손해배상액의 산정에 있어 손익공제가 허용되기 위하여는 손해배상책임의 원인인 불법행위로 인하여 피해자가 새로운 이득을 얻었고, 그 이득과 불법행위 사이에 상당인과관계가 있어야 하는바(대법원 2002. 10. 11. 선고 2002다33502 판결 등 참조), 위 각 펀드의 분기별 확정수익금은 위 각 펀드 가입 당시 당연히 예정되어 있었던 것으로서 피고들의 불법행위로 인하여 원고들이 이 사건 각 펀드에 가입하게 된 이외에 새로이 원고들이 받은 이익으로 볼 수 없다. 또, 이 사건 펀드 계약에 따르면 이 사건 펀드는 원고들의 명의로 되어 있을 뿐만 아니라 그 투자 이익과 손실도 모두 투자자인 원고들에게 귀속하게 되어 있으므로, 원고들의 손해는 가입시가 아니라 환매시 비로소 확정되고 그 손해 여부는 투자로 인한 손익 규모에 의하여 결정될 텐데(대법원 2006. 2. 9. 선고 2005다63634 판결 참조), 매분기 수익금은 손익 규모를 확정할 때에 당연히 정산되어야 할 투자이익의 일종이므로 중도해지환급금과 함께 원고들의 손해액을 확정하는 데에 이를 참작하여야지, 손해액 확정 후 과실상계를 하고 다시 여기서 매분기 수익금을 공제하는 것으로 다룰 수는 없다(대법원 2011. 7. 28. 선고 2010다101752 판결 참조).

따라서, 피고들의 위 주장은 옳지 않다.

(2) 책임 제한

앞에서 본 바와 같이 원고들은 2,000만 원부터 2억 원까지 적지 않은 금액을 투자함에 있어 자기책임의 원칙 아래 투자신탁의 개념이나 투자하는 신탁상품의 내용, 수익구조, 투자 위험성 등에 관한 내용을 사전에 정확히 파악하여 신중히 검토한 다음 투자하여야 할 것인데도, 이를 게을리 하여 펀드 가입시의 거래신청서 확인사항에 투자원금의 손실이 발생할 수 있다고 기재되어 있고, 약관 및 투자설명서를 반드시 읽어볼 것을 권고하고 있으며, 원고들이 교부받은 통장, 상품안내서 등에도 원금 손실 가능성이 있다는 경고 문언이 기재되어 있음에도 위 각 내용을 제대로 확인하지 아니한 점, 원고들에게 손해가 발생한 데에는 어느 정도 미국 서브프라임 모기지의 부실로 인하여 발생한 전 세계적인 금융위기의 영향이 있었음을 부인할 수 없는 점 등 손해의 부담을 피고들에게만 묻기 어려운 사정을 위 손해액 산정에 참작하기로 하되, 위 각 펀드 가입 전 투자 경험이 없었던 원고 4, 원고 5, 원고 6에 대하여는 과실비율을 60%로 보아 피고들의 책임을 40%로 제한하고, 위 각 펀드 가입 전 투자 경험이 있었던 원고 1, 원고 2, 원고 3, 원고 7 및 투자경험을 가지고 직접 투자결정을 한 소외 6의 본인의 지위에 있는 원고 8, 원고 9에 대하여는 과실비율을 70%로 보아 피고들의 책임을 30%로 제한하기로 한다.(원고들이 제출한 증거들만으로는 피고들이 과실상계의 적용을 받을 수 없을 정도로 원고들의 부주의를 획책 또는 유발하였다거나, 이 사건 불법행위로 인한 이익을 최종적으로 보유하게 되었다거나, 위험 포트폴리오에 편입된 종목들의 주가가 급락할 것을 사전에 예상하였음에도 이 사건 각 펀드를 발행 또는 판매하였다거나, 위험 및 보험 포트폴리오 구성에 어떠한 형태로든 관여하여 그 행위 영역으로부터 파생하는 고객 보호의무를 부담하게 되었다고 보기 어렵다.)

피고 1은 "원고들이 위 2008. 8. 25.자 안내문을 받고도 중도해지를 하지 아니하여 다른 원고들이 회수한 투자 원금 대비 환매대금의 비율에 훨씬 미치지 못하는 낮은 비율의 금액만을 환수하였는바, 이로 인하여 확대된 손해는 위 원고들의 책임 영역에 속하는 것이므로 위 원고의 손해액 산정에 이를 참작하여야 한다."고 주장한다. 그러나 이 사건 원고들의 손해는 피고들의 불완전한 정보 제공으로 인하여 이 사건 펀드의 안전성을 과신하고 투자에 이름으로써 입은 손해인데, 위와 같은 안내문을 받은 것만으로 원고들의 잘못된 인식이 시정되어 더 이상 피고들의 행위와 무관한 원고들의 투자 판단 책임만이 남게 된다고 볼 수는 없는 점, 이 사건 투자설명서에 중도환매는 바람직하지 않다고 되어 있는 데다가, 이 사건 각 펀드는 만기까지 분기별 확정수익금이 지급되고 기준가격이 변동하는 구조로서 만기시점까지 회수할 수 있는 금액을 미리 예측하기도 어려웠으며, 안내문의 문구 자체가 2008. 11월 이전에 주가가 반등할 경우 원금보장이 가능한 것으로 받아들일 여지도 있게 기재되어 있었던 점, 원고 1(이 사건 1호 펀드), 원고 2, 원고 3은 위 안내문을 받은 후 여러 모로 펀드의 위험성 및 해지로 인한 손해 규모 등에 관하여 확인한 후 중도해지한 것으로 보이고 펀드 해지 시기가 특별히 지연된 것으로 보기도 어려운 점 등에 비추어 볼 때, 위 원고들이 안내문 수령 후 즉시 펀드 해지를 하지 않았다고 하여 그에 대한 책임을 묻기는 어렵다. 따라서, 피고 1의 위 주장은 옳지 않다.

피고 3은 "피고 3과 피고 1, 피고 2가 공동불법행위책임을 지게 되더라도 피고 3의 과실 비율이 위 피고들보다 더 적게 인정되어야 한다."라고 주장한다. 그러나 공동불법행위 책임은 가해자 각 개인의 행위에 대하여 개별적으로 그로 인한 손해를 구하는 것이 아니라 그 가해자들이 공동으로 가한 불법행위에 대하여 그 책임을 추궁하는 것으로, 법원이 피해자의 과실을 들어 과실상계를 함에 있어서는 피해자의 공동불법행위자 각인에 대한 과실비율이 서로 다르더라도 피해자의 과실을 공동불법행위자 각인에 대한 과실로 개별적으로 평가할 것이 아니고 그들 전원에 대한 과실로 전체적으로 평가하여야 하므로(대법원 1997. 4. 11. 선고 97다3118 판결 참조), 위 주장은 옳지 않다.

(3) 지급할 금액

원고들의 손해액에 과실상계를 한 후 원고들의 최종손해액은 별지2 표 '최종 손해액'란 기재와 같은데, 공동불법행위자인 ◇◇은행으로부터 원고 5는 5,634,440원, 원고 6은 8,099,507원을 각 지급받았다고 자인하는바, 그 지급 금원 상당액만큼 피고 3의 채무는 변제로 소멸되었다.{피고 3은 원고 5, 원고 6의 청구에 대하여 "위 원고들이 ◇◇은행으로부터 이미 손해액을 전부 변제받았으므로, 위 원고들의 이 사건 청구는 중복배상 또는 위 변제액을 어느 단계에서 공제할 것인지에 따라 과실상계의 취지에 어긋나게 과다 배상받을 위험이 있으며, 위 피고와 ◇◇은행과의 사이에서 위 피고가 이중지급의 책임을 부담할 위험도 있다. 그러므로 위 원고들의 이 사건 청구는 부당하고, 설령 청구가 받아들여진다고 하여도 위 원고들이 위 은행으로부터 받은 금원은 손익상계 및 과실상계 후 최종적으로 산정된 손해액에서 공제되어야 한다."라고 주장한다. 그런데 을다 제17호증의 1, 2의 각 기재만으로 위 원고들이 위 피고에 대한 청구를 포기하였다고 하기 어렵고 달리 이를 인정할 증거가 없는바, 아래에서 인정하는 위 원고들의 위 피고에 대한 최종 손해액은 위 피고와 ◇◇은행의 공동불법행위책임을 묻는 것으로 위 피고가 이를 지급한 후 위 은행과의 사이에 향후 서로 구상권을 행사하는 데에 지장이 없고(대법원 1997. 10. 10. 선고 97다28391 판결 참조), 아래에서 보는 바와 같이 최종 손해액이 위 은행의 지급액을 초과하고 있다. 그러므로 이를 손익상계 및 과실상계 후 최종 손해액에서 공제하는 한 위 피고가 지적하는 위 주장과 같은 위험이 발생할 여지는 없다. 따라서, 위 피고의 위 주장은 옳지 않다.}

따라서, ① 피고 1, 피고 3은 각자 합쳐서 별지2 가.항 목록 '원고'란 기재 각 원고에게 같은 목록 '최종 손해액'란 기재의 각 금원 및 각 이에 대하여 같은 목록 '환매금 수령일'란 기재 각 일자부터(원고들은 펀드 가입일부터 지연손해금의 지급을 구하나, 이 사건 불법행위는 피고들이 원고들에게 이 사건 펀드의 안정성 내지 중도환매의 손실을 강조한 결과, 원고들이 이를 믿고 이 사건 펀드에 가입한 후 이를 계속 보유하면서 분기별 확정수익금을 수령하다가 최종적으로 환매함으로써 불법행위가 완성되고 원고들이 구하는 위 각 손해가 확정적으로 발생하게 되므로, 위 각 환매금 수령일부터 지연손해금의 지급을 명하기로 한다. 이하 다른 원고들의 청구에 대한 판단에 있어서도 마찬가지이다.) 원고 1의 이 사건 제1호 펀드 손해액 4,018,233원 중 2,733,576원에 대하여는 피고들이 그 이행의무의 존부나 범위에 관하여 항쟁함이 상당하다고 인정되는 제1심 판결 선고일인 2009. 11. 27.까지, 1,284,657원(4,018,233원 - 2,733,576원)에 대하여는 피고들이 그 이행의무의 존부나 범위에 관하여 항쟁함이 상당하다고 인정되는 당심 판결 선고일인 2011. 12. 16.까지, 원고 1의 이 사건 제2호 펀드 손해액 14,775,942원에 대하여는 피고들이 그 이행의무의 존부나 범위에 관하여 항쟁함이 상당하다고 인정되는 당심 판결 선고일인 2011. 12. 16.까지, 원고 2의 손해액 26,097,611원 중 17,631,858원에 대하여는 피고들이 그 이행의무의 존부나 범위에 관하여 항쟁함이 상당하다고 인정되는 제1심 판결 선고일인 2009. 11. 27.까지, 8,465,753원(26,097,611원 - 17,631,858원)에 대하여는 피고들이 그 이행의무의 존부나 범위에 관하여 항쟁함이 상당하다고 인정되는 당심 판결 선고일인 2011. 12. 16.까지, 원고 3의 손해액 5,365,876원 중 3,639,849원에 대하여는 피고들이 그 이행의무의 존부나 범위에 관하여 항쟁함이 상당하다고 인정되는 제1심 판결 선고일인 2009. 11. 27.까지, 1,726,027원(5,365,876원 - 3,639,849원)에 대하여는 피고들이 그 이행의무의 존부나 범위에 관하여 항쟁함이 상당하다고 인정되는 당심 판결 선고일인 2011. 12. 16.까지 각 민법이 정한 연 5%, 각 그 다음날부터 다 갚는 날까지 소송촉진 등에 관한 특례법이 정한 연 20%의 각 비율로 계산한 지연손해금을 지급할 의무가 있고,

② 피고 3은 별지2 나.항 목록 '원고'란 기재 각 원고에게 같은 목록 '최종 손해액'란 기재의 각 금원 및 각 이에 대하여 같은 목록 '환매금 수령일'란 기재 각 일자부터 피고들이 그 이행의무의 존부나 범위에 관하여 항쟁함이 상당하다고 인정되는 당심 판결 선고일인 2011. 12. 16.까지 민법이 정한 연 5%, 그 다음날부터 다 갚는 날까지 소송촉진 등에 관한 특례법이 정한 연 20%의 각 비율로 계산한 지연손해금을 지급할 의무가 있고,

③ 피고 2, 피고 3은 각자 합쳐서 별지2 다.항 목록 '원고'란 기재 각 원고에게 같은 목록 '최종 손해액'란 기재의 각 금원 및 각 이에 대하여 같은 목록 '환매금 수령일'란 기재 각 일자부터 피고들이 그 이행의무의 존부나 범위에 관하여 항쟁함이 상당하다고 인정되는 당심 판결 선고일인 2011. 12. 16.까지 민법이 정한 연 5%, 그 다음날부터 다 갚는 날까지 소송촉진 등에 관한 특례법이 정한 연 20%의 각 비율로 계산한 지연손해금을 지급할 의무가 있다.

### 3. 결론

그렇다면 원고들의 피고들에 대한 청구는 위 인정범위 내에서 정당하여 이를 받아들이고 나머지 청구는 부당하여 이를 기각할 것인바, 당심에서 확장 또는 감축된 청구를 포함하여 제1심 판결 중 예비적 청구에 관한 부분을 위와 같이 변경한다.

조희대(재판장) 심활섭 이성용

[별지 생략]

# 서울고등법원 2012. 7. 3. 선고 2012나12209 판결

【판시사항】 공공용지의 협의취득에 따른 토지의 환매권 발생시기와 환매권 통지의 무를 게을리 한 경우 손해배상의 책임 및 범위

【원고】 원고(소송대리인 변호사 안재중)

【피고】 한국수자원공사(소송대리인 변호사 허이훈)

【주문】

1. 제1심 판결 중 "피고는 원고에게 964,428,467원과 이에 대하여 2009. 3. 20.부터 2012. 7. 3.까지는 연 5%, 그 다음 날부터 다 갚는 날까지는 연 20%의 각 비율로 계산한 돈을 지급하라."라는 것보다 초과하여 지급할 것을 명한 피고 패소 부분을 취소하고, 그 취소 부분에 해당하는 원고의 청구를 기각한다.
2. 원고의 부대항소 및 피고의 나머지 항소를 각 기각한다.
3. 소송총비용은 이를 8등분 하여 그 1은 원고가, 나머지는 피고가 각 부담한다.

【이유】

## 1. 기초 사실

가. 피고는 한국수자원공사법(2001. 1. 16. 법률 제6366호로 개정되기 전의 것) 제10조 제1항에 근거하여 '수도권 광역 상수도사업'(이하 '이 사건 수도사업'이라 한다)을 위한 실시계획승인을 얻은 후, 이 사건 수도사업 부지로 사용하기 위하여 구 공공용지의 취득 및 손실보상에 관한 특례법(2002. 2. 4. 법률 제6656호로 폐지되기 전의 것, 이하 '특례법'이라 한다)의 규정에 따라 원고로부터 아래와 같이 원고 소유의 토지를 협의매수하였다.

(1) 피고는 1998. 4. 27. 원고로부터 용인시 기흥구 ○○동 668-10 답 73㎡(이하 '이 사건 1토지'라 한다)를 대금 16,279,000원, 같은 동 668-11 답 2,001㎡(이하 '이 사건 2토지'라 한다)를 대금 459,229,500원, 같은 동 668-13 답 46㎡(이하 '이 사건 3토지'

라 한다)를 대금 10,557,000원에 각 협의매수한 후 원고에게 위 대금을 지급하였고, 1998. 5. 1. 이 사건 1, 2, 3토지에 관하여 국(관리청 건설교통부, 이하 '국'이라고 한다) 앞으로 1998. 4. 27. 공공용지 협의취득을 원인으로 한 소유권이전등기를 마쳤다.

(2) 피고는 1998. 5. 20. 원고로부터 용인시 기흥구 ○○동 667-1 답 480㎡(이하 '이 사건 4토지'라 한다)를 대금 104,160,000원에 협의매수한 후 원고에게 위 대금을 지급하였고, 1998. 5. 21. 이 사건 4토지에 관하여 국 앞으로 1998. 5. 20. 공공용지 협의취득을 원인으로 한 소유권이전등기를 마쳤다.

나. 그 후 이 사건 1, 2, 3, 4토지(이하 '이 사건 각 토지'라 한다)는 그 지목이 수도용지로 변경되었고, 2001. 6. 25. 용인시 기흥구 ○○동 667-1 수도용지 3,268㎡로 합병되었다.

다. 한편 경기도지사는 2001. 12. 26. 이 사건 각 토지를 포함한 용인시 기흥구 ○○동 일대를 용인 흥덕지구 택지개발 예정지구로 지정하고, 한국토지공사(2009. 10. 1. 대한주택공사와 합병되어 한국토지주택공사가 되었다, 이하 합병 전후를 통틀어 '소외 공사'라 한다)를 용인 흥덕지구 택지개발사업(이하 '이 사건 택지개발사업'이라 한다)의 시행자로 지정하였으며, 2004. 2. 16. 이 사건 택지개발사업의 실시계획을 승인하여 같은 날 이를 고시(이하 '이 사건 택지개발사업 승인·고시'라 한다)하였고, 그 후 2004. 12. 27. 택지개발예정지구의 면적 증가와 개발기간의 연장 등을 내용으로 하는 택지개발계획 변경 및 실시계획 변경을 승인하여 같은 날 이를 고시(이하 '이 사건 계획변경 승인·고시'라 한다)하였다.

라. 그 후 피고는 소외 공사와 사이에 2005. 6. 21.경 이 사건 택지개발사업 때문에 이설이 필요하게 된 수도권 광역 상수도 관로 이설사업(이하 '이 사건 이설사업'이라 한다)에 관하여 소외 공사가 관로 이설에 드는 비용은 전액 부담하고, 기존 수도부지에 대한 사용, 취득 및 지목변경 등 재산권 처리에 관한 업무를 피고와 협의하여 처리하며, 기존 수도부지는 소외 공사에, 대체 수도부지는 국에 상호 무상귀속시키는 것을 주된 내용으로 하는 합의(이하 '이 사건 합의'라 한다)를 하였고, 이 사건 합의에 따라 기존 수도부지에 포함된 이 사건 각 토지에 관하여 2007. 10. 4. 소외 공사 앞으로 무상귀속을 원인으로 하는 소유권이전등기를 마쳤다.

마. 이 사건 택지개발사업 후 구획정리에 따라 이 사건 각 토지는 용인시 기흥구

○○동 969 대지의 일부가 되어 공동주택용지로 사용되고 있다.

[인정 근거] (생략)

## 2. 손해배상책임의 발생

### 가. 이 사건 각 토지에 대한 환매권 발생 시기

#### (1) 당사자들의 주장

원고는 "경기도지사의 2004. 12. 27.자 이 사건 계획변경 승인·고시 당시 이에 첨부된 수도결정조서에 따라 관로 이설 계획이 확정됨으로써 이 사건 각 토지가 이 사건 수도사업에 필요가 없어졌다고 볼 만한 객관적인 사정이 발생하였는바, 이 사건 계획변경 승인·고시가 이루어진 2004. 12. 27.경 이 사건 각 토지에 대한 환매권이 발생하였다."라고 주장한다.

피고는 "이 사건 각 토지가 이 사건 수도사업이 아닌 이 사건 택지개발사업에 사용되기로 하는 내용의 이 사건 계획변경 승인·고시가 있었다 하더라도, 그러한 사정만으로 이 사건 각 토지가 이 사건 수도사업에 필요가 없어졌다고 볼 만한 객관적인 사정이 발생하였다고 볼 수 없고, 이 사건 이설사업에 따라 이 사건 각 토지에 있던 수도관로를 대체할 대체시설로가 준공되고 그 통수가 완전히 이루어진 2008. 3. 20.경에 이르러서야 이 사건 각 토지가 이 사건 수도사업에 필요가 없어졌다고 볼 만한 객관적인 사정이 발생한 것이다."라고 다툰다.

#### (2) 판단

특례법 제9조 제1항은 "토지 등의 취득일부터 10년 이내에 당해 공공사업의 폐지·변경 기타의 사유로 인하여 취득한 토지 등의 전부 또는 일부가 필요 없게 되었을 때에는 취득 당시의 토지 등의 소유자 또는 그 포괄승계인(이하 '환매권자'라 한다)은 필요 없게 된 때로부터 1년 또는 취득일부터 10년 이내에 토지 등에 대하여 지급한 보상금의 상당금액을 사업시행자에게 지급하고 그 토지 등을 매수할 수 있다."라고 규정하고 있고, 특례법의 폐지 후 제정된 공익사업을 위한 토지 등의 취득 및 보상에 관한 법률(이하 '공익사업법'이라 한다) 제91조 제1항도 같은 취지의 규정을 두고 있는데, 이 사건 각 토지는 특례법에 따라 피고가 협의매수한 토지로서 공익사업법 부칙 제2조, 제9조에 따라 그 환매에 관하여 공익사업법의 규정이 적용되어야 한다(대법원 2006. 12. 21. 선고 2006다49277 판결 등 참조). 위 조항에서 정하는 '당해 공공사업'이라 함은 토지의 협의취득 목적이 된 구체적인 공공사업을 가리키는 것으로서, 당해 공공사업의 '폐지·변경'이라 함은 당해 공공사업을 아예 그만두거나 다른 공공사업으로 바꾸는 것을 의미하고, 취득한 토지 등의 전부 또는 일부가 '필요 없게 되었을 때'라고 함은 사업시행자가 취득한 토지 등의 전부 또는 일부가 그 취득 목적 사업을 위하여 사용할 필요 자체가 없어진 경우를 의미하며, 협의취득 된 토지가 필요 없게 되었는지는 사업시행자의 주관적인 의사를 표준으로 할 것이 아니라 당해 사업의 목적과 내용, 협의취득의 경위와 범위, 당해 토지와 사업의 관계, 용도 등 여러 사정에 비추어 객관적·합리적으로 판단하여야 한다(대법원 1997. 11. 11. 선고 97다36835 판결 등 참조).

이러한 법리에 따라 살피건대, 앞서 본 사실관계 및 을 제1에서 3호증의 각 기재에 변론 전체의 취지를 보태어 인정되는 다음과 같은 사정, 즉, ① 이 사건 각 토지가 이 사건 택지개발사업 구역에 포함되어 있으나, 이 사건 수도사업은 이 사건 택지개발사업보다 훨씬 넓은 범위의 경기도 일원에 상수도 시설을 설치하는 사업인 점, ② 이 사건 각 토지는 모두 그 지목이 수도용지로 변경된 이래 이 사건 택지개발사업 승인·고시와 이 사건 계획변경 승인·고시 이후에도 상당기간 그 지목이 수도용지로 남아있었던 점, ③ 이 사건 택지개발사업 승인·고시와 이 사건 계획변경 승인·고시 이후에도 이 사건 각 토지에 설치된 수도관로가 용인 흥덕지구 내 광역 상수도로 계속하여 이용되어 오다가, 이 사건 이설사업에 따라 이 사건 각 토지에 설치된 수도관로를 대체하여 이설된 수도관로의 통수가 2008. 3. 20.에 이르러서야 완전히 이루어진 점, ④ 그런데 환매권이 행사되면 사업시행자는 환매대상 토지에 관한 소유권이전등기의무를 부담하게 될 뿐만 아니라 환매대상 토지를 즉시 인도할 의무도 부담하게 되는 점 등 여러 사정을 종합하여 보면, 이 사건 택지개발사업이 이 사건 수도사업과 모순되는 것으로서 이 사건 택지개발사업 승인·고시와 이 사건 계획변경 승인·고시만으로 이 사건 수도사업 중 이 사건 택지개발사업과 중복되는 토지에 관한 부분이 폐지·변경되었다고 볼 수는 없고, 이 사건 이설사업에 따라 이 사건 각 토지에 설치된 수도관로를 대체할 이설된 수도관로의 통수가 완전히 이루어진 2008. 3. 20.에 이르러서야 비로소 이 사건 각 토지가 이 사건 수도사업에 필요 없게 되었다고 봄이 상당하다.

따라서 이 사건 각 토지에 대한 환매권은 2008. 3. 20. 각 발생하였다고 할 것이므로, 이와 같은 취지의 피고 주장은 이유 있는 반면 이를 다투는 원고의 주장은 이유 없다.

나. 환매권 통지의무의 해태로 말미암은 손해배상책임의 발생

(1) 공익사업법 제92조 제1항은 "사업시행자는 제91조 제1항 및 제2항에 따라 환매할 토지가 생겼을 때에는 지체없이 그 사실을 환매권자에게 통지하여야 한다. 다만, 사업시행자가 과실 없이 환매권자를 알 수 없을 때에는 대통령령으로 정하는 바에 따라 공고하여야 한다."라고 규정하고 있는바, 이러한 규정의 취지는 원래 공적인 부담 최소한의 요청과 비자발적으로 소유권을 상실한 원소유자를 보호할 필요성 및 공평의 원칙 등 환매권을 규정한 입법이유에 비추어 공익목적에 필요 없게 된 토지가 있을 때에는 먼저 원소유자에게 그 사실을 알려 주어 환매할 것인지를 최고하도록 함으로써 법률상 당연히 인정되는 환매권 행사의 실효성을 보장하기 위한 것이라고 할 것이므로 위 규정은 단순한 선언적인 것이 아니라 기업자(사업시행자)의 법적인 의무를 정한 것이라고 보아야 할 것인바, 공익사업법상의 사업시행자가 위 각 규정에 따른 통지나 공고를 하여야 할 의무가 있는데도 불구하고 이러한 의무를 위배한 채 원소유자 등에게 통지나 공고를 하지 아니하여, 원소유자 등으로 하여금 환매권 행사기간이 도과되도록 하여 이 때문에 법률에 따라 인정되는 환매권 행사가 불가능하게 되어 환매권 그 자체를 상실하게 하는 손해를 입힌 때에는 원소유자 등에 대하여 불법행위를 구성한다(대법원 2000. 11. 14. 선고 99다45864 판결 등 참조).

이러한 법리에 비추어 살피건대, 이 사건 각 토지에 대한 환매권이 2008. 3. 20. 각 발생한 사실은 앞서 본 바와 같고, 피고가 원고에게 이 사건 각 토지에 대한 환매권이 발생하였음을 통지하지 아니한 사실은 당사자 사이에 다툼이 없는바, 이 사건 수도사업의 사업시행자인 피고로서는 원고에게 이 사건 각 토지에 대한 환매권이 발생하였음을 통지하여야 할 의무가 있었다 할 것인데, 피고가 그 통지의무를 이행하지 아니하여 원고는 이 사건 각 토지에 대한 환매권을 행사하지 못하였고, 이에 따라 원고는 이 사건 각 토지에 대한 환매권을 피고가 이 사건 각 토지의 소유권을 취득한 날로부터 10년 및 원고의 환매권 발생일로부터 1년이 경과한 2009. 3. 20.에 그 제척기간의 도과로 인하여 상실하는 손해를 입었다고 할 것이므로, 피고는 원고에게 이로 말미암은 손해를 배상할 책임이 있다.

(2) 피고는 "피고가 2005. 6. 21. 소외 공사와 사이에 기존 수도부지에 대한 사용, 취득 및 지목변경 등 재산권 처리에 관한 업무를 소외 공사가 처리하기로 하는 내용의 이 사건 합의를 하였고, 그 후 기존 수도부지에 포함된 이 사건 각 토지에 관하여

2007. 10. 4. 소외 공사 앞으로 소유권이전등기가 마쳐졌으므로, 공익사업법 제92조 제1항에 따른 환매권 통지의무를 부담하는 자는 피고가 아닌 소외 공사이고, 설령 피고에게 통지의무가 있다 하더라도 피고로서는 소외 공사가 이 사건 합의에 따라 원고에게 환매권 통지의무를 이행하리라는 점을 믿은 데 정당한 사유가 있어 그 의무 위반에 귀책사유가 없는바, 피고는 원고에게 환매권 상실로 말미암은 불법행위 책임을 지지 않는다."라고 주장한다.

그러나 이 사건 합의에서 정한 기존 수도부지에 대한 재산권 처리에 관한 업무에 기존 수도부지에 대한 환매 관련 업무가 포함된다고 단정하기 어려울 뿐만 아니라, 설령 그 재산권 처리에 관한 업무에 환매 관련 업무가 포함된다고 보더라도, 위 합의는 피고와 소외 공사 사이의 내부적인 약정으로 소외 공사가 피고를 대신하여 환매 관련 행위를 하기로 한 것에 불과할 뿐(더욱이 앞서 본 바와 같이 소외 공사는 이 사건 합의에서 기존 수도부지에 대한 재산권 처리에 관한 업무를 처리함에 있어 피고와 협의하여 한다고 약정한 바 있다), 이 사건 합의와 상관없이 여전히 공익사업법 제92조 제1항에 따른 환매권 통지의무는 위 조항에서 정한 이 사건 수도사업의 사업시행자인 피고가 부담한다고 할 것이다. 또, 소외 공사가 이 사건 합의에 따라 원고에게 환매권 통지를 할 것으로 피고가 믿었고, 실제로 피고가 소외 공사에 그 통지의무를 이행할 것을 촉구한 바가 있다고 하더라도, 그런 사정만으로 피고가 공익사업법상 사업시행자로서 부담하는 법률상 의무를 이행하지 않은 데에 정당한 사유가 있다거나 귀책사유가 없다고 볼 수는 없다.

그러므로 이와 다른 전제에 선 피고의 위 주장은 옳지 않다.

### 3. 손해배상의 범위

#### 가. 손해배상액 산정의 원칙

특례법상 원소유자 등의 환매권 상실로 말미암은 손해배상액은 환매권 상실 당시의 목적물의 시가에서 환매권자가 환매권을 행사하였을 경우 반환하여야 할 환매가격을 뺀 금원으로 정하여야 할 것이므로, 환매권 상실 당시의 환매목적물의 감정평가금액이 특례법 제9조 제1항 소정의 '지급한 보상금'에 그때까지의 당해 사업과 관계없는 인근 유사토지의 지가변동률[(원래 지가 + 지가상승액) ÷ 원래 지가]을 곱한 금액보다 적거나 같을 때에는 위 감정평가금액에서 위 '지급한 보상금'을 빼는 방법으로 계산하면 되지만, 이를 초과할 때에는 [환매권 상실 당시의 감정평가금액 - {환매권 상실 당시의 감정평가금액 - 지급한 보상금 × 지가상승률(지가상승액 ÷ 원래 지가)}]로 산정한 금액, 즉, 위 '지급한 보상금'에 당시의 인근 유사토지의 지가상승률을 곱한 금액이 손해로 되고(대법원 2000. 11. 14. 선고 99다45864 판결 등 참조), 이는 공익사업법에 따른 환매권 상실의 경우에도 마찬가지이다.

나. 손해배상액의 산정

(1) 앞서 본 사실관계 및 갑 제6호증의 1, 2의 각 기재와 제1심 감정인 박재규의 시가감정 결과에 변론 전체의 취지를 보태어 보면, 피고가 원고에게 지급한 이 사건 각 토지에 대한 보상금, 이 사건 각 토지에 대한 환매권 상실 무렵의 이 사건 각 토지의 감정평가금액, 이 사건 각 토지에 대한 협의취득일부터 이 사건 각 토지에 대한 환매권 상실 무렵까지의 이 사건 수도사업과 관계없는 인근 유사토지인 용인시 기흥구 ○○동 42 답의 지가변동률과 지가상승률은 아래와 같다.

| 환매대상 토지 | 보상금 | 환매권 상실 무렵의 감정평가금액 | 인근 유사토지의 지가변동률 | 인근 유사토지의 지가상승률 |
|---|---|---|---|---|
| 이 사건 1토지 | 16,279,000원 | 183,230,000원 | 263.4%[1] | 163.4%[2] |
| 이 사건 2토지 | 459,229,500원 | 5,022,510,000원 | 위와 같음 | 위와 같음 |
| 이 사건 3토지 | 10,557,000원 | 115,460,000원 | 위와 같음 | 위와 같음 |
| 이 사건 4토지 | 104,160,000원 | 1,208,160,000원 | 위와 같음 | 위와 같음 |

위 인정 사실에 의하면, 이 사건 1토지의 환매권 상실 무렵 감정평가금액이 183,230,000원으로 그 토지에 대한 보상금 16,279,000원에 인근 유사토지의 지가변동률 263.4%를 곱한 42,878,886원(16,279,000원 × 263.4%)을 초과하고, 이 사건 2토지의 환매권 상실 무렵 감정평가금액이 5,022,510,000원으로 그 토지에 대한 보상금 459,229,500원에 인근 유사토지의 지가변동률 263.4%를 곱한 1,209,610,503원(459,229,500원 × 263.4%)을 초과하며, 이 사건 3토지의 환매권 상실 무렵 감정평가금액이 115,460,000원으로 그 토지에 대한 보상금 10,557,000원에 인근 유사토지의 지가변동률 263.4%를 곱한 27,807,138원(10,557,000원 × 263.4%)을 초과하고, 이 사건

1 2009. 3. 20. 무렵 ㎡당 개별공시지가 498,000원 ÷ 1998. 5. 1. 당시 ㎡당 개별공시지가 189,000원 × 100%, 원고의 계산 방식에 따라 소수점 두 자리 이하 버림, 이하 같다.

2 ㎡당 개별공시지가 상승액 309,000원 ÷ 위 189,000원 × 100%

4토지의 환매권 상실 무렵 감정평가금액이 1,208,160,000원으로 그 토지에 대한 보상금 104,160,000원에 인근 유사토지의 지가변동률 263.4%를 곱한 274,357,440원(104,160,000원 × 263.4%)을 초과함은 계산상 명백하므로, 이 사건 각 토지의 환매권 상실에 따른 원고의 손해액은 이 사건 각 토지에 대한 보상금에 인근 유사토지의 지가상승률을 곱한 금액이라 할 것인바, 이에 따라 원고의 손해액을 산정하면 아래와 같다.

① 이 사건 1토지: 26,599,886원(16,279,000원 × 163.4%)

② 이 사건 2토지: 750,381,003원(459,229,500원 × 163.4%)

③ 이 사건 3토지: 17,250,138원(10,557,000원 × 163.4%)

④ 이 사건 4토지: 170,197,440원(104,160,000원 × 163.4%)

⑤ 합계: 964,428,467원(26,599,886원 + 750,381,003원 + 17,250,138원 + 170,197,440원)

(2) 피고는 "원고가 이 사건 택지개발사업 승인·고시 당시 이 사건 각 토지가 환매의 대상이 된다는 것을 알았거나 알 수 있었음에도 환매권을 행사하지 않음으로써 환매권이 소멸된 것이므로, 이러한 원고의 과실을 손해배상의 범위를 정함에 있어 이를 참작하여야 한다."라고 주장한다.

그러나 원고가 이 사건 택지개발사업 승인·고시 당시 이 사건 각 토지에 대한 환매권이 발생하였다는 것을 알았거나 알 수 있었다고 인정할 증거가 없을 뿐 아니라, 피고의 위 주장은 결국 피고 자신의 불법행위를 방지하지 아니한 것 자체가 원고의 과실이라는 취지에 불과하므로 원고에게 환매권의 행사를 강요하는 것과 다를 바 없고, 현실적으로 환매대상 토지의 원소유자가 그 토지의 소유권 이전 후의 변동 상황을 일일이 확인한다는 것은 곤란하고, 그러한 사정을 감안하여 특례법 및 공익사업법에서 사업시행자의 환매권 발생 통지의무를 명시하였다는 점을 고려할 때, 토지의 원소유자에게 환매대상 토지의 상황을 주시하였다가 환매권을 행사하여야 할 의무가 있다고 보기 어려우므로, 피고의 위 주장은 어느 모로 보나 받아들일 수 없다.

다. 손해배상액

따라서 피고는 이 사건 각 토지에 대한 환매권 상실에 따른 손해배상으로 원고에게 964,428,467원과 이에 대하여 이 사건 각 토지에 대한 환매권이 상실된 날인 2009. 3. 20.부터 피고가 그 이행의무의 존재 여부나 범위에 대하여 다툼이 상당하다고 인정되는 당심 판결 선고일인 2012. 7. 3.까지는 민법이 정한 연 5%의, 그 다음 날부터 다 갚는 날까지는 소송촉진 등에 관한 특례법이 정한 연 20%의 각 비율로 계산한 지연손해금을 지급할 의무가 있다.(원고는 "이 사건 각 토지에 대하여 2004. 12. 27.경 발생한 환매권은 피고가 위 각 토지의 소유권을 취득한 때로부터 10년이 지난 2008. 5. 1. 또는 같은 달 21. 상실되었다."라고 주장하며, 위 손해배상금에 대하여 위 2008. 5. 1. 또는 같은 달 21.부터의 지연손해금을 구하나, 이 사건 각 토지에 대한 환매권은 2008. 3. 20. 발생하였고 원고는 그 발생일로부터 1년이 경과한 2009. 3. 20.에 이르러서야 그 제척기간의 도과로 인하여 이를 상실하였음은 앞서 본 바와 같으므로, 피고는 위 2009. 3. 20. 이후 위 손해배상금에 대한 지체책임을 부담한다고 할 것인바, 원고의 지연손해금 청구 중 위 인정 범위를 초과하는 부분은 부당하다.)

### 4. 결론

그렇다면 원고의 이 사건 청구는 위 인정 범위 내에서 이를 받아들이고, 나머지 청구는 이를 기각할 것인바, 제1심 판결 중 위 인정 범위를 초과하여 지급을 명한 피고 패소 부분은 부당하므로 이를 취소하고 그 취소 부분에 해당하는 원고의 청구를 기각하며, 원고의 부대항소 및 피고의 나머지 항소는 이를 각 기각한다.

조희대(재판장) 홍기만 한성수

제 2 장

# 형사판결

형사판결 1

# 부산고등법원 2006. 3. 9. 선고 2005노723 판결

【양형과 갱생】

피고인들은 공소외인이 주도한 범죄조직에 직접 또는 간접으로 연루되어 앞서 본 각 범행을 저질렀는바, 이와 같은 범행은 사회가 가장 경계하는 범죄이므로 엄단하지 않을 수 없다.

다만, 피고인들은 범행 후에 피해자들 중 상당수와 합의를 하였을 뿐만 아니라 자신들의 잘못을 반성하고 있다.

따라서, 피고인들이 저지른 각 범행의 횟수와 내용 및 정도, 범행의 동기, 수단과 결과, 범행 후의 정황, 피고인들의 전과와 연령, 성행, 지능과 환경, 그 밖의 양형에 관한 여러 조건을 참작하여 피고인들에게 형을 선고한다.

피고인들은 이처럼 법에 정해진 형의 선고를 피할 수는 없지만, 낙담하지 말고 갱생의 길을 가야 한다. 피고인들이 처한 이 상황은 누구의 탓도 아니요, 스스로 선택한 결과이다. 마찬가지로 피고인들의 미래도 지금부터 어떤 선택을 하느냐에 달려 있다.

다행히 피고인들은 개과천선을 다짐하고 있다. 피고인들은 그 결심을 한시도 놓치지 말아야 한다. 그리고 실천에 옮겨야 한다. 그 실천의 방법으로 어떤 피고인은 고향을 떠나겠다고 하고, 어떤 피고인은 아예 속세를 떠나겠다고 한다. 그렇지만 진정한 실천은 그래서 되는 것이 아니다. 이제부터라도 범죄조직과의 고리를 끊고 어떤 도움도 바라지 말아야 한다. 감옥에서 벗어날 궁리만 하지 말고, 매일 부모에게 감사하는 마음으로 절하고, 가족들의 건강과 안녕을 빌며 지내야 한다. 이런 지극한 마음이 쌓여야 자신을 변화시킬 수 있다. 그렇지 않고는 고향을 떠나고 속세를 떠나고 목숨을 내놓더라도 소용이 없다.

피고인들은 출감하기 전에 모든 원한을 버려야 한다. 모두 자신의 잘못이라고 참회하고 원망하지 말아야 한다. 쇠의 녹은 쇠에서 나와 쇠를 갉아 먹듯이, 악은 그 사람의 마음에서 나와 그 사람을 파멸시킨다. 참고 또 참아 악행을 삼가야 한다.

피고인들이 교도소에서 빨리 벗어나고 싶은 것은 당연지사이다. 그러나 몸은 갇혀 있어도 뉘우쳐 악행을 하지 않으면 자유인이다. 밖에서 지내도 나쁜 생각을 하고 범행을 되풀이 하면 창살 없는 감옥이다. 피고인들이 진정으로 벗어나야 할 것은 과거의 잘못된 생활이다. 평생을 허망하게 보낼 수는 없지 않은가. 피고인들은 젊기 때문에 아직 늦지 않았다. 이 난관을 기필코 돌파하여 남은 인생을 행복하게 살아야 한다. 피고인들은 그렇게 할 수 있고 반드시 그렇게 해야 한다.

조희대(재판장) 고재민 박준용

형사판결 2

# 서울고등법원 2006. 10. 26. 선고 2006노1489 판결

【판시사항】 월경 전 증후군 증상이 있는 여성의 심신장애 여부

【항소인】 피고인

【원심판결】 춘천지방법원 강릉지원 2006. 7. 10. 선고 2006고합25 판결

【주문】

원심판결을 파기한다.

피고인을 징역 2년에 처한다.

원심판결 선고 전의 구금일수 109일을 위 형에 산입한다.

【이유】

## 1. 항소이유의 요지

가. 심신장애

피고인이 이 사건 각 범행 당시 생리기간 중의 충동조절장애로 인하여 심신상실 또는 심신미약의 상태에 있었음에도 불구하고, 원심은 이를 인정하지 않았으니, 원심판결에는 이 점에 관하여 사실을 오인하거나 법리를 오해하여 판결에 영향을 미친 위법이 있다.

나. 양형부당

원심이 피고인에게 선고한 형(징역 3년)이 너무 무거워서 부당하다.

## 2. 판단

자신의 충동을 억제하지 못하여 범죄를 저지르게 되는 현상은 정상인에게서도 얼마든지 찾아볼 수 있는 일로서, 특단의 사정이 없는 한 위와 같은 성격적 결함을 가진 자에 대하여 자신의 충동을 억제하고 법을 준수하도록 요구하는 것이 기대할 수 없는 행위를 요구하는 것이라고는 할 수 없으므로, 원칙적으로 충동조절장애와 같은

성격적 결함은 형의 감면사유인 심신장애에 해당하지 아니한다고 봄이 상당하고, 다만 그 이상으로 사물을 변별할 수 있는 능력에 장애를 가져오는 원래의 의미의 정신병이 도벽의 원인이라거나 혹은 도벽의 원인이 충동조절장애와 같은 성격적 결함이라 할지라도 그것이 매우 심각하여 원래의 의미의 정신병을 가진 사람과 동등하다고 평가할 수 있는 경우에는 그로 인한 절도 범행은 심신장애로 인한 범행으로 보아야 할 것이다(대법원 2002. 5. 24. 선고 2002도1541 판결 참조).

원심이 적법하게 조사하여 채택한 증거들에 의하면, ◇◇신경정신과의원 의사 이○○은 1996. 8월부터 같은 해 12월경까지 및 2000년경 충동조절장애의 일종인 '병적도벽' 증상으로 수회에 걸쳐 피고인을 치료한 결과, 피고인이 실제 돈이 필요한 것도 아니면서 무언가 충동이 있을 때 본인의 의지와 관계없이 물건을 훔치게 되는 충동조절장애를 10세 때부터 앓고 있었는데, 위 질환은 여자의 경우 생리기간 중에 더 심할 수 있다고 한 사실, 피고인은 이 사건 각 범행과 유사한 절도 범행으로 수회에 걸쳐 처벌받은 전력이 있는데, 특히 대전지방법원 1997. 6. 27. 선고 96고합379, 96감고27호 판결에서 피고인의 상습절도 등 범죄사실에 대하여 치료감호소장 작성의 정신감정결과통보의 기재를 참작하여 피고인이 위 범행을 병적절도와 월경 전 증후군 등으로 인한 심신미약 상태에서 저지른 것으로 인정하여 형법 제10조 제2항 소정의 법률상 감경을 하여 징역 1년 6월 및 치료감호를 선고하였고, 서울서부지방법원 2004. 2. 5. 선고 2003고합379, 2003감고19 판결에서 피고인의 상습절도 범행 중 일부를 월경 전 불쾌기분장애, 병적도벽 등으로 인하여 심신상실 상태에서 저지른 것으로 인정하여 징역 1년 6월 및 치료감호를 선고한 사실, 피고인은 치료감호소에서 약을 먹는 등으로 치료를 받다가 2006. 1. 27. 치료감호 가종료 결정으로 출소하였으나, 앞서 본 바와 같이 절도 전에는 억제할 수 없는 충동과 불안감이 일어났다가 절도 후에는 쾌감을 느끼게 되는 등의 '병적도벽' 증상 등을 완치하지 못한 상태에서 2006. 3. 23. 먹던 약마저 떨어져 먹지 못하고 있다가 이 사건 각 범행 당시 생리 중이어서 위와 같은 증상이 더욱 가중되어, 이 사건 당시 사는 곳이 아닌 강릉에 있는 중학교 교무실의 책상 위에 놓인 피해자 김□□ 소유의 핸드백을 보게 되자 억제할 수 없는 충동에 의하여 순간적으로 이를 절취한 사실을 인정할 수 있고, 이에 어긋나는 치료감호소 의사 김△△ 작성의 피고인에 대한 정신감정서(수사기록 제178쪽 이하)의 일부 기재는 믿지 아니한다.

그렇다면 피고인은 이 사건 각 범행 당시 월경으로 인하여 병적도벽 등의 성격적 결함이 심각하여 기분의 불안정성과 충동을 더욱 증가시켜 절도의 충동을 억제하지 못하는 비정상적인 상황을 야기함으로써 심신장애의 상태에 있었다 할 것이나, 그 장애의 정도는 사물변별능력이나 의사결정능력을 상실케 할 정도에는 이르지 아니하고, 다만 자신이 하는 행위의 옳고 그름을 변별하고, 그 변별에 따른 행동을 제어하는 능력이 미약해진 상태에서 일련의 이 사건 각 범행에 이르게 된 것으로 인정되므로, 피고인의 위 심신장애 주장은 심신미약을 인정하는 범위 내에서 이유 있다.

### 3. 결론

따라서, 원심판결에는 위와 같은 파기사유가 있으므로 나머지 양형부당 주장에 대하여 판단할 필요 없이 형사소송법 제364조 제6항에 의하여 원심판결을 파기하고, 변론을 거쳐 다시 다음과 같이 판결한다.

【범죄사실과 증거의 요지】

(생략)

【법령의 적용】

(생략)

이상의 이유로 주문과 같이 판결한다.

조희대(재판장) 조철호 이진규

형사판결 3

# 서울고등법원 2007. 5. 29. 선고 2005노2371 판결

【판시사항】 주식회사의 이사가 적정한 가격보다 현저히 낮은 금액으로 전환사채를 발행하여 본인 또는 제3자에게 인수시킨 경우, 회사에 대하여 주식의 적정가격과 사채발행 가격의 차액에 상당하는 손해를 가한 업무상 배임죄가 성립한다.

【이유】

## 1. 사건 개요

원심은 이 사건 특정경제범죄 가중처벌 등에 관한 법률 위반(배임)의 공소사실에 대하여, 피고인들이 이른바 '☆☆☆☆'의 대표이사와 이사로서의 업무상 임무에 위배함으로써 공소외 이○○ 등에게 재산상 이익을 취득하게 하고 ☆☆☆☆에게 손해를 가한 사실은 인정되지만, 이○○ 등으로 하여금 취득하게 한 재산상 이익의 가액을 구체적으로 산정할 수 없어 이득액을 기준으로 가중처벌하는 특정경제범죄 가중처벌 등에 관한 법률 위반(배임)죄로 의율할 수는 없으므로 무죄라고 이유에서 판단하고, 이 사건 공소사실의 범위 내에 있는 그 판시 업무상 배임죄를 유죄로 인정하였다. 피고인들과 검사는 이에 대하여 각 항소를 제기하였다. 여기서 이 사건 공소사실, 원심의 판단, 항소이유의 요지를 차례로 살펴본 후, 이 법원의 판단을 밝히고자 한다.

## 2. 공소사실

피고인 1은 1993. 9.경부터 2002. 6.경까지 관광객 이용 시설업 등을 목적으로 설립된 ▽▽▽▽ 주식회사(1997. 10. 1. △△☆☆☆☆ 주식회사로 상호를 변경하였는바, 이하 '☆☆☆☆'라고 한다.)의 대표이사로 근무하면서 ☆☆☆☆의 경영 전반을 총괄하는 업무에 종사하던 자, 피고인 2는 1993. 11.경부터 ☆☆☆☆ 경영지원실장(상무이사)으로 근무하며 ☆☆☆☆의 자금조달 계획을 수립, 집행하는 등의 업무에 종사하다가 1997. 2.경 전무이사, 2001. 1.경 부사장을 각 거쳐 2002. 6.경부터 현재까지 대표이사

로 근무하는 자인바,

1996. 1.경부터 정부가 신종 금융상품인 전환사채 등을 이용한 변칙증여 등 정상적인 거래를 통하지 아니하고 특수관계에 있는 자와의 거래를 통하여 받은 이익을 증여로 보고 그에 대한 증여의제 과세제도를 새로 마련하는 방안으로 구 상속세법(1997. 1. 1. '상속세 및 증여세법'으로 명칭 변경되었다)의 개정을 추진하면서 1996. 6.경 공청회를 개최하고, 1996. 8.경 입법예고를 한 다음, 1996. 10. 2.경 그 개정안을 국회에 제출하였다는 사실이 언론 등을 통해 알려짐에 따라, 위 법이 개정·발효되기 전에 전환사채 발행 방식을 이용하여 당시 자산총액이 8,000억 원을 상회하고, 세계적인 테마파크로의 육성을 위한 장기계획하에 5,800억 원 가량의 대규모 시설투자가 이루어져 내재가치 및 성장 가능성이 매우 큰 반면, 자본금 규모가 35억 3,600만 원에 불과하여 지배지분의 확보가 용이한 □□그룹 계열의 비상장 회사인 ☆☆☆☆의 지배권을 아무런 세금 부담 없이 적은 자금으로 이○○, 공소외 1, 2, 3(이하 '이○○ 등'이라고 한다)에게 넘겨주기로 마음먹고, 공모하여,

1996. 10. 초순경 "☆☆☆☆의 전환사채를 주주배정방식으로 발행할 것을 이사회에서 형식적으로 의결하여 ☆☆☆☆의 법인주주 및 개인주주들이 이○○ 등에게 ☆☆☆☆의 지배권을 넘겨주기 위하여 전환사채 인수를 의도적으로 포기하게 하여 실권하도록 하거나, 대부분의 법인주주 및 개인주주 등이 특별한 사정 등으로 인하여 전환사채 인수를 거절하여 실권하면, 그 실권 전환사채를 제3자인 이○○ 등에게 배정, 인수 후 주식으로 전환하게 함으로써 ☆☆☆☆의 지배권을 이○○ 등에게 넘겨주기"로 하였는바, 이러한 경우 ☆☆☆☆의 대표이사 또는 이사인 피고인들로서는 이사회 결의 등의 적법한 절차를 거치는 한편, 이전에 ☆☆☆☆의 주식이 거래된 실례가 있는지 및 있다면 그 거래가격은 어떠한지, 법인주주들이 ☆☆☆☆ 주식의 가치에 대하여 평가한 사례가 있는지 및 있다면 그 평가 근거는 무엇인지 등을 검토하고, 전문회계법인, 감정기관 등 기업평가를 할 수 있는 객관적인 기관에 의뢰하여 회사의 자산가치, 내재가치 및 성장가능성 등을 고려한 ☆☆☆☆ 주식의 실제가치를 평가하도록 하고, 나아가 이○○ 등이 ☆☆☆☆의 지배권을 획득함으로써 얻게 되는 프리미엄 등도 종합적으로 고려하여 적정한 전환가격을 산정하여야 하고, 이를 기초로 전환사채 발행총액을 결정함으로써 가능한 최대한의 자금이 ☆☆☆☆에 납입되도록 하여 회사의 자본충실을 기하는 등 ☆☆☆☆의 이익을 위하여 사무를 처리하여야 할 업무상 임무가 있음에도 불구하고 그 임무에 위배하여,

1996. 10. 30. (주소 생략)에 있는 ☆☆☆☆의 회의실에서 전환사채 발행을 위한 이사회 결의를 함에 있어, 상법 및 ☆☆☆☆의 정관에 의하여 재적이사 과반수의 출석과 출석이사의 과반수로 이사회 결의를 하여야 하고 그 규정에 위반한 결의는 무효임에도 17명의 이사 중 과반수에 미달하는 8명만이 참석한 상태에서, 위 이사회 개최 당시까지 ☆☆☆☆의 법인주주인 HSJJ 주식회사 등이 ☆☆☆☆의 주식을 1주당 85,000원 내지 89,290원에 매도한 거래실례가 있었으며, ☆☆☆☆의 법인주주인 JIJD 주식회사 등이 ☆☆☆☆의 1주당 가치를 최저 125,000원부터 최고 234,985원까지 평가한 전례가 있었을 뿐만 아니라, 그 당시 상속세법상 보충적 평가방법에 의하더라도 ☆☆☆☆ 주식의 1주당 가치는 127,755원으로 산정되는 상황이었음에도 불구하고, 위와 같은 상황을 전혀 검토·고려하지 않음은 물론 적정 전환가격 산정을 위한 그 어떠한 평가절차도 거치지 아니한 채 ☆☆☆☆ 주식의 거래실례가액으로서 최소한의 1주당 실질 주식가치인 85,000원보다 현저하게 낮은 가액인 7,700원으로 전환가액을 임의로 정하고, "표면이율: 연 1%, 만기보장수익률: 연 5%, 전환청구기간: 사채발행일 익일부터"로 발행조건을 정함으로써 실질적으로 주식과 다름이 없는 성격의 전환사채 99억 5,459만 원 상당을 주주배정의 방식으로 발행하되 실권시 이사회 결의에 의하여 제3자 배정 방식으로 발행할 것을 결의하고, 이어서 공소외 2 등 일부 주주에 대하여는 전환사채 배정기준일 통지 및 실권예고부 최고도 하지 아니하고, 나머지 주주에 대하여도 1996. 11. 17. 또는 같은 달 18.경에 전환사채 배정기준일 통지서 및 실권예고부 최고서를 발송하였음에도 마치 1996. 10. 30.에 전환사채 배정기준일 통지서를, 1996. 11. 15.에 실권예고부 최고서를 각 발송한 것처럼 날짜를 소급하여 전환사채 배정기준일 통지 및 실권예고부 최고를 한 다음, 위 실권예고부 최고시 "청약기일인 1996. 12. 3.까지 위 전환사채에 대한 청약을 하지 아니하면 그 인수권을 잃는다."라는 뜻을 통지하였으므로 그 날까지는 그 주주들에 대하여 청약의 기회를 주고 그 날이 경과한 후 실권 전환사채를 제3자에게 배정하여야 함에도 1996. 12. 3. 16:00경까지 JIJD 주식회사를 제외한 주식회사 JAIB 등의 법인주주들 및 이◇◇ 등 개인주주들이 각 주식보유 비율에 따라 배정된 전환사채의 청약을 하지 않자, 전환사채 청약기일이 경과하기 전인 1996. 12. 3. 16:00경 위 회의실에서 위 실권 전환사채 배정을 위한 이사회를 개최하여, 적정 전환가액 산정을 위한 아무런 평가절차도 거치지 않음은 물론, 실권전환사채를 인수함으로써 ☆☆☆☆의 지배권을 확보하게 되는 이○○ 등과의 사이에 "☆☆☆☆의

지배권을 획득함으로써 얻게 되는 프리미엄에 상응한 전환가격 및 그에 기초한 전환사채 발행총액"을 결정하기 위한 아무런 흥정과정도 거치지 아니한 채, 위와 같이 의결정족수 미달로 무효인 1996. 10. 30.의 이사회 결의로 정한 발행조건과 동일하게, ☆☆☆☆의 1주당 최소한의 실질주식가치인 85,000원보다 현저하게 낮은 가액인 7,700원으로 전환가액을 임의로 정하고, "표면이율: 연 1%, 만기보장수익률: 연 5%, 전환청구기간: 사채발행일 익일부터"로 발행조건을 정함으로써 실질적으로 주식과 다름이 없는 성격의 위 실권전환사채 합계 96억 6,181만 원 상당 중 48억 3,091만 원 상당을 이○○에게, 각 16억 1,030만 원 상당을 공소외 1, 2, 3에게 각 배정한다는 내용의 결의를 함으로써, 결국 이○○은 주주에 대한 전환사채 발행절차가 진행 중이던 1996. 11. 13.부터 같은 달 19.까지 사이에 자신이 보유하고 있던 주식회사 에스원의 주식을 매도하여 미리 준비하고 있던 자금으로 1996. 12. 3. 자신에게 배정된 실권 전환사채 인수대금 전액을 납입하고, 공소외 1, 2, 3은 1996. 12. 3. 이◇◇로부터 증여받은 자금으로 같은 날 자신들에게 배정된 실권 전환사채 인수대금전액을 납입한 후, 이○○ 등이 1996. 12. 17. 그 전환사채를 1주당 7,700원의 전환가격에 주식으로 각 전환하여 ☆☆☆☆ 주식의 약 64%에 해당하는 합계 1,254,777주(이○○: 627,390주, 공소외 1, 2, 3: 각 209,129주)를 취득하게 함으로써 이○○ 등으로 하여금 최소한 969억 94,262,100원{(☆☆☆☆ 주식의 거래실례가격으로서 최소한의 1주당 가액인 85,000원 - 전환가격인 7,700원) × 이○○ 등이 취득한 주식 합계 1,254,777주} 상당의 재산상 이익을 취득하게 하고, ☆☆☆☆에 같은 금액 상당의 재산상 손해를 가하였다.

### 3. 원심의 판단

가. 원심은 그 거시 증거들에 의하여 그 판시 범죄사실을 인정하면서,

(1) 이 사건 공소사실 중 인정할 증거가 없거나 법률적으로 다소 부적절하다는 이유로, 공소사실의 동일성을 해치지 않는 범위 내에서, ① "1996. 1.경부터 정부가 신종 금융상품인 전환사채 등을 이용한 변칙증여 등 정상적인 거래를 통하지 아니하고 특수관계에 있는 자와의 거래를 통하여 받은 이익을 증여로 보고 그에 대한 증여의제 과세제도를 새로 마련하는 방안으로 구 상속세법의 개정을 추진하면서 1996. 6.경 공청회를 개최하고, 1996. 8.경 입법예고를 한 다음, 1996. 10. 2.경 그 개정안을 국회에 제출하였다는 사실이 언론 등을 통해 알려짐에 따라, 위 법이 개정·

발효되기 전에"라는 부분을 빼고, ② "☆☆☆☆의 지배권을 아무런 세금 부담 없이 적은 자금으로 이○○ 등에게 넘겨주기로 마음먹고, 공모하여"라는 부분을 "☆☆☆☆의 지배권을 이○○ 등으로 하여금 이무런 세금 부담 없이 적은 자금으로 취득하게 하려는 계획하에, 공모하여"로 바꾸고, ③ "1996. 10. 초순경 ☆☆☆☆의 전환사채를 주주배정방식으로 발행할 것을 이사회에서 형식적으로 의결하여 ☆☆☆☆의 법인 주주 및 개인 주주들이 이○○ 등에게 ☆☆☆☆의 지배권을 넘겨주기 위하여 전환사채 인수를 의도적으로 포기하게 하여 실권하도록 하거나, 대부분의 법인 주주 및 개인 주주 등이 특별한 사정 등으로 인하여 전환사채 인수를 거절하여 실권하면"이라는 부분을 "1996. 10. 초순경 주주우선 배정으로 ☆☆☆☆의 전환사채를 발행할 것을 이사회에서 의결한 다음 ☆☆☆☆의 법인 주주 및 개인 주주들이 이○○ 등에게 ☆☆☆☆의 지배권을 넘겨주기 위하여 전환사채의 인수를 포기하여 실권하면"으로 바꾸고, ④ "☆☆☆☆ 주식의 실제가치를 평가하도록 하고, 나아가 이○○ 등이 ☆☆☆☆의 지배권을 획득함으로써 얻게 되는 프리미엄 등도 종합적으로 고려하여 적정한 전환가격을 산정하여야 하고, 이를 기초로 전환사채 발행총액을 결정함으로써"라는 부분을 "☆☆☆☆ 주식의 실제가치를 평가하여 적정한 전환가격을 산정함으로써"로 바꾸고, ⑤ "거래실례가액으로서 최소한의 1주당 실질 주식가치인 85,000원보다 현저하게 낮은"이라는 부분을 "실제가치보다 현저하게 낮은"으로 바꾸고, ⑥ "이어서 공소외 2 등 일부 주주에 대하여는 배정기준일 통지 및 실권예고부 최고도 하지 아니하고, 나머지 주주에 대하여도 1996. 11. 17. 또는 같은 달 18.경에 전환사채 배정기준일 통지서 및 실권예고부 최고서를 발송하였음에도 마치 1996. 10. 30.에 전환사채 배정기준일 통지서를, 1996. 11. 15.에 실권예고부 최고서를 각 발송한 것처럼 날짜를 소급하여"라는 부분을 빼고, ⑦ "적정 전환가액 산정을 위한 아무런 평가절차도 거치지 않음은 물론, 실권전환사채를 인수함으로써 ☆☆☆☆의 지배권을 확보하게 되는 이○○ 등과의 사이에 ☆☆☆☆의 지배권을 획득함으로써 얻게 되는 프리미엄에 상응한 전환가격 및 그에 기초한 전환사채 발행총액을 결정하기 위한 아무런 흥정과정도 거치지 아니한 채"라는 부분을 빼고, ⑧ "☆☆☆☆의 1주당 최소한의 실질주식가치인 85,000원보다 현저하게 낮은 가액인 7,700원으로 전환가액을 임의로 정하고, '표면이율: 연 1%, 만기보장수익률: 연 5%, 전환청구기간: 사채발행일 익일부터'로 발행조건을 정함으로써 실질적으로 주식과 다름이 없는 성격의"라는 부분을 빼고, ⑨ "이○○ 등으로 하여금 최소한 969억 94,262,100원{(☆☆☆☆ 주식의 거래실례가격으로서 최소한의 1주당 가액인 85,000원 - 전환가격인 7,700원) × 이○○ 등이 취득한 주식 합계 1,254,777주} 상당의 재산상 이익을 취득하게 하고, ☆☆☆☆에 같은 금액 상당의 재산상 손해를 가하였다."라는 부분을 "이○○ 등으로 하여금 위 주식 발행분에 대한 ☆☆☆☆ 주식의 실제가치와 전환가격과의 차액에 해당하는 재산상 이익을 취득하게 하고, ☆☆☆☆에 같은 금액 상당의 재산상 손해를 가하였다."로 바꾸고,

(2) 나머지 공소사실 부분을 모두 사실로 인정하여, 동일한 공소사실의 범위 내에 있는 업무상 배임죄를 유죄로 인정하였다.

나. 원심은 무죄 부분에서 "이 사건 전환사채의 전환가격이 당시 ☆☆☆☆의 적정주가에 비하여 현저히 저가라는 사실은 인정되나, 검사가 제출한 증거들만으로는 이 사건 전환사채 발행 당시 ☆☆☆☆의 주가가 최소한 85,000원이라고 단정하기 어렵고, 달리 그 무렵 ☆☆☆☆ 주식의 시가를 인정할 만한 정상적인 거래의 구체적 사례나 적정한 주가의 평가방법도 찾기 어려우므로, 결국 이 사건 전환사채의 발행에 의한 업무상 배임죄는 재산상 손해를 인정할 수 있기는 하나, 이○○ 등으로 하여금 취득하게 한 재산상 이익의 가액을 구체적으로 산정할 수 없는 경우에 해당하여, 재산상 이익의 가액을 기준으로 가중 처벌하는 특정경제범죄 가중처벌 등에 관한 법률 위반(배임)죄로 의율할 수는 없으므로, 형사소송법 제325조 후단에 의하여 무죄를 선고하여야 하나, 동일한 공소사실의 범위 내에 있는 업무상 배임죄를 유죄로 인정한 이상 따로 주문에서 무죄를 선고하지 아니한다."라고 판단하였다.

### 4. 항소이유의 요지

가. 피고인들

(1) 사실오인 또는 법리오해

이 사건 공소사실은 아래에서 보는 바와 같이 무죄임에도 불구하고, 원심은 이 사건 공소사실의 범위 내에 있는 업무상 배임죄를 유죄로 인정하였으니, 원심판결에는 채증법칙 위반, 심리미진 등으로 인하여 사실을 오인하거나 법리를 오해하여 판결에 영향을 미친 위법이 있다.

(가) 원심판결의 기본적 문제점에 대하여

원심은 증거 없이 또는 증거와 법리에 어긋나게 사실을 인정하거나 판단하였고,

범죄사실에서는 공소사실의 주요부분을 배척하고서도, 판단에 있어서는 위와 같은 사실인정에 따라 검사가 기소의 이유로 삼은 공소사실에 적시되어 있지도 않은 피고인들이 이○○ 등에게 ☆☆☆☆의 지배권을 이전하기 위한 사전 계획하에 이 사건 전환사채를 제3자 배정방식으로 발행하였다고 단정한 다음, 이를 다른 모든 판단의 전제로 하고 있는바, 이로 인하여 원심판결에서는 공소사실에 기초하여 이루어져야 할 피고인들 및 변호인들의 여러 가지 법리적, 사실적인 주장들에 대한 판단이 누락되거나, 사전 계획에 따른 제3자 배정이라는 이유만으로 다른 사정에 대한 구체적인 검토도 없이 피고인들의 임무위배행위와 ☆☆☆☆의 손해가 직단되어 버리는 결과에 이르렀다.

(나) 피고인들이 ☆☆☆☆의 지배권을 이○○ 등으로 하여금 취득하게 하려는 계획하에 이 사건 전환사채를 발행하였다는 점에 대하여

원심이 거시한 증거들을 살펴보아도 이를 뒷받침할 만한 증거가 없을 뿐만 아니라 이를 추단할 만한 사정도 나타나 있지 않다. 또한, 피고인들이 이러한 계획을 하였거나 계획을 실현하기 위해서는 전환사채의 우선인수권을 가진 주주들이 실권하여야 할 것이므로, 전환사채의 발행 전에 미리 주주들과 공모하거나 주주들로부터 실권하기로 다짐을 받아 두거나, 적어도 발행을 결의한 후에라도 이○○ 등이 배정받을 수 있도록 주주들이 실권하게 하는 일련의 행위를 하였어야 할 것인데, 오히려 원심은 주주들의 실권사유에 타당성이 없는 것으로 보인다고 하고서도 피고인들이 주주들과 실권하기로 공모하였다거나, 그에 관해 의사의 합치가 있었다고 하고 있지 않고, 공소사실에서도 그에 관한 기재가 없다.

따라서, 원심판결에는 증거 없이 또는 논리칙이나 경험칙에 반하여 사실을 인정한 위법이 있다.

(다) 이 사건 전환사채가 실질적으로 제3자 배정방식으로 발행되었다는 점에 대하여

전환사채의 배정방식은 우선적으로 인수할 기회가 주주와 제3자 중 누구에게 부여되었는가를 기준으로 주주우선 배정방식, 제3자 배정방식으로 구분하는 것이 상법의 확립된 법리이므로, 원심이 근거로 든 전환사채 발행 당시 이사들의 내심의 의사, 주주들의 인수의향, 전환사채 발행의 필요성 등과 같은 사정들은 전환사채의 배정방식을 판단함에 있어 고려될 수 없고, 배정방식의 실질에 영향을 미칠 수도 없는 것이

며, 원심과 같이 구분하는 예나 견해는 전혀 없다.

그런데 ☆☆☆☆의 주주들은 이 사건 전환사채를 우선적으로 인수할 기회를 부여받았을 뿐만 아니라, 이사회결의, 배정기준일 통지, 실권예고부 최고 등 발행절차도 주주우선 배정방식에 따라 진행되었고, 실제로 JIJD은 주식의 보유 비율대로 배정된 전환사채를 인수하였으며, 주주들의 우선인수권이 봉쇄되거나 배제된 바 없으므로, 이 사건 전환사채는 주주우선 배정방식으로 발행되었다.

가사, 이사들이 제3자에게 유리한 조건으로 지배권을 이전하여 주기로 하고, 주주우선 배정방식으로 전환사채를 발행하여 주주들이 우선인수권을 포기한 후 제3자가 이를 인수하기로 사전에 주주들과 합의하여 둔 사안을 가정한 다음, 그러한 전환사채의 발행은 주주우선 배정이 아니라 제3자 배정에 해당한다고 가정하더라도, 공소사실과 원심이 피고인들과 주주들이 사전에 실권에 합의하였다거나, 피고인들이 주주들로 하여금 실권하도록 하였다는 점을 사실로 인정하지도 않고 있는 이상, 이 사건 전환사채 발행은 가정한 사안과도 다르므로, 이는 합리적 근거 없는 비약에 불과하다.

따라서, 원심판결에는 전환사채의 배정방식에 관한 법리오해나 이유불비의 위법이 있다.

(라) 피고인들이 자금조달의 필요성 없이 이◯◯ 등에게 ☆☆☆☆의 지배권을 이전할 목적으로 전환사채를 발행하였고, 주주들의 실권사유가 타당성이 없다는 점에 대하여

① 피고인들이 자금조달의 필요성 없이 이◯◯ 등에게 ☆☆☆☆의 지배권을 이전할 목적으로 전환사채를 발행하였다는 점에 관하여

원심은 피고인들과 변호인들의 주장에 대한 판단에서 그 판단의 근거가 되는 사실과 사정을 인정하면서, 이 사건 전환사채는 당초부터 자금조달의 필요성이 없음에도 이○○ 등에게 ☆☆☆☆의 지배권을 이전하기 위하여 발행된 것이라고 판시하거나 그와 같이 보이는 여러 가지 사실과 사정을 인정하였다.

그런데 이 사건 전환사채 발행 당시 ☆☆☆☆는 부채비율이 526%, 1년 이내에 상환해야 하는 단기차입금이 전체 차입금의 70%에 달할 정도로 재무구조가 극도로 악화되어 있었고, 추가로 1997년에 2,000억 원의 자금조달이 필요한 형편이었으며, 또 ☆☆☆☆는 자산에 비하여 현저히 자본금 규모가 작았으므로 향후 금융기관 차입

이나 회사채 발행규모를 늘리기 위해서는 빠른 시일 내에 이를 일정 수준으로 확충할 필요도 있었는바, 이러한 상황에서 피고인들은 시중금리 현황 및 향후 자금시장 전망을 토대로 장·단기 차입, 유상증자, 전환사채 발행 등의 방안을 검토한 결과, 금융기관으로부터의 차입은 차입선을 물색하는 데도 상당한 어려움이 예상될 뿐만 아니라 재무구조를 더욱 악화시키고, 일반 회사채의 발행은 기채조정협의회로부터 발행물량을 할당받기 어려웠을 뿐만 아니라 이미 상당한 규모의 회사채가 발행되어 상환의 부담을 안고 있었으며, 신주 발행에 의한 유상증자는 배당도 못하고 매매거래의 사례가 없어 처분가능성도 없으며, 3년 연속 적자를 기록하고 있는 형편에서 성공할 것인지 예상하기 어려웠으며, 반면 전환사채는 당시 국내 기업들이 자금조달 및 자금확충을 위하여 앞다투어 발행을 하고 있는 실정이었고, 재무구조 개선에도 도움이 될 수 있다는 판단으로 이 사건 전환사채를 발행하였다.

또한, 당시 ☆☆☆☆가 보유하고 있던 골프장은 안양 베네스트 골프장 1개가 유일한데 위 골프장에 대해서는 이미 분양이 완료되어 추가로 회원권을 분양할 수 없었고, 캐리비안베이 시설이용권도 공사가 완료된 상태도 아닐 뿐만 아니라 IMF 사태에 직면한 경기 전반의 침체로 레저산업이 극도로 위축된 당시 상황에서 앞서 본 바와 같이 SSMS나 JIMJ 등 일부 계열사 이외에 일반분양이 신속히 이루어지리라는 것도 기대하기 어려워 회원권 분양을 통한 자금조달이 쉽지 않았던 점, 금융기관으로부터의 장·단기 차입금은 위와 같이 현실적으로 곤란하였고, ☆☆☆☆가 1996. 10.경부터 11.경까지 사이에 SSSM으로부터 370억 원의 장기 차입금을 조달하였으나 이는 SSSM이 계열사인 관계로 가능하였을 뿐이고 그 또한 SSSM은 보험회사 자산운영규정에 의하여 계열사 및 동일인 여신한도의 규제를 받고 있었으므로 ☆☆☆☆에 추가로 자금을 대여하기 어려운 형편이었던 점, ☆☆☆☆의 월 단위, 분기 단위, 연 단위 자금조달 계획에 이 사건 전환사채의 발행은 예정되어 있지 않았으나, 자금계획서에는 자금 소요 예상에 따른 자금조달의 규모와 대체적인 조달 방안의 테두리를 설정할 뿐이고, 예상과 다른 자금 수요가 발생할 경우에는 그 때의 형편과 사정에 맞추어 현실적이고 유리한 방안을 탄력적으로 선택하고 이를 변경하는 것이 기업의 일반적인 자금조달의 실무 관행이므로, 이는 긴급한 자금수요가 있었다는 것을 나타내는 것일 뿐만 아니라, 전환사채의 발행이 다른 방법에 의한 자금조달이 곤란한 경우에 한하여 최후의 수단으로 선택되어야 하는 것은 아닌 점, 금융기관으로부터의 차입이나 회사채의 발행보다 안정적이고 장기 저리의 자금조달에 따른 재무구조의 개선이나 자본확충의 견지에서 전환사채가 더욱 우선적으로 고려될 수 있는 점 등 여러 가지 사정이 ☆☆☆☆가 당시 필요한 자금을 조달하고 자본금을 확충하기 위하여 이 사건 전환사채를 발행하였다는 점을 뒷받침하고 있다.

그리고 원심이 거시한 증거들 어디에도 ☆☆☆☆가 이 사건 전환사채 발행 당시 자금조달의 필요성이 없었다거나 다른 자금조달 방법이 이 사건 전환사채 발행보다도 유리한 것이라는 점을 추단해 볼 수 있는 사정은 전혀 나타나 있지 않다.

② 주주들의 실권사유가 타당하지 않다는 점에 관하여

이 사건 전환사채 발행 당시 ☆☆☆☆는 YIJYNW라는 낙후된 위락시설과 수익성이 없는 안양시 소재 베네스트 골프장 1개를 관리·운영하는 기업일 뿐으로서, SSSM 주식 등 지주회사로 평가될 만한 계열사 주식을 전혀 보유하고 있지 않았을 뿐만 아니라, 수년 간 적자를 보이고 있는 □□계열사의 하나에 불과하였고, ☆☆☆☆의 부채비율, 차입규모에 따른 금융비용 대비 평균 매출이익액, 손익현황 및 향후 영업전망(IMF 사태를 목전에 두고 레저산업의 경기가 극도로 악화), 당시 회사채의 이자율이 평균 약 연 12%임에 반하여 이 사건 전환사채의 이자율은 연 1%, 만기에도 연 5%이었던 사정 등에 비추어 ☆☆☆☆와 이 사건 전환사채가 투자가치가 높았다고 도저히 말할 수는 없는 점, 원심이 JAIB, JIMJ, SSMS의 실권사유가 타당하지 않다고 판단한 근거는 사실과 다르고, 어느 회사든 투자가치가 없는 무수익 자산이거나 환금가능성이 없는 경우에는 단 한 푼도 투자하지 않는 것이 영리를 목적으로 하는 기업경영의 현실인 점, JAIB 등은 원심에서 거시한 □□계열사뿐만 아니라 투자가치가 있는 여러 기업에 대해 주식을 보유하는 등으로 투자를 하고 있는 점, 당시 ☆☆☆☆에는 HSJJ, HSGS, HSHH, SSG, SSMHJD 등의 법인주주와 20여 명에 가까운 개인주주가 있었고, 이들은 각자 수익성, 환금성, 계열분리 등을 이유로 실권하였다고 하고 있는 점 등에 비추어 JAIB, JIMJ, SSMS의 실권사유가 타당성이 없다는 원심의 판단은 부당할 뿐만 아니라, 나머지 주주들의 실권사유의 타당성은 따져보지도 않은 채 일부 주주들만의 사정으로 전체 주주들의 의사를 단정해 버리는 것은 더욱 부당하다.

나아가, 원심은 실권사유가 타당성이 없다고만 판시하고 있을 뿐이지, 과연 법인주주들이 이○○ 등에게 ☆☆☆☆의 지배권을 넘겨주고자 내심 의도하였는지, 법인

주주들 상호간에 그러한 의사의 합치가 있었는지, 또 법인주주들과 피고인들 사이에 그에 관한 의사의 연락이 있었는지에 관하여 아무런 판시도 하지 않고 있다.

③ 따라서, 원심판결에는 증거 없이 또는 증거에 반하여 사실을 인정하거나 심리미진 또는 이유불비로 사실을 오인한 위법이 있다.

(마) 전환사채의 전환가격을 주식의 실제가치에 상응하도록 결정하여야 할 임무가 있다는 점에 대하여

이 사건 전환사채는 주주에게 우선인수권이 부여되어 발행된 것이고, 이 경우에는 전환가격에 아무런 제한이 없다는 것이 통설 및 실무의 관행이고, 법령의 규제도 그러하므로, 피고인들에게 이러한 임무가 있다고 할 수 없다.

가사, 원심의 판단과 같이 이 사건 전환사채가 지배권을 이전할 목적으로 제3자 배정방식으로 발행되었다고 하더라도, 지배권이라는 개념은 주주들이 소유의 객체인 회사에 대하여 가지는 일종의 재산권으로 파악하여야 할 뿐이지, 회사가 회사 자신에 대하여 가지는 권리가 아니므로, 회사의 이사로서는 전환가격을 결정함에 있어 주식시가에 얽매이지 않고 전환청구에 따른 자기자본 조달의 시급성, 적정한 자기자본 조달규모와 주주의 인수의향 및 자금여력에 영향을 미치는 영업전망이나 경기 동향 및 주가 추이 등 여러 요인을 종합적으로 고려하여 전환가격을 결정해야 할 의무가 있고, 다만, 제3자 배정의 경우에는 주주우선배정의 경우와는 달리, 제3자에게 우선인수권이 부여되고 제3자인 전환사채 인수인의 전환청구에 따라 신주가 발행되는 결과, 기존 주주의 지분율이 하락하고, 특히 전환가격이 주식시가보다 낮은 경우에는 기존주주가 보유하고 있는 주식의 주당가치가 하락하게 되어, 이사의 발행권한 자체를 제한하는 방식으로 기존 주주를 보호하고 있을 뿐이므로, 피고인들에게 위와 같은 임무가 있다고 할 수 없다.

또한, 원심의 이 부분 판시를 그대로 놓고 보더라도, 애당초 전환사채 인수인의 인수목적이 무엇인가에 따라 발행인인 회사가 전환가격을 결정함에 있어 기준을 달리할 수는 없는 것이고, 더욱이 인수목적은 전환사채 인수인의 내심의 의사에 불과하여 발행인인 회사로서는 알 수도, 알 필요도 없으며, 또 전환가격 결정 당시에는 인수인이 확정되지도 않은 상태이기 때문에 발행인인 회사가 인수목적에 따라 전환가격을 결정한다는 것은 불가능한 일이므로, 원심의 이 부분 판단은 전혀 합리적인 근거도 없다.

나아가, 원심의 이러한 판단은 기본적으로 지배주식을 매수하는 경우(자산거래)의 매수가격 결정과 전환사채를 인수하는 경우(자본거래)의 인수가격 결정을 혼동함에 기인한 것인바, 주식의 매매거래와 같은 자산거래에 있어서는 이해관계가 상반하는 매수인과 매도인 사이에서 주식을 하나의 물건과 같이 매매목적물로 하여 거래가 이루어지기 때문에 주식의 실제가치에 따라 거래가격이 결정될 수밖에 없으나, 회사로부터 신주나 전환사채를 인수하는 자본거래와 같은 경우에는 기본적으로 회사에 대한 투자의 성격을 가지기 때문에 신주발행 가격이나 전환사채의 전환가격이 주식의 실제가치를 그대로 반영해야 하는 것은 아니며, 자산거래와 자본거래는 본질상 차이가 있고, 법률적, 회계적 및 재무적으로 구별되어 취급되고 있다.

따라서, 전환사채의 전환가격이 주식의 실제가치를 기준으로 하여야 한다는 원심의 판단은 법령의 규율과 실무관행 및 학설에 따른 법리에도 반하는 것이므로, 원심판결에는 법리오해의 위법이 있다.

(바) 이 사건 전환사채의 발행이 자본충실의 원칙에 반하고, 현저하게 불공정한 발행에 해당한다는 점에 대하여

① 원심은 범죄사실에서 피고인들은 가능한 최대한의 자금이 ☆☆☆☆에 납입되도록 하여 회사의 자본충실을 기하여야 하는 등 ☆☆☆☆의 이익을 위하여 사무를 처리하여야 할 업무상 임무가 있다고 판시하였다.

그런데 상법상 자본충실의 원칙이란, 회사가 자본금에 상당하는 순자산을 실질적으로 보유하여야 하고, 주식 등 자본적 유가증권을 발행하는 경우 자본금에 해당하는 출자가 반드시 이행되어야 한다는 원칙을 말하는 것으로서, 전환사채나 신주를 발행하는 이사로서는 적어도 자본금으로 등기되는 금액, 즉 액면가 이상으로 전환가격이나 발행가격을 정하고, 전환사채나 주식의 발행총액이 전액 납입되도록 하며, 납입된 자본에 상응하는 액수의 자산이 회사에 유보되도록 하면 그 임무를 다한 것이지, 여기서 더 나아가 회사의 자본금 이상의 현금이나 자산이 유보되도록 하거나, 전환사채나 신주를 발행함에 있어 가능한 한 많은 자금이 회사에 유입되도록 하여야 할 임무는 없다.

② 원심은 "전환사채 발행의 주된 목적이 자금조달에 있는 것이 아니고, 특정인에게 아주 유리한 조건으로 회사의 지배권을 넘겨줄 의도였다면 이는 회사의 경영진이 전환사채 발행권을 남용한 것으로(상법 제516조 제1항에서 준용되는 제424조에 의

하여 현저하게 불공정한 발행에 해당한다) 배임행위에 해당"되는바, 이 사건 전환사채의 발행은 "전환사채를 제3자에게 배정함에 있어 실질적 정당성을 결여한 것"이라고 판시하였다.

그런데 상법 제424조의 현저하게 불공정한 발행이란 신주발행 유지청구의 요건(전환사채에도 준용됨, 상법 제516조)으로서, 신주발행 유지청구권은 신주의 발행으로 인하여 불이익을 입을 '주주 개인'이 '회사'를 상대로 신주발행의 유지를 청구할 수 있는 '단독 주주권'이고, 오로지 '손해를 입을 주주의 이익을 보호'하기 위해 인정된 권리이며 그 요건으로 주주가 불이익을 받을 염려가 있을 것을 요구하고 있다.

그렇다면 원심이 인정하는 바와 같이, 이 사건 전환사채의 발행이 실질적 정당성을 결여하여 현저하게 불공정한 발행에 해당한다고 하려면, 기본적으로 '주주 개인'에게 그 어떠한 불이익이나 손해가 발생하여야 하는바, 이 사건 전환사채는 기존 주주들 모두에게 평등한 처우를 하였을 뿐만 아니라, 실권 전환사채를 배정받은 이○○ 등과의 관계에서도 기존 주주들에게 우선인수권을 보장하였으므로 애당초 현저하게 불공정한 발행이 될 수 없고, 또 원심은 상법 제424조의 현저하게 불공정한 발행이라고 하고 있어 회사가 아니라 주주에게 불이익이나 손해가 발생한 것을 전제로 하고 있으므로, 이러한 원심의 판단 자체에 의하더라도 회사의 손해를 구성요건으로 하는 업무상 배임죄가 성립할 여지가 없다.

학설이나 판례상으로도 현저하게 불공정한 발행에 해당하는 경우로는, 이사가 자기의 지위를 유지하기 위하여 자기와 같은 파인 특정인에게 부당하게 다수의 주식을 배정하는 경우, 소수파 주주 밀어내기의 수단으로 신주발행을 악용하는 경우, 경영권 분쟁상황에서 특정 주주의 지분구조를 강화하거나 역전시키기 위하여 특정 주주에게 신주를 우선 또는 과다 배정하는 경우, 청약증거금을 청약자 간에 차별을 두어 납부하게 하는 경우, 다량의 실권주를 유도하기 위하여 의도적으로 고가로 신주를 발행하는 경우, 특정인의 현물출자를 과대평가하여 신주를 발행하는 경우 등과 같이, 주주간에 차별을 둠으로써 일방 주주에게 불이익한 결과를 이사들이 의도하여 신주를 발행한 경우에 한정하고 있다.

그런데 이 사건 전환사채는 애당초 제3자 배정으로 발행된 것이 아닐 뿐만 아니라, 제3자 배정에 따른 실질적 정당성을 요구하는 것 자체가 회사에 대한 손해가 아니라 주주의 손해나 불이익을 막기 위한 데 있으므로, 회사의 손해가 발생하였음을 전제로 하는 형법상 업무상 배임죄의 성립 여부에 있어서 발행이나 배정의 실질적

정당성이 문제될 여지도 없다.

(사) 전환사채 발행 절차에 있어서의 임무위배행위에 대하여

① 무효인 이사회결의에 의해 전환사채를 발행하였다는 점에 관하여

이 사건 전환사채의 발행을 결의한 1996. 10. 30.의 이사회 결의 당시 이사 공소외 17은 외국 출장 중이어서 참석할 수 없었으나, 외국 출장 중 전환사채 발행 안건을 이사회 개최 전에 전화통화를 통한 업무보고 과정에서 전해 듣고, 그 내용을 설명들은 후 이에 찬성한다는 의사를 표시하였으므로 위 이사회결의는 서면결의로 유효하거나, 그 후에 이루어진 실권전환사채 배정을 위한 이사회 결의에는 직접 참석하여 발행결의가 유효함을 전제로 하여 찬성의 의사를 표시함으로써 실권전환사채 배정결의는 정족수를 충족하여 아무런 흠이 없는 이상, 추인에 의해 그 흠은 치유되었다.

가사, 흠이 있는 이사회 결의에 의하여 전환사채가 발행되었다 하더라도 전환사채 발행이 무효로 되지는 않고, 원심도 인정하고 있듯이 이사회 결의가 형식적으로 이루어진 것이 아닐 뿐만 아니라 당시나 지금이나 ☆☆☆☆의 모든 이사들이 이 사건 전환사채의 발행에 찬성하고 아무도 이에 대하여 이의를 제기하고 있지 않으며, 달리 피고인들이 반대 이사의 의견을 봉쇄하기 위하여 이사회결의를 잠탈한 바도 없는 이상, 이는 피고인들의 업무 소홀에 따른 과실에 불과할 뿐이다.

나아가, 이사회 결의의 정족수 미달의 흠은 이 사건에서 문제되고 있는 전환가격의 결정과는 아무런 인과관계도 없다.

② 전환가격 결정을 위한 거래 실례를 조사하지 않았다거나 평가절차를 거치지 않았다는 점에 관하여

주주우선 배정방식으로 발행된 이 사건 전환사채의 전환가격을 반드시 주식의 실제가치를 기준으로 결정하여야 하는 것은 아니므로 피고인들에게 이러한 임무가 없다.

가사, 그렇지 않다고 하더라도 피고인들은 당시 국내 기업의 전환사채 발행 및 전환가격 결정의 실례에 관하여 충분히 조사 검토하여 이 사건 전환사채의 전환가격을 결정하였고, 회사가 전환사채를 발행하는 경우, 상장회사든 비상장회사든, 공모(공모)든 사모(사모)든 간에 전환사채 가격을 결정함에 있어 회계법인 등 외부 평가기관의 평가를 거치도록 하는 법령상의 근거는 없으며, 또 이 사건 전환사채 발행 당시 국내 거의 모든 기업이 관례적으로 전환가격을 주식의 액면가로 하여 전환사채를 발

행하고 있었으므로, 그러한 실무와 관례에 반하여 유독 이 사건 전환사채의 경우에만 피고인들에게 전환가격 결정을 위해 외부 평가기관의 평가까지 거쳐야 한다는 신의칙상의 의무를 부과할 수도 없다.

(아) 전환가격의 적정 여부에 대하여

① ☆☆☆☆ 주식의 실제가치를 산정함에 있어 순자산가격에 따른 평가방법이 적정한 것은 아니다.

원심이 ☆☆☆☆ 주식의 실제가치를 산정함에 있어 순자산가격에 따른 평가방법이 일단의 기준이 될 수 있는 것으로 보인다고 판시하면서 든 근거 중, ☆☆☆☆와의 비교대상으로 적정하다고 인정되는 유사한 회사의 선정이 어렵다는 문제는, 비상장회사의 주식 평가시 항상 나타날 수 있는 문제로서, 여러 가지 평가방법 중 반드시 순자산가격에 따른 평가방법을 채택하여야 할 적극적인 이유는 되지 못할 뿐만 아니라, 비교대상으로 가장 근접한 회사를 선정한 후 평가에 따른 여러 조정요소를 감안하면 충분히 해소될 수 있는 문제이고 실제 평가시에도 그렇게 하는 것이며, 이○○ 등이 ☆☆☆☆의 지배권을 취득하게 되었으므로 이○○ 등을 배당만을 기대하는 일반투자가라기보다는 지배주주로 보아야 한다는 점은, 단지 이○○ 등이 실권 전환사채의 인수 및 주식으로의 전환에 따른 결과에 불과할 뿐, 이○○ 등에게 배정할 것을 사전 계획하여 발행된 것이 아닌 이상, 이 사건 전환사채 발행 당시에 피고인들이 이○○ 등을 지배주주로 보아 전환가격을 결정할 수 있는 것은 아니고, ☆☆☆☆가 한시적으로 적자를 기록한 특수한 사정이 있는 반면, 보유자산이 많고, 주주들의 변동이 없는 폐쇄회사적 성격을 가지며, 자본금의 규모가 비교적 적은 회사라는 등의 사정은 순자산가격에 의한 평가방법을 채택하여야 할 이유는 되지 못할 뿐만 아니라, ☆☆☆☆가 레저산업을 영위하는 회사로서 자본금 규모에 비하여 보유자산이 많고 당시 IMF 사태를 목전에 두고 있어 경기변동에 민감한 레저산업의 속성상 향후 장기간 영업의 침체가 예상되었으며, 실제로 3년 연속 적자를 기록하였을 정도로 수익력이 악화되었다는 점을 감안하면 보유자산의 가치에만 의존하는 순자산가격에 의한 평가방법이 적정하다고 할 수는 없다.

또한, 원심의 한국회계연구원장에 대한 사실조회결과에 의하더라도 ☆☆☆☆와 같이 자산은 많이 보유하고 있으나 설립 이래 배당이 없을 뿐만 아니라 수년간 적자를 나타내는 기업의 경우에는 주당 순자산가치가 주식의 실제가치를 반영한다고 보기 어렵다고 되어 있다.

나아가, 이 사건 전환사채 발행 당시 ☆☆☆☆의 주당 순자산가격은 223,659원으로서, ☆☆☆☆ 주식에 대한 상속세법상 보충적 평가방법에 의한 평가액인 127,755원의 두 배에 가까운 금액인바, 원심이 자산가치와 수익가치를 장부가에 의해 평가한 위 상속세법상 보충적 평가방법에 의한 평가액도 ☆☆☆☆ 주식의 실제가치에 해당한다고 보기 어렵다고 하고서도, 애당초 수익가치는 고려하지 않고 단지 자산가치만에 기초한 순자산가격을 ☆☆☆☆ 주식의 실제가치를 판단함에 있어 기준으로 삼은 것은 부당하고, 특히 ☆☆☆☆가 이 사건 전환사채 발행 당시 3년 연속 적자를 기록하였고 재무구조도 악화되어 있었다는 점에 비추어 보면 더욱 그러하다.

기본적으로 순자산가격에 의한 평가방법은 주가에 보다 큰 영향을 미치는 기업의 수익성이나 영업성을 전혀 반영하지 못하고 있을 뿐만 아니라, 원심도 인정하고 있듯이 기업이나 주가의 동태적인 측면에서의 평가가 결여되어 있고, 보유자산의 처분가치에 불과하여 청산단계에서나 구체화될 수 있을 뿐 계속기업으로서는 관념적인 것에 불과하므로, 이를 주식가치의 평가방법으로 삼기 어려운 문제점이 있고, 주식이나 기업가치를 평가함에 있어 학계와 실무계에서 순자산가격에 의한 평가방법에 의해 가치평가를 기본으로 하는 경우는 전무한 실정이다.

② 원심이 이 사건 전환사채의 전환가격이 현저히 저가라고 판시하면서 든 근거들은 다음과 같은 점에서 부당하다.

먼저, 원심은 순자산가치에 비하여 전환가격이 현저히 낮다는 이유를 들고 있으나, 순자산가치에 의한 평가 자체가 앞서 본 바와 같이 반드시 타당하다고 할 수 없고, ☆☆☆☆와 같은 회사에 있어 순자산가치가 과연 주식가치 평가방법으로 채택하기에 적절한지 여부를 구체적으로 따져 보아야 할 것인데, 원심도 인정하고 있듯이 ☆☆☆☆와 같이 이른바 자산을 많이 보유하고 있는 상장회사의 경우 주가가 순자산가치의 10%선에서 형성되고 있는 점에 비추어 보면, 이 사건 전환사채의 전환가격이 저가라 단정할 수는 없으며, 이와 관련하여 원심은 위와 같이 자산을 많이 보유하고 있는 상장회사들의 주가가 10%선에서 형성되고 있는 점을 ☆☆☆☆에 적용하여 보더라도, 이 사건 전환사채의 전환가격은 전환사채 발행 전 주당 순자산가치의 10%인 22,365원의 1/3에 불과한 가격이어서 현저히 과소하다고 판시하고 있으나, 위 상장회사의 주가 10%선은 신주 등이 발행된 후 거래를 통하여 거래시장에서 고정된 주가이므로 이를 이 사건에서 ☆☆☆☆의 주가와 관련하여 적용함에 있어서는 전환사채 발행 전 ☆☆☆☆ 주식의 주당 순자산가치를 기준으로 할 것이 아니라, 전환사채 발행 후의 주당 순자산가치를 기준으로 하여 주당 순자산가치의 10%선에서 주가가 형성되도록 전환가격이 결정되었는가를 따져보아야 할 것인데, 이 사건 전환사채는 순자산가격인 7,700원으로 신주가 발행된 결과 주식수는 200만 주로 증가하고, 주당 순자산가치는 원심이 인정하는 바와 같이 주당 80,618원이 되어 비로소 전환가격에 따른 주식의 시가가 주당 순자산가치의 10%(7,700원/80,618원)에 근접한 선에서 형성되게 되므로, 원심의 판단 기준에 따르더라도 이 사건 전환사채의 전환가격을 현저히 저가라 할 수는 없다.

다음으로, 원심은 JAIB의 ☆☆☆☆ 주식 매도가격 및 ☆☆☆☆의 유상증자 시 신주발행가격이 각 주당 10만 원인데, 비록 ☆☆☆☆의 자산이 일부 증가하였다는 점을 고려하더라도 ☆☆☆☆의 주가가 불과 2년만에 급상승하였다고 보기는 어렵다는 이유로 이 사건 전환사채의 전환가격이 저가라 판시하였으나, 위 JAIB의 매도가격이나 ☆☆☆☆의 신주발행 가격은 주식의 매수인 및 신주인수인인 JAIB가 신주발행 회사인 ☆☆☆☆와 특수관계인의 지위에 있는 □□계열사라는 점에서, 세법상 부당행위계산 부인 및 증여의제에 따른 과세와 공정거래법상 부당지원행위 등으로 인정되는 불이익을 피할 목적으로 상속세법상 보충적 평가방법에 따른 금액을 기계적으로 적용하여 결정한 금액일 뿐, 결코 주식의 실제가치를 반영하여 결정된 것이 아니고, 시기적으로 2년이나 경과하여 변화된 ☆☆☆☆의 상황을 반영하여 이루어진 매매거래 또는 신주의 발행사례일 뿐이므로 원심의 위 판단은 부당하다.

③ 이 사건에 있어서 안진회계법인이 미래현금흐름할인법에 의하여 ☆☆☆☆의 주식가치를 평가한 결과, 1996. 12. 31. 당시 예측치에 의한 ☆☆☆☆의 보통주 1주당 가치는 5,446원으로 평가되었고, 사후적인 영업실적치에 근거해서도 ☆☆☆☆ 주식의 1주당 가치는 10,413원으로 평가되었으며, 삼일회계법인에 의해서도 위 평가액이 적정한 것으로 검증되어, 이 사건 전환사채의 전환가격에 부합하는 것으로 나타났다.

이에 대하여 원심은, 미래현금흐름할인법은 주가 산정의 핵심적인 요소인 현금예측흐름이나 할인율의 결정이 어려울 뿐만 아니라, 그 평가과정에서 자의가 개입할 여지가 있다는 단점이 있고, 이러한 사정은 위 안진회계법인의 평가에 있어서도 ☆☆

☆☆와는 전혀 다른 호텔신라를 유사기업으로 상정하였고, 평가과정에서 베타(β) 값을 임의로 적용하였으며, 할인율을 과다 적용한 잘못이 있으므로, 위 평가결과는 믿을 수 없다고 판시하였다.

그러나 미래현금흐름할인법은 앞서 본 바와 같이 가치평가를 위한 재무관리이론 중에서 가장 널리 활용되고 있는 분석도구로서 기업의 미래가치를 평가하는 방법으로 가장 적합하며, 이러한 이유로 기업가치 평가에 있어서 그 어느 지표보다도 기업의 실제 시장가치를 정확히 반영하고 있다고 학계에서 널리 인정되고 있을 뿐만 아니라, 회계법인이나 신용평가기관에서 가장 보편적으로 사용되고 있는 방법이고, 현재 M&A 실무 등 일반 거래계에서도 가장 널리 평가방법으로 사용되고 있으며, 비록 평가방법이 가지는 본질적인 한계로서 평가의 적용실제에 있어서 다소 다른 결론이 나올 수는 있으나, 이를 가지고 원심이 인정하듯 자의적인 결과가 개입될 수 있다고 단정하는 것은 온당치 않고, 평가결과의 차이가 평가방법이 부적정하다고 할 정도로 큰 것도 아니다.

그리고 원심이 안진회계법인이 평가하고 삼일회계법인이 검증한 평가결과를 받아들일 수 없다고 판단하며 설시한 위 이유들은, 평가를 담당한 안진회계법인 소속 공인회계사 공소외 5 및 검증을 담당한 삼일회계법인 소속 공인회계사 공소외 6에 대한 검찰의 수차례 조사 결과 이미 충분히 설명이 끝난 사정들로서, 원심은 이에 대한 아무런 추가적인 심리도 없이 검사가 수사단계에서 가지고 있었지만 이미 해소되어 버린 의문들을 그대로 사실인정으로 연결시키고 있다.

안진회계법인도 ☆☆☆☆의 기업가치를 평가함에 있어 호텔신라를 그대로 비교한 것이 아니라 호텔신라를 상대기업으로 설정한 후 ☆☆☆☆와 호텔신라의 사업목적, 재무구조, 자산구성, 수익구조의 차이를 반영하고 여러 변수를 조정하여 평가를 시행하였고, 또 시장수익률 변화에 대한 증권수익률 변화의 반응도를 나타내는 계수로서 주식가치의 변동성을 측정하는 수단인 베타(β) 값 내지 베타 계수를 적용함에 있어서도, 원심이 인정하는 것처럼 임의로 정한 것이 아니라 호텔신라를 기준으로 하여 조정된 대용 베타값을 적용한 것으로서 이는 평가에 있어서 당연히 행하는 일반적인 방법이며, 원심은 평균이자율을 계산하기 위해서는 이 사건 전환사채 발행 당시를 기준으로 하여 그 당시의 차입금 잔액에 대한 가중평균 이자율을 계산하여야 함에도, 이 사건 전환사채 발행 이후 5년간인 1997.부터 2002.까지의 이자율의 단순 적수 평균값에 불과한 11.85%가 적정하다는 전제하에 안진회계법인이 산정한 12.88%

가 잘못되었다고 판시하였으나, 이 사건 전환사채 발행 당시를 기준으로 차입금 잔액에 대한 가중평균 이자율을 계산하면, 12.88%로서 오히려 안진회계법인이 산정한 평균이자율이 적정하고, 이 점은 수사기관에서 위 평가결과를 검증한 삼일회계법인의 공소외 6에 의하여 확인된 것이다.

④ 오히려 이 사건 전환사채 발행 당시 ☆☆☆☆의 재무구조 및 수익상황이 극도로 악화된 상황이었다는 점, 이 사건 전환사채 발행 당시인 1996. 12.경에는 IMF 사태에 직면하여 국내경기가 극도로 침체되어 주가가 동 기간 최저점에 이를 정도로 극히 낮은 수준에서 형성되어 있었으며, 당시 주요 상장법인의 주가 수준과 비교하여 볼 때 이 사건 전환가격이 결코 저가라고 할 수 없다는 점, 안진회계법인이 미래현금흐름할인법에 의하여 ☆☆☆☆의 주가를 평가한 결과, 1996. 12. 31. 당시 예측치에 의한 ☆☆☆☆의 보통주 1주당 가치는 5,446원으로 평가되었고, 사후적인 영업 실적치에 근거해서도 10,413원으로 평가된 점, 이 사건 전환사채의 만기보장수익률은 당시 통상적인 회사채 수익률이나 ☆☆☆☆가 과거 발행한 회사채 이자율의 절반인 연 5%에 불과하여 사채의 발행조건이 극히 나쁜 관계로 전환가격을 높일 수 없었다는 점, 이 사건 전환사채 발행 당시 상속세법상 ☆☆☆☆의 주당 순손익가치는 －10,942원으로 액면가의 두 배에 달하는 마이너스 금액을 기록하고 있었고, 수익가치 내지 순손익가치는 회사가 장래 영업을 통해 얻을 수 있는 수익을 현재의 시점에서 현가 할인한 금액으로서 회사의 향후 영업성 및 수익성의 지표가 되므로 계속기업에 있어서는 적어도 자산가치보다는 수익가치 내지 순손익가치가 주가와의 연관성이 높다는 점, 이 사건 전환사채 발행 당시 ☆☆☆☆의 기업어음 정상할인율이 35.7%에 이를 정도로 매우 높아 ☆☆☆☆가 발행한 채권 등 유가증권의 투자가치가 매우 낮았다는 점, 호텔신라의 경우 이 사건 전환사채 발행 당시 상속세법상으로 평가한 주당 순손익가치가 －405원이고 주가가 6,031원이었던 점과 비교하면, ☆☆☆☆의 순손익가치가 －10,492원이었음에도 전환가격이 액면가의 50%나 할증된 7,700원이어서 상대적으로 매우 높았던 점, 이 사건 전환사채 발행 당시 국내 대부분의 비상장회사가 전환사채를 발행함에 있어서 전환가격을 주식의 액면가로 정하는 것이 관행이었다는 점, 전환사채를 발행하는 피고인들의 입장에서는 인수가능성을 고려하여 전환가격을 주식의 시가보다 낮게 정할 수밖에 없었고, 심지어 상장주식의 경우에도 주주배정시에는 발행가격에 제한이 없다는 점 등을 종합하면, 피고인들이 여러 사정을 고려하여 결정한 1주당 7,700원의 전환가격

은 ☆☆☆☆ 주식의 그 당시 시가에 비하여 낮은 가격이라고 할 수는 없다.

가사, ☆☆☆☆ 주식의 시가가 주당 7,700원을 다소 초과한다고 하더라도, 앞서 본 바와 같은 이 사건 전환사채 발행 당시 ☆☆☆☆의 경영상태, 재무구조, 주식의 환가성이나 수익성, 국내 전환사채 발행의 일반적인 관행, 전환가격을 정함에 있어서 액면가에서 50% 정도 할증까지 한 경위 등 여러 사정을 고려할 때 1주당 7,700원의 전환가격은 형법상 용인할 수 있는 범위 내의 것이다.

(자) 전환가격과 회사의 손해 발생 여부에 대하여

① 이 사건 전환사채의 전환가격을 얼마로 정하든 ☆☆☆☆에게는 손해가 발생하지 않고, 오로지 ☆☆☆☆ 신구新舊 주주 간의 부富의 이전만이 문제된다.

이는 학설상으로나, 세법의 규율상으로나, 다음에서 보는 바와 같이 전환사채 발행에 따른 신구 주주 및 회사 사이의 손익의 대응 및 상관관계로도 뒷받침되고 있고, 재무적, 회계적 측면에서 보더라도 전환가격과 회사의 손익은 무관하며, 특히 전환사채가 주주에게 우선인수권이 부여되는 방식으로 발행된 경우에는 신구 주주가 동일하므로, 부의 이전에 따른 신구 주주 간의 손해와 이익의 문제도 발생하지 않는다.

② 상법 제424조의2 통모인수의 차액 납입의무에 관한 규정에 의하더라도 신주의 발행가격이나 전환사채의 전환가격은 회사의 손익과는 무관하다는 법리가 뒷받침된다.

상법의 위 규정에 의하면, 이사와 통모하여 현저하게 불공정한 발행가액으로 신주를 인수한 자는 회사에 대하여 추가납입의무를 지고, 신주를 저가로 발행한 이사도 회사 또는 주주에 대하여 손해배상책임을 지도록 규정하고 있지만, 위 규정은 제3자가 주식을 인수하거나 특정 주주가 신주인수권에 기하지 않고 제3자적 지위에서 주식을 인수할 때에 적용될 뿐, 주주배정방식에 따라 신주가 발행된 경우에는 적용되지 않는다는 것이 통설이다. 신주를 저가로 인수함으로 인한 발행가격과 시가와의 차액 상당의 이익은 기존 주식의 가치가 희석됨으로 인한 손실과 상쇄되기 때문에 발행주식을 기존 주주들이 인수할 경우에는 기존 주식가치의 희석에 따라 기존 주주들이 손해를 볼 염려가 없고, 또 인수를 포기한다 하더라도 이는 주주가 기존 주식가치의 희석을 용인한 결과이기 때문이다.

③ 신주 등의 발행과 같은 자본거래에 있어서는 회사의 소극적 손해와 같은 개념

이 인정될 수 없다.

보유자산의 매각과 같이 자산의 유출을 수반하는 자산거래에 있어서는 회사의 자산이 과소한 대가로 유출되었음을 이유로 한 소극적 손해의 개념이 인정될 수 있으나, 회사의 자산이 전혀 유출됨이 없이 오로지 회사의 입장에서는 투자만을 받았을 뿐인 신주발행 등 자본거래에 있어서 유입된 자금의 다과를 가지고 소극적 손해를 따지는 것은 법률적, 회계적, 재무적으로 타당하지 않다. 또, 소극적 손해라는 개념 자체가 '정당한 급부의 수액'이 있음을 전제로 하는 것인데, 신주발행과 같은 자본거래에 있어서는 회사의 입장에서 보면 주주나 제3자들로부터 투자를 받는 데 불과하기 때문에 투자가 되면 그로써 회사에 유리한 것일 뿐이지 '정당한 투자액'이라는 것이 애당초 있을 리 없고, 단지 기존 주주와의 관계에서 기존 주주의 권리(지분가치)가 보호되어야 한다는 것이 문제되는바, 주주배정의 경우에는 이러한 문제가 있을 리 없고, 제3자 배정의 경우에도 회사의 입장에서 보면 주주배정의 경우와 신주 등 발행가격이 동일한 이상 회사에 유입되는 자금의 액수에는 차이가 없으므로 소극적 손해가 생기지 않는다.

그러기에 원심의 판시를 따른다 하더라도 제3자가 얻은 이득액과 회사의 손해액이 일치하지 않는다는 본질적인 문제가 발생한다. 즉, 주식의 실제가치보다 낮은 전환가격으로 전환사채를 발행하더라도, 전환사채의 인수인이 얻는 이득액은 '주식의 실제가치와 전환가격의 차액 상당액'이 아니고, 그 이득액은 '기존주주에게 발생하는 손해액'과 정확히 일치될 뿐, 회사의 손익과는 전혀 상응하지도 않을 뿐만 아니라 일치되지도 않는다. 만약 이 사건 전환사채의 발행을 통해 이○○ 등이 이익을 얻었다면 그 이득액은, 검사가 최소한의 실제가치라고 한 주당 85,000원을 기준으로 할 때, 주식으로의 전환 전후의 주식가치의 변환에 따른 34,297,171,086.56원이고, 이는 ☆☆☆☆의 기존주주들이 입은 손해액과 정확히 일치할 뿐이지, 공소사실에 언급된 ☆☆☆☆의 손해액 96,994,262,100원과는 전혀 일치하지도, 상응하지도 않는다.

④ 나아가 전환가격을 주식의 시가보다 낮게 정하여 전환사채를 발행한 것이 회사에 손해를 발생시키는 것이라면, 기존 주주들이 전환사채를 인수한 경우에도 당연히 회사에 손해가 발생한다고 한다고 보아야 하므로, ☆☆☆☆의 기존 주주들이 이 사건 전환사채를 모두 인수하였더라도 피고인들에 대하여 업무상 배임의 죄책을 물

을 수 있어야 할 것인데, 이 사건에서 기존 주주들이 이 사건 전환사채를 인수하였다면 검사는 피고인들에 대하여 업무상 배임의 책임을 묻지 않았을 것이고, 공소사실에서도 주주의 지위에서 그 몫으로 배정된 전환사채를 인수한 JIJD를 피고인들의 배임행위로 이익을 얻은 수익자에서 제외하고 있다. 비록 전환가격이 주식의 시가보다 낮게 정하여졌다고 하더라도 기존 주주들이 전환사채를 인수한 경우에 있어서 전환사채의 저가 발행을 문제 삼은 검찰의 기소는 지금까지 없었으며, 이 사건은 전환사채를 단지 이○○ 등에게 배정하였기 때문에 문제가 되었을 뿐이다.

뿐만 아니라, 배임죄에 있어서의 재산상의 손해라 함은 본인의 전체적인 재산가치의 감소를 말하고, 재산가치의 감소에는 장차 취득할 수 있는 이익의 감소도 포함되나, 재산가치의 감소가 있는지 여부는 경제적 관점에서 실질적으로 판단되어야지 법률적 관점에서 형식적으로 판단되어서는 안 된다는 것이 판례와 통설인데, 주주들이 인수한 경우에 발생하지 않는 손해가 이○○ 등이 인수하였다고 하여 발생한다고 할 수 없다.

⑤ 원심이 판시한 바와 같이 이 사건 전환사채의 발행이 현저하게 불공정한 발행에 해당한다고 한다면, 이는 앞서 본 바와 같이 위 규정의 취지상 회사가 아니라 주주에게 손해가 발생하였음을 이유로 하는 것이고, 회사의 손해를 이유로 하는 이사의 위법행위유지청구권의 요건에는 애당초 현저하게 불공정한 발행은 포함조차 되지 않는 것이므로, 애당초 회사에 손해가 발생하였다고 할 수도 없다.

⑥ 따라서, 주식의 실제 가치보다 낮은 전환가격으로 전환사채가 발행되었다 하더라도 주주에게 우선인수권이 부여된 경우에는 회사에 아무런 손해가 없고, 이는 상법의 규정이나 통설 및 판례에 의해 뒷받침되고 있으므로, 이를 간과한 원심판결에는 법리오해의 위법이 있다.

(차) 배임의 고의에 대하여

업무상 배임죄에 있어서 '임무위배행위'는 고의에 의한 것이어야 하고, 일반적으로 업무상 배임죄의 고의는 업무상 타인의 사무를 처리하는 자가 본인에게 손해를 가한다는 의사와 자기 또는 제3자가 재산상의 이익을 취득한다는 의사가 임무에 위배된다는 인식과 결합하여 성립한다. 특히, 경영상의 판단과 관련하여 기업의 경영자에게 배임의 고의가 있었는지 여부를 판단함에 있어서는, "기업의 경영에는 원천적으로 위험이 내재하고 있어서 경영자가 아무런 개인적인 이익을 취할 의도 없이 선의에 기하여 가능한 범위 내에서 수집된 정보를 바탕으로 기업의 이익에 합치된다는 믿음을 가지고 신중하게 결정을 내렸다 하더라도 그 예측이 빗나가 기업에 손해가 발생하는 경우가 있을 수 있고, 이러한 경우에까지 고의에 관한 해석기준을 완화하여 업무상 배임죄의 형사책임을 묻고자 한다면 이는 죄형법정주의의 원칙에 위배되는 것임은 물론, 정책적인 차원에서 볼 때에도 영업이익의 원천인 기업가 정신을 위축시키는 결과를 낳게 되어 당해 기업뿐만 아니라 사회적으로도 큰 손실이 될 것이므로, 비록 현행 형법상 배임죄가 위태범이라는 법리를 부인할 수 없다 할지라도 문제된 경영상의 판단에 이르게 된 경위와 동기, 판단대상인 사업의 내용, 기업이 처한 경제적 상황, 손실발생의 개연성과 이익획득의 개연성 등 여러 사정에 비추어 자기 또는 제3자가 재산상의 이익을 취득한다는 인식과 본인에게 손해를 가한다는 인식하의 의도적 행위임이 인정되는 경우에 한하여 배임죄의 고의를 인정하는 엄격한 해석기준은 유지되어야 할 것이고, 그러한 인식이 없으면서도 단순히 본인에게 손해가 발생하였다는 결과만으로 책임을 묻거나 주의를 소홀히 한 과실이 있다는 이유로 책임을 물을 수는 없다."라고 할 것이다(대법원 2004. 7. 22. 선고 2002도4229 판결 참조).

따라서, 앞서 살펴본 바와 같이 회사에 손해가 발생할 여지가 없고, 설령 손해의 결과가 발생하였다 하더라도, 피고인들로서는 이 사건 전환사채의 발행으로 인하여 ☆☆☆☆에 손해가 발생하리라는 인식이 있었다고 보기는 어렵고, 더욱이 전환사채의 저가 발행으로 인하여 회사에 손해가 발생하는지 여부에 관하여 법률전문가 사이에서도 이를 단정하지 못하고 있는 점을 고려할 때, 이 사건 전환사채가 주식의 실제가치보다 낮은 가격으로 발행되었다고 가정하더라도, 법률전문가가 아닌 피고인들이 이 사건 전환사채의 발행으로 인하여 ☆☆☆☆에 손해가 발생하게 되리라는 인식을 하였다거나 할 수 있었다고 인정하기는 어렵다.

(카) 전환사채 발행의 실제와 이사들의 업무상 임무에 대하여

이 사건 전환사채가 지배권 이전을 목적으로 사전에 계획된 것은 결코 아니다. 다만, 전환사채는 여러 가지 계기에서 발행될 수 있으므로, 설령 지배권 이전이 계기가 되어 전환사채가 발행되었다고 하더라도 이에 대해 형사책임을 물을 수 없고, 주주들이 전부 동의하고 승인하였다고 보아야 하는 마당에 주주들이 스스로 인수를 포기한 전환사채의 전환가격이 저가라는 이유로 이사들에게 전환가격 결정에 따른 책

임을 묻는 것은 온당치 않다.

전환사채는 본질적으로 사채이므로 자금조달의 목적을 위해서 발행되는 것이기는 하지만, 주식으로의 전환이 가능하다고 하는 점에서 신주발행의 경우와 같이 주주의 입장에서는 지배권의 이전이 그 계기가 될 수도 있는바, 회사에 대한 주주의 지배권이 이전되는 가장 일반적인 모습은 기존 주주들이 보유하고 있던 지분을 제3자에게 직접 양도하는 것으로서, 기존 주주는 통상 주식양도라는 자산거래를 통하여 지배권 프리미엄까지 포함된 양도대금을 얻게 되지만 회사에는 아무런 자금이 유입되지 않는 반면, 전환사채나 신주의 발행을 통하여 지배권이 이전되는 경우에는 회사에 그 발행대금 상당의 자금이 유입되므로, 회사는 신구新舊 주주 간의 지배권 이전을 계기로 자금조달 및 자본 확충을 도모할 수 있게 되므로, 달리 경영권 분쟁상황이 아닌 한 주주 간의 지배권 이전 과정에 회사가 신주나 전환사채를 발행하는 등으로 개입하였다고 하여 그 자체만으로 신주나 전환사채의 발행업무를 집행한 이사들에게 형사책임을 물을 것은 아니고, 오히려 주주 간의 지배권 이전을 계기로 자금조달 및 자본 확충을 도모하였다는 점에서 긍정적으로 평가되어야 할 것이다.

지배권의 이전을 계기로 신주나 전환사채가 발행되는 구체적인 태양을 살펴보면, ① 신주나 전환사채가 주주배정방식으로 발행되고 이를 인수한 기존 주주들이 신주나 전환사채를 제3자에게 양도하는 경우, ② 신주나 전환사채가 주주배정방식으로 발행되고 기존 주주들이 인수를 포기하여 실권된 신주나 전환사채가 제3자에게 재배정되는 경우, ③ 주주총회의 특별결의를 얻는 등으로 기존 주주의 의사에 따라 신주나 전환사채를 처음부터 제3자에게 직접 발행하는 경우가 있을 수 있다.

주주의 회사에 대한 지배권도 법적으로 보호받아야 할 권리이고, 지배권의 이전은 주주의 사적 영역에 속하는 사항이므로, 달리 회사의 채권자 등 이해관계인에게 현실적인 손해를 가하지 않는 한, 어느 경우에 의하든 기존 주주가 보유지분을 양도하는 대신 회사에 자금을 출자하는 형태로 선택할 수 있는 지배권 이전의 방식 내지 과정에 불과하고, 그 형식만 다를 뿐이지 회사에 유입되는 자금액이나 신주발행에 따른 지분율의 변경 및 기발행 주식의 가치 변동 등과 같은 경제적 실질이나 법률적 효과에 아무런 차이가 없어 회사나 다른 주주 및 채권자에게 미치는 영향이 동일하므로, 신주발행가격이나 전환가격이 동일함에도 불구하고, 주주배정방식으로 발행된 신주 등을 실권하여 재배정되도록 하는 경우(②)에 있어서, 인수한 후 양도하는 경우(①)와 달리 이사들이 지배권 이전의 프리미엄이 가산되도록 전환가격을 상향 재조정하여야 하고 그렇게 하지 않으면 이사의 임무위배에 해당하고 회사에 손해가 발생한다고 할 수 없거니와, 또한 주주총회의 특별결의로 주식시가보다 저가의 전환가격에 의한 제3자 발행이 이루어진 경우(③)는 적법하나 신주발행가격이나 전환가격이 동일함에도 불구하고 주주배정 후 실권하여 재배정되도록 하는 경우(②)에는 전체 주주가 동의하고 수용하는 경우에도 이사의 임무위배에 해당하고 회사에 손해가 발생한다는 것은 상법상의 법리는 물론, 사물의 기본이치에 비추어 보더라도 결코 타당하지 않다.

(2) 양형부당

원심이 피고인들에게 선고한 형은 너무 무거워서 부당하다.

나. 검사

(1) 사실오인 또는 법리오해

피고인들의 이 사건 업무상 배임으로 인하여 재산상 이익과 손해가 발생하였고, 비록 재산상 이익의 가액을 산정하는 것이 용이하지 않다고 하더라도 이 사건의 경우 법령상, 실무상, 강학상 충분히 가능하며, 재산상 이익과 손해가 발생하였다고 인정한 이상 반드시 그 가액을 산정하여야 할 뿐만 아니라, 적어도 특정경제범죄 가중처벌 등에 관한 법률 제3조 제1항 제1호 또는 제2호에서 정한 금액을 넘는 것이 명백하다고 인정되면 특정경제범죄 가중처벌 등에 관한 법률 위반(배임)죄로 처단하여야 마땅함에도, 원심은 피고인들의 업무상 배임으로 인하여 재산상 이익과 손해가 발생하였다고 인정하고서도, 그 가액의 산정이 곤란하다는 이유로 재산상 이익의 가액을 기준으로 가중처벌하는 특정경제범죄 가중처벌 등에 관한 법률 위반(배임)죄로 의율할 수 없다고 판단하였으니, 원심판결에는 이 점에 관하여 사실을 오인하거나 법리를 오해하여 판결에 영향을 미친 위법이 있다.

(2) 양형부당

원심이 피고인들에게 선고한 형은 너무 가벼워서 부당하다.

## 5. 이 법원의 판단

가. 판단할 사항

업무상 배임죄는 업무상 타인의 사무를 처리하는 자가 그 임무에 위배하는 행위로써 재산상 이익을 취득하거나 제3자로 하여금 이를 취득하게 하여 본인에게 손해를 가한 때에 성립하고, 그 이득액이 일정한 금액 이상일 때에는 특정경제범죄 가중처벌 등에 관한 법률 위반(배임)죄로 가중처벌된다. 원심은 "피고인들이 이○○ 등에게 적은 자금으로 ☆☆☆☆의 지배권을 넘겨주기로 공모하여, 전환사채를 발행, 배정함에 있어 적법한 이사회 결의를 거치지 않고 전환가격을 주식의 실제가치보다 현저히 낮은 가격인 7,700원으로 정하는 등 대표이사와 이사로서의 임무를 위배함으로써 이○○ 등으로 하여금 전환사채를 인수하게 하여 그 주식 전환에 의한 발행주식 1,254,777주의 실제 가치와 전환가격과의 차액에 해당하는 가액 미상의 재산상 이익을 취득하게 하고, ☆☆☆☆에게 같은 금액 상당의 손해를 가하였다."라고 인정하여, 특정경제범죄 가중처벌 등에 관한 법률 위반(배임)의 점은 배척하고 업무상 배임죄로 처단하였다. 피고인들과 검사는 앞서 '항소이유의 요지'에서 본 것처럼 원심판결에 사실오인 또는 법리오해의 위법이 있다고 주장하므로, 아래에서는 먼저 필요한 범위에서 사실인정을 하고, 이어 업무상 배임죄 또는 특정경제범죄 가중처벌 등에 관한 법률 위반(배임)죄의 성립요건에 관하여 당사자 간에 쟁점이 되는 부분을 중심으로 판단하기로 한다.

나. 사실인정

피고인들의 당심 법정에서의 각 일부 진술, 검사 작성의 공소외 7, 8에 대한 각 피의자신문조서 등본의 각 진술기재, 검사 작성의 공소외 9, 10, 11, 12, 13, 14에 대한 각 진술조서 등본의 각 진술기재와 원심이 적법하게 조사·채택한 증거들을 종합하면, 다음과 같은 사실을 인정할 수 있다.

(1) ☆☆☆☆는 1963. 12. 23.경 설립되어 관광객 이용 시설업, 조경업, 유통업 등의 영업을 하고 있는 □□그룹의 계열사인 비상장법인으로, 이 사건 전환사채 발행 전 발행주식 총수는 707,200주, 액면가는 5,000원, 자본금은 35억 3,600만 원이었다.

(2) 피고인 1은 1993. 9.경부터 2002. 6.경까지 ☆☆☆☆의 대표이사로 근무하면서 ☆☆☆☆의 경영 전반을 총괄하는 업무에 종사하였고, 피고인 2는 1993. 11.경부터 1997. 2.경까지 ☆☆☆☆의 상무이사인 경영지원실장으로 근무하면서 ☆☆☆☆의 자금조달계획을 수립, 집행하는 등의 업무에 종사하였다.

(3) ☆☆☆☆는 1990년대에 들어서서 세계적인 수준의 테마파크로 도약하기 위한 계획을 세우고 노후화된 시설의 개·보수 및 캐리비안베이 등의 신규시설 건설을

위하여 대규모 투자를 실시하였는데, 특히 1995년 약 1,501억 원, 1996년 약 2,868억 원, 1997년 약 1,327억 원의 자금을 조달하여 집중적인 투자를 하였다. 위와 같은 투자금은 금융기관으로부터의 장·단기 차입, 회사채 발행 등으로 조달되었는데, 이로 인하여 이 사건 전환사채 발행당시 2년 연속 적자를 나타냈고, 부채도 1996. 1.경 4,138억 원을 기록한 이후 꾸준히 증가하여 같은 해 11.경 약 7,411억 원에 이르렀다.

(4) 그러나 ☆☆☆☆는 이 사건 전환사채의 발행 당시인 1996년 말을 기준으로 총자산 8,387억 원 상당, 자본총계 1,581억 원 상당에 이르렀고, 1996. 12. 31. 재무제표를 기준으로 기업어음에 관하여 한국기업평가 주식회사로부터 신용등급 A3 + , 한국신용평가 주식회사로부터 신용등급 A3의 평가를 받는 등 매우 양호한 신용등급을 유지하고 있었으며, 1995년 일반 시장금리 수준인 11.98%에서 12.65% 사이의 금리로 300억 원의 회사채를, 1996. 6. 12. 대한보증보험의 보증을 받아 만기 3년, 표면금리 10%인 500억 원의 회사채를, 1997.경 금리 10.8%에서 12.64% 사이에서 1,300억 원의 회사채를 각 발행하였고, 이 사건 전환사채 발행 직전인 1996. 10.경부터 같은 해 11.경까지 사이에 SSSM 주식회사로부터 370억 원의 장기차입금을 조달하기도 하는 등 금융기관으로부터 장·단기 차입 및 회사채 발행 등을 통하여 필요한 자금을 안정적으로 조달하였으므로, 당시 긴급하고 돌발적인 자금조달의 필요성은 없었다.

(5) ☆☆☆☆는 1996. 5.경 1년 동안의 자금수지를 예상하면서 단자회사로부터 1996. 10.경 단기자금 518억 원, 1996. 11.경 단기자금 257억 원을 각 차용하여 은행에 대한 채무 각 10억 원 및 230억 원을 변제할 계획을 세우고 있었는데, ☆☆☆☆의 단기차입금은 위와 같은 자금수지예상표가 작성될 무렵인 1996. 5.경 약 1,926억 원에서 이 사건 전환사채의 발행이 기획된 1996. 10.경 2,179억 원, 1996. 11.경 약 2,370억 원으로 전체 액수는 증가하였으나, 전체 차입금 중 단기차입금이 차지하는 비율은 1996. 4.경 83.54%, 1996. 5.경 77.58%, 1996. 10.경 67.35%, 1996. 11.경 69.17%로 오히려 하락하였다.

(6) ☆☆☆☆는 이 사건 전환사채 발행 이전 및 이후에 한 번도 전환사채의 발행 방법으로 자금을 조달한 사실이 없을 뿐만 아니라 필요한 자금에 관하여 월 단위, 분기 단위, 연 단위 등으로 사전에 자금조달계획을 세워서 시행하여 왔는데, 이 사건 전환사채는 위와 같은 사전 자금조달계획 및 1996. 9. 25.경 작성된 '10월 월간 자금계획서'에도 전혀 발행이 예정되어 있지 않았다.

(7) 피고인 2는 1996. 10.경 갑자기 ☆☆☆☆의 노후화된 시설 개보수 등을 위한 대규모의 자금소요로 차입금이 증가하여 약 3,200억 원에 이르고 그중 약 77%가 단기 차입금이어서 저리의 장기 안정자금 확보가 시급하고, ☆☆☆☆의 규모에 비하여 과소한 자본금(35억 3,600만 원)을 확충할 필요가 있다는 이유로 경영관리팀(팀장 공소외 15, 과장 공소외 16)에 자금조달방안을 강구할 것을 지시하였고, 경영관리팀에서는 피고인 2에게 당시의 시중금리 현황 및 향후 자금시장 전망, 국내 기업의 전환사채 발행 실례 등을 조사, 분석하고 이를 기초로 증자, 사채 발행, 전환사채 발행의 장단점을 비교하여 그중 전환사채의 발행이 주주구성의 변동을 초래할 수 있는 단점이 있으나 기존 주주와의 협의를 통하여 발행을 추진하되, 전환사채의 발행규모는 약 100억 원으로 하며, 현재 비상장주식은 5,000원 정도로 시장이 평가하고 있고 대부분의 경우 액면가에 전환할 수 있는 전환사채가 보편적으로 통용되고 있으나 전환을 대비할 경우의 자본금 관리 편의를 위하여 전환 후 액면가 기준 64억 6,400만 원을 증가시키는 금액을 전환가격으로 결정하고자 하고 이 경우 전환가격은 7,700원, 발행물량은 1,292,800주가 적정하다고 보고하였는바(1996. 10. 11. 자금조달방안 검토), 피고인들은 위의 전환가격을 정함에 있어서 전환 후 총자본금을 100억 원, 발행주식수를 총 2,000,000주로 하여 추가로 발행하게 될 주식수 1,292,800주로 위 자본금 100억 원을 나누는 방법으로 계산한 7,700원으로 산정하였을 뿐, 당시 ☆☆☆☆의 자산가치, 미래수익가치, 주당 주식가치 등은 전혀 고려하지 않는 등 적정한 가격으로 정하려는 아무런 노력도 기울이지 않은 채 1996. 10. 25. 위 보고서를 토대로 만들어진 '회사채 발행(제9회) 품의서'에 결재한 후 1996. 10. 30. 이를 이사회에 상정하였고, 당시의 의사록에 의하면, ☆☆☆☆의 이사회에서 전환사채의 발행을 결의한 것으로 되어 있는데, 그 주요 내용은 다음과 같다.

- 사채의 종류: 무기명식 이권부 무보증전환사채
- 사채의 권면총액: 9,954,590,000원
- 사채의 발행가액의 총액: 사채의 권면금액의 100%
- 사채의 배정기준일: 1996. 11. 14.
- 사채 배정방법: 주주 우선 배정 후 실권시 이사회 결의에 의하여 제3자 배정
- 각 사채권의 금액: 일만 원권, 일십만 원권, 일백만 원권, 일천만 원권의 4종
- 사채의 이율: 사채 발행일부터 1999. 11. 29.까지 연 1%로 한다. 단, 사채 원금의 상환기일까지 전환권을 행사하지 않은 사채권자에 대한 보장수익률은 연

5% 복리로 한다.

- 원금 상환방법과 기한: 사채원금의 112.61%에 해당하는 금액을 1999. 11. 29.에 일시에 상환한다. 단, 상환기일이 은행휴업일인 때에는 그 다음 영업일로 한다.
- 자금의 사용목적: 시설자금
- 전환에 관한 사항: 각 사채 권면액의 100%를 전환가격으로 나눈 주식수를 전환 주식수로 하고 1주 미만의 단주는 주권 교부시 현금으로 지급하되, 사채의 전환가격은 1주당 7,700원으로 한다.
- 전환에 따라 발행할 주식의 종류: 기명식 보통주식
- 전환청구기간: 사채발행 익일부터 상환기일 직전일까지로 한다.
- 전환청구를 받을 장소 : ☆☆☆☆ 경영관리팀

(8) 그런데 ☆☆☆☆의 정관에 의하면, 이사회의 안건은 이사 과반수의 출석과 출석이사 과반수의 결의에 의하도록 규정되어 있었고, 당시 ☆☆☆☆의 이사는 17명이었는데, 1996. 10. 30. 개최된 이사회 의사록에는 "피고인 1이 의장석에 착석하여 피고인들과 공소외 17 등을 포함한 9명의 이사가 출석하여 성원이 되었음을 선언한 뒤 의안을 심리하여 출석 이사 전원의 찬성으로 의결한 것"으로 기재한 후 이사들의 날인이 되어 있으나, 이사 중 공소외 17은 그 당시 외국 출장 중이어서 실제로는 위 회의에 참석하지 아니하였기 때문에, 위 이사회 결의는 의결정족수가 미달된 상태에서 이루어졌던 것이다.

(9) 이 사건 전환사채 발행 당시 ☆☆☆☆의 법인주주들은 □□그룹의 계열사이거나 계열사였다가 계열 분리된 9개 회사이고, 개인주주들은 □□그룹의 회장 이◇◇를 비롯하여 대부분 □□그룹 계열사의 전·현직 임직원들로 총 17명이었으며, 각 주주들에게 배정된 금액은 다음과 같다.

- 주식회사 JAIB: 4,801,660,000원
- JIMJ 주식회사: 1,407,610,000원
- SSMS 주식회사: 520,780,000원
- 재단법인 SSMHJD: 309,960,000원
- JIJD 주식회사: 292,780,000원
- HSJJ 주식회사: 94,300,000원

- HSGS 주식회사: 95,710,000원
- HSHH 주식회사: 91,490,000원
- 주식회사 SSGBHJ: 22,520,000원
- 이◇◇ : 1,310,020,000원
- 나머지 개인주주들 합계 : 1,007,760,000원

(10) 그리하여 발행총액을 9,954,590,000원, 전환가격을 7,700원(전환청구로 발행될 주식수 1,292,800주)으로 한 이 사건 전환사채의 발행이 적법하게 결정된 것으로 보아, ☆☆☆☆는 주주들에게 1996. 10. 30. 전환사채 배정기준일 통지를, 1996. 11. 15. 전환사채 청약 안내를 발송하여, 전환사채 발행총액, 발행방법 및 배정금액은 각 위와 같고, 배정기준일은 1996. 11. 14. 16:00이며, 배정방법은 배정기준일 현재 주부명부에 등재된 주주에게 주식지분 비율대로 배정하되 실권시 이사회 결의에 의하여 제3자 배정하고, 전환사채 청약 및 납입일은 각 1996. 12. 3.이며, 사채 청약 증거금은 배정 금액의 100%이고, 청약 및 납입장소는 각 ☆☆☆☆ 경영관리팀(상세 주소 생략)이라고 알려주었고, 주주들은 그 무렵 통지 등을 수령하였다. 그런데 JIJD은 해당 전환사채(2.94%) 인수에 대한 청약 의사를 표시하였으나, JIJD를 제외한 나머지 법인 주주 및 개인 주주들은 해당 전환사채(97.06%) 인수에 대한 청약을 하지 않았다.

(11) 피고인들은 전환사채 청약 만기일인 1996. 12. 3. 16:00까지 JIJD를 제외한 나머지 주주들이 청약을 하지 아니하자 그 시각 무렵 이사회를 개최하여 인수청약을 하지 않은 전환사채를 이◇◇의 장남인 이◯◯에게 4,830,910,000원 상당, 이◇◇의 딸들인 공소외 1(26세), 공소외 2(23세), 공소외 3(17세)에게 각 1,610,300,000원 상당을 각 배정하기로 하는 내용의 안건을 상정하였고, 위 안건 결의에는 당시 참석한 이사 9명 전원이 찬성한 것으로 나타나 있다.

(12) 피고인들은 이◯◯ 등이 전환사채를 인수함으로써 ☆☆☆☆의 지배권을 확보한다는 것과 이◯◯ 등이 당시의 시중금리에 비하여 형편없이 싼 연 1%의 사채 이자를 취득하려고 전환사채를 인수하는 것은 아니라는 것을 잘 알고 있었고, 이◯◯ 등에 전환사채를 배정하기 전에 기존 주주들에게 인수청약을 하지 않은 전환사채가 대량 발생하였고 이를 전부 종전과 같은 전환가격으로 이◯◯ 등에 배정한다는 등의 사정을 알리거나 그들의 의사에 대하여 문의한 바 없었으며, 1996. 12. 3.의 이사회에

서 이○○ 등에 배정을 결의할 당시에도 적정한 전환가격의 산정 등에 관한 아무런 논의가 없었다.

(13) JIJD와 이○○ 등은 1996. 12. 3. 17:00경 위 각 전환사채를 청약증거금과 함께 청약하여 인수하였다.

(14) 이○○은 1994. 10. 10.부터 1996. 4. 23.까지 이◇◇로부터 61억 4000만 원을 증여받아 증여세를 납부한 후 나머지 자금으로 □□그룹 계열사인 주식회사 에스원(이하 '에스원'이라고 한다)의 주식 121,880주와 삼성엔지니어링 주식회사의 주식 694,720주를 취득한 후 불과 1-2년 내에 위 두 회사의 주식이 상장되어 주가가 급등하자 이를 매각하여 약 539억 원 가량의 매매차익을 남겼고, 이 사건 전환사채 인수대금 역시 1996. 11. 13.부터 같은 달 19.까지 사이에 3회에 걸쳐 에스원의 주식 60,000주를 매각하여 자신 명의의 경수종합금융 계좌에 보관 중이던 금액 중 일부인 4,830,910,000원을 1996. 12. 3. 인출하여 납입하였으며, 한편, 공소외 1, 2, 3은 전환사채 청약일인 1996. 12. 3. 이◇◇로부터 각 1,610,300,000원을 증여받아 위 전환사채 인수대금을 납입하였다.

(15) 이○○ 등은 1996. 12. 17. 인수한 전환사채 전부를 주식으로 전환청구하였고, JIJD로부터 전환사채를 양수한 공소외 16은 1997. 3. 19. 주식으로 전환청구하여, 그 결과 이 사건 전환사채 발행 전 및 전환 완료 후의 ☆☆☆☆의 총발행주식, 자본금, 주주의 구성은 별지 주주구성표의 기재와 같게 되었다. 그리하여 ☆☆☆☆의 1대, 2대, 3대 주주가 JAIB 48.24%(341,123주), JIMJ 14.14%(100,000주), 이◇◇ 13.16%(93,068주)에서 이○○ 31.37%(627,390주), JAIB 17.06%(341,123주), 공소외 1, 2, 3 각 10.46%(209,129주)로 바뀌었다.

다. 임무위배

배임죄에 있어서 그 임무에 위배하는 행위라 함은 처리하는 사무의 내용, 성질 등 구체적 상황에 비추어 법률의 규정, 계약의 내용 혹은 신의칙상 당연히 할 것으로 기대되는 행위를 하지 않거나 당연히 하지 않아야 할 것으로 기대하는 행위를 함으로써 본인과 사이의 신임관계를 저버리는 일체의 행위를 포함한다(대법원 1987. 4. 28. 선고 83도1568 판결 참조). 특히, 주식회사의 이사는 전환사채를 발행할 경우 관계 법령과 정관의 규정에 따라야 함은 물론, 선량한 관리자로서의 주의의무(이하 '선관의무'

라고 한다)를 지고 있으므로(상법 제382조 제2항, 민법 제681조), 그 전환가격을 정함에 있어서도 사채발행 당시의 주식가격을 가장 중요한 기준으로 삼고 사채 이자율, 전환청구의 기간 등을 반영하여 적정한 가격으로 결정하여야 하며, 사채발행 당시의 적정한 가격보다 현저히 낮은 금액으로 전환사채를 발행하여 이를 본인 또는 제3자가 인수한 때에는 회사에 대하여 주식의 적정가격과 사채 발행가격의 차액에 상당하는 손해를 가한 업무상 배임죄가 성립한다(대법원 2001. 9. 28. 선고 2001도3191 판결, 대법원 2005. 5. 27. 선고 2003도5309 판결 참조). 원심은 "피고인들이 이○○ 등에게 적은 자금으로 ☆☆☆☆의 지배권을 넘겨주기 위하여 이 사건 전환사채를 발행함에 있어 적법한 절차를 거치지 않고 의결 정족수 미달로 무효인 이사회 결의에 터잡아 제3자인 이○○ 등에게 주식의 실제 가치보다 현저하게 낮은 가액에 전환사채를 배정하여 ☆☆☆☆ 주식의 약 64%에 해당하는 주식을 취득하게 함으로써 ☆☆☆☆의 지배권을 인수하게 하여 그 임무에 위배되는 행위를 하였다."라는 취지로 판단하였는바, 그러한 임무위배가 있었는지에 관하여 차례로 본다.

(1) '의결 정족수에 미달되어 무효인 이사회 결의에 터잡아'

(가) 원심은 이 사건 전환사채 발행을 위한 1996. 10. 30.의 이사회 결의는 상법과 정관에서 정한 의결 정족수에 미달한 상태에서 이루어져 무효라고 판단하였는바, 이는 앞의 사실인정에서 본 바와 같이 정당하고, 거기에 사실오인이나 법리오해의 위법은 없다. 피고인들은 당시 외국 출장 중인 공소외 17의 찬성의사를 들은 후 결의하였으므로 서면결의로서 유효하다는 취지로 주장하나, 앞서 본 대로 ☆☆☆☆의 당시 이사회 의사록에는 1996. 10. 30. 개최된 이사회에서 ' 피고인 1이 의장석에 착석하여 피고인들과 공소외 17 등을 포함한 9명의 이사가 출석하여 성원이 되었음을 선언한 뒤 의안을 심리하여 출석 이사 전원의 찬성으로 의결한 것'으로 기재한 후 이사들의 날인이 되어 있으나, 이사 중 공소외 17은 그 당시 외국 출장 중이어서 실제로는 위 회의에 참석하지 아니하였기 때문에, 위 이사회 결의는 의결 정족수가 미달된 상태에서 이루어져 무효인바, 의사록에 참석하지 않은 이사 공소외 17이 서면결의를 하였다고 기재되어 있지 않고 참석한 것처럼 기재되어 있을 뿐만 아니라, 공소외 17이 다른 이사들과 의견교환을 하거나 토론을 한 후 찬성의사를 표시하였다고 인정할 수도 없으므로, 위 주장은 이유 없다. 또, 피고인들은 공소외 17이 당시 참석했더라면 찬성했을 것임에 틀림없고, 당시나 지금이나 ☆☆☆☆의 모든 이사들이 이 사건 전환사채

의 발행에 찬성하고 아무도 이에 대하여 이의를 제기하지 않고 있으므로 위 결의는 유효하다는 취지의 주장을 하나, 이는 가정적인 사실을 전제로 한 것일 뿐만 아니라, 이사회 결의 제도의 본질에도 맞지 않는 주장이므로 이유 없다.

(나) 앞서 본 것처럼 1996. 10. 30.의 이사회 결의는 결의의 가장 기본적인 요건인 의결정족수에 미달하여 무효이고, 피고인들은 이사 또는 대표이사로서 결의에 참석하거나 회의를 주재함으로써 위 결의가 정족수 미달로 무효임을 너무나 잘 알고 있었다. 그러므로 피고인들이 그 결의가 정족수 미달로 무효임이 명백한 것을 알면서도 마치 유효한 결의가 있었던 것처럼 가장하여 전환사채발행에 나아간 것은 임무위배가 됨에 틀림없다.

(다) 앞서 본 것처럼 1996. 10. 30.의 이사회 결의가 무효이므로, 피고인들은 아예 주주에 대하여도 전환사채 청약통지 등의 배정절차에 나아가서는 아니 된다. 또, 설사 주주에게 전환사채 청약통지 등의 배정절차를 취했다고 하더라도, 이 사건에서 전환사채 청약통지 등을 받은 기존 주주 가운데 JIJD만이 해당 전환사채(2.94%) 인수에 대한 청약을 하였고, 나머지 주주들은 모두 해당 전환사채(97.06%) 인수에 대한 청약을 하지 않았는바, 이러한 경우 JIJD이 무효의 이사회 결의에 따라 배정된 전환사채에 대하여 인수청약을 한 행위가 유효한지 무효인지 여부와는 별개로, 나머지 주주들이 인수청약을 하지 않은 것에 무슨 법적 효과가 있다고 볼 수는 없고, 이로써 무효인 결의가 유효한 것으로 치유(추인)되거나 전환되는 것도 아니며, 더욱이 이를 제3자 배정에 대한 동의로 해석할 수는 없으므로, 1996. 10. 30.의 이사회 결의내용 가운데 '실권시 제3자 배정'이라는 부분은 여전히 무효인 상태에 있다. 그러므로 피고인들은 비록 늦었지만 그 상태에서 더 이상의 발행절차를 중단해야 하고 결코 제3자에 대한 배정에 나아가지 말아야 한다. 이 점에서 제3자 배정에 나아간 것은 실질적으로 주주배정이 아니라 제3자 배정이 되는 셈이다. 다만, 이 경우에도 전환사채를 인수한 제3자에 대한 거래안전의 보호를 위해 회사법상 이미 이루어진 발행행위 자체를 유효하게 보는 경우가 있을 수 있지만(이 사건의 경우에는 제3자에게 지배권이 이전된 경우라서 발행행위 자체에도 무효사유가 없다고 단정할 것은 아니다), 그러한 사유만으로 피고인들이 저지른 임무위배 행위가 없어지는 것은 아니다.

(라) 피고인들은 1996. 12. 3.의 이사회 결의로써 무효인 결의의 흠이 치유(추인) 되었다고 주장하나, 1996. 12. 3.에 한 이사회 결의가 유효하다고 해도(1996. 12. 3. 이

사회의 경우에도 모든 이사들에게 이사회 소집통지가 있었는지 의문이 있고, 또 1996. 10. 30.의 이사회 의사록과 1996. 12. 3.의 이사회 의사록을 포개어 보면 두 의사록 서면에 이사의 기명이 적힌 순서와 위치가 꼭 같으며, 거기에 날인된 인영도 개인 이름으로 된 인영이 아니라 '이사의 인'이라는 인영인 데다가, 참석자로 기명날인된 감사 공소외 7은 참석한 기억이 없다는 것이며, 한편 1996. 10. 30.의 이사회 의사록에 참석한 것으로 되어 있는 공소외 17도 실제로는 참석하지 않았던 것에 미루어 보면, 1996. 12. 3.에 한 이사회 결의가 유효한지 의심의 여지가 없지 않다), 이사회의 결의에는 단체법과 회의체의 법리가 적용되어 의결 정족수 미달로 무효인 결의의 흠의 치유(추인)는 허용되지 않을 뿐만 아니라, 1996. 12. 3.의 이사회 결의에는 가격 등 전환조건에 관한 아무런 결의내용도 없고 이○○ 등에 대한 배정내용만이 있는 터여서 추인이 있었다고 볼 만한 근거도 없으므로, 1996. 12. 3.의 이사회 결의로써 무효인 1996. 10. 30.의 이사회 결의의 흠이 치유(추인)되는 것은 아니다.

(마) 그렇다면 피고인들이 1996. 10. 30.의 이사회 결의가 의결 정족수에 미달하여 무효이고 그것이 무효임을 알면서도 그 무효인 결의내용에 터잡아 1996. 12. 3.의 이사회 결의로 제3자인 이○○ 등에게 전환사채를 배정한 것은 임무위배에 해당한다.

(2) '제3자인 이○○ 등에게 현저히 낮은 가격에 배정하고'

(가) 앞서 본 바와 같이 ☆☆☆☆와 같은 비상장법인의 이사가 그 법인 주식의 적정한 가격보다 현저히 낮은 금액을 전환가격으로 한 전환사채를 발행하여 이를 본인 또는 제3자가 인수하는 경우에는 전환사채의 인수자가 주식의 적정가격과 전환가격의 차액 상당의 재산상의 이익을 취득하고, 그 법인은 같은 금액 상당의 손해를 입는다고 할 것이므로(대법원 2001. 9. 28. 선고 2001도3191 판결, 대법원 2005. 5. 27. 선고 2003도5309 판결 참조), 전환사채를 발행하는 경우 그 전환가격을 정함에 있어서는 사채발행 당시의 주식가격을 가장 중요한 기준으로 삼고 사채 이자율, 전환청구의 기간 등을 반영하여 적정한 가격으로 결정하여야 하며, 사채발행 당시의 적정한 가격보다 현저히 낮은 금액으로 전환사채를 발행하면 임무 위배가 된다. 한편, 비상장주식의 시가 또는 실제 가치는 그에 관한 객관적 교환가치가 적정하게 반영된 정상적인 거래의 실례가 있는 경우에는 그 거래가격을 시가로 보아 주식의 가액을 평가하여야 할 것이나, 만약 그러한 거래사례가 없는 경우에는 보편적으로 인정되는 여러 가지 평가

방법들을 고려하되, 그러한 평가방법을 규정한 관련 법규들은 각 그 제정 목적에 따라 서로 상이한 기준을 적용하고 있음을 감안할 때 어느 한 가지 평가방법이 항상 적용되어야 한다고 단정할 수는 없고, 거래 당시 당해 비상장법인 및 거래 당사자의 상황, 당해 업종의 특성 등을 종합적으로 고려하여 합리적으로 판단하여야 한다(대법원 2005. 4. 29. 선고 2005도856 판결 참조).

(나) 그렇다면 위와 같은 법리에 기초하여, 피고인들이 이 사건 ☆☆☆☆의 전환사채를 발행하여 이○○ 등에게 인수하게 한 주당 7,700원의 전환가격이 시가 또는 적정가격보다 현저히 낮은 가격인지 여부에 대하여 보기로 한다.

① 거래 등 사례에 나타난 주식가격

앞에서 든 증거들에 의하면, ☆☆☆☆ 주식에 관한 거래 등 사례로는, ㉮ HSJJ가 1993. 7. 1.경 ☆☆☆☆의 주식 6,800주를 협력회사인 한국오미아에, 6,500주를 공소외 18, 19, 20에게 각 1주당 85,000원씩에 매도하고, 공소외 18, 19, 20은 1993. 10. 8.경 HSHH에 6,500주를 주당 89,150원에, 한국오미아는 1993. 11. 3.경 HSGS에 6,800주를 주당 89,290원에 각 매도한 사례, ㉯ SSMS가 1995. 12. 31. SSGS와 합병하면서 SSGS가 보유하고 있던 ☆☆☆☆의 주식 1,800주를 주당 14,825원으로 인수한 사례, ㉰ 1998. 12. 31. JAIB가 SSHBGY에게 ☆☆☆☆ 주식 141,123주, SSKD에게 ☆☆☆☆ 주식 20만 주를 주당 각 10만 원에 매도한 사례, ㉱ ☆☆☆☆가 1999. 4. 18. 상속세 및 증여세법상 보충평가기준에 따라 1주당 자산가치를 100,364원으로 평가하고, 이를 기준으로 주당 10만 원에 유상증자한 사례가 있음을 인정할 수 있다.

한편, 위 증거들 및 이 법원의 HSJJ, 한솔케미칼, SSMS에 대한 각 사실조회회보의 기재를 종합하면, ㉮ HSJJ, HSHH와 한국오미아 등의 거래사례는 HSJJ가 □□그룹으로부터 계열분리를 위한 요건(그룹 3%, 각사 1% 미만 보유)을 해결하기 위하여 그 협력업체인 한국오미아 혹은 공소외 21이 개인적으로 잘 아는 공소외 22에게 부탁하여 HSJJ가 일방적으로 정한 금액인 1주당 85,000원에 위 주식을 매수해 주면 원금과 연 4~5%의 이자를 더한 금액으로 되사주겠다는 약정 아래 매도하고, 그 후 매수인이 HSJJ에 위 주식의 재매입을 요구하자, HSHH와 HSGS이 위 매입금액에 이자를 더한 가격에 다시 매수한 것이며, ㉯ SSMS가 SSGS로부터 위 ☆☆☆☆ 주식 1,800주를 14,825원에 인수한 것은 SSMS가 SSGS를 합병하면서 SSGS의 장부상 기재된 ☆☆☆☆ 주식의 취득가격을 그대로 받아들인 것이며, ㉰ JAIB와 SSHBGY, SSKD 사이의 각 거래와 ☆☆☆☆의 1999. 4. 18. 유상증자 실시에 있어서 결정된 ☆☆☆☆ 주식의 가격은 상속세 및 증여세법상 보충평가기준에 따라 산정된 ☆☆☆☆의 주식 가치에 기초한 것임을 인정할 수 있다.

살피건대, 위 각 거래 등 사례들 가운데 SSMS가 SSGS와 합병하면서 ☆☆☆☆ 주식 1,800주를 주당 14,825원으로 인수한 사례는 비록 장부상 기재된 취득가액을 그대로 받아들인 것이기는 하나, 그 시기가 이 사건 ☆☆☆☆의 전환사채가 발행될 때인 1996. 12. 3.을 기준으로 약 1년 전의 것으로 가장 최근의 거래이며, 기업 사이의 합병이 이루어지는 경우에는 합병법인이 인수대상 기업의 자산가치를 적정하게 산정한 후 양 기업 사이의 합병비율을 정하는 것이 통상적이고, SSGS와 SSMS 사이의 2005. 12. 31.의 합병계약이 시장경제적인 수요와 공급의 기본 원칙에 따라 자유롭게 이루어지지 아니하였다는 사정이 엿보이지는 아니하므로, SSMS가 SSGS로부터 ☆☆☆☆ 주식 1,800주를 인수한 가격은 일응 이 사건 전환사채 발행 당시의 ☆☆☆☆의 적정 주식가격으로 인정할 여지가 있다.

② 장부가액에 나타난 주식가격

앞서 든 증거에 의하면, 1996년 기준 재무제표상 ☆☆☆☆의 주가를 SSGBHJ는 125,000원, JIJD는 234,985원, JAIB는 4,878원, JIMJ는 5,000원, HSJJ는 5,000원, SSMHJD는 9,283원, SSMS는 14,825원, HSHH는 89,150원, HSGS는 89,290원으로 각 기재하고 있었음이 인정된다.

그런데 SSGBHJ는 1970년대에 취득한 경주호텔의 주식 취득가액 2억 원을 나중에 경주호텔이 ☆☆☆☆에 합병되면서 교부받은 ☆☆☆☆ 주식 1,600주로 나눈 금액을 기재하게 된 것이고, JIJD는 1994년 이전에는 최초 취득가액 2억 원을 기준으로 ☆☆☆☆의 주가를 계산하여 기재하다가 1995. 3.경 자산재평가 과정에서 ☆☆☆☆로부터 제공받은 재무제표상 순자산가액을 기준으로 가액을 산정한 것이며, 나머지 법인주주들은 최초의 취득원가를 장부에 기재한 이래 그 기재액을 변경하지 않다가, 자산재평가를 거치면서 또는 1997년 이후 기업회계기준의 개정으로 ☆☆☆☆ 주식의 순자산가액을 평가하여 장부 기재를 변경하여, HSHH는 1996. 말 기준 215,550원, SSMS는 1998. 말 기준 91,245원, HSJJ는 1997. 말 기준 80,266원, JIMJ는 1997. 말 기준 79,086원, JAIB는 1997. 말 기준 80,634원으로 각 기재하고 있음을 알 수 있다.

한편, 앞의 장부가액 중 1996년 기준 재무제표상 JAIB 4,878원, JIMJ, HSJJ 각 5,000원, SSMHJD 9,283원의 장부가액은 모두 1960년대 내지 1970년대에 위 법인 주주들이 최초로 취득한 ☆☆☆☆ 주식의 가격을 그대로 장부에 기재한 것으로서, 장기간 동안 전혀 그 가액이 변동되지 않았다는 점, 그 취득시기가 이 사건 전환사채의 발행시기인 1996. 12.경과는 상당한 시간적 간격이 존재한다는 점 등에 비추어, 이 사건 전환사채의 적정가격 산정에 있어서는 참고하기 어렵다.

그렇다면 위 법인 주주들의 ☆☆☆☆ 주식에 대한 장부가액 중 최저 14,825원에서부터 최고 234,985원까지의 범위 내의 가액을 이 사건 전환사채의 적정가격 산정에 참작할 수 있다.

③ 평가방법에 따른 주식가격

비상장주식의 평가방법으로는 강학상 자산가치법, 수익가치법, 비교가치법 등이 일반적으로 채용된다. ㉮ 자산가치법은 순자산(총자산 - 총부채)의 가치를 평가하는 방법으로서 기업의 미래가치를 반영하지 못하며, 당해 기업에 대한 시장의 실제 선호도를 반영하지 못하는 점에서 단점이 있으나, 대부분의 자산이 유형자산으로 구성된 회사의 가치 평가에 유용하며 객관적인 평가가 가능하다는 장점을 가지고 있다. ㉯ 수익가치법은 미래의 순수익가치를 평가하는 방법으로서, 장래 기대되는 배당금액에 기해 주가를 산정하는 배당환원방식과, 대상기업의 영업활동의 결과로 장래에 얻을 수 있는 현금흐름의 가치를 기업의 기대수익률로 할인하는 현금흐름방식이 있다. 배당환원방식은 장래 기대되는 배당금액에 따라 주가를 산정하는 것으로 상당한 장기간에 걸쳐 배당의 예측을 요하며, 매매당사자가 배당만을 기대하는 일반투자가인 경우 가장 합리적인 산정방식이라고 할 수 있으나, 기업의 배당성향이 투자수익과 관계가 없는 경우에는 적용에 한계가 있다. 현금흐름방식은 기업의 영업활동으로부터 발생하는 현금흐름인 잉여 현금흐름을 기업이 필요한 자금을 동원하는 데 소요되는 기회비용인 가중평균 자본비용으로 할인하여 기업의 총 가치를 구하는 방식으로서, 미래의 수익가치를 기준으로 평가한다는 점에서 급속히 발전할 것으로 전망되는 정보기술산업 등의 주식 가치평가에 적합하나(대법원 2005. 6. 9. 선고 2004두7153 판결 참조), 미래의 '현금흐름'과 이를 현재가치화하기 위한 '할인율'의 두 가지 기본요소를 산정함에 있어서 평가자의 주관성이 개입될 가능성이 많다는 단점이 있다. ㉰ 비교가치법은 평가대상 회사와 유사한 비교기준 회사로서 동일 업종 유사 상장기업이나 인수합병 사례기업을 선택하여 그 재무수치 등과 평가대상 회사의 동일한 재무수치에 적용함으로써 평가대상 회사의 가치를 측정하는 방식인데, 이 방식은 평가대상 회사와 유사한 비교대상 회사를 선정하기 어렵다는 난점이 있다.

한편, 법령상 요구되고 있는 비상장주식의 평가방법을 보면, 기업회계기준상의 비상장주식의 평가에서는 자산가치법을 따르고 있고, 상속세 및 증여세법은 상속·증여세 부과시에는 원칙적으로 거래시가를 적용하되, 보충적으로 자산가치와 수익가치의 합계액을 단순평균한 가액을 과세표준으로 삼고 있다.

살피건대, 이○○ 등은 배당만을 기대하는 일반투자가라기보다는 지배주주이기 때문에 배당환원방식을 적용하기에 적절하지 않는 점, 현금흐름할인방식은 미래가치를 반영할 수는 있으나 평가자의 자의가 개입할 여지가 크다는 점, 유사업종 비교방식은 어떤 기업을 비교대상 기업으로 선정하느냐에 따라 가치가 크게 달라짐에도 평가대상 기업과 유사한 비교대상 기업을 선정하기가 쉽지 아니하고 경우에 따라서는 적합한 비교대상 기업이 없을 수도 있는 점, 기업의 가치평가방법 중 순자산가치방식이 평가자 자의의 개입이 가장 적고, 순자산가치는 이론상 당해 기업가치의 최소한이라는 점 등에서 일반적으로 많이 사용되고 있는 방식으로, ☆☆☆☆도 1996. 10. 16. 한우리조경 주식회사를 흡수 합병하면서 한우리조경 주식회사의 순자산가액 상당액을 합병 후 30일 이내에 합병교부금으로 지급하기로 하여, 순자산가치방식에 의한 기업가치의 평가를 한 바가 있는 점(수사기록 5,182쪽), ☆☆☆☆는 1996. 12. 31. 기준 대차대조표상으로 자산총계 838,764,606,166원 중에서 고정자산이 638,944,532,571원(수사기록 4,919, 4,920쪽)을 차지하여 대부분의 자산이 토지, 구축물, 건물 등의 유형자산으로 구성되어 있는 회사인 점, ☆☆☆☆는 개장 20주년을 맞이하여 세계적인 테마파크 육성을 위한 대규모 투자에 따라 1995년경부터 1997년경까지 상당한 정도의 시설투자에 따른 감가상각비와 금융비용 등을 지출하여 위 기간 동안 한시적으로 적자를 기록하여 왔으나, 매출액과 매출총이익은 꾸준히 증가하여 왔고, 위와 같은 대규모 투자를 통하여 세계적인 테마파크가 조성되면 수익성이 비약적으로 호전될 것으로 전망되었는데(수사기록 1,584쪽), 실제로 1998년 이후 당기 순이익이 점차로 증가하여 2000년경에는 약 430억 원에 달한 점(수사기록 4,936-5,080쪽) 등을 고려하면, 이 사건 ☆☆☆☆ 전환사채의 경우 위 평가방법들 중 순자산가치방식이 일응의 기준이 될 수 있다.

그런데 피고인들은 안진회계법인에 의뢰하여 미래현금흐름할인법Discounted Cash

Flow으로 ☆☆☆☆의 적정 주가를 평가한 결과 추정치 기준으로 5,446원, 실적치 기준으로 10,412원으로 산정되었으므로, 이 사건 전환가격인 1주당 7,700원은 적정한 수준에서 결정된 것이라고 주장한다. 그러나 앞서 본 바와 같이 위 평가방법은 주로 미래의 수익이 중요한 비중을 차지하는 정보기술산업을 영위하는 기업의 가치분석방법으로 적합하고, 주가 산정의 핵심적 요소인 현금흐름예측이나 할인율의 결정이 어려울 뿐만 아니라, 그 평가과정에서 평가자의 자의가 개입될 여지가 있다는 단점이 있으며, 원심이 적절하게 설시한 바와 같이 실제로 이 사건에 있어서 ㉮ ☆☆☆☆와 사업목적, 재무구조, 자산구성, 수익구조 등이 완전히 다른 주식회사 호텔신라를 유사기업으로 상정한 점, ㉯ 시장수익률의 변화에 대하여 개별증권의 수익률이 얼마나 민감하게 반응하는지를 보여주는 베타β값을 임의로 적용하고, 1996. 12. 현재 ☆☆☆☆ 차입금 평균이자율은 ☆☆☆☆가 세무서에 신고한 법인세 세무조정계산서 등을 기초로 산정하면 11.85%로 계산이 됨에도 12.88%를 타인자본 비용으로 보고 할인율을 산정한 점에 비추어도 이러한 단점이 드러나므로, 안진회계법인의 미래현금흐름할인법에 의한 평가액은 그대로 받아들이기 어렵다.

또, 앞에서 든 증거들에 의하면, 이 사건 전환사채 발행 당시 상속세법상 보충적 평가방법에 의하여 평가한 ☆☆☆☆의 주가는 1주당 127,755원인 사실을 인정할 수 있으나, 상속세법의 규정은 주로 친족 간에 이루어지는 상속과 증여의 경우를 전제로 하여 자산의 상속·증여에 대하여 과세를 함에 있어서 과세의 형평성과 편의 등을 고려하여 과세관청으로서 용인할 수 있는 범위의 과세표준을 정하고자 하는 목적의 보충적인 평가방법에 불과하고, 앞서 본 바와 같이 당시 ☆☆☆☆가 대규모 시설투자로 인하여 1995년부터 1997년까지 한시적인 적자 상황에 있었던 특수한 사정에 비추어 볼 때 과거 손익을 평가요소로 한 상속세 및 증여세법에 의한 평가방법은 ☆☆☆☆의 주식 가치 산정에 적절한 방식이 아니라는 점 등을 고려하면, 상속세 및 증여세법상 비상장주식의 평가방법에 의하여 산정한 평가액이 곧바로 주식의 시가에 해당한다고 볼 수는 없다. 그리고 원심법원의 한국외국어대학교 경영학부장에 대한 사실조회회보의 기재에 의하면, 한국외국어대학교 경영학부는 초과이익 모형(변형된 EVA 모형)을 이용하여 평가한 결과 이 사건 전환사채 발행 전의 적정주가는 65,000원, 전환사채 발행 후의 적정주가는 30,000원으로 평가된다고 회신하여 왔으나, 위 회신은 평가의 구체적인 근거를 전혀 밝히고 있지 아니할 뿐만 아니라, 추가 회신 내용에 의하면 기업가치 평가에 요구되는 자료와 예측 정보들이 결여되어 있어 정확한 평가가 어렵다고 스스로 밝히고 있어 이를 그대로 채용할 수 없다.

그렇다면 ☆☆☆☆의 경우에는 앞서 본 대로 원칙적으로 순자산가치 방식을 채용함이 적절하다고 판단된다. 다만, 순자산가치방식은 경제적 거래의 주체로서 활동하는 기업의 동태적 측면에서의 평가가 빠져 있고, 기업의 미래가치를 전혀 반영하지 아니하고 있으며, 계속 기업의 주식의 평가방법으로는 완전한 것이라고 말할 수는 없다. 그럴 뿐만 아니라 1주당 순자산액이 많다고 하더라도 그 당시의 회사의 경영상태(이익 및 배당의 상황 등)가 나쁘면 실제 그 가격으로 신주를 인수할 것을 기대하기 어렵다. 그러므로 이러한 사정 등을 고려하여 순자산가치방식에 의하여 산정된 가액을 적절히 감액 수정할 필요가 있다.

④ 현저히 낮은 전환가격

앞서 살펴본 ☆☆☆☆의 주식에 관한 매매, 합병, 신주발행 등의 거래 등 사례에서 보듯이, ☆☆☆☆ 주식은 1993. 7. 1.부터 1999. 4. 18.까지 사이에 1주당 14,825원에서 100,000원의 범위 내에서 거래된 바가 있고, 이 사건 전환사채의 적정한 가격 산정에 참고가 될 만한 ☆☆☆☆ 주식의 장부가액은 14,825원에서 234,985원 사이에 분포하고 있으며, ☆☆☆☆에 대한 기업가치 평가방법으로 가장 적절한 순자산가치 방식에 의할 때 이 사건 전환사채 발행 당시 ☆☆☆☆의 1주당 순자산가치는 장부상 기재액을 기준으로 약 223,659원(순자산 158,171,802,488원 ÷ 707,200주)이며, 상속세 및 증여세법에 의한 보충적 평가방법으로 산정한 ☆☆☆☆의 주식의 시가는 127,755원이다.

그런데 ☆☆☆☆가 발행한 전환사채의 적정한 시가가 무엇이었는지가 문제되는 이 사건에 있어서는 어느 한 가지 평가방법만을 옳다고 고집할 수는 없고, 원칙적으로 순자산가치 방식을 채택하더라도 적절히 감액 수정할 필요가 있는 점에다가, 피고인들이 전환사채의 가격 결정에 있어서 나름대로 합리적인 결정을 하였는가도 중요한 기준이 되는 점 등을 종합적으로 고려하여야 한다.

그렇지만 이 사건 전환사채의 발행에 있어서 위와 같은 사정을 모두 고려하여 가장 낮게 보아도 이 사건 전환사채 발행 당시 ☆☆☆☆의 1주당 적정 전환가격은 최소한 14,825원 이상으로 봄이 상당하다.

따라서, 이 사건 전환사채의 전환가격인 1주당 7,700원은 그 발행 당시 ☆☆☆☆ 주식의 최소한의 적정가격인 14,825원보다 현저히 낮은 가격이라고 평가할 수밖에 없고, 달리 이 사건 전환사채의 전환가격을 발행 당시의 적정주가보다 현저히 저가로 결정하였어야 할 특별한 사정도 보이지 아니한다.

(다) 그런데 피고인들은 ☆☆☆☆의 대표이사 또는 이사로서 1996. 10. 30.의 이사회 결의에 참석하여 전환에 의해 발행되는 주식의 적정한 전환가격에 관한 검토를 전혀 하지 않았다. 한편, 제3자 배정은 물론 주주배정의 경우에도 적정가격으로 전환사채의 전환가격을 정해야 한다는 견해가 있음은 별론으로 하더라도, 앞서 보았듯이 1996. 10. 30.의 이사회 결의가 정족수 미달로 무효이고, 무효의 이사회에서 결의한 "주당 7,700원에 주주에게 우선배정하되, 실권시 제3자에게 배정한다."라는 결의 내용 역시 무효이므로, 피고인들은 위 무효의 결의에 따른 전환가격으로 주주배정 절차조차도 진행하여서는 아니 됨은 물론이고, 설사 기존 주주들이 인수청약을 하지 않게 되었다고 하더라도 무효의 결의에서 아무런 검토 없이 현저하게 낮게 정한 전환가격 그대로 제3자에게 배정을 해서는 더더욱 아니 된다. 따라서, 피고인들이 1996. 10. 30.의 무효인 이사회 결의에서 아무런 검토 없이 현저하게 낮게 정한 전환가격 그대로 제3자에게 이 사건 전환사채를 배정한 행위는 회사에 대한 관계에서 임무위배에 해당한다.

(3) '특정인에게 몰아주어 지배권을 넘겨주어'

(가) 이 부분은 원심이 판시한 것처럼 이 사건 공소사실에 특정되어 포함되어 있다고 보이고, 그렇지 않더라도 원심과 당심에서 이에 관하여 충분한 공격과 방어를 벌였으므로(변호인들이 법원에 제출한 각 변론요지서에도 이에 관한 주장이 들어 있다) 피고인들에게 불이익이 없어 공소장 변경 없이도 인정할 수 있는 사항이다.

(나) 이사회가 특정인의 주식 지분비율을 확대하기 위하여 전환사채를 발행하는 것은 이사의 수임자로서의 의무를 위반한 것이 된다는 견해가 있는데, 여기서 더 나아가 특정인에게 전환사채를 몰아서 배정하여 회사의 지배권을 넘겨주는 것이 회사에 대한 임무위배가 됨은 말할 것도 없다. 왜냐하면, 피고인들은 전문경영인에 불과한 지위에서 회사의 시설자금을 조달한다는 명목으로 전환사채를 발행하여 배정하면서 긴급한 경영상의 필요도 없는 상태에서 기존 주주들의 동의도 없이 특정의 제3자에게 전환사채를 몰아서 배정하여 회사의 지배권을 넘기는 것은 전환사채의 발행에서 통상적으로 예정하고 있는 자금조달이라는 목적을 넘어서는 것으로서 이사의 권한 밖일 뿐만 아니라, 그로 말미암아 회사의 경영권 행사를 비롯한 역학관계에 중

대한 변동을 가져오는 것이어서 발행 무효사유가 될 수 있는 것이어서(대법원 2004. 6. 25. 선고 2000다37326 판결 참조), 이사의 선관의무에 위반하는 행위라고 보아야 한다. 또, 피고인들은 자신들이 ☆☆☆☆의 지배주주였다면 제3자에게 위와 같이 현저하게 낮은 가격에 회사의 지배권을 넘기지는 않았을 것이라고 판단되는바, 선관의무는 일반적으로 자기 재산에 대한 주의의무보다 무거운 터이므로, 이러한 관점에서도 결국 이사로서의 선관의무를 위반한 것이라고 봄이 타당하다.

(다) 앞서 보았듯이, 피고인들은 1996. 10. 30.의 무효인 이사회 결의에 근거하여 제3자에게 이 사건 전환사채를 배정하는 행위에 나아가서는 아니 되고, 더군다나 당시 ☆☆☆☆의 경우 부도위험이나 신기술의 도입 등과 같은 긴급한 경영 상황에 처해 있었던 것도 아니었으므로 통상의 자금조달의 범위를 넘어서 특정의 제3자에게 이 사건 전환사채를 몰아주어 지배권을 변동시키는 것은 더더욱 아니 된다. 그럼에도 불구하고 피고인들은 이 사건 전환사채의 제3자 배정행위를 통하여 별지 주주구성표의 기재와 같이 결국 ☆☆☆☆의 최대 주주였던 JAIB의 지분을 48.24%에서 17.06%로, 2대 주주였던 JIMJ의 지분을 14.14%에서 5%로 각 감소시키고, 이○○에게 31.37%, 공소외 1, 2, 3에게 각 10.46%, 합계 64%의 지분을 취득하게 하여 ☆☆☆☆의 지배권을 변동시켰다. 그리고 앞서 본 바와 같이, 피고인들이 발행한 이 사건 전환사채(2,000,000주)는 그 전환권이 행사될 경우 발행될 주식 수가 ☆☆☆☆의 설립 후 30년간 발행된 주식 총수(707,200주)보다 훨씬 많았다는 점, ☆☆☆☆의 경영관리팀에서 이 사건 전환사채 발행을 위하여 기안하고 피고인들에게 보고한 '1996. 10. 11. 자금조달방안 검토'에서도 전환사채의 발행이 주주구성의 변동을 초래할 수 있는 단점이 있다는 점, 즉 지배권 변동에 관한 우려를 지적하고 있었으며, 또 이 사건 전환사채의 이율이 연 1% 또는 연 5%로서 당시의 시중 금리에 비하여 상당히 낮고 전환청구기간 역시 발행일 익일부터 바로 전환할 수 있도록 설정되어 있는 점, 실제로 이○○ 등에게 위 전환사채가 배정된 지 약 2주일만에 모두 주식으로 전환되는 등 당초부터 주식으로서의 성격이 강했던 점, 게다가 피고인들은 이○○ 등이 주식취득을 목적으로 이 사건 전환사채를 인수한 것임을 알고 있었던 데다가, 이와 같이 이미 발행된 주식의 수보다도 더 많은 수량의 잠재적 주식을 특정한 제3자에게 전부 넘겨주게 되면 지배권이 변동된다는 것은 누구나 쉽게 알 수 있는 이치이고, 실제로 피고인들 자신도 이를 잘 알고 있으면서도 지배권 변동이 가능하

도록 이 사건 전환사채를 이○○ 등에게 몰아서 배정하여 실제로 지배권이 변동된 점 등을 종합하여 보면, 피고인들의 이 사건 전환사채 제3자 배정행위는 통상의 자금조달의 범위를 넘어서 특정의 제3자에게 이 사건 전환사채를 몰아주어 지배권을 변동시키는 것으로서, 회사에 대한 임무위배가 됨이 명백하다.

(라) 피고인들은 이 사건 전환사채가 설령 지배권의 이전을 위하여 발행되었다고 하더라도, 주주들이 스스로 인수를 포기함으로써 이 사건 전환사채를 제3자에게 배정하는 데 동의하고 승인하였다고 보는 것이 합당하므로, 주주들이 인수를 포기한 전환사채를 제3자에게 배정하였다고 하여 그것이 회사에 대한 임무위배가 될 수는 없다고 주장한다. 그러나 주주들은 이 사건 전환사채의 발행에 관하여 인수청약을 하지 않았던 것에 불과한데, 이러한 부작위를 가지고 전환사채를 제3자에게 몰아서 배정하여 지배권을 넘겨도 좋다는 취지의 동의나 묵시적 승인의 의사로 해석하는 것은 곤란하다. 또, 앞서 본 것처럼 이 사건 전환사채의 발행을 결의한 1996. 10. 30.의 이사회 결의는 무효이고, 주주들이 이 사건 전환사채의 인수청약을 하지 않은 채 아무런 응답을 하지 않았다고 해서 그것이 무효의 결의를 유효한 것으로 치유(추인)하거나 전환시키는 것도 아니다.

(4) '임무에 위배되는 행위를 하였다.'

피고인들은 ☆☆☆☆의 대표이사 또는 이사로서 적법한 절차를 거치지 않고 무효인 이사회 결의에 터잡아 제3자인 이○○ 등에게 현저하게 낮은 가격에 전환사채를 몰아서 배정하여 인수하게 함으로써 지배권을 넘겨주었으므로, 원심이 판시한 것처럼 이 사건 전환사채의 발행이 실질적 정당성을 결여하였거나, 현저하게 불공정한 발행에 해당되는지, 기존 주주들이 인수청약을 하지 않은 데에 정당한 사유가 있는지 등에 관계없이 회사에 대한 관계에서 임무위배 행위를 하였음이 분명하다. 다만, 기업의 경영에는 원천적으로 위험이 내재하여 있어서 경영자가 아무런 개인적인 이익을 취할 의도 없이 선의에 기하여 가능한 범위 내에서 수집된 정보를 바탕으로 기업의 이익에 합치된다는 믿음을 가지고 신중하게 결정을 내렸다 하더라도 그 예측이 빗나가 기업에 손해가 발생하는 경우가 있을 수 있으므로 경영상 판단의 특성이 고려되어야 할 것이다(대법원 2004. 10. 28. 선고 2002도3131 판결 참조). 그런데 ☆☆☆☆가 이 사건 전환사채를 발행할 당시 전환사채의 발행금액 100억 원에 해당하는 자금의 수요가 긴급하게 발생하였다고 볼 수는 없고, 가사 100억 원의 자금수요가 있었다고 하더라도 □□그룹의 계열사라는 이점을 가지고 있으며, 신용평가기관으로부터 양호한 신용등급을 인정받고 있었던 ☆☆☆☆로서는 통상적인 자금의 수요에 관하여는 금융기관으로부터 장·단기 차입, 일반 회사채 발행, 회원권 분양 등으로 필요자금을 충분히 조달하는 것이 가능하였음에도 굳이 발행으로부터 인수에 이르기까지 약 1개월 이상의 기간이 소요되며, 지배권의 변동을 초래할지도 모르는 전환사채 발행 방식으로 자금을 조달하여야 할 경영상의 필요성이 명백하다고 할 수는 없었고, 또 피고인들이 단순히 전환 후 총 자본금을 100억 원, 발행주식수를 총 2,000,000주로 하여 추가로 발행하게 될 주식수 1,292,800주로 위 자본금 100억 원을 나누는 방법으로 계산한 7,700원으로 전환가격을 산정하였을 뿐, 적정한 전환가격의 산정을 위하여 아무런 노력을 기울이지 아니한 점, 피고인들이 무효인 이사회의 전환사채 발행 결의에 의해서는 제3자인 이○○ 등에게 배정할 수 없고, 전환사채 발행분의 약 97%에 해당하는 부분을 이○○ 등에게 배정할 경우 이○○ 등이 인수 후 전환청구하여 ☆☆☆☆의 자산규모에 비하여 지나치게 적은 약 96억 원으로 ☆☆☆☆의 지배권을 취득한다는 것을 알고 있었음에도, 기존 주주들의 의사를 확인하지도 않은 채, 제3자에게 현저하게 낮은 가격에 전환사채를 몰아서 배정하여 지배권을 넘겨야 할 긴급한 경영상 필요(예컨대, 회사의 급박한 부도위험을 벗어나기 위한 경우, 신기술의 이전 등)도 없는 상태에서, ☆☆☆☆ 주식의 실제가치에 비하여 현저하게 낮은 가격인 주당 7,700원을 전환가격으로 하여 인수청약이 없었던 전환사채 전량을 이○○ 등에게 배정하는 결의를 하여 이○○ 등이 유리한 가격으로 ☆☆☆☆의 지배권을 취득하도록 한 행위는 경영상의 판단에 따른 정상적인 행위라고 볼 수 없으며, ☆☆☆☆에 대한 관계에서 그 임무에 위배되는 배임행위에 해당한다.

라. 재산상 이익과 손해

(1) ☆☆☆☆와 같은 비상장법인의 이사가 그 법인 주식의 시가보다 현저히 낮은 금액을 전환가격으로 한 전환사채를 발행하여 본인 또는 제3자가 인수하는 경우에는 전환사채의 인수자가 주식의 적정가격과 전환가격의 차액 상당의 재산상의 이익을 취득하고, 그 법인은 같은 금액 상당의 손해를 입는다는 것이 대법원의 확립된 견해이다(대법원 2001. 9. 28. 선고 2001도3191 판결, 대법원 2005. 5. 27. 선고 2003도5309 판결 참조). 특히, 피고인들이 이○○ 등에게 회사의 지배권을 넘겨주기 위하여 전환사

채를 배정함으로 인하여 이○○ 등에게 회사의 지배권이 이전되는 이 사건의 경우에는 전환가격 및 전환으로 발행되는 주식의 수가 중요한 의미를 가지게 되므로, 위 판례가 마땅히 적용되어야 할 사안이다.

(2) 그러므로 앞서 본 판례와 다른 법리적 견해에서, 회사는 전환사채를 발행함으로써 자금을 조달하는 것이고, 그 전환사채가 전부 전환된 경우에는 회사의 회계처리상 부채가 자본으로 전환될 뿐 회사의 자산에는 전혀 변동이 없는 자본거래일 뿐만 아니라, 이 사건 전환사채를 발행함에 있어 그 전환가격을 달리해도 발행총액이 동일한 이상 회사에 유입되는 자금액에는 전혀 차이가 없으므로 회사에는 결코 손해가 생기지는 않는다는 등의 주장은 모두 이유 없다.

(3) 또, 앞서 본 바와 같이 피고인들이 임무에 위배되는 행위를 하였고 그 결과 회사에 손해가 발생한 이상, 이 사건 전환사채 발행 당시 위와 같은 판례나 학설이 확립되어 있지 않았다는 이유로 배임죄의 성립을 부정할 수는 없다.

(4) 피고인들은, 위 판례들은 주주의 우선인수권을 배제하고 처음부터 제3자 배정 방식으로 전환사채가 발행된 사안으로서, 이 사건에서와 같이 애당초 주주에게 우선인수권이 부여되고 주주들이 스스로 인수를 포기한 경우에는 그대로 적용할 것이 아니며, 또 회사의 지배권도 회사가 아니라 주주들에게 있으므로, 이○○ 등이 ☆☆☆☆의 지배권을 취득함으로써 ☆☆☆☆가 아니라 ☆☆☆☆의 주주들이 손해를 보았을 뿐이고, 특히 주주들이 스스로 전환사채의 우선인수를 포기한 이 사건에서는 주주들에게도 손해가 없다고 주장한다. 그런데 피고인들이 법령, 정관, 그 밖의 절차 등을 준수하고 선관의무를 다하여 정상적으로 ☆☆☆☆의 지배권이 이전되었다면 그 주장이 타당할지도 모르지만, 앞서 본 바와 같이, 이 사건 전환사채의 주주발행을 결의한 1996. 10. 30.의 이사회 결의는 정족수 미달로 무효인바, 이러한 무효의 결의에 근거한 전환사채의 주주배정 통지나 그에 대하여 아무런 인수청약의 의사를 표시하지 않은 것에 무슨 효력이 있을 수는 없다는 점에서 주주들이 적법하게 인수를 포기하였음을 전제로 하는 피고인들의 주장은 이유가 없다. 이 사건은 앞서 본 대로 피고인들이 의결정족수 미달로 1996. 10. 30.의 이사회 결의가 무효인 이상, 그 단계에서 발행절차를 중단해야 함에도 제3자 배정으로 나아감으로써 실질적으로 처음부터 제3자 배정 방식으로 전환사채가 발행된 것과 마찬가지이므로, 위 판례의 사안과 다르지 아니하다.

(5) 그러므로 앞서 본 판례에서 정한 바에 따라 계산하면, 피고인들은 전환가격을 최소한의 적정주가인 14,825원보다 현저하게 낮은 1주당 7,700원으로 이 사건 전환사채 가운데 인수청약이 없었던 전량을 이○○ 등에게 배정한 결과 이○○ 등이 이를 인수한 후 주식으로 전환하여 취득함으로써 위 전환한 주식의 실제 가치에 해당하는 금 18,602,069,025원(14,825원 × 1,254,777주)과 이○○ 등이 ☆☆☆☆에 납입한 전환사채 인수대금 9,661,810,000원의 차액인 8,940,259,025원 이상의 재산상 이익을 취득하게 하고, ☆☆☆☆에게 같은 금액 상당의 재산상 손해를 가한 것으로 인정된다.

(6) 따라서, 이와 달리 판단한 원심에는 사실오인 또는 법리오해의 위법이 있다. 그렇지 않다고 하더라도, 예를 들어 전환가격이 적정가격보다 현저하게 낮지 않은 주당 500원 정도만 낮다고 해도 계산상 5억 원 이상의 손해가 생겨 적어도 특정경제범죄 가중처벌 등에 관한 법률 제3조 제1항 제2호는 적용되어야 할 것인데도, 원심은 피고인들이 정한 전환가격이 적정가격보다 현저하게 낮다고 인정하면서도 그 이득액을 산정할 수 없다는 이유로 단순히 업무상 배임죄로만 인정하고 말았으니, 이 점에서도 원심판결에는 이유모순 또는 법리오해의 위법이 있다.

마. 범의

(1) 업무상 배임죄가 성립하려면 주관적 요건으로서 임무위배의 인식과 그로 인하여 자기 또는 제3자가 이익을 취득하고 본인에게 손해를 가한다는 인식, 즉 배임의 고의가 있어야 하고, 이러한 인식은 미필적 인식으로도 족하다(대법원 2004. 6. 24. 선고 2004도520 판결 참조). 또, 2인 이상이 범죄에 공동 가공하는 공범관계에서 공모는 법률상 어떤 정형을 요구하는 것이 아니고, 2인 이상이 공모하여 어느 범죄에 공동가공하여 그 범죄를 실현하려는 의사의 결합만 있으면 되는 것으로서, 비록 전체의 모의과정이 없었다고 하더라도 수인 사이에 순차적으로 또는 암묵적으로 상통하여 그 의사의 결합이 이루어지면 공모관계가 성립한다(대법원 2006. 8. 25. 선고 2006도3631 판결 참조). 한편, 공모나 고의는 범죄사실을 구성하는 것으로서 이를 인정하기 위하여는 엄격한 증명이 요구되지만, 피고인이 공모의 점과 함께 범의를 부인하는 경우에는, 이러한 주관적 요소로 되는 사실(공모, 고의, 동기 등의 내심적 사실)은 사물의 성질상 범의와 상당한 관련성이 있는 간접사실 또는 정황사실을 증명하는 방법에 의하여 이를 증명할 수밖에 없고, 무엇이 상당한 관련성이 있는 간접사실에 해당할 것인가는

정상적인 경험칙에 바탕을 두고 치밀한 관찰력이나 분석력에 의하여 사실의 연결상태를 합리적으로 판단하는 방법에 의하여야 한다(대법원 2004. 7. 22. 선고 2002도4229 판결 참조).

(2) 앞서 본 증거와 사실에 의하면, 피고인 1은 당시 ☆☆☆☆의 대표이사로서 ☆☆☆☆의 경영 전반을 총괄하였고, 피고인 2는 당시 상무이사인 경영지원실장으로서 ☆☆☆☆의 자금조달 계획을 수립, 집행하는 등의 업무에 종사하였는바, 이 사건 전환사채 발행 당시 ☆☆☆☆에 긴급한 자금의 조달을 필요로 하는 급박한 경영상의 위기나 신기술 개발 등의 사유가 없었고, 또 전환사채의 배정이 지배주주의 변동을 가져오게 될 우려가 크다는 사실을 잘 알면서도, 주로 이○○ 등으로 하여금 적은 자금으로 ☆☆☆☆의 지배주식을 취득하게 하기 위하여 갑작스럽게 전환사채를 발행하기로 결정한 점, 피고인들은 이사회에 출석하고 회의를 주재하여 이 사건 전환사채 발행에 관한 결의를 하였는데, 실제로는 이사 공소외 17의 외국 출장으로 정족수가 미달하여 적법한 이사회 결의를 할 수 없는 상황이었음에도, 마치 공소외 17이 이사회에 출석하여 의결한 것처럼 의사록을 작성하여 위와 같은 결의를 하였던 사실, 이와 같이 이사회 결의가 무효로 되어 더는 위 이사회의 결의를 근거로 한 아무런 후속조치를 취해서는 아니 됨에도 실제로 주주배정 절차로 나아가고, 대부분의 주주들이 인수청약을 하지 않자 이○○ 등에게 이 사건 전환사채를 배정하는 행위를 한 점, 이 사건 전환사채는 최소한 주당 14,825원 이상의 가치를 가지고 있었음에도 피고인들은 적정한 가격 산정을 위한 아무런 노력도 하지 않은 채 단순히 필요자금 100억 원을 앞으로 사채가 주식으로 전환되면 발행하게 될 주식의 수로 나눈 값인 주당 7,700원으로 주식의 실제 가치보다 현저하게 낮게 전환가격을 정한 후 이○○ 등에게 전환사채를 배정하여 인수하고 주식으로 전환하여 지배권을 취득하게 함으로써 이○○ 등에게 재산상 이익을 주고 ☆☆☆☆에게 손해를 가한다는 것을 인식하고 용인한 점 등의 사정을 종합하면, 피고인들은 암묵적으로 공모하여 이 사건 배임행위를 인식하고 고의로 저질렀음이 인정되며, 그렇지 않다 해도 적어도 미필적 고의는 있었다고 인정된다.

(3) 또, 피고인이 피해자 본인의 이익을 위한다는 의사도 가지고 있었다 하더라도 이는 부수적일 뿐이고 이득 또는 가해의 의사가 주된 것임이 판명되면 배임죄의 고의가 있었다고 보아야 하며(대법원 2004. 5. 14. 선고 2001도4857 판결 등 참조), 비록

사전에 이사회 결의와 같은 내부적인 의사결정과정을 거쳤다 할지라도 그 거래의 목적, 계약체결의 경위 및 내용, 거래대금의 규모 및 회사의 재무상태 등 여러 사정에 비추어 그것이 회사의 처지에서 볼 때 경영상의 필요에 의한 정상적인 거래로서 허용될 수 있는 한계를 넘어 주로 개인적인 이익을 위한 것에 불과하다면 배임행위에 해당하는바(대법원 2005. 4. 29. 선고 2005도856 판결 참조), 이 사건 전환사채의 발행에 자금조달의 목적이 없지는 않았다 하더라도, 그 주된 목적이 자금조달보다는 이○○ 등에게 현저하게 낮은 가격에 지배권을 넘겨 이익을 주기 위한 것이었음은 앞서 판단한 바와 같으므로, 피고인들에게 배임죄의 책임을 물을 수 있다.

(4) 피고인들은 가사 이 사건 전환사채가 지배권 이전을 위하여 발행되었고, 실제로 지배권이 이○○ 등에게 이전되었다고 하더라도, 이는 기존 주주들이 스스로 전환사채의 인수를 포기함으로써 위와 같은 지배권의 이전을 사실상 동의하고 승인하였다고 보는 것이 옳고, 현재까지 위 주주들은 이 사건 전환사채를 이○○ 등에게 인수시킨 것에 대하여 아무런 이의가 없으므로, 전환사채의 전환가격이 저가라는 이유로 이사들에게 그 책임을 묻는 것은 옳지 않다고 주장한다. 그러나 기존 주주들은 단지 무효인 이사회 결의에 따라 배정된 전환사채에 대해서 인수에 관한 청약을 하지 않은 것에 불과한데, 이러한 부작위에 무슨 법적 효과가 있다고 볼 수는 없고, 더욱이 이러한 부작위를 제3자 배정에 대한 동의로 해석할 수는 없다는 점은 앞서 판단한 바와 같다. 또, 현재까지도 위 주주들이 이 사건 전환사채의 제3자 배정에 대하여 아무런 이의가 없는지 여부도 명백하지 않으며, 가사 그렇다고 하더라도 이러한 사실상 양해만으로 배임죄의 성립을 부정할 수는 없으며(대법원 1985. 10. 22. 선고 85도1503 판결, 대법원 2000. 5. 26. 선고 99도2781 판결, 대법원 2000. 11. 24. 선고 99도822 판결 등 참조), 이는 범죄성립 후의 정상에 불과하여 배임죄의 성립과는 무관하다.

(5) 피고인들은 이 사건 배임범죄가 성립하기 위해서는, 전환사채의 우선인수권을 가진 주주들이 실권하여야 할 것이므로, 전환사채의 발행 전에 미리 주주들과 공모하거나 주주들로부터 실권하기로 다짐을 받아 두거나, 적어도 발행을 결의한 후에라도 주주들이 실권하게 하는 일련의 행위를 했어야 할 것인데, 이 사건 공소사실이나 원심의 판시에는 이에 관한 기재가 없으므로 이 사건 공소사실은 이 부분에서 특정되지 아니하였거나, 원심의 판단은 주주들과의 공모, 합의과정, 피고인들의 이에 관한 구체적인 행위가 적시되어 있지 않다는 점에서 이유불비에 해당한다고 주장한

다. 그러나 원심은 "피고인들이 이○○ 등에게 적은 자금으로 ☆☆☆☆의 지배권을 넘겨 주기 위하여 이 사건 전환사채를 발행함에 있어 적법한 절차를 거치지 않고 의결 정족수 미달로 무효인 이사회 결의에 터잡아 이○○ 등에게 주식의 실제 가치보다 현저하게 낮은 가액에 전환사채를 배정하여 ☆☆☆☆ 주식의 약 64%에 해당하는 주식을 취득하게 함으로써 ☆☆☆☆의 지배권을 인수하게 하여 그 임무에 위배되는 행위를 하였다."라는 취지로 판단하였고, 앞서 본 바와 같이 피고인들의 임무위배 행위는 반드시 주주들과의 공모가 있어야만 이루어질 수 있는 것이 아니므로, 피고인들의 위 주장도 이유 없다.

### 바. 판단의 요약

피고인들은 ☆☆☆☆의 대표이사 또는 이사로서 법령과 정관에서 정한 임무와 선량한 관리자로서의 임무에 위반하여 ☆☆☆☆의 지배권을 이○○ 등에게 넘겨주기 위하여 정족수 미달로 무효인 이사회 결의에 터잡아 ☆☆☆☆ 주식의 당시 적정한 가격보다 현저하게 낮게 정한 전환가격으로 이○○ 등에게 몰아서 전환사채를 배정하여 지배권을 인수하게 하여 그 임무에 위배하는 행위를 하여 이○○ 등에게 8,940,259,025원 상당의 재산상 이익을 취득하게 하고, ☆☆☆☆에게 같은 금액 상당의 손해를 가하였으며, 또 피고인들에게는 이에 대한 인식도 있었다고 인정된다.

그렇다면 원심이 "피고인들에 대한 이 사건 전환사채의 발행에 의한 업무상 배임죄는 재산상 손해를 인정할 수 있기는 하나, 이○○ 등으로 하여금 취득하게 한 재산상 이익의 가액을 구체적으로 산정할 수 없는 경우에 해당하므로 재산상 이익의 가액을 기준으로 가중처벌하는 특정경제범죄 가중처벌 등에 관한 법률 위반(배임)죄로 의율할 수는 없다."라고 판시한 것은 사실을 오인하거나 법리를 오해하여 판결에 영향을 미친 것이 된다.

따라서, 피고인들의 사실오인 또는 법리오해 주장은 이유가 없는 반면, 검사의 사실오인 또는 법리오해 주장은 위 인정 범위 내에서 일부 이유 있다.

## 6. 결론

그러므로 피고인들과 검사의 각 양형부당에 관한 주장을 살필 것 없이 형사소송법 제364조 제6항에 의하여 원심판결을 파기하고, 다시 변론을 거쳐 다음과 같이 판결한다.

【범죄사실】

피고인 1은 1993. 9.경부터 2002. 6.경까지 관광객 이용 시설업 등을 목적으로 설립된 ☆☆☆☆의 대표이사로 근무하면서 ☆☆☆☆의 경영 전반을 총괄하는 업무에 종사하였고, 피고인 2는 1993. 11.경부터 ☆☆☆☆의 상무이사로서 경영지원실장으로 근무하며 ☆☆☆☆의 자금조달계획을 수립, 집행하는 등의 업무에 종사하다가, 1997. 2.경 전무이사, 2001. 1.경 부사장을 각 거쳐 2002. 6.경부터 현재까지 대표이사로 근무하는바,

피고인들은 전환사채 발행 방식을 이용하여 당시 자산총액이 8,000억 원을 넘고, 세계적인 테마파크로의 육성을 위한 장기계획 아래 5,800억 원 가량의 대규모 시설투자가 이루어져 내재가치 및 성장가능성이 매우 큰 반면, 자본금 규모가 35억 3,600만 원에 불과하여 지배지분의 확보가 용이한 □□그룹 계열의 비상장회사인 ☆☆☆☆의 지배권을 이○○, 공소외 1, 2, 3으로 하여금 적은 자금으로 취득하게 할 것을 마음먹고, 공모하여,

1996. 10. 30. (주소 생략)에 있는 ☆☆☆☆의 회의실에서 전환사채 발행을 위한 이사회 결의를 하게 되었는데, 피고인들은 ☆☆☆☆의 대표이사 또는 이사로서 이사회 결의 등의 적법한 절차를 거쳐야 할 임무가 있고, 상법 및 정관에 의하여 재적이사 과반수의 출석과 출석이사의 과반수로 이사회 결의를 하여야 함에도 17명의 이사 중 과반수에 미달하는 8명만이 참석한 상태에서, "사채의 종류: 무기명식 이권부 무보증 전환사채, 사채의 권면총액: 9,954,590,000원, 사채의 발행가액의 총액: 사채의 권면금액의 100%, 사채의 배정방법: 주주우선 배정 후 실권 시 이사회 결의에 의하여 제3자 배정, 표면이율: 연 1%, 만기보장수익률: 연 5%, 전환청구기간: 사채발행일 익일부터 상환기일 직전일까지, 전환가격: 7,700원"을 주요 내용으로 하는 전환사채 발행 결의를 하였는바,

피고인들은 이와 같은 정족수 미달의 이사회 결의는 무효이고 또 무효임을 알고 있었으므로 더 이상 전환사채의 발행을 위한 절차에 나아갈 수 없음에도, 주주들에게 배정기준일 통지, 실권예고부 최고 등을 하였고, ☆☆☆☆의 주주 26명 중 JIJD 주식회사를 제외한 나머지 25명이 그 몫으로 배정된 전환사채 발행총액의 약 97%인 96억 6,181만 원 상당에 대하여 아무런 인수청약을 하지 아니하자, 위와 같이 이사회 결의가 무효여서 '실권시 제3자 발행'이라는 결의내용 역시 무효이므로 위의 무효인 이사회의 결의에 의하여는 인수청약이 안 된 전환사채를 제3자에게 배정할 수 없고, 또

이전에 ☆☆☆☆의 주식이 거래된 실례 및 그 거래가격, 법인주주들이 ☆☆☆☆ 주식의 가치에 대하여 평가한 사례 및 그 평가 근거 등을 검토하고, 전문회계법인, 감정기관 등 기업평가를 할 수 있는 객관적인 기관에 의뢰하여 회사의 자산가치, 내재가치 및 성장가능성 등을 고려한 ☆☆☆☆ 주식의 실제가치를 평가하여 이루어진 적정한 전환가격을 적용하여야 하며, 위 무효인 결의에서 위와 같은 절차 없이 현저하게 낮게 정한 가격으로 제3자에게 전환사채를 배정하여서는 아니 될 뿐만 아니라, 제3자에게 회사의 지배권을 넘겨서는 아니 될 임무가 있음에도 불구하고,

1996. 11. 말경 당초 마음먹은 대로 ☆☆☆☆의 지배권을 적은 자금으로 이○○ 등에게 넘겨주기로 하고, 그 임무를 위배하여 1996. 12. 3. 16:00경 위 ☆☆☆☆의 회의실에서 이사회를 개최하여, ☆☆☆☆ 주식의 최소한의 실제가치인 14,825원보다 현저히 낮게 위 무효인 결의에서 정한 전환가격 7,700원 그대로 인수청약이 안 된 전환사채 합계 96억 6,181만 원 상당 중 이○○에게 48억 3,091만 원 상당을, 공소외 1, 2, 3에게 각 16억 1,030만 원 상당을 각 배정하는 결의를 함으로써, 결국 이○○ 등이 1996. 12. 3. 17:00경 배정금액의 100%에 해당하는 청약증거금과 함께 청약하여 자신들에게 배정된 위 전환사채를 인수하고, 1996. 12. 17. 그 전환사채를 1주당 7,700원의 전환가격에 주식으로 각 전환하여 ☆☆☆☆ 주식의 약 64%에 해당하는 합계 1,254,777주(이○○ 627,390주, 공소외 1, 2, 3 각 209,129주)를 취득함과 아울러 ☆☆☆☆의 지배권을 인수하게 함으로써, 이○○ 등으로 하여금 위 주식 발행분에 대한 ☆☆☆☆ 주식의 실제가치에 해당하는 18,602,069,025원(14,825원 × 1,254,777주)과 이○○ 등이 ☆☆☆☆에 납입한 전환사채 인수대금 9,661,810,000원의 차액인 8,940,259,025원만큼 이○○ 등에게 재산상 이익을 취득하게 하고, ☆☆☆☆에게 같은 금액 상당의 손해를 가하였다.

【증거의 요지】

(생략)

【법령의 적용】

(생략)

【무죄부분】

이 사건 피고인들에 대하여 공소제기된 96,994,262,100원 중에서 앞서 유죄로 인정한 8,940,259,025원을 뺀 나머지 88,054,003,075원 부분에 대하여는 범죄

의 증명이 없으므로 형사소송법 제325조 후단에 의하여 무죄를 선고하여야 할 것이나, 앞서 동일한 공소사실의 범위 내에 있는 판시 범죄를 유죄로 인정한 이상, 위 88,054,003,075원의 공소사실 부분에 대하여는 따로 주문에서 무죄를 선고하지 아니한다.

조희대(재판장) 이재희 부상준

[별지 주주 구성표 생략]

형사판결 4

# 서울고등법원 2009. 1. 22. 선고 2008노1914 판결

【판시사항】 상해치사의 증거가 부족하다는 이유로 무죄를 선고한 사례

【피고인】 피고인 1 외 3인

【항소인】 피고인들

【변호인】 변호사 박준영 외 2

【원심판결】 수원지방법원 2008. 7. 16. 선고 2008고합45 · 64(병합) · 73(병합) · 117(병합) 판결

【주문】

원심판결을 파기한다.

피고인 1을 징역 1년 6월에, 피고인 2를 징역 1년에 각 처한다.

원심판결 선고 전의 구금일수 224일을 피고인 1에 대한, 181일을 피고인 2에 대한 위 각 형에 산입한다.

다만, 이 판결 확정일부터 각 2년간 피고인 1, 피고인 2에 대한 위 각 형의 집행을 유예한다.

이 사건 공소사실 중 피고인 1, 피고인 2에 대한 각 상해치사의 점 및 피고인 3, 피고인 4는 무죄.

【이유】

### 1. 항소이유의 요지

피고인들이 피해자와 전부터 알던 사이였는지에 관하여 피고인들의 진술이 서로 엇갈리는 점, 피해자와 함께 1시간여 동안 수원고등학교까지 가면서도 피해자와 아무 말도 하지 않았다는 공소외 1, 공소외 2의 진술은 신빙성이 없고, 목격자인 공소외 3은 전체적으로 자신의 추측을 진술하거나 다른 사건과 혼동하여 진술하고 있으며, 피해자와 어깨동무를 하면서 길을 걸었다는 부분에 관하여도 피고인들의 진술

과 서로 상이한 점, 수원고등학교에는 야간에 차량이 출입할 수 없도록 낮은 철제울타리가 설치되어 있고, 정문 옆 담은 올라타는 것이 어렵지는 않으나 담을 걸어 학교에 진입한 후 뛰어 내리기가 쉽지 않은 구조인데, 공소외 1의 진술은 학교 안으로 들어간 방법에 관하여 일관성이 없거나 모호하고, 피해자와 꼬맹이 일행이 쉽게 철제울타리를 넘어갈 수도 있었지만 어렵게 담을 넘어갔다는 공소외 2의 진술은 믿을 수 없으며, 이 부분에 관한 피고인들의 진술 역시 기억나지 않는다거나 진술이 서로 불일치하는 점, 피해자가 폭행을 피해 도망을 간 적이 있는지 또 그 장소가 수원고등학교인지 아니면 수원고등학교로 가는 도중인지에 관하여 피고인들, 공소외 1 및 공소외 2의 진술이 서로 불일치하는 점, 피고인 3과 공소외 7은 수사기관에서 피해자를 때리게 된 동기와 과정에 관하여 공소외 4를 때리게 된 동기와 과정에 비슷하게 맞추어 진술한 점, 공소외 1, 공소외 2는 공소외 4를 피해자로 오인한 노숙자들의 제보로 체포되어 조사를 받았고, 공소외 1 역시 공소외 4를 피해자로 오인하고 진술한 점, 공소외 1이 피고인들과 함께 피해자를 때렸다고 뒤늦게 자백하게 된 동기가 불분명한 점, 수원고등학교의 무인카메라에 피고인들과 피해자의 영상이 녹화되지 않은 점, 피고인들이 피해자에게 상해를 가하여 사망에 이르게 하였음을 증명할 만한 물적 증거가 전혀 없다는 점 등에 비추어 보면, 피고인들이 피해자를 때린 사실이 없음을 충분히 인정할 수 있다.

다만, 피고인들은 수사기관에서 자백한 적이 있으나, 이는 수사기관의 강압과 회유에 의하여 허위의 자백을 한 것이다.

그럼에도 불구하고 원심은 피고인들에 대한 상해치사의 점을 유죄로 인정하였는바, 원심판결에는 사실을 오인함으로써 판결에 영향을 미친 위법이 있다.

## 2. 판단

### 가. 피고인들에 대한 상해치사의 점에 관한 공소사실의 요지

피고인 1, 공소외 5, 공소외 6 및 공소외 7은 공소외 4를 추궁하였지만 공소외 4가 횡설수설을 하고 2만 원도 찾지 못하자 공소외 4가 절취한 것이 아닐지도 모른다는 생각을 하던 중, 피고인 3, 공소외 7이 2007. 5. 13. 처음 만난 노숙자인 피해자(여, 15세)와 수원역 대합실에 있는 GS 25시 편의점 등에서 놀던 중 공소외 7이 치마를 입고 있어 계속 춥다고 하여 피고인 3이 바지로 갈아입으라고 하자, 피해자가 치마가 예쁘다면서 안 입으려면 자기에게 빌려달라고 하여 피고인 3, 공소외 7이 피해자에게 '너랑 같이 다닐 것도 아닌데 빌려준 후 니가 째면 어떻게 하냐'고 하니 피해자가 그렇다면 2만 원을 주겠다고 하여, 피고인 3, 공소외 7이 편의점 밖에 있는 피고인 1, 공소외 6에게 '재가 치마를 빌려주면 2만 원 준네, 할까, 말까'라고 하면서 이야기를 하던 중 혹시 2만 원을 훔쳐간 애가 피해자가 아닌가라는 이야기가 나왔다. 그 후 피고인 1, 공소외 5, 공소외 6 및 공소외 7은 2007. 5. 14. 02:00경 수원역 대합실에서 피해자에게 '2만 원을 가져갔는지' 추궁하다 수원역 화장실에서 나오는 피고인 2와 함께 피해자를 데리고 밖으로 나가는데, 그때 수원역에 있던 공소외 1, 공소외 2도 피고인들과 공소외 7 일행에 합류하여 피해자를 때릴만한 사람의 왕래가 없는 어두운 곳을 찾아다니다가, 같은 날 03:00경 수원시 권선구 매교동 250에 있는 수원고등학교로 들어가서, 피고인 1은 주먹과 발로 피해자의 얼굴을 포함하여 온몸을 때리거나 걷어차고, 피고인 3은 도망가지 못하도록 피해자를 쪼그려 앉게 한 후 손으로 피해자의 뺨을 때리고 발로 피해자의 얼굴, 어깨를 걷어차고, 이어서 피고인 2는 주먹으로 피해자의 얼굴을 때린 다음 발로 피해자의 허벅지, 팔, 등 부분을 걷어차고, 피고인 2, 공소외 5가 담배를 피우기 위하여 뒤로 빠져 있는 사이에 피고인 4와 공소외 7은 함께 심한 욕설을 하며 손으로 머리채를 잡고 흔들며 주먹으로 얼굴을 수회 때리고 발로 피해자의 얼굴을 걷어차고, 계속하여 공소외 1, 공소외 2도 나서서 역시 주먹과 발로 피해자의 온 몸을 때리고 걷어 차 피해자가 폭행을 견디지 못하고 쓰러지자, 공소외 7은 피해자의 얼굴을 발로 밟는 등 수십 분 동안 피해자의 온몸을 마구 때려 피해자로 하여금 그 자리에서 외상성 뇌경막하 출혈에 의한 심폐정지로 사망에 이르게 하였다.

나. 원심의 판단

공소외 1과 공소외 2가 위 상해치사의 범행에 관하여 전부 또는 일부의 유죄판결 확정에 이를 때까지 이미 그들 이외에 '꼬맹이들'이라는 관여자가 있었다는 진술을 하고 있는 것에 대하여 별다른 의심을 할 바가 없고, 공소외 1이나 공소외 2의 범행 동기에 비추어도 그들 이외의 노숙청소년이 있었다고 보는 것이 합리적이다. 더구나 공소외 1은 이 법정에서 자신도 범행을 하지 아니하였으나 거짓 자백을 하였다고 진술하지만, 자신에 대한 유죄판결이 2007. 12. 22. 확정되어 달리 이해관계가 없는 상태에 이르러 2008. 1. 10. 검찰에서 피고인 등이 위 상해치사 범행을 공동으로 한 사실을 자세히 진술하였고, 여기에 피고인 등의 관련사실에 대해 비교적 일관된 공소외

2의 진술과 피해자의 사망 후 자신들만 있는 노래방에서 피고인 등으로부터 그 범행 사실을 들었다는 공소외 3의 진술을 더하면, 위 증거만으로도 피고인들의 범행을 인정함에 별로 부족함이 없다.

이에 위 공소외 7 및 피고인들은 2008. 1.경 검찰 조사에서 처음에 그 범행을 모두 부인하다가 공소외 7을 포함한 5명이 모두 그 범행을 자백하였는데, 자백에 의한 유죄 인정의 위험성 및 검찰이 피고인 등을 불러서 몇 시간을 대기하게 하고 자백을 할 때부터 비로소 영상녹화를 시작한 절차적 부적법성을 감안하고, 피고인들이 부모 등은 물론 변호인의 충분한 도움을 받지 못하고 심리적 안정을 갖기 힘든 노숙자들이었다는 점까지 감안하여도 위 5명의 자백 진술을 믿지 못할 합리적 근거를 찾을 수 없다. 위 5명의 법정 태도와 그 진술 내용 등에 비추어도 그 나이 이상의 수사나 조사에 대한 대처와 사회에 대한 경험과 인식능력을 갖고 있다고 인정되는 마당에 검사의 회유만으로 5명이 일치하여 함부로 거짓 진술을 하였다고 인정하기 어렵고, 공소외 4에 대한 공동상해의 범행과 혼동하거나 그에 빗대어 거짓 자백을 하였다고 보이지도 않는다. 위 5명이 동일하게 꾸며댈 수도 없는 것이고, 진술의 큰 줄기가 일치하는 이상 지엽적인 불일치 부분을 들어서 쉽사리 못 믿겠다고 할 것도 아니다.

여기에 수사기간 중에 피고인 등이 자유롭게 진술하는 것을 들은 증인 공소외 8, 공소외 9 등의 진술을 보태어 보면, 더욱 그러하다.

그렇다면 위 진술 증거들은 특히 신빙할 수 있는 상태에서 진술이 이루어졌다고 인정되고 달리 합리적 의심을 할 만한 사정이 발견되지 아니하며, 판시 각 증거를 종합하면 피고인들의 판시 상해치사의 범행이 증명되고 인정된다.

다. 당원의 판단

이 부분 상해치사의 공소사실에 대한 판단을 하기 위하여는 먼저 전체적인 사건 경과를 살펴볼 필요가 있으므로 이에 관하여 간략하게 본 후, 원심이 이 부분 공소사실을 유죄로 인정함에 있어 채택한 증거들을 차례로 살펴본다.

(1) 전체적인 사건 경과

2007. 5. 12. 06:00경 수원역 대합실 뒤쪽 주차장에서 공소외 4(여, 24세)가 상해를 당한 사건과 2007. 5. 14. 05:30경 수원고등학교 본관 입구 통로 화단에서 피해자(여, 15세)가 사망한 채 발견된 사건이 일어났다.

(가) 종전 사건

2007. 5월경부터 시작된 최초 수사결과와 수원지방법원 2007. 8. 22. 선고 2007고합215 판결 및 서울고등법원 2007. 12. 14. 선고 2007노1972 판결에 의하면, 공소외 1은 공소외 10, 성불상 경진(여, 20대), 성명불상자(별명 돼지, 남, 20대)와 공동하여 2007. 5. 12. 06:00경 수원역 대합실 뒤쪽 주차장에서 공소외 4(여, 24세)를 구타하여 상해를 가한 폭력행위 등 처벌에 관한 법률 위반(공동상해) 사실, 공소외 1과 공소외 2는 성명불상자 2인(각 별명 꼬맹이, 20대의 남과 여)과 공동하여 2007. 5. 14. 02:00경 수원역 2층 대합실 밖 에스컬레이터에서 피해자(여, 15세)를 공소외 4로 착각하여 따라오게 하여 그 무렵 수원고등학교 본관 입구 통로 화단 옆까지 끌고와 폭행을 가한 폭력행위 등 처벌에 관한 법률 위반(공동폭행) 사실, 공소외 1은 그 무렵 같은 장소에서 공소외 2와 위 성명불상자 2인이 먼저 돌아간 후 자신과 피해자 단둘이 남게 되자 피해자를 구타하여 상해를 가함으로써 사망에 이르게 한 상해치사 사실로 공소외 1은 1심에서 징역 7년을 선고받았으나 2심에서 징역 5년을 선고받은 후 상고를 포기하여 확정되었고, 공소외 2는 1심에서 벌금 200만 원을 선고받고 항소하지 아니하여 확정되었다.

(나) 이 사건

2008. 1월경 재차 수사가 시작되어 공소가 제기되었고, 원심은 피고인 1의 공소외 4에 대한 폭력행위 등 처벌에 관한 법률 위반(공동상해) 사실 및 피고인들의 피해자에 대한 상해치사 사실에 대하여 유죄를 인정하였다.

(2) 피고인들의 검찰에서의 자백진술

피고인들은 검찰에서 피해자에 대한 상해치사의 공소사실을 자백한 바 있으나, 원심과 당심법정에서 위 자백진술을 허위라고 다투고 있다.

검찰에서의 자백 등이 법정 진술과 다르다는 사유만으로는 그 자백의 신빙성이 의심스럽다고 할 사유로 삼아야 한다고 볼 수 없고, 자백의 신빙성 유무를 판단함에 있어서는 자백의 진술내용 자체가 객관적으로 합리성을 띠고 있는지, 자백의 동기나 이유가 무엇이며, 자백에 이르게 된 경위는 어떠한지 그리고 자백 이외의 정황증거 중 자백과 저촉되거나 모순되는 것이 없는지 하는 점을 고려하여 피고인의 자백에 형사소송법 제309조 소정의 사유 또는 자백의 동기나 과정에 합리적인 의심을 갖게 할 상황이 있었는지를 판단하여야 한다(대법원 2003. 9. 26. 선고 2002도3924 판결 참조).

이러한 관점에서 피고인들의 검사 앞에서의 각 자백진술의 신빙성을 검토한다.

(가) 피고인들의 자백과 번복 과정

피고인 1은 검찰에서 처음 범행을 부인하였으나(수원지방검찰청 2008형제7468호, 2008형제8702호 사건 증거기록 209쪽), "일단은 잘못한 것이고, 더 이상 관련성을 부인할 수도 없고, 특히 검사님이 인간적으로 호소를 하는 것에 거짓말하는 것이 심적으로 괴로워 사실대로 진술하게 되었다."라고 하면서 자백하였으나(증거기록 201쪽, 209쪽), 그 뒤 "다른 사람의 진술이 있는 상태에서 아무리 아니라고 해도 검사님이 말한 것처럼 상식적으로 빠져나갈 길도 없는데 아니라고 해봤자 죄만 더 커지니까 그냥 거짓으로 (자백)진술한 것이다", "거짓으로라도 이야기하면 조금이라도 처벌을 덜 받지 않을까 해서 거짓으로 (자백)진술했던 것이다", "제가 아무리 아니라고 해도 빠져나갈 수 없다는 생각이 들어서 그랬다."라고 하면서 범행을 부인하며 계속하여 억울하다고 하였다(증거기록 360부터 371쪽, 공판기록 67쪽, 158쪽). 피고인 2는 검찰에서 처음 범행을 부인하다가(증거기록 258쪽), 나중에 범행을 자백하였으나(증거기록 262쪽, 290쪽), 접견시 억울하다고 번복하였다가(증거기록 387쪽, 388쪽), 그 뒤 다시 자백하고 반성문을 제출하였다가(증거기록 380쪽, 공판기록 71쪽), 원심 공판이후 다시 이를 부인하였다(공판기록 158쪽, 443쪽, 546쪽, 566쪽). 피고인 3은 검찰에서 처음에는 범행을 부인하였으나(증거기록 301쪽), 그 뒤 검찰에서부터 원심 공판 이전까지 대체로 범행을 자백하였는데(증거기록 303쪽, 318쪽, 397쪽, 408쪽, 공판기록 88쪽), 원심 공판 이후 다시 이를 부인하고 있다(공판기록 158쪽, 540쪽, 561쪽). 피고인 4도 검찰에서 처음에는 부인하다가 그 뒤부터 원심 공판 이전까지 대체로 범행을 자백하였는데(증거기록 336쪽, 398쪽, 공판기록 83쪽), 원심 공판 이후 이를 부인하고 있다(공판기록 158쪽, 250쪽, 474쪽).

피고인들은 비록 자신들이 억울하기는 하지만 자백하면 선처받을 수 있고 만약 범죄사실을 부인할 경우 있을지도 모르는 불이익을 염려하여 자백하였다는 것인바, 피고인들은 아직 나이가 어리고, 가족이나 보호자의 도움을 받지 못하였던 점, 특히 피고인 2는 검찰에서의 영상녹화 당시 할머니와 통화를 하였으나 할머니가 검찰청에 올 수 없다고 하자 자신을 변호해 줄 사람이 전혀 없다고 여겼을 것으로 보이는 점, 피고인들 가운데는 다른 피고인들이 이미 범행을 자백한 것으로 오인하고 검찰 조사를 받은 경우도 있는 점, 검사가 실제로 수사과정에서 피고인들에게 범행을 자백하면 선처받을 수도 있다고 말한 적이 있는 점 등을 고려하면, 피고인들의 검찰에서의 자백진술은 그 경위에 비추어 볼 때 신빙성에 의심이 든다.

(나) 피고인들과 피해자의 관계 및 수원고등학교까지 가게 된 경위

피고인 1은 검찰 제1회 피의자신문조서에서 "피고인 4 등으로부터 '이년이 옛날에 같이 어울려 다니던 애인데 우리들의 옷과 돈을 가지고 도망을 갔던 년'이라고 들었다.", "수원역 대합실에서 지선이가 피해자와 어깨동무 형태를 취하였고, 경민이가 피해자의 뒤쪽 옷을 붙잡았고 나머지는 피해자를 따라서 수원역 뒤편으로 나가서 으쓱한 곳을 찾던 중 해철이 삼촌과 내복이 삼촌을 만났다."라고 진술하고 있다(증거기록 202쪽, 203쪽). 피고인 2는 검찰에서의 영상녹화 및 제1회 피의자신문조서에서 "피해자는 그때 처음보았다.", "친구들이 여자아이를 데리고 흡연실쪽으로 가면서 따라오라고 하여 따라 가다 어떤 친구가 '여자아이가 도망가지 못하게 잡아라'고 하여 제가 여자 아이의 상의 뒤쪽을 잡고 수원역 어두운 곳으로 갔는데 사람들이 자주 지나다녀 계속 자리를 옮기다 보니 수원고등학교까지 가게 되었던 것입니다."라고 진술하고 있다(증거기록 262쪽, 263쪽, 264쪽). 피고인 3은 검찰에서의 영상녹화 및 제1회 피의자신문조서에서 "피해자는 그때 처음 보았던 아이이다.", "피해자가 도망을 갈 수 있기 때문에 저와 지선이는 피해자 앞에 서고 나머지 친구들은 피해자 주변과 뒤에 서서 흡연실까지 데리고 갔습니다.", "흡연실에서 피해자를 추궁하다 피해자를 데리고 계단을 내려온 이후 롯데리아 건물쪽으로 내려와서 음침한 곳을 찾아 다녔으나 수원역 근처에는 마땅한 곳이 없어 세류동 쪽으로 걸어가면서 음침한 곳을 찾아 다니던 중 학교를 발견하고 학교로 들어갔던 것입니다."라고 진술하고 있다(증거기록 309쪽, 315쪽, 316쪽). 피고인 4는 검찰 제1회 피의자신문조서에서 "피해자는 그 날 처음 보았던 아이입니다.", "처음에 때린 곳은 수원역 부근 여관 주차장이었고, 이후 죽은 애를 데리고 대합실에 되돌아온 후 수원고등학교로 가서 때렸습니다.", "수원역은 아는 사람도 많고 철도경찰이라고 공안들도 있고 해서 때리기가 곤란해서 장소를 옮겼습니다."라고 진술하고 있다(증거기록 336쪽, 341쪽). 공소외 7은 검찰 제1회 피의자신문조서에서 "피해자는 그 날 그때 처음 보았던 사람입니다.", "저와 경진이가 죽은 애를 데리고 흡연실로 가서 돈을 훔쳐간 사실이 있느냐고 따지다, 제가 잠시 화장실에 다녀오는 사이에 경진이가 그 죽은 애를 한 두 대 때린 후 보냈다고 하였습니다. 그래서 제가 다시 잡아서 얘기 하겠다고 하며 공소외 5랑 함께 그 죽은 애를 찾으러

가보니, 그 애가 어떤 아저씨랑 가고 있어서 저희들이 계속 따라가면서 '언니 언니'라고 불러 세워 수원역 근처 상호불상 여관 주차장에서 그 죽은 애에게 '그 아저씨 누구야'라고 물으니 그 죽은 애가 '조건 만남 할 사람이다. 저 사람에게 너희들이 나를 때리는 것을 막아달라고 부탁하였다'라고 대답하며 제 돈을 가져갔다고 하였다가 가져가지 않았다고 하는 등 말을 계속 바꿔 제가 화가나 그 애를 때리기 시작하였습니다.", "수원역으로 돌아가는 도중에 제가 죽은 애에게 가서 거짓말하지 말아라고 주의를 줬는데도 불구하고 계속 거짓말을 하길래 화가 나서 수원역에 도착한 후, 해철이 삼촌이 그 애에게 돈 훔쳐갔느냐고 물어보았는데 훔쳐가지 않았다고 거짓말하여 해철이 삼촌이 그 애를 때렸고, 저희에게도 때려도 좋다고 하여 저, 재성이, 경진 언니가 그 애를 때렸습니다. 아참, 저희들 말고도 이름을 모르는 한 명이 더 현장에서 주먹으로 죽은 애를 때렸고, 고깔모자 모양의 공사표지판으로 죽은 애의 머리 부분을 때렸고, 저는 단화 모양의 구두를 신은 발로 피해자의 얼굴을 밟았습니다. 그리고 수원역 뒷문을 통하여 조금 전 상호불상의 여관 주차장 방향으로 나와 때릴 곳을 찾던 중 사람이 너무 많아 주변을 돌아다니던 중 수원고등학교까지 가게 되었습니다."라고 진술하고 있다(증거기록 468쪽, 470쪽).

그런데 피고인들과 공소외 7의 각 진술은 피해자를 아는 사이였는지, 수원역 부근의 여관 주차장에서 먼저 폭행한 사실이 있는지, 그 이후 피고인들 일행과 피해자가 함께 수원고등학교까지 가게 된 경위 등에 있어 진술이 서로 불일치하고, 특히 공소외 7의 진술은 피고인들의 진술과도 너무 동떨어져 있을 뿐만 아니라 피해자가 아닌 공소외 4에 대한 폭행의 동기 및 경위와 매우 흡사하여 과연 피해자를 폭행한 사실이 있는지 의문이 든다. 또, 피고인들은 피해자를 때릴 만한 음침한 장소를 찾기 위하여 돌아 다녔다는 것인데, 피고인들 일행이 피해자를 데리고 수원역에서 수원고등학교까지 간 시각은 새벽 02:00~03:00경으로서 거리에 사람의 왕래가 뜸한 시간인 점, 그 거리는 직선거리 1.5~2*km* 정도로서 보통 성인걸음으로 30분 정도나 소요되는 곳에 위치한다는 점(공소외 11의 서울고등법원 2007노1972 사건에서의 진술, 증거기록 176쪽), 피고인들이 인정하는 바와 같이 피고인 1은 공소외 1 등과 공동하여 수원역 대합실 뒤쪽 주차장에서 공소외 4의 온 몸을 주먹과 발로 심하게 때린 적도 있는 점 등을 고려하면, 공소외 4를 때렸던 수원역 대합실 뒤쪽 주차장 같은 곳에서도 피해자를 때릴 수 있고, 수원역 부근에서도 충분히 그러한 장소를 찾을 수 있었던 것으로 보이는데도 불구하고, 굳이 음침한 곳을 찾아 멀리 떨어져 있는 수원고등학교까지 가게 되었다는 피고인들의 진술은 쉽게 믿기 어렵다.

(다) 수원고등학교에 도착한 이후의 상황에 관한 진술

피고인 1은 검찰 제1회 피의자신문조서에서 "수원고등학교 후문이 열려 있어서 그 곳으로 들어간 것 같습니다.", "이와 같이 폭행을 하던 중 지선, 경진, 선우가 자기들이 알아서 한다고 하여 저희들이 폭행을 멈추었고 잠시 지선이 등이 피해자와 이야기를 하던 중 피해자가 갑자기 소리를 지르면서 도망을 가자 저희들이 쫓아가서 약 50미터도 못가 다시 저희들에게 붙잡히게 되었고, 이 때에는 해철이 삼촌과 내복이 삼촌까지 가세하여 피해자를 폭행하였다."라고 진술하고 있다(증거기록 203쪽, 204쪽, 205쪽). 피고인 2는 검찰에서의 영상녹화 및 제1회 피의자신문조서에서 "기억이 정확하지 않지만 제 느낌 상 정문쪽인 것 같습니다.", "고등학교에 들어가서 저희들이 피해자를 둘러싸서 이야기를 하던 중 갑자기 피해자가 도망갔고, 이를 본 친구들이 잡으라고 하여 저와 공소외 10이 앞장서고 여자애들이 뒤따라 쫓아가 약 50미터 정도를 도망가던 피해자를 잡아서 순간적으로 저희들이 열 받아서 피해자를 폭행하였습니다."라고 진술하고 있다(증거기록 265쪽, 267쪽). 피고인 3은 검찰에서의 영상녹화 당시에는 "수원고등학교는 대로변 쪽에 있는 정문으로 들어갔으며 문이 열려 있었던 것으로 기억이 난다."라고 진술하다가, 검찰 제1회 피의자신문조서에서는 "제가 낮은 높이의 철문을 넘어 들어간 것은 맞고, 뒤에 따라 온 친구들이 어떻게 들어왔는지는 잘 모르겠다.", "수원역에서 밖으로 나가기 위해 계단을 내려 왔을 때 피해자가 도망을 가기 위하여 뛰었으나 재성이와 경민이가 쫓아가서 붙잡은 적은 있지만 그 이후부터 수원고등학교에 도착하여 피해자를 때리기까지 피해자가 도망을 가려한 적이 없었고, 주변에 사람들이 없어서 도움을 구할래야 구할 사람도 없었습니다."라고 진술하고 있다(증거기록 302쪽, 317쪽). 피고인 4는 검찰 제1회 피의자신문조서에서 "피해자가 도망을 가려고 했는지는 잘 모르겠습니다.", "수원고등학교는 큰 문은 잠겨 있는 것 같고, 그 옆에 조그만 문이 열려 있었던 것 같습니다. 사진을 보니 정문인 것 같고, 당시 낮은 철책 문을 넘어간 것 같습니다. 피해자와 나머지 사람들은 어떻게 들어갔는지 기억이 나지 않습니다.", "해철이 아저씨와 공소외 10이 때리는 것은 기억이 나고 나머지 사람들이 때리는 것은 잘 기억이 나지 않습니다."라고 진술하고 있다(증거기록 342쪽, 343쪽). 공소외 7은 검찰 제1회 피의자신문조서에서 "수원고등학교를 들어갈 때 정문인지 후문인지는 잘 모르겠고, 애들을 따라서 학교로 들어갔는데 무엇을 넘어서 들어갔는지 기억이 가물가물합니다. 사진을 보니 정문에 설치되어 있는 낮은 철책문을 넘어서 들어간 기억이 납니다.", "제 생각으로는 제가 가장 많이 때렸고, 그 다음으로 삼촌들이며, 나머지는 저와 비슷하게 때렸습니다."라고 진술하고 있다(증거기록 473쪽, 474쪽).

그런데 피고인들의 진술은 수원고등학교에 정문과 후문 중 어느 쪽으로 어떻게 들어 갔는지와 문이 열려 있었는지 여부 및 도착 이후의 상황에 관하여 서로 모순되거나 명확하지 않을 뿐만 아니라 수사기관이 제공하는 사진을 보여준 이후에야 비로소 실제의 정황에 맞추어 진술을 하고 있는 것으로 보이는 점 및 당시 수원고등학교 정문에 설치되어 있던 무인카메라에 피고인들의 모습이 전혀 찍혀 있지 않고 주위에서 싸우는 소리를 전혀 듣지 못한 점(증거기록 5쪽, 33쪽) 등에 비추어 그 신빙성에 의심이 든다.

(라) 현장에서 발견된 물건들에 관한 진술

현장에서는 피고인들의 지문이나 유류물 기타 흔적이 전혀 발견되지 않았다. 피고인 2는 이 사건 범행 현장에서 발견된 청바지와 안경을 공소외 10의 것이라고 진술하였다가(증거기록 269쪽, 270쪽), 그 뒤 안경은 공소외 10의 것인지 모르겠고, 청바지는 공소외 10의 것이 아니라고 진술을 번복하였다(증거기록 380쪽).

(3) 공소외 1의 진술

기록에 의하면, 공소외 1은 피해자에 대한 살인 등 종전 사건으로 조사를 받을 때 공소외 2 이외에 모르는 꼬맹이 즉 남자, 여자 각각 한명과 함께 수원고등학교에 갔었고, 꼬맹이들은 피해자를 때리지 않았다고 진술하였는데, 뒤늦게 이 사건이 문제가 되어 2008. 1. 10. 검찰에서 피고인들 역시 피해자를 살해한 공범이라고 하면서 "꼬맹이라고 불리는 아이들 2명, 그리고 재성이와 재성이 애인 경진이 등 총 6명도 함께 피해자를 폭행하였습니다."라고 진술하고 있고(증거기록 535쪽, 536쪽), "경찰과 검찰 및 공판정에서 수원역 광장 쪽 출구를 통하여 지하보도를 건너서 수원고등학교로 갔다고 진술하였는데, 저는 당시 술을 먹은 상태였기 때문에 정확히 기억이 나지 않았지만 경찰에서 조사를 받을 때 공소외 2가 광장 쪽 출구로 나와서 지하도를 건넜다길래 그걸 보고 진술을 한 것이고, 사실 정확히 어느 출구로 나왔는지는 기억이 나지 않습니다."라고 진술하고 있는바(증거기록 537쪽), 공소외 1의 진술은 일관성이 없고, 피고인들의 진술과도 상이하여 그 신빙성에 의심이 든다.

또한, 수원고등학교에 도착한 이후의 정황에 관하여는 "저는 담을 넘어 간 것 같습니다."라고 하다가 곧 이어 "위에서 담을 넘어갔다는 것은 저 말고 다른 애들이 담을 넘어갔다고 진술한 것이고, 저는 철문을 넘어간 것이 맞습니다."라고 하는 등 순간순간 자신의 진술을 번복하고 있고, 폭행을 당하던 피해자가 도망을 갔는지, 그리고 이를 쫓아가서 붙잡아 계속 폭행을 했는지에 관해서는 "저는 그런 기억은 없습니다.", "저와 공소외 2, 공소외 10 및 아이들이 피해자를 폭행한 것은 맞지만 구체적으로 언제 누가 어떠한 방법으로 때렸는지까지는 정확히 기억이 없습니다."라고 진술하고 있어(증거기록 538쪽, 539쪽), 피고인들의 진술과도 모순될 뿐만 아니라 과연 피고인들과 공소외 7이 피해자를 때린 사실이 있는지 의심이 든다.

한편, 공소외 1은 2008. 1. 10. 검찰에서 "본 건으로 경찰에 검거되어 경찰차에 올라타니 공소외 2가 먼저 검거되어 있다가 저를 보면서 '나와 재성이 등은 모두 빼주고 니가 혼자 했다고 해라, 그러면 내가 니 징역에 있는 동안 면회도 자주 오고, 각종 필요한 물품 등도 책임지고 넣어 주겠다'고 하여 저 혼자 본 건 범행을 저질렀다고 자백하였습니다.", "당시 노숙생활을 하는 저의 삶 자체가 너무 싫은 등 정신적으로 너무 힘든 상태에서 될대로 되라는 생각이 들어 저 혼자 본 건 범행을 저질렀다고 하였던 것입니다.", "막상 징역에 들어와서 생활하여 보니, 면회 오시는 어머니를 보면 마음이 약해졌고, 공소외 2는 자기가 벌금을 받고 나간 후에 면회도 오지 않았으며, 또한 검사님의 인간적인 설득으로 저의 양심이 더 이상 거짓을 허락하지 않아 사실대로 진술하게 되었던 것입니다."라고 진술하고 있으나, 피해자에 대한 살인 등 사건으로 제1심에서 징역 7년을 선고받고 항소한 후 경찰의 폭행과 억압 때문에 거짓 진술을 했다고 뒤늦게 범행을 부인하면서도 피고인들과 같이 범행을 저질렀다는 진술은 하지 않았던 점, 공소외 1과 공소외 2는 이미 3년여 기간 동안 알고 지내는 사이로서 공소외 2를 공범에서 빼주는 것은 납득할 수 있지만, 잘 알지도 못하는 피고인들과 공소외 7까지 공범에서 빼줄 이유를 찾기 어려운 점 등에 비추어 보면, 피고인들 및 공소외 7을 공범이라고 진술하게 된 경위에 관한 공소외 1의 진술은 쉽게 납득이 가지 않는다.

(4) 공소외 2의 진술

공소외 2는 공소외 1의 피해자에 대한 살인 등 종전 사건으로 조사를 받을 때와 법정에 출석하여 "탤런트를 닮은 꼬맹이와 그 남자 친구와 함께 수원고등학교에 갔다."라고 진술하였는데, 이 사건 원심 법정에서는 "남자는 해철이 빼고 두 명, 여자는 두 명이었다.", "그 당시에 공소외 1과 꼬맹이 네명이 갔다.", "이전에 수사나 재판을 받을 때 남자 둘, 여자 둘이라고 얘기했어요.", "수원고등학교에 가던 날 우연히 공소외 1을 보고 같이 안가고 좀 떨어져서 갔어요."라고 진술하고 있어, 공소외 2의 진술은 일관성이 없고, 피고인들 일행을 따라 약 1시간을 걸어 갔다고 하면서도 수원고등학교까지 같이 간 일행의 숫자를 정확히 알지 못하고 있어 쉽게 믿기 어렵다.

또한, 공소외 2는 공소외 1에 대한 종전 사건에서 조사를 받을 때에는 "공소외 1만 닫아놓은 철문으로 넘어갔고, 꼬맹이 일행이 담으로 넘어가자고 해서 먼저 넘어가고 그 다음 피해자가 넘어가고 제가 마지막으로 넘어갔습니다.", "빰을 때리는 소리가 들렸는데 꼬맹이들이 때리는 것 같았습니다."라고 진술하였고, 위 사건으로 법정에서 증언하면서 "꼬맹이들이 발로 차고 얼굴 때리는 등 하였고, 공소외 1은 그냥 옆에서 있기만 하였습니다."라고 진술하였는데(증거기록 183쪽, 704쪽, 708쪽), 이 사건 원심 법정에서는 "해철이는 철문으로 들어가고, 나머지 애들은 담으로, 저도 담으로 갔어요.", "해철이랑 애들이 어떻게 때렸는지는 몰라요. 거기가 캄캄 했었어요."라고 진술하고 있는바, 피고인들, 공소외 7의 각 진술과도 모순되고, 피고인들 일행이 쉽게 넘을 수 있는 철제문을 넘어가지 않고 굳이 담을 넘어갈 특별한 사정이 있어 보이지 않는 이 사건에 있어서 피고인들과 피해자가 담을 넘어갔다는 공소외 2의 진술은 쉽게 납득이 가지 않는다.

한편, 공소외 2는 원심 법정까지 "공소외 1과 피고인들이 수원고등학교에 갔다."라고 진술하였는데, 당심 법정에서 마지막에 이르러 "공소외 1이나 피고인들이 수원고등학교에 간 적은 없다. 피고인들이 피해자를 죽였다는 것은 믿기지 않는다"면서 원심 법정에서의 진술을 번복하고 있고, "수사기관 및 원심 법정에서는 자신도 잡혀갈 것 같아 무서워서 거짓말을 한 것이다."라고 하고 있는바, 공소외 2의 나이, 진술태도와 진술내용(당심 법정에서의 진술태도와 진술내용에 정신지체나 정신장애로 인한 문제가 있다고 전혀 느낄 수 없었다), 진술을 번복하게 된 경위 등에 비추어 볼 때, 공소외 2의 원심 법정에서의 진술을 피고인들에 대한 유죄의 증거로 삼기 어렵다. (공소외 2가 당심 법정에서 진술한 후, 검사는 2008. 12. 16.과 같은 달 18. 공소외 2를 2회 불러 피의자로 신문한 후 2008. 12. 30. 수원지방법원에 위증으로 공소를 제기하였다. 그런데 공소외 2는 위 2회 검찰 피의자신문에서 여전히 당심 법정에서 피고인들이 이 사건 범행에 가담하지 않았다고 한 진술을 맞다고 하고 있으므로, 검사가 공소제기를 한 사실만으로 사정이 달라질 것이 없다.)

(5) 그 밖의 증거들

증인 공소외 3은 원심 법정에서 이 사건 범행과 관련하여 피고인들로부터 들은 내용에 대하여 "그랬던 것 같습니다.", "잘 기억이 안 납니다.", "수원역 노숙자를 때려 죽인 것이랑 수원역에서 어떤 여자애가 맞았다는 폭행사건이랑 헷갈려서 그런 것 같습니다."라고 하면서 검찰에서 잘못 진술한 것처럼 진술하고 있어 공소외 3의 진술을 피고인들에 대한 유죄의 증거로 삼기 어렵다.

증인 공소외 8의 진술은 피고인 1로부터 범행을 자백하는 것을 들었다는 것이나, 공소외 8은 피고인 1이 범행을 부인하였다고도 진술하고 있어 이를 유죄의 증거로 삼기 부족하다.

현장검증 녹화 CD에는 피고인들과 공소외 7에 대한 검찰 피의자신문조서에서와 같은 여러 가지 모순점들이 존재하고, 공소외 7이 종이컵 밑면에 작성했다는 '16살님 죄송합니다'라는 기재(증거기록 333쪽)는 앞서 본 바와 같이 공소외 7이 공소외 4에 대한 폭행과 피해자에 대한 폭행을 혼동하고 있는 점에 비추어 보면 이 역시 피고인들에 대한 유죄의 증거로 삼기 부족하다.

(6) 유무죄 판단

형사소송에서는 범죄사실이 있다는 증거는 검사가 제시하여야 하고, 피고인의 변명이 불합리하여 거짓말 같다고 하여도 그것 때문에 피고인을 불리하게 할 수 없으며, 범죄사실의 증명은 법관으로 하여금 합리적인 의심의 여지가 없을 정도로 고도의 개연성을 인정할 수 있는 심증을 갖게 하여야 하는 것이고(대법원 1991. 8. 13. 선고 91도1385 판결 참조), 이러한 정도의 심증을 형성하는 증거가 없다면 설령 피고인에게 유죄의 의심이 간다 하더라도 피고인의 이익으로 판단할 수밖에 없다(대법원 2006. 3. 9. 선고 2005도8675 판결 참조).

이 사건에서 피고인들에 대한 상해치사의 점을 인정할 물증은 전혀 없는바, 앞에서 본 바와 같이 검사 작성의 피고인들에 대한 피의자신문조서의 자백진술은 그 자백경위가 석연치 않고, 진술내용이 서로 모순되는 등 그 진술내용의 진실성과 신빙성이 의심스럽고, 그 밖의 증거들은 이를 믿기 어렵거나 피고인들의 피해자에 대한 상해치사의 공소사실을 입증하기에 부족하며, 달리 이를 인정할 증거가 없다.

그러므로 피고인들에 대한 상해치사의 공소사실을 유죄로 인정한 원심판결에는 사실을 오인하여 판결에 영향을 미친 위법이 있다.

### 3. 결론

따라서, 원심판결 중 피고인들에 대한 상해치사의 점에 관한 피고인들의 항소는 이유 있어 이 부분에 대한 원심판결은 파기를 면할 수 없게 되었다. 그런데 피고인 1, 피고인 2에 대한 각 상해치사죄는 원심이 위 피고인들에 대하여 유죄로 인정한 나머지 각 범죄사실과 각 형법 제37조 전단의 실체적 경합범 관계로서 위 각 죄에 대하여 하나의 형이 선고된 결과 위 피고인들에 대한 부분도 전부 파기를 면할 수 없게 되었다. 그러므로 형사소송법 제364조 제2항, 제6항에 의하여 원심판결을 파기하고, 변론을 거쳐 다시 다음과 같이 판결한다.

【범죄사실 및 증거의 요지】

(생략)

【법령의 적용】

(생략)

【양형 이유】

(생략)

【무죄 부분】

이 사건 공소사실 중 피고인들에 대한 각 상해치사의 점에 대한 공소사실은 앞서 본 바와 같이 이를 인정할 증거가 없어 범죄의 증명이 없는 경우에 해당하므로, 형사소송법 제325조 후단에 의하여 무죄를 선고한다.

조희대(재판장)　신헌석　성충용

제 3 장

# 서명날인

판결서에는 다음 각호의 사항을 적고, 판결한 법관이 서명날인하여야 한다(민사소송법 제208조 제1항). 재판서에는 재판한 법관이 서명날인하여야 한다(형사소송법 제41조 제1항).

판결서에 서명날인할 때 사용한 인장은 2개이다.

아래 인영은 1986년 법관 임용을 앞두고 강동초등학교 제18회 동기생 김경태가 새겨준 인장으로 날인한 것이다. 하도 오래 사용하여 인장 가장자리가 많이 떨어져 나갔다.

재판장 판사 조희대

아래 인영은 2003년 사법연수원 교수에서 서울지방법원 부장판사로 발령이 났을 때 사법연수원 제32기 제자 이창원의 부친이신 이용섭 선생님이 새겨주신 인장으로 날인한 것이다.

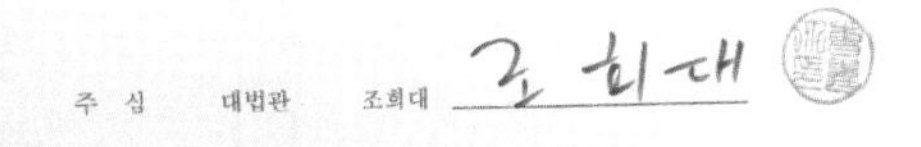

제 4 장

# 판결 선고

판결은 재판장이 판결원본에 따라 주문을 읽어 선고하며, 필요한 때에는 이유를 간략히 설명할 수 있다(민사소송법 제206조).

재판의 선고 또는 고지는 재판장이 한다. 판결을 선고함에는 주문을 낭독하고 이유의 요지를 설명하여야 한다(형사소송법 제43조).

제6편

# 논문 · 판례평석

● 영업비밀의 침해와 그 손해배상, 대법원판례해설 27호(1996년 하반기) 320-346면, 법원도서관

● 남녀의 성전환은 현행법상 허용되는가, 법조 46권 5호(통권 488호)(1997년 5월) 161-199면

● 중재판정에 대한 집행판결을 못하는 사유, 대법원판례해설 28호(1997년 상반기) 230-253면, 법원도서관

● 해상운송인의 책임은 어느 때 소멸하는가, 대법원판례해설 29호(1997년 하반기) 201-211면, 법원도서관

● 신용장 개설은행이 선적서류에 신용장 조건과 불일치하는 사항이 있음에도 불구하고 신용장 대금을 지급한 후 개설의뢰인에게 선적서류를 송부한 데 대하여, 개설의뢰인이 송부받은 선적서류를 점검·확인하여 개설은행에게 그 불일치가 있음을 통지하지 아니한 경우, 개설은행과 개설의뢰인 간의 책임관계, 대법원판례해설 30호(1998년 상반기) 110-133면, 법원도서관

● 지방자치단체가 설치하는 폐기물처리시설의 설치를 금지하는 가처분에 대하여, 재판과 판례 8집(1999년 12월) 345-408면, 대구판례연구회

● 상법 제811조의 해석, 민사재판의 제문제 10권(2000년 4월) 549-596면, 한국사법행정학회

# 상법 제811조의 해석[1]

## 1. 序說

가. 개정 前의 舊 상법(1991年 12월 31일 법률 제4470호로 개정되어 1993년 1월 1일부터 시행되기 前의 것, 이하 舊 상법이라고 한다)은 제811조에서 "船舶所有者의 傭船者, 送荷人 또는 受荷人에 대한 채권은 1年間 행사하지 아니하면 소멸시효가 완성한다."라고 규정하고, 제812조에서 제121조, 제146조의[2] 각 규정을 船舶所有者에 準用하고 있었다.[3]

그런데 개정 상법(위 법률 제4470호로 개정되어 시행된 것, 이하 '개정 상법'이라고 한다)은 제811조를 "運送人의 傭船者, 送荷人 또는 受荷人에 대한 채권 및 채무는 그 청구원인의 如何에 불구하고 運送人이 受荷人에게 運送物을 인도한 날 또는 인도

---

1 이는 민사재판의 제문제 10권(2000년 4월) 549-596면에 실린 글이다. 위 상법 제811조는 2007년 8월 3일 법률 제8581호로 개정된 상법 제814조로 바뀌었다.

2 제121조【運送周旋人의 책임의 時效】 ① 運送周旋人의 책임은 受荷人이 運送物을 수령한 날로부터 1年을 경과하면 소멸시효가 완성한다.
② 前項의 기간은 運送物이 전부 멸실한 경우에는 그 運送物을 인도할 날로부터 起算한다.
③ 前2項의 규정은 運送周旋人이나 그 사용인이 악의인 경우에는 적용하지 아니한다.
제146조【運送人의 책임소멸】 ① 運送人의 책임은 受荷人 또는 화물상환증 소지인이 留保없이 運送物을 수령하고 운임 기타의 費用을 지급한 때에는 소멸한다. 그러나 運送物에 즉시 발견할 수 없는 훼손 또는 일부 멸실이 있는 경우에 運送物을 수령한 날로부터 2週間內에 運送人에게 그 통지를 발송한 때에는 그러하지 아니하다.
② 前項의 규정은 運送人 또는 그 사용인이 악의인 경우에는 적용하지 아니한다.

3 상법은 제2편 商行爲 제8장 제114조 내지 제124조에서 運送周旋業에 관하여, 제9장 運送業 제1절 제126조 내지 제147조에서 陸上物件運送에 관하여, 제5편 海商 제4장 運送 제1절 제780조 내지 제820조에서 海上物件運送에 관하여 각 규정하고 있는바, 제121조에서 運送周旋人의 책임의 時效에 관하여 註1)과 같은 내용으로 규정하고, 제122조에서 運送周旋人의 채권의 時效에 관하여 "運送周旋人의 委託者 또는 受荷人에 대한 채권은 1년간 행사하지 아니하면 소멸시효가 완성한다."라고 규정하고, 陸上運送人에 관하여 제147조에서 제121조, 제122조의 위 각 규정을 準用하는 외에 제146조에 註1)과 같은 내용의 규정을 두고 있으며, 舊 상법은 제811조, 제812조에서 船舶所有者에 관하여 本文과 같은 규정을 두고 있었던 것이다. 한편 航空運送에 관하여는 金甲猷, "國際航空貨物 運送의 법률관계", 人權과 正義, 196號, 197號; 李康斌, "航空貨物運送의 클레임의 원인과 해결", 仲裁, 17卷 1號 등 참조.

할 날부터 1年 內에 재판상 청구가 없으면 소멸한다. 그러나 이 기간은 당사자의 합의에 의하여 연장할 수 있다."라는 내용으로 개정함과 동시에 제812조에서 舊 상법이 準用하던 제121조, 제146조의 각 규정을 삭제하였다.[4]

나. 海上運送人의 책임의 소멸기간을 국제적으로 통일하기 위한 시도는 Hague Rules에서 결실을 맺어 그 후 各國에서 그 내용은 반드시 일치하지 않으나 대체로 같은 취지의 규정을 두고 있다.[5]

(1) 國際條約[6]

Hague Rules 제3조 제6항은 "화물을 인도한 날 또는 인도를 하여야 했을 날로부터 1年 內에 訴訟의 제기가 없을 때에는 運送人과 船舶은 어떠한 경우에도 멸실 또는 손해에 관한 모든 책임이 면제된다."[7]라고 규정하고 있었다.

그런데 그 후 개정된 Hague/Visby Rules 제3조 제6항은 "제6항의2를 조건으로

4 개정 상법 제811조는 海上運送人의 채무 外에 채권에 관하여까지 규정하고 있으나, 주로 문제되는 것은 海上運送人의 채무에 관한 부분이므로, 아래에서 검토하는 내용도 海上運送人의 채무에 관한 부분이 중심이 된다. 한편 개정 상법 제812조의6은 "定期傭船契約에 관하여 발생한 당사자간의 채권은 船舶이 船舶所有者에게 반환된 날로부터 1年 內에 재판상 청구가 없으면 소멸한다. 그러나 제811조 但書의 규정은 이 경우에 準用한다."라는 내용의 유사한 규정을 두고 있고, 개정 상법 제830조 제2항, 제3항은 개정 상법 제811조를 旅客의 託送手荷物이나 携帶手荷物에 관한 海上旅客運送人의 책임에 準用하고 있으며, 개정 상법 제842조는 共同海損으로 인하여 생긴 채권 및 그 책임있는 者에 대한 求償債權에 관하여 별도로 1年의 제척기간 규정을 두고 있다.

5 William Tetley, MARINE CARGO CLAIMS, third edition, 3,4쪽, 671쪽 "한편 이러한 立法조치가 없는 경우에도 선하증권 약관에 Hague Rules이나 Hague/Visby Rules을 대부분 引用하고 있다고 한다."; 小町谷操三, "海上運送人の責任の消滅時效について", 民商法雜誌, 47卷 4號, 497쪽 내지 499쪽 참조.

6 그 경과를 보면, 1924년 8월 25일 "International Convention for the Unification of Certain Rules of Law Relating to Bills of Lading, 1924"(이른바 Hague Rules)가 채택되고, 1968년 2월 23일 "Protocol to Amend the International Convention for the Unification of Certain Rules of Law Relating to Bills of Lading, 1968"(이른바 Visby Rules으로서 이는 Hague Rules을 개정하는 형식으로 되어 있기 때문에 통상 Hague/Visby Rules이라고 불린다)이 채택되었으며, 1978년 3월 31일 "The United Nations Convention on the Carriage of Goods by Sea, 1978"(이른바 Hamburg Rules)이 채택되었다. 이 가운데 Hague Rules과Hague/Visby Rules은 현재 대부분의 국가에서 이를 그대로 또는 國內法으로 흡수하여 시행하고 있는 실정이다. 한편, Hamburg Rules은 채택 후 오랫동안 시행되지 않다가 제3세계의 20여개 국가가 批准하여 1992년 11월 1일자로 시행되기 시작하여 그 후 海運先進國에서도 차츰 시행해 나가는 추세에 있다(Thomas J. Schoenbaum, Admiralty and Maritime Law, second edition, 536쪽 참조).

7 Hague Rules Article 3. 6. 4th paragraph: "In any event the carrier and the ship shall be discharged from all liability in respect of loss or damage unless suit is brought within one year after delivery of the goods or the date when the goods should have been delivered."

하여 어떠한 경우에도 화물을 인도한 날 또는 인도하여야 했을 날로부터 1年 內에 訴가 제기되지 아니하면 運送人과 船舶은 화물에 관한 일체의 책임을 면한다. 그러나 이 기간은 訴訟의 원인이 발생한 후 당사자가 합의하면 연장할 수 있다.",[8] 제6항의2는 "제3자에 대한 求償請求訴訟은 사건이 계속된 法廷地의 法에 의하여 허용된 기간 內에 제기되었을 때에는 前項에서 규정한 기간이 만료된 후에 있어서도 제기될 수 있다. 그러나 허용된 기간은 그러한 求償請求訴訟을 제기한 자가 손해배상금을 지급한 날 또는 그 자에 대한 訴訟에 있어서의 訴狀의 送達을 받은 날로부터 起算하여 3個月 이상이어야 한다."[9]라고 각 규정하고 있다.

이러한 규정을 채택하게 된 이유는 海上物件運送去來에 관한 분쟁의 신속한 해결을 촉진하고, 그 以前까지 海上運送人의 책임소멸기간을 2年, 5年 또는 7年 등으로 각 나라마다 달리 규정하고 있던 것을 국제적으로 통일하며, 다른 한편으로는 Hague Rules 시행 前에 주로 선하증권상의 약관에 의하여 海上運送人의 책임을 2個月 또는 3個月 등 短期의 기간 내에 소멸하는 것으로 約定하던 관행을 방지하고자 하는 데에 있었다고 한다.[10]

---

8 Hague/Visby Rules Article 3. 6. 4th paragraph: "Subject to paragraph 6 bis the carrier and the ship shall in any event be discharged from all liability whatsoever in respect of the goods, unless suit is brought within one year of their delivery or of the date when they should have been delivered. This period may, however, be extended if the parties so agree after the cause of action has arisen."

9 "An action for indemnity agaist a third person may be brought even after the expiration of the year provided for in the preceding paragraph if brought within the time allowed by the law of the Court seized of the case. However, the time allowed shall not be less than three months, commencing from the day when the person bringing such action for idemnity has settled the claim or has been served with process in the action against himself."

10 William Tetley, 앞의 책, 671쪽 註1 참조. 한편 그 후의 Hamburg Rules 제20조는 "1. 이 협약에 의한 物品運送에 관한 訴訟은 사법절차 또는 중재절차가 2年 내에 개시되지 아니하면 제기할 수 없다. 2. 위 기간은 物品의 전부 또는 일부를 인도한 날 또는 物品의 인도가 없는 경우에는 物品이 인도되었어야 하는 날의 最終日로부터 起算한다. 3. 기간개시의 初日은 기간에 算入하지 아니한다. 4. 피청구자는 어느 때나 서면으로 청구자에 대하여 기간의 연장을 신청할 수 있다. 이 기간은 또다른 신청에 의하여 다시 연장될 수 있다. 5. 책임있는 것으로 판결된 자가 제3자에 대하여 제기하는 求償請求訴訟은 사건이 계속되어 있는 法廷地法에 의해 허용되는 기간 內에 제기되는 때에는 前項들에 규정하는 제한 기간이 경과된 後에도 제기할 수 있다. 다만, 求償請求者가 자신에 대한 청구를 해결하거나 자신에 대한 訴에서 訴狀의 送達을 받은 때로부터 90일 이내의 기간 중에는 法廷地法에 관계없이 訴를 제기할 수 있다.(1. An action relating to carriage of goods under this Convention is timebarred if judicial or arbitral proceedings have not been instituted within a period of two years. 2. The limitation period commences on the day on which the carrier has delivered the goods or part thereof or,in case where no goods have been delivered, on the last

(2) 영국

영국은 1971년 4월 8일 海上物件運送法Carriage of Goods by Sea Act 1971[11]에 의하여 Hague/Visby Rules을 채택하고, 종전의 海上物件運送法Carriage of Goods by Sea Act 1924을 폐지하였는바, 따라서 그 내용은 앞서 본 Hague/Visby Rules 제3조 제6항, 제6항의2와 같다.[12]

(3) 미국

미국의 경우 미국 내 항구 間의 沿岸運送契約 및 內水運送契約에 관하여는 하터法Harter Act[13]이 적용되는데, 1936년 Hague Rules을 국내立法化하여 海上物件運送法COGSA[14]을 제정하여 미국항구를 出發巷 또는 目的港으로to or from the ports of the United States 하는 모든 海上運送契約에 이를 적용하고 있는바,[15] 그 제1303조 제6항 제4문은 "어떠한 경우에도 화물을 인도한 날 또는 인도하여야 했을 날로부터 1年 內에 訴가 제기되지 아니하면 運送人과 船舶은 멸실 또는 손상에 관한 일체의 책임을 면한다. 단, 멸실 또는 손상(그것이 겉으로 드러난 것이든 숨겨진 것이든)에 관한 통지가 이 條文에서 규정하는 바에 따라 이루어지지 않은 사실은 運送人이 화물을 인도한 날 또는 인도하여야 했을 날로부터 1年 內에 訴를 제기할 권리에 영향을 미치거나 불이익

day on which the goods should have been delivered. 3. The day on which the limitation period commences is not included in the period. 4. The person against whom a claim is made may at any time during the running of the limitation period extend that period by a declaration in writing to the claimant. This period may be further extended by another declaration or declarations. 5. An action for indemnity by a person held liable may be instituted even after the expiration of the limitation period provided for in the preceding paragraphs if instituted within the time allowed by the law of the State where proceedings are instituted. However, the time allowed shall not be less than 90 days commencing from the day when the person instituting such action for idemnity has settled the claim or has been served with process in the action against himself.)"라고 규정한다.

11 1971 U.K.c.19.

12 William Tetley, 앞의 책, 22쪽, 1223쪽 내지 1234쪽 참조.

13 46 U.S. Code sects. 190, 191, 192 & 193.

14 46 U.S. Code Appendix sects. 1300-1315. "Carriage of Goods by Sea Act". 약칭하여 COGSA라고 불린다.

15 William Tetley, 앞의 책, 21,22쪽; 宋相現·金炫, 海商法원론, 347쪽 내지 351쪽 참조.

을 주지 않는다."[16]라고 규정하고 있다.[17]

### (4) 프랑스

프랑스는 Hague Rules을 국내에 도입한 1936년 4월 2일의 海上物品運送法 제8조 제4항에서 "어떠한 경우에도 運送品의 멸실 또는 손상에 의한 運送人에 대한 訴權은 運送品의 인도일로부터, 인도가 없을 경우에는 運送品이 인도되어야 할 날로부터 1年을 경과한 때는 時效에 의하여 소멸한다."라고 규정하였고, 그 후 1966년 6월 18일 위의 1936년 法을 폐지하고 傭船契約및海上運送契約法을[18] 제정하여 그 제32조에서 이를 규정하였으며, 다시 1986년 12월 23일의 법률로[19] Visby Rules을 도입하여 제32조를 개정하였는바, 그 제32조 제1문은 "運送人을 상대로 손상 또는 손해를 이유로 訴訟을 제기할 수 있는 권리는 1年의 기간이 경과하면 時效로 소멸한다se prescrit par un an. 이 기간은 訴訟의 원인이 된 사건이 발생한 후 당사자들 사이의 明示的인 합의에 의하여 연장될 수 있다.",[20] 제2문은 "求償訴訟L'action récursoires은 運送人을 상대로 한 訴訟이 제기된 날 또는 運送人이 訴訟外 분쟁해결절차에 召喚된 날로부터 3個月 이내이면 前文의 기간이 경과한 후에도 제기될 수 있다.",[21] 제3문은 "運送人을 상대로 한 손상 또는 손해를 이유로 하여 구하는 訴訟은 本章이 정한 조건과 한계 아래에서만 제기될 수 있다."라고 규정하고 있다.[22]

---

**16** COGSA §1303. (6) 4th paragraph: "In any event the carrier and the ship shall be discharged from all liability in respect of loss or damage unless suit is brought within one year of delivery of the goods or of the date when goods should have been delivered: Provided, That if a notice of loss or damage, either apparent or concealed, is not given as provided for in this section, that fact shall not affect or prejudice the right of the shipper to bring suit within one year after the delivery of the goods or the date when the goods should have been delivered."

**17** 그러나 하터法에는 COGSA에서와 같은 提訴期間條項이 없고 일반의 laches의 法理가 적용될 뿐이라고 한다.

**18** "Sur les contrats d'affrétement et transport maritime"

**19** L. n° 86-1292 du é" déc. 1986.

**20** "L'action contre le transporteur à raison de pertes ou dommages se prescrit par un an. Ce délai peut être prolongé par un accord conclu entre les parties postérieurement à l'événement qui a donné lieu à l'action."

**21** "Les action récursoires peuvent être intentées, même aprés les délais prévus à l'ailinéa précédent, pendant trois mois à compter du jour de l'exercice de l'action contre le garanti ou du jour où celui-ci aura à l'amiable réglé de réclamation."

**22** 中村眞證, "海上物品運送人の責任の消滅期間", 海事法研究會誌 19948(No.121), 3쪽; CODES DALLOZ, CODE de COMMERCE, 470쪽 참조.

(5) 독일

독일에서는 1937년 8월 10일 海上運送에 관한 상법전의 규정의 개정을 위한 法律Gesetz zur Änderung von Vorshriften des Handelsgesetzbuchs Über das Seefrachtrecht이 제정되어 Hague Rules의 실질적인 내용을 정리하여 상법전 중의 각 규정을 개정하였다. 이에 의하여 상법 제612조는 "海上運送人은 청구권이 物品의 인도(제611조 제1항 제1문)의 때 또는 物品이 인도되어야 할 때로부터 1年 內에 재판상 행사되지 않는 경우에는 物品의 멸실 또는 손상에 대한 모든 책임을 면제받는다."라고 규정하고 있었다. 그런데 그 후 다시 Visby Rules을 실질적으로 상법전 중에 흡수하기 위하여 1986년 7월 25일의 第2次 海事法 개정법Zweites Seerechtsänderungs- gesetz vom 25.7.1986에 의하여 제1항이 개정되고 제2항이 추가되었는바,[23] 그 제1항은 "물건을 인도한 날(제611조 제1항 제1문) 또는 인도할 날로부터 1年 內에 청구권을 재판상 행사하지 않으면 海上運送人의 물건에 대한 모든 책임은 소멸한다. 그러나 이 기간은 청구권의 성립원인이 발생한 후 당사자간의 합의에 의하여 연장할 수 있다.",[24] 제2항은 "償還請求權은 제1항에 정한 기간이 만료한 후에도 재판상 청구할 수 있다. 단 償還請求權을 행사하는 자는 제1항의 채권을 변제한 날 또는 그에게 訴狀이 送達된 날로부터 3月內에 訴를 제기하여야 한다."[25]라는 내용으로 되어 있다.[26]

(6) 일본

일본 상법은 우리나라의 舊 상법과 비슷한 체제와 내용으로 제765조에서 船主의 채권의 短期 소멸시효에 관한 규정을 두고, 제766조에서 제566조, 제588조의 각

---

23 Prüßmann/Rabe, Beck'sche Kurz Kommentare, Seehandelsrecht(1992), 541쪽; 中村眞澄, 앞의 글, 3쪽 참조.

24 "Der Verfrachter wird von jeder Haftung für die Güter frei, wenn der Anspruch nicht innerhalb eines Jahres seit der Auslieferung der Güter(611 Abs. 1 Satz 1) oder seit dem Zeitpunkt, zu dem sie hätten ausgeliefert werden mussen, gerichtlich geltend gemacht wird. Diese Frist kann jedoch durch eine zwischen den Parteien nach dem Ereignis, aus dem der Anspruch entstanden ist, getroffene Vereinbarung verlängert werden."

25 "Rückgriffsansprüche können auch nach Ablauf der in Absatz 1 bestimmten Jahresfrist gerichtlich geltend gemacht werden, sofern die Klage innerhalb von drei Monaten seit dem Tage erhoben wird, an dem derjehnige, der den Rückgriffsanspruch geltend macht, den Anspruch befriedigt hat oder an dem ihm die Klage zustellt worden ist."

26 한편 內水航海權(BSchRecht)에서는 상법 제439조, 제414조, 內水航行法(Binnenschif fahrtsgesetz) 제26조에 따라 1年의 소멸시효가 적용된다(Prüßmann/Rabe, 앞의 책, 541쪽 참조).

규정을 準用하고 있다.[27]

그러나 한편 일본에서는 船舶에 의한 物品運送에 있어 船積港 또는 揚陸港이 日本國外에 있는 경우에는 그 船舶에 의한 物品運送契約에 관한 상법 제737조부터 제766조까지의 규정에 대한 특별법으로서 國際海上物品運送法이 시행되고 있는바,[28] 平成 4년(1992年) 6월 3일 법률 제69호로 개정되기 前의 法 제14조는 "運送品에 관한 運送人의 책임은 運送品이 인도된 날(전부 멸실의 경우에는 인도되어야 할 날)로부터 1年 以內에 재판상 청구가 행해지지 아니한 경우에는 소멸한다. 다만 運送人에게 악의가 있었던 경우에는 그렇지 아니하다."라고 규정하고 있었는데, 그 후 개정된 法은 제14조 제1항에서 "運送品에 관한 運送人의 책임은 運送品이 인도된 날(전부 멸실의 경우에는 인도되어야 할 날)로부터 1年 以內에 재판상 청구가 행해지지 아니한 경우에는 소멸한다.", 제2항에서 "前項의 기간은 運送品에 관한 손해가 발생한 後에 限하여 합의에 의하여 연장할 수 있다.", 제3항에서 "運送人이 다시 제3자에 대하여 運送을 委託한 경우에 있어 運送品에 관한 제3자의 책임은, 運送人이 제1항의 기간 內에 손해를 賠償하거나 또는 재판상 청구를 당한 경우에 있어서는, 제1항의 기간(제2항의 규정에 의하여 제1항의 기간이 運送人과 當該 제3자와의 합의에 의하여 연장된 경우에는 그 연장 後의 기간)이 滿了된 後에도, 運送人이 손해를 賠償하거나 또는 재판상 청구를 당한 날로부터 3月을 경과할 때까지는 소멸하지 아니한다."라고 규정하고, 제20조의2 제1항은 "제14조의 규정은 運送品에 관한 運送人의 荷送人, 荷受人 또는 선하증권 소지인에 대한 불법행위로 인한 손해배상책임에 準用한다."라고 규정하고 있다.[29]

다. 결국 개정 상법 제811조는 海上物件運送契約에 따르는 분쟁의 신속한 해결을 촉진하기 위한 목적으로 Hague Rules을 비롯한 국제적인 추세에 맞추어 舊 상법

27 일본 상법 제765조, 제566조, 제588조는 각각 우리나라의 舊 상법 제811조, 제121조, 제146조와 대체로 같은 내용이다.

28 昭和 32年(1957년) 6월 13일 법률 제172호로 제정되어 昭和 33년 1월 1일부터 시행되었는데, 平成 4년(1992年) 6월 3일 법률 제69호로 그 일부를 개정하는 법률이 공포되어 平成 5년 6월 1일부터 시행되고 있다. 그 상세한 내용은 菊池洋一, 改正 國際海上物品運送法, 1쪽 내지 34쪽 참조.

29 위와 같이 개정하게 된 것은 海上運送契約에 있어서 運送物의 멸실 또는 손상에 관한 증거를 장기간 보존하는 것이 곤란하다는 점을 고려하여 각 航海에서의 법률관계를 신속히 종료시키고자 하는 취지에서 비롯된 것이라고 한다(中村眞澄, 앞의 글, 2쪽 참조).

제811조 및 제812조에서 運送人의 送荷人에 대한 채권 및 책임에 대하여 "… 1년간 행사하지 아니하면 소멸시효가 완성한다."라고 규정하던 것을 "… 1年 內에 재판상 청구가 없으면 소멸한다."라고 개정하고, 당사자 사이의 합의에 의하여 이를 연장할 수 있도록 한 것인바, Hague/Visby Rules을 충실하게 도입하고 있으면서, 다른 한편으로 運送人의 채무 외에 채권도 동일 線上에서 규정하고, 연장합의의 시기에 별다른 제한을 두지 아니하고, 求償請求에 관하여 별도의 규정을 두지 않고 있으며, 그 밖에 상법상 內外國運送을 구별하지 아니한 결과 內外國運送을 不問하고 적용되는 점 등에 그 특색이 있다.[30] 아래에서는 개정 상법 제811조의 해석을 둘러싸고 제기되는 문제들을 海上運送人의 채무를 중심으로 살펴보기로 한다.

### 2. 상법 제811조의 기간의 성질은 무엇인가?

가. Hague/Visby Rules에서 정한 1年의 기간이 소멸시효기간인지, 제척기간인지, 아니면 各國의 선택에 맡겨진 것인지에 대하여는 學說이 갈리고,[31] 위 규칙을 수용한 各國의 立法例도 통일되어 있지 않는바, 프랑스에서는 소멸시효기간으로 보고 있으나, 독일이나 일본에서는 대체로 제척기간으로 해석하고 있다.[32]

(1) 프랑스에서는 앞서 보듯이 그 규정의 내용이 소멸시효로 되어 있는바, 프랑스의 海商法 學者들도 모두 海上運送人의 책임소멸기간은 소멸시효기간délai de préscription이고 제척기간délai prefix은 아니라고 한다.[33] 프랑스에서도 소멸시효에는 중단interuption과 정지suspention라는 제도가 있으나 제척기간에는 그것이 없다는 점에서

---

30 그러나 이에 대하여는 현재의 경제실정에 비추어 海上運送人과 送荷人 사이에 누가 더 强者인지도 분명하지 않을 뿐 아니라, 海上運送人의 책임 자체에 대하여도 船舶技術과 通信이 발달한 현대에도 그 책임소멸기간을 제한하는 것이 과연 바람직한 것인가 하는 점에서 立法論的인 비판론을 제기하기도 한다(李宙興, "함루르크規則에 따른 國際海上物件運送人의 책임과 우리 法의 展望", 涉外사건의 諸문제[上], 219쪽; 慶益秀, "海上運送人의 책임의 소멸시기", 石影 安東燮 敎授 華甲紀念 商去來法의 이론과 實際, 528쪽 참조). 그리고 앞서 보듯이 Hague Rules은 先進 海運國들에게 유리한 條約이라는 것인바, 우리나라가 國際 海上運送業界에서 차지하는 위치나 다른 한편 貿易大國으로서 貨主를 보호하여야 할 필요성 등에 비추어 이러한 추세를 立法化한 것이 과연 바람직한지, 나아가 개정 상법 제811조에 채권에 관하여까지 함께 규정하고, 內港運送에 대하여도 똑같이 규율할 필요가 있는 것인지, 求償請求에 관하여 별도의 규정을 두는 것이 바람직했는지 여부 등은 논란의 대상이 될 수 있다.

31 中村眞澄, 앞의 글, 3쪽 참조.

32 中村眞澄, 앞의 글, 3,4쪽 참조.

33 Jacques Putzeys, Droit des Transports et Droit Maritime, 246쪽; 中村眞澄, 앞의 글, 3쪽 참조.

차이가 있다.[34] 그러나 한편 프랑스에서는 소멸시효나 제척기간 모두 권리 자체를 소멸하게 하는 것은 아니고 訴權을 상실하게 하는데 그치는 것일 뿐만 아니라,[35] 당사자가 변론에서 주장하거나 判事가 職權으로 당사자에게 변론에서 제기한 쟁점일 경우에만 판단될 수 있으며,[36] 그 효과에 있어서도 모두 本案에 들어가지 않고 이루어지는 訴訟不受理裁判le fins de non-recevoir 사유가 되는 점 등에서는 아무런 차이가 없다.

(2) 독일에서는 그 개정 前後를 통하여 海商法 學者들은 모두 1年의 기간은 제척기간Ausschlußfrist이고, 따라서 그 기간은 時效期間의 경우와 같은 運送人의 抗辯을 기다려 고려하여야 하는 기간은 아니고 裁判官이 職權으로von Amts wegen 고려하여야 할 기간이라고 해석하고 있다.[37]

(3) 일본에서는 國際海上物品運送法 제14조 제1항은 '時效로 인하여'라고 하는 文言을 사용하는 바 없고, 또 책임소멸制度가 運送契約에 수반되는 多數의 법률관계의 조기 해결을 목적으로 하는 점에 비추어, 1年의 기간은 제척기간을 정한 것으로 해석하는데 현재 學說上 異論이 없다고 한다.[38]

(4) 한편 英美法에서는 보통법Common Law上 提訴期間法Statute of Limitation과 衡平法Equity上 默認Aquience, 懈怠Laches의 원칙이 있으나 우리법에 있어서의 소멸시효나 제척기간과 같은 개념은 아니다.[39]

나. 우리나라에서도 개정 상법 제811조의 기간의 성질이 무엇인지를 둘러싸고 소멸시효기간설과 제척기간설로 나누어져 있다.

(1) 다수의 學說은 개정 상법 제811조에서 '時效로 인하여'라는 文言을 사용하지 않고 있고, 권리행사의 방법을 재판상 청구로 제한하고 있을 뿐 아니라, 그 기간에 대하여 중단이 인정되지 않으며, 나아가 책임소멸 제도가 運送契約에 따르는 多數

34 Martine Remonde-Gouilloud, Droit Maritime, 2 édition, 397쪽; Gérard Cornu, Vocabulaire juridique, 245쪽; 中村眞澄, 앞의 글, 3쪽 참조.

35 郭潤直, (新訂版) 민법總則[민법講義I], 546쪽 참조.

36 프랑스 新민사소송법(Nouveau de Procédure Civile) 제16조에서 明文으로 이를 규정하고 있다.

37 Prüßmann/Rabe, 앞의 책, 542쪽 참조.

38 中村眞澄, 앞의 글, 3,4쪽 참조.

39 尹眞秀, 民法注解[III] 總則(3), "第7章 소멸시효", 398,399쪽; 일본 注釋民法(5), 21쪽 내지 23쪽, 31쪽 내지 33쪽 참조.

의 법률관계의 조기 해결을 목적으로 하는 점 등을 근거로 이를 제척기간으로 해석하고 있다.[40] 대법원 판례도 이를 제척기간으로 보고 있다.[41]

(2) 이에 대하여 陸上運送人이나 航空運送人의 책임, 기타 商行爲法上 運送周旋人, 倉庫業者에 대한 청구권의 소멸에 관한 규정과 대비하여 볼 때 이를 제척기간으로 해석할 것이 아니라 소멸시효기간으로 보아야 한다는 견해가 있다.[42]

(3) 개정 상법 제811조는 '時效로 因하여'라는 등의 표현을 사용하지 아니하고, 그 권리행사의 방법을 재판상 청구로 규정하고 있기는 하나, 한편 '時效로 因하여'라는 등의 표현을 사용하는지 여부가 소멸시효기간과 제척기간을 구별하는 絶對的인 기준이 되는 것은 아니고,[43] 또 제척기간에 있어서 그 권리행사의 방법도 訴의 제기로 제한되어 있는 경우가 있는가 하면,[44] 이에 관하여 아무런 제한을 두지 않는 경우도 있으므로,[45] 개정 상법 제811조의 文言이 소멸시효기간설의 여지를 봉쇄한 것은

---

40 慶益秀, 앞의 글, 518쪽; 徐燉珏, 第二改正 商法要論, 422쪽; 孫珠瓚, 第六訂增補版 商法(下), 826,829,830쪽; 宋相現·金炫, 앞의 책, 413쪽; 鄭熙喆·鄭燦亨, 第一改訂版 상법원론(下), 859쪽; 蔡利植, 商法講義(下), 766쪽; 崔基元, 新訂版 海商法, 219쪽 등 참조.

41 대법원 1997. 4. 11. 선고 96다42246 판결, 1997. 9. 30. 선고 96다54850 판결, 1997. 11. 28. 선고 97다28490 판결 등 참조.

42 李宙興, 海上運送法, 130,131쪽 참조.

43 민법 제1024조 제2항의 경우와 같이 '時效로 因하여'라는 표현을 사용하고 있음에도 불구하고 제척기간으로 해석되고 있는 것을 예로 들고 있다. 郭潤直, 앞의 책, 551쪽; 尹眞秀, 앞의 글, 403쪽 참조.

44 민법 제406조, 제816조, 제846조 등의 경우가 그 예이다.

45 민법 제146조, 제573조, 제575조 제3항, 제582조, 징발재산 정리에 관한 특별조치법 제20조 등의 경우가 그 예이다. 대법원 1993. 7. 27. 선고 92다52795 판결은 "미성년자 또는 친족회가 민법제950조 제2항에 따라 제1항의 규정에 위반한 법률행위를 취소할 수 있는 권리는 形成權으로서 민법 제146조에 규정된 취소권의 존속 기간은 제척기간이라고보아야 할 것이지만(당원 1988. 11. 8. 선고 87다카991 판결 참조), 그 제척기간 內에 訴를 제기하는 방법으로 권리를 재판상 행사하여야만 되는 것은 아니고, 裁判外에서 의사표시를 하는 방법으로도 권리를 행사할 수 있다고 보아야 할 것이다. 그럼에도 불구하고 원심은 민법 제146조가 적용되는 취소권은 반드시 그 제척기간 內에 재판상 행사하지 않으면 안되는 것으로 오해한 나머지 原告가 裁判外의 방법으로 위와 같은 취소권을 행사한 것은 효력이 없고 이 사건 訴가 제기될 때에는 이미 제척기간이 경과하여 그 취소권이 소멸하였다는 이유로 原告의 청구를 기각하였으니, 원심판결에는 취소권의 행사방법에 관한 법리를 오해한 위법이 있다."라고 판시하고, 대법원 1992. 4. 24. 선고 92다4673 판결은 "징발재산 정리에 관한 특별조치법 제20조 소정의 還買權은 일종의 形成權으로서 그 존속 기간은 제척기간으로 보아야 할 것이며, 위 還買權은 재판상이든 裁判外이든 그 기간 內에 행사하면 이로써 매매의 효력이 생기고"라고 판시하였다.

아니라고 할 수 있다.[46]

그리고 당초 Hague Rules에서 海上運送人의 책임소멸기간에 관한 條項을 제정한 취지를 보더라도 단지 海上運送人의 책임의 소멸기간을 長期로 되는 것을 방지하기 위한 데에만 있었던 것이 아니라 지나치게 短期의 책임소멸기간을 約定하는 것을 제한하기 위한 데에도 있었던 것인바, 그 해석에 관하여 통일된 견해가 없는 실정이고, 이를 수용한 나라 가운데 프랑스 등에서는 소멸시효로 규정하고 있는 점이나, 船舶技術과 通信이 발달한 현재의 國際海上物件運送 거래실정을 감안해 볼 때, 유독 海上運送人에 대하여만 이를 제척기간으로 해석할 필요가 있는 것인가 하는 점 등에서 소멸시효기간설에도 나름대로의 상당한 근거가 있다고 할 것이다.[47]

나아가 제척기간은 보통 解除 등과 같은 形成權에 있어서 주로 인정되는 것인데, 개정 상법 제811조에서 문제되는 海上運送人의 운임채권이나 海上運送人에 대한 運送物 인도 또는 손해배상채권 등과 같은 청구권에 대하여 제척기간의 法理를 적용하는 것이 과연 온당한 것인가 하는 점, 채무자 측에서 채무를 승인하는데도 굳이 중단을 인정하지 않을 만한 필요가 있는 것인가, 특히 개정 상법 제811조는 그 但書에서 당사자 사이의 합의에 의한 연장을 허용하고 있어 굳이 중단을 인정하지 않을 이유가 있는가 하는 점, 위와 같이 당사자간의 합의에 의한 연장을 허용하는 이상 그 기간을 제척기간으로 해석하여 그 권리를 중심으로 하는 법률관계를 속히 확정하려는 본래의 취지는 어차피 무색해지는 것이 아닌가 하는 점, 나아가 多數說과 判例는 이를 제척기간으로 해석하게 되면 소멸시효로 해석하는 경우와 달리 당사자의 抗辯을 기다리지 않고 職權으로 판단할 수 있게 된다는 것이나,[48] 앞서 본 대로 당사자간에 연장합의가 있는 경우로 인하여 職權으로 판단하는 데에 한계가 있을 뿐 아니라 이렇게까지 하여 海上運送人을 보호할 필요가 있는가 하는 점 등에서 제척기간설의 견해를 비판할 수도 있다.

---

46 尹眞秀, 앞의 글, 401,405쪽 참조.

47 여기에다가 Hague Rules이 海上運送人을 보호하려는 취지에서 제정된 것에 비추어 우리나라의 입장에서 이를 반드시 追從할 필요가 있는 것인지도 함께 고려하면 더욱 그러하다.

48 郭潤直, 앞의 책, 546쪽 내지 549쪽; 대법원 1975. 4. 8. 선고 74다1700 판결, 1990. 11. 13. 선고 90다카17153 판결, 1994. 9. 9. 선고 94다17536 판결, 1996. 9. 20. 선고 96다25371 판결, 1997. 8. 29. 선고 97다17827 판결 등 참조. 이에 대하여 소멸시효의 고려 여부는 변론주의와 관계가 없고 絶對的 消滅說을 따르는 한 법원은 이를 職權으로 고려하여야 하며, 반면 제척기간의 경우에도 抗辯事由인 경우가 있다고 하는 견해도 있다(尹眞秀, 앞의 글, 403,405쪽 참조).

그러나 위와 같이 소멸시효기간설에도 상당한 근거가 있는 것은 사실이지만, 제척기간이 形成權에만 인정되고 청구권에는 인정되지 않는 것이 아니고,[49] 무엇보다도 개정 상법 제811조가 Hague Rules을 모태로 하여 舊 상법을 개정한 沿革과, 舊 상법에서 사용하던 “소멸시효가 완성한다.”라고 한 표현을 삭제하고 달리 ‘時效로 因하여’라는 표현도 사용하지 않고 “1年 內에 재판상 청구가 없으면 소멸한다.”라고 한 그 文言의 내용,[50] 이에 관한 各國의 해석례 등을 참고로 할 때 제척기간으로 해석하는 多數說과 判例의 입장에 찬성한다. 다만 이를 제척기간이라고 해석한다고 하여도 개정 상법 제811조에서 정한 권리행사의 방법이 訴의 제기뿐 아니라 넓게 ‘재판상 청구’를 포함하는 것이고, 또 당사자의 합의에 의한 기간연장이 인정되며, 海上運送人은 통상 기간경과에 의한 책임소멸의 抗辯을 재판상 내세울 것이기 때문에, 제척기간으로 해석하느냐 아니면 소멸시효기간으로 해석하느냐에 따른 실제상의 차이는 크게 줄어든다고 할 것이다.[51]

다. 한편 개정 상법 제811조에서 문제가 되는 運送人의 傭船者, 送荷人 또는 受荷人에 대한 채권 및 채무는 그 본질에 있어서 形成權이 아니고 어디까지나 청구권이기 때문에 소멸시효의 대상이 될 수 있는 것이 당연하고, 따라서 개정 상법 제811조의 제척기간보다 短期의 소멸시효의 규정이 있는 경우에는 그 규정이 優先的으로 적용된다고 할 것이다.[52] 그리고 개정 상법 제811조 소정의 채권자는 제척기간 內에서는 그 채무자에 대한 재판상 청구를 하여 그 청구권을 확정하기 전이라도 그 채무자를 代位하여 제3채무자에 대한 訴를 제기하거나 채권자취소의 訴를 제기할 수 있다 할 것이다.

### 3. 상법 제811조는 어떤 경우에 적용되는가?

개정 상법 제811조는 “運送人의 傭船者, 送荷人 또는 受荷人에 대한 채권 및 채무는 그 청구원인의 여하에 불구하고” 적용되는 것인바, 아래에서 구체적으로 살펴보기로 한다.

---

**49** 梁彰洙, “賣買豫約完結權의 행사기간의 起算點”, 人權과 正義, 1996/9(제241호), 135쪽 참조.

**50** 이 점은 소멸시효설을 취하는 입장에서도 인정하는 바이다(李宙興, 앞의 책, 130쪽 참조).

**51** 中村眞澄, 앞의 글, 4쪽 참조.

**52** Prüßmann/Rabe, 앞의 책, 542쪽 참조.,

가. 運送人의…

(1) 海上運送人에게 적용된다.

舊 상법 제811조, 제821조는 船舶所有者라고 규정하였으나 개정 상법 제811조는 Hague Rules에 따라 運送人으로 바꾸었다.[53] 여기서 運送人이라고 함은 海上運送人을 가리키는 것은 물론이다. 陸上運送人의 책임과 채권에 대하여는 이미 보았듯이 상법 제147조, 제121조, 제122조, 제146조 등이 적용되고 개정 상법 제811조의 적용은 있을 수 없다.[54] 海上運送人인 이상 內外國海上運送 여하를 가리지 아니한다.[55] 미국의 경우 미국항구를 出發巷outward 또는 目的港으로inward 하는 海上運送去來에 한하여 COGSA가 적용되고 內國海上運送에 대하여는 하터法이 적용되며, 일본의 경우에도 海上運送人 가운데서도 船積港이나 揚陸港의 어느 하나가 日本國外에 있는 海上運送去來에 한하여 國際海上物品運送法 제14조가 적용되고 그 밖에는 상법이 그대로 적용되나, 우리나라 상법은 兩者를 별도로 구별하지 아니하고 있는 까닭에 海上運送人인 이상 위와 같은 구별 없이 모두 개정 상법 제811조가 적용되는 것이다. 海上運送人이 될 수 있는 자는 船舶所有者뿐만 아니라 船舶賃借人 및 定期傭船者 등도 포함된다.[56] 그리고 海上運送人이면서 동시에 船舶所有者인 경우에는 제척기간은 船舶所有者로서의 책임에도 적용된다고 한다.[57] 다만, 개정 상법 제812조의6은 定期傭船契約에 관하여 발생한 船舶所有者와 傭船者間의 채권

53 鄭熙喆·鄭燦亨, 앞의 책, 715,716,742쪽 참조.

54 陸上運送人에는 상법 제125조, 상법일부규정의시행에관한규정 제3조, 船舶安全法施行令 제9조 제1호에 의한 湖川, 港灣에서의 運送人을 포함하는 것이다. 다만 運送區域의 일부가 湖川이나 港灣이더라도 이는 海上運送으로 된다(李基秀, 第2全訂版 保險法·海商法學, 436쪽 참조). 다만 航海船과 內水船行船間의 船舶衝突과 海難救助에 관하여는 예외적으로 海商法이 적용된다(상법 제843조, 제849조 참조). 한편 상법 제840조 제2항, 附則 제10조는 沿岸航行이라는 개념도 사용하고 있다.

55 일본에는 海上物品運送에 관하여 상법의 海商編의 규정 외에 國際海商物品運送法이 있어 船積港이나 揚陸港이 國外에 있는 外航船에는 이것이 적용되고, 兩者가 다 국내에 있는 內航船에는 상법의 규정이 적용되는 것으로 하여 外航船과 內航船의 구별을 하고 있으며, 독일에는 內水航行法(Binnenshiffahrtsgesetz)이 따로 있으나, 우리 나라에는 平水區域內外에 따른 구별밖에 없다(鄭熙喆·鄭燦亨, 앞의 책, 670쪽).

56 鄭熙喆·鄭燦亨, 앞의 책, 715,716,742쪽; William Tetley, 앞의 책, 675쪽 참조. 한편 Hague Rules이나 미국 海上物件運送法 등에서는 '運送人과 船舶은'이라고 규정하고 있다(William Tetley, 앞의 책, 675쪽 참조). 이는 과거 船舶을 法人視하는 견해에서 비롯된 것으로서 英美에서는 아직도 海事訴訟에서 船舶을 訴訟當事者(action in rem)로 취급하고 있다고 한다(鄭熙喆·鄭燦亨, 앞의 책, 674,675쪽 참조). 그러나 우리나라의 現行法下에서는 船舶을 독립한 法人格體로 볼 수는 없다.

57 Prüßmann/Rabe, 앞의 책, 542쪽 참조.

에 관하여는 船舶이 船舶所有者에게 반환된 날로부터 1年 內에 재판상 청구가 없으면 소멸하되 당사자의 합의에 의하여 그 기간을 연장할 수 있는 것으로 별도로 규정하고 있다. 再運送契約에서의 傭船者도 運送人에 해당한다.[58] 그리고 傭船者가 자기 명의로 상대방과 運送契約을 체결한 경우 상법 제806조에 의하여 船舶所有者가 再運送契約의 상대방인 送荷人에 대하여 實際運送人으로서 손해배상책임을 부담하는 경우도 마찬가지이다.[59] 그러나 실제의 海上去來에서 누가 海上運送人이 되는지를 결정하는 것이 곤란한 경우도 없지 않다.[60]

(2) 複合運送人은 어떤가?

複合運送Combined or Multimodal Transport이라 함은 複合運送證券에 의한 單一의 運送契約下에 적어도 두가지 이상의 종류를 달리하는 運送手段으로서 運送되는 것을 말한다고 한다.[61] 複合運送의 형태는 그 主流를 이루는 것이 海·陸複合運送이지만 海·空複合運送이 시도되고 있고 海上·內水·陸上 등을 연결하는 複合運送도 발

58 鄭熙喆·鄭燦亨, 앞의 책, 720,725쪽 참조.

59 鄭熙喆·鄭燦亨, 앞의 책, 721쪽 참조.

60 특히 船舶所有者 甲으로부터 乙이 定期傭船을 하여 다시 丙에게 再傭船을 하였는데, 丙의 代理店인 丁이 선하증권에 "船長의 代理人으로서"라고 기재하고 선하증권을 발행한 경우에 누구를 運送人으로 볼 것인지에 관하여 논의가 많다. 대법원 1992. 2. 25. 선고 91다14215 판결에 대한 評釋인 徐憲濟, "定期傭船者의 선하증권 소지인에 대한 책임", 商事判例硏究[II], 489쪽 내지 4501쪽 및 金炫, "定期傭船者의 제3자에 대한 책임", 人權과 正義, 1997/12(제256호), 99쪽 내지 105쪽; 相原隆, "The Venezuela: 船荷證券上の運送人の確定に關する英國判決, [1980] 1 Lloyd's Rep.393", 海事法硏究會誌 1994·6(No.120), 14쪽 이하; (社)日本海運集會所刊, 海事法硏究會誌 1994·8(No.121), 49쪽, 52쪽 등 참조. 그리고 美國法上으로는 선하증권에 運送人이 누구인지를 특정하는 이른바 demise clause는 미국 COGSA에 위반되는 免責條項이기 때문에 送荷人을 구속하지 못하며, 또 傭船契約에 기재된 運送人特定條項 역시 확정적인 효력을 가지는 것은 아니라고 한다(宋相現·金炫, 앞의 책, 345,346쪽 참조).

61 鄭熙喆·鄭燦亨, 앞의 책, 722쪽 참조. 國際商業會議所 複合運送證券에 관한 통일規則(1975년 개정) 제2조 a항에서도 같은 내용으로 규정하고 있다. 다만 國際複合運送周旋業者協會 複合運送證券 표준 약관(1984) 제1조에서는 "本약관의 제목이 '複合運送 선하증권'이라고 정하고 있음에도 불구하고 本약관의 諸규정은 선하증권 表面에 기재된 運送이 실제로는 이 중 어느 한 가지의 單一運送手段만으로 履行된 경우에도 동일하게 적용된다."라고 규정하고 있는데, 이는 運送契約이 자칫 無效로 되는 것을 사전에 예방하기 위한 취지의 규정으로 보이고, 이러한 경우는 어디까지나 본래의 의미의 複合運送은 아니라고 할 것이다. 1980년 國際聯合複合運送條約 제1조 제1호에서도 "어느 한 運送手段에 의한 運送契約의 履行으로서 그러한 契約에 定意된 바대로 행한 集荷와 인도는 國際複合運送으로 看做하지 아니한다."라고까지 규정하고 있다. 대법원 1997. 9. 30. 선고 96다54850 판결도 複合運送證券用紙를 사용하기는 하였으나 그것이 선하증권 형식의 것이고 그 기재 내용도 海上運送에 관한 사항뿐이며 실제로도 오로지 海上運送만을 담당하였던 경우에는 海上運送에 지나지 아니하고 複合運送은 아니라고 판시하였다.

달하고 있다고 한다.[62]

그런데 이러한 複合運送 가운데 海上運送을 포함하는 複合運送에 대하여 개정 상법 제811조가 적용될 것인지가 문제된다. 일반적으로 運送手段이 다른 複合運送에 있어서는 예를 들어 海上運送人과 陸上運送人에 있어서도 그 책임의 원칙이나 限度에 차이가 있는바,[63] 이러한 차이 때문에 결국 複合運送人의 책임을 어떻게 할 것인가, 複合運送人에 대하여 海上運送人의 경우에 적용되는 개정 상법 제811조를 적용할 수 있는 것인가 하는 문제가 대두되는 것이다.[64]

우리나라의 경우 1991년의 상법개정 原案 제812조의2에서 複合運送에 관한 규정을 두었으나,[65] 複合運送의 법률관계를 1개 條文으로 규정한다는 것은 거의 무의미하고 오히려 문제를 혼란하게 할 염려가 있어 개정안에서는 그 규정을 삭제하고 國際海上 관행에 맡기기로 하였다고 한다.[66]

그러나 이 방면에 관한 국제적인 해결을 위하여 1980년 國際聯合國際複合運送

---

62 複合運送에 관하여 상세한 것은 徐憲濟, "複合運送證券의 硏究(II)", 仁山 鄭熙喆先生停年紀念 商法論叢, 325,326쪽; 金泰倫, "複合運送人의 책임", 石影 安東燮 教授 華甲紀念 商去來法의 이론과 實際, 498쪽 내지 512쪽; 鄭熙喆·鄭燦亨, 앞의 책, 722,723쪽; 한국국제복합운송업협회간행, 복합운송의 이론과 실제 등 참조.

63 앞서 보듯이 陸上運送人일 경우에는 상법 제121조에 의하여 악의인 경우에는 그 時效期間의 적용을 받을 수 없게 되는 것이나, 海上運送人일 경우에는 개정 상법 제811조에 의하여 運送人의 악의 여하에 불구하고 1年 內에 재판상 청구가 없으면 책임을 면하게 되는 것이다. 한편 미국 UCC에서는 bill of lading에 海上運送은 물론이고 鐵道나 航空運送時에 사용되는 運送證券을 포함하고 있어 별 문제가 없으나, 大陸法界에서는 海上運送人이 발행하는 선하증권과 陸上運送人이 발행하는 화물상환증을 명백히 구분하고 있어서 특히 어려움이 많다고 한다(徐憲濟, 앞의 글, 336,337쪽 참조).

64 鄭熙喆·鄭燦亨, 앞의 책, 723쪽 참조.

65 그 내용은 "① 海上運送과 통합한 複合運送을 인수한 運送人은 送荷人으로부터 運送物을 수령한 때로부터 受荷人에게 인도하는 때까지 자기 또는 사용인이나 代理人이 運送物의 취급에 관하여 주의를 懈怠하지 아니하였음을 증명하지 아니하면 그 멸실, 훼손 또는 인도遲延으로 인한 손해를 賠償할 책임이 있다. ② 손해발생 구간이 증명된 때에는 複合運送人의 책임은 그 구간에 적용되는 법률규정에 따라 정하여진다. 즉, 그 구간이 陸上인가 海上인가 또는 空中인가에 따라 그 지점이 속하는 나라의 國內法規에 따른 책임을 진다. ③ 손해 발생 구간이 증명되지 아니한 때에는 複合運送人의 책임에 관하여 海上運送人에 관한 규정이 準用된다. ④ 複合運送人은 複合運送證券을 발행할 수 있다. ⑤ 複合運送人의 의무 또는 책임을 輕減 또는 면제하는 당사자간의 特約은 금지된다."라는 것으로 되어 있다.

66 다만 화물유통촉진법 제2조 제6호, 제8조, 제15조 등에서 複合運送周旋業에 관한 규정을 두고 있는 정도이다. 어쨌든 상법에 明文 규정을 두어 立法的으로 해결하는 것이 타당하다는 견해도 있다(鄭熙喆·鄭燦亨, 앞의 책, 724,755쪽 참조).

條約이 성립하였으나 發效하지 않고 있고,[67] 國際商業會議所의 複合運送證券의 통일에관한規則, 國際複合運送周旋業者協會 複合運送 선하증권 표준 약관(1984) 등이 國際 商去來에서 사용되고 있기는 하나,[68] 아직 국제적인 海商 관행이 정립하여 있다고 하기는 어려우며, 더군다나 이를 우리 國內法上의 商慣習法이나 商慣習으로 보기도 이르다.[69]

그렇다면 海上運送이 관련된 複合運送人의 책임소멸기간에 관하여 개정 상법 제811조를 적용할 수 있는 것인지, 아니면 어떤 규정을 적용할 것인지가 문제이다.

여기서 가능한 견해를 정리해 보면, 複合運送의 경우에도 海上運送 및 선하증권의 延長線上에서 규율하는 것이 매력적이라고 하는 입장에서는 어떤 形式으로든지 개정 상법 제811조의 적용을 긍정할 것이나,[70] 이와 달리 複合運送에는 개정 상법 제811조가 전혀 적용되지 않는다고 하는 견해도 있고,[71] 다른 한편으로 경우를 나누

---

67 United Nations Convention on International Multimodal Transport of Goods, Geneva. 이 條約 제25조에서 複合運送人의 책임소멸기간에 관하여 규정하고 있다(李基秀, 앞의 책757쪽 참조).

68 國際商業會議所의 複合運送證券의통일에관한規則(1974년 제정, 1975년 개정) 제15조에서는 '90일 내'에, 제19조에서는 '9個月 내'에 訴訟이 제기되지 않으면 아니되도록 각 규정하고 있고, 國際複合運送周旋業者協會 複合運送 선하증권 표준 약관(1984) 제18조, 제19조도 같다.

69 그 결과 당사자가 自治的으로 해결하고 있는 실정이라고 한다(徐憲濟, 앞의 글, 327쪽; 李基秀, 앞의 책, 445쪽; 鄭熙喆·鄭燦亨, 앞의 책, 723쪽 참조).

70 徐憲濟, 앞의 글, 335쪽 참조. 그러나 이에 대하여는 1980년 國際聯合國際複合運送條約上으로도 全區間單一責任 원칙을 취하고 있고(李基秀, 앞의 책, 479쪽; 鄭熙喆·鄭燦亨, 앞의 책, 723쪽 참조), 우리 상법상 順次運送의 경우에도 連帶책임을 규정하고 있는 취지(상법 제812조, 제138조 참조) 등에 비추어 複合運送人에게 海上運送人으로서의 책임만을 지울 근거는 없다는 비판이 있다. 특히 1980년 國際聯合國際複合運送條約 제25조의 提訴期間은 개정 상법 제811조보다 긴 2年으로 되어 있는 점과, 앞서 본 바와 같이 개정상법 原案의 의견이 채택되지 아니한 사정, 그리고 개정 상법 제811조는 海上運送人에게 적용되는 규정인데도 明文의 근거 없이 複合運送人에게 확장하여 적용하는 것은 법률상의 근거가 없다는 점 등에서 複合運送人에 대하여 海上運送人에 관한 개정 상법 제811조의 규정을 적용하는 것은 곤란하다는 것이다.

71 이 견해의 근거는 개정 상법 제811조는 분명하게 海上運送人에 대하여만 적용되는 것으로 규정하고 있는 바, 여기서의 海上運送人에 複合運送人을 포함하는 예는 볼 수 없고(李宙興, 앞의 글, 228쪽 내지 231쪽 참조), 海上運送人의 책임 자체에 대하여도 船舶技術과 通信이 발달한 현대에 있어서도 그 책임소멸기간을 제한하는 것이 과연 바람직한 것인가 하는 점에 대하여 의문이 없지 않는 바인데(李宙興, 앞의 글, 219쪽; 慶益秀, 앞의 글, 528쪽 참조), 明文의 규정이 없는 複合運送人에 대하여까지 그 책임소멸기간을 海上運送人과 마찬가지로 해 줄 필요가 있는가 하는 점, 또 앞서 본 상법의 체제나 개정 상법 제811조의 文言에 비추어 보아도 海上運送이 아닌 陸上運送이나 陸·海複合運送 등에는 적용될 여지가 없다고 하여야 한다는 것이다. 다만 위와 같이 해석할 경우에는 그렇다면 그 책임소멸기간은 과연 어느 규정에 의할 것인지가 문제이고, 그렇다고 하여 상법상의 일반 소멸시효 규정을 적용하는 것은 複合運送人의 책임을 지나치게 長期化하는 것이 되어 부당하다는 비판이 있다.

어 複合運送에 있어서도 海上運送이 主가 되는 때에는 개정 상법 제811조를 적용할 것이라거나,[72] 손해가 발생한 구간에 따라 海上運送 구간에서의 책임에 관하여는 개정 상법 제811조가 적용된다는 견해, 마지막으로 順次運送에 관한 상법의 규정을 類推適用할 수 있다는 견해[73] 등이 있을 수 있다.

생각건대, 複合運送이라 함은 單一의 運送契約下에 적어도 두 가지 이상의 종류를 달리하는 運送手段으로 運送하는 것을 내용으로 하는 契約을 말하는 것인바, 우리 상법이 陸上運送과 海上運送을 따로 규율하고 있는 점과 개정 상법 제811조의 文言에 비추어, 複合運送人의 送荷人 등에 대한 채권·채무에 개정 상법 제811조를 바로 적용하기는 어렵지 않을까 생각한다.

그렇다면 複合運送人의 채권·채무에 관하여는 상법 제64조에 의하여 5年의 소멸시효가 적용된다고 할 것인가? 우선 당사자 사이에 複合運送證券 약관에 의하여 개정 상법 제811조의 제척기간보다 긴 提訴期間(예컨대 2年)의 約定이 이루어진 경우에는 이를 가급적으로 존중하여 이에 의하여 해결하도록 할 것이다. 그 반면에 개정 상법 제811조의 제척기간보다 짧은 提訴期間(예컨대 9個月)의 約定이 이루어진 경우에는 비록 개정 상법 제811조가 複合運送에 바로 적용되는 것은 아니라고 하더라도 뒤에서 보는 바와 같은 이유로 그 효력을 排斥하여야 할 것이다. 그리고 그 밖에 위와 같은 약관이 없거나 無效로 되는 경우에도 예를 들어 海上運送과 陸上運送의 결합만으로 이루어진 複合運送에 있어서는 적어도 막바로 상법상의 일반 소멸시효기간 5年을 적용하는 것은 다른 運送人과의 균형에 비추어 너무 장기간이어서 부당하므로 明文의 규정은 없으나 개정 상법 제811조의 海上運送人의 제척기간이나 상법 제147조에 의하여 準用되는 제121조의 陸上運送人의 소멸시효기간 중에서 유리한 규정을 援用하는 자가 主張·證明하는 條文을 적용하는 것이 타당하다고 생각한다.

---

**72** 즉, 개정 상법 제811조가 비록 海上運送人에 대하여 적용되는 규정이기는 하지만, 海上運送人의 책임제한이 바람직하다는 立法 취지 등에 비추어, 陸上運送이나 空中運送 등은 부수적이거나 거의 행해지지 않고 주로 海上運送이 문제되는 경우에는 개정 상법 제811조가 널리 적용된다고 하여야 한다는 것이다. 1980년 國際聯合國際複合運送條約 제25조(李基秀, 앞의 책, 757쪽)에서도 複合運送人에 대한 提訴期間을 제한하고 있고, 1991年의 상법개정 原案에서도 손해 발생 구간이 증명되지 아니한 때에는 複合運送人의 책임에 관하여 海上運送人에 관한 규정이 準用되도록 시도한 취지(鄭熙喆·鄭燦亨, 앞의 책, 724쪽) 등에 비추어 보아도 이러한 해석이 타당하다는 것이다. 그러나 이 견해에 대하여도 법률상 明文의 근거가 없다는 비판이 가능하다.

**73** 鄭熙喆·鄭燦亨, 앞의 책, 724쪽 참조.

(3) 海上運送周旋人은 어떤가?

海上運送周旋人이라 함은 자기 명의로 海上物件運送의 周旋을 영업으로 하는 商人을 말하는바,[74] 앞서 보듯이 運送周旋人의 책임과 채권의 각 時效에 관하여는 상법 제121조, 제122조에서 각 규정하고 있는데, 海上運送周旋人의 경우에도 마찬가지라고 할 것이다. 다만 상법 제116조 제1항은 運送周旋人은 다른 約定이 없으면 직접 運送할 수 있고 이 경우 運送周旋人은 運送人과 동일한 권리의무가 있으며, 제2항에서 運送周旋人이 委託者의 청구에 의하여 화물상환증을 작성한 때에는 직접 運送하는 것으로 보도록 규정하고 있다.[75] 그리하여 陸上運送에 관하여 介入權을 행사한 경우에는 陸上運送人으로서의 권리의무를, 海上運送에 관하여 介入權을 행사한 경우에는 海上運送人으로서의 권리의무를 가지게 될 것이다.[76] 그러므로 海上運送周旋人이 介入權을 행사하여 직접 海上運送을 담당하였거나 委託者의 청구에 의하여 선하증권을 작성한 경우 海上運送周旋人의 海上運送에 관한 채권·채무의 소멸기간에 관하여는 개정 상법 제811조의 적용을 받게 된다고 할 것이다.[77]

(4) 사용인 또는 代理人은 어떤가?

海上運送人의 사용인 또는 代理人도 개정 상법 제789조의3 제2항 但書 규정에

---

74 海上運送周旋人에 관하여 상세한 것은 金炫, "海上運送周旋人의 의무와 책임", 商事判例硏究[II], 474쪽 내지 488쪽 참조. 우리나라 海運港灣廳은 그 告示인 "해운관련업의 등록 및 사후관리 요령"에서 海運業法上의 海上物件運送周旋人을 "送荷主와 國際複合運送契約을 체결하거나 外國의 國際複合運送人과 國際複合運送契約을 체결하여 國際複合運送證券을 발행하는 등 자기 책임 하에 국제적 일관 수송을 周旋 또는 履行하는 사업"을 말한다고 하고 있다{李均成, "海商運送周旋人의 의무와 책임", 民事判例硏究 [VIII], 234쪽}.

75 위 규정에서는 화물상환증이라고만 하고 있으나 선하증권이 작성된 경우에도 마찬가지라고 해석할 것이다. 대법원 1987. 10. 13. 선고 85다카1080 판결은 선하증권을 작성한 경우에도 상법 제116조 제2항 소정의 介入權 행사를 한 것으로 전제하고 있다. 李均成, 앞의 글, 235쪽 註8에서도 선하증권 등의 運送證券도 마찬가지라고 해석하고 있다. 한편 개정 상법 제813조는 運送人은 運送物을 수령한 후 선하증권을 交付하도록 규정하고 있다.

76 李均成, 앞의 글, 233,235쪽; 李基秀, 앞의 책, 446쪽 참조.

77 다만, 대법원 1987. 10. 13. 선고 85다카1080 판결과 관련하여 문제가 있다. 즉, 위 판결은 "海上運送周旋人 가운데에서 海上運送人으로서의 기능수행이 가능한 周旋人이 됨에는 그에 상응하는 財産的 바탕이 있어야 한다는 것은 우리의 經驗則에 비추어 당연한 사리에 속한다 할 것이다."라고 판시하고 있다. 그러나 이와 같은 財産的 바탕(李均成, 海商運送周旋人의 의무와 책임, 233쪽 참조)을 갖추어야 한다는 데에 대하여는 비판적인 견해가 있다{李均成, "運送周旋人의 海上運送人으로서의 地位取得", 民事判例硏究 [XI], 357,358쪽 참조}.

의하여 개정 상법 제811조의 제척기간을 援用할 수 있다.[78] 그러나 사용인 또는 代理人은 그의 故意 또는 運送物의 멸실, 훼손 또는 延着이 생길 염려가 있음을 인식하면서 無謀하게 한 作爲 또는 不作爲로 인하여 생긴 손해에 대하여는 개정 상법 제789조의3 제2항 但書 규정에 의하여 개정 상법 제811조의 제척기간을 援用할 수 없다.[79] 다만 위의 사용인 또는 代理人에게 重過失이 있는 경우에는 개정 상법 제811조가 적용된다고 할 것이다.[80]

(5) 代位請求者는 어떤가?

運送人의 채권을 代位하여 행사하는 경우에도 뒤에서 보는 바와 같은 이유로 개정 상법 제811조의 제척기간이 적용된다.

나. 傭船者 · 送荷人 또는 受荷人에 대한…

(1) 傭船者, 送荷人, 受荷人에 대하여 적용된다.

運送人의 傭船者, 送荷人, 受荷人에 대한 관계에 개정 상법 제811조가 적용됨은 규정상 명백하다.

(2) 선하증권 소지인에 대하여는 어떤가?

개정 상법 제811조는 運送人의 선하증권 소지인에 대한 관계에 관하여 별도로

78 Hague/Visby Rules 제4조의2 제2항도 "If such an action is brought against a servant or agent of the carrier (such servant or agent not being an independent contractor), such servant or agent shall be entitled to avail himself of the defenses and limits of liability which the carrier is entitled to invoke under this Convention."라고 규정하고 있는바, 이는 세계 各國에서 대부분 채택되고 있는 히말라야 약관을 明文으로 규정한 것으로서 정당하고 公平한 규정이라고 한다(William Tetley, 앞의 책, 675쪽 참조). 한편 대법원 1997. 1. 24. 선고 95다25237 판결에 의하면, 개정 상법 제789조의3 제2항이 시행되기 前에 있어서도, 運送物에 대한 손해배상청구가 運送人의 履行補助者에대하여 제기된 경우에 그 履行補助者는 運送人이 주장할 수 있는 抗辯과 책임제한을 援用할 수 있다는 취지의 條項이 선하증권의 약관에 포함되어 있으면, 그 손해가 그 履行補助者의 故意 또는 運送物의 멸실, 훼손 또는 延着이 생길 염려가 있음을 인식하면서 無謀하게 한 作爲 또는 不作爲로 인하여 생긴 것인 때에 해당하지 않는 한, 그 履行補助者는 위 약관 條項에 따라 運送人이 주장할 수 있는 抗辯과 책임제한을 援用할 수 있었던 것이라고 한다.

79 William Tetley, 앞의 책, 675쪽 참조. 다만 뒤에서 보듯이 이 경우에도 運送人은 그렇지 않다.

80 Prüßmann/Rabe, 앞의 책, 542쪽 참조.

규정하고 있지 아니하나,[81] 判例는 海上運送契約에 따른 선하증권이 발행된 경우에는 그 선하증권의 정당한 소지인이 위 규정에서 말하는 受荷人에 해당한다는 이유로 개정 상법 제811조가 적용되며, 이 때 그 소지인이 선하증권을 소지하게 된 것이 담보의 목적을 위한 것이라고 하여도 마찬가지라고 한다.[82]

海上運送에 있어서 선하증권이 발행된 경우에는 선하증권의 정당한 소지인이 정당한 受荷人이 된다.[83] 그리고 判例에 의하면, 이른바 保證渡 등으로 運送物이 멸실된 경우에 채무불이행으로 인한 청구권은 물론이고 불법행위로 인한 손해배상청구권도 선하증권에 化體되어 선하증권이 양도됨에 따라 선하증권의 소지인에게 이전된다는 것이다.[84]

따라서 선하증권의 소지인으로서 運送人에 대하여 運送物의 인도나, 채무불이행 또는 불법행위로 인한 손해배상 等 청구를 하는 경우에도 개정 상법 제811조가 적용된다고 할 것이다.[85]

(3) 複合運送證券 소지인에 대하여는 어떤가?

앞서 보았듯이 複合運送은 複合運送證券에 의한 單一의 運送契約下에 두 가지 이상의 종류를 달리하는 運送手段으로서 運送되는 것을 말하며, 이 때 발행되는 것이 바로 複合運送證券인바, 이는 종전의 이른바 通(連絡) 선하증권Through B/L과는 다른 것이다.[86]

그런데 이러한 複合運送證券에 대하여는 우리나라의 現行 상법이 전혀 예상하

---

81 참고로 이미 보았듯이 Hague/Visby Rules이나 각국의 立法에서는 "運送人은"이라고만 하고 그 상대방을 별도로 규정하지 아니하고 있는데 반하여 우리의 개정 상법 제811조는 그 상대방을 明文으로 규정하고 있다. 한편 일본의 개정 國際海上物品運送法 제14조 제1항은 "運送品에 관한 運送人의 책임은"이라고만 하고, 제20조의2 제1항은 "제14조의 규정은 運送品에 관한 運送人의 荷送人, 荷受人 또는 선하증권 소지인에 대한 불법행위로 인한 손해배상책임에 準用한다."라고 하고 있어 선하증권 소지인에 대하여도 적용된다고 해석하는데 별다른 의문이 없다.

82 대법원 1997. 4. 11. 선고 96다42246 판결, 1997. 9. 30. 선고 96다54850 판결 등 참조.

83 상법 제820조, 제129조, 제132조; 대법원 1992. 2. 25. 선고 91다30026 판결; 鄭熙喆·鄭燦亨, 앞의 책, 737쪽; 崔基元, 앞의 책, 758쪽 참조.

84 대법원 1991. 12. 10. 선고 91다14123 판결, 1992. 1. 21. 선고 91다14994 판결, 1992. 2. 14. 선고 91다4249 판결, 1992. 2. 25. 선고 91다30026 판결 등 참조.

85 慶益秀, 앞의 글, 520쪽 참조.

86 Through B/L에 관한 상세한 내용은 William Tetley, 앞의 책, 674쪽 참조.

고 있지 않고 있는 것으로서,[87] 그렇다고 하여 商慣習으로 인정하기도 어려운바, 다만 선하증권B/L의 형식으로 발행된 것은 상법상의 선하증권에 관한 규정을 적용하면 된다는 견해가 있다.[88]

어쨌든 複合運送證券의 전전양도의 효력을 인정할 경우 이러한 複合運送證券의 소지인에 대하여 개정 상법 제811조를 적용할 것인지의 여부는 앞서 複合運送人에 관하여 설명한 바와 表裏관계에서 해결하면 될 것이다.

한편 複合運送證券에 관한 분쟁에 관하여 당사자간에 일차적인 해결의 기준이 되는 것은 複合運送證券에 기재된 약관으로서, 이 가운데 대표적인 複合運送證券은 國際運送取扱人聯合FIATA의 The Negotiable FIATA Combined Transportation Bill of Lading(1978)이라고 하는바,[89] 그 약관에서는 대개 提訴期間을 9個月로 정하고 있다. 그러나 뒤에서 보듯이 당사자 사이에 개정 상법 제811조의 기간보다 短期間의 提訴期間을 정하는 約定은 그 효력이 없는 것이므로, 複合運送 약관의 경우에도 마찬가지 취지에서 1年 未滿의 提訴期間約定은 그 효력을 인정할 수 없다고 할 것이다.[90]

(4) 代位請求者에 대하여는 어떤가?

채권자代位權에 있어서는 被代位者의 권리 자체를 기준으로 판단할 것이므

---

87 다만, 앞서 본 화물유통촉진법 제14조에서 複合運送周旋業者가 發行하는 複合運送證券에 관한 규정을 두고 있다.

88 徐憲濟, 앞의 글, 340쪽 참조. 대법원 1997. 9. 9. 선고 96다20093 판결은 직접적인 판시는 없으나 複合運送證券의 發行과 그 전전양도의 효력을 인정하는 전제 위에 서 있는 것이 아닌가 짐작된다. 讓渡性 있는(Negotiable) 複合運送證券의 경우에는 複合運送證券 약관에 근거하거나, 상법 제129조 내지 제133조, 제820조, 또는 민법 제508조 등을 유추하여 전전양도의 효력을 인정해 주는 것이 앞서 본 화물유통촉진법 제14조에서 複合運送周旋業者가 複合運送證券을 발행할 수 있도록 규정한 취지에 부합할 뿐 아니라 현재의 商去來에 혼란을 주지 않는 것이 될 수 있을 것이다. 한편 스위스법상으로는 運送周旋人이 발행한 FBL의 경우에도 指示證券이 될 수 있다고 한다(徐憲濟, 앞의 글, 348쪽 참조).

89 그 후 두차례에 걸쳐 개정되었다고 한다(金泰倫, 앞의 글, 505,506쪽; 한국국제복합운송업협회간행, 앞의 책, 140쪽 참조).

90 한편, 대법원은 1991. 4. 26. 선고 90다카8098 판결, 1992. 1. 21. 선고 91다14494 판결 등에서 "運送物에 대한 선하증권의 약관에 기재된 提訴期間에 관한 條項은 故意 또는 重大한 過失로 인한 불법행위책임을 추궁하는 경우에는 적용되지 않는다."라는 취지의 判例를 확립하고 있는바, 개정 상법 하에서도 위 判例가 그대로 유지될 것인지 예측할 수는 없으나, 현재까지는 위 判例가 변경되지 않고 있으므로, 本文의 複合運送證券 약관은 개정 상법 제811조 위반과는 별도로 위 判例가 적용되는 限度에서 그 적용이 排除된다고 할 것이다.

로,[91] 채권자가 선하증권 소지인의 海上運送人에 대한 채권을 代位행사하는 경우에도 개정 상법 제811조에서 정한 제척기간의 적용을 받는다고 보아야 한다.[92]

### 다. 채권 · 채무는 그 청구원인의 여하에 불구하고…

(1) 舊 상법은 제811조에서 海上運送人의 채권의 소멸에 관하여 규정하고, 제812조에서 海上運送人의 책임에 관하여 제121조를 準用하고 있었는데 반하여, 개정 상법 제811조는 運送人의 채권 및 채무를 함께 규정하면서 '그 청구원인의 여하에 불구하고'란 文言을 추가하였다.[93]

(2) 運送人의 채권은 운임청구권, 碇泊料청구권, 附隨費用청구권은 물론이고 運送契約을 解除 또는 解止한 경우의 船積과 揚陸費用의 청구권(상법 제795조) 등 그 청구원인의 여하를 不問한다. 다만 運送人이 無故障 선하증권 保證書Letter of Indemnity에 대하여 無故障 선하증권clean B/L을 발행한 경우나, 揚陸時 화물先取保證書Letter of Guarantee에 기하여 선하증권 原本을 받지 않고 화물을 인도한 경우 등에 있어서, 그와 관련하여 運送人이 送荷人 또는 受荷人 기타 保證書提供者 등을 상대로 하는 청구에는 개정 상법 제811조의 제척기간이 적용되지 않는다.[94]

(3) 運送人의 채무도 그 청구원인의 여하를 不問한다.

(가) 運送人의 채무에 대하여는 그 청구원인의 여하에 불구하고 개정 상법 제811조가 적용된다. 運送人의 運送物에 관한 책임인 한 運送物의 멸실, 훼손 또는 延着에 관한 일체의 책임이 포함된다.[95] 그러나 그 적용의 대상이 되는 것은 어디까지나 海上物件運送人의 物件運送에 관한 책임이므로, 海上旅客運送人의 旅客에 대

---

91 손해배상청구권의 代位행사에 있어서의 소멸시효의 起算點과 기간은 그 손해배상청구권 자체를 기준으로 판단하여야 한다(대법원 1995. 9. 29. 선고 94다61410 판결, 1997. 12. 16. 선고 95다37421 전원합의체 판결 등 참조).

92 대법원 1997. 9. 30. 선고 96다54850 판결 참조.

93 Hague Rules과 다른 나라의 立法例에 관하여는 앞의 "1. 序說" 참조.

94 그 이유는 이러한 契約은 運送契約이 아니고 保證狀契約이기 때문이라고 한다(William Tetley, 앞의 책, 677,682쪽 참조).

95 中村眞澄, 앞의 글, 4쪽 참조. 독일 상법의 경우에도 第2次 海事法 개정 前에는 멸실 또는 훼손으로 인한 책임을 면하는 것으로 규정하고 있었으나, 第2次 海事法 개정 後에는 모든 책임을 면하는 것으로 개정되었다(앞의 1. 序說 및 Prüßmann/Rabe, 앞의 책, 541쪽 참조).

한 손해에 관하여는 本條가 적용되지 않음은 물론이다.[96] 우리 상법상 運送人의 책임은 運送物의 수령으로부터 引渡時까지이므로,[97] 運送物이 甲板에 船積되기 前이거나 揚陸된 後에 발생한 손해에 관하여도 개정 상법 제811조가 적용된다.[98] 다만 運送人이 運送契約의 履行에 착수하기 전이거나 또는 선하증권의 발행을 지연한 것으로 인하여 送荷人이 입은 손해는 그것이 運送物의 延着에 기한 손해라고 하여 청구되는 경우를 제외하고는 그 적용이 없다고 할 것이다.[99]

(나) 本條는 運送契約에 기한 運送物의 인도채무는 물론이고 그 채무불이행,

---

**96** 다만, 旅客의 託送手荷物이나 携帶手荷物에 관한 海上旅客運送人의 책임에 대하여는 개정 상법 제830조 제2항, 제3항에서 개정 상법 제811조를 準用하고 있다.

**97** 개정 상법 제788조 제1항; 鄭熙喆·鄭燦亨, 앞의 책, 727쪽 내지 741쪽 참조. 이와 달리 Hague Rules 제1조 (b), (e), 제2조 및 제7조 등은 그 적용범위를 "船積으로부터 揚陸까지"(the period from the time when the goods are loaded on to the time they are discharged from the ship)라고 규정하여, 화물이 船積을 위하여 배의 索具에 걸린 때로부터 揚陸하여 索具의 갈구리에서 벗겨진 때까지 이른바 tackle to tackle rule을 채택하고 있다. 미국의 COGSA도 이를 그대로 받아들이고 있으므로 運送物이 船舶에 船積된 때로부터 船舶으로부터 揚陸될 때까지의 기간에만 위 법이 적용된다. "한편 運送人이 運送物을 수령한 때로부터 運送物이 船舶에 船積되기 전과, 運送物이 船舶으로부터 揚陸된 때로부터 受荷人에게 運送物을 인도하기까지의 運送人의 책임은 하터法의 적용을 받게 된다. 그러나 미국의 COGSA는 運送物의 船積 前 또는 船舶으로부터 揚陸 後의 기간에 대하여 運送人과 送荷人이 특별한 약정을 할 수 있다고 규정하고 있으므로, 運送人과 送荷人은 이 기간에 대하여도 COGSA를 적용시킬 수 있다. 다만 이러한 특별한 약정은 하터法의 적용을 받으며, 하터法은 運送人이 過失로써 또는 運送을 위탁받은 運送物을 적절히 船積·積付·保管·취급·인도하지 않은 것으로 인하여 運送物이 멸실 또는 훼손된 것에 대한 運送人의 책임을 면제시키는 선하증권 條項을 無效로 한다."(宋相現·金炫, 앞의 책, 350,351쪽 참조).

**98** 앞서 보듯이 결국 英美에서는 運送物이 甲板에 船積(loaded on board)되지 않은 경우에는 埠頭領收證(Dock Receit)이나 화물船積선하증권이 발행되지 않는 한 Hague/Visby Rules이 적용되지 않기 때문에 1年 提訴期間의 규정이 적용되지 않고, 또 揚陸 後에 있어서도 Hague Rules과 Hague/Visby Rules은 선하증권에 明示的으로 引用하여 化體된 바 없이는 揚陸 後에는 적용되지 않으므로, 1年의 제한 기간은 달리 규정이 없는 한 揚陸 後에는 적용되지 않으며, 그 대신 揚陸 後에는 Harter Act가 적용되는데, 거기에는 提訴期間 규정을 전혀 포함하지 않고 있어, 그 결과 內國運送人은 1年의 提訴期間을 援用할 이익을 받지 못하게 되며, 다만 1年의 提訴期間 규정은 引用에 의하여 구체화될 수 있으나, 그 구체화는 정확하게 이루어져야 하고 또 구체화에 관하여 적절한 통지가 있어야 한다고 한다(William Tetley, 앞의 책, 682,684쪽 참조). 우리 상법상 이러한 견해는 원칙적으로 받아들일 수 없으나, 다만 우리 상법과 같은 경우에도 運送物의 船積 前의 손해나 揚陸 後의 손해에 관하여 면책약관을 두는 것은 인정되므로 運送人이 면책약관을 주장하여 받아들여진 경우에는 결과적으로 제척기간이 문제로 될 여지가 없다는 견해가 있다(中村眞澄, 앞의 글, 8쪽 참조).

**99** 中村眞澄, 앞의 글, 4쪽; Prüßmann/Rabe, 앞의 책, 542쪽 참조.

나아가 불법행위책임에도 모두 적용된다.[100] 運送人의 運送契約 위반은 그것이 기본적인 違約에 해당하는 경우에도 적용된다고 한다.[101]

本條는 不適切한 인도나 예를 들어 선하증권과 교환하지 않고서 화물을 내준 이른바 運送物의 假渡·保證渡의 경우에도 적용된다.[102] 이 경우 화물先取保證書 Letter of Guarantee를 발행한 銀行 등의 책임도 1年의 제척기간경과에 의하여 소멸된

---

**100** 대법원 1997. 4. 11. 선고 96다42246 판결, 1997. 9. 30. 선고 96다54850 판결, 1997. 11. 28. 선고 97다28490 판결 등 참조. 이와 달리 舊 상법상의 短期 소멸시효에 관하여 判例는 "舊 상법 제812조에 의하여 準用되는 같은법 제121조 제1항, 제2항의 短期 소멸시효의 규정은 運送人의 運送契約上의 채무불이행으로 인한 손해배상청구에만 적용되고, 일반 불법행위로 인한 손해배상청구에는 적용되지 아니한다."라고 판시하여 왔다(대법원 1977. 12. 13. 선고 75다107 판결, 1983. 3. 22. 선고 82다카1533 판결, 1990. 8. 28. 선고 88다카17839 판결, 1991. 4. 26. 선고 90다카8098 판결, 1991. 8. 27. 선고 91다8012 판결, 1992.1. 21. 선고 91다14994 판결, 1997. 1. 24. 선고 95다25237 판결 등 참조). 그러나 개정 상법 제789조의3 제1항은 상법 제5편 海上, 제4장 運送에 관한 규정은 運送人의 불법행위로 인한 손해배상의 책임에도 적용된다고 규정하고 있고, 개정 상법 제811조도 '運送人의 … 채무는 그 청구원인의 여하에 불구하고'라고 하고 있으므로, 본문과 같이 해석하는 것이 당연하다. 한편 Hague Rules에서는 契約上의 청구뿐 아니라 불법행위청구에도 제3조 제6항을 적용하고 있었지만 1年의 訴訟기간이 적용되는지에 관하여는 특별한 규정을 두지 않았는데, Hague/Visby Rules에서는 제4조의2 제1항에서 1年의 訴訟기간이 불법행위청구에도 적용됨을 明文으로 규정하였다(William Tetley, 앞의 책, 676쪽; 中村眞澄, 앞의 글, 5쪽 등 참조). 그리고 일본의 경우에도 개정 國際海上物品運送法에서는 규정이 없었던 관계로 最高裁判所 昭和 44년 10월 17일 판결(判例時報 575호 71쪽)에서 위에서 본 우리나라 判例와 같이 해석하고 있었으나 개정 國際海上物品運送法 제20조의2 제1항에서 불법행위에도 적용됨을 明文으로 규정하고 있다(中村眞澄, 앞의 글, 5쪽 참조).

**101** Hague Rules에서는 "In any event the carrier and the ship shall be discharged from all liability in respect of loss or damage"라고 하였는데, 그 후 Hague/Visby Rules에서는 "the carrier and the ship shall in any event be discharged from all liability whatsoever in respect of the goods,"라고 개정하였는바, whatsoever란 말을 사용한 것은 모든 경우 심지어 運送人이 契約의 기본적 위반(Fundamental Breach)을 저지른 경우에도 1年의 기간이 적용되도록 한 취지라고 한다(William Tetley, 앞의 책, 675,687,688쪽 참조).

**102** 대법원 1997. 4. 11. 선고 96다42246 판결 참조. Hague Rules에서는 '物品의 멸실 또는 손상에 관한 모든 책임'(all liability in respect of loss od damage)이라고 규정되어 있던 것을 Visby Rules에서는 '物品에 관한 일체의 책임'(all liability whatsoever in respect of the goods)라고 그 표현이 개정되어 있는데, 그 개정의 목적의 하나는 선하증권의 提示없이 행해진 假渡·保證渡의 경우에 이를 적용하기 위한 데에 있었다고 한다(中村眞澄, 앞의 글, 4쪽 참조). 그러나 이에 대하여 Hague/Visby Rules에서의 위와 같은 文言에도 불구하고 선하증권의 提示없이 인도가 행해진 경우에 적용될 것인지는 다툼의 소지가 있으며 이러한 경우에도 이를 적용하는 것은 그 적용범위를 지나치게 확대하는 것이 된다고 하는 견해가 있다(William Tetley, 앞의 책, 684,685쪽 참조).

다는 견해가 있으나,[103] 뒤에서 보듯이 우리 상법상은 받아들이기 어렵다.[104]

그리고 運送人의 堪航능력에 관한 注意의무의 懈怠(상법 제787조),[105] 不當한 離路[106] 또는 不當한 甲板積에 의하여 생긴 運送物의 손해도 포함된다고 한다.[107] 共同海損으로 인하여 생긴 채권 및 그 책임있는 者에 대한 求償債權에 대하여는 개정 상법 제842조에서 별도로 1年의 제척기간에 관한 규정을 두고 있다.[108]

(다) 運送人이 악의인 경우에는 그 적용이 없다는 견해도 있으나,[109] 그 악의 여하를 不問하고 그 적용을 인정하는 것이 多數說과 判例의 태도이다.[110]

개정 상법 제811조가 舊 상법상의 악의의 경우에 관한 文言을 삭제한 취지와[111] 그 내용 중에 '그 청구원인의 여하에 불구하고'란 文言을 사용한 점 등에 비추어 多數說과 判例의 태도가 타당하다고 할 것이다. 개정 상법 제811조의 모태가 되는

103 中村眞澄, 앞의 글, 4쪽 참조.

104 William Tetley, 앞의 책, 677,682쪽 참조. 결국 이 문제는 貨物先取保證書(Letter of Guarantee)의 성질을 말 그대로 保證의 의미로 파악할 것인지, 아니면 求償의 의미로 파악할 것인지 여부에 달려 있는데, 여기서는 求償의 의미로 파악하는 것이 타당하다고 할 것인바, 그렇다면 뒤에서 보듯이 求償請求에는 개정 상법 제811조가 적용되지 않게 되는 것이다.

105 中村眞澄, 앞의 글, 4쪽 참조.

106 鄭熙喆·鄭燦亨, 앞의 책, 748쪽; 中村眞澄, 앞의 글, 4쪽; Prüßmann/Rabe, 앞의 책, 541쪽 참조. Bunge Edible Oil Corporation v. M/V Torm Rask(949 F. 2d 786, 1992 AMC 2227 by U.S.C.A. 5th Cir.) 판결은 不當한 離路를 한 海上運送人도 COGSA에서 정한 提訴期間 제한 규정의 이익을 받을 수 있다고 판시하였다{(社)일본海運集會所刊, 海事法研究會誌, 1994·8(No.121), 52쪽 참조}. 이와 다른 견해로는 Thomas J. Schoenbaum, 앞의 책, 628쪽 참조.

107 中村眞澄, 앞의 글, 4쪽; Prüßmann/Rabe, 앞의 책, 541쪽 참조.

108 일본의 경우 共同海損分擔청구권에 대하여는 개정 國際海上物品運送법 제14조가 적용되지 않고 상법 제798조에 의하여 그 계산종료일로부터 1年의 소멸시효에 걸린다고 한다(中村眞澄, 앞의 글, 4쪽 참조).

109 李宙興, 앞의 책, 133쪽 참조.

110 慶益秀, 앞의 글, 528쪽; 徐燉珏, 앞의 책, 422쪽; 孫珠瓚, 앞의 책, 845쪽; 宋相現·金炫, 앞의 책, 413쪽; 鄭熙喆·鄭燦亨, 앞의 책, 859쪽; 蔡利植, 앞의 책, 766쪽; 崔基元, 앞의 책, 174쪽; 대법원 1997. 4. 11. 선고 96다42246 판결, 1997. 9. 30. 선고 96가54850 판결 등 참조. 다만 대법원 1983. 3. 22. 선고 82다카1533 판결, 1992. 1. 21. 선고 91다14994 판결, 1997. 1. 24. 선고 95다25237 판결 등은 선하증권의 약관에 기재된 提訴期間에 관한 條項은 故意 또는 중대한 과실로 인한 불법행위책임을 추궁하는 경우에는 적용되지 않는다고 한다.

111 宋相現, "海商法 개정 의견", 民事判例研究 [VIII], 423쪽 참조.

Hague Rules과 各國의 學說도 대체로 이렇게 해석하고 있다.[112]

그런데 여기서 運送人의 악의란 무엇이고 그것이 故意와 어떻게 구별되는지를 둘러싸고 견해의 대립이 없지 않으나,[113] 判例는 개정 상법 제811조와 관련하여서는 運送人의 악의나 故意 여하를 不問하고 적용된다고 판시하고 있다.[114]

나아가 運送人의 사용인 또는 代理人은 그의 故意 또는 運送物의 멸실, 훼손 또는 延着이 생길 염려가 있음을 인식하면서 無謀하게 한 作爲 또는 不作爲로 인하여 생긴 손해에 대하여는 앞서 보듯이 개정 상법 제789조의3 제2항 但書에 의하여 1年의 제척기간의 이익을 잃게 되나, 이 경우에도 運送人은 1年 제척기간의 이익을 결코 상실하지 않는다.[115]

이에 대하여 運送人이 개정 상법 제789조의3 제2항 但書에서 말하는 이른바 故意 등의 행위나 公序良俗에 위반하는 행위로 손해를 발생시킨 경우에는 비록 明文의 규정은 없으나 運送人의 사용인이 제척기간의 이익을 누릴 수 없는 것과의 균형상 개정 상법 제811조가 적용되지 아니한다고 보는 것이 타당하다는 견해가 있다.[116]

그러나 이러한 해석은 구체적 正義의 관점에서 설득력이 있을지는 모르나, 개정 상법 제811조의 文言에 반하는 데다가,[117] 이러한 문제는 비록 개정 상법 제811조에 있어서만이 아니라 다른 제척기간이나 소멸시효 등에도 해당되는 것인데 明文의 규정 없이 이를 인정한 경우는 발견할 수 없고, 또 제척기간 자체의 행사에 관한 反社會

112 일본의 경우에도 개정 前의 國際海上物品運送法 제14조 但書에서는 運送人이 악의인 경우에는 제척기간의 적용이 없고 상법상의 5년의 소멸시효에 걸리는 것으로 되어 있었으나, 이는 條約 및 各國의 立法에 없는 일본에 특유한 것으로서 運送人의 책임소멸의 불안정을 초래한다고 하여 개정 法에서는 이를 삭제하였는바, 현재로서는 運送人이 악의인 경우에도 제척기간은 적용되는 것으로 해석하고 있다고 한다(中村眞澄, 앞의 글, 9쪽; 菊池, 앞의 책, 103,104쪽 참조).

113 慶益秀, 앞의 글, 527쪽; 李宙興, 앞의 책, 132쪽; 中村眞澄, 앞의 글, 9쪽 등 참조.

114 대법원 1997. 9. 30. 선고 96다54850 판결 참조.

115 William Tetley, 앞의 책, 675쪽 참조. 다만 이 경우 運送人은 개정 상법 제789조의2 제1항 但書에 의하여 包裝當 또는 船積單位當 제한을 상실할 뿐이다.

116 慶益秀, 앞의 글, 529쪽; 中村眞澄, 앞의 글, 10쪽 참조.

117 개정 상법은 제789조의 2 제1항, 제789조의 3 제2항 但書, 제790조 제1항에서 運送人이나 그 사용인 등의 故意 또는 손해 등이 생길 염려가 있음을 인식하면서 한 無謀한 행위 등에 대하여는 책임제한의 特約을 배제하면서도 제811조에서 이와 같은 제한 규정을 두고 있지 않는 것은 적어도 제척기간에 관하여서까지 이러한 보호를 하지는 않아도 무방하다는 것이 立法者의 의도라고 볼 수도 있다. 그리고 비록 민법 제103조가 私法秩序 全般에 包括的으로 적용되는 경향이 있다고 하더라도 특별법인 상법을 개정하면서 특별한 고려를 하지 않은 사항을 민법 제103조를 근거로 다시 제한하는 것은 신중을 요한다 할 것이다.

的인 행위라면 모르겠으나[118] 運送契約이나 그 履行과 관련한 反社會性을 제척기간의 행사 여부와 결부시키는 것은 지나치며, 나아가 이를 허용하는 것은 제척기간의 경과라는 다분히 형식적인 판단이 주로 문제되는 사안에서 사건의 實體的 내용을 심리·판단하게 하는 것으로서 時日이 경과하면 運送人이 故意인지, 反社會的인 행위인지 여부를 밝히기가 쉽지 않다는 점을 고려하면 결과적으로 제척기간을 둔 본래의 취지에도 반하는 것이 되어 채택하기 어렵다.[119]

(라) 다만 運送과 관련이 있는 것이라고 하더라도 運送 후에 당사자 사이에 이루어진 새로운 約定을 원인으로 하는 청구, 예컨대 運送人이 受荷人 등에 대하여 자신의 손해배상책임을 인정함은 물론이고 나아가 손해액으로 일정한 金額을 지급할 것을 約定한 경우에 受荷人이 위 約定을 원인으로 運送人에 대하여 約定金의 지급을 청구하는 경우에는 개정 상법 제811조가 적용되지 않는다고 보는 것이 타당하다.[120]

### 4. 상법 제811조의 기간은 어느 때 경과하게 되는가?

개정 상법 제811조는 "… 運送人이 受荷人에게 運送物을 인도한 날 또는 인도할 날로부터 1年 內에 …. 그러나 이 기간은 당사자의 합의에 의하여 연장할 수 있다."라고 규정하고 있다.

#### 가. 起算點

개정 상법 제811조의 제척기간은 運送人이 受荷人에게 運送物을 인도한 날 또

118 예컨대 運送人이 送荷人이나 受荷人을 監禁하여 소 제기를 못하게 하여 제척기간이 지나가 버린 경우 등이 이에 해당할 수 있다.

119 다만 運送약관 중에 있는 提訴期間 제한 약관(이른바 不提訴약관)에 있어서는 예컨대 運送人이 運送物을 절취한 것과 같은 反社會的인 행위가 있는 경우 그 적용을 제한할 수도 있을 것인바, 이는 本文에서 논의한 개정 상법 제811조의 경우와는 별개의 문제이다. 일본의 東京高等裁判所 平成 7년 10월 16일자 판결은 "運送人 자신이 運送品을 盜取한 경우와 같이 運送人에게 극히 惡質인 행위가 있었던 경우에는 條理上 약관은 적용될 수 없다고 해석되는바"라고 설시하고 있는데, 이것도 일본 國際海上物品運送法 제14조의 해석에 관한 것이 아니고 不提訴약관에 관한 경우이다. 이런 점에서는 종래 대법원 판례가 運送人의 책임기간을 제한하는 약관은 불법행위를 원인으로 하는 청구에도 적용되나 다만 運送人의 故意 또는 重過失로 인한 경우에는 적용되지 않는다고 판시한 것도 그 한 예가 될 수 있다(다만 이 판결이 개정 상법下에서도 그대로 유지될 것인지 여부는 확실하지 아니하다).

120 다만, 本文과 같은 경우에도 그것이 更改가 아닌 한 개정 상법 제811조의 제척기간이 그대로 적용된다고 하거나, 아니면 오히려 運送人이 그 約定의 효력을 다투기 위하여는 위의 제척기간 內에 訴를 제기하여야 한다는 견해도 생각할 수 있다.

는 인도할 날로부터 진행한다. 아래에서 경우를 나누어서 살펴보기로 한다.

(1) 인도한 날

運送物이 인도된 경우에는 그것이 일부 멸실, 훼손 또는 延着된 것인지 여부를 不問하고 그 인도한 날로부터 제척기간이 起算된다.[121] 運送物이 장기간이 걸린 후에야 비로소 인도되는 소위 遲滯인도overcarriage에 있어서도 실제 인도한 날의 종료로 기산된다.[122]

그런데 여기서 인도delivery라고 함은 揚陸discharge과는 다른 의미임은 물론이다. 우리 상법상 海上運送人은 運送物을 정당한 受荷人에게 인도할 의무를 부담한다(상법 제788조 제1항 참조).[123] 따라서 船舶이 항구에 들어와 화물이 揚陸되었다고 하여도 달리 그것이 인도되었다는 증거가 없는 한 인도된 것은 아니므로 제척기간은 起算되지 않는다.[124] 그리고 선하증권에 화물이 揚陸된 때에 인도된 것으로 본다는 條項이 들어 있어도 이는 개정 상법 제811조의 제척기간을 短縮하는 것이 되어 無效라고 할 것이다.[125]

運送物의 인도는 원칙적으로 화물이 現實로 인도된 경우에 있게 된다. 現實의 인도는 運送人 또는 運送人의 荷役業者stevedore나 代理人이 受荷人 또는 그가 指定하는 자에게 화물의 점유를 현실적으로 이전해 주는 경우에 있게 된다.[126] 대법원 1992. 2. 14. 선고 91다4249 판결은 "運送人은 화물을 선하증권 소지인에게 선하증권과 相換하여 인도함으로써 그 의무의 履行을 다하는 것이므로 선하증권 소지인이

---

121 Thomas J. Schoenbaum, 앞의 책, 627쪽 참조. 한편, 舊 상법 제812조에 의하여 準用되던 제121조는 "受荷人이 運送物을 수령한 날로부터"로 규정하고 있다.

122 Prüßmann/Rabe, 앞의 책, 543쪽 참조.

123 鄭熙喆·鄭燦亨, 앞의 책, 736,737쪽 참조. Hague Rules 또는 Hague/Visby Rules은 제3조 제6항의 提訴期間에 관한 부분 외에도 같은 항에서 "notice must be given within three days of delivery of the goods"라고 하여 인도에 관한 규정을 두고 있다. 그러나 앞서 보았듯이 Hague Rules 또는 Hague/Visby Rules은 제3조 제2항에서 運送人의 揚陸의무에 관하여 규정하고 있을 뿐이고 인도의무에 관하여는 특별한 규정을 두고 있지 않다. 미국法에서도 COGSA는 인도의무를 규정하지 않고 있으나, Harter Act 1893, 제2조, Pomerene Act 1916, 제8조 제12항에 의하여 인도의무가 인정되고 있고, 프랑스에서도 1966. 6. 18.자 법률에 의하여 인도의무가 인정되고 있다(William Tetley, 앞의 책, 563,684쪽 참조). 우리 상법에서는 위와 같이 인도의무를 인정하고 있다.

124 William Tetley, 앞의 책, 672쪽 註4에서 引用한 판결 등 참조.

125 William Tetley, 앞의 책, 673쪽; 뒤에서 보는 기간의 短縮에 관한 부분 참조.

126 William Tetley, 앞의 책, p.671쪽 참조.

아닌 선하증권 상의 通知處의 의뢰를 받은 荷役會社가 揚陸作業을 완료하고 화물을 荷役會社의 일반 保稅倉庫에 入庫시킨 사실만으로는 화물이 運送人의 지배를 떠난 것이라고 볼 수 없는 것인바, 이 사건 화물의 引渡時點은 被告의 화물引渡指示書에 의하여 화물이 荷役會社의 保稅藏置場에서 出庫된 때라고 보아야 하고 船側에서의 荷役作業에 의하여 화물의 점유가 荷役會社에게 이전된 때가 아니다."라고 판시하고 있다. 다만, 프랑스에서는 그 起算點은 1966년 12월 31일 법률 제58조에 의하여 受荷人에게 화물이 인도된 날로부터 시작하지만, 같은 법률 제52조에 의하여 受荷人의 到着港內 運送物代理人이 受荷人을 위하여 행동하기 때문에 통상적으로는 運送物代理人에게 인도된 날로부터 시작한다고 하고, 또한 運送物代理人이 동시에 船舶代理人인 경우에는 그 기간은 稅關에 인도된 날로부터 시작된다고 한다.[127]

한편 海上運送人(船長)은 受荷人을 確知할 수 없거나 受荷人이 運送物의 수령을 懈怠 또는 拒否한 때에는 이를 供託하거나 稅關 기타 官廳의 許可를 받은 곳에 인도할 수 있고 이 때에는 선하증권 소지인 기타 受荷人에게 運送物을 인도한 것으로 보게 되어 있으므로(개정 상법 제803조 참조), 이 경우에는 그때로부터 제척기간이 진행된다.[128]

大量 화물large lot인 경우에는 당해 運送物의 最終 부분이 揚陸되어 受荷人에게 현실적으로 인도되거나 인도된 것으로 看做되는 경우에 한하여 인도가 있는 것으로 된다.[129] 다만 運送契約의 特性上 그때그때마다 각각 獨立된 부분으로 인도가 이루어진 경우에는 각 그 獨立된 부분의 인도일(정확하게는 그 다음날)로부터 起算된다.[130]

제척기간을 계산함에 있어서 인도한 當日을 算入할 것인지 여부는 민법 제157

---

**127** William Tetley, 앞의 책, 672,673쪽 참조.

**128** 中村眞澄, 앞의 글, 8쪽 참조. 이에 대하여 William Tetley, 앞의 책, 672쪽에서는 우리 상법과 달리 "運送人 등이 受荷人에게 船舶이 到着한 일자와 장소를 통지하고, 화물을 적절하고 안전한 장소에 揚陸한 후, 당해 화물을 분리하여 인도에 필요한 모든 준비를 갖추어 둔 상태에서, 受荷人이 이를 수령할 수 있는 상당한 時間이 지난 경우에는 인도가 있는 것으로 看做(이른바 constructive delivery)된다."라고 하고 있다.

**129** William Tetley, 앞의 책, 673쪽 참조.

**130** Prüßmann/Rabe, 앞의 책, 543쪽 참조. 다만 舊상법 제147조, 제121조의 소멸시효에 관한 判例이기는 하나 대법원 1976. 9. 4. 선고 74다1215 판결은 같은 날 電柱 43개를 運送하여 그중 42개를 수령하고 나머지 1개는 파손되어 수령하지 못한 사안에서, 그 1개 부분에 관한 한 전부멸실이라고 하여 이를 인도할 날로부터 소멸시효가 진행되는 것으로 판단하였는바, 이 경우는 독립된 부분으로 인도된 것이 아니고 일괄하여 인도된 것으로 보이므로 이 판결의 타당성에는 의문이 있다.

조의 일반원칙에 의할 것이다.[131]

(2) 인도할 날

運送物이 인도되지 않은 경우에는 인도할 날로부터 제척기간이 起算된다. 우리나라의 舊 상법 제812조에서 준용한 상법 제121조와 일본의 國際海上物品運送法 제14조 제1항은 전부 멸실된 경우에 관하여 인도할 날로부터 제척기간이 진행하는 것으로 규정하고 있으나, 우리 개정 상법 제811조는 그 文言을 달리하여 규정하고 있으므로 그렇게 볼 것이 아니고 運送物이 인도되지 않는 경우를 널리 말하는 것으로 해석하여야 할 것이다.[132] 따라서 運送物이 인도되지 않은 이상 전부 멸실된 경우는 물론이고,[133] 그 밖에 運送人이 선하증권과 交付함이 없이 다른 곳에 인도한 경우(이른바 假渡·保證渡 등),[134] 運送人이 運送物의 인도를 거절하는 경우 등에도 인도할 날로부터 제척기간이 진행한다고 할 것이다.[135]

그런데 개정 상법 제811에서 인도할 날이라고 하는 用語의[136] 由來를 보면, 우리 개정 상법 제811조의 모태가 되는 Hague Rules 제3조 제6항 제4문에서는 "화물이 인

131 대법원 1971. 5. 31. 선고 71다787 판결 참조. 한편 Hamburg Rules 제20조는 제3항은 "기간 개시의 初日은 기간에 算入하지 아니한다."라고 별도로 규정하고 있다.

132 앞서 보았듯이 Hague Rules, Hague/Visby Rules 및 미국의 COGSA 모두 우리나라 개정 상법 제811조와 같이 규정하고 있다. 독일의 경우에도 인도의 때를 특정하고 나머지 경우에는 인도할 날로부터 起算하는 것으로 규정하고 있다. 한편 프랑스의 舊法의 경우에는 아예 '運送品의 인도일로부터, 인도가 없을 경우에는 運送品이 인도되어야 할 날로부터'라고 규정하고 있었다. 그러므로 本文과 같이 해석하는 것이 정당하다. 다만 이 경우 상법 제121조와의 해석上의 균형이 문제될 수는 있다.

133 運送物의 멸실의 개념에 관하여는 東京高裁 平7. 10. 16.자 판결 참조.

134 Prüßmann/Rabe, 앞의 책, 543쪽; 中村眞澄, 앞의 글, 9쪽 참조. 그러므로 運送人이 運送物을 이른바 假渡 또는 保證渡함으로써 선하증권 소지인이 입은 손해배상을 구하는 청구에 있어서도 運送人이 假渡 또는 保證渡에 의하여 運送物을 無權利者에게 交付한 날이 아니라 선하증권 소지인에게 인도할 날이 그 起算點이 된다. 대법원 1997. 4. 11. 선고 96다42246 판결도 이런 경우에 運送物을 인도할 날로부터 제척기간이 起算되는 것으로 보고 있다. 한편 일본의 東京高等裁判所 平成 7년 10월 16일자 판결은 멸실에는 物理的 멸실뿐만 아니라 運送品의 相對的 인도不能을 포함하는 것이라고 하여 保證渡가 있는 경우를 전부 멸실된 경우로 보고 (약관상의) 인도할 날로부터 起算하는 것으로 판시하고 있다.

135 다만, 선하증권 약관에서 인도를 거절하는 경우에는 전부 멸실한 것으로 看做할 수 있도록 규정하고, 나아가 이른바 화물이 인도되지 아니하여 受荷人이 그 화물이 멸실된 것으로 看做할 수 있는 권리를 갖게 되는 날로부터 일정한 기간이 경과하면 提訴를 하지 못하는 것으로 約定하는 경우가 있는바, 이 경우에도 그 기간이 개정 상법 제811조보다 短縮된 것이 아닌 한 無效로 볼 것은 아니라고 할 것이다.

136 '인도할 날'이란 용어는 개정 상법 제811조 외에도 같은법 제137조 제1항, 제147조, 제812조 등에서도 사용되고 있다.

도되었어야 할 날"the date when the goods should have been delivered이라고 규정하고 있고,[137] 各國의 立法例도 대체로 위와 같은 규정을 두고 있으므로,[138] 결국 우리 개정 상법 제811조에서 말하는 運送物을 '인도할 날'은 '運送物이 인도되었어야 하는 날'이라고 하는 의미임을 알 수 있다.

그런데 인도할 날의 구체적인 의미에 관하여, 일본에서는 종래 小町谷操三가 선하증권의 소지인이 現實로 선하증권을 提示하여 인도를 구한 날이라고 하는 견해를 취하고 있었으나,[139] 그 자신 종전의 견해를 버리면서 현재로서는 이 부분에 관하여 異論이 없다고 하고 있는 실정이고,[140] 현재로서는 통상 運送物의 인도가 행해져야 할 날이라고 해석하는 데에 대체로 견해가 일치되어 있다.[141] 이러한 해석은 일본 상법 및 개정 國際海上物品運送法 제14조의 해석에 모두 적용되고 있다.[142] 일본의 東京地裁 平成 6년 5월 24일자 판결 및 그 抗訴審 판결인 東京高裁 平成 7년 10월 16일자 판결도 모두 후자의 견해를 따르고 있다.

Hague Rules에서 말하는 "물건이 인도되었어야 할 날"the date when the goods should have been delivered이나,[143] 독일 개정 상법 제612조의 인도할 날의 의미에 관하여도 대체로 마찬가지로 해석되고 있다.[144]

우리 나라의 下級審 판결 가운데에도 小町谷操三의 종래 견해를 따른 것이 있

137 William Tetley, 앞의 책, 671쪽; Chorley and Giles', Shipping Law, 492쪽 이하; 慶益秀, 앞의 글, 515쪽 註3 참조.

138 小町谷操三, 앞의 글, 497쪽 내지 499쪽 참조. 독일 개정 상법 제612조도 같은 취지의 규정을 두고 있는데 그 규정에서 아예 運送物이 인도되었어야 할 날이라고 규정하고 있고, 일본의 개정 國際海上物品運送法 제14조도 마찬가지이다.

139 小町谷操三, 앞의 글, 492,493쪽; 重田晴生外3人, 海商法, 158쪽 참조.

140 小町谷操三, 앞의 글, 493쪽 참조.

141 重田晴生外3人, 앞의 책, 157쪽; 小町谷操三, 앞의 글, 493쪽 참조.

142 慶益秀, 앞의 글, 514쪽 註1; 重田晴生外3人, 앞의 책, 162쪽 이하; 菊池洋一, 앞의 책, 101쪽 내지 103쪽 참조. 小町谷操三, 앞의 글, 493쪽 이하에서는 선하증권 提示說을 취하게 되면 運送人의 책임소멸이 부당하게 長期化된다는 것을 주된 이유로 하여 이 견해를 취하는 것이라고 설명하고 있다.

143 William Tetley, 앞의 책, 671쪽 내지 689쪽 참조.

144 Prüßmann/Rabe, 앞의 책, 423쪽 내지 428쪽 참조. 運送人이 運送하기로 한 화물이 당초 정해진 目的港에 到着한 바가 없는 경우에도 마찬가지이다(Prüßmann/Rabe, 앞의 책, 424,425쪽 참조). 다만 Hague Rules를 받아들이기 전의 독일 舊상법 제903조 제2호에서는 船舶이 항구에 到着하지 아니한 때에는 利害關係人이 그 사실 및 손해를 안 때로부터 개시한다는 취지로 규정하고 있었다고 한다(小町谷操三, 앞의 글, 497,498쪽 참조).

기는 하나,[145] 대체로 통상 運送物의 인도가 행해져야 할 날이라고 해석해 오고 있었는바,[146] 대법원 1997. 11. 28. 선고 97다28490 판결은 선하증권의 提示 여부와 관계없이 통상 運送契約이 그 내용에 좇아 履行되었으면 인도가 행하여져야 했던 날을 말한다고 판시하였다.[147]

생각건대, 상법 제788조 제1항에서 運送物의 멸실, 훼손 또는 延着으로 인한 運送人의 책임을 규정하고, 개정 상법 제811조에서 그 제척기간을 규정한 취지에 비추어 보거나, 한편으로 선하증권 提示說을 취하게 되면 결국 運送 도중에 運送物이 전부 멸실한 경우 등에는 개정 상법 제811조가 정한 제척기간의 적용이 全的으로 排除되는 결과가 되어 부당한 것이 되는 점 등에 비추어 선하증권의 提示를 요건으로 하는 견해는 채택하기 어렵다.[148]

그렇다면 위와 같은 의미에서의 인도할 날을 구체적인 사건에서는 어떻게 결정할 것인가? 이에 관하여 당사자 사이에 특별한 約定이 있으면 이에 따르면 될 것이다. 그렇지 아니한 경우에는 運送會社는 대개 Shipping Gazette와 같은 海運雜誌에 運航時間表를 廣告하고 있으므로 이러한 運航時間表에 의한 運航所要기간을 標準으로 하되 종래 같은 航路에 통상 걸린 기간 등을 고려하여 결정하면 될 것이다.

한편 당사자의 합의에 의하여 인도할 날이 변경된 경우에는 원칙적으로 이에 따라야 할 것이다. 다만 運送人이 일방적으로 인도할 날의 변경을 원하여 受荷人 등에게 이를 요청하였으나 受荷人 등이 이에 응하지 아니한 경우에는 원칙적으로 당초의

145 서울지방법원 1997. 5. 29. 선고 97나3079 판결 참조. 이 판결은 대법원 1997. 4. 11. 96다42246 판결에서 상고를 기각하면서 引用하고 있는 원심의 판단 부분 중에서 '선하증권을 提示하면'이라는 부분을 특별한 의미가 있는 것으로 받아들인 것으로 보인다.

146 서울지방법원 1996. 1. 26. 선고 94가합40036 판결은 인도할 날을 선하증권 소지인이 선하증권을 提示하고 화물의 인도를 구하는 날로 보는 것은 그 기간이 부당하게 長期化될 우려가 있으므로 선하증권 소지인이 證券을 提示하면 통상 運送物을 수령할 수 있었던 날이라고 해석함이 상당하다고 판시하였고, 그 후 서울지방법원 1996. 5. 30. 선고 94가합37498 판결에서도 같은 견해를 취하고 있다(서울지방법원, 국제거래·상사소송의 실무, 266,267,273,274쪽 참조).

147 앞서 보듯이 대법원 1976. 9. 4. 선고 74다1215 판결은 舊상법 제147조, 제121조의 소멸시효의 起算點에 관하여 "被告의 運送人으로서의 책임은 그 멸실된 電柱를 인도할 날로부터 진행되는 법리라 할 것임에도 불구하고 원심판결이 이와는 달리 원고가 이를 수령한 바 없으므로 運送人 책임에 관한 소멸시효기간의 진행조차 있었다고 할 수 없다고 판단한 것은 법리오해"라고 판시한 바 있다.

148 한편 상법 제137조, 제147조, 제812조 등에서는 손해액을 인도할 날의 價格에 의해 구하도록 하고 있는데 화물상환증이나 선하증권의 提示를 요건으로 하게 되면 이를 提示하지 않는 경우에는 그 손해액의 算定도 불가능한 것이 되고 말 것이다.

인도할 날을 기준으로 하는 것이 타당하다.

마지막으로 船舶의 沈沒, 敵國船에 의한 押收 등에 의하여 모든 運送物이 멸실한 경우에는 揚陸港에서의 揚陸 및 인도가 있을 수 없기 때문에 船舶의 揚陸港 出航豫定日을 그 起算日로 보아야 한다는 견해,[149] 船舶行方不明의 경우에는 船舶의 최후의 소식이 있었던 때로부터 去來上 상당하다고 생각되는 기간(예를 들면 1個月)이 경과한 때로부터 제척기간이 진행하는 것으로 보아야 한다는 견해가 있다.[150]

(3) 通(連絡) 선하증권(through B/L)의 경우

通(連絡) 선하증권에 있어서의 인도는 最終運送人이 화물을 인도한 때에 있게 된다. 그러나 이와는 달리 2개의 連續的인 運送을 위한 2개의 運送契約이 있는 경우 첫번째 運送人에 대한 訴訟은 첫번째 運送의 揚陸日로부터 1年 內에 제기되어야 한다고 한다.[151] 프랑스의 파리 商事법원은 船舶이 로스엔젤레스를 떠나 하브르로 가는 도중에 衝突로 플러싱에서 修理를 하고 나중에 함부르크에 들러 거기서 화물을 揚陸하여 다른 運送人을 통하여 하브르로 보내진 사안에서 첫번째 運送人에 대한 訴訟은 함부르크에서 인도된 날로부터 1年을 경과하였다고 판단하였다.[152]

나. 1年

재판상 청구를 행사하여야 할 기간은 1年으로 되어 있다.[153] 기간의 滿了點은 민법 제159조, 제161조, 상법 제63조 등의 일반원칙에 의할 것이다.[154] 舊상법 제812조에서는 제146조의 "① 運送人의 책임은 受荷人 또는 화물상환증 소지인이 留保없이 運送物을 수령하고 운임 기타의 費用을 지급한 때에는 소멸한다. 그러나 運送物에 즉시 발견할 수 없는 훼손 또는 일부멸실이 있는 경우에 運送物을 수령한 날로부

149 中村眞澄, 앞의 글, 8쪽 참조. 한편 印度 최고법원은 화물의 인도가 이루어지지 아니한 경우에는 당해 화물을 인도했어야 할 船舶이 揚陸港을 떠날 때로부터 제척기간이 起算된다고 한다(William Tetley, 앞의 책, 673쪽 참조).

150 慶益秀, 앞의 글, 526쪽; 中村眞澄, 앞의 글, 8,9쪽; 小町谷操三, 앞의 글, 333쪽 등 참조

151 William Tetley, 앞의 책, 674쪽 참조.

152 William Tetley, 앞의 책, 674쪽 참조.

153 한편 Hamburg Rules 제20조 제1항은 "이 협약에 의한 物品運送에 관한 訴訟은 사법절차 또는 중재절차가 2年 내에 개시되지 아니하면 제기할 수 없다."라고 하여 그 기간을 2年으로 정하고 있다.

154 Prüßmann/Rabe, 앞의 책, 425쪽 참조. 英美國家에서도 대체로 마찬가지이다(William Tetley, 앞의 책, 680쪽 참조).

터 2週間內에 運送人에게 그 통지를 발송한 때에는 그러하지 아니하다. ② 前項의 규정은 運送人 또는 그 사용인이 악의인 경우에는 적용하지 아니한다."라는 규정을 準用하고 있었으나, 개정 상법은 위 규정의 準用을 없애고 Hague Rules 제3조 제6항에 따라서 이를 擧證책임의 문제로 완화하여 개정 상법 제800조의2에서 "① 受荷人이 運送物의 일부 멸실 또는 훼손을 발견한 때에는 수령 後 지체없이 그 槪要에 관하여 運送人에게 서면에 의한 통지를 발송하여야 한다. 그러나 그 멸실 또는 훼손이 즉시 발견할 수 없는 것인 때에는 수령한 날로부터 3日內에 그 통지를 발송하여야 한다. ② 제1항의 통지가 없는 경우에는 運送物이 멸실 또는 훼손 없이 受荷人에게 인도된 것으로 推定한다. ③ 제1항과 제2항의 규정은 運送人 또는 그 사용인이 악의인 경우에는 적용하지 아니한다. ④, ⑤ 각 생략"라는 규정을 두고 있다.[155]

다. 연장

(1) 개정 상법 제811조 但書는 기간은 당사자의 합의에 의하여 연장할 수 있다고 규정하고 있다.[156] 이와 같은 연장합의는 당사자 사이에 가급적 訴訟을 피하고 그 청구에 대한 가능한 해결을 할 시간을 허용해 주는 것으로서 유용하며 이를 公序良俗에 반한다고 할 것은 아니라고 한다.[157]

Hague/Visby Rules 제3조 제6항은 1年의 訴訟 제한 기간은 訴訟의 원인이 발생한 후 당사자가 합의하면 연장할 수 있다고 규정하고 있고, 各國의 立法例에서도 대체로 이러한 연장합의를 허용하고 있다.[158] 나아가 영국에서는 1977년의 黃金약관協定Gold Clause Agreement 제4조에서 受荷人은 일정한 조건 下에 자동적으로 1年의 提訴期間을 2年으로 연장할 수 있는 것으로 규정하고 있다.[159]

---

155 徐燉珏, 앞의 책, 421쪽 참조.

156 민법 제184조 제2항은 "소멸시효는 법률행위에 의하여 이를 排除, 연장 또는 加重할 수 없으나 이를 短縮 또는 減輕할 수 있다."라고 규정하고, 이는 제척기간에도 類推적용된다는 견해가 있는바{尹眞秀, 앞의 글, 403쪽 및 註 60) 참조}, 개정 상법 제811조 但書는 결과적으로 민법 제184조 제2항과 같은 취지라고 생각된다.

157 William Tetley, 앞의 책, 678,679쪽 참조.

158 William Tetley, 앞의 책, 678쪽; 中村眞澄, 앞의 글, 11쪽 참조. 한편 Hamburg Rules은 提訴期間 자체를 2年으로 정하고, 제20조 제4항에서 "피청구자는 어느 때나 서면으로 청구자에 대하여 기간의 연장을 신청할 수 있다. 이 기간은 再申請에 의하여 다시 연장할 수 있다."라고 규정하고 있다(William Tetley, 앞의 책, 671쪽 참조).

159 William Tetley, 앞의 책, 671,678쪽 참조.

한편 우리 개정 상법 제811조는 運送人의 채무뿐만 아니라 채권에 관하여도 연장합의를 인정하는 것으로 되어 있다.[160]

(2) 연장합의는 제척기간 자체를 1年에서 예컨대 다시 1年 더 연장하는 경우가 보통이다. 제척기간의 起算點은 본래 職權調査事項이고 제척기간의 정지도 인정되지 않는 것이 원칙이기는 하지만, 제척기간의 起算點을 뒤로 늦추거나[161] 그 진행을 일정한 기간동안 정지하는 것도 결국 그 기간을 연장한 합의로 인정될 수 있으면 이를 반드시 無效로 할 것은 아니라고 할 것이다.[162] 다만 뒤에서 보듯이 제척기간의 포기가 허용되지 않는 이상 연장합의에 의하여서는 기간만을 연장할 수 있는 것이지 제척기간을 아예 排除하거나 제척기간을 소멸시효기간으로 바꾸는 등의 합의는 허용할 수 없다고 할 것이다. 그리고 당사자의 합의에 의하여 연장하는 기간에 관하여 특별한 제한이 있는 것은 아니나 위와 같은 취지에서 그 기간을 너무 長期로 연장하는 합의는 허용되지 않는다고 해야 할 것이다.

(3) 연장합의의 시기에 관하여는 앞서 보듯이 Hague/Visby Rules은 물론이고 다른 나라의 立法例에서는 대체로 訴訟의 원인이 발생한 후 또는 손해가 발생한 후에 연장합의를 할 수 있다고 규정하고 있다.

그 이유는 언제라도 연장합의가 가능하다고 하면 事前에 선하증권 등에 의하여

160 개정 상법 제790조 제1항의 정신에 비추어 그 타당性에는 의문이 없지 않다.

161 예컨대 運送人과 受荷人 사이에 運送物을 인도할 시기를 뒤로 늦추는 것이 여기에 해당할 것이다. 梁彰洙, 앞의 글, 136,137쪽 참조.

162 대법원 1995. 11. 10 선고 94다22682,22699 판결은 "제척기간은 權利者로 하여금 당해 권리를 신속하게 행사하도록 함으로써 법률관계를 조속히 확정시키려는데 그 제도의 취지가 있는 것으로서, 소멸시효가 일정한 기간의 경과와 권리의 不行使라는 사정에 의하여 권리소멸의 효과를 가져오는 것과는 달리 그 기간의 경과 자체만으로 곧 권리소멸의 효과를 가져오게 하는 것이므로 그 기간 진행의 起算點은 특별한 사정이 없는 한 원칙적으로 권리가 발생한 때이고, 당사자 사이에 위와 같이 위 매매예약완결권을 행사할 수 있는 시기를 특별히 約定한 경우에도 그 제척기간은 당초 권리의 발생일로부터 10년간의 기간이 경과되면 만료되는 것이지 그 기간을 넘어서 위 約定에 따라 권리를 행사할 수 있는 때로부터 10년이 되는 날까지로 연장된다고 볼 수 없다. 따라서 原·被告 사이에 위와 같은 매매예약완결권의 행사시기에 관한 합의가 있었다 하여, 그 제척기간이 그 約定 시기인 1985. 3. 26.부터 10년이 경과되어야 만료된다고 할 수 없으므로, 이 사건 매매예약완결권은 매매예약성립일인 1980. 5. 1.로부터 10년이 경과함으로써 소멸되었다고 본 원심의 판단은 정당하고, 이와 반대의 견해를 펴는 상고이유는 받아들일 수 없다."라고 판시한 바 있다. 그러나 梁彰洙, 앞의 글, 130쪽 내지 141쪽에서는 이 판결을 비판하고 있다. 어쨌든 本文과 같이 인도할 날을 뒤로 늦추는 것은 권리가 발생하는 시기 자체를 뒤로 延期하는 것이므로 위의 판결에 반드시 저촉되는 것도 아니라고 할 것이다.

이를 연장하는 것이 一般約款化하여 1年의 提訴期間을 정하여 법률관계의 早期安定을 도모하려고 한 취지에 反하기 때문에 진실로 그 필요가 있는 訴訟의 원인이 발생한 後로 제한한 것이라고 한다.[163]

그런데 개정 상법 제811조는 이러한 시기의 제한을 두지 않고 있다. 그렇다면 事前의 연장합의도 허용된다고 할 것인가?

앞서 본 Hague/Visby Rules과 다른 나라의 立法例 및 時效의 이익을 미리 포기하지 못한다고 한 민법 제184조의 취지 등에 비추어 事前의 연장합의는 인정할 수 없다는 견해도 있을 수 있다.

그러나 개정 상법이 Hague/Visby Rules이나 일부 국가의 立法例와 달리 그 시기를 明文으로 제한하지 않고 있을 뿐만 아니라, 明文으로 시기를 제한하고 있는 국가에서도 오히려 비판적인 견해가 우세한 점 등에 비추어, 우리 개정 상법 제811조의 해석으로서는 이를 제한할 아무런 이유가 없다 할 것이다.[164]

한편 연장의 합의는 제척기간이 만료되기 전에 하여야 하고 제척기간이 이미 경과된 후에는 연장할 수 없다.[165]

(4) 문제는 연장합의가 運送人과 送荷人 사이에 이루어진 경우에 선하증권 소지인이나 受荷人에 대한 관계에서 그 합의의 효력이 미칠 것인가 하는 점이다.[166]

연장합의는 원칙적으로 契約에서 특정한 당사자에 限하여 그 효력이 미친다. 그러므로 당해 청구의 保險引受 부분을 위하여 화물保險引受人에게 허용된 연장은 그 청구 중 保險에 가입하지 아니한 부분을 위한 화물 所有者에게는 미치지 않는

---

163 中村眞澄, 앞의 글, 11쪽 참조.

164 연장합의의 시기를 제한하는 것은 陸上運送人과의 균형에서 보아도 부당하고, 선하증권에 의한 기간연장의 합의는 여전히 가능하다고 하며(Prüßmann/Rabe, 앞의 책, 546쪽 참조), 연장합의의 시기를 제한하고 있는 일본의 경우에도 그 타당성에 관하여 의문을 제기하면서 事前합의도 運送物에 관한 손해가 발생할 것을 조건으로 하여 효력을 발생하는 정지조건부 特約으로 해석하여 유효로 보는 견해가 유력하다(中村眞澄, 앞의 글, 11,12쪽 참조).

165 이에 반하는 판결로는 Bremen Hansa LG 56, 1377; 59, 1963이 있다(Prüßmann/Rabe, 앞의 책, 546쪽 참조). 그러나 청구권이 이미 소멸된 이상 연장합의에 의해서도 청구권은 復活하지 않는다고 보아야 할 것이다(Prüßmann/Rabe, 앞의 책, 546쪽 참조). 한편, 提訴期間 경과 후에라도 運送人이 提訴期間을 援用할 이익을 意圖的으로 포기(intentional waiver)한 것으로 인정되는 경우에는 포기로 받아들일 수 있다고 한다(William Tetley, 앞의 책, 682쪽 참조). 그러나 뒤에서 보듯이 제척기간 경과 후의 포기를 인정하지 않는 경우에는 이것도 허용될 수 없을 것이다.

166 소멸시효와 관련하여서는 대법원 1981. 10. 6. 선고 80다2699 판결 참조.

다.[167] 運送人에 의한 연장합의는 荷役業者와 터미널운영인에 대하여는 비록 그들이 선하증권이나 히말라야약관으로부터 이익을 얻는다고 하더라도 구속하지 않는다.[168] 그리고 Atlantic Mutual Companies, v. Orient Overseas Container Line, a/k/a OOCL(USA) 사건에서 판시한 바와 같이 "海上·鐵道國際複合運送에서 送荷人은 海上運送人과 사이에 複合運送證券에 정한 1年의 提訴期間을 1年 3個月로 연장하는 합의를 하여도 同運送契約의 下受給人인 鐵道運送人에 대한 손해배상청구訴訟에서는 海上運送人과 鐵道運送人 간에 이루어진 責任條項에 정한 1年의 提訴期間에 구속되는 것이기 때문에, 運送品의 인도의 最終日로부터 1年 27일 후에 제기된 物品 손해배상청구는 인정할 수 없다."[169]

그러나 傭船者와 送荷人 사이의 연장합의는 선하증권의 소지인에게도 미친다.[170] Cia. Continental Hispanica v. Westgate Shipping, 1978 AMC 1560 at p.1566(Md. Cir. Ct. 1978) 사건에서 법원은 "그 의도는 선하증권의 소지인을 포함하여 모든 화물 利害關係人에게 연장을 허용하기 위한 것이었다."고 판시하였다.[171] 船舶所有者에 의하여 연장합의가 이루어진 경우 그 船舶所有者와 傭船者가 함께 運送人이 된 경우에는 그 연장합의는 傭船者도 구속한다.[172]

(5) 연장합의의 方式에는 아무런 제한이 없으므로 서면은 물론이고 口述로도 가능하다.[173] 그리고 서면에 의한 경우는 선하증권에 기재하는 方式으로 하는 것이 보통일 것이다.

---

167 William Tetley, 앞의 책, 679쪽 참조.

168 William Tetley, 앞의 책, 679쪽 참조.

169 1992 AMC 2022 by U.S. Dis. Ct., of W.D. Wash. (社)일본海運集會所刊, 海事法硏究會誌, 1994·8(No.121), 49쪽 참조.

170 William Tetley, 앞의 책, 679쪽 참조.

171 William Tetley, 앞의 책, 679쪽 참조. 그러나 선하증권에 그와 같은 約定이 明示的으로 기재되어 있는 경우에는 本文과 같이 해석하는데 의문의 여지가 없으나, 선하증권에 그와 같은 約定이 기재되어 있지 않고 다만 傭船契約書에 기재된 내용을 引用만 한 경우에는 뒤에서 보는 傭船者와 送荷人 사이의 仲裁約定이 선하증권에 기재되어 있지 않는 경우의 효력에 관한 부분에서 보는 바와 같은 논의가 가능하다.

172 William Tetley, 앞의 책, 679쪽 참조.

173 Hamburg Rules은 서면에 의할 것을 요구하고 있다.

(6) 默示의 연장이 인정될 것인지에 관한 논의를 본다.[174]

運送 終了 後에 運送人과 送荷人 또는 受荷人 사이에 활발한 交涉이 있었던 경우에는 당사자 사이에 默示的으로 연장합의가 있었던 것으로 해석할 수 있는 것인지가 자주 논의되고 있다.

外國의 사례 가운데는 때로 運送人과 運送物의 權利者 사이의 활발한 協商이 1年 提訴期間의 默示的 정지 또는 연장Tacit Suspension or Extension으로 看做된 경우가 있다. Buxton v. Rederi 사건에서는 "활발한 協商이 진행되었고 그 후 運送人에 의하여 그 청구가 最終的으로 거절되자 바로 신속하게 訴를 제기한 경우 그 訴訟이 비록 運送物의 인도 후 16個月 半만에 제기되었지만 유효하다."라고 판시하였다.[175]

그러나 한편 In Bitchoupan Rug Corp. v. A.S. Atlas 사건에서는 "運送人이 기간연장을 허용하거나 이를 포기할 의도를 시사한 바는 전혀 없고 다만 그의 代理人이 原告에 대하여 口頭로 법원에서의 訴訟에 의하지 않고 분쟁을 해결할 의도를 표명한 것에 불과한 것만으로는 原告로 하여금 정해진 기간 內에 訴訟을 제기하지 못하도록 유도한 악의의 不實表示malicious misrepresentation에 해당하지 않으므로 運送人의 提訴期間 주장이 禁反言에 해당한다고 할 수는 없다."라고 하고, In Schwabach Coffee Co. v. S.S. Suriname 사건에서 "係爭 분쟁을 알고 있고 또 기간연장을 위한 서면要請에 대하여 答辯을 하지 않은 사실만으로는 COGSA에서 규정하는 運送人의 提訴期間의 포기로 되지 않는다."라고 하고, In Subaru of America v. M/V Ranella 사건에서도 "일본에서 미국 볼티모어로 運送된 손상된 자동차의 所有者가 船主에게 COGSA下에서의 1年의 提訴期間을 연장해 달라는 서면要請을 하였으나 船舶所有者는 이에 아무런 答辯을 하지 않았는데, 訴訟은 그 후 1年을 경과하여 제기되었는바, 原告들은 被告의 행동이나 말 어느 것에 의하여도 전혀 정당하게 잘못 이끌린 것이라고 볼 수 없으므로 1年의 提訴期間은 그대로 적용된다."라고 판시하였다.[176]

생각건대, 개정 상법 제811조를 제척기간으로 해석하고 그 중단을 인정하지 않는 경우에는 默示의 연장을 인정할 필요가 특히 큰 경우가 있다. 예를 들어 運送人이 受荷人에 대하여 그 채무를 승인하는 경우 소멸시효에 있어서는 이것만으로 바로 시

---

**174** 이 부분은 William Tetley, 앞의 책, 680,681쪽 참조. 그러나 우리 法에서는 제척기간의 정지는 인정되지 않는 점을 참고로 하여 생각할 문제이다.

**175** William Tetley, 앞의 책, 680쪽 참조.

**176** William Tetley, 앞의 책, 681쪽 참조.

효중단 사유가 되겠지만(민법 제168조, 제177조), 개정 상법 제811조의 제척기간에 있어서는 이것 자체로는 제척기간의 진행을 방해할 아무런 사유가 되지 않는다.[177] 그렇다고 하여 運送人의 위와 같은 행위의 효과를 전적으로 무시하는 것은 正義의 관념에 맞지 않는다. 결국 이러한 경우에는 運送人이 受荷人에 대하여 默示的으로 제척기간을 상당한 기간 동안 연장해 준 것으로 해석하는 것이 바람직한 경우가 있다. 그러나 默示의 연장을 인정하는 것은 그 交涉이나 승인이 당사자에게 아무런 錯誤나 窮迫, 輕率, 欺罔 등이 없는 상태에서 이루어지고 그것이 단순한 의견 교환이나 儀禮的인 것에 그치지 아니하며 그 밖에 제척기간을 연장하는 합의로 인정할 충분한 객관적 사정이 있는 경우로 제한하여야 할 것이다.[178]

(7) 나아가 外國의 사례 가운데는 海上運送人이 訴訟제기기간을 연장한다는 政策을 公表한 경우에는 상대방의 연장신청에 대한 承諾을 거절할 수 없다고 한 것이 있다.[179] 運送人이 상대방을 欺罔한 경우에 관하여도 비슷한 사례가 있다.[180]

(8) 연장합의가 경우에도 제척기간으로서의 성질 자체를 잃게 되는 것은 아니나,[181] 당사자 사이에 연장합의가 있었다는 사실은 이를 주장하는 자에게 主張·證明 책임이 있다고 할 것이다. 앞서 보듯이 口頭에 의한 연장합의도 인정되는 것이기는 하지만 대개는 문서, 예를 들어 연장을 확인하는 편지나 텔렉스 등에 의하여 이루어

---

177 다만 뒤에서 보듯이 중단 사유로 인정하는 유력한 견해도 있다. 한편, 運送人의 책임소멸기간을 소멸시효로 해석하는 프랑스의 사례를 보면, Cour d'Appel de Marseilles는 "단순한 協商은 그것이 채무의 승인이라고 할 것이 아니라면 소멸시효기간을 중단시키지 않는다."라고 한 반면, Cour de Cassation은 "運送人이 문서 특히 선하증권을 소지하고 있었고 또 당사자가 성실하고 우호적인 관계를 지속하였으며 運送人이 提訴期間 제한을 이용할 의도를 전혀 표명한 바가 없는 경우에 그 運送人은 訴訟제기를 위한 1年의 기간을 정지시킨 것으로 보아야 한다."라고 판시하였다(William Tetley, 앞의 책, 680쪽 참조). 여기서 앞서 보았듯이 예컨대 運送人이 자신의 손해배상책임을 인정함은 물론이고 나아가 손해액으로 일정한 금액을 지급할 것을 約定한 경우에는 受荷人은 개정 상법 제811조 소정의 청구로서가 아니라 約定金청구를 할 수 있고 이 경우에는 默示의 승인이 아니라 아예 개정 상법 제811조의 적용 자체가 排除되는 것이라고 보아야 함은 앞서 살펴본 바와 같다.

178 그 인정여부는 信義誠實의 원칙에 따라 결정할 문제라고 한다(Prüßmann/Rabe, 앞의 책, 546쪽 참조).

179 William Tetley, 앞의 책, 681쪽 참조.

180 William Tetley, 앞의 책, 682쪽 내지 684쪽 참조.

181 즉, 그 합의에 의하여 연장된 기간도 그 기간滿了 후에는 청구권을 포기하게 하거나 청구를 絶對的으로 禁하는 경우에는 언제나 제척기간으로 간주된다고 한다(Prüßmann/Rabe, 앞의 책, 542쪽 참조).

질 것이다.[182] 그리고 이런 경우에만 법원에 의하여 연장합의를 인정받기가 쉬울 것이다.

라. 短縮

개정 상법 제811조는 앞서 보듯이 연장합의에 관하여만 규정하고 있을 뿐이고 그 短縮합의에 관하여는 규정하지 않고 있다. 그런데 선하증권 약관 중에는 "화물이 인도된 후 또는 화물이 인도되어야 할 날, 또는 화물이 인도되지 않아 受荷人이 그 화물을 멸실된 것으로 看做할 수 있는 권한을 갖게 되는 날로부터 9個月 이내에 訴訟이 제기되지 않고 다른 방법에 의하여 명백히 합의되지 않는 한 運送人은 본 條項에 의해 모든 책임으로부터 면제된다."라는 내용의 條項을 두는 경우가 흔히 있다. 그렇다면 이러한 단축약관의 효력은 어떻게 될 것인가?[183]

생각건대, 개정 상법 제811조에서 제척기간을 1年으로 정하면서 그 但書에서 당사자간에 그 기간을 연장할 수 있다고만 규정한 그 文言과, 運送人의 책임輕減을 금지하는 상법 제790조 제1항의 정신, 그리고 개정 상법 제811조의 모태가 되는 Hague Rules의 제정도 1年 미만으로 短縮하는 것을 방지하기 위한 데에 그 취지의 일부가 있었던 점 등에 비추어, 위와 같은 단축약관은 無效라고 할 것이다.[184]

대법원 1997. 11. 28. 선고 97다28490 판결은 "화물이 인도된 후 또는 화물이 인도되어야 할 날, 또는 화물이 인도되지 않아 受荷人이 그 화물을 멸실된 것으로 看做

182 William Tetley, 앞의 책, 682쪽 참조.

183 運送人의 채권에 관한 提訴期間을 短縮하는 것은 運送人에게 不利한 것으로서 무방한 것이다. 결국 주로 문제되는 것이 運送人의 채무에 관한 것이므로 아래에서는 이 점에 관하여만 본다. 다만 하나의 약관 중에 運送人의 채권 및 채무에 관한 提訴期間이 同時에 모두 短縮되어 있는 경우에, 運送人의 채무에 관한 提訴期間 短縮 約定 부분이 無效라면 運送人의 채권에 관한 提訴期間 短縮 約定 부분 또한 無效라고 보아야 할 것이고, 이를 분리하여 運送人의 채권에 관한 提訴期間 短縮 約定만을 여전히 유효하다고 보아서는 아니될 것이다.

184 慶益秀, 앞의 글, 515쪽 註3); 徐憲濟, "國際去來法", 285쪽; 崔基元, 앞의 책, 219쪽; 李宙興, 앞의 책, 112,113쪽; William Tetley, 앞의 책, 671쪽 註1, 673쪽; 서울지방법원 발행, 앞의 책, 268쪽 등 참조. William Tetley, 앞의 책, 686쪽; Prüßmann/Rabe, 앞의 책, 545쪽에서도 短縮합의는 無效라고 한다. 그리고 平泉貴士, "海事仲裁條項と海上物品運送法-米國の判例·學說を中心として-", 海事法研究會誌, 1996·4(No.131), 27쪽, 1996·6(No.132), 19쪽 註23 등에서는 1年 未滿의 短縮을 禁하는 것이 Hague Rules의 제정目的이라고 한다. 한편 뒤에서 보듯이 영국과 독일에서는 仲裁의 경우에도 마찬가지로 보고 있다. 이에 반하여 미국에서는 提訴期間에 관한 규정은 仲裁에는 적용되지 않기 때문에 당사자는 仲裁가 시작되어야 할 기간을 1年보다 연장 또는 短縮하여 任意로 설정할 수 있다고 한다(Thomas J. Schoenbaum, 앞의 책 627쪽 참조).

할 수 있는 권한을 갖게 되는 날로부터 9個月 이내에 訴訟이 제기되지 않고 다른 방법에 의하여 명백히 합의되지 않는 한 運送人은 본 條項에 의해 모든 책임으로부터 면제된다."라고 하는 이른바 不提訴特約은 개정 상법 제811조의 제척기간보다 海上運送人의 책임소멸기간을 短縮하는 것이 되어 효력이 없다고 판시하였다.

마. 중단

제척기간은 속히 권리관계를 확정시키려는 것이므로 소멸시효에 있어서와는 다르게 중단interruption이라는 것이 없으므로,[185] 제척기간 內에 權利者의 권리의 주장 또는 채무자의 승인이 있어도 기간은 更新되지 않는다.[186] 그러나 채무자의 승인이 있는 경우에는 더 이상 訴를 제기할 이유가 없을 뿐 아니라 이 경우에도 청구권자가 단지 제척기간을 보전하기 위하여 訴訟을 제기하여야 한다는 것은 타당하지 않다는 이유에서 제척기간이 중단된다는 견해가 유력하다.[187] 우리 判例 가운데는 매매예약 완결권은 일종의 形成權으로서 당사자 사이에 그 행사기간을 約定한 때에는 그 기간 內에, 그러한 約定이 없는 때에는 그 예약이 성립한 때로부터 10년 내에 이를 행사하여야 하고, 그 기간을지난 때에는 상대방이 예약 목적물인 부동산을 인도받은 경우라도 예약완결권은 제척기간의 경과로 인하여 소멸한다고 판시한 것이 있다.[188] 다만 제척기간의 합의연장을 인정하고 나아가 제척기간 준수의 효력이 있는 재판상 청구의 개념을 넓게 인정하는 한도에서는 중단을 인정하는 것과 결과적으로 큰 차이는 없게 된다.

바. 정지

한편 소멸시효의 정지suspension에 관한 규정 그 가운데서도 특히 天災 기타 避할 수 없는 事變으로 권리를 행사할 수 없었을 경우에 관하여는 개정 상법 제811조와

185 郭潤直, 앞의 책, 549쪽; William Tetley, 앞의 책, 679쪽 참조. 대법원 1992. 7. 28. 선고 91다44766,91다44773 판결은 "매매예약완결권이 제척기간에 걸리는 권리인 이상 소멸시효에 관한 중단을 여기에 援用할 수도 없다."라고 한다.

186 郭潤直, 앞의 책, 549쪽; 梁彰洙, 앞의 글, 136,137쪽 참조. 다만 앞서 보듯이 이를 소멸시효기간으로 규정하는 프랑스에서는 당연히 재판상 청구 외에 채무의 승인 등에 의하여 그 중단이 인정될 것이다(William Tetley, 앞의 책, 678쪽 참조).

187 Prüßmann/Rabe, 앞의 책, 542,543쪽 참조.

188 대법원 1992. 7. 28. 선고 91다44766,44773 판결, 1995. 11. 10. 선고 94다22682, 22699 판결, 1997. 7. 25. 선고 96다47494,47500 판결 등 참조.

같은 제척기간에도 이를 準用 또는 類推적용하여야 한다는 견해와,[189] 우리 민법은 독일민법 제124조와 같은 明文의 규정을 두고 있지 않으므로 그 적용을 부정하는 것이 타당하다는 견해가 있다.[190]

### 5. 상법 제811조의 기간은 어떻게 준수하는가?

가. 개정 상법 제811조는 '재판상 청구가 없으면'이라고 하여 그 권리행사의 방법을 재판상 청구로 제한하고 있다.[191] Hague Rules에서는 '訴가 제기되지 않으면'unless suit is brought이라고 하고 있는데, 여기서 말하는 訴suit가 엄밀한 의미에서의 訴訟의 제기에 限하는 것인지, 아니면 넓은 의미에서의 재판상 청구를 포함하는 것인지는 명확하지 않다고 한다.[192] 영국과 미국에서도 訴의 제기를 요건으로 규정하고 있다. 한편 독일 상법 제612조는 재판상의 청구gerichtlich geltend machen를 요건으로 규정하고 있고, 일본 國際海上物品運送法 제14조도 마찬가지이다.

나. 재판상 청구 가운데 대표적인 것은 訴의 제기이므로 우선 이를 중심으로 살펴보기로 한다.

(1) 訴는 管轄權을 가지는 법원에 제기하는 적법한 것이어야 하고, 管轄權이 없는 법원에 제기한 것이거나 부적법한 訴로서 却下되면 기간준수의 효력은 상실된다.[193] 仲裁約定에도 불구하고 일반 법원에 訴를 제기한 경우에도 잘못된 분쟁해결방법을 선택한 것이기 때문에 제척기간은 준수되지 않는다.[194] 訴를 取下한 경우에

189 尹眞秀, 앞의 글, 402쪽 및 註54) 참조. 특히 運送人의 책임소멸기간에 관하여 소멸시효설을 취하는 프랑스의 경우에는 그 정지도 당연히 인정될 것인바, 특히 運送人이 運送物에 관한 權利者를 錯誤에 빠뜨려 그의 訴訟을 지체하게 만든 경우에도 그 기간이 정지된다고 판시한 사례가 있다고 한다(William Tetley, 앞의 책, 679쪽 참조).

190 郭潤直, 앞의 책, 550쪽 참조.

191 이미 보았듯이 이 점에서 그 권리행사 방법에 아무런 제한을 두지 않고 있는 민법 제146조, 제204조 제3항, 제573조, 제575조 제3항, 제582조 등의 제척기간과 다르고, 다른 한편 訴의 제기를 요건으로 정하고 있는 민법 제405조, 제816조, 제846조, 제999조 등의 제척기간과도 다르다.

192 中村眞澄, 앞의 글, 5쪽 참조.

193 Prüßmann/Rabe, 앞의 책, 543,545쪽; 中村眞澄, 앞의 글, 5쪽; 尹眞秀, 앞의 글, 403쪽; 李時潤, 韓國司法行政學會刊, 第5版 註釋 민사소송법(III), "訴의 제기", 612쪽 참조.

194 Prüßmann/Rabe, 앞의 책, 544쪽 참조.

도 마찬가지이다.[195] 제척기간 경과 전에 訴를 제기하였으나 訴가 부적법 却下 또는 取下된 경우에는 그 후 제척기간을 경과하여 다시 바로 새로운 訴를 제기하여도 제척기간 준수의 효력은 생기지 아니한다. 외국 법원에 訴를 제기한 경우에도 원칙적으로 제척기간은 준수되지 않는다.[196] 그러나 이 경우 외국 법원은 原告가 管轄權 있는 법원에 訴訟을 제기할 기회를 갖는 동안 절차를 延期할 수 있고, 이와 동시에 被告로 하여금 제척기간 경과의 抗辯을 할 수 없도록 명할 수도 있으며, 소송 당사자가 기간을 연장하는 것을 승인할 수도 있다고 한다.[197] 그리고 이러한 조치는 다른 나라에서도 가급적 존중되어야 한다고 한다. 이에 반하여 Cia. Colombiana de Seguros v. Pacific Steam Navigation Co. 사건에서는, 原告가 提訴期間 內에 管轄權이 없는 뉴욕법원에 訴를 제기하였으나 管轄權이 있는 영국법원에는 그 후 提訴期間이 경과된 후에 訴를 제기하였다는 이유로 이를 却下하였다.[198] 그러나 前訴를 제기한 법원에서 管轄權이 있음에도 불구하고 forum non conveniens를 이유로 訴訟을 却下한 경우에는 그 후의 법원에 提訴期間 경과 후에 訴가 제기되어도 상대방의 提訴期間 경과 주장이 배척된 경우가 있다.[199] 그리고 경우에 따라서 법원은 forum non conveniens를 주장하는 상대방이 당해 訴訟에서 援用할 수 없는 提訴期間 경과의 주장을 그 후에 다른 법원에 제기하는 訴訟에서 援用하지 않을 것을 조건으로 forum non conveniens 주장을 받아들이도 한다고 한다.[200] 나아가 소멸시효와 관련하여 독일민법에서의 해석론과 마찬가지로 외국 법원에서의 판결이 국내법원으로부터 승인받을 수 있는 요건을 갖추었으면 외국 법원에 제기한 訴訟이라도 국내에서 時效中斷의 효력이 있다는 견해가 있다.[201] 그러나 제척기간에 관하여도 위와 마찬가지의 논의가 가능한지는 제쳐두고 이는 제척기간의 준수 자체에 관한 문제라기 보다는 外國판결의 승인과 집행의 요건에 관한 문제로 보는 것이 타당할 것이다.

(2) 적법한 訴를 제기한 이상 履行의 訴이든 확인의 訴이든 그 종류는 문지 아니

195 李時潤, 앞의 책, 612쪽 참조.

196 Prüßmann/Rabe, 앞의 책, 543쪽 참조.

197 Prüßmann/Rabe, 앞의 책, 543,544쪽 참조.

198 William Tetley, 앞의 책, 686쪽 참조.

199 William Tetley, 앞의 책, 686쪽 참조.

200 William Tetley, 앞의 책, 686쪽 참조.

201 尹眞秀, 앞의 글, 501쪽 참조.

한다. 그리고 訴訟에서 相計의 주장을 하는 것으로도 가능하다 할 것이다.[202] 그러나 단순한 應訴행위에 관하여는 時效中斷의 경우와는 달리 개정 상법 제811조의 재판상의 청구로 인정할 수 없다.[203]

(3) 訴의 제기에 의하여 海上運送人의 책임에 관한 제척기간 준수의 효력이 생기는 시기는 언제인가?

민사소송법 제238조는 時效의 중단 또는 법률상의 기간을 준수함에 필요한 재판상의 청구는 訴를 제기한 때 또는 被告更正, 청구변경, 중간확인판결신청 등의 서면을 법원에 제출한 때에 그 효력이 생긴다고 규정하고 있다.[204]

判例는 일반적으로 제척기간 준수의 효과는 소 제기 당시에 발생하는 것으로 보고 있으나,[205] 토지수용법 제71조 소정의 還買權을 재판상 행사하는 경우, 徵發財産정리에 관한 특별조치법 附則(1993. 12. 27. 법률 제4618호) 제2조 제3항에 의하여 準用되는 같은 법 제20조 제3항 소정의 還買權 행사의 경우 등에 관하여는 그 訴狀이 법원에 접수된 때가 아니라 상대방에게 送達된 때에 한하여 제척기간 內에 적법한 還買權의 행사가 있게 된다고 판시한다.[206]

---

202 Prüßmann/Rabe, 앞의 책, 544쪽 참조.

203 대법원 1993. 12. 21. 선고 92다47861 판결, 1996. 9. 24. 선고 96다11334 판결 등은 "민법 제247조 제2항에 의하여 取得時效에 準用되는 같은법 제168조 제1호, 제170조 제1항에서 시효중단 사유의 하나로 규정하고 있는 재판상의 청구라 함은, 통상적으로는 權利者가 원고로서 時效를 주장하는 자를 피고로 하여 訴訟物인 권리를 訴의 형식으로 주장하는 경우를 가리키지만, 時效를 주장하는 자가 원고가 되어 訴를 제기한 데 대하여 피고로서 응소하여 그 訴訟에서 적극적으로 권리를 주장하고 그것이 받아들여진 경우도 마찬가지로 이에 포함되는 것으로 해석함이 타당하다."라고 판시한 바 있다. 그러나 제척기간과 관련하여 대법원 1995. 7. 25. 선고 95다8393 판결은 "채무자가 채권자를 해함을 알고 재산권을 목적으로 한 법률행위를 한 경우, 채권자는 사해행위의 취소를 법원에 訴를 제기하는 방법으로 청구할 수 있을 뿐 訴訟上의 공격방어방법으로 주장할 수 없다는 것이 당원의 확립된 태도라 할 것인데, 원고는 원심 준비서면에서 피고가 체결한 代物辨濟契約이 사해행위에 해당되므로 이를 취소하고 이 사건 철근을 인도하여 줄 것을 구한다는 취지로 주장하였음을 알 수 있는 바, 原告의 이와 같은 주장은 사해행위의 취소를 단순한 訴訟上의 공격방법으로 주장한 것에 지나지않는다고 볼 것이므로, 原告의 사해행위취소 주장은 그 당부에 관하여 판단할필요도 없이 이유 없다."라고 판시하였다.

204 이 규정의 취지는 법원이 被告에 대한 訴狀送達事務를 우연히 遲延시킴으로써 訴狀送達 전에 時效의 완성이나 出訴期間이 경과해 버리는 原告의 불이익을 막는 데에 있다고 한다(李時潤, 앞의 책, 623쪽 참조).

205 대법원 1996. 11. 8. 선고 96다26329 판결, 1997. 5. 9. 선고 96다2606,2613 판결 등 참조.

206 대법원 1976. 2. 24. 선고 73다1747 판결, 1997. 6. 27. 선고 97다16664 판결; 金相哲, "징발재산정리에관한 특별조치법 부칙 제2조에 의한 환매권의 행사와 제척기간", 대법원판례해설, 1997년 상반기(통권 제28호), 18쪽 내지 30쪽 등 참조.

생각건대 개정 상법 제811조에서 규정하는 '재판상 청구'는 상대방에 대한 청구에 의미가 있는 것이 아니라 법률상 기간준수에 의미가 있다고 할 것이므로, 민사소송법 제238조의 규정에 의하여 법원에 訴를 제기한 때, 즉 訴狀을 법원에 제출하였을 때에 제척기간 준수의 효력이 생긴다고 보는 것이 타당하다.[207]

한편 제척기간 준수의 효력이 발생하는 시기를 1年 內 訴狀의 제출이 아니라 訴狀의 送達이 있어야 하는 것으로 하는 約定은 Hague Rules下에서는 허용되지 않는다는 견해가 있다.[208]

(4) 한편 訴가 적법한 기간內에 제기된 이상 그 기간 경과 후에 原告나 被告를 추가하는 것은 허용된다는 견해가 있다.[209] 그러나 이러한 견해는 우리나라의 現行法下에서는 必要的 共同訴訟 등의 경우를 제외하고는 받아들일 수 없다.[210]

連帶채무에 있어서 어느 連帶채무자에 대한 履行의 청구는 다른 連帶채무자에 대하여도 時效中斷의 효력이 있는 것이나(민법 제416조 참조), 連帶채무관계에 있는 어느 1人에 대한 訴의 제기만으로 다른 連帶채무자에 대한 관계에서도 제척기간이 준수되었다고 할 수는 없다.

被告更正의 경우 민사소송법 제238조에 의하면 그 更正신청의 서면을 법원에 제출한 때에 비로소 제척기간 준수의 효력이 있게 될 것이다. 다만 그것이 새로운 提訴가 아니고 청구취지의 訂正에 불과한 경우라고 받아들여진다면 별 문제일 것이다.[211]

채권자代位權의 행사는 곧 채무자의 권리의 행사이므로, 예컨대 채권자가 채무자인 受荷人을 代位하여 그의 運送人에 대한 채권을 代位행사한 경우에는 受荷人을

---

207 대법원 1971. 5. 31. 선고 71다787 판결; 中村眞澄, 앞의 글, 5,6쪽 참조. 그런데 독일의 경우에도 원칙적으로 訴狀을 제출한 때에 효력이 발생하나, 독일에서는 職權에 의한 送達 외에 당사자에 의한 送達이 인정되고 있고, 또 독일민사소송법 제207조, 제270조 제3항, 제693조 제2항의 규정에 의하여 訴狀이 즉시 送達되는 때에 限하여 訴狀 提出時에 제척기간이 준수되는 것이라고 한다(Prüßmann/Rabe, 앞의 책, 543쪽 참조). 한편 英美法國家에서는 대개 일반법원 또는 海事법원에 訴狀을 제출함으로써 訴訟을 개시하게 하고, 캐나다 聯邦법원에서는 법원登錄簿에 청구의 陳述을 제출함으로써 訴訟이 개시된다고 한다(William Tetley, 앞의 책, 685쪽 참조).

208 William Tetley, 앞의 책, 686쪽 참조. 그러나 미국의 Harter Act하에서는 허용된다고 한다.

209 William Tetley, 앞의 책, 687쪽 참조.

210 그러나 必要的 共同訴訟의 경우에도 견해의 대립은 있다. 한편 共同鑛業權者 사이의 소멸시효 중단에 관하여는 대법원 1997. 2. 11. 선고 96다1733 판결 참조.

211 대법원 1997. 12. 26. 선고 97누16176 판결 참조.

위하여 제척기간 준수의 효력이 발생한다고 할 것이다. 그러나 이와 달리 채권자가 채무자의 제3채무자에 대한 채권을 代位하여 행사한 경우에 채권자의 채무자에 대한 채권에 관하여 時效中斷이 되는지 여부에 관하여는 견해의 대립이 있는바,[212] 개정 상법 제811조 소정의 채권자가 그 채무자를 代位하여 제3채무자에 대한 訴를 제기한 것만으로 채무자에 대한 관계에서 제척기간준수의 효력을 인정할 수는 없다고 할 것이다.

(5) 訴의 제기에 의하여 제척기간이 준수되는 권리의 범위에 관하여는 대체로 時效中斷의 경우와 마찬가지로 해석하면 될 것이다.[213]

判例는 "소유권의 時效取得에 準用되는 時效中斷 事由인 민법 제168조, 제170조에 규정된 재판상의 청구라 함은 時效取得의 대상인 목적물의 인도 내지는 소유권 존부 확인이나 소유권에 관한 登記請求訴訟은 말할 것도 없고 소유권 침해의 경우에 그 소유권을 기초로 하여 하는 방해배제 및 손해배상 혹은 不當利得返還 請求訴訟도 이에 포함된다고 해석함이 옳은 것이다. 왜 그런고 하니 위와 같은 여러 경우는 權利者가 자기의 권리를 자각하여 재판상 그 권리를 행사는 점에 있어 서로 다를 바 없고, 또 재판상의 청구를 旣判力이 미치는 범위와 일치시켜 고찰할 필요가 없기 때문이다. 그렇다면 本件에서 피고가 위 판시에서 본 바와 같이 原告를 상대한 訴訟에 참가하여 本件 토지에 대한 그 소유권을 주장하고 原告가 권원없이 本件 토지에 도로를 개설하고 관리,점유하여 법률상 원인없이 이득을 얻고 그만큼 被告에게 손해를 입게 하였다는 것을 이유로 不當利得返還청구를 하고 이것이 認容되는 被告勝訴판결이 확정되었으니 이는 本件 토지에 대한 原告의 取得시효중단 사유로서 재판상의 청구에 해당된다고 보는 것이 時效中斷을 규정한 法의 취지에 합당하다." 라고 판시한 바 있다.[214]

---

212 金能煥, 民法注解[IX] 채권(2), "채권자代位權", 778쪽 참조.

213 李時潤, 앞의 책, 614쪽 내지 616쪽 참조.

214 대법원 1979. 7. 10. 선고 79다569 판결, 1995. 10. 13. 선고 95다33047 판결; 尹眞秀, 앞의 글, 494,495쪽 등 참조. 그 후 대법원 1995. 6. 30. 선고 94다13435 판결은 還買權에 기한 소유권 이전등기 청구소송을 제기한 것이 還買權 상실로 인한 손해배상청구의 時效를 중단하는 것으로 인정하였다. 그리고 대법원 1961. 11. 9. 선고 4293민상748 판결은 手票金채권에 관한 訴의 제기가 원인채권에 관한 소멸시효 중단의 효력이 있다고 한다. 그러나 대법원 1967. 4. 25. 선고 67다75 판결, 1994. 12. 2. 선고 93다59922 판결은 어음할인의 원인채권에 관하여 訴를 제기한 것만으로는 그 할인된 어음상의 채권 그 자체를 행사한 것으로 볼 수 없어 이는 어음채권에 관한 소멸시효 중단 사유인 재판상 청구에 해당하지 않는다고 판시하였다(李時潤, 앞의 책, 614,615쪽 참조).

따라서 개정 상법 제811조에 있어서도 受荷人 등이 運送人을 상대로 당초 運送物의 인도청구만을 하였다가 그 후 손해배상청구로 변경한 경우나 그 반대의 경우, 또는 손해배상청구의 원인을 당초 채무불이행으로 주장하였다가 불법행위로 변경한 경우 등에는 청구의 기초가 동일한 한도 내에서는 변경한 청구에 관한 제척기간 준수의 효력은 당초에 재판상 청구를 한 때를 기준으로 결정하는 것이 타당할 것이다.

(6) 일부청구의 경우 제척기간 준수의 효과는 소멸시효에서와 마찬가지로 그 청구한 일부분에 한하여 발생하고 나머지 부분에 대하여는 새로 청구擴張서면을 제출한 때에 권리보전의 효력이 발생한다.[215] 判例도 같은 입장이다.[216] 다만 이러한 法理는 明示的 일부청구의 경우에 한하는 것으로 보아야 한다는 견해가 유력하다.[217]

다. 한편 개정 상법 제811조의 재판상 청구는 엄격하게 해석할 것은 아니고 소 제기 외에 채권자가 채무자인 運送人에 대하여 재판상 또는 裁判에 준하는 절차에 의하여 명확히 권리를 행사하는 의사를 표시한 것이라고 인정되는 경우에는 제척기간이 준수된 것으로서 재판상 청구에 포함되는 것으로 해석함이 타당하다고 한다.[218]

이에 속하는 절차로는 예컨대 지급명령의 신청(민사소송법 제432조), 民事調停의 신청(民事調停法 제36조), 破産선고의 신청(破産法 제122조), 船主책임제한절차에의 參加(船舶所有者등의책임제한절차에관한법률 제42조 제1항) 등을 들 수 있다고 한다.[219]

나아가 민사소송법이 정한 요건에 따라서 행해진 訴訟告知(민사소송법 제77조)에도 제척기간 준수의 효과를 인정하는 것이 타당하다고 한다.[220] 이렇게 함으로써 예를 들면 定期傭船者는 자신을 상대로 제기된 訴訟에 관하여 船主에 대하여 訴訟告知를 함으로써 Demise 약관이나 Identity of Carrier 약관을 이유로 자기의 被告適

215 尹眞秀, 앞의 글, 403쪽; 李時潤, 앞의 책, 622쪽; Prüßmann/Rabe, 앞의 책, 545쪽 참조.

216 대법원 1970. 9. 29. 선고 70다737 판결, 1971. 9. 28. 선고 71다1680 판결, 1980. 4. 22. 선고 79다2141 판결, 1981. 1. 13. 선고 80사26 판결, 1981. 6. 9. 선고 80므84 판결 등 참조.

217 李時潤, 앞의 책, 622쪽 참조.

218 中村眞澄, 앞의 글, 7쪽 참조.

219 中村眞澄, 앞의 글, 5쪽; Prüßmann/Rabe, 앞의 책, 544쪽 참조. 그러나 個別 法令에서 시효중단 사유가 되는 것으로 규정하는 경우에 당연히 제척기간 중단 사유가 되는 것은 아닐 것이고 구체적인 경우에 따라 그 立法취지 등을 참작하여 결정하는 것이 타당할 것이다.

220 Prüßmann/Rabe, 앞의 책, 544쪽 참조.

格을 다툴 수 있게 될 것이다.[221] 다만 訴訟告知의 상대방에 대한 청구권이 外國法을 근거로 하고 있는 경우에 그 外國法에 따라 외국 법원에 하는 訴訟告知의 경우에는 문제가 있다.[222]

그 밖에 예컨대 送荷人 등이 運送契約에서 발생하는 채권을 담보하기 위하여 船舶所有者의 船舶 기타 부동산에 대하여 根抵當權을 설정하는 것이 허용되는 경우에 개정 상법 제811조 소정의 채권에 관하여 競賣신청(민사소송법 제724조, 제729조 등)을 하는 것도 재판상 청구에 포함시킬 수 있을 것인지에 관하여는 논의가 있을 수 있다.[223] 개정 상법 제811조 소정의 재판상 청구는 당해 절차 內에서 당사자간의 채권의 存否에 관한 旣判力 있는 판결이나 이에 준하는 효력을 가지는 판단이 가능한 절차만을 가리킨다고 하면 任意競賣신청은 이에 해당하지 아니할 것이다. 그러나 반면 任意競賣신청으로도 채권자가 裁判을 통하여 그 권리행사를 분명히 하였고 또 채무자로서는 競賣에 대한 異議를 통하여 그 절차 內에서 채권의 存否에 대한 일응의 판단을 받을 수도 있는 것이므로 적어도 채무자에 대한 관계에서 재판상 청구가 아니라고 하여 競賣절차를 개시하지 못하거나 진행된 競賣절차를 취소할 사유는 아니라는 견해도 가능하다. 이 문제는 민사소송법 제725조, 제727조 및 담보권실행을 위한 競賣의 효력과도 관계가 있는 문제이기는 하나, 긍정적으로 해석하고 싶다.

라. 仲裁判定의 신청이 재판상 청구에 포함되는지 여부에 관하여는 논란이 되고 있다.

傭船契約에 기초하여 발행된 선하증권에는 傭船契約書에 있는 중재약관이 포함된 경우가 많다. 海上運送人(船主)과 傭船者間의 仲裁契約의 내용이 개정 상법 제790조 제1항의 금지규정에 해당하지 않는 한 그 仲裁契約은 선하증권 소지인을

221 재판상 청구에 訴訟告知도 포함된다고 하는 실익은 특히 求償請求訴訟에도 개정 상법 제811조가 적용된다는 견해를 취할 경우이다. 이 경우 運送人으로서는 送荷人 등으로부터 訴訟을 제기당하는 즉시 訴訟告知를 해 둠으로써 제척기간을 준수하는 것이 되어 편리할 것이다.

222 Prüßmann/Rabe, 앞의 책, 544,545쪽 참조.

223 舊상법 제805조는 運送人의 운임 等의 지급을 위하여 運送物 競賣청구권을 규정하고 이를 행사하지 아니한 경우 일정한 경우에는 그 운임 등 청구권을 박탈하고 있었다. 한편, 대법원 1991. 12. 10. 선고 91다17092 판결은 舊競賣法上의 任意競賣신청 및 記錄添附에 대하여 소멸시효 중단의 효력을 인정한 바 있다. 다만 그 이유에서 "舊競賣法에 의한 任意競賣의 신청은 채권자가 권리실행에 착수하는 것으로서 소멸시효의 중단사유가 되는 것은 당연하고"라고 하여 재판상 청구에 의한 중단 사유로 본 것인지, 아니면 押留에 의한 중단 사유로 본 것인지 여부는 분명하지 아니하다.

구속하는 것으로 된다.[224] 그렇다면 이러한 경우에 행해지는 仲裁도 재판상 청구에 포함된다고 할 것인가?

Hague Rules이나 Hague/Visby Rules에는 중재절차로 인하여 제척기간이 준수된다는 규정은 없으나 당해 仲裁가 적법한 절차인 한 제척기간 준수의 효력은 있다고 하고,[225] 영국에서도 마찬가지로 '訴'Suit라는 말에는 仲裁를 포함한다고 해석하고 따라서 중재절차는 1年 內에 개시되어야 한다고 하며,[226] 독일에서도 仲裁는 재판상 청구에 포함될 뿐 아니라 仲裁契約으로써 實體的 권리관계의 변경을 의도하는 것은 아니기 때문에 仲裁裁判所Schiedsgericht에 대한 신청에 있어서도 1年의 제척기간은 준수되어야 한다고 한다.[227]

그러나 이에 반하여 미국判例는 Son Shipping Co. v. DeFosse & Tanghe(199 F. 2d 687) 사건에서 '訴'Suit는 중재절차를 포함하지 않는다는 이유로 이를 부정하였는바,[228] 그 결과 傭船契約에서 指示式선하증권이 발행되고 그 선하증권에 傭船契約書에 포함된 넓은 범위의 文言으로서 기재된 仲裁의 이익을 선하증권 소지인에게 부여하는 내용의 文言이 포함되어 있는 경우에 선하증권 소지인은 COGSA下에서 허용된 1年의 提訴期間의 만료후에 있어서도 화물 손해의 賠償을 청구하기 위하여 仲裁를 구하는 것이 가능하다고 한다.[229] 그러나 미국仲裁법원은 COGSA의 제척기간을 적용한다고 한다.[230]

생각건대, 개정 상법 제811조에서 말하는 재판상 청구에는 仲裁判定의 신청을

---

224 다만 선하증권 자체에는 仲裁契約이 기재되어 있지 않고 傭船契約書에 있는 仲裁特約을 援用한 경우에 관하여는 견해의 대립이 있다. 자세한 것은 拙稿, "仲裁判定에 대한 집행판결을 못하는 사유", 대법원판례해설 1997년 상반기(통권 제28호), 238쪽 내지 240쪽 참조.

225 William Tetley, 앞의 책, 688쪽 참조. 한편 Hamburg Rules은 제20조 제1항에서 중재절차도 포함되는 것으로 明文의 규정을 두고 있다.

226 William Tetley, 앞의 책 593쪽; 中村眞澄, 앞의 글, 6,7쪽 참조.

227 Prüßmann/Rabe, 앞의 책, 544쪽 참조.

228 William Tetley, 앞의 책, 594,595쪽; Thomas J. Schoenbaum, 앞의 책, 627쪽; Prüßmann/Rabe, 앞의 책, 544쪽 내지 546쪽 참조. 그 결과 선하증권에 포함된 이른바 Centrocon 仲裁條項에서 1年의 提訴期間보다 훨씬 짧은, 예컨대 最終 揚陸日로부터 3個月內에 청구人의 仲裁人이 지명되어야 한다는 내용의 규정에 관하여도, 미국법원은 COGSA나 公序良俗에 반하지 않고 유효하다고 보는데 대하여, 영국법원이나 독일법원은 1年의 提訴期間에 반하여 無效라고 하고 있다.

229 Thomas J. Schoenbaum, 앞의 책, 627쪽; 中村眞澄, 앞의 글, 6,7쪽 참조.

230 William Tetley, 앞의 책, 594쪽; Prüßmann/Rabe, 앞의 책, 544쪽 참조.

포함하는 것으로 해석하여야 할 것이다.[231] 당사자가 분쟁해결의 방식으로 仲裁判定에 의하기로 합의한 경우에는 법원에의 소 제기는 妨訴抗辯의 대상으로 되는 점에서 보아도[232] 여기서 말하는 재판상 청구에 仲裁判定의 신청이 포함되는 것은 당연하다 할 것이다.

개정 상법 제811조에서 정한 재판상 청구로서의 商事仲裁는 大韓商事仲裁院의 本部 또는 支部의 事務局에 소정의 仲裁費用과 書類를 제출하는 때에 이루어지는 것으로 된다(仲裁法 제4조, 商事仲裁規則 제10조, 제11조 등 참조).

마. 재판상 청구를 하여 확정된 채권은 민법 제165조에 의하여 10년의 소멸시효에 걸리고 제척기간에 다시 걸리는 것은 아니다.[233]

### 6. 상법 제811조의 기간 경과의 효과는 어떠한가?

가. 개정 상법 제811조의 기간을 제척기간으로 보는 이상 그 기간이 경과하면 運送人의 傭船者, 送荷人 또는 受荷人에 대한 채권 및 채무 자체가 소멸하는 것이 된다.[234] 개정 상법 제811조 但書에 의하여 연장된 기간을 경과한 경우에도 마찬가지이다.[235] 우리 민법上 소멸시효의 효과에 관하여 소멸시효의 완성으로 권리가 소멸한다는 多數說에 의하면 이 점에서는 제척기간과 아무런 차이가 없다.[236] 그러나 소멸시효에 의한 권리소멸은 遡及的 소멸인데 반하여(민법 제167조 참조), 제척기간에 의한 권리의 소멸은 遡及效가 없고 기간이 경과한 때로부터 장래에 향하여 소멸할 뿐이다.[237]

---

231 中村眞澄, 앞의 글, 6쪽 참조.

232 仲裁法 제3조; 대법원 1991. 4. 23. 선고 91다4812 판결, 1996. 2. 23. 선고 95다17083 판결 등 참조.

233 대법원 1992. 4. 24. 선고 92다4673 판결은 "징발재산정리에관한특별조치법 제20조 소정의 還買權은 일종의 形成權으로서 그 존속 기간은 제척기간으로 보아야 할 것이며, 위 還買權은 재판상이든 裁判外이든 그 기간 內에 행사하면 이로써 매매의 효력이 생기고, 위 매매는 같은조 제1항에 적힌 還買權者와 국가 間의 私法上의 매매라 할 것이며, 還買權의 행사로 발생한 소유권이전등기청구권은 위 제척기간과는 별도로 還買權을 행사한 때로부터 일반채권과 같이 민법제162조 소정의 10년의 소멸시효의 기간이 진행되는 것이다. 그러므로 원심이 還買權행사로 인한 소유권이전등기청구권이 일반채권과 같은 10년 소멸시효의 대상이 되는 것으로 판단한 조치는 정당하다."라고 판시하였다.

234 1971. 9. 28. 선고 71다1680 판결;Prüßmann/Rabe, 앞의 책, 542쪽 참조.

235 Prüßmann/Rabe, 앞의 책, 542쪽 참조.

236 郭潤直, 앞의 책, 504쪽 내지 507쪽 참조.

237 郭潤直, 앞의 책, 549쪽; 尹眞秀, 앞의 글, 403쪽 등 참조.

나. 개정 상법 제811조에서 규정하는 運送人의 傭船者, 送荷人 또는 受荷人에 대한 채권 및 채무가 제척기간 경과 前에 相計할 수 있있던 것이면 민법 제495조를 類推적용하여 제척기긴이 경과한 채권을 자동채권으로 하여 相計할 수 있다는 견해가 있다.[238]

그러나 제척기간이 경과한 채권이나 채무를 자동채권으로 하는 것이든 수동채권으로 하는 것이든 不問하고 相計는 허용되지 않는다는 견해도 유력하다.[239]

생각건대, 제척기간이 경과한 채권으로 相計할 수 있는지 여부는 그 권리소멸에 遡及效가 있는지 여부와는 직접적인 관련이 없는 것으로서 특별한 법 규정이 없는 이상 허용하기 어려운 것인 데다가, 특히 개정 상법 제811조에서 규정하는 運送人의 送荷人 등에 대한 채권이나 送荷人 등의 運送人에 대한 채권은 모두 그 본질에 있어서 청구권임에는 변함이 없으나 그 행사에 재판상 청구를 요건으로 하고 있는 것이어서 그러한 재판상 청구가 없이 제척기간을 경과한 후에 이를 자동채권 또는 수동채권으로 하여 相計하는 것은 허용할 수 없다고 할 것이다.[240]

다. 소멸시효에는 時效期間 완성後의 포기라는 제도가 있으나(민법 제184조 제1항 참조), 제척기간에는 그러한 제도가 없다.[241] 그러나 運送人이 제척기간이 경과된 후 送荷人 등에 대하여 그 제척기간의 경과를 援用할 권리를 의도적으로 포기intentional waiver한 경우에는 이를 앞서 본 제척기간 연장의 합의로 받아들일 여지가 있다는 견해가 있다.[242] 그러나 이러한 견해는 우리나라에서는 채택하기 어렵다.

라. 제척기간이 경과하였는지 여부는 당사자의 주장에 관계없이 법원이 당연히 조사하여 고려할 職權調査事項이다.[243] 따라서 多數說이 주장하는 바와 같이 소멸시효의 완성으로 권리는 당연히 소멸한다고 하더라도 이른바 民事訴訟의 변론주의

238 尹容燮, 民法注解[XI] 總則(3), "相計", 407,408쪽; 尹眞秀, 앞의 글, 400,401쪽 등 참조.

239 尹容燮, 앞의 글, 407쪽 내지 409쪽 참조.

240 Prüßmann/Rabe, 앞의 책, 543쪽 참조

241 郭潤直, 앞의 책, 507쪽; 尹眞秀, 앞의 글, 403쪽 참조.

242 William Tetley, 앞의 책, 682쪽 참조.

243 대법원 1975. 4. 8. 선고 74다1700 판결, 1990. 11. 13. 선고 90다카17153 판결, 1994. 9. 9. 선고 94다17536 판결, 1996. 9. 20. 선고 96다25371 판결, 1997. 8. 29. 선고 97다17827 판결 등 참조. 독일에서도 이에 관하여는 이견이 없다고 한다(Prüßmann/Rabe, 앞의 책, 542쪽 참조).

로 말미암아 時效利益을 받을 자가 그 이익을 訴訟에서 공격방어 방법으로서 제출하지 않으면 그 이익이 무시되는 소멸시효와 차이가 있게 된다.[244]

그러므로 예컨대 개정 상법 제811조 소정의 채권자가 제척기간 경과 후에 그 채무자를 代位하여 제3채무자에 대한 訴를 제기한 경우 제3채무자의 抗辯이 없어도 법원은 職權으로 판단하여 代位할 채권이 없는 것으로 판명되면 訴를 却下하여야 할 것이다.[245]

법원은 제척기간의 起算點은 물론이고 提訴期間경과 여부에 관하여 당사자의 자백에 구속되지 아니하고 職權으로 조사하여 인정할 수 있다.[246] 그리고 제척기간이 경과되었다는 주장은 상고심에서도 할 수 있는 것이다.[247] 다만 원심에서 당사자가 주장하였거나 그 조사를 촉구하지 않았던 이상 판단유탈의 위법이 있는 것은 아니다.

개정 상법 제811조 소정의 연장합의와 관련하여 그 합의의 존재나 연장기간 등은 이미 보았듯이 이를 援用하는 당사자에게 主張·證明책임이 있다.[248]

마. 제척기간의 不遵守는 補正할 수 없는 欠缺이므로 민사소송법 제205조에 의하여 변론 없이 판결로 訴를 却下할 수도 있다. 그러나 개정 상법 제811조의 제척기간의 경우에는 제척기간의 起算點이 문제되는 수가 많고 또 경우에 따라서는 연장합

244 郭潤直, 앞의 책, 549쪽 참조. 그러나 제척기간에 있어서도 提訴期間인 경우에는 職權調査事項이나, 提訴期間이 아닌 경우에는 職權調査事項이 아니고, 한편 소멸시효에 있어서도 그 고려 여부는 변론주의와는 관계가 없고 絶對的 消滅說을 따르는 한 법원은 소멸시효완성의 사실을 제척기간과 마찬가지로 職權으로 고려하여야 한다는 견해가 있다(尹眞秀, 앞의 글, 403,405쪽 참조). 한편 앞서 보았듯이 프랑스에서는 제척기간이든 소멸시효기간이든 불문하고 법원이 職權으로 고려할 것은 아니라고 한다.

245 判例는 "채권자가 채권자대위권을 행사하여 제3자에 대하여 하는 청구에 있어서 제3채무자는 채무자가 채권자에 대하여 가지는 抗辯으로는 대항할 수 없고, 채권의 소멸시효가 완성된 경우 이를 援用할 수 있는 자도 원칙적으로는 시효이익을 직접 받는 자뿐이고 채권자代位訴訟의 제3채무자가 이를 행사할 수는 없다."라고 한다(대법원 1992. 11. 10. 선고 92다35899 판결, 1993. 3. 26. 선고 92다25472 판결, 1997. 7. 22. 선고 97다5749 판결 등 참조).

246 그러나 당사자 사이에 연장합의가 있는 경우에는 이를 주장하지 아니하는 경우가 많을 것이므로 職權으로 고려함에 있어서는 이 점에 특별히 유의할 필요가 있을 것이다.

247 대법원 1996. 9. 20. 선고 96다25371 판결 참조. 그런데 대법원 1997. 6. 13. 선고 96다15596 판결은 "原告의 이 사건 代金減額청구권은 1년간의 제척기간의 경과로 행사할 수 없게 되었다는 상고이유의 주장은 원심법원 변론종결 時까지 주장한 바 없는 새로운 주장으로서 이는 적법한 상고이유가 되지 아니할 뿐만 아니라"고 판시하고 있으나 그 설시가 반드시 타당한지는 의문이다.

248 菊池, 앞의 책, 105,106쪽 참조. 다만 기록에 의하여 明示的 또는 默示的 연장이 인정되는 경우에 법원이 당사자의 주장 없이도 이를 고려할 수도 있는 것인지는 연구할 과제이다.

의가 있는 경우도 있을 것이므로 실제 사건에서는 변론 없이 판결로 訴를 却下하는 경우는 찾아보기 어려울 것이나.

바. 한편 앞서 보듯이 仲裁判定의 신청도 재판상 청구에 해당한다고 하면 仲裁人으로서도 우선 개정 상법 제811조의 제척기간 內에 仲裁신청이 이루어졌는지 여부를 판단하여야 할 것인데 이를 놓치고 그대로 仲裁判定을 한 경우 그 仲裁判定의 효력은 어떻게 되는가? 仲裁人이 당사자 사이의 約定에 의한 提訴期間을 간과한 경우가 아니고 개정 상법 제811조의 제척기간의 경과를 간과하고서 仲裁判定을 한 경우는 仲裁法 제13조 제1항 제4호의 법률상 금지된 행위를 할 것을 命한 경우라거나, 같은 항 제5호, 민사소송법 제422조 소정의 公序良俗에 反하는 것으로서 仲裁判定 취소의 사유가 된다고 하는 견해가 있다.[249]

사. 運送人이 送荷人 등으로부터 운임을 先給받은 경우나, 送荷人이 運送人으로부터 運送物로 인한 손해를 현실적으로 지급받은 경우에는 별도로 訴를 제기할 필요가 없음은 물론이다.[250]

### 7. 상법 제811조는 求償訴訟에도 그대로 적용되는가?

가. 개정 상법 제811조는 運送人의 傭船者, 送荷人 또는 受荷人에 대한 채권 및 채무관계에 관하여 규정하고 있을 뿐이고 運送人의 다른 運送人, 사용인 또는 荷役業者 등에 대한 求償請求權의 소멸 시기에 관하여는 아무런 언급이 없다.[251]

나. Hague Rules은 이에 관한 明文의 규정을 두지 않았기 때문에 그 처리는 運送人과 다른 당사자 사이의 契約 내용이나 그 契約 관계를 규율하는 법률에 맡겨져 있었으며, 대체로 求償請求訴訟은 求償을 청구하는 당사자가 有責으로 판시된 다음

---

249 한편 미국에서는 이러한 경우 이른바 '明白한 法의 무시' 이론을 기초로 하여 仲裁人이 提訴期間이 경과한 사실을 간과한 것이 明白한 法의 무시에 해당하는지의 여부에 따라 판단한다고 하면서 이를 간과하고서 한 仲裁判定도 이러한 사유에 해당하지 않는 한 취소사유가 되지는 않는다고 한다(平泉貴士, 앞의 글, 16 내지 19쪽 참조).

250 이 경우 상대방에서 제기하는 不當利得返還請求訴訟이 개정 상법 제811조가 정한 기간 內에 제기되어야 할 것은 아니다.

251 개정 상법 제812조의6은 定期傭船契約에 관하여 발생한 船舶所有者와 定期傭船者間의 채권에 관하여 별도의 제척기간을 두고 있으나 이 규정은 求償請求에 관한 것은 아니라고 할 것이다. 한편 상법제812조에 의하여 準用되는 상법제138조 제2항, 제3항에서는 順次運送人의 求償관계에 관하여 규정하고 있다.

에만 생긴다고 하거나, 求償을 청구하는 자에 대한 청구의 金額 및 성질이 결정될 때까지는 진행을 개시하지 않는다고 해석되어 왔다고 한다.[252]

그런데 Hague/Visby Rules 제3조 제6항의2는 "제3자에 대한 求償請求訴訟은 사건이 계속된 法廷地의 法에 의하여 허용된 기간 內에 제기되었을 때에는 前項에서 규정한 기간이 만료된 후에 있어서도 제기될 수 있다. 그러나 허용된 기간은 그러한 求償請求訴訟을 제기한 者가 손해배상금을 지급한 날 또는 그 者에 대한 訴訟에 있어서의 訴狀의 送達을 받은 날로부터 起算하여 3個月 이상이어야 한다."라고 규정하게 되었다.

따라서 Hague/Visby Rules下에서 求償請求訴訟은 당해 訴訟사건 法廷地 법원의 법률에 의하여 허용되는 기간(그 기간은 運送人에 대한 주된 청구의 해결 또는 주된 訴訟에 있어서 送達 후 3個月 이하여서는 아니 된다) 內에 제기되기만 하면 1年 後에 제기되어도 무방한 것이 된다.[253]

프랑스에서는 Hague/Visby Rules보다 앞선 1966년 6월 18일 법률 제32조에 의하여 運送人의 求償訴訟L'action récursoires은 運送人을 상대로 한 訴訟이 제기된 날 또는 運送人이 訴訟外 분쟁해결절차에 召喚된 날로부터 3個月 以內이면 1年의 기간이 경과한 후에도 제기될 수 있는 것으로 규정하고 있다.[254]

독일 개정 상법 제612조는 제2항을 신설하여 "償還請求權은 제1항에 정한 기간이 만료한 후에도 재판상 청구할 수 있다. 단 償還請求權을 행사하는 者는 제1항의 채권을 변제한 날 또는 그에게 訴狀이 送達된 날로부터 3月內에 訴를 제기하여야 한다."라고 규정하게 되었다.

일본의 개정 國際海上物品運送法 제14조 제3항도 "運送人이 다시 제3자에 대하여 運送을 委託한 경우에 있어 運送品에 관한 제3자의 책임은, 運送人이 제1항의 기간 內에 손해를 賠償하거나 또는 재판상 청구를 당한 경우에 있어서는, 제1항의 기간(제2항의 규정에 의하여 제1항의 기간이 運送人과 當該 제3자와의 합의에 의하여 연장된 경우에는 그 연장後의 기간)이 滿了된 後에도, 運送人이 손해를 賠償하거나 또는 재판상 청구를 당한 날로부터 3月을 경과할 때까지는 소멸하지 아니한다."라고 明文

252 William Tetley, 앞의 책, 676쪽 참조.

253 William Tetley, 앞의 책, 676쪽 참조.

254 William Tetley, 앞의 책, 677쪽 참조.

으로 규정하고 있다.

한편 미국의 COGSA는 第1運送人이 지불한 損失을 회복하기 위하여 有責의 第2運送人에 대하여 제기하는 訴에 대하여는 규정이 전혀 없으므로 이러한 訴訟의 提訴期間은 衡平法Equity上의 소멸시효기간(이른바 laches)의 法理가 적용된다고 한다.[255] 이와 관련하여 비록 약관 상의 提訴期間에 관한 것이기는 하지만 Atlantic Mutual Companies, v. Orient Overseas Container Line, a/k/a OOCL(USA) 사건에서는 "海上運送人과 鐵道運送人과의 運送契約의 책임 조항에는 1年의 提訴期間이 설정되어 있다고 하여도 海上運送人이 鐵道運送人에 대하여 제기한 求償請求訴訟indemnity action은 求償權者의 책임이 판결에 의하여 결정되거나 求償權者가 손해를 賠償하지 않으면 발생하지 않는 것이기 때문에 위 1年의 提訴期間에 구속되지 않는다. 契約당사자 간의 손해배상청구에 적용하는 약관 중의 1年의 提訴期間이 前述한 求償請求訴訟의 원칙을 변경할 수는 없는 것이다. 따라서 求償權者의 책임이 판결에 의하여 결정된 날 또는 求償權者가 손해를 賠償한 날로부터 1年 以內에 鐵道運送人에 대하여 손해보상을 구하기 위하여 제기된 求償請求訴訟은 海上運送人과 鐵道運送人과의 책임 조항에 있는 1年의 提訴期間을 초과하여도 무방하다."라고 판시하고 있다.[256]

다. 그렇다면 이와 같은 明文의 규정이 없는 우리나라의 경우에는 어떻게 해석할 것인가?

判例는 일반적으로 손해배상청구권의 代位행사에 있어서는 被代位채권인 본래의 손해배상청구권 자체의 소멸시효 여부에 따르게 되나,[257] 求償權의 행사에 있어

255 Thomas J. Schoenbaum, 앞의 책, 627쪽; 慶益秀, 536쪽; 거기서 인용한 Knauth, 277쪽 등 참조.

256 1992 AMC 2022 by U.S. Dis. Ct., of W.D. Wash.; (社)일본海運集會所刊, 海事法研究會誌, 1994·8(No.121), 49쪽 참조.

257 대법원 1993. 6. 29. 선고 93다1770 판결은 保險者代位에 관한 상법 제682조의 규정에 의하여 保險者가 취득할 손해배상청구권의 時效소멸 여부는 被保險者의 제3자에 대한 손해배상청구권 자체를 기준으로 하여 판단하여야 한다고 하고, 대법원 1997. 12. 16. 선고 95다37421 전원합의체 판결은 대법원 1992. 6. 26. 선고 92다10968 판결을 변경하여 국가가 제3자의 행위로 災害를 입은 유족에게 보험급여를 한 후 산업재해보상보험법 제15조에 의하여 그 제3자에 대하여 행사하는 손해배상청구권의 소멸시효의 起算點과 기간은 그 손해배상청구권 자체를 기준으로 판단하여야 한다고 판시하고 있다.

서는 그 求償權이 발생한 날로부터 소멸시효가 진행하는 것이라고 하고,[258] 受託保證人의 주채무자에 대한 事後求償權의 時效期間은 保證人이 代位辨濟를 한 때로부터 진행하는 것이라고 판시한다.[259]

이러한 法理는 민법 제756조 제3항에 의한 사용자 또는 監督者의 被傭者에 대한 求償權이나 국가배상법 제2조 제2항에 의한 국가 또는 지방자치단체의 공무원에 대한 求償權에 관하여도 마찬가지라고 할 것이다.[260]

생각건대, 運送人의 求償請求訴訟에도 개정 상법 제811조가 정한 제척기간을 적용하게 되면 당해 海上運送去來를 둘러싼 법률관계를 신속한 기간 내에 한꺼번에 해결할 수 있는 장점은 있으나, 그렇게 되면 運送人의 보호에 지나치게 소홀하게 될 우려가 있고, 그렇다고 하여 明文의 규정도 없이 外國의 立法例와 같이 運送人이 재판상 청구를 당하거나 손해를 賠償한 날로부터 특정한 기간(예컨대 3個月 또는 그 밖의 일정한 기간) 내에 제기하기만 하면 된다고 하기도 어려운바, 결국 Hague/Visby Rules이나 프랑스, 독일 또는 일본에서와 같이 明文의 규정을 두고 있지 않은 우리나라에서는 運送人과 運送物의 權利者 사이에 적용되는 개정 상법 제811조를 運送

---

258 대법원 1979. 5. 15. 선고 78다528 판결, 1994. 1. 11. 선고 93다32958 판결, 대법원 1996. 3. 26. 선고 96다3791 판결 등은 공동불법행위자의 다른 공동불법행위자에 대한 求償權은 피해자의 다른 공동불법행위자에 대한 손해배상채권과는 그 발생원인 및 성질을 달리하는 별개의 권리이므로, 공동불법행위자의 다른 불법행위자에 대한 求償權의 소멸시효는 그 求償權이 발생한 시점, 즉 求償權者가 共同免責행위를 한 때로부터 起算하여야 할 것이고, 그 기간에 관하여는 법률상 따로 정한 바 없으므로 일반원칙으로 돌아가 일반채권과 같이 10년으로 볼 것이라고 판시하여, 공동불법행위자 1인의 다른 불법행위자에 대한 求償權은 민법 제766조 소정의 소멸시효에 걸리지 않고 일반적인 10년의 소멸시효에 걸린다고 하는 法理를 천명하고 있다. 그리고 대법원 1995. 9. 29. 선고 94다61410 판결은 위 判例의 法理에 터잡아 이에 대한 심리를 다하지 아니한 원심판결을 파기하였다. 나아가 대법원 1997. 12. 23. 선고 97다42830 판결도 위 判例의 法理를 인용하는 한편, 連帶채무에 있어서 소멸시효의 絶對的 효력에 관한 민법 제421조의 규정은 공동불법행위자 相互間의 不眞正連帶채무에 대하여는 그 적용이 없으므로, 공동불법행위자 중 1인의 손해배상채무가 時效로 소멸한 후에 다른 공동불법행위자 1인이 피해자에게 자기의 부담부분을 넘는 손해를 賠償하였을 경우에도, 그 공동불법행위자는 다른 공동불법행위자에게 求償權을 행사할 수 있다고 하고, 따라서 공동불법행위자 1인의 保險者로서 피해자에게 保險金을 지급한 원고가 상법 제682조가 정한 保險者代位에 의하여 다른 공동불법행위자인 피고에 대하여 求償權을 취득하였다고 판단한 원심판결은 정당하고, 保險金 지급 당시 이미 다른 공동불법행위자인 被告의 손해배상채무가 時效소멸한 경우에는 共同免責될 채무가 존재하지 아니하여 求償權을 행사할 수 없다는 취지의 주장은 받아들일 수 없다고 판시하였다.

259 대법원 1981. 10. 6. 선고 80다2699 판결, 1982. 1. 12. 선고 80다2967 판결, 1992. 9. 25. 선고 91다37553 판결 등 참조.

260 그 求償權의 성질에 관하여는 대법원 1975. 12. 23. 선고 75다1193 판결, 1987. 9. 8. 선고 86다카1045 판결; 尹弘根, 民事判例硏究 [XIX], 301쪽 등 참조.

人의 다른 運送人, 사용인 또는 荷役業者 등에 대한 求償請求에 그대로 적용하거나 類推적용하는 것은 곤란하고, 위에서 본 바와 같은 判例의 태도에 비추어 運送人의 다른 運送人이나 사용인 또는 荷役業者 등에 대한 求償權은 특별한 다른 사정이 없는 한 運送人이 送荷人 등에게 손해배상을 지급하여 그 免責행위를 한 때로부터 소멸시효가 진행한다고 해석할 수밖에 없다.[261]

### 8. 상법 제811조는 涉外去來에는 어떻게 적용되는가?

개정 상법 제811조가 涉外去來에 적용되는 것은 涉外私法의 일반원칙에 따를 것이다.[262] 다만 涉外私法의 적용과 관련하여 한가지 유의할 것은 개정 상법 제811조가 運送契約은 물론이고 불법행위를 원인으로 하는 경우에도 적용된다는 점이다.

### 9. 結 語

이상에서 개정 상법 제811조에 관하여 살펴보았는바, 그 개정의 沿革과 文言의 내용에 비추어 이를 제척기간으로 해석할 것이라는 점은 대체로 견해가 정립되었는데, 앞으로는 그 연장 합의에 관하여 논의가 집중될 것인바, 이 점에 관하여 깊은 연구가 이루어질 것으로 생각한다. 그리고 나아가 複合運送이나 求償請求訴訟 문제도 해석론으로든지 立法論으로든지 해결해야 할 과제이다.

---

**261** 求償權과 관계없이 별도의 契約이나 불법행위를 원인으로 구하는 경우에는 求償문제와는 별개의 문제가 될 것이다. 한편 立法論的으로는 明文으로 규정하는 것이 바람직하다는 견해가 있다(李均成, "개정海商法의 문제점에 관한 硏究", 韓國海法會誌, 1993年12月(第15卷 第1號), 88,89쪽 참조).

**262** 상세한 것은 崔公雄, [改正版] 國際訴訟, 556,557쪽; 申昌善, 國際私法, 432쪽 내지 435쪽 참조. 한편 William Tetley, 앞의 책, 688,689쪽에서는 法廷地法에 의하여 결정되어야 한다고 한다.

제7편

# 사법연수원

9 반 졸라스

33기 9반 B조 시보들이 사랑을 담아 조희대 교수님께

# 가슴속에 간직한 그리움 하나

# 是法平等無有高下

사법연수원 30기, 31기 9반 B조 교수 조희대

## 求法

법을 구하는
이뭣고.
옛말에
탐욕을 버려라
성냄을 버려라
어리석음을 버려라
사랑하고
미워함도 버려라
생사도 버려라.
그러면
구할 것이라
했거늘.

## 門1 [是法]

이법에 속하지 않는 것은?

헌법, 민법, 형법, 민사소송법, 형사소송법, Canon Law, 律法, 佛法, 論語, 道德經, Bible, Koran, 佛經, 밤, 낮, 꿈, 현실, 바위, 풀, 강, 산, 벌레, 짐승, 사람, 男女老少, 신, 지옥, 천국

## 門2[平等]

### ⑴ 평등심을 일으켰는가.

서초동으로 향하던
첫발걸음을 기억하는가.
사법연수원을 나갈 때는
어떨 것인가.
평등문을 두드렸는가.
두드릴 것인가.
그러나 보라.
개와 사람이 평등한가.
남녀가 평등한가.
나와 남이 평등한가.
지옥과 천국이 평등한가.
어디 평등이 있는가.
하늘에 있는가.
땅에 있는가.
네 안에 있는가.
법전 속에 있는 활자이던가.
청동 여인이 들고 있는 저울이던가.
연수원 건물에 매달린 저것이던가.
어디 있는가.
어떻게 하여
법을 온전히 펼치겠는가.
저울을 달 자격을 가지겠는가.
자유 평등 정의의
깃발을 높이 펄럭일 수 있겠는가.
마음이 평등하지 못하면.

(2) 인간은 서로 평등한가.

〈男女〉 Bradwell v. Illinois upheld a law denying women the right to practice law, explained that "the paramount destiny and mission of woman are to fulfill the noble and benign offices of wife and mother. This is the law of the Creator." Pope John Paul II "사람들은 여성은 남성을 돕는 자라는 창세기 한 구절을 잘못 해석하고 있다."

〈黑白〉 Dred Scott v. Sandford held that "the descendants of Africans who were imported into this country, and sold as slaves, were not included nor intended to be included under the word 'citizens' in the constitution; that at the time of the adoption of the constitution, they were considered as a subordinate and inferior class of beings, who had been subjugated by the dominant race, and, whether emancipated or not, yet remained subject to their authority, and had no rights or privileges but such as those who held the power and the government might choose to grant them." Justice Harlan dissenting in Plessy v. Ferguson wrote: "The white race deems itself to be the dominant race in this country. … But in view of the constitution, in the eye of the law, there is in this country no superior, dominant, ruling class of citizens. There is no caste here. Our constitution is color-blind."

(3) 인간은 다른 것보다 우월한가.

모든 것은
인간을 위해 창조되었으니
마음대로
개구리에게 돌을 던지고
낚싯대로 물고기를 속여 잡고
총으로 꿩을 쏘아 죽여도
죄가 없는가.
달에 가고 화성에 가고
유전자도 알아내지만

풀, 벌레 하나 만들었던가.
섯는 바위 기는 벌레 함께 성불하여지이다.
공염불인가.
Pocha Hontas의 노래를 들어라.
“We are all connected to each other in a circle, in a ring
that never ends.”
우리의 만남은 결코 우연이 아니다.
백천만억겁에 만나기 어려운 소중한 인연이여.

⑷ 인간은 신의 종인가.

얼음이 물 되는 것을
얼음은 알까.
물이 공기 되고
얼음 되는 것을
물은 알까.
공기가 물되는 것을
공기는 알까.
물이 얼음된 것을
얼음은 아는가.
얼음이 물된 것을
물은 아는가.
물이 공기된 것을
공기는 아는가.

⑸ 평등심을 지키겠는가.

마굿간에 나도 좋은가. 오른빰을 때리면 왼빰까지 내주겠는가. 처자도 부모형제도 친구도 버리겠는가. 왕위도 팽개치겠는가. 성중에 엎드려 걸식하겠는가. 십자가를 지고 가겠는가. 지옥에 있는 중생이 모두 구제받을 때까지 성불하지 않겠는가.

## 門3[無有]

(1) 無色

〈공소장〉 피고인은 牛馬를 몰아 신호가 赤色인데도 지나갔다. 도로교통법 제113조 제1호, 제5조 위반이다.

〈답변서〉 당시 신호는 다른 사람들에게는 赤色이었을지 몰라도 피고인에게는 綠色이었다. 赤色이다 綠色이다 하는 것이 본래 있는 것이던가. 赤色으로 보는 사람들이 많다고 해서 綠色으로 보는 사람들을 色盲이라고 하는 것은 다수의 횡포 아닌가. 피고인을 처벌하는 것은 헌법과 자연법에 저촉된다.

〈논고〉 내가 그의 이름을 불러주기 전에는 그는 다만 하나의 몸짓에 지나지 않았다. 내가 그의 이름을 불러 주었을 때 그는 나에게로 와서 꽃이 되었다.

〈최후변론〉 봄에는 금강산, 여름에는 봉래산, 가을에는 풍악산, 겨울에는 개골산, 사철 이름도 다르고 모양도 다르지만, 산은 산이요 물은 물이로다.

(2) 有眼

기차를 탔지.
가고 있었지.
한참 후에 보니
옆에 차가 없더군.
비가 오는 날
공항에 갔지.
먹구름이
하늘
저 끝까지
가득한 걸로만 알았지.
비행기가

날아 오르고 보니
위에는 오히려 더욱 빛나고 있더군.
그러나
곧 어김없이
밤은 오고
별은 또 찾아올 거야.
1억 광년 전에
사라졌다고 해도
볼 수가 있지.
보고 있지.
별은 없어도.

⑶ 非有相非無相

갈릴레오는 말했다. 지구가 돈다. 갈릴레오는 처형장에 섰다. 갈릴레오는 말한다. 그래도 지구는 돈다.

당대 최고수들의 조패다.

〈甲東〉 하늘이 돈다. 유죄다.

〈乙南〉 지구가 돈다. 무죄다.

〈丙西〉 지구도 돌고, 하늘도 돈다. 돌고 돈다. 유죄인지 무죄인지 알 수 없다.

〈丁北〉 바람에 깃발이 날리고 있다. 깃발이 움직이는 것인가. 아니다. 바람이 움직이는 것인가. 아니다. 그렇다면 무엇이 움직이는 것인가. 마음이 움직이는 것이다.

貴見如何?

움직일 마음도 없다면.

## 門4[高下]

소장
原告 하늘天
被告 따地
請求趣旨 天高地下確認
請求原因 天地高下 萬古眞理 地爭是非 故求確認
宇宙裁判所 貴中

답변
本案前
하늘이 어디 있는가.
땅은 어디 있는가.
허공에 있는
수소에서 폭탄이 생기고
허공에 있는
산소 수소에서 물이 생기듯이
허공에서 하늘이 생겨나고
허공에서 땅이 생겨 난 것이 아닌가.
하늘이 다하고
땅이 다하면
다시 허공으로 돌아가는 것 아니던가.
ᄒᆞᄃᆞᆫ 가재 나고 가ᄂᆞᆫ 곧 모ᄃᆞ온뎌.

本案
이쪽에서 보면 하늘 이쪽은 이쪽 땅보다 높을지 모르나, 이쪽 땅은 하늘 저쪽보다 높은 것이라, 보기 나름이다.

변론
재판장

원고에게
어디까지가 하늘이고
어디까지가 땅인지에 관하여 석명.
원고
검증, 감정을 하기 전에는 알 수 없다고 답변.
변론종결.

판결
어디가 하늘이고
어디가 땅이던가.
나와 남이 따로 없으니
이길 것도 질 것도 없구나.
오늘도
이 땅 밟고
푸른 하늘 호흡할 수 있어
감사하다.
눈 열고
서로 얼굴 바라볼 수 있어
감사하다.
말할 수 있고
들을 수 있고
걸을 수 있어
감사하다.
더불어 살며
느끼고
생각할 수 있어
감사하다.
이렇게 감사할 수 있어
더욱 감사하다.

## 法布施

구한 법
어디로
어떻게
돌리려는가.
無住相布施.
(사법연수誌 25호)

# 離世間 入法界

사법연수원 31기, 32기 9반 B조 교수 조희대

사법연수생이여.
세간을 떠나
법계에 들어
두루 비추어라.
서초에서
일산으로
동남서북
장엄천지
삼라만상
백천만겁인연에
天上天下唯我獨尊.
가만 눈을 감아 보라.
어디서 왔는가.
어디로 가는가.
어디서 와서
어디로 가는가.
過去心不可得
現在心不可得
未來心不可得.
이뭣고!
두드려라.

初發心
한생각으로
진실하고
간절하게
두드려라.
盲龜遇木에
기뻐하고
감사하고
찬탄하며
두드려라.
唯嫌揀擇이니
무엇을 구할까
구하지 못할까
궁리말고
하늘이 무너지고
땅이 꺼져도
두드리고
두드려라.
엘리엘리라마사박다니.
자기를 등불로 삼고
법을 등불로 삼아
목숨 걸고 정진하라.
들 지나고
산을 넘었는가.
천국이 가까웠는가.
보라.
누가 십자가를 지는가.
누가 지옥을 지키는가.
바른 법을 구하여
일체에 베풀어라.

無住相布施하라.
먹구름
비뿌리고
푸르른
해비추어
코스모스
만발하니
세간은 자유롭고
법계가 평등하다.
(사법연수誌 26호)

제8편

# 법원장

대구지방법원 왔자나~~ 최고자나~~
2013. 11. 9. (토) 제20회 대법원장기 전국법원 등산대회

대구지방법원과 함께하는 다문화가정 한국사회 적응교육
다문화가정 오픈 코트 체험
· 일시 : 2013년 5월 3일 (금)
· 장소 : 대구지방법원
수성구다문화가족지원센터

2013 대구법원과 함께하는 열린음악회
"음악 · 예술을 통한 소통과 감성 충전"
2013. 12. 9.

2013 대구지방법원 법관 원외 세미

대구지방법원 열정으로~ 무한소통~
승

제 1 장

# 프로필, 동정

## 조희대 신임 대구지방법원장은 누구?

로이슈 | 2012년 9월 4일, 표성연 기자

대법원은 4일 조희대 서울고법 부장판사를 9월 7일자로 대구지방법원장으로 보임하는 인사를 발령했다.

조희대 신임 대구지법원장

조희대 신임 대구지법원장은 1957년 경북 경주(월성) 출신으로 경북고와 서울법대를 나와 1981년 제23회 사법시험(사법연수원13기)에 합격했다.

1986년 서울형사지법 판사로 임관해 서울민사지법 판사, 대구지법 안동지원 판사, 미국 코넬대학 교육파견, 서울고법 판사, 대법원 재판연구관, 대구지법 부장판사, 사법연수원 교수, 서울지법 부장판사, 부산고법 부장판사, 서울고법 부장판사 등을 역임했다.

조 법원장은 1986년 서울형사지방법원 판사로 임명된 후 각급 법원에서 변함없이 성실한 자세로 당사자의 주장을 잘 듣고 사건을 충실하게 심리해 분쟁을 근본적으로 해결하기 위한 재판을 추구해 왔고, 평소 재판을 엄정하고 공정하게 진행하며, 혼신의 열정을 쏟아 판결문을 쓴다는 평을 듣고 있다고 대법원은 밝혔다.

사법연수원에 근무하면서는 환경법 판례 교재를 새로이 제작해 신규 법조인들의 지도에 힘썼고, 민사집행법 교재를 개정법 시행에 맞춰 전면 수정·보완하는 등 해박한 법이론으로 후학들의 발전에 크게 기여했으며, 성전환자의 법적 지위, 국제거래, 해상운송에 관한 다수의 논문과 평석을 발표해 연구하는 법관으로도 유명하다고 덧붙였다.

서울고등법원 판사 재직 시 대학교수 몇 명이 총장 선임의 무효를 주장하며 제기한 소송에서, 사립학교법과 학교법인의 정관에 의하면 대학총장 선임권은 학교법인 이사회에 있고, 교수들에 의한 총장 선거가 사실인 관습이 됐다고 할 수도 없기 때문에 교수들이 나서서 무효를 다툴 자격은 없다는 이유로 소를 각하함으로써, 교수의 학문의 자유를 보장하면서도 대학의 자율성 또한 중요하게 고려해 불필요한 사회적 갈등과 분쟁을 해소하고 대학 본연의 기능에 충실하도록 했다고 대법원은 말했다.

또 서울중앙지방법원 부장판사 재직 시 부동산실명법을 어긴 명의신탁자가 명의수탁자를 상대로 민사상 청구를 한 사건에서 당시 명확한 대법원 판결이 없는 상태에서 이를 불법원인급여로 보아 청구를 배척함으로써, 부동산실명법을 제도로서 확고하게 정착시켜 부동산거래질서의 투명성을 확보해 선진국 경제로 나아가는 초석을 다지는 획기적인 판결을 했다.

그밖에도 에버랜드 전환사채 사건에서 과거 잘못된 관행을 용납하지 않는 엄격한 입장을 취했고, 사천 강도살인 사건, 수원역 노숙자 상해치사 사건에서 무죄판결을 선고해 헌법상 무죄추정 원칙에 충실했다고 대법원은 전했다.

한편 장기간 입찰에서 담합한 업자들을 정식재판에 회부해 법정구속하거나, 존속살해, 강도, 강간, 불법 성인사이트 운영 범죄자에게 형을 높이고, 선거법을 위반한 교육감, 해상 폭력을 행사한 외국 어부들의 감형을 배척해 중요 범죄를 엄단하는 등 균형 있는 재판권 행사를 통해 법질서 확립에 이바지했다고 덧붙였다.

조 법원장은 원칙을 중시하면서도 온후하고 소탈한 성품으로 선후배 법관들은 물론 직원들과도 허심탄회하게 어울리기를 좋아하며, 사법연수원 제자들로부터도 많은 사랑과 존경을 받고 있다고 대법원은 밝혔다. 취미는 등산. 부인 박은숙씨와 사이에 1남 2녀.

## “분쟁 신속 해결 … 좋은 민사판결 많이 알릴 터” … 조희대 신임 대구지법원장

매일신문 | 2012년 9월 8일, 이호준 기자

“대구지법의 판결이 시민의 생활 법 기준이 될 수 있도록 판결 하나하나에 최선을 다하겠습니다.”

조희대(55, 사법연수원 13기, 사진) 신임 대구지법원장은 7일 “첫 법원장을 고향에서 할 수 있게 돼 개인적으로 매우 기쁘고 감사하다.”라고 취임 소감을 밝혔다.

조 지법원장은 먼저 시민들의 생활 속으로 들어가는 대구지법을 만들겠다고 약속했다. 그는 “미국 연수 시절 라디오 뉴스의 대부분이 법원 판결 관련이었다. 검찰 사건 관련 뉴스도 거의 없었다. 미국에선 법원의 판결이 곧 법이 되기 때문”이라며 “우리나라는 일반인들과 크게 상관이 없거나 영향을 미치지 못하는 형사 사건에 너무 집중돼 있다. 대구에 근무하는 동안 좋은 민사판결을 많이 알려 시민들의 실생활에 도움을 줄 수 있도록 하겠다.”라고 포부를 밝혔다.

그는 특히 법치주의 확립과 정성, 공정, 신속, 화합 등 다섯 가지를 강조했다. 모든 국민이 법 앞에 평등하고, 소수자를 보호하는 법의 정신이 살아 있음을 보여줘야 하며 소송이든 신청이든 민원이든 사건 하나하나에 정성을 다해야 한다는 것.

조 지법원장은 판사들에게 진심이 느껴지는 재판을 부탁하기도 했다. 그는 “사람의 일생을 좌우할 수도 있음을 명심해 두렵고 진지한 마음가짐으로 사건을 대하고, 당사자의 절박한 주장을 외면하지 말고 성의를 다해 듣고 고심과 궁리를 거듭해 누구나 납득하는 최선의 해결책을 찾아내야 한다.”라고 말했다.

이와 함께 신속한 분쟁 해결도 당부했다. 그는 “사건이 지체될 때 당사자가 겪는 고통과 부담은 가중되고 때로 재판 결과가 무의미해질 경우도 있다"며 "적시처리 대상 사건은 물론 명예를 훼손하는 집회나 시위의 금지를 구하는 가처분 사건과 같은 경우 특히 신속한 처방을 내놔야 한다."라고 강조했다. 경주 출신인 조 지법원장은 경북고와 서울대 법대, 코넬대(석사)를 졸업했고, 사법연수원 교수, 대구지법 부장판사, 서울지법 부장판사, 서울고법 부장판사 등을 두루 거쳤다.

# 조희대 대구시 선관위원장

경북도민일보 | 2012년 9월 19일, 김병진 기자(kbj@hidomin.com)

대구시 선거관리위원회는 18일 위원회의를 열고 제20대 위원장에 조희대(55) 대구지방법원장을 선출했다고 밝혔다.

신임 조 위원장은 경북 경주 출신으로 경북고와 서울대 법학과를 졸업하고 제23회 사법시험에 합격해 서울지방법원부장판사, 대구지방법원 안동지원 판사, 대법원 재판연구관, 서울고등법원부장판사 등을 역임했다.

조 위원장은 "오는 12월에 실시되는 제18대 대통령선거를 공정하고 완벽한 선거로 관리하겠다"며 "이를 위해 대구시위원회 산하 각급 선거관리위원회 위원 및 간부·직원들과 함께 모든 역량을 집중해 나가겠다"고 말했다.

# "청소년 선도 잘 해 달라"
# 대구지방법원장 읍내정보통신학교 방문

2012년 10월 15일, 신창현(shinsun1@palgong.co.kr)

비행 청소년 교육기관인 읍내정보통신학교가 9일 조희대 대구지방법원장을 초청해 교육현장 참관과 함께 학생과 만남의 시간을 가질 수 있도록 했다. 이날 교육현장 참관에서 대구지방법원장은 소년원생의 생활관과 학과수업을 살펴봤다. 제과제빵 직업교육을 받는 소년원생이 직접 만든 빵을 즉석 시식해 보기도 하는 등 궁금 사항을 학교 담당자에게 문의하면서 관심을 보였다.

교육현장 참관 후에는 소년원 학생의 교육활동과 성공적인 사회 정착을 위해 노력하는 직원의 노고를 격려하면서 학생에 대한 관심과 사랑을 당부했다. 읍내정보통신학교 이경호 교장은 "학생이 건강한 모습으로 성장할 수 있도록 인성함양과 출원생에 대한 지원을 확대해 사회적응에 더욱 노력할 것"이라고 밝힌 뒤 "법원과도 긴밀한 협력관계를 유지해 나가겠다."고 말했다.

# 김천고 조희대 대구지방법원장 특강

기사제공 | 2학년 1반 김범수

2013년 3월 19일 7교시 세심관에서 1, 2학년 학생을 대상으로 '사회와 법' 특강이 열렸다. 강사로 초빙된 조희대 대구지방법원장은 경북 경주 출신으로 서울대 법학과를 졸업하고 제23회 사법시험에 합격해 서울지방법원부장판사, 대법원 재판연구관, 서울고등법원부장판사 등을 역임했다.

법원장님께서 '긴장해서 어제 저녁 목이 잠겨 버렸다. 장래에 법조인이 되고 싶다면 자기 손을 꼭 잡아보고 가라'는 등의 간단한 농담과 함께 강연을 시작했다. '공부를 왜 열심히 해야 하는가'라는 화두를 던진 후 '습관은 용수철처럼 언제 튀어나올지 모른다' '꾸준함이 중요하다' '목표를 정하라' 등 학생들의 학습과 관련한 다양한 조언을 자신의 학창시절 경험을 예로 들어 소개하였다. 현재 교육계에 중요한 이슈로 떠오른 '학교폭력'에 관해서도 이야기를 나누었다. 1학년 나경인 학생이 '성인과 같은 수준의 처벌이 필요하다'는 의견을 제시하였다. 학생들에게 질문을 던지고 대답을 듣는 등 법원장님과 학생 간의 소통과 공감이 이루어져 화기애애한 분위기에서 특강이 진행되었다.

강의가 끝난 후 2학년 김남영 학생은 '인생을 살아가는데 필요한 것들을 마음에 새길 수 있었다'고 말하였고, 2학년 조재현 학생은 '법원장님과 마찬가지로 공부를 열심히 하겠다는 목표를 가지게 되었다'고 소감을 밝혀 강의를 해주신 조희대 법원장님께 감사의 인사를 전했다.

## 조희대 대구지방법원장 … 경주중 후배들에게 강연

2013년 4월 11일, 이수언 기자

조희대 대구지방법원장이 아득한 후배를 찾아, 강연으로 후배사랑을 이어갔다.

지난 9일 경주중학교는 법무부 순회 선도교육을 활용해 조희대 대구지방법원장을 초청, 강연회를 마련했다.

경주중 괘정관에서 전교생이 참석한 가운데, 조희대 대구지방법원장은 후배들에게 재판을 진행하면서 겪은 일화담과 중학교 시절 은사들을 떠올리며 "경주중학교 선배라는 인연으로 이 자리에 섰으며, 앞으로도 후배를 사랑하는 마음 항상 가슴 속에 간직하겠다"는 마음을 전했다.

조희대 대구지방법원장은 이날 강연을 문답식으로 질문하고 학생들이 대답하는 과정에서 직접 준비해온 책을 주는 등 지루하지 않게 학생 눈높이에 맞춘 1시간여 동안의 강의를 이끌어 큰 호응을 얻기도 했다.

경주중 33회 출신인 조희대 대구지방법원장은 경북고교, 서울대 법학과를 나와 제23회 사법시험에 합격, 서울지법부장판사, 대법원 재판연구관, 사법연수원 교수, 서울고법부장판사 등을 역임했다.

사법연수원에 근무하는 동안 강의 교재를 새로 제작하거나 수정·보완해 신규 법조인들의 지도에 힘쓰며 후학들의 발전에 기여해온, 조희대 대구지방법원장은 에버랜드 전환사채 사건에서 과거의 잘못된 관행을 용납하지 않는 엄격한 입장을 취했다.

특히 사천 강도살인 사건, 수원역 노숙자 상해치사 사건에서 무죄판결을 선고해 헌법상 무죄추정원칙에 충실했다는 평을 받았다.

한편 이날 강연에 앞서 조희대 대구지방법원장은 도정근 경주중학교장 등과 함께 교정 전몰학도병 추념비에 헌화를 한 뒤 강연에 임했다.

사|람|들|동|정

# “꿈 가지면 인생이 바뀌고 세상이 바뀐다”

2013년 4월 11일, 포항 이시형기자

## 조희대 대구지법원장 포항 이동중서 특강

조희대 대구지방법원장(오른쪽에서 7번째)이 11일 오후 2시 포항시 남구 이동중학교를 찾아 3학년 학생 488명을 대상으로 '청소년기의 꿈과 희망'을 주제로 강연을 가진 뒤 기념촬영하고 있다.

조희대 대구지방법원장이 11일 포항 남구 이동중학교를 찾아 학생들에게 꿈과 희망을 주는 특강을 했다.

포항시 인근인 경주 강동면이 고향으로 알려진 조 법원장이 지난해 말 이동중을 지나가면서 꼭 이 학교 학생들에게 소중한 특강을 하고 싶다는 뜻을 전해 이날 특별 강연이 이뤄졌다.

이날 오후 2시 조 법원장은 이동중 나래관 강당에서 3학년 학생 488명을 대상으로 '청소년기의 꿈과 희망'을 주제로 강연을 가진 뒤 학생들과 대화의 시간을 가졌다.

조 법원장은 특강에서 '자신의 꿈이 판사였던 시골 농촌의 가난한 농사꾼의 아들이었던 자신의 중고등학교 시절'을 소개했다.

또 '가난한 약자 편에 서서 판결을 내렸을 때의 보람과 인권을 위해 일하는 보람을 느낀 판사의 사명감'에 대해 들려준 뒤 "청소년이 당한 억울한 일을 바로 잡은 판결"이 가장 기억에 남는 판결이라고 소개했다.

조 법원장은 특강 후 학생들과의 대화에서 "미래의 주역이 될 청소년들이 꿈을 가지면 사람의 인생이 바뀌고, 세상이 바뀐다"면서 "앞으로 무엇이든지 할 수 있는 가능성을 가진 청소년기의 중요성"을 강조했다.

3학년 허유정 학생은 "법원장님과의 대화로 나에게 새로운 꿈이 생겼으며 이제 나의 멘토로 삼겠다."라고 말해 학생들에게 자신의 미래에 대한 꿈을 심어주는 소중한 진로체험의 시간이 됐다고 했다.

이에 조 법원장은 현실에서 일어나는 판결의 예를 검사, 변호사 역할을 맡은 학생의 답변을 청취한 뒤 칭찬의 말과 함께 즉석에서 법원으로 초청하겠다고 약속했다.

## 법률용어 국민 눈높이 맞게, 대구지법 21일 공개토론회

매일신문 | 2013년 10월 19일, 이호준 기자 (hoper@msnet.co.kr)

법원이 '알기 쉬운 법률용어와 판결서'란 주제로 공개토론회를 열기로 해 눈길을 끌고 있다.

대구지방법원은 21일 오후 1시부터 법원 신별관 5층 대강당에서 부장판사와 교수, 변호사, 기자 등이 발제 토론자로 나선 가운데 법관과 법원 직원, 법제처, 변호사, 법무사, 학계, 언론인, 시민사법참여단 등을 대상으로 토론회를 가진다.

이날 행사는 가능한 한 쉬운 법률용어를 사용해 재판을 진행하고. 판결서도 국민의 눈높이에 맞춰 쉽고 간결하게 작성하기 위해 마련됐다.

이날 토론회는 정용달 대구지법 수석부장판사의 사회로 1, 2부로 나뉘어 진행되는데, '법원 내에서의 개선방안 논의'란 주제로 열리는 1부에선 권순형 대구지법 부장판사가 '쉬운 법률용어' 법정언어 사용의 중요성 및 개선방안과 알기 쉬운 판결서 작성에 관해서'란 제목으로 발표한다. 이어 김창록 경북대 로스쿨 교수, 김계희 변호사, 윤권원 판사 등의 토론이 진행된다.

2부에선 이재동 대구지방변호사회 제1부회장이 '변호사가 바라본 법정용어, 판결서 등 개선방안에 관하여', 남길임 경북대 한국어문화원 교수의 '판결서 작성과 관련한 바람직한 작문법에 관하여' 등 4개의 주제발표 후 자유토론으로 이어질 예정이다.

# 시민 30% 이상 "판결서 문장 너무…"

법률신문 | 2013년 10월 24일, 좌영길 기자(jyg97@lawtimes.co.kr)

[쉬운 판결서 작성 토론회]

하나의 문단이 1개의 문장… 글자 수도 440~700자로 부담

판결서에 사용되는 지나치게 긴 문장이 일반인들이 판결서를 이해하는 데 걸림돌이 되고 있는 것으로 나타났다.

21일 대구지법(원장 조희대)이 연 토론회에서 권순형(46·사법연수원 22기) 부장판사는 '알기 쉬운 판결서 작성을 위한 개선방안 검토'를 주제로 발표하며 이같은 설문조사 결과를 공개했다.

대구지법이 일반인 128명을 상대로 '판결서 이해가 어렵다고 느끼는 이유가 무엇인가'라고 질문한 데 대해 응답자들의 48.3%는 '법률용어가 어렵고 낯설다'를, 22%는 '문장이 너무 길다'가 원인이라고 답했다. 하지만 설문조사 참가자들에게 실제 민·형사 판결서를 보여준 이후 다시 같은 물음을 한 뒤에는 '문장이 너무 길다'는 항목에 응답한 비율이 민사 판결서의 경우 30.3%였고 형사판결서는 39.8%로 '법률용어가 어렵고 낯설다'고 답한 26.5%보다 높은 비중을 차지했다.

권 부장판사는 "최근 선고된 판결서를 보면 법관이 이해하기에는 어려움이 없지만 하나의 문단이 1개의 문장으로 되어있고 글자 수도 440~700자로 긴 편으로 일반인의 입장에서는 부담스러운 만연체 문장이 사용되고 있다."라고 지적했다. 그는 "하나의 문장 안에 지나치게 많은 주어와 서술어를 사용하면 읽는 이는 주어와 서술어 사이의 연관관계를 제대로 인식할 수 없어 결국 판결서를 제대로 이해할 수 없게 된다."라고 덧붙였다.

이날 토론회에는 김창록 경북대 로스쿨 교수, 이재동 대구지방변호사회 부회장, 남길임 경북대 한국어문화원 교수, 전혜정 법제처 행정사무관, 좌영길 법률신문 기자

가 참석해 각계의 관점에서 현재 쓰이는 판결서의 문제점을 분석하고 대안을 논의했다. 법원에서 그동안 '알기쉬운 판결서 쓰기'와 관련해 내부 논의를 한 적은 있지만, 외부 전문가 등을 초청해 토론회를 연 것은 이번이 처음이다.

제 2 장

# 인사말

# 제41대 대구지방법원장 취임사

2012년 9월 7일

(취임사에 앞서 전임 김창종 법원장님의 노고와 훌륭하신 업적에 경의를 표합니다.)

사랑하는 대구지방법원 가족 여러분, 반갑습니다. 자랑스러운 법조의 역사와 전통이 있고 훌륭한 법조인이 많은 대구지방법원에 법원장으로 부임해서 기쁘고, 좋은 인연을 맺게 되어 감사하지만, 무거운 책임을 느낍니다.

법원은 국민의 생명과 재산을 보장하고 인권을 옹호하기 위해 끊임없이 노력해 왔고, 재판제도와 사법행정도 많이 개선되었습니다. 하지만 국민들의 높은 기대를 충족하기에는 여전히 미흡합니다. 우리 법원은 "법 성공 신화"의 기치를 내걸고 공정하고 효율적이며 신뢰받는 사법부를 만드는 일에 앞장섰으면 합니다.

첫째, "법"의 지배, 법치주의를 확립해야 합니다.

법치주의의 최후 보루답게, 남녀노소, 빈부귀천, 지위 고하를 막론하고 모든 국민이 법 앞에 평등하고, 인간의 존엄성과 소수자를 보호하는 법의 정신이 살아 있음을 보여줍시다. 법과 원칙을 내세우면서 요령껏 눈치를 살피거나 개인적 의리를 챙기는 일그러진 풍토에 휩쓸리지 않고 법을 원칙대로 엄정하게 적용하기 위해서는 부단한 자기 절제와 용기가 필요합니다. 권력에 굴종해서는 안 되고, "유전무죄 무전유죄"의 불신을 털어내야 합니다. "떼법"에 밀려서도 안 됩니다.

세상은 급속하게 변하고, 갈등과 분쟁은 복잡, 첨예해지고, 범죄는 흉포화해 가고 있습니다. 변화의 속도에 너무 뒤처지거나 국민의 건전한 법감정에서 동떨어지지 않게 해서 국민을 안심시키고, 사회적 갈등을 완화하고 국민을 통합하는 재판을 추구해 가면 좋겠습니다.

둘째, "성誠", "정성, 진실, 삼가다, 공경하다"라는 뜻의 성이 지극해야 합니다.

소송이든, 신청이나 민원이든, 사건 한 건 한 건에 정성을 다해야 합니다. 사람의 일생을 좌우할 수도 있음을 명심해서, 두렵고 진지한 마음가짐으로 사건을 대하고, 당사자의 절박한 주장을 외면하지 말고 성의를 다해 듣고, 선입견 없이 다각도로 검토하고, 고심과 궁리를 거듭해서 누구나 납득하는 최선의 해결책을 찾아내기 바랍니다. 당사자의 억울한 사정을 깊이 헤아려주고, 설령 중죄인이라도 온화한 얼굴로 대해서 재판부의 진심을 느끼도록 만들어야 합니다. 언행이 진실하고 몸을 삼가 언제 어디서나 떳떳하고 당당해야 합니다. 이렇게 진실하게 정성을 다해 당사자가 만족하고 승복하는 질높은 재판을 제공합시다.

셋째, "공정"한 재판이 되어야 합니다.

우리는 공평하고 정의로운 사회의 실현을 꿈꾸며 법을 공부했고, 이것이 힘든 재판업무를 감당하는 이유입니다. 상식과 순리가 통하지 않고 특권과 반칙이 통하면 법원이 존재할 필요가 없습니다. 법원 구성원의 자존심과 명예를 걸고 거짓이 진실을 이기게 내버려둬서는 안 됩니다. 누구든 동등한 발언의 기회를 보장하고, 구술주의, 공판중심주의에 따라서 재판절차의 전 과정을 투명하게 공개해야 공정성에 의심받을 소지를 줄일 수 있습니다. 성별, 이념, 친소 관계 어느 것에도 차별적인 생각을 내지 말고 평등한 마음을 가져야지, 그렇지 않으면 부지불식간에 불공정한 언행이 표출될 수 있습니다. 부디 재판을 올곧게 해서 국민을 살맛나게 하고 희망을 줍시다.

넷째, "신속"하게 분쟁을 해결해야 합니다.

모든 국민은 신속한 재판을 받을 헌법상 권리를 가집니다. 사건이 지체될 때 당사자가 겪는 고통과 부담은 가중되고 때로 재판 결과가 무의미해질 경우도 있습니다. 법원 업무가 과중하지만, 가능하면 빨리 분쟁을 해결해서 당사자를 생업에 전념시키는 것이 바람직합니다. 적시처리 대상 사건은 물론이고, 명예를 훼손하는 집회나 시위의 금지를 구하는 가처분 사건과 같은 경우에는 특히 신속한 처방을 내놓아야 합니다.

다섯째, "화和", 화합, 조화, 어울림을 이루어야 합니다.

법원도 조직체로서 책임을 다하기 위하여는 구성원들이 화합해야 합니다. 나만 생각해서 불평하기에 앞서 한번쯤 법원 전체의 형편을 둘러볼 필요가 있습니다. 힘들어도, 서로 존중하고 격려해서 보람있고 신명나는 법원을 만들어 봅시다. 사법부 전체가 역점을 두고 추진하는 1심 및 가정법원 역할 강화, 학교폭력 대처에도 동참해서 하루빨리 정착되도록 힘써주기 바랍니다. 우리 법원은 상급 법원에 건의해서 관내 법조 단체와도 허심탄회하게 협력 방안을 모색할 생각입니다. 무엇보다 지역 사회와 연계한 법률교육, 청소년 상담 프로그램, 조정과 국민참여재판 등과 같이 국민에게 다가가고 소통을 강화하는 데에 여러분들의 자발적인 참여와 협조가 절실합니다.

요즘 사회 곳곳에서 법의 권위를 무시하고, 지역, 세대, 이념, 종교에 따라 일방적인 목소리를 내는 경우가 늘어나고 있습니다. 법원은 법률과 양심의 울타리 안에서 전체를 균형있고 조화롭게 아우르는 상생의 법을 강구해야 하겠습니다.

친애하는 대구지방법원 가족 여러분!

여러분은 많은 사건을 처리하기 위해 불철주야 애써 왔고, 이것이 법원을 지탱하는 힘이 되었습니다. 여러분의 헌신적인 노력이 있기에 마음이 든든합니다. 이제 누구나 믿고 따르고 사랑하는 법원을 만들도록 함께 노력합시다. 저는 법원장으로서 마음을 활짝 열고 여러분들의 의견을 경청하고 지원할 생각입니다. 늘 즐겁고 행복하기 바랍니다. 감사합니다.

# 제2대 대구가정법원장 취임사

2012년 9월 7일

존경하는 대구가정법원 가족 여러분, 반갑습니다.

저는 오늘 대구가정법원 법원장으로 근무하게 된 것을 매우 뜻 깊고 영광스럽게 생각합니다.

여러 모로 부족한 제가 존경하는 김창종 법원장님을 이어서 중책을 무사히 수행할 수 있을까 하는 걱정이 앞서기도 하지만, 가사·소년사건에 남다른 전문성과 뜨거운 열정을 가지신 여러분들과 함께 이러한 무거운 짐을 같이 짊어지고 갈 수 있다고 생각하니 마음이 든든합니다.

대구가정법원 가족 여러분!

저는 1991년도 해외연수를 갔던 미국에서 학교폭력과 범죄의 증가를 비롯한 수많은 사회문제가 높은 이혼율과 같은 가정의 해체에서 비롯된다고 보아 심각하게 해결책을 강구하던 모습을 일찍이 지켜본 기억이 납니다.

우리 나라에서도 이제 학교폭력과 그 내면에 자리 잡은 부모의 이혼과 같은 가족해체 현상은 이미 대구뿐만 아니라 사회 전반적으로 심각한 수준에까지 이르렀습니다. 특히 지난해 대구는 학교폭력으로 인한 자살사건으로 전국적인 관심의 대상이 된 바 있습니다.

이러한 시점에서 가정과 청소년 문제를 전문적으로 다루는 가정법원의 역할이 그 어느 때 보다 강조되고 있고, 대구가정법원의 승격은 시기적으로도 큰 의미가 있다 하겠습니다.

그리고 가정법원 승격 이후 지역사회에서 대구가정법원에 거는 기대는 그 어느 때보다 큽니다.

다시 말해 이제 가정법원은 단순한 사법적 분쟁의 해결이라는 전통적인 역할을 넘어, 법원의 도움이 필요한 당사자에게 보다 적극적으로 개입하여 후견적, 복지적인 역할을 담당해 주어야 할 시대적 요구에 직면하고 있습니다.

이를 위해 대구가정법원은 지난 5월 가정의 달을 맞이하여'우리가족 마음 알아보기'행사를 열어 달라진 가정법원의 모습을 지역민들에게 알렸고, 또한 지난주에는 경주에서'1박 2일 행복 둥지 캠프'를 열어 이혼 과정에 있는 부모와 자녀간의 관계를 개선하기 위한 뜻 깊은 행사를 마련한 것으로 압니다.

또한 소년사건 분야에서는 화해권고제도를 적극적으로 활용하여 회복적 사법의 이념을 구현하고 있고, 하반기에는 비행청소년을 위한 청소년캠프를 계획하는 등 많은 새로운 시도를 하고 있는 중입니다.

존경하는 대구가정법원 가족 여러분!

이렇듯 가정법원에 거는 국민적 기대에 부응하기 위해서는 사법부 구성원 스스로 이러한 변화와 요구에 대응할 수 있는 전문성과 역량을 강화하고 수준 높은 서비스를 제공하기 위한 노력을 아끼지 말아야 하겠습니다.

가정법원을 찾는 당사자는 다른 법원과는 달리 이혼문제, 청소년비행문제, 가정폭력 등으로 정신적, 심리적으로 많은 어려움을 겪고 있는 사람들이 대부분입니다. 가정법원은 이러한 사람들이 겪고 있는 문제를 근원적으로 해결해 줄 수 있는 든든한 조력자나 후견인이 되어야 할 것입니다.

이를 위해서는 가정법원을 찾는 당사자를 내 이웃처럼 생각하고 그들의 입장에서서 필요로 하는 도움을 줄 수 있는 다가가는 마음, 봉사하는 마음이 절실히 필요합니다.

그렇게 하여야만 가정법원을 찾는 사람들이 겪고 있는 문제를 원만히 빠른 시일에 해결하고 다시 일상으로 돌아가 건강한 삶을 영위할 수 있게 될 것입니다.

대구가정법원 가족 여러분!

저는 앞으로 법원장으로서 열린 마음으로 여러분과 소통하는 데에 노력을 아끼지 않겠습니다.

또한 법원 가족 여러분들이 편안하고 안정된 가운데서 직무를 수행할 수 있도록 뒷바라지 하는 든든한 후원자 역할을 다할 것을 다짐합니다.

아무쪼록 여러분께서도 저와 함께 대구가정법원이 전문법원으로 자리매김할 수 있도록 아낌없는 노력을 다해 주시기를 바랍니다.

끝으로 여러분과 여러분의 가정에 건강과 행복이 충만하시길 기원합니다. 대단히 감사합니다.

# 대구지방법원 조정위원 세미나 인사말

2012년 11월 22일

안녕하십니까. 바쁘신 가운데도 조정위원 세미나에 참석해 주신 조정위원님과 법관 여러분들께 감사의 말씀을 드립니다.

2012년도 어느새 끝자락을 향해 가고 있습니다. 이러한 때에 조정위원님들을 모시고 한 해 동안의 조정위원 조정의 성과를 되돌아보고 조정활성화 방안을 모색하는 세미나를 개최하게 된 것을 참으로 뜻깊게 생각합니다.

조정은 당사자 간의 상호 이해와 양보를 통하여 신속하고 경제적으로 분쟁을 해결함으로써 감정적 대립을 해소할 뿐만 아니라 분쟁의 장기화에 따른 사회·경제적 비용을 줄이는 효과를 가진 종국적인 분쟁해결수단입니다.

이 자리에 계신 법관과 조정위원 여러분들께서는 이와 같은 조정의 중요성을 익히 경험하셨을 줄로 압니다.

특히 조정위원회 조정은 조정제도의 장점을 극대화하고 수소법원, 즉 법관에 의한 조정의 부작용을 최소화할 수 있는 조정제도의 요체라고 할 수 있습니다.

대구지방법원에서는 일찍부터 덕망과 경륜이 높으신 조정위원님들이 열정적으로 조정업무에 헌신해 오셨습니다. 여기에 덧붙여 2011년도에 대구법원 조정센터가 설치되어, 대구법조계의 두터운 신망을 받아오신 김진기, 신종화 변호사님이 상임조정위원으로 위촉되셨고, 올해 3월부터는 상임조정위원과 별도로 식견이 높고 열의가 넘치는 여덟 분의 조정위원님들이 정기적으로 법원에 출근하여 조정에 임하는 상근조정위원제도가 시행되었습니다.

이와 같이 수소법원과 독립하여 실시하는 조정이 활성화됨으로써 재판을 담당하고 있는 법관들의 업무 부담이 상당 부분 경감되었고, 당사자들이 보다 자유로운 의사로 조정에 응할 수 있게 되어 절차적인 만족도가 높아지는 효과도 확인할 수 있었습니다.

사실 분쟁을 조정하는 것이 말처럼 쉽지가 않고 엄청난 인내와 노력을 필요로 하는 경우가 다반사입니다. 그럼에도 우리 법원 조정위원님들은 올 한 해 괄목할 만한 조정성과를 이루어냈습니다.

이 모든 성과는 조정위원님들께서 힘든 여건 속에서도 열과 성을 다해 조정에 매진해 주신 덕분이라고 생각하고 다시 한 번 감사드립니다.

우리 법원은 이러한 성과에 안주하지 않고, 주권자인 국민들의 눈높이에 맞추어 국민들이 만족할만한 화해적 분쟁해결방안을 찾아내기 위해 최선의 노력을 기울일 것입니다.

나아가 일반 조정위원님들의 조정을 더욱 활성화 하는 데에도 힘써 나갈 생각입니다.

여러 조정위원님들께서도 우리 법원의 이러한 노력에 적극적으로 동참해 주실 것으로 기대합니다.

오늘 세미나가 이러한 조정의 의미를 새로 되새김과 아울러 조정에 임하는 자세와 기법을 공유함으로써 조정위원들께서 조정기법을 한단계 높일 뿐만 아니라 분쟁의 종국적인 해결자로서의 자부심과 보람을 가지는 기회가 되기를 간절히 바랍니다.

더불어 우리 법원은 조정위원님들이 좀 더 편안하고 적극적으로 조정업무에 임할 수 있도록 모든 지원을 다할 계획입니다. 지금까지 그러하셨듯이 조정위원님들의 아낌없는 협조와 참여도 부탁드리고, 언제든지 조정에 관한 개선책이나 애로사항을 알려 주시면 필요한 조치를 하도록 하겠습니다.

끝으로, 오늘 발표를 맡아주신 네 분과 바쁘신 중에도 세미나에 참석하여 자리를 빛내 주신 조정위원님 여러분께 다시 한 번 감사드립니다. 아울러 여러분과 가정에 항상 건강과 행복이 충만하기를 기원합니다. 감사합니다.

# 가사 조정위원 세미나 인사말

2012년 11월 28일

조정위원님들과 법관 및 직원 여러분, 반갑습니다.

오늘 가사조정위원 세미나는 대구가정법원 개원 후 처음 맞이하는 것이라서 감회가 남다릅니다.

뜻깊은 자리를 여러분들과 함께 하게 되어 매우 기쁩니다.

존경하는 조정위원님 여러분!

올 한 해도 청사가 비좁고 불편한 여건 속에서 적극적이고 열성적으로 노력해 주신 덕분에 훌륭한 조정성과를 올렸습니다. 이 자리를 빌려 여러분들의 노고에 경의를 표합니다.

사실 분쟁을 조정하는 것이 말처럼 쉽지가 않고 엄청난 인내와 노력을 필요로 하는 경우가 다반사입니다. 특히 가족 간에 얽히고 설킨 가사사건을 조정하는 일은 훨씬 힘이 듭니다.

하지만 가사조정은 단순히 사건을 해결하는 데 그치는 것이 아니라 소중한 가정을 살리는 일이기 때문에 결코 소홀히 할 수가 없습니다.

조정위원님들께서는 숭고한 업무를 수행한다는 자부심을 가지시고 형식적이고 의례적으로 거치는 조정이 아니라 한 가정이라도 더 구제하겠다는 투철한 사명감에 입각하여 조정을 도모하는 데 애써 주실 것을 부탁드립니다.

아울러 조정의 성사 여부를 떠나 조정 과정에서 당사자의 한맺힌 사연을 충분히 들어주고, 괴로운 마음의 상처를 어루만져주고, 고달픈 처지를 위로해 주는 것이 꼭 필요합니다.

이렇게 하면 비록 힘들어도 조정을 통해 얻는 기쁨과 보람은 아주 큽니다. 이 자리에 계신 법관과 조정위원님들께서는 익히 이와 같은 경험을 하셨을 줄로 압니다.

저도 가족 간에 오랜 세월 여러 건의 민사소송을 거듭하고 할머니가 손자를 형사고소하는 지경에까지 이른 사건에서 조정을 시도한 결과 가족 간에 분쟁이 원만하게 해결되고 가족관계도 회복되어 감사 편지를 받았던 것이 재판을 하면서 가장 보람되고 뿌듯한 기억의 하나로 남아 있습니다.

친애하는 조정위원님 여러분!

여러분들은 인생경험도 풍부하시고 법관보다 당사자의 말을 더 많이 들어주실 수 있어서 조정에 적격입니다.

아무쪼록 오늘 이 자리가 조정위원님들이 그동안 쌓은 조정에 관한 노하우와 경험을 서로 교환하여 조정의 성과를 한층 높이는 계기가 되었으면 좋겠습니다.

우리 법원은 여러분들이 좀 더 편안하고 적극적으로 조정업무에 임할 수 있도록 모든 지원을 다할 계획입니다. 언제든지 조정에 관한 개선책이나 애로사항을 알려 주시면 필요한 조치를 하도록 하겠습니다.

바쁘신 가운데 오늘 세미나 행사에 참석하여 주신 조정위원님들과 법관 및 직원 여러분, 그리고 발표를 맡아 수고해 주실 세 분께 진심으로 감사의 말씀을 드리며, 얼마남지 않은 한 해 잘 마무리 하시고 다가오는 새해에도 늘 건강하시고 행복하시기를 기원합니다. 대단히 감사합니다.

# 가사 전문상담위원 위촉식 인사말

2012년 12월 5일

여러분, 반갑습니다.

대구가정법원은 올해 개원 첫 해를 맞이하여 홈페이지를 통한 공개 모집을 거쳐 상담 관련 분야의 전문성과 상담경력을 갖추신 분들을 2013년도 전문상담위원으로 선정하였습니다. 어려운 선정 과정을 통과해 오늘 위촉장을 받게 되신 여러분들에게 깊은 감사와 축하의 말씀을 드립니다.

존경하는 전문상담위원 여러분!

아시다시피 우리 나라는 이혼율이 매우 높아졌고 이에 따른 각종 사회문제도 많이 늘었습니다. 가정이 살아야 국가도 튼튼해지기 때문에 범 국가적인 대책이 절실합니다만, 가정법원도 이제 이혼사유의 당부와 같은 사법적 판단 기능에만 매달릴 수는 없습니다.

사실 이혼 과정을 들여다 보면 오래 같이 산 부부라도 남녀의 본질적 차이를 잘 알지 못하고 싸우고 화해하는 법에 서투른 경우를 흔히 발견할 수 있습니다. 그렇기 때문에 이혼을 결심한 부부라도 적절한 상담을 통해 부부관계를 회복하거나 개선하고, 이혼을 하게 되더라도 조속하게 안정을 찾고 자녀들의 고통을 조금이라도 줄이는 치료 기회를 갖게 해 줄 필요가 있습니다. 그런데 이런 부부상담과 치료 프로그램을 법관과 법원 직원들이 감당하기에는 능력과 시간이 부족한 실정입니다. 그런만큼 우리 법원이 전문가인 여러분들에게 거는 기대가 아주 큽니다.

오늘 이 자리에 계신 전문상담위원 여러분께서는 가정법원의 후견적·복지적 역할의 큰 축을 담당하고 있다는 긍지와 자부심을 가지시고 하루빨리 이 제도가 정착되고 활성화되어 이혼의 위기를 겪고 있는 모든 부부와 가정에 마지막 희망을 안겨

주실 것을 당부 드립니다.

친애하는 전문상담위원 여러분!

우리 법원은 여러분들이 좀 더 편안하고 적극적으로 상담업무에 임할 수 있도록 모든 지원을 다할 계획입니다. 언제라도 개선책이나 애로사항을 알려 주시면 필요한 조치를 하겠습니다.

끝으로 바쁘신 가운데 오늘 위촉식 및 간담회 행사에 참석하여 주신 전문상담위원들과 법관 및 직원 여러분, 그리고 간담회 발표를 맡아 수고해 주실 분들께 진심으로 감사의 말씀을 드리며, 얼마 남지 않은 한 해 잘 마무리 하시고 다가오는 새해에도 늘 건강하시고 행복하시기를 기원합니다.

대단히 감사합니다.

# 2012년도 하반기 대구지방법원 전체판사회의 마무리 인사말

2012년 12월 17일

여러분, 올 한해 정말 수고 많으셨고, 덕분에 우리 법원이 역할을 충실히 잘 하게 되어 법원장으로서 감사하게 생각합니다. 여기에 만족하지 말고 분발해서 내년에는 더욱 잘해주실 것을 부탁드립니다.

우리가 하는 재판업무는 너무나 중요하고, 그 중요한 일을 하는 여러분 판사 개개인, 한 사람, 한 사람은 너무나 소중합니다. 요즘 사회의 갈등과 분쟁이 갈수록 심해지는데, 주위를 둘러봐도 중심을 잡고 시비를 가려줄 집단이, 국민들은 여전히 불만스럽게 생각하지만, 그래도 우리 사회에서 법원 외에는 없다는 생각이 듭니다. 그런 만큼 여러분 한 사람 한 사람의 위치와 역할이 굉장히 중요합니다. 대법원장님이 경력법관 임명식에서 이런 말씀을 하셨습니다.'만일 자신에게 국민이 원하고 있는 법관상을 만족시킬 만한 능력이 없다고 판단되면 언제라도 법관직을 물러나겠다는 비장한 각오가 있어야 할 것입니다. 이는 법관의 직을 맡은 이상 피할 수 없는 숙명임을 자각하여야 합니다.'그러니 하는 데까지 열심히, 신명나게 해보다가 안 되면 그만두면 되는 것이니까, 주눅 들지 말고, 당당하게 해주시면 좋겠다는 생각이 듭니다. 사건을 대할 때에 한 건 한 건 정성을 다해야 하고, 사건 기록이 활자체로 되어 있지만, 거기에는'억울하다, 분하다, 살려 달라, 도와 달라'는 소리 없는 아우성이 넘쳐나고 있다는 것을 명심해야 합니다. 그런 억울함을 잘 듣고 풀어주자면 우리가 가진 시간을 오롯이 투자해도 쉽지가 않습니다. 국민의 자유와 권리를 지켜주기 위해서는 자기가 가진 개인적인 자유 시간을 희생해야만 하는 직업이 판사의 직업인 것 같습니다. 여러분이 힘들다고 해서 소홀히 할 수도 없는 일이니, 항상 건강에 유념해서 열심히 해 주시길 바랍니다.

이 일은 어떤 대가를 바라서 하는 일이 아니고 우리가 당연히 해야 할 일이지만, 혹시 '그렇게 해서 결국 놀 것도 못 놀고, 가족들도 팽개쳐놓고 해봐야 나중에 남는 게 뭐야, 내만 손해지.'라고 말할지 모르지만, 여러분보다 조금 더 살아온 처지에서 말하자면 결코 그렇지 않습니다. 풀이나 꽃도 예쁘다고 하고 좋다고 해주면 반응을 한다는 과학적인 연구 결과가 나와 있습니다. 또 책을 통해서 개나 제비도 어려울 때 사람을 도와준다는 것도 듣지 않았습니까. 이게 그저 터무니 없는 얘기라고 치부할 것이 아닙니다. 짧은 인생에서 우리가 하는 일들을 아무도 모를 것 같아도, 또 내가 이렇게 열심히 하는 것을 아무도 알아주지 못하는 것 같아도, 분명히 아는 사람이 있습니다. 우선, 같이 일하는 부장판사나 배석판사 또는 동료 판사들이 알 것이고, 또 법조계가 좁은 사회이기 때문에 누군가 반드시 알게 되어 있습니다. 설사 아무도 모른다고 하더라도, 눈에 보이는 것이 전부가 아니라, 아까 이야기했듯이 심지어 풀이나 꽃도 반응하는데, 우리가 만나는 사람들이 결코 목석이 아니고, 우리가 대하는 피고인들이나 당사자, 그런 사람들이 무심한 것 같아도, 분명히 그 사람들이 여러분의 노고에 무언의 응답을 할 것이라고 믿습니다. 바로 알아주지 않는다고 절대 섭섭해 하지 마세요. 여러분들의 노력은 결코 헛되지 않습니다.

장시간 고생하셨습니다. 연말연시 건강 조심하시고 새해에도 기쁜 얼굴로 반갑게 만나 뵙기를 바랍니다. 감사합니다.

# 2013년도 대구지방법원 시무식 인사말

2013년 1월 2일

사랑하는 대구 법원 가족 여러분, 2013년 새해가 밝아 올랐습니다.

우리는 금년에도 가족을 아끼고 동료들과 이웃을 배려하며 국민에게 봉사하고 국가에 헌신할 것을 다짐하며 기쁜 마음으로 한 해를 시작합니다.

방금 대법원장님의 시무식사와 고등법원장님의 신년인사에서 많은 격려와 훈시의 말씀이 있었습니다.

우리 법원 가족들은 새롭게 정신을 가다듬고 공정하고 신속한 재판과 진정성 있는 소통을 이루어 국민의 신뢰를 받도록 더욱 노력할 것을 당부합니다.

저도 대구 법원이 활기와 희망이 넘치고 신명나는 일터가 되도록 법원장의 임무에 최선을 다하겠습니다.

존경하는 대구 법원 가족 여러분!

우리가 광활한 우주 한 모퉁이 지구에서 아름다운 인연으로 만나 함께 울고 웃고 일하는 것은 경이로운 기적이고 축복입니다.

새해 벽두 어두운 경제 전망이 우리를 우울하게 하지만, 한줄기 햇빛에도 감사하고 매사에 만족하며 힘차게 살아갑시다.

올해도 여러분들의 모든 소망을 성취하시고, 가정에 늘 건강과 행운이 충만하기를 기원합니다. 대단히 감사합니다.

# 경북대학교 법학전문대학원 졸업식 축사

2013년 2월 22일

여러분, 안녕하십니까.

지난 3년간의 혹독한 과정을 무사히 마치고 법조인의 첫발을 내딛게 된 졸업생 여러분과 가족분들께 대구지방법원, 대구가정법원을 대표하여 축하의 말씀을 드립니다.

아울러 졸업생 여러분을 훌륭하게 길러주신 함인석 경북대학교 총장님, 신봉기 법학전문대학원장님을 비롯한 관계자 여러분의 노고에도 경의를 표합니다.

졸업생 여러분!

법조인은 국민의 생명과 신체, 재산을 다루는 막중한 직책입니다. 여러분이 그 역할을 충실히 하기 위해서는 졸업하는 이 순간부터 새로운 각오로 시작해야 합니다.

무엇보다 꾸준히 법률 전문가로서 실력을 연마해야 할 것입니다. 이 과정에서 법률 작업이 매우 긴장되고 보람있음을 몸소 깨닫기 바랍니다. 그저 따분하고 고통스럽게만 여겨서는 평생의 직업으로 할 수가 없습니다.

그리고 여러분이 법조의 길에 들어서기로 마음 먹었을 때 가졌던 초심을 잃지 말고 하늘을 우러러 한 점 부끄러움이 없도록 양심껏 당당하게 살아갈 것을 당부합니다. 상식과 순리를 무시하고 특권과 반칙을 두둔한다면 법률가의 존재가치가 없습니다. 우리는 공평하고 정의로운 사회의 실현을 꿈꾸며 법을 공부했고, 이것이 힘든 법조인의 업무를 감당하는 이유입니다. 여러분의 자존심과 명예를 걸고 어떤 순간에도 거짓이 진실을 이기게 하는 데에 가담해서는 아니 됩니다.

졸업생 여러분!

법조환경은 지난 수년간 급변해 왔고, 그 변화는 현재도 빠른 속도로 계속되고 있습니다. 이러한 법조환경의 변화로 인하여 법조에 막 나가려는 여러분은 불안과 혼란을 느낄 수도 있습니다.

하지만 세상이 아무리 변하고 각박해져도 최선을 다하는 사람에게는 반드시 문이 열리게 되어 있습니다. 여러분 각자의 자리에서 주인의식을 가지고 능동적으로 변화에 대처해 간다면, 그리고 실패를 두려워하지 않고 끊임없이 도전한다면 틀림없이 많은 기회가 올 것입니다.

여러분이 지난 3년간 이곳에서 쏟아 부었던 열정과 노력은 이러한 변화에 대처하고 어려움을 극복하는 데에 귀중한 밑거름이 될 것으로 확신합니다.

졸업생 여러분!

오늘은 여러분에게 참으로 기쁘고 뜻깊은 날입니다. 가족과 세상의 은혜를 깊이 명심하고, 지금부터 여러분이 만나는 사람 사람마다, 사건 한 건 한 건에 겸손한 자세로 정성을 다하기 바랍니다. 여러분은 젊고 무엇이든지 할 수 있습니다. 자기 걱정만 하지 말고 국민의 아픔과 고통을 살피겠다는 큰 포부를 가지고 세상에 나가면 좋겠습니다. 여러분의 맹활약을 기대합니다.

다시 한 번 졸업을 축하하며, 여러분의 앞날에 건강과 행복이 가득하기를 진심으로 기원합니다.

# 대구지방법원 가족 한마음 체육대회 인사말

2013년 5월 25일

〈개회사〉

안녕하세요? 반갑습니다.

아침 일찍 나오느라 고생하셨습니다.

오늘 대구 법원 온 가족이 한마음으로 모였습니다.

어떠세요. 좋습니까?

존경하는 대구 법원 가족 여러분!

우리 법원은 여러분들의 노고와 열정 덕분에 크게 발전해 왔습니다.

수고하셨습니다. 그리고 감사합니다.

그러나 만족하지 말고 더욱 노력합시다.

돌에도 정성을 다하고 혼을 불어 넣으면 석가탑, 다보탑이 되고 석굴암이 됩니다.

가정과 법원에서, 그리고 사회에서, 우리가 만나는 사람마다 진심을 다해서 대하고, 취급하는 사건마다, 하는 일마다 매사에 성심성의를 다하고 혼신의 힘을 쏟아 부읍시다.

한마음으로 뭉쳐서 하면 못할 일이 없습니다.

어차피 하는 일, 즐겁게 하고 보람을 찾읍시다.

사랑하는 우리 법원 가족 여러분!

오늘은 승리를 다투는 날이 아니고 우정을 나누는 날입니다.

마음껏 뛰고 뒹굴며 놀아 봅시다.

흉금을 터놓고 뜨거운 정을 나눕시다.

안전에 각별히 조심해서 기쁜 하루가 되기 바랍니다.

큰 행사를 준비하고 진행하고 촬영하느라 고생하는 법원 담당자들과 멋진 장소를 내주고 도와주신 대구한의대학교 관계자분들, 그리고 의료지원에 나선 경산중앙병원 의무팀 여러분들께 깊은 감사를 드립니다.

대단히 감사합니다.

국민과 함께 하는 최강 T.N.F.C.!
법원은 국민 속으로, 국민은 법원 속으로!
T.N.F.C.
무적김천

2013 대구지방법원가족 한마음 체육대회

〈폐회사〉

오늘의 큰 행사가 이제 막을 내립니다.

모두 한마음이 되어 아름다운 축제를 만들었습니다.

여러분들의 끼와 열정을 보고 감탄했습니다.

여러분들이 가족처럼 화기애애한 모습을 보고 행복했습니다.

너무나 자랑스럽습니다.

"마카 욕봤심더"

다들 하루종일 즐겁고 행복했습니까?

오늘같이 늘 즐겁고 행복한 비결을 특별히 알려드리겠습니다.

아이들은 놀이기구를 타면 재미있고 스릴 있어 합니다.

우리가 타고 있는 지구는 얼마나 스릴 있는지 아십니까?

KTX가 시속 200km, 나로호 우주선은 발사 후 시속 3만km 정도인데, 이 큰 지구는 KTX의 8배나 되는 시속 1,600km로 빙글빙글 돌면서, 한 시간에 무려 10만 8천km, 하루에 260만km를 날아갑니다.

예전에 어느 과학자는 죽어가면서도 "그래도 지구는 돈다."라고 외쳤습니다.

우리는 아직도 지구가 엄청난 속도로 돌면서 날아가는 사실을 전혀 느끼지 못합니다.

행복도 마찬가지로, 도처에 행복이 널려 있다고 하는데도, 우리는 행복한 줄 모릅니다.

황사가 몰려와야 공기의 존재를 깨닫고, 갈증을 겪어야 물 한방울이 소중함을 알고, 몸이 아파야 걷고 뛰는 것이 고마운 줄 알고, 누군가 떠나야 비로소 그 자리를 느끼게 됩니다.

알 수 없는 어디서 와서, 이렇게 살아 있다는 것이야말로 기적이요, 가족들과, 동료들과 마주보고 이야기를 나누는 것은 최고의 특권이니, 평생 맘껏 누리며 살아갑시다.

여러분들의 노고에 다시 한 번 감사드리고, 같이 와주신 가족분들께 특별한 감사의 인사를 올립니다.

함께 손잡고 해처럼 빛나고 달과 별처럼 황홀한 꿈을 나누면서 안녕히 돌아가세요.

대구 법원 가족 여러분!

"사랑합니다. 늘 건강하고 행복하세요."

# 제51회 대구경북지방법무사회 정기총회 격려사

2013년 5월 31일

친애하는 대구경북지방법무사회 회원 여러분!

오늘 많은 회원님들과 협회장님, 그리고 전국 각 지방법무사회 회장님들이 참석하신 가운데 제51회 정기총회가 열리게 된 것을 진심으로 축하드립니다. 이렇게 뜻깊은 자리에서 인사말씀을 올리게 된 것을 매우 기쁘고 영광스럽게 생각합니다.

회원 여러분께서는 투철한 봉사정신과 사명감을 바탕으로 어려운 여건과 환경 속에서도 주민들과 가장 가까운 거리에서 주민들이 원하는 법률서비스를 제공해 오셨습니다. 덕분에 대구 경북의 주민들은 한적한 시골에서도 가족관계는 물론이고 부동산을 사고 팔거나 그 밖에 법률문제가 생길 때마다 회원 여러분들에게 쉽고 친근하게 다가가 묻고 도움을 받을 수 있었습니다. 여러분들은 실로 우리 사회의 법치주의를 지탱하는 풀뿌리의 역할을 다해 왔습니다. 이는 여러분들의 엄청난 자산이요 자랑거리입니다.

또한, 여러분들은 우리 법원 민사조정위원으로 참여하여 각종 분쟁의 원만한 해결에 중요한 역할을 담당해 주셨을 뿐만 아니라, 우리 법원 민원실 및 등기국에서 매일 무료법률상담을 헌신적으로 함으로써 우리 법원의 대국민 서비스 향상에도 크게 기여해 주셨습니다.

이 자리를 빌려 김만출 회장님을 비롯한 회원 여러분들께 진심으로 감사의 말씀을 드립니다.

존경하는 회원 여러분!

우리 사법부는 '국민과 소통하는 열린 법원'이라는 기치 아래 국민의 입장에서 국민이 보다 편리하게 이용할 수 있고, 효율성이 높은 사법제도를 마련하여 시행하고자 노력하고 있습니다.

그러나 아무리 좋은 제도라 할지라도, 사법부의 의지와 노력만으로 성공을 이루어내기는 어렵습니다. 국민과 함께하는 법조 전반의 호응과 협조가 절실히 요구되며, 그런 점에서 대구경북지방법무사회 회원 여러분의 역할과 참여도 참으로 중요합니다.

최근 우리 법원은 대구경북지방법무사회에 부동산 표준 매매계약서의 설명과 관련하여 이해와 협조를 구하기도 하고, 여러분들의 귀중한 의견을 청취하기도 했습니다.

앞으로도 우리 법원의 사법행정업무에 대하여 여러분들의 많은 관심과 적극적인 참여를 부탁드리며, 우리 법원도 여러분에게 적극적인 협조를 아끼지 않을 것입니다.

다시 한 번 대구경북지방법무사회 제51회 정기총회를 진심으로 축하드리며, 이 자리가 회원 전체의 단합을 촉진하는 자리가 됨은 물론, 지역의 법률문화를 더욱 발전시킬 수 있는 계기가 되어 대구경북지방법무사회가 한 단계 더 도약할 수 있기를 바랍니다.

끝으로, 오늘 표창의 영예를 안으신 회원 여러분께 진심으로 축하의 말씀을 드리며, 대구경북지방법무사회의 무궁한 발전과 회원 여러분과 여러분의 가정에 늘 건강과 행운이 가득하시기를 기원합니다. 대단히 감사합니다.

# 대구지방법원 등기국 개국식 축사

2013년 6월 3일

대구지방법원 등기국 개국식을 맞이한 오늘은, 대구지방법원 가족들에게 대단히 기쁜 날입니다. 바쁘신 가운데서도 우리 법원 가족들과 함께 등기국의 개국을 축하하기 위하여 참석해 주신 내외 귀빈 여러분께 먼저 감사의 말씀을 올립니다.

대구지방법원 등기국은 대법원의 「제2차 등기소 신·재축 장기계획」중 대도시 등기소의 광역화 계획에 따라 대구지방법원 본원 등기과 및 관내 등기소 중 남대구, 북대구, 동대구 3개 등기소를 통·폐합하여 설치함으로써, 등기업무의 전문성을 강화하고 효율성을 제고하여 국민의 편익을 증진하고자 이곳에 문을 열게 되었습니다.

오늘 개국이 있기까지에는 어려운 여건 아래서도 신축계획 수립부터 신청사 건축과 구청사 이전 및 통합이라는 업무를 법원 안팎에서 차질없이 수행해 낸 많은 사람들의 공로가 있었습니다. 이 자리를 빌려 그동안의 노고를 치하하며 경의를 표합니다. 아울러 물심 양면으로 지원해 주신 대법원 당국에도 진심으로 감사드립니다.

우리 법원 등기국은 최신의 시설을 갖추고 또 가장 효율적인 시스템을 만들어 출발하는 만큼, 청사 1층에 민원편의를 위해 민원상담실, 무인발급기실, 무료법률상담실, 여성휴게실, 은행창구를 배치하였고, 등기운영과에는 각종 민원서식을 비치하여 등기국을 찾아오는 민원인들이 나홀로 등기신청도 가능하도록 기반을 마련하였습니다. 특히, 이번 등기국으로의 개편을 계기로 인터넷 등기신청 서비스를 정착시켜 국민에게 보다 양질의 등기서비스를 제공할 수 있게 될 것입니다.

지난 4월 29일 신청사로 이전한 후 1달 이상 신청사에서 근무하고 있는 등기국 직원들로서는 기존의 노후된 등기소에 근무하면서 느끼던 불편함에서 벗어나 쾌적한 환경을 몸소 느끼고 체험하였을 것입니다.

그러나 등기국을 개국한 궁극적인 목적은 국민들의 편익을 위한 데에 있음을 깊이 명심하여, 우리 등기국 구성원 모두는 새로운 자세와 각오로 "국민과 소통하는 열린 법원"이라는 우리 사법부의 목표를 구현하기 위하여 더욱 친절하고 공정하고 정확하게 국민이 부여한 직무를 수행해 나가야 할 것입니다.

아울러 우리 등기국에서 근무하는 직원들은 자부심과 책임감을 가지고 통합된 기준 아래 등기업무를 처리하고, 공동 작업을 통해 등기업무 전반에 대한 심도 있는 연구를 함으로써 앞으로 사법등기제도의 지속적인 발전을 가져옴으로써 국내는 물론이고 세계적으로도 인정받는 등기국이 되도록 가일층 분발할 것을 당부합니다.

끝으로 이 자리를 빛내주신 내외 귀빈 여러분께 다시 한 번 깊은 감사의 말씀을 드리며, 여러분과 여러분의 가정에 늘 건강과 행복이 함께 하기를 기원합니다. 대단히 감사합니다.

# 2013년도 상반기
# 대구지방법원 전체판사회의 마무리 인사말

2013년 4월 8일

여러분들의 좋은 의견을 잘 들었습니다. 어떻게 하면 재판을 잘 할 수 있을까 하는 점은 법관이라면 누구나 고민하는 문제이고, 재판한 연륜이나 개인적 경험에 따라 각자 다양한 견해를 가지고 계실 줄 압니다.

흔히 판사가 되려면 리걸 마인드가 있어야 한다는 이야기를 많이 합니다. 법관에게 꼭 필요하기 때문에 초임 법관들은 리걸 마인드를 잘 훈련해야 합니다. 하지만 이것만으로 재판이 다 잘 될 수는 없는 일이고, 또 자칫 법률지식에 매몰되어서 사건의 본질을 경시하거나 사건을 판례에 꿰맞추어 형식적이고 기계적으로 쉽게 처리해 버릴 위험도 없지 않습니다.

일부에서는 정의를 실현하려는 의지가 있어야 된다는 이야기도 많이 하는 것 같습니다. 법 공부를 하면서 누구나 한 번쯤은 정의를 세우겠다는 각오를 가졌겠지만, 그것도 세월이 지나면 또 잊고 매너리즘에 빠지게 되고, 그러다보면 얼렁뚱땅 기록을 보고 편하게 결론을 내리는 경우가 생기게 됩니다. 실제 재판을 해보면 본격적으로 정의가 문제되는 사건이 그리 많지도 않습니다. 경우에 따라서는 그런 사건만 골라서 열심히 하고 나머지는 대충 처리해 버리는 일이 생긴다면 매우 위험합니다.

재판해 오면서 각자에게 맞는 비법이 있겠지만, 개인적으로는 측은지심이 꼭 필요하다는 말을 하고 싶습니다. 법관이 구체적인 사건을 통해서 당사자의 힘든 사정과 부당한 현실을 대할 때'당연하지 뭐.'라거나'할 수 없지''어쩔 수 없지'라고 쉽게 단정하지 않고, 이를 딱하게 여기고 자기 일처럼 가슴 아파하면서'무슨 해결책이 없을까?' 끝까지 고민하고 궁리하는 이런 자세를 가져야 된다고 생각합니다.

솔직히 재판을 잘했던 것은 아니지만, 여러분들에게 참고가 될 만한 몇 가지 사건을 가지고 이야기 해 보겠습니다. 판사로 임관된 직후에 담당한 사건인데 아직도 기억이 생생합니다. 피고인은 앞을 볼 수 없는 시각장애인이었는데, 피고인의 처가 피고인을 간통죄로 고소를 하고 그 중학생 딸이 엄마 편에서 증언을 하여 결국 1심에서 피고인이 실형을 선고받은 뒤 항소를 해서 올라온 사건이었습니다. 재판이란 억울하지 않게 해주어야 하는 건데 만약 억울함을 쌓이게 한다면, 특히 이 피고인은 그렇잖아도 처지가 딱한 시각장애인인데 혹시라도 재판까지 잘못되면 얼마나 한이 맺힐까라는 생각이 들어서 밤을 새워가며 기록을 읽고 판결문을 썼던 일이 지금도 기억납니다.

여기 대구지방법원에 부장판사로 발령받아 와서 맡은 사건 가운데, 호텔종업원이 새벽 2시에 일을 마치고 그날 오전 합천 해인사 부근에서 회의가 있어서 가자는 부사장의 지시로 바로 운전을 하고 가다가 새벽 6시경 졸린 나머지 중앙분리대를 들이받아 크게 다친 사건이 있었습니다. 뒷자리에 탄 부사장은 다행히 멀쩡했지만 그 종업원은 크게 다쳐서 호텔을 상대로 변호사를 선임해서 소송을 했는데, 1심 법원에서는 안전운전을 해야 하는 운전자가 스스로 졸음운전을 했으니 결국 전적으로 원고 본인의 책임이라는 이유로 원고패소판결을 선고해버렸습니다. 원고가 변호사 없이 항소를 해서 첫 기일에 출석하니까 피고측 변호사는 바로 종결해달라고 재촉을 했는데, 그때 생각에 비록 졸음운전을 한 것은 잘못이지만 '호텔측이 직원을 혹사하고 당일도 무리하게 운전을 시켜서 사고가 나고 말았는데, 먼 영덕에서 아직 낫지도 않은 몸을 이끌고 절룩거리며 와서 치료비도 없이 딱하니 억울한 점이 없도록 해야겠다'하는 그런 생각이 들었습니다.

얼마 안 되었습니다만 수원에서 일어난 14살 소년·소녀 4명이 실형을 선고받고 온 사건의 재판을 해보니까, 피고인들은 계속 부인을 하다가 지쳐서 검사가 자백만하면 풀어줄 것처럼 말을 해서 이를 믿고 자백을 했는데, 자기들이 안 풀려나가니까 그 후 계속 부인했지만 1심에서 실형을 선고받고 다시 항소를 해서 왔었습니다. 그때 생각에 대한민국이라는 나라에서 어른들이, 그것도 국민의 인권을 지킨다는 검사와 법관들이 어린아이들한테 이런 방식으로 수사하고 재판하는 게 과연 제대로 된 나라인가, 법치주의 국가인가라는 자괴감이 들었습니다. 무죄판결을 선고해서 그 뒤에 확정되었는데, 결국 재판을 해보면 실체적인 진실을 밝혀야겠다는 정의감보다는 당사자가 얼마나 억울할까 하는 안타까움, 건방지게 말하면 연민, 불쌍한 생각, 이런 게 결국 법관을 매너리즘에 빠지지 않고 꾸준히 재판업무를 할 수 있게 하는 원동력이 아니었나 하는 경험을 참고로 말씀드립니다.

아마 젊은 법관들에게는 아직 선뜻 잘 와 닿지 않을지 모르지만, 근거를 들어보겠습니다. 병원에 가서 아이들 병간호하는 어머니들을 보면 모성애가 참으로 놀랍습니다. 불교에서 말하는 '자비'라는 말이 어머니 자(慈)에 슬플 비(悲)입니다. 성경을 보면 사랑의 핵심을 영어로 'mercy, pity'라고 합니다. 한글 성경에서는 이를 '긍휼'이라고 하고 그 뜻은 '불쌍히 여겨서 도와준다'는 의미라고 합니다. 유교에서 말하는 사단칠정론도 마찬가지로, 맹자는 인간의 본성이 착하다고 하면서 인간이 가져야 할 첫 번째 덕목으로 '측은지심'을 들고 있습니다. 세종대왕이 훈민정음을 창제한 것도 어리석은 백성에 대한 연민 때문이라고 합니다. 백성들은 훌륭한 경전이 있어도 한문으로 되어 있어서 그 좋은 뜻을 접하지 못하고, 또 중죄의 재판을 당해서도 글을 아는 사람들이나 부자들은 자기들의 사정을 적어서 올리는데, 글을 알지 못하는 가난한 백성들은 억울한 사정을 전혀 적어내지도 못한 채 임금 앞으로 사건이 올라오는 것을 보고 이를 딱하게 여겨 훈민정음을 창제하였다고 합니다.'우리 나라 말이 중국과 달라 한자와는 서로 잘 통하지 아니한다. 이런 까닭으로 어리석은 백성들이 말하고자 하는 바 있어도 마침내 제 뜻을 펴지 못하는 사람이 많다. 내가 이를 가엽게 여겨 새로 스물여덟 글자를 만드니 모든 사람들로 하여금 쉽게 익혀서 날마다 쓰는 데 편하게 하고자 할 따름이다. 그런 까닭으로 지혜로운 사람은 아침나절이 되기 전에 이를 이해하고, 어리석은 사람도 열흘 만에 배울 수 있게 된다. 이로써 경전을 해석하면 그 뜻을 알 수가 있으며, 이로써 송사訟事를 들어서 처단하면 그 실정을 알아낼 수가 있게 된다.'자주 인용되는 목민심서에도 목민관은 달려와서 호소하는 백성들이 부모의 집에 들어오는 것 같이 편안하게 해야 한다고 되어 있습니다. 결국 모든 성인들은 어머니가 자식을 대하는 것 같은 안타까움, 눈물, 연민의 마음으로 사람을 대하고 일을 처리해 온 것을 알 수 있습니다. 그러니 재판장이 되면 사건만 보지 말고, 사건 너머에 있는 사람을 굽어 살펴서 법원에 오는 한 사람 한 사람을 내 가족처럼 생각하고, 그들의 안타까운 사연을 귀담아 들어주고, 내 일, 내 부모 내 자식 일처럼 안타까워하고 같이 가슴 아파 하고, 억울하지 않게 해결책을 모색해 주고, '내가 게으름을 피워서 재판받는 당사자에게 혹시 억울한 일이 생기지는 않게 해야지'라는 각오가 있어야 진정한 법관의 길로 나아가게 된다고 생각합니다. 그래야 당사자 한 사람 한 사람을 존중하게 되고, 처리하는 사건 한 건 한 건에 진정으로 성의를 다하여, 오랫동안 법관생활을 해도 매너리즘에 빠지지 않고, 일이 많아 힘들어도 지치거나 피곤하지 않게 될 것입니다. 그저 똑똑하고 법률을 잘 안다는 것을 과시해서는 참다운 승복을 받아낼 수 없고, 소송 당사자들에게 따뜻하고 자애로운 마음이 우러나서 당사자들이 진정성을 느낄 수 있게 해야 합니다. 법원하면 사건을 떼는 곳, 이런 인상이 아니라, 뭔가 당사자에게 해결책을 찾아주고 위로와 힐링을 준다는 느낌을 갖게 해야 할 것입니다. 그렇다고 불쌍하니까 잘 봐줘야 한다는 뜻은 결코 아닙니다. 예를 들어 포장마차 단속에 걸려서 왔는데, 불쌍하다고 무죄석방하거나 봐줄 수는 없는 법입니다. 다만 같은 처벌을 하더라도 그들을 도시미관의 암적인 존재로 치부해서 적대감을 가지고 처벌하는 경우와,'단속을 어기면서까지 일을 할 때는 집에 누군가 아프던지, 형편이 너무 어려워서 그랬겠지. 하지만 법을 어겼으니 처벌을 피할 수는 없다'는 측은한 마음을 가지고 처벌하는 경우, 어느 경우에 재판에 승복을 하겠습니까.

친애하는 대구지방법원 법관 여러분, 우리가 공직의 길에 나와 국민의 생명과 신체, 재산을 다루는 막중한 임무를 감당하겠다고 나선 이상, 평범한 시민처럼 개인적 여가를 다 즐기고 자기 가족을 챙기는 일에만 매달릴 수는 없고, 귀중한 시간과 열정을 바쳐서 성스러운 임무를 완수하여야만 합니다. 여러분이 갈고 닦은 최고의 리걸 마인드를 어디에 쓰겠습니까. 정의를 말로 외치기만 해서는 실체가 없는 껍데기일 뿐입니다. 승진도 법관의 목표가 될 수 없고, 그렇다면 무얼 하겠습니까. 결국 자신이 평생 법관 생활을 통해 만난 사람들 중에, 내가 조금이라도 위로해줄 수 있고 내가 나서서 억울함을 풀어줄 수 있는 그런 일을 해야 하는 것 아니겠습니까. 그래서 세상의 정의를 혼자서 다 세울 수는 없지만, 적어도'내가 맡은 사건만은 정의를 세우겠다. 내가 맡은 사건만은 잘 보살피겠다. 내가 맡은 사건에서는 단 한 건에서도 억울한 사람이 없도록 하겠다.'라는 각오를 우리 함께 가져봅시다. 우리는 동행자로서 서로 경험을 공유하고 때로 채찍질하고, 때로 격려하고 위로하면서 함께 잘해 봅시다. 감사합니다. 이로써 오늘 전체판사회의를 모두 마치도록 하겠습니다. 대단히 수고 많으셨습니다.

# 글샘 문윤외 개인전을 축하하며

2013년 10월 15일

글샘 문윤외 작가의 서예작품 개인전을 많은 애호가님들과 함께 진심으로 축하드립니다.

종이와 붓과 먹은 친근한 소재이지만, 지필묵을 가지고 글을 쓰는 창작활동은 쉽지 않은 일입니다. 화선지 위에 거무스름한 먹색과 한 덩어리가 되어 일념통천(一念通天)의 마음을 담아야 하기 때문입니다. 더욱이 공직에 봉직하면서 꾸준히 창작활동을 하는 것은 성실함과 인내심 없이는 불가능한 매우 성스러운 일이라고 생각합니다. 그래서 우리 법원에서 근무하는 글샘 문윤외 작가가 너무나 자랑스럽습니다.

이번 서예전에서 글샘 문윤외 작가는 전통서예의 흑백, 여백미의 수묵화, 금석문의 입체감, 도자기의 담백미 등을 통해 창작의 고통을 아름다움으로 표현하고 있습니다. 공직에 봉사하며 창작활동을 한 지난 37년간의 삶을 그윽한 묵향으로 표현한 것을 보니 대단히 기쁩니다.

창작인은 작품과 함께 늘 다시 태어난다고 합니다. 글샘 문윤외 작가의 새로운 탄생을 거듭 축하드리며, 앞으로 맞이할 인생에 더 많은 축복이 있기를 간절히 바랍니다. 감사합니다.

# 알기 쉬운 법률용어와 판결서 공개토론회 인사말

2013년 10월 21일

'알기 쉬운 법률용어와 판결서 공개토론회'에 참석해 주신 여러분!

안녕하십니까. 대구지방법원장 조희대입니다.

법원은 국민과의 소통을 통해 사법부의 신뢰를 증진하고 법치주의를 확립하고자 애를 쓰고 있습니다. 그런데 국민들은 법률용어가 무척 어렵고 판결서도 난해하다고 합니다. 이래서는 진정한 소통이나 법치주의 실현은 시작부터 벽에 부딪치고 맙니다. 그러므로 법원은 알기 쉬운 법률용어를 사용하고, 판결서도 이해하기 쉽고 간결하게 작성해야 합니다.

이는 동서고금을 막론하고 국민을 위한다면 꼭 달성해야 할 목표임을 역사가 말해 줍니다.

옛날 백성들은 법을 모르고 글을 몰라서 억울한 일을 겪었고, 또 억울함을 당해도 제대로 호소할 수 없었습니다.

세종대왕은 이를 안타깝게 여겨 "백성들이 법을 다 알게 할 수는 없겠지만, 큰 죄의 조항이라도 뽑아 이두문으로 반포해서 백성들이 죄를 피할 수 있게 함이 어떻겠는가."라고 물었습니다. 이조판서 허조는 "백성이 법을 알게 되면, 죄가 크고 작은 것을 헤아려서 법을 두려워하는 바가 없어지고, 법을 농간하는 무리가 생겨날 것입니다."라며 반대했습니다. 세종대왕은 "백성들이 법을 알지 못하게 해놓고 이를 어긴 자를 벌주면 조삼모사의 술책이 아니겠는가. 백성들에게 법이 금한 바를 알게 해서 피하게 함이 옳겠다."라고 하였습니다.

세종대왕은 여기서 그치지 않고 훈민정음을 창제하였는데, 그 창제의 뜻을 밝힌 가운데서 "나라 말이 중국과 달라 서로 통하지 않으므로 어리석은 백성이 말하고 싶은 바가 있어도 그 뜻을 펴지 못하고, 옥사를 다스리는 사람은 사건의 곡절을 알 수 없어 괴로워하였다. 내 이를 딱하게 여겨 새로 스물 여덟자를 만들었으니, 이로써 송사를 들으면 그 사정을 알아낼 수가 있다."라고 하였습니다. 최만리는 "송사를 공평하게 처리하고 못하는 것은 옥을 다스리는 관리에게 달린 일이지 쉬운 문자가 있고 없음에 달린 일이 아닙니다."라며 반대했습니다.

이렇게 세종대왕은 관리들의 완강한 반대를 물리치고 백성을 위한 자랑스러운 사법의 역사를 열었습니다.

대법원은 세종대왕의 숭고한 정신을 이어받아 1961년 대한변호사협회의 강력한 반대 성명에도 불구하고 판결서를 비롯한 법원의 모든 문서를 한글로 적도록 획기적인 조치를 취하였습니다. 2002년 전문 개정되어 시행된 민사소송법, 민사집행법은 대법원의 주도로 법조문의 문장 구조를 짧고 자연스럽게 고치고 용어도 쉬운 말로 대폭 바꾸어 국민들이 알기 쉽게 만들었습니다. 법제처는 2006년부터 '알기 쉬운 법령 만들기'정책을 추진해서 법률을 쉬운 말로 만드는 작업을 계속하고 있습니다.

외국에서도 일반 시민들이 알기 쉽게 법을 만들고 판결을 하기 위해 다각도로 노력하고 있습니다.

나폴레옹은 전쟁의 와중에도 법전 편찬 회의에 참석할 만큼 열과 성을 다해 단순

명료한 내용의 프랑스 민법전을 만들었고, 나중에 세인트 헬레나 섬에 유배되어서도 "나의 진정한 영광은 40회의 전투에서 승리한 것이 아니다. 아무도 빼앗을 수 없고 영원히 살아남을 것은 나의 민법전이다."라고 했습니다. 소설가 스탕달은 문장연습을 하기 위해 프랑스 민법전을 읽었다고 합니다.

미국은 연방 헌법을 매우 쉬운 영어로 제정했습니다. 미국 법조계는 쉬운 법률 영어(plain legal English)의 사용을 강화하고 간결한 문장의 법률문서를 작성하도록 다양한 형태의 노력을 지속적으로 벌이고 있습니다. 미국 연방 사법센터가 발행한 '법원 문서 작성 편람'은 판결서가 법원과 당사자, 다른 법원, 사회 및 시민들 간의 소통 수단인데, 주된 대상은 당사자임을 강조하면서 쉬운 영어로 알기 쉽고 명쾌하게 판결서를 작성하도록 권장하고 있습니다.

이러한 각국의 사법 전통과 법조계 활동을 참고해 보면 우리 법원이 나아갈 방향은 분명합니다.

그런데 법조인들 가운데는 쉬운 법률용어와 판결서에 대해 아예 무관심하거나, 재판의 결론이 중요하지 그게 뭐 중요한가 하고 비판하거나, 해봤자 뾰족한 수가 있겠는가 하며 냉소하는 경우가 있습니다.

하지만 법조인들은 법이 어렵다는 국민들의 말을 흘려듣지 말고 충분히 헤아려야 합니다. 법조인들 스스로도 처음 법을 공부할 때 어려워 했던 경험이 있을 것입니다. 자신들이 익숙해졌다고 일반인들의 어려움에 무관심하거나 냉소해서는 안 됩니다. 재판의 결과가 중요하지만, 법률용어가 어렵고 판결서가 난해해서는 그 결과가 신뢰를 받기 어렵게 마련입니다. 재판을 하다 보면 종종 사해행위취소 소송에서 패소한 채권자가 항소한 후, 자신이 돈을 빌려주고 근저당권을 설정받았는데 왜 사기를 했다고 판결했느냐고 물을 때, 소위 '빗잔치' 개념을 빌려서 쉽게 설명하면 바로 이해하고 승복하곤 했습니다. 법은 전문적인 분야라서 원래 어렵다고 치부하고 말 것이 아니라, 국민의 불편을 해소하기 위해 힘써야만 합니다. 이는 국민에 대한 당연한 의무이고, 국민을 위한 고귀한 사명입니다.

우리 법원은 법률용어를 쉽게 바꾸고 대폭 순화해 왔지만,'각자'라는 용어를 국어사전의 풀이와 전혀 다른 뜻으로 사용하는 것과 같이 국민들을 무시하는 권위적인 태도를 하루빨리 버려야 합니다. 법조계의 언어도 오염되어 법정과 준비서면, 판결서에 품위를 잃은 말들이 난무하고 있습니다. 법원은 법의 바른 소리를 지켜서 법의 권위를 세우고 건전한 법률문화와 사회 풍토를 만드는 데 이바지했으면 합니다.

우리 법관들은 판결서 작성에 더욱 힘을 쏟아야 합니다. 판결서가 본격적으로 공개되면 국민들은 법정 언행뿐만 아니라 판결서의 표현과 내용에 대해서도 가차 없는 비판을 할 것으로 예상됩니다. 그동안 쉽고 간이한 판결서 작성을 권장해 온 결과 판결서가 많이 개선되었지만, 국민들이 만족할 만한 수준에 이르지는 못한 것으로 보입니다. 최근 조사한 결과, 법학전문대학원 학생들조차 판결서를 이해하기 어렵다고 합니다. 판사는 판결로 말한다고 하고, 재판의 최종 목표가 판결서를 통해 당사자를 설득하는 데에 있는 만큼, 판결서가 이해하기 쉽게 작성되어야 함은 당연합니다. 물건을 만들어 파는 데에도 제품의 성능은 기본이고 디자인과 포장에 이르기까지 완벽하지 않으면 소비자의 선택을 받기 어렵습니다. 재판도 사건을 처리하는 것만이 능사가 아니라, 사건마다 최선을 다해 심리하고 혼신의 힘을 쏟아 판결서를 작성함으로써 질 높은 재판을 해야 국민들의 높은 기대를 충족하고 신뢰와 존중을 받을 수 있습니다. 판결서를 쉽고 간결하게 쓴다고 특별히 더 많은 시간이 들지는 않습니다. 법관들이 자기가 쓰는 판결서에 얼마나 자부심을 가지고 정성을 다하는가의 문제입니다.

대구 법조는 훌륭한 역사와 전통이 있는 지역입니다. 이곳에서 앞장서서 알기 쉬운 법률용어를 사용하고, 간결하고 품격 있는 판결서를 작성해서, 차츰 전국 법원으로 확산되어 가기를 바라마지 않습니다.

오늘 공개토론회가 알기 쉬운 법률용어와 판결서에 대한 공감대를 형성하고 구체적인 실천 방안을 모색하는 뜻깊은 자리가 되기를 기대합니다. 아울러 일회의 전시성 행사로 끝나지 않고, 법원이 이룬 성과를 바탕으로 오늘 토론한 결과를 반영하여 지속적으로 연구, 발전시켜 나갔으면 합니다. 이를 위해 법조계 전체는 물론이고 학계와 언론, 다른 유관 기관의 도움과 협조도 필요함은 물론입니다.

오늘 행사를 준비하고 진행하느라 고생하신 대구지방법원 관계자 여러분, 협조를 아끼지 않으신 대구지방변호사회, 대구경북지방법무사회, 경북대학교, 계명대학교, 대구대학교, 각 언론사, 시민사법참여단, 그리고 귀중한 시간을 내서 참석해 주시고 발표와 토론을 맡아 주신 분들께 깊은 감사의 말씀을 드립니다. 여러분들 모두의 건강과 행운을 빕니다. 감사합니다.

제 3 장

# 특별 강연

반갑습니다. 오늘은 법관이 되어 10여 년 이상 각자 재판한 경험을 토대로 어떻게 하면 더 나은 재판을 할 수 있는지 함께 고민하는 자리가 되면 좋겠습니다.

1. 재판은 구체적인 사건에서 증거로 사실을 확정한 후 법률을 적용하여 각종 사법상 또는 공법상의 권리관계나 형사상 유·무죄를 판정함으로써 개인의 권리행사를 가능하게 하고 공공질서를 확보하며 사회정의를 실현하는 것입니다.

법관이 재판에서 다루는 대상은 사람의 생명과 신체, 재산 등입니다. 수많은 사건의 홍수 속에서 지내는 법관에게 매 사건은 그저 반복되는 일상에 불과할지 모르지만, 그 사건에 관계되는 사람들에게는 생명과 신체, 재산이 걸려 있는 전쟁과 같고, 그야말로 일건일생一件一生, 즉 한 건의 재판결과로 누군가의 인생이 달라질 수도 있는 법입니다. 경우에 따라서는 재판결과가 사회와 국가의 기본질서에도 영향을 미칠 수 있습니다.

권리자가 승소하여 정당한 권리가 행사되고 범죄자를 처벌함으로써 공공질서를 확보하고 사회정의를 실현하는 것이 재판의 목표이지만, 구체적인 재판과정에서 억울한 피해자가 생기지 않도록 하는 것이 매우 중요합니다. 법원을 인권의 최후 보루라고 하는 것은 바로 그 때문입니다. 그런 의미에서 '재판은 억울함을 풀어주는 굿판(concert)'이 되어야 한다고 말하고 싶습니다.

사람들은 억울한 일을 당하면 평생을 두고 잊지 못하고 불의를 보면 참지 못합니다. 그렇기에 법관은 공평무사하게 사건을 처리하고 누구에게도 억울한 일을 만들지 말아야 합니다. 운동시합에서 심판이 편파적인 판정을 하면 어떤 심정인지 잘 알 것입니다. 하물며 재판에서 억울한 일을 당하여 자신의 생명과 신체 또는 재산에 해를 입었다고 생각하거나 잘못된 재판으로 사회와 국가가 무너지지 않을까 걱정하는 사람들이 많아진다면 어떻게 되겠습니까.

2. 모든 당사자는 재판을 통해 무언가 억울함을 밝히려고 법원에 옵니다. 하지만 법관이 억울함을 다 밝힐 수는 없습니다. '억울함을 풀어주라'는 것입니다. 재판을 잘 해서 진실이 백일하에 드러나고 억울함이 다 밝혀지면 좋겠지만, 결과에 상관 없이 법관이 당사자의 억울한 사정을 직접 듣고 공정한 입장에서 진실을 밝히기 위해 최선의 노력을 다함으로써 당사자의 억울함을 풀어주려는 시도와 과정 자체가 중요합니다.

그런 점에서 재판은 한편으로는 정당한 권리자를 구제하고 사회질서를 확보하는 것을 목표로 하면서, 다른 한편으로는 최종적으로 패소하는 당사자를 향해 부단히 설득하는 과정이라고 말할 수 있습니다. 재판의 최종 결과인 판결의 내용뿐만 아니라, 재판절차를 포함하여 재판의 전 과정에 걸친 설득과정을 말합니다. 그런 설득과정을 거쳐서 혹시 재판에서 패소하거나 유죄 판결을 선고받더라도 승복할 수 있게 만드는 것입니다. 그렇게 하여 어떤 문제든지 법원에 가면 억울함이 풀리고 공정한 해결책이 나온다는 신뢰를 국민들이 갖도록 만들어야 합니다.

재판과정에서 합리적인 설득을 이끌어내기 위해서는 법관이 전 인격적인 노력을 쏟아 부어야 합니다. 재판의 전 과정에 걸쳐서 재판을 진행하는 법관의 세심한 배려와 설득과정이 필요합니다. 그런데도 재판하는 법관이 불공정한 재판진행이나 욕설 또는 반말 등으로 오히려 억울함을 쌓이게 해서는 절대 안 됩니다.

3. 법관은 평생 갈고닦은 자신의 모든 역량을 쏟아서 맡은 사건을 올바로 해결해야 합니다. 옳은 것을 옳다고 하고 옳지 않은 것을 옳지 않다(是是非非)고 하면 됩니다. 옳고 옳지 않은 기준이 자의적이어서는 안 되고 법률과 양심에 따라야 함은 물론입니다. 더도 말고 덜도 말고 이렇게만 하면 되는데 왜 안 될까요.

4. 법관은 매일 대하는 사건마다 시시비비를 가려야 하지만, 법관 자신의 마음은 시비를 벗어나 평정 상태에 있어야 합니다. 늘 자신을 수련하여 평정심을 유지해야 사건을 객관적으로 바라보고 균형 잡힌 결론을 내릴 수 있습니다.

5. 법관은 자기 기준에 따라 멋대로 재판하는 것이 아니라 국민의 위임에 따라 법을 해석·적용하는 것을 임무로 하므로 국민이 정한 헌법과 법률에 따라 재판하여야

만 합니다. 법관이 헌법과 법률의 규정을 지키고 논리와 경험칙에 맞게 재판을 계속해 나가야만 재판결과에 대한 승복이 가능하고 법적 안정성이 유지되어 사회와 국가의 토대가 굳건해집니다. 그렇게 하려면 법관이 헌법과 법률에 정통해야 함은 물론이고 '평소 법관 자신이 헌법과 법률의 정신을 피상적으로 아는데 그치지 않고 철저하게 체득하여 내면화하고 있어야 한다'는 점을 명심하기 바랍니다.

법관들 중에는 사법권 독립만을 헌법상 절대적인 가치로 알고, 법관은 누구의 간섭도 받지 않고 우월한 지위에서 어떤 판결이라도 내릴 수 있는 것으로 오해하는 경우가 종종 있습니다. 그러나 헌법에는 그렇게 되어 있지 않습니다. 헌법은 뒷부분에서 사법권 독립에 관한 규정을 두기 전에 앞부분에서 대한민국의 주권은 국민에게 있고, 모든 권력은 국민으로부터 나오며(제1조), 공무원은 국민 전체에 대한 봉사자로서 국민에 대하여 책임을 지고(제7조 제1항), 모든 국민은 인간으로서의 존엄과 가치를 가지며(제10조), 모든 국민은 법 앞에 평등하고, 누구든지 성별·종교 또는 사회적 신분에 의하여 정치적·경제적·사회적·문화적 생활의 모든 영역에 있어서 차별을 받지 아니한다(제11조 제1항)고 규정합니다. 헌법상 법관의 독립과 신분보장(제103조, 제106조)이 규정되어 있다고 하여 이 점이 달라지지는 않습니다. 말로는 국민의 봉사자라거나 남녀평등이라고 하면서, 실제로는 국민 위에 군림하거나 남녀를 차별하는 생각이 자리하고 있으면 재판하는 도중에 부지불식간에 당사자를 무시하거나 남녀를 차별하는 언행이 튀어나오게 마련입니다. 재판을 하는 법관이라면 마땅히 헌법이 규정하는 공직자상이나 남녀평등의 정신을 말로만이 아니라 실제로 체득하고 있어야 합니다. 어떤 경우에도 국민 위에 군림하는 듯한 행동을 하거나 재판받는 국민에게 반말을 하는 등의 무례한 언동을 해서는 안 됩니다. 재판의 진행과 처리는 당당하게 해야 하지만, 당사자를 무시하거나 하대하는 행동은 결코 용납되지 않습니다. 법관 자신이 어느 누구와도 평등한 관계에 있음을 알아야지 우월감을 가질 일이 아닙니다. 굳이 당사자를 받들어 섬길 것도 아니고 그저 평등한 관계에 있음을 자각하여 당당하면서도 교만하지 않게 처신하면 그만입니다. 민사법의 대원칙인 신의성실의 원칙도 재판하는 사건에 적용되는 원칙일 뿐만 아니라 재판하는 법관이 자신의 인격과 행동을 늘 신의성실의 기준에 맞추어야 한다는 의미라는 것을 알아야 합니다.

형사재판에서는 헌법과 형사소송법상 무죄추정이라는 대원칙이 있기 때문에 검사가 유죄를 증명하여야 하고, 피고인에게 이를 증명할 책임이 있지 않다는 것은 당연합니다. 자칫 무죄추정의 원칙을 망각하고, 공소가 제기되면 마치 유죄가 된 것처럼 재판을 진행하여 빈축을 사는 경우가 있는데, 이는 결코 있어서는 안 될 일입니다. 민사재판에서도 처분문서에 관한 법리나 자주점유의 추정 등에 관하여 비슷한 말을 할 수 있습니다.

형사재판에서 억울한 당사자가 생기지 않도록 하고 유죄가 증명되는 경우에 왜 그런지 납득시키기 위해서는 국가의 각 기관 간에 역할분담이 필요합니다. 혼자서 또는 어느 한 기관이 이 모든 일을 다 할 수는 없고 서로 역할을 분담해야 합니다. 흙을 체로 거르는 sifting effect에 비유하면, 경찰과 검찰, 법원이, 또 법원 안에서도 제1심 법원과 제2심 법원 및 대법원이 역할을 나누어 억울한 당사자가 생기지 않도록 하는데 각기 필요한 사명을 다하여야 합니다.

다시 한 번 말하지만, 공무원은 국민에 대한 봉사자이고, 모든 국민은 인간으로서의 존엄과 가치를 가지며, 모든 국민은 법 앞에 평등하고, 형사피고인은 유죄의 판결이 확정될 때까지는 무죄로 추정된다고 헌법에서 명백히 규정하고 있는데도, 법관이 법정에서 재판받는 당사자를 하대하거나 형사피고인을 죄인처럼 취급하는 것은 헌법을 무시하는 반(反) 헌법적 행동임을 깊이 자각해야 합니다.

6. 법률의 해석이 문언에 어느 정도로 충실해야 하는지, 목적론적 해석이 허용되는 범위는 어디까지인지는 답하기 쉽지 않은 문제입니다. 복숭아나무에서는 복사꽃이 피고, 능금나무에서는 능금꽃이 핍니다. 법관이라고 해서 복숭아나무에서 능금꽃을 피울 수는 없습니다. 어떤 경우에도 '귀에 걸면 귀걸이 코에 걸면 코걸이(耳懸鈴鼻懸鈴)'라는 냉소를 받지는 않도록 해야 합니다.

7. 재판에서 중형을 선고하였음에도 불구하고 피해자 어머니가 "소중한 제 딸은 이 세상에서 볼 수가 없는데, 악마는 이 푸른 하늘을 볼 수 있다는 말도 안 되는 상황을 용서할 수 없습니다."라는 편지를 보내온 적이 있었습니다. 형사피고인의 권리를 존중하는 만큼 형사피해자의 보호에도 당연히 관심을 가져야 합니다. 헌법은 언론·출판이 타인의 명예나 권리를 침해한 때에는 피해자는 그 피해의 배상을 청구할 수 있고, 형사피해자는 법률이 정하는 바에 의하여 재판절차에서 진술할 수 있으며 국가

로부터 구제를 받을 수 있도록 규정하고 있습니다. 실제 재판 과정에서 피해자를 충분히 배려하여야 함은 물론입니다.

8. 판례는 중요하고 당연히 존중해야 합니다. 그러나 판례를 많이 아는 것만 자랑해서는 소용이 없습니다. 판례를 기계적으로 적용할 것이 아니라 사건의 실체를 잘 살펴서 합당한 해결책을 강구해야 합니다. 경우에 따라서는 판례도 바뀌게 마련입니다. 세상에 영원한 것은 없습니다. 세상의 다른 견해야 말할 것이 있겠습니까. 우리는 이런 저런 이유로 많은 편견에 사로잡혀 있기 쉽습니다. 그러니 아무런 고정된 견해를 가지지 않는 법관이 진정 바른 견해를 가진 법관이라고 말할 수 있습니다. 심판자인 법관이 특정한 견해를 가진 것으로 비치면 불리한 당사자로서는 재판의 진행과 결과에 승복하기 매우 어려울 것입니다. 법관은 어떤 일이든지 속단速斷하지 말고 늘 의문을 가져야 합니다. 자신이 내리는 결론이 헌법과 법률에 합당한가, 과연 정의로운 해결책인가, 사람들이 안심하고 편안하게 사는데 도움이 되는 해석론인가 하는 문제의식을 가지고, 모르면 부끄러워하지 말고 누구에게든 물어야 합니다. 사건을 대할 때마다 자신의 고정 관념이나 좁은 소견에 얽매이지 않고 어떤 것이 바른 해결책인지 두루 연구하고 늘 고민해야 합니다.

9. 헌법은 법관이 독립하여 심판하도록 규정하고 있습니다. 사법부 자체는 물론이고 외부의 권력과 여론에서 독립해야 함은 당연합니다. 최근에는 각종 정치적 단체나 이해집단, 여론으로부터 독립하는 것이 중요해지고 있습니다. 사법부가 권력과 여론에 무기력하게 굴복하지 않고 삼권분립을 수호하는 든든한 축이 되기 위해서는 투철한 책임감이 필요합니다. 법관이라면 어떤 경우에도 헌법이 부여한 사명을 다해야 합니다. 사법부는 다른 권력기관과 달리 소수자의 목소리에도 귀를 기울여야 합니다. 그러자면 때로 법관의 용기가 필요하겠지만 결코 영웅 심리를 가질 일은 아닙니다. 운동경기에서 유능한 심판은 심판이 있는지 없는지 모르게 경기를 진행합니다. 경기가 끝나도 심판이 있었는지 없었는지 생각이 나지 않게 만들어야 합니다. 재판도 당당하되 요란하지 않고 차분하게 진행해야 합니다. 법관은 개인적인 생활에서도 절제하여 자신의 재판에 영향을 끼칠 수 있는 활동에 조심할 필요가 있습니다. 견해가 다를 수 있지만, 어떤 세력도 만들지 않고 어떤 집단이나 세력에도 속하지 않는 것이 좋다고 생각합니다.

10. 특히 중요한 것이 재판절차입니다. 흔히 재판의 결과만 좋으면 괜찮지 않느냐고 할지 모르지만, 그에 못지 않게 중요한 것이 재판절차입니다. 그런 의미에서 '재판절차를 공정하고 투명하게 운영'하는 것은 재판의 기본입니다. 종종 법정에 들어가본 사람들의 경험담을 들어보면 법관들이 사소하게 생각하는 법정에서의 언행이 얼마나 중요한지 알 수 있습니다. 편파적으로 사건을 진행하거나 종결하게 되면 그 폐해는 이루 말할 수 없습니다.

공개법정에서나 서면을 통해 살인범이든 간첩 혐의자이든 '누구든 자유롭게 말할 수 있게 해야 합니다.' 친한 사이에서 생기는 사소한 문제도 한쪽 말만 듣고 그 편을 들면 억울해 하는데, 재판에서야 더 말할 필요가 없을 것입니다. 어디, 누구에게도 하소연할 수 없었던 한 맺힌 호소를 법정에서 원 없이 할 수 있게 충분히 배려해야 합니다.

또 중요한 것이 '들어야 한다'는 점입니다. 논어論語에서와 조선시대에는 재판을 청송聽訟이라고 했고 영어로는 정식의 재판절차를 hearing이라고 합니다. 언젠가 직접 법정에 들어가서 방청하고 나서 깜짝 놀랐던 적이 있습니다. 도무지 재판을 하는 법관들이 법정에서 눈을 맞추어 당사자의 말을 듣지 않는 것이었습니다. 컴퓨터 화면을 들여다보거나 기록이나 메모지를 보는 등 아예 들으려고 하지 않는 것처럼 보였습니다. 말하는 변호사나 당사자는 허공에 대고 말해서 맥 빠져 하는 그런 느낌을 받았습니다. 아파서 의사와 상담할 때 의사가 검사결과만 들여다보고 아픈 데를 말하려고 해도 듣지 않으면 집에 와서 찜찜하기 그지없는 경험을 한 적이 있을 것입니다. 재판도 이와 마찬가지입니다. 법관으로서 당사자의 주장을 잘 듣는 것이 재판의 기본이요 생명임을 절대 잊지 말아야 합니다.

말하지 않는 것도 들을 수 있으면 금상첨화일 것입니다. 어머니가 아기를 살펴서 어디가 아픈지 알아내듯이, 관세음보살이 세상의 모든 신음소리를 보듯이, 솔로몬이 누가 진짜 엄마인지 알아맞히듯이, 재판받는 당사자의 속사정을 헤아릴 수 있으면 얼마나 좋겠습니까. 그러자면 자신을 내려놓고 겸손하게 당사자와 소통하고 공감하려는 노력이 필요합니다. 자신만이 옳다는 독단이 강하면, 당사자가 주장하거나 신청하는 증거들에 관심을 두지 않거나 아예 무시하고 일방적으로 사건을 처리하게 되어 불만을 초래하게 되고 재판의 결론도 오판이 되기 쉽습니다.

11. 재판을 진행하는 법관은 솔직해야 합니다. 당사자에 대하여는 물론이고 합의부의 구성원 사이에도 마찬가지입니다. '모르는 것을 모른다'고 해야지 아는 척하고 넘어가면 오판하기 쉽습니다. 흔히 법관들이 자신은 모르는 것이 너무 많아 걱정이라고 말합니다. 다행입니다. 모르는 것을 걱정하는 겸손한 법관은 자신의 직책을 훌륭하게 수행하고 있다고 말할 수 있습니다. 문제는 모르면서 아는 척하는 것입니다. 사실관계나 법률에 대해서 모른다고 생각해야, 당사자의 말을 잘 듣고 물어 보고, 기록을 읽고 또 읽고, 판례나 법을 찾아보고 다른 사람의 의견을 들어보고 재판부 구성원 간에 허심탄회한 논의를 하게 됩니다. 그렇게 신중하게 사건을 처리하면 특별한 문제가 생기지 않습니다. '아는 만큼 보인다.'고들 하지만, 전문가는 '모르는 것을 알아내는 사람'입니다. 법관은 전문가이므로 결코 자신이 아는 만큼만 보아서는 아니 될 뿐만 아니라 아는 것만 보는 것은 위험하기까지 합니다. 법관이 자기가 아는 지식이나 개인적인 견해에 도취되어 섣부른 판단을 하게 되면, 당사자의 말을 제대로 듣지 않고 증거도 받아주지 않고 독단적인 판단을 내려 원성을 사기 쉽습니다. 법관은 사건을 대하면 모르는 입장에서 선입견을 갖지 않고 남의 말에 귀를 기울여서 듣고 물어 보아서 사건의 실체적 진실을 알아내려고 끊임없이 노력해야 합니다.

12. 재판진행 과정에서 설득하고 설득했겠지만 판결은 최후의 설득 과정입니다. 변론 단계에서는 법관이 여유를 가지고 넉넉하게 진행하는 것이 바람직하지만, 변론이 끝난 후 사건의 결론을 내리고 판결서를 작성하는 단계에서는 정확하고 치밀한 논리전개가 요구됩니다. 법률과 논리에 기초하지 않고 법관의 독단적인 판단을 받아들이라고 하는 것은 판결이 아니라 강압이고 폭력입니다.

판결서는 사소한 부분까지 정확하고 오탈자도 없어야 합니다. 예를 들어 당사자가 새로 고쳐낸 주소를 확인하지 않고 종전의 주소를 그대로 판결서에 적는 경우, 법관의 입장에서는 비록 사소한 일일지 모르지만, 당사자의 입장에서는 '이런 사소한 것도 확인하지 않는데 그 많은 기록을 제대로 읽어 보았겠는가' 하는 의구심을 가지게 되어 판결 전체를 불신하게 되는 법입니다. 하물며 판결서에 확인되지도 않은 내용을 함부로 적어서 당사자를 억울하게 만들어서는 더더욱 안 됩니다.

특히 판결서를 통해 설득하려면 당사자가 알기 쉬운 판결서를 작성하여야 합니다.

이는 비록 법관뿐만 아니라 국민의 봉사자인 모든 공직자가 실천해야 할 사항입니다.

13. 대한민국은 '민주공화국(헌법 제1조 제1항)'으로 민주民主와 공화共和의 양 날개가 필요합니다. 법관이 하는 재판이 국민의 자유와 평등, 인권을 보장함은 물론이고, 공동체의 법질서를 공평무사하고 합리적인 방향으로 이끌어 사회와 국가를 분열이 아니라 통합시킬 수 있게 해야 합니다.

덧붙여 앞에서 말하였지만 다시 한 번 강조합니다. 모든 국가권력은 국민으로부터 나오며 공무원은 국민에 대한 봉사자입니다. 법관도 국민의 위임을 받아 재판권을 행사할 따름입니다. 이를 잠시라도 망각하면 권력자는 부패하거나 독재자가 되고, 법관의 판단도 독단적이 되어 당사자의 승복과 국민의 신뢰를 받기 어렵게 됩니다. 우리들과 우리들의 자손들이 살아갈 나라의 미래가 어떻게 될지 불확실하지만, 적어도 공정하고 정의로운 사법부가 존재한다면 걱정할 필요가 없을 것입니다.

14. 법관에게는 화이부동和而不同의 정신이 필요합니다. 법관은 '독립하여 심판한다(헌법 제103조)'는 점에서는 부동不同이지만 한 인간으로서 동료 법관과 사람들에 대한 따뜻한 마음과 화합하는 자세를 가져야 합니다. 우주에는 수많은 별들이 밝게 빛나고 있지만, 어느 별도 자기 빛이 더 낫다고 다투지 않습니다. 사람들이 각자 좋아하는 별이 다르지만 별은 관심이나 사랑을 애원하지 않습니다. 사람들이 어느 별을 더 좋아하든 별에게는 아무런 소용이 없습니다. 법관 여러분은 이미 빛나는 별입니다. 자신을 내세우거나 서로 다투지 말고 화합하면 누군가 다 알아보게 되어 있습니다. 설령 알아보지 못한다고 해도 그만입니다.

15. 법관은 누구나 열심히 하려고 생각하고 실제로 열심히 합니다. 그런데 일정한 기간 열심히 하는 것은 가능하지만, 일생동안 사건 한 건 한 건을 정성을 다해 처리하기는 쉽지 않습니다. 평생 변함없이 꾸준하게 일하려면 인간과 재판받는 당사자에 대한 '측은지심'이 필요합니다. 그래야 사건을 처리하는 데 지치지 않고 열과 성의를 다할 수 있는 힘이 생겨납니다.

어머니가 자식을 대하는 것을 보면 이를 알 수 있습니다. 부처님의 자비도 바로 어머니의 마음과 같은 것을 말합니다. 성경에서도 긍휼을 강조합니다. 세종의 훈민정음 창제와 각종 위민정책, 다산의 목민심서에 나타난 사상도 측은지심에 바탕을 두고 있습니다.

법관도 측은지심을 기르는 일이 매우 중요합니다. 시간이 날 때 시장터나 병원에 가서 사람들이 어렵게 부대끼며 살아가는 현장을 보고 느끼는 것이 어떤 법률 책이나 철학 책을 읽는 것보다 나을 수 있습니다.

재판받는 당사자들은 마치 강물에 빠져 허우적거리며 살려달라고 아우성치는 사람들과 같습니다. 법관은 그런 아우성에 늘 귀를 기울여서 어려운 처지에 놓인 사람을 조금이라도 돕고 억울한 사람을 한 사람이라도 더 구제하려는 일념으로 일해야 합니다.

16. 재판에서 무엇보다 중요한 것은 법관의 따뜻한 마음입니다. 재판에 지친 당사자들에게 말 한마디라도 따뜻하게 건네고 그들의 주장을 귀담아 들어서 억울한 점이 없는지 정성을 다하여 살펴주는 것이야말로 진정 보람이 있고 당사자에게 위안이 되는 일입니다. 우리가 하는 재판이 사람의 아픔을 위로하고 억울함을 풀어주어 안심하고 편안하게 살도록 하며, 나아가 사회와 국가의 안정과 발전, 신뢰향상에 중요한 토대가 되도록 함께 노력합시다. 경청해 주셔서 감사합니다.

제 4 장

# 기고문

# 『바람의 고향』과 나

대구지방법원, 대구가정법원 법원장, 조희대

서영수 선생님의 시집 『바람의 고향』은 바라던 고향에 법원장으로 부임한 것을 축하라도 하듯이 '봄이 온다는 사연을 철자법 없이 써올리는 파아란 연하장'(「아지랑이」 중에서)을 보내서 '부푼 가슴 물오르는 소리'(「아지랑이」 중에서)를 들려주고 '온통 정수리에 맞아 피투성이가 된 꽃'(「봄날」 중에서)을 뿌렸다.

『바람의 고향』은 바람과 세상 만물이 소통하고 부대끼는 울림의 악보이다.

'먼지 낀 세상, 황사바람에 눈이 멀고' - 「봄을 몰라」 중에서
'동구洞口밖 바람소리 한 귀 가득 담고' - 「새순」 중에서
'이 바람 밭에 아침을 여는' - 「꽃(2)」 중에서
'연실을 타고 바둥거리는 바람 부는 세상' - 「가을 낚시터」 중에서
'풀은 흙에서 나서 바람을 맞아 흔들리다가' - 「풀」 중에서
'바람이 몰고 온 전장戰場의 탄피 냄새와' - 「낙화落花(1)」 중에서
'공중에 한들한들 바람 타고' - 「낙화落花(3)」 중에서
'바람소리 새소리' - 「겨울나무」 중에서
'바람이 분다 문을 닫을수록 문 밖을 온통 점령하는 바람소리' - 「바람소리」 중에서
'바람에 나부끼는 원색原色의 사진을 보아라' - 「광대의 사진」 중에서
'바람에 돛을 돌리며' - 「피안彼岸의 강가에서」 중에서
'우표도 없이 떠나가는 바람 부는 세상' - 「저녁 우체국」 중에서
'훈장 새긴 가슴을 바람 밭에 맡겨두고' - 「깃발」 중에서
'나를 불러내는 저것은 분명 하늘이 낳은 바람 바람의 육성이다' - 「바람의 고향」 중에서

‘바람으로 깨우고 바람으로 흔든다’ -「길(2)」 중에서

‘나만 아는 숲 그늘 바람 자는 곳’ -「모자를 쓰고」 중에서

‘바람에 헐리는 지붕 위에’ -「아가의 꿈」 중에서

‘누더기 옷에 펄럭인 백결의 바람이’ -「경주慶州」 중에서

‘바람이 누운 기단基壇 위에 풍경風磬으로 우는 오늘’ -「분황사 석탑」 중에서

‘부질없이 흔들어대는 짓궂은 바람아’ -「독도」 중에서

‘북만주 세찬 바람에 옷깃 펄럭인 귀로의 발자국 소리 소리를’ -「인상기印象記 (1), 유치환」 중에서

‘인제는 바람소리 아닌 육성이란 걸 알았다’ -「인상기印象記 (2), 김동리」 중에서

‘전후의 황사바람 옷깃 적시며 마포의 언덕길 훙얼훙얼 오르던’ -「인상기印象記 (3), 서정주」 중에서

‘「지조론」책갈피가 바람에 펄럭인다’ -「인상기印象記 (5), 조지훈」 중에서

‘일제의 황사바람이 회오리치던’ -「인상기印象記 (6),함동선」중에서

‘바람 부는 세상 새소리를 연주하는 그는 지열이 솟구치는 산이올시다’ -「인상기印象記 (7), 안종배」 중에서

바람은 생명을 키웠다.

‘나를 키운 건 팔할이 바람이다.’ -「자화상, 서정주」 중에서

바람이 심술궂게 부끄러운 자화상을 들추어 낸다.

출렁이는 세상사는 모두가 바람이다
하늘이 낳은 바람이다
이 놈이 가끔 내려와
가을 운동회를 열고 허공에 만국기를 달면
우리는 그 색깔 따라
제집 앞에 다투어 문패를 단다
‘사회’란 이름으로 아명兒名을 지어 달고
‘정치’란 이름으로 관명官名을 새겨 달고

'문화'란 이름으로 예명藝名을 그려 달고
'경제'란 이름으로 깃발도 높이 세워
못을 박고 색칠하고
얼굴까지 실룩실룩 간판으로 붙는다
-「바람의 고향」 중에서

바람 한복판에서도 바람의 고향을 모르는 바보들 세상이다.

진달래 개나리 벚꽃들이 한통속 되어
야단스레 흐드러지게 웃어 젖혀도
먼지 낀 세상, 황사바람에
눈이 멀고 귀가 먹어
우리는 봄을 몰라.
-「봄을 몰라」 중에서

바람부는 대로 사는 바람개비다.

나를 불러내는 저것은
분명 하늘이 낳은 바람
바람의 육성이다.
-「바람의 고향」 중에서

서영수 선생님을 만난 것은 행운이었다. 경주중학교에 입학한 1969년, 선생님이 당선작으로 뽑아준 시가 첫 인연이었다.

코스모스 따다 뿌려 본다.
내 정열 심은 길.
달려 본다.
뛰어 본다.
헤쳐 본다.

내 신 때 묻은 길을 ……
발 냄새
흙 냄새
바람 냄새
파아란 풀 위에 돋아난 길.
- 1969년 졸시拙詩 「길」 중에서

발 냄새 흙 냄새 바람 냄새를 많이 잊고 살았다.
옛집 문풍지에 스치는 바람소리를 듣고 싶다.

계단을 오르다가 내려다보는 순간
올라온 만큼 내려간 나의 눈은
살아온 만큼 멀어져 간
나의 그림자를 만난다.
-「계단을 오르며」 중에서

문득 돌아보니 먼 타향이다.

고향은 언제나 살아 있는
어머님 가슴
(중략)
붕새춤을 추는 우리는
옷섶에 저린, 촌놈 냄새가 그리워
머리 위에 마주 뜬
해와 달만 부른다.
-「고향송故鄕頌」 중에서

해와 달이 남산에서 숨바꼭질한다.

안경 너머 저편

그의 눈은 언제나 어른 같은 어린애
-「인상기印象記 (3), 서정주」 중에서

세월은 흘렀고 강산이 변했지만, 서영수 선생님의 눈은 여전히 어린애다.

살아가는 자者여
살았다고 믿지 말라.
죽음과 삶의 둔덕을
언제나 잇고 있는
짙푸른 강물에 몸을 맡겨라. -「피안彼岸의 강가에서」 중에서
감꽃이 눈물처럼 진다. -「감꽃」 중에서
울면서 찾아온 세상
웃으면서 가야지 -「귀로歸路」 중에서

서영수 선생님의 시는 바람의 고향에 금방 데려가는 타임머신이다. 바람처럼 자유롭고 순수한 영혼이 숨쉬고, 책갈피 속에 끼워둔 낙엽같이 아련한 추억이 녹아 있다. 정갈하고 친근한 시어는 지루할 틈도 주지 않는다. 존경하는 선생님께서 늘 건강하시고 영생永生하는 아름다운 작품들을 계속 내시기를 간절히 빈다.

제 5 장

# 대법관 임명제청과 이임

# 양승태 대법원장, 조희대 신임 대법관 임명제청

서울 연합뉴스 | 2014년 1월 25일, 임주영 기자(zoo@yna.co.kr)

양승태 대법원장은 오는 3월 3일 임기 만료로 퇴임하는 차한성(59·사법연수원 7기) 대법관의 후임으로 조희대(56·〃 13기) 대구지법원장을 박근혜 대통령에게 25일 임명 제청했다.

앞서 대법원장 자문기구인 대법관 후보추천위원회(위원장 이기수)는 지난 16일 회의를 열어 조 법원장을 포함한 5명의 후보를 선정해 양 대법원장에게 추천했다.

박 대통령이 제청을 받아들여 조 후보자에 대해 국회에 임명 동의를 요청하면 국회는 청문회를 거쳐 동의 투표를 한다. 동의 투표가 통과되면 박 대통령이 조 후보자를 신임 대법관으로 임명하게 된다.

임명제청 이후 국회의 임명동의안 처리 등 제반 일정에는 최소 한 달 이상이 걸릴 전망이다. 임명동의안의 법정 처리기간은 20일이다.

대법원은 "설 연휴도 임박해 더 이상 임명제청을 늦출 수 없어 부득이 토요일인 오늘 임명제청을 하게 됐다."라고 말했다. 신영철, 양창수 대법관도 각각 토요일에 임명 제청이 됐었다.

조 후보자는 1986년 서울형사지법 판사로 임관한 이래 27년간 각급 법원에서 다양한 재판 업무를 담당하면서 해박한 법이론과 엄정하고 공정한 재판으로 국민의 재판받을 권리 보장을 위해 헌신해 온 정통 법관이라고 대법원은 설명했다.

조 후보자는 대법원 재판연구관, 서울지법 부장판사, 사법연수원 교수 등을 거쳤다. 2007년 서울고법 부장판사 재직 시에는 에버랜드의 '전환사채 저가발행 사건'을 맡아 1심보다 무거운 형을 선고하는 등 '원칙론자'이자 '딸깍발이형 법관'으로 통한다.

양 대법원장은 법원 내외의 각계각층 의견과 대법관후보추천위의 추천 내용을 토대로 전문적 법률지식, 소수자와 사회적 약자의 권리보호에 대한 소신, 합리적 판단력, 인품, 국민과 소통하고 봉사하는 자세 등 대법관으로서 갖춰야 할 기본 자질과 건강, 봉사자세, 도덕성 등에 관한 철저한 심사·평가 작업을 거쳤다고 대법원은 덧붙였다.

조 후보자는 연합뉴스와 통화에서 "개인적으로 큰 영광이지만 아직 절차가 남아 있어 소감이나 포부를 말할 단계는 아닌 것 같다"며 "앞으로 최선을 다해 청문회를 준비하고 청문회에도 성실히 임하겠다."라고 말했다.

## “대구서 받은 은혜 잊지 않겠습니다” …조희대 대구지법원장 신임 대법관 임명 제청

매일신문 | 모현철 기자(momo@msnet.co.kr)

“지역 사회에서 받은 은혜를 잊지 않겠습니다.”

신임 대법관으로 내정된 조희대(56, 사법연수원 13기) 대구지법원장이 5일 기자들을 만나 이임 인사를 전했다.

조 법원장은 인사청문회 준비 등을 위해 7일 자로 대법원으로 전보됐다. 조 법원장은 예정대로라면 다음 달 3일 퇴임하는 차한성 대법관의 후임이 된다.

하지만 국회 인사청문회를 앞두고 있어 신중한 모습을 보였다. “어떤 대법관이 되고 싶은가”라는 질문에도 “아직 청문회가 남았는데…”라며 말을 아꼈다. “대법관 후보자로 임명 제청되자마자 청문회 준비로 바쁘게 보냈습니다. 앞으로 청문회를 잘 준비하도록 하겠습니다.”

조 법원장이 국회 인사청문회를 거쳐 신임 대법관으로 임명되면 양승태 대법원장을 제외한 대법관 13명 중 9명이 서울대 법대, 법원장급 고위법관, 50대 남성이라는 공통점을 갖게 된다. 조 법원장은 경주 출신으로 경북고와 서울대 법대를 졸업했다. 차한성 대법관 또한 경북 출신으로 같은 학교를 졸업했다. 대법원의 다양성이 실종됐다는 지적에 대해 조 법원장은 “지적은 당연하다”라고 인정했다.

조 법원장은 “2012년 9월부터 대구지법원장으로 근무하면서 지역 사회로부터 많은 도움을 받아 감사하다”라고 말했다.

# 이임사

2014년 2월 6일

친애하는 대구지방법원 가족 여러분.

대구는 나라가 위태로울 때마다 구국에 앞장서고 국가발전에 견인차 역할을 한 역사적인 지역이며, 대구법조계는 상호 존중하고 원칙을 지키는 가운데 각기 맡은 역할을 다하는 훌륭한 전통이 살아있는 곳입니다. 이곳에서 법원장을 맡아 자랑스러웠고 근무하는 내내 큰 자부심을 가졌습니다. 길지 않은 기간이었지만, 매사에 헌신적인 여러분들과 함께 보내면서 보람 있고 행복했습니다. 모두가 화합해서 지내는 모습을 지켜보면서 기뻤고, 법원 안팎에서 힘든 업무가 많은데도 불평불만 없이 자진해서 열심히 일하는 데 깊은 감명을 받았습니다.

덕분에 대법관후보자로 추천되어 감사하고 또 감회가 없을 수 없지만, 한편으로 그럴 자격이 있는지 부끄럽기도 하고, 잘 할 수 있을까 걱정도 되는 것이 솔직한 심정입니다.

엊그제 신문에 저의 대법관후보자 추천 기사와 함께, 노령연금을 처음 받게 된 한 노인분이 얼마 안 되는 수령액 중에서 일부를 매월 복지단체에 기부금으로 내놓겠다고 한 기사가 나란히 실려 있었습니다. 그 기사를 읽으면서, 이런 분들이 있어서 우리 사회가 지탱해가는구나 하는 생각이 들었고, 제 자신 공직자의 한사람으로서 부끄러움을 느꼈습니다. 얼마 전 미국으로 출장을 가는 비행기 안에서도 비슷한 경험을 했습니다. 항공사 책자를 꺼내 읽어가는 중에 일제 때 한 독립운동가가 일본의 어느 항구에서 출항하는 배의 화물칸에 몰래 숨어 미국으로 건너가서 독립운동을 했다는 글을 보았습니다. 그때 마침 까마득히 먼 태평양 바다 위에 배 한 척이 떠 있는 것이 보였는데 마음이 착잡했습니다. 제가 비행기의 좋은 좌석에 앉아서 편안하게 갈 수 있었던 것은 그분들의 고난과 희생이 있었기 때문이라는 생각이 들었습니다. 대한민국의 오늘이 있기까지 헌신한 모든 분들의 노고와 대구에서 여러분들이 부족한 저에게 보내준 과분한 성원을 잊지 않고 국민들과 국가를 위해 더욱 분발하겠습니다.

대구에서 큰 빚을 지고 떠납니다. 다행히 새로 부임하시는 조해현 법원장님은 원칙에 충실하면서도 마음이 따뜻한 분이셔서 마음이 놓입니다. 함께 더 좋은 법원을 만들어주시길 바랍니다. 다시 한 번 감사드리며 여러분들 모두 건강하시고 행복하시기를 빕니다.

제9편

# 상생

# 더불어

사랑하는 사람들아
욕심 덜고 나누면서
나도 좋고 남도 좋게
더불어 살아가자

# 자리이타自利利他

인간사 한마디로 요약하면 자리이타 아닐까.
나도 이롭고 남도 이롭게 하면 좋지 않은가.
자기 자신의 이익만을 꾀하는 이기심 줄이고
남을 이롭게 하는 공덕심功德心 키워 보세.
알고 보면 나도 없고 남도 없다고 한다는데.

# 불이不二

이 몸은 불이문不二門
하늘에 뜬 구름같이
바다에 인 파도처럼
나와 남은 둘 아니요
뿌리가 같은 나무다.
나은 나란 벽이 만든 허깨비다.
분별심 사라지면 본래 나은 없다.
나와 남이 나누면 극락이고
나와 남을 나누면 지옥이다.

# 세계일화世界一花

만공이 할喝한다. "너와 내가 하나요, 만물 중생이 다 한 몸이요, 세계 만방 모든 나라가 하나다. 이 세상 삼라만상이 한 송이 꽃이다." 대행이 잇는다. "꽃 한 송이가 남이 아니고 풀 한 포기가 남이 아니다. 곤충 한 마리가 남이 아니고 새 한 마리가 남이 아니다. 모두가 나이다." 다윈이 말한다. "온갖 종류의 식물이 자라고, 숲 속에서는 새가 노래하고, 곤충은 여기 저기 날아다니며, 벌레들이 축축한 땅 속을 기어 다니는 것을 살펴보는 것은 재미있다. 이렇게 개개 생물은 제각기 기묘한 구조를 가지고 있고, 매우 복잡하게 얽혀 서로 의지하며 산다." 슈바이처가 말한다. "미물인 곤충 하나도 소중하지 않은 것이 없다. 모든 생명은 외경할 만한 가치가 있다." Pocha Hontas가 노래한다. "We are all connected to each other in a circle, in a ring that never ends." 금강경은 설說한다. "알에서 생긴 것이나 태에서 생긴 것이나 습기에서 생긴 것이나 변화해서 생긴 것이나, 형상이 있는 것이나 형상이 없는 것이나, 생각이 있는 것이나 생각이 없는 것이나 생각이 있는 것도 아니고 없는 것도 아닌 모든 중생은 불생불멸不生不滅의 한 몸이다."

# 대장부

서대문감옥소 봄바람 울며불며
강우규 의사 절명시絕命詩 토한다.
『단두대 위에 올라서니
오히려 봄바람이 감도는구나
몸은 있으나 나라가 없으니
어찌 감회가 없으리오』
대장부 기개에 감옥소 죄다 열리고
세상이 빛을 찾아 만인이 자유롭다.

# 호국정신護國精神

겨레의 얼이 서린 이 언덕에
순국선열이시여, 고이 잠드소서.
반만년 오랜 세월 피와 땀을 쏟아
이 강토 한 뙈기도 버리지 않고
목숨 걸고 지켜서 물려주었는데
나는 무얼 그리 힘 든다고 호들갑일까.
해와 달은 아낌없이 빛을 주고
이순신 장군은 나라를 구하고도
상은커녕 죄를 받아 감옥에 갇혔는데
우리는 그렇게 내세울 공이 많을까.
국립묘지 무수한 호국영령 가운데
한 영령도 자기 공이 크다고 나서지 않고
동작동 밤 하늘 별이 부지기수 빛나지만
어느 별도 자기 빛이 낫다고 다투지 않는데
세상에는 이리 다툴 일이 많을까.
자자손손 살아갈 이 나라를
순국선열이시여, 부디 보호하소서.

# 용광로

새 해 솟아
광활한 우주 동트고
뭇 생명 용틀임한다.
붕鵬새가
동해를 날아
세상 밝히고
만물 살리는
불씨 물어서
형산兄山 마루 감돈다.
다들 깨어나
형산강에 목욕재계하고
대붕大鵬의 불
인계받아
천지개벽
용광로에
불을 댕긴다.
한겨레 뭉쳐
가정에서
일터에서
이역만리 타국에서
밤낮 없이
죽기 살기로
한바탕 신명 바쳐
전국 방방곡곡
쇳물보다 뜨겁게

잘 살아보자는
염원 흘러 넘쳐
부강한 나라 만들고,
학교에서
거리에서
최루탄 자욱한데
잡혀가고
끌려가며
감옥도 마다 않는
불굴의 용기로
민주정치 쟁취하고,
옛것 이어받아
새것 창조하고
남녀노소
손에 손 잡고
달리고 뛰고
노래하고 춤추며
정을 나누고
홍익인간弘益人間의
찬란한 문화 꽃피워
세계와 함께 한다.
아, 대한민국
아픈 과거사 잊지 말고
순국선열 애국심 물려받아
피땀 흘려 세우고 지킨 조국을
굳건하게 보전하고
자유 평화 통일 이룩하여
크게 융성케 할지라.
온 나라 더불어
각자의 등불 켜고

나라의 용광로 놓아
동서 감정 삭히고
보수 진보 끓여 섞고
휴전선 철조망 녹여내
삼천리 금수강산
풍요와 인정 가득하도다.
이 세상은
하나의 용광로
함께 엉켜
땀을 쏟고
혼을 바쳐
꿈을 기적으로 만들었나니
자유와 평화의 불꽃 영원하여라.
(고향집에서 포항제철소의 불빛을 보며 쓰다)

# 인생철학

자기 바로보고
할일 바로하자
만인 소통하고
만물 상생하자

진실히 맘먹고
여실히 깨달아
성실히 일하면
결실이 생긴다

선한 맘을 내고
좋은 일을 하면
복된 나날 되리
盡人事待天命
지성이면 감천

# 담

어려서는
울도 없고
담도 없다.
커가면서
울타리 치고
담벼락 쌓아
길이 멀어진다.

# 길

이 길은
어둡고 깜깜한 길
보이지 않고 볼 수 없지만
꼭 가야만 하는 길
가도 가도 끝이 없는 길
가면 갈수록 멀어지는 길
이 길은
가다보면 힘이 솟는 길
희미해도 희망을 주는 길
혼자서 가도 즐거운 길
동행하면 더 행복한 길
만인을 이롭게 하는 길
이 길은
정함이 없는 길
사통팔달 열린 길
무심히 발길 닿는 대로 가면 되는 길
가고 또 가면 기필코 도달하는 길
도달하면 버려야 하는 길

# 멀구나

길은 멀구나
인생길 멀구나
나는 멀었구나
한참 멀었구나
아, 멀구나
멀었구나

# 뚜벅뚜벅

세상 사람이 죄다 욕하면
참고 견디기 무척 어렵다.
누가 달콤한 칭찬을 하면
금방 좋아서 들뜨기 쉽다.
칭찬 비방에 걸리지 말고
홀로 뚜벅뚜벅 걸어가라.

# 비슬산 시산제始山祭

유가사瑜伽寺 어귀에서
꿩이 푸드득 무어라 했는데
허공이 얼른 바람에 전한다.
시방루十方樓 지나
나와 남 안 나누고
비탈지면 밀어주고
먹을거리 나누면서
대견봉에 올라가니
구름은 흘러가고
사방팔방 광명光明이다.
무심無心히 우주에 감응感應하고
햇살이 촛불에 강림降臨하니
풍운風雲이 밀지密旨를 개봉한다.
억.
잔설殘雪 헤치며 비슬비슬 내려오니
산자락에 까마귀가 꿩 소식 묻는다.

# 나무처럼 나비처럼

나무는 깊숙한 땅 속에서 숙성한 필생의 꿈을 허공에 나투고 세상의 탁류를 들이켜서 불생불멸不生不滅의 숨결을 불어낸다. 풀벌레 울음소리에 별이 부스스 깨어나고 백련향白蓮香에 나비가 너울너울 춤을 춘다. 별을 쳐다보며 아파하지 말고 남모를 슬픔일랑 나비춤에 훌훌 날려 버려야지. 창공에 가만히 날갯짓하면 바람이 깨어나고 만물이 춤춘다.

# 이 순간

지금 이 순간
할 수 있는 일은
곁에서 말을 들어주고
함께 걸으며 길동무가 되고
다같이 살아 있는 기적을 깨닫는 것

지금 이 순간
해야 할 일은
지극한 마음을 내어
세상만사에 감사하며 절하고
일체의 행복을 위하여 기도하는 것

# 기도

Pray for All Pray for Nothing
일체를 위하여 기도하고 기도하라
아무 대가도 바라지 말고 그저 기도하라
불생불멸不生不滅 불응탐착不應貪着

Pray for All Pray for Nothing
모두를 위하여 기도하고 기도하라
아무 대상도 만들지 말고 그저 기도하라
응무소주應無所住 이생기심而生其心

# 아프다

당신이 아프니
나도 아프다
하늘이 무너지고
땅이 꺼지다
세상이 아파서
나도 아프다

# 측은지심

뭇 생명 아파라
죽을 만큼 아려라
그 몸짓 애처롭다
볼수록 가엾다
미안하다
측은하다
고마워라
사랑스러워라
합장공경合掌恭敬

## 합장공경合掌恭敬

우리모두 합장공경
서로서로 합장공경
한맘으로 합장공경

눈뜨거든 합장공경
잠들어도 합장공경
오매불망 합장공경

보는대로 합장공경
듣는즉시 합장공경
찰나찰나 합장공경

하늘향해 합장공경
땅을굽어 합장공경
사방팔방 합장공경

집안에서 합장공경
밖에가도 합장공경
어디서든 합장공경

걸으면서 합장공경
앉아서도 합장공경
행주좌와 합장공경

말할때는 합장공경

침묵해도 합장공경
어묵동정 합장공경

부처님께 합장공경
예수님께 합장공경
공자님께 합장공경

조상님께 합장공경
후손들에 합장공경
대대손손 합장공경

부모은혜 합장공경
부부사랑 합장공경
자식행복 합장공경
형제우애 합장공경
친구우정 합장공경
이웃친목 합장공경
국민화합 합장공경
인류평화 합장공경
홍익인간 합장공경

나는짐승 합장공경
기는벌레 합장공경
일체중생 합장공경

물한방울 합장공경
쌀한톨에 합장공경
천지만물 합장공경

바람불어 합장공경

구름흘러 합장공경
세상만사 합장공경

임금님께 합장공경
거지님께 합장공경
무유고하 합장공경

어른앞에 합장공경
아이한테 합장공경
남녀노소 합장공경

남모르게 합장공경
나를던져 합장공경
너나없이 합장공경

간절한맘 합장공경
몸아파도 합장공경
심신다해 합장공경

물로씻고 합장공경
불을켜고 합장공경
물불불구 합장공경

깨끗한데 합장공경
더러워도 합장공경
처염상정 합장공경

좋아해도 합장공경
미워해도 합장공경
좋든싫든 합장공경

칭찬에도 합장공경
비방해도 합장공경
바위처럼 합장공경

꽉붙잡고 합장공경
탁놓고서 합장공경
쥐락펴락 합장공경

기쁜일에 합장공경
슬플때도 합장공경
화가날때 합장공경
억울해도 합장공경
수처작주 합장공경

과거에도 합장공경
미래에도 합장공경
세세생생 합장공경

살아생전 합장공경
죽어서도 합장공경
죽자살자 합장공경

# 이심전심以心傳心

# 바보바하

"바보바하"는 '바로 보다 바로 하다'(또는 '바로 보고 바로 하자', '바로 보고 바로 하라')에서 각 어절語節의 첫 글자를 딴 나의 필명筆名이다. 살면서 바로 보고 바로 하는 것만큼 중요한 일은 없다. 우리가 하는 말에서 많이 쓰는 동사가 '보다'와 '하다'인 것도 우연은 아니라고 생각된다. 생노병사의 인생길에서 고통이 생기는 원인을 바로 보고 고통이 멸滅한 경지에 이르게 바로 하여야 한다. 천수천안千手千眼, 문수지혜文殊智慧와 보현행원普賢行願, 지행합일知行合一이라야 한다.

"바로"는 '올바로, 똑바로'라는 의미와 '즉시, 곧'이라는 두 가지 의미가 있다. 그래서 "바로 보다 바로 하다"란 올바로 보고 올바로 한다는 의미도 되고, 즉시 보고 즉시 한다는 의미도 된다.

"바로 보다"는 존재의 실상을 있는 그대로 본다는 의미이다. '보다'는 보는 것, 지켜보는 것, 관찰하는 것을 말한다. 눈은 몸의 등불이라 눈이 성하면 온 몸이 밝고 눈이 성하지 못하면 온 몸이 어둡다. 눈이 있어 해가 밝게 비추면 가지가지 색깔을 볼 수 있지만 깜깜한 데 들어가면 아무 것도 보이지 않는 법이다. 무명無明에 가려 바로 보지 못하여 고통이 생긴다. 부지불식간에 덮어쓴 색안경을 벗고 바로 보는 것이 보리菩提이다. 육안肉眼만이 아니라 천안天眼, 혜안慧眼, 법안法眼, 불안佛眼이 열려야 바로 본다.

어떻게 보는 것이 바로 보는 것인가. 구름을 보자. 하루살이한테는 구름이란 존재가 영원한 것처럼 보이겠지만, 사람은 그것이 공중에 있는 수증기가 모여서 잠시 형성되었다가 곧 흩어질 존재라고 본다. 근대 과학의 발달로 사람은 그 수증기조차 각종 원소 또는 소립자가 모여서 이루어진 것임을 안다. 이렇게 눈에 보이는 형상이

고정불변의 실상이 아니고 일시 인연이 되어 형성된 허상임을 보는 것이 바로 보는 것이다. 그렇다면 우리의 몸과 마음은 어떤가. 태어남은 한조각 구름이 일어남이요 죽음은 한조각 구름이 흩어지는 것이다(生也一片浮雲起 死也一片浮雲滅). 이렇게 보는 것이 바로 보는 것이다. 사람은 구름과 다르다고 보는 것은 착각이다. 몸과 마음은 실체가 없다(五蘊皆空). 그런데도 사람들은 나를 만들고 붙들고 지키며 죽어간다. 나를 허물고 놓고 버려야 산다. 나란 실체가 없음을 보면 괴롭게 살 이유가 없다. 나란 생각의 감옥에서 벗어나야 한다. '나'가 죽어야 산다. 그래야 고통이 없고 걸림이 없고 두려움이 없는 자유인이 된다. 구름이나 사람이나 만들어진 일체의 것은 꿈, 허깨비, 물거품, 그림자, 이슬, 번갯불과 같다(一切有爲法 如夢幻泡影 如露亦如電). 나란 존재, 사람이란 존재, 중생이란 존재, 수명 있는 존재란 것의 실체는 없다(無我無人無衆生無壽者). 눈에 보이는 것은 모두 허망하다. 눈에 보이는 형상이 있는 그대로의 실상은 아니라고 보는 것이 바로 보는 것이다(凡所有相皆是虛妄 若見諸相非相 卽見如來).

어떤 것이 바로 보지 못하는 것인가. 만약 색이나 음성으로 본다면(若以色見我 以音聲求我) 삿되게 보는 것이다. 나, 사람, 중생, 수명 있는 존재라는 모양의 실체가 있다(有我相人相衆生相壽者相)고 보면 전도몽상顚倒夢想이다. 하루살이가 불빛을 보고 달려들어 죽듯이, 사람은 형상에 끄달려 죽는다. 남의 눈 속에 있는 티는 보면서 자기 눈 속에 있는 들보는 보지 못하면 바로 보지 못하는 것이다.

나란 상(我相)을 떠나 분별심 없이 보는 것이 바로 보는 것이다. 에덴동산에서 쫓겨난 것은 선악과를 먹었기 때문이다. 나다 너다, 있다 없다, 좋다 싫다, 옳다 그르다, 분별심을 가지고 보면 바로 보지 못하는 것이다. 나라거나 너라거나 분별할 것이 본래 없으며, 색즉시공色卽是空 공즉시색空卽是色이요, 생기지도 않고 없어지지도 않으며 더럽지도 않고 깨끗하지도 않으며 늘어나지도 않고 줄어들지도 않으며(不生不滅 不垢不淨 不增不減), 무실무허無實無虛임을 보아야 한다. 산은 산, 물은 물로 보아야 바로 보는 것이라고 한다.

"바로 하다"는 어떤 처지에 놓여도 삶의 주체가 되어 자신의 본분을 다하는 것(隨處作主)을 말한다. 바로 보면 바로 하게 되고, 바로 하면 바로 보게 된다. 보고 알기만 하고 행하지 않으면 소용이 없다. 엎어지고 자빠져도 일어나 하고 또 해야 한다.

어떻게 하는 것이 바로 하는 것인가. 바로 본 대로 바른 생각, 바른 말, 바른 행동, 바른 생활, 바른 수행을 하고, 바로 알아차리고, 바로 깨닫는 것이 바로 하는 것이다. 잠시 일어났다 사라지는 구름에 집착할 사람은 없을 것이다. 우리 몸과 마음도 허망하니 집착하지 말아야 한다(不取於相 如如不動). 집착 없이 마음을 내고(應無所住 而生其心), 집착 없이 보시를 하고(應無所住 行於布施, 無住相布施), 남을 도울 때에 오른손이 한 일을 왼손이 모르게 은밀히 하고, 천하를 구하고 일체의 중생을 다 구제하고도 '내가 했다'는 마음을 내지 않는 것이 바로 하는 것이다. 아만我慢과 아집我執을 버리고 자기를 낮추어 하심下心하는 것이 바로 하는 것이다. 해가 천지에 골고루 비추고 구름이 이곳저곳을 가리지 않고 비를 내려서 만물을 살게 하듯이, 사람도 허망한 육신에 집착하지 말고 자신의 몸과 마음을 내려놓아 중생을 이롭게 해야 한다. 몸과 마음을 집착과 쾌락의 대상으로 삼을 것이 아니라 선행善行의 도구로 활용하여야 한다. 몸과 마음이 탈것(乘, vehicle)이 되어 중생을 태우고 고통의 언덕에서 안락의 세계로 건네주어야 한다. 자신만을 태우는 작은 탈것(小乘)이 아니라 뭇 중생을 태우는 큰 탈것(大乘), 빠른 탈것(速乘)이 되어 많은 중생들을 속히 고해苦海에서 벗어나게 해야 한다. 한 알의 밀이 땅에 떨어져 죽지 아니하면 한 알 그대로 있고 죽으면 많은 열매를 맺는다. '나'가 죽고 집착이 없으면 크고 밝고 원만한 본래의 성품이 드러난다고 한다.

어떻게 하는 것이 바로 하지 못하는 것인가. 몸에 집착하거나 돈, 권력, 명예에 집착하면 바로 하지 못하는 것이다. 좋은 일을 했더라도 내가 했다는 생각을 가지거나 생색을 내면 바로 하지 못하는 것이다. 지금 할 일을 뒤로 미루면 바로 하지 못하는 것이다.

"바로 보고 바로 하다"란 천지 만물이 고정된 실체가 없고 변화化하면서 일시 인연이 되어 형성되었을 뿐임을 여실히 보아 인연 닿는 대로 인연에 따라 조화和와 화和합을 이루어 진리의 꽃(花)을 피우고 세계일화花를 완성하는 것을 말한다. 이렇게 화화화化和花가 되려면 천수천안千手千眼으로 시시각각 중생의 고통·신음소리는 물론이고 세상의 모든 소리와 울림을 다 살펴보아 자비를 베풀어 어루만지고 보살핌(觀世音菩薩)으로써 고통이 없는 안락세계로 나아가도록 이끌어주어야 한다. 이웃을 자기 몸과 같이 사랑하고, 원수를 사랑하고, 박해하는 사람을 위하여 기도하고, 수고하며 무거운 짐을 진 사람을 모두 쉬게 하고, 남을 섬기고 다른 사람을 위하여 자기 목숨을 바치려고 한다면 바로 천국이다. 지옥중생을 구제하기 위해서라면 세세생생 지옥에 태어나겠다고 저마다 나선다면 극락이 따로 없다. 나를 내려놓고, 바로 본다는 생각조차 하지 않고 보고, 바로 한다는 생각조차 하지 않고 하면 진정으로 바로 보고 바로 하는 것이다. 힘들고 외롭고 두렵고 아픈가. 함께 울고 함께 웃자. 억.

## 조희대(曺喜大) Jo, Heede

**학력**

1969년 강동초등학교 졸업
1972년 경주중학교 졸업
1975년 경북고등학교 졸업
1979년 서울대학교 법과대학 법학과 졸업
1992년 Cornell Law School 졸업(LL.M.)

**경력**

1981년 사법시험 합격(제23회)
1983년 사법연수원 수료(제13기)
1983년 군법무관(육군 제5보병사단, 군수사령부)
1986년 서울형사지방법원 판사
1989년 서울민사지방법원 판사
1991년 대구지방법원 안동지원 판사
1995년 서울고등법원 판사
1996년 대법원 재판연구관
1998년 대구지방법원 부장판사
2000년 사법연수원 교수
2003년 서울지방법원, 서울중앙지방법원 부장판사
2006년 부산고등법원 부장판사
2006년 서울고등법원 부장판사
2012년 대구지방법원장(대구가정법원장 겸임)
2014년 대법관
2020년 성균관대학교 법학전문대학원 석좌교수

**논문, 판례평석**

- 영업비밀의 침해와 그 손해배상, 대법원판례해설 27호(1996년 하반기) 320-346면, 법원도서관
- 남녀의 성전환은 현행법상 허용되는가, 법조 46권 5호(통권 488호)(1997년 5월) 161-199면
- 중재판정에 대한 집행판결을 못하는 사유, 대법원판례해설 28호(1997년 상반기) 230-253면, 법원도서관
- 해상운송인의 책임은 어느 때 소멸하는가, 대법원판례해설 29호(1997년 하반기) 201-211면, 법원도서관
- 신용장 개설은행이 선적서류에 신용장 조건과 불일치하는 사항이 있음에도 불구하고 신용장 대금을 지급한 후 개설의뢰인에게 선적서류를 송부한 데 대하여, 개설의뢰인이 송부받은 선적서류를 점검 · 확인하여 개설은행에게 그 불일치가 있음을 통지하지 아니한 경우, 개설은행과 개설의뢰인 간의 책임관계, 대법원판례해설 30호(1998년 상반기) 110-133면, 법원도서관
- 지방자치단체가 설치하는 폐기물처리시설의 설치를 금지하는 가처분에 대하여, 재판과 판례 8집(1999년 12월) 345-408면, 대구판례연구회
- 상법 제811조의 해석, 민사재판의 제문제 10권(2000년 4월) 549-596면, 한국사법행정학회

**간행물**

安民正法(안민정법), 조희대 대법관 재임기념 판례집, 대법원재판연구관실무연구회 편저, 사법발전재단 발행

**수상**

2020년 청조근정훈장

**만인상생**

**초판발행** 2020년 7월 17일

**지은이** 조희대
**펴낸이** 안종만 · 안상준

**편 집** 정은희
**기획/마케팅** 조성호
**표지디자인** 박현정
**제 작** 우인도 · 고철민

**펴낸곳** (주) 박영사
서울특별시 종로구 새문안로3길 36, 1601
등록 1959.3.11. 제300-1959-1호(倫)
**전 화** 02) 733-6771
**f a x** 02) 736-4818
**e-mail** pys@pybook.co.kr
**homepage** www.pybook.co.kr
**ISBN** 979-11-303-1034-3 03800



**정 가** 28,000원